ANTON BERG
ACHTZEHN – Der Eid der Mächtigen

Weiterer Titel des Autors:

Berg, ACHTZEHN – Im Dunkel der Macht

Über den Autor:

Anton Berg ist ein schwedischer Journalist und Autor. Er hat für den schwedischen Rundfunk zahlreiche preisgekrönte Dokumentationen produziert. Er ist zudem verantwortlich für einen der erfolgreichsten Podcasts in Schweden, »SPÅR«, in dem über bekannte schwedische Kriminalfälle berichtet wird. ACHTZEHN – DER EID DER MÄCHTIGEN ist der 2. Band von Anton Bergs Thriller-Reihe über eine Geheimgesellschaft in Schweden.

Siehe auch die Homepage des Autors: www.antonberg.se

ANTON BERG

DER EID DER MÄCHTIGEN

STOCKHOLM-THRILLER

Übersetzung aus dem Schwedischen
von Justus Carl

Lübbe

Vollständige Taschenbuchausgabe

Deutsche Erstausgabe

Für die Originalausgabe:
Copyright © 2021 by Anton Berg
Titel der schwedischen Originalausgabe:
»Trohedseden«
Originalverlag: Bokmarl Förlag
Dieses Werk wurde vermittelt durch die
Literarische Agentur Thomas Schlück GmbH, 30161 Hannover

Für die deutschsprachige Ausgabe:
Copyright © 2023 by
Bastei Lübbe AG, Schanzenstraße 6–20, 51063 Köln
Textredaktion: Beate de Salve, Pulheim
Umschlaggestaltung: Massimo Peter-Bille
Umschlagmotiv: © BPfoto / shutterstock; Krasovski Dmitri /
shutterstock; Taigi/shutterstock; © Collaboration JS /Arcangel
Satz: GGP Media GmbH, Pößneck
Gesetzt aus der Caslon
Druck und Verarbeitung: GGP Media GmbH, Pößneck
Printed in Germany
ISBN 978-3-404-18956-4

2   4   5   3   1

Sie finden uns im Internet unter luebbe.de
Bitte beachten Sie auch: lesejury.de

In Erinnerung an Peter.
Du hast mir Sicherheit, Lachen und Mut gegeben.
Alles, was ein Mensch braucht.
Danke.

Die Handlung dieses Romans weist Ähnlichkeiten zu wahren Begebenheiten auf. Einige Affären in der Geschichte des schwedischen Waffenschmuggels hat es tatsächlich so gegeben, wie sie hier geschildert werden. Auch einige der Darstellungen von unterirdischen Verbindungen zwischen den Inseln in der Stockholmer Innenstadt sind korrekt wiedergegeben. Andere nicht. Die Pressekonferenz, bei der der leitende Staatsanwalt die Einstellung der Ermittlungen im Mordfall Olof Palme bekannt gibt, hat ebenfalls genau so stattgefunden, auch wenn ich mir das Gegenteil wünschen würde. Andere Ereignisse in dieser Geschichte sind reine Erfindungen, die ausschließlich meiner Fantasie entsprungen sind.

Wenn es um Wahrheit und Lüge geht, um Wirklichkeit und Fantasie, bitte ich Sie als Leser*innen darum, im Laufe dieser Erzählung einen Gedanken im Hinterkopf zu behalten. Es ist eine Äußerung der Gerichtspräsidentin Margareta Bergström, die sie nach Kaj Linnas Freispruch 2017 getätigt hat:

»Nicht alles ist wahr, wenn es auch der Wahrheit gleicht.«

Stockholm im April 2021
Anton Berg

PROLOG

Um 4:12 Uhr erhielt der Wachmann, der gerade seine Kontrollrunde drehte, den Anruf. Im Nordischen Museum, knapp zwei Kilometer entfernt, war ein Vibrationsalarm ausgelöst worden. Er meldete sich bei der Leitstelle und fuhr sofort von seinem Parkplatz auf Södra Blasieholmen los.

Sobald der Wachmann seinen Posten verlassen hatte, begann eine schwarz gekleidete Gestalt, die sich auf der Rückseite des Nationalmuseums versteckt gehalten hatte, die steinerne Fassade emporzuklettern. Der Wachmann würde mindestens zehn Minuten brauchen, um das Museum zu erreichen und den Alarm abzuschalten, anschließend weitere fünf für die vorgeschriebene zusätzliche Kontrollrunde nach einem Alarm, egal ob es sich um einen Fehlalarm handelte oder nicht. Danach würden sicherlich noch einmal fünf Minuten vergehen, bis er wieder zurück auf seinem Posten war. Zwanzig Minuten insgesamt. Genügend Zeit also.

Die Gestalt trug eine dunkle Hose und eine graue Jacke, das Gesicht unter der dünnen grauen Mütze war geschwärzt. Gelenkig stieg sie am Fallrohr an der Westseite der Gebäudewand nach oben, und nach weniger als einer Minute warf sie ihren schwarzen Rucksack über die Dachkante. Vom pyramidenförmigen Glasdach drei Stockwerke über dem Haupteingang hätte der Mann den Anblick der spiegelglatten Bucht vor dem königlichen Schloss genießen können. Es war ein atemberaubend schöner Morgen – doch der Mann war nicht an der Aussicht interessiert.

Er holte ein faltbares Metallwerkzeug aus dem Rucksack, setzte es mit geübten Handgriffen an und schnitt mit einer kreisförmigen Bewegung durch die Glasscheibe des Dachs. Ein Saugheber hinderte das runde Glasstück daran, auf den Boden zwölf Meter unter ihm zu fallen.

Unterhalb der gläsernen Pyramide befand sich die Lichtschleuse, durch die das Sonnenlicht in das Museum strömen konnte.

Der Mann befestigte das Seil hinter sich am Schneefanggitter des Dachs und schlüpfte durch die Öffnung, die er gerade geschaffen hatte. Lautlos ließ er sich hinab und stoppte kurz oberhalb des obersten Stockwerks. Als seine Schuhe das Geländer berührten und er vorsichtig auf den Boden glitt, war der Alarm noch nicht ausgelöst worden.

Die Informationen, die er erhalten hatte, schienen zu stimmen. Bisher.

Mit zielgerichteten Schritten ging er an den Ölgemälden *Die Krönung des Königs Gustav III. von Schweden, Heimfahrt der Leiche Karls XII.* sowie an einer Büste George Washingtons vorüber. Vor dem kleinen Porträt eines jungen Mannes mit buschiger Frisur und schwarzer Samtmütze hielt er inne und holte eine kleine Taschenlampe hervor. Rembrandts Selbstbildnis. Bei einem Blick auf die Armbanduhr stellte der Mann fest, dass inzwischen vier Minuten und dreizehn Sekunden vergangen waren.

Gleich war er dort.

Auf der anderen Seite der innenliegenden Wand, an der das Porträt aus dem Jahr 1630 hing, fand er, wonach er suchte: ein weiteres Ölgemälde, ebenfalls ein Rembrandt. Die Art, wie das Licht eingefangen war, zeugte von der Kunstfertigkeit des Meisters und sorgte für eine gewisse Ähnlichkeit mit dem Selbstporträt auf der anderen Seite. Das Motiv und vor allen Dingen die Größe der beiden Bilder unterschieden sich jedoch beträchtlich.

Der Mann zog ein Cuttermesser aus der Tasche am Hosenbein und spürte, wie ihm unter der dünnen Mütze der Schweiß ausbrach. Nach der Kletterei waren seine Armmuskeln noch warm, aber er vertraute auf seine Präzision. Die Frage war viel eher, ob er sich auf seine Informationen verlassen konnte …

Bis hierhin war alles nach Plan verlaufen, aber sich an eines der berühmtesten und spektakulärsten Kunstwerke des Museums zu wagen war die endgültige Probe aufs Exempel. Stimmten die Angaben über die Alarmsicherung wirklich?

Die Innenwände sind grün, und nur die Außenwände sind mit einem Vibrationsalarm gesichert.

Er rief sich die Zeilen des Tipps in Erinnerung, ebenso wie den Preis, den er für genau diese Qualität der Informationen gezahlt hatte – und atmete dreimal tief ein und aus. Dann vollführte er mit ruhiger Hand einen vollkommen perfekten Schnitt entlang der linken Seite des Rahmens, worauf sich die Leinwand mit einem weichen Ratschen löste. Er erstarrte. Zwang sich, weiter ruhig zu atmen. Lauschte.

Alles war still.

Drei gleichartige Schnitte später war die Leinwand aus dem Rahmen befreit. Rasch breitete er ein dünnes Leinentuch über das Motiv und rollte das Gemälde dann besonders behutsam zusammen. Nun nahm der Mann ein verstellbares Transportrohr aus dem Rucksack und zog es auseinander. Mit einer Länge von zwei Metern passte es perfekt um die 196 Zentimeter lange Rolle, in die sich Rembrandts Gemälde inzwischen verwandelt hatte.

Der Mann legte das Messer beiseite, sah auf die Uhr – zwölf Minuten und sechsunddreißig Sekunden –, klemmte sich die Rolle unter den Arm und lief denselben Weg zurück, den er gekommen war. Noch immer kein Alarm.

An der Lichtschleuse angekommen befestigte er die Rolle an seinem Rucksack, griff nach dem Seil und zog sich mit beeindruckender Kraft hinauf zu dem Loch, das er ins Dachfenster geschnitten hatte. Direkt unter ihm baumelte ein Ölgemälde im Wert von mehreren hundert Millionen Kronen.

Einundzwanzig Minuten nach dem Fehlalarm im Nordischen Museum traf der Wachmann wieder auf seinem Parkplatz auf Södra Blasieholmen ein. Die Uhr zeigte 4:33 an. Ein Freitag im Juli begann.

Es sollte noch weitere drei Stunden dauern, bis man den Diebstahl bemerkte.

Hinter dem Museum, am Nybrokajen, wurde der Motor eines Außenborders gestartet, und eine schwarz gekleidete Gestalt verließ den Anleger in einem einfachen Gummiboot. Entlang der Backbordseite lag ein zwei Meter langer Zylinder. Der Mann steuerte das Boot in südöstliche Richtung, vorbei am Vergnügungspark Gröna Lund. Mit der aufgehenden Sonne kam er schließlich doch noch in den Genuss der einzigartigen Erfahrung, die ein Julimorgen auf spiegelglattem Fahrwasser mitten in Stockholm zu bieten hat.

KAPITEL 1

Sechzehn Stunden zuvor nahm ein schlaksiger Mann mit
verstrubbelter Frisur auf der Treppe zum Eingang desselben
Museums zwei Stufen auf einmal. Er kam zu spät zu einer
Verabredung. Mal wieder.

Gerade hatte er die Hand auf den Türgriff gelegt, als er
innehielt. Plötzlich richtete sich seine Aufmerksamkeit auf
die Nachrichtensendung, die er über die Kopfhörer hörte.

»... und damit zu den viel beachteten Ermittlungen um
den Tod des Bankiers Ragnar von Scheele. Die Polizei wurde
dafür kritisiert, dass sie die Ergebnisse der Ermittlungen unter Verschluss hält, obwohl sie von Scheeles Tod nicht als
Mord eingestuft hat. Zu Beginn dieser Woche beschloss der
zuständige Staatsanwalt also auf Drängen der Regierung, die
Geheimhaltung aufzuheben, und heute wurde bekannt, dass
Ragnar von Scheeles Tod die Folge eines langanhaltenden
Kontakts mit der radioaktiven Substanz Polonium 210 war.
Mehr möchte die Polizei zum aktuellen Zeitpunkt nicht bekannt geben, da der Fall nun doch als Mord eingestuft wird
und daher erneut keine Informationen über die Ermittlungs-
arbeit öffentlich gemacht werden können.«

»Axel! Ich dachte schon, wir müssten ohne Sie beginnen ... und es wäre mir eine Freude gewesen.«

Vilhelm Skraks Stimme riss Axel Sköld aus seinen Gedanken zum Mord an von Scheele. Der wohlbeleibte Geschichtsprofessor begegnete ihm mit einem düsteren Blick,
verfiel aber rasch in ein breites Lachen und wandte sich dem
Jungen zu, den er an der Hand hielt.

»Sie haben Glück, dass David auf Ihrer Seite ist. Er hat sich geweigert, ohne Sie zu gehen.«

Axel schüttelte zur Begrüßung eilig Skraks Hand und murmelte eine Ausrede, ehe er David umarmte.

Der Junge strahlte ihn an.

»Ich hab gewusst, du komms. Ich habs gewusst!«

Wieder einmal erstaunte es Axel, wie rasant sich Davids Sprachvermögen entwickelt hatte. Er erinnerte sich noch gut daran, wie sehr sich Stina in den Jahren, bevor David in die Sonderschule kam, mit Zeichensprachkursen abgemüht hatte, um mit ihrem Sohn kommunizieren zu können. Sie hatte sich geweigert zu resignieren und stattdessen die Tatsache, dass es zu Davids Behinderung nach wie vor keine Diagnose gab, in eine Möglichkeit umgekehrt.

»Schließlich hat niemand eine Ahnung, was er zu lernen in der Lage ist«, hatte sie stets gesagt, und sie hatte recht behalten.

Jetzt quasselte David drauflos, fast schon aufdringlich viel, während Skrak Axel und ihn zum Aufzug führte.

»Welche Numma?«

»Vier, wir fangen ganz oben an.«

David machte ein Gesicht, als hätte Skrak ihm gerade eine Eistüte spendiert. Ganz oben bedeutete die längste Aufzugfahrt. Jackpot.

»Kuck, Ack-sel!«

Axel versuchte, nicht über den kindlichen Charme des übertriebenen K-Lauts zu lachen, den David erst neulich gemeistert hatte.

Erwartungsvoll hielt ihm der Junge das Handy mit dem Spiel hin, mit dem Axel und er schon so viele Stunden zugebracht hatten.

»Gibs viele Pokemonn im Museum?«

»Ja, David, du wirst hier richtig viele Pokémon fangen können.«

David lachte, und wie üblich steckte sein Lachen auch Axel an. Sogar Skrak gluckste.

»Dabei sollte man meinen, die Gemälde seien das Verlockende, wenn man das Nationalmuseum besucht.«

Axel sah Skrak mit vergnügter Miene an.

»Sie finden es eigenartig, dass sich ein Zehnjähriger mehr für ein Handyspiel interessiert als für Ölgemälde von toten Königen? Vielleicht haben Sie vergessen, wie Sie selbst als Kind waren?«

»Genau das habe ich *nicht* getan.«

Logisch, dass Vilhelm Skrak schon in jungen Jahren ein Sonderling war, dachte Axel, während er David dabei half, eines der Fantasiewesen auf dem Handy zu fangen, als sie gerade im obersten Stock aus dem Aufzug traten.

Das gemeinsame Spielen war zu einem Ritual geworden, das ihnen beiden Spaß machte. Ein Hobby, das einen erwachsenen Mann und ein Kind mit »Poblemkopf« (wie David selbst es ausdrückte) auf eine Art und Weise vereinte, wie es noch keine andere Aktivität geschafft hatte. Wenn Axel David von der Schule abholte, um Stina zu entlasten, zückten sie sofort die Handys und gingen in Stockholms Straßen und Parks auf »Monsterjagd«. David liebte es, die Wesen zu fangen, die auf dem Display erschienen, und Axel liebte es, dass David so große Freude daran hatte.

Sie betraten die Abteilung mit Kunstwerken aus dem 16. Jahrhundert. An den Wänden hingen Gustav Vasas Renaissanceporträt, Radierungen von Rembrandt und ein Gemälde, auf dem Martin Luther zu sehen war und bei dessen Anblick sich Axel merkwürdigerweise schuldig und ertappt fühlte, ohne zu wissen, aus welchem Grund.

Vilhelm Skrak bewegte sich wiegend durch den Raum und schien sich wie zu Hause zu fühlen. Er blieb vor einer Sitzbank stehen, auf der David Platz nahm, noch immer vom Bildschirm und den bunten Figuren des Spiels gebannt. Während die beiden Männer Rembrandts Selbstporträt betrachteten, stand in Skraks Augen ein helles Leuchten. Dann wandte er sich, beinahe schon widerwillig, vom Bild ab und Axel zu.

»Nun, wollen Sie mir erzählen, wieso Sie vorhin dreingeblickt haben, als kämen Sie zum ersten Mal in den Genuss von Beethovens neunter Symphonie?«

»Ich habe im *Eko-Journal* gehört, dass die Polizei wohl endlich begriffen hat, dass Ragnar von Scheele ermordet wurde.«

Skraks Augenbrauen fuhren in die Höhe.

»Das sind doch gute Neuigkeiten. Dieses Geheimnis musste fürwahr ans Tageslicht. Nun müssen mehr Menschen begreifen, dass Ihre Veröffentlichungen der Wahrheit entsprechen.«

Axel sah sich weiter das Gemälde an. Ein junger Rembrandt mit gelocktem Haar, das unter eine weite schwarze Baskenmütze gestopft war, starrte ihm mit einem, wie Axel fand, suchenden Blick entgegen. Oder war es ein forschender, womöglich gar zweifelnder Blick?

»Sie vergessen, dass der Mord an Palme jetzt aufgeklärt ist. Die Staatsanwälte haben ihre Theorie auf der Pressekonferenz vorgestellt – mit der Konsequenz, dass meine Berichte über Ioan Petrescu als reine Fantasie abgetan werden können.«

»Nonsens!«

Skraks Schnauben brachte ihnen die abschätzigen Blicke eines älteren Pärchens ein. In der Gegenwart von Caravaggios Kunst und den Gemälden der holländischen Meister duldete man keinen solchen Radau.

Obwohl Skrak von der Empörung des Pärchens keine Notiz nahm, senkte er seine Stimme, damit das Gespräch zwischen ihm und Axel blieb.

»Dieser Taugenichts von Staatsanwalt hat uns ein Theaterstück geboten, wie man es seit Gustavs III. letzter Nacht nicht mehr gesehen hat. Schließlich hat er die Erwartungen in schier astronomische Höhen geschraubt. Endlich sollten wir erfahren, wie sich der Mord an unserem Ministerpräsidenten zugetragen hat! Aber dann hat er bitte was vorgelegt? Weder DNA noch die Tatwaffe. Und dennoch besitzt dieser Kerl die Frechheit zu behaupten, er habe das Rätsel gelöst. Was für ein Schwachkopf!«

Axel lächelte bitter.

»Das mit der Waffe war am schlimmsten«, fuhr Skrak fort. »Noch nie habe ich eine so hanebüchene Beweisführung erlebt. Der Staatsanwalt hat über die Tatwaffe allen Ernstes gesagt, der Skandia-Mann müsse eine solche besessen haben – *da Palme erschossen worden sei*. Wie kann man sich nur einen solchen Fauxpas erlauben? Noch dazu während einer live übertragenen Pressekonferenz, bei der ganz Schweden zusieht?«

Resigniert schüttelte Axel den Kopf. »Wie zur Hölle kann es sein, dass man urplötzlich, nach vierunddreißig Jahren, unsere wichtigste Mordermittlung einstellt und einen Mann als Täter präsentiert, ohne einen einzigen Beweis dafür vorzulegen?«

»Ich denke, Sie und ich kennen die Antwort auf diese Frage.« Skrak räusperte sich, während er um die Ecke der Innenwand bog, um den nächsten Rembrandt zu studieren.

»Sie glauben auch, dass er dazu genötigt wurde? Ein Befehl von oben?«

»Zweifelsohne – ja.«

Axel folgte Skrak – und wurde vom Gemälde auf der Rückseite der Wand überrascht. War das Selbstporträt von eben klein gewesen, so war dieses Werk hier gigantisch. Auf dem Ölgemälde waren um die zehn Personen dargestellt, die sich sitzend und stehend um einen länglichen Tisch versammelt hatten. Ihre Aufmerksamkeit richtete sich auf einen Mann mit einer prachtvollen, bläulichen Königskrone. Mehrere Schwerter wiesen in einer, wie Axel es deutete, feierlichen Grußgeste mit den Spitzen aufeinander.

Rembrandt hatte eine beinahe magische Fähigkeit besessen, die Lichtverhältnisse einzufangen, und hatte eine Lichtquelle in der Mitte des Tischs platziert. Allerdings wurde sie von einer der dargestellten Figuren verdeckt, deshalb strahlte das Licht von dem weißen Tischtuch auf die Gesichter ringsum und wurde von den Schwertklingen reflektiert. Es war ein monumentales Werk, das einen stimmungsgeladenen Augenblick darstellte.

»*Die Verschwörung des Claudius Civilis*«, dozierte Skrak mit seiner Vorlesungsstimme, wogegen Axel allerdings nichts einzuwenden hatte. »Dieses Gemälde zeigt, wie die Bataver während des Aufstands gegen die Römer ihrem Anführer Civilis die Treue schwören. Rembrandt erhielt den Auftrag dafür 1661 von den Niederländern, die die Szene aufgrund der Symbolik im Zusammenhang mit ihrer eigenen Revolte gegen die Spanier auf einem Gemälde festhalten wollten. Gemeinsam schwört man, dem König zu trotzen.«

»Pi-cka-tschu!«

Davids erstaunter Ausruf unterbrach Skraks Vortrag. Axel lachte. Für David war es natürlich ein ungemein größeres Ereignis, die gelbe Figur zu entdecken, die sinnbildlich für das gesamte Pokémonuniversum stand, als das Gemälde eines Künstlers anzusehen, der vor über dreihundert Jahren gestorben war.

»Hast du es gefangen?«

»Kuck, Ack-sel!«

Wie immer streckte der Junge das Handy viel zu nah und dazu noch verkehrt herum vor Axels Gesicht. Er erkannte nichts, das musste er jedoch auch nicht. David strahlte.

»JETZT hab ich auch Pi-cka-tschu.«

»Ja, darauf haben wir lange gewartet. Wirklich stark von dir, dass du es ganz allein gefangen hast.«

David schien einen Meter zu wachsen, während er dort auf der Bank saß und sich über Axels Lob und das neuentdeckte Pokémon freute. Plötzlich stand er auf und ging in Richtung des hinteren Ausgangs des Ausstellungssaals.

»Vielleich gibs mehr!«

Daran gewöhnt, dass Davids Impulse die Richtung ihrer Ausflüge vorgaben, trotteten Axel und Skrak hinterher. Von weitem betrachtet bildeten sie ein sonderbares Trio. Zuerst der Junge mit seinem ruckartigen Gang, körperlich noch nicht ganz entwickelt und in sein Handy vertieft, danach der hochgewachsene Axel mit einem Vogelnest als Frisur und zuletzt der walrossartige Skrak, groß in jeder Hinsicht und mit einem Körper, der der Schwerkraft zu trotzen schien. Unter Skraks Augen hingen schwere Tränensäcke, dafür hatte er aber einen hellwachen Blick. Sein Körper schien auf nahezu unerklärliche Weise voranzuschweben.

Axel genoss die Gesellschaft des Professors. Sie trafen sich in regelmäßigen Abständen, um Stina den Alltag mit David zu erleichtern. Zumindest hatte es so seinen Anfang genommen. Axel oder Skrak holten David nach der Schule oder in seiner Freizeit ab, oft freitags, dann trafen sie sich in einem Museum oder einem Café. David war froh, Zeit mit

Erwachsenen verbringen zu können, die ihm ihre Aufmerksamkeit schenkten, und – so lautete Axels Verdacht – noch wichtiger: mit Erwachsenen, die lustige Spiele auf dem Handy mit ihm spielen wollten.

»Wann hat Stina heute Feierabend?«

Axel verstand, dass Skrak wissen wollte, wie lange er mit den beiden durchs Museum streifen konnte.

»David und ich treffen sie um vier Uhr, dann geht mein Zug.«

»Wohin fahren Sie?«

Skrak bedachte ihn mit einem forschenden Blick, doch Axel sah zur Seite. Weder konnte noch wollte er weitere Details über die Zugfahrkarte preisgeben, die er erhalten hatte.

Skrak begriff den Wink und beließ es dabei.

»Ich hatte vor, Sie nach unserem Besuch hier in mein Büro einzuladen. David möchte das Pferd von Karl XII. in der Leibrüstkammer wiedersehen. Er liebt dieses ausgestopfte Ungetüm.« Der Professor blieb stehen. »Apropos. Hier haben wir ein weiteres großartiges Werk, das wohl selbst einem Geschichtsbanausen wie Ihnen ein Begriff sein muss?«

Axel richtete den Blick auf ein gigantisches Gemälde. Er erkannte es sofort aus einem seiner Schulbücher wieder. Soldaten in Karloneruniformen marschierten in einer langen Reihe durch eine schneebedeckte Landschaft, an der Spitze wehte eine dramatische blaue Fahne mit goldener Krone. Im Zentrum des Motivs befand sich ein aschfahler Mann auf einer Bahre, die von verwundeten Soldaten getragen wurde.

»*Die Heimfahrt der Leiche Karls XII.*«, antwortete Axel und versuchte dabei nicht allzu selbstgefällig zu klingen.

»Bravo. Dann wissen Sie sicherlich auch, dass sich seine Heimfahrt niemals auf diese Weise zugetragen hat?«

»Nicht?«

»Die Darstellung ist reine Erfindung, die Fantasie eines Malers. Der König wurde nie derart sichtbar von Norwegen nach Hause getragen, sondern nachts in einem schlichten Kiefernsarg nach Uddevalla verfrachtet, wo man ihn einbalsamierte. Nur hätte dieses Motiv kein sonderlich prächtiges Gemälde abgegeben.«

Skrak lachte glucksend, während sich Axel fasziniert die stolzen und trauernden Soldaten ansah. Das Gemälde war beinahe vier Meter breit und reichte vom Boden bis zur Decke.

»Nun, das bringt uns zu Ihren Nachforschungen in der Bibliothek von Schloss Rånäs letzten Winter.«

Wieso Skrak ausgerechnet bei diesem Kunstwerk auf das Thema kam, war Axel ein Rätsel.

»Es war eine Sackgasse, nicht wahr?«, fragte er.

»Sie hatten wohl trotzdem recht.« Skrak zog seine Antwort in die Länge, und Axel wusste, dass er das nur tat, um ihn zu piesacken. Aber er ließ ihn gewähren. Wahrscheinlich bedeutete es, dass Skrak tatsächlich etwas aufgespürt hatte, wo er selbst erfolglos geblieben war.

Im vergangenen Winter hatte er mehrfach die Bibliothek von Schloss Rånäs aufgesucht, da sein Großvater angedeutet hatte, dass Verbindungen zwischen den Namen auf der Liste aus dem Kästchen und dem Schloss bestanden. Nach Axels Hypothese hatten Die Achtzehn sich auf dieselbe Weise in Rånäs zusammengefunden wie 1945 auf dem Gutshof Odensviholm. Ein zweites, späteres Treffen hätte weitere Anhaltspunkte oder gar Beweise für die Existenz der Geheimgesellschaft und die wahre Gestalt ihrer Macht über Schweden liefern können. Aber die Namen hatten sich nirgendwo in der Bibliothek finden lassen. Obwohl Axel Journale mit Informationen über alles Mögliche aufgetan hatte:

von Forstgeschäften über Scheuneninventuren und Preislisten für das in der eigenen Mühle gemahlene Mehl bis hin zu Großbestellungen der Küche für gigantische Abendgesellschaften, die bis weit in die 1980er-Jahre hineinreichten. Heimlich hatte Axel die Dokumente mit dem Handy fotografiert und alles an Vilhelm Skrak übergeben.

Angesichts der selbstzufriedenen Miene, die das große Walross nun aufgesetzt hatte, rann Axel ein Schauer die Wirbelsäule entlang. Garantiert hatte Skrak etwas gefunden. Oder aber es war lediglich sein normaler Gesichtsausdruck. Selbstzufriedenheit war in Skraks Augen kein fehlerhafter Charakterzug.

»Nach den Namen von der Liste Ausschau zu halten – Lilliehorn, Ribbing, Raab, Bagge, Cederström – war eher ein schlechter Einfall.« Axel schwieg und ließ Skraks Spott über sich ergehen. »Dagegen war es sehr klug, die Quellen zu untersuchen, die Sie ausgewählt haben, wie auch immer Sie auf diese Idee gekommen sein mögen.«

Skrak schmunzelte, und Axel schwieg weiter. Sie beide wussten, dass es Skrak gewesen war, der zuerst vorgeschlagen hatte, nach weniger offiziellen Quellen zu suchen, da diese erstaunlich aufschlussreich sein konnten.

»Wie dem auch sei, ich habe meine Aufmerksamkeit den besseren Hälften dieser Herren zugewandt. Ihren Ehegattinnen. Und deren Mädchennamen.«

Axel spürte, wie sein Puls in die Höhe schnellte.

»Mir sind Notizen von einem Abend im Winter 1986 aufgefallen. Man hatte zu einer größeren Veranstaltung nach Rånäs geladen, und viele Autos trafen am Schloss ein. Diese wurden in einem der großen Lagerhäuser geparkt, um sie dort warm zu halten. Das Schlosspersonal notierte akribisch, welches Fahrzeug zu welchem Gast gehörte, denn sobald die

Gäste das Fest verließen, würde es hektisch werden. Das richtige Fahrzeug, gut gewärmt, musste vorgefahren werden, und vor allem sollte alles so vonstattengehen, dass die Gäste nicht warten mussten.«

Mit einem wachsamen Auge sah Axel nach David, der neben einer Vase stand, die ebenso hoch war wie der Junge selbst, hörte Skraks Ausführungen dabei aber gespannt zu.

»Neben jedem Eintrag war der Name einer Frau aufgeführt, was mir durchaus ein wenig seltsam vorkam. Weshalb sollten etwa zwanzig Damen Halterinnen von so typisch männlichen Besitztümern wie Autos sein?«

Er legte eine Pause ein, und Axel begriff, wie sehr der Professor es liebte, die Spannung zu steigern.

»Es bedurfte einiger Auseinandersetzung mit dem Meldewesen und der Zulassungsbehörde, aber inzwischen kann ich mit einiger Sicherheit festhalten, dass diese Damen mit den 1986er-Entsprechungen der Achtzehn verheiratet waren.«

»Sind es dieselben Namen wie auf der Liste meines Großvaters?«

»Nahezu. Es handelt sich selbstredend nicht um dieselben Personen – ich fürchte, eine neue Generation hat das Ruder übernommen –, aber im Großen und Ganzen sind es dieselben Familien.«

Axel ließ die Information sacken.

»Dann sagen Sie also, man erbt seinen Platz in dieser Gesellschaft?«, hakte er dann nach.

»Es hat ganz den Anschein, als verhielte es sich so.«

Eine Hitzewelle fuhr durch Axels Körper. Genau danach hatte er die letzten sechs Monate gesucht: nach einem neuen Beweis dafür, dass die Geheimgesellschaft existiert hatte – und vermutlich immer noch aktiv war.

Skrak war einen Schritt näher an das große Gemälde mit dem toten Monarchen herangetreten.

»Wann fand diese Versammlung auf Schloss Rånäs statt? Im Winter 1986, sagten Sie?«

»Am 5. Januar 1986.«

Axel nickte bestätigend. »Einen knappen Monat später wurde Olof Palme erschossen.«

»Es könnte sich um einen Zufall handeln, dass dieses Treffen zeitlich so nah …«

Mit einem Mal kam Axel die Nacht im Boot in den Sinn. Die Nacht mit Lova. Ihre Wahnsinnsflucht vor dem Auftragsmörder Ioan Petrescu, die mit dem Auflaufen und der Zerstörung von Petrescus Boot geendet hatte. Ebenso wenig konnte er vergessen, wie sie beide den Killer an Bord gehievt hatten und Petrescu sie dann mit seiner Waffe überrascht hatte.

Axel erschauderte. Noch immer war die Erinnerung mit körperlichem Unbehagen verbunden. Aber er erinnerte sich deutlich an Ioan Petrescus Worte. Lova sei nicht die erste Ministerin, die versucht habe, sich den Achtzehn in den Weg zu stellen …

Axel schüttelte den Kopf. An Zufälle glaubte er in dieser Geschichte schon lange nicht mehr.

Erneut wandte Skrak seine Aufmerksamkeit dem Bilderrahmen zu. Er studierte das Messingschild unterhalb des Gemäldes.

»Hierbei könnte es sich um einen weiteren Zufall handeln«, sagte Skrak und deutete auf das Schild. »Auf der Liste Ihres Großvaters befand sich der Name Gustaf Cederström unter den Erstgenannten. Auf der Liste von Schloss Rånäs 1986 stand Johannes Cederströms Frau ganz oben.«

Axel ging näher an das Bild, um zu sehen, worauf der Professor hinauswollte.

»Und hier«, Skraks Zeigefinger berührte die Leinwand beinahe, »stehen wir vor einem Gemälde, auf dem die Heimfahrt der Leiche Karls XII. dargestellt ist. Nach der Fantasie eines gewissen Gustaf ... Cederström.«

»*Das* könnte ja ein Zufall sein.«

KAPITEL 2

Die in sich verdrehte Balkontür, die auf der anderen Straßenseite lag, war das Erste, was Stina Forss sah. Als Nächstes fielen ihr die Glassplitter auf. Wohin sie ihre Füße auch setzte, immer trat sie auf Glassplitter.

Es fühlte sich unwirklich an, wie in einem Kriegsgebiet. Dass sie sich mitten auf Östermalm befand, in einer der nobleren Gegenden Stockholms, machte die Situation nur noch surrealer.

Auf den unteren beiden Etagen waren sämtliche Fenster herausgedrückt worden. Als Stinas Blick die achtstöckige Fassade hinaufwanderte, entdeckte sie sogar in den Fensterrahmen des dritten und vierten Stocks schwarze Löcher. Am Haupteingang klaffte ein riesiger Krater mit Betonzähnen, wo einmal eine Tür gewesen war.

Rauch drang aus dem Gebäude, während Feuerwehrleute mit Atemschutzmasken und Sauerstoffflaschen auf dem Rücken konzentriert an den Schläuchen arbeiteten. Flammen sah Stina zwar keine, aber vermutlich standen den Männern und Frauen noch mehrere Stunden mit Nachlöscharbeiten bevor.

»Frau Forss, vom *Eko-Journal?*« Ein Polizeibeamter in Uniform streckte ihr die Hand entgegen.

Sie nickte und ergriff die Hand.

»Dan Pettersson, Pressesprecher. Die Kollegen meinten, ich würde den Maulwurf direkt vor den Absperrungen finden.«

»Nett, Sie kennenzulernen, Dan. Wir gehen in drei Minuten live auf Sendung.«

Der Beamte war Mitte dreißig. Kurz geschnittene rötliche Haare, ein ausgeprägter Kiefer und hellwache blaue Augen.

»Okay, aber ich hoffe, Sie haben nicht allzu viele Fragen auf Lager. Wir haben eine Menge zu tun, und ich kann nicht besonders viel erzählen.«

»Ich habe genau die richtige Anzahl an Fragen«, erwiderte Stina mit einem zuckersüßen Lächeln, das zehn Jahre früher vielleicht einmal als Flirtversuch durchgegangen wäre. Dann fügte sie mit ernsterem Blick hinzu: »Es geht hier um eine große Explosion mitten auf Östermalm in Stockholm. Da muss sich die Polizei schon ein wenig Zeit nehmen, um auf die Fragen der beunruhigten Bürger einzugehen.«

Dan Pettersson verzog keine Miene.

Über die Kopfhörer wartete Stina auf Anordnungen aus dem Studio.

»Achtung, noch eine Minute bis zur Übertragung«, sagte sie schließlich.

»Alles gut, ich bin bereit.«

»Gut. Nur eine Sache vorweg: Solange Sie darauf verzichten, mich Maulwurf zu nennen, sage ich auch nicht Bulle, abgemacht?«

Dan Pettersson hustete überrascht. Das hatte er wohl nicht erwartet. Perfekt. Stina wusste nur zu gut, dass sie den Pressesprecher der Polizei ein wenig aus dem Konzept bringen musste, wenn die Antworten ihres Interviews sich nicht auf sieben Variationen von »Kein Kommentar« beschränken sollten.

Mit einer dramatischen Ankündigung leitete der Nachrichtensprecher zu Stina über.

»Um kurz nach zwölf Uhr heute Mittag ist es im Zentrum von Stockholm zu einer großen Explosion gekommen.

Obwohl diese sich in einem achtstöckigen Wohnhaus ereignete, ist niemand verletzt worden, allerdings mussten mehrere Familien evakuiert werden. Unsere Reporterin Stina Forss ist live vor Ort.«

Zuerst gab Stina den Hörern einen Überblick über die Situation.

»Es ist ein makabrer Anblick, der sich mir hier in der Hedingsgatan bietet. Zerborstene Fenster und Türen, wohin man sieht, und es riecht stark nach Rauch, der noch immer aus den zerstörten Fenstern strömt. Die Nachlöscharbeiten sind in vollem Gange. Obwohl die Explosion fast zwei Stunden her ist, sehe ich noch ein Dutzend Feuerwehrmänner intensiv arbeiten.«

Sie verstummte für eine gefühlte Ewigkeit, die in Wahrheit allerdings nur zwei Sekunden währte, um die Eindrücke wirken zu lassen. Im Studio schnappte der Programmleiter bereits nach Luft, um die Stille zu unterbrechen, da wandte sich Stina an ihren Interviewpartner.

»Bei mir ist Dan Pettersson, der Pressesprecher der Polizei. Können Sie mir sagen, was hier passiert ist?«

»Um drei Minuten nach zwölf ging der erste Alarm bei uns ein. Mehrere Personen meldeten eine Explosion in dem Gebäude hier. Wir waren schnell vor Ort und konnten – Gott sei Dank – feststellen, dass niemand verletzt wurde.«

»Haben Sie genauere Informationen zur Explosion selbst? Haben wir es mit einem Unfall oder möglicherweise auch mit einer Bombe zu tun?«

»Wir befinden uns noch am Anfang der Ermittlungen, daher kann ich Ihnen dazu leider nichts sagen.«

»Allerdings deutet die Tatsache, *dass* Sie Ermittlungen eingeleitet haben, darauf hin, dass die Polizei von einer geplanten Tat ausgeht?«

Mit keiner Regung ließ Dan Pettersson erahnen, was er von Stinas Schlussfolgerung hielt.

»Kein Kommentar.«

»Wir haben es hier mit einem Attentat in einem der zentralen Viertel Stockholms zu tun, und viele Menschen sind beunruhigt. Informationen sind in einem solchen Fall ungeheuer wichtig. Was können Sie unseren besorgten Hörerinnen und Hörern mitteilen?«

»Ganz egal an welchem Ort Schwedens es zu einer Explosion kommt – auf dem Land, in den Vororten oder auf Östermalm in Stockholm –, sollte jeder wissen, dass die schwedische Polizei ihre Arbeit stets äußerst ernst nimmt.«

Innerlich fluchte Stina. Sie hätte nicht auf Unruhe im Zusammenhang mit der Innenstadt anspielen sollen. Das trug nur dazu bei, dass sich in den Medien mal wieder alles um Stockholm drehte. Und Dan Pettersson war ohnehin zu ausgekocht. Demonstrativ trat er mit den Polizeistiefeln auf der Stelle. Er wollte weg.

Stina sah ein Auto neben dem herausgerissenen Eingangstor halten. Sie erkannte den Fahrer. Und die blonde Frau, die hinten ausstieg.

»Nur eine letzte Frage. Dass gerade die Bombenspezialeinheit der Polizei am Unglücksort eingetroffen ist, spricht doch sicher dafür, dass hier eine Bombe explodiert ist?«

Gezwungenermaßen drehte sich Dan Pettersson zu dem Auto um, auf das Stina zeigte. Sie winkte Eywind Kopsch zu, einem älteren Mann mit Glatze und kohlschwarzem Schnurrbart. Kurz bevor er durch die Eingangstür verschwand, hob er die Hand. Auch die blonde Frau nickte Stina zu.

»Aha, Sie kennen Kopsch. Ja, diese Annahme ist möglicherweise korrekt. Jetzt muss ich mich allerdings entschuldigen.«

Damit stapfte auch Dan Pettersson in Richtung der demolierten Eingangstür.

Mit dem Hinweis, dass sie sich bald mit neuen Informationen melden würde, gab Stina zurück ins Studio. Es sei nun »so gut wie« sicher, dass eine Bombe die heftige Explosion in der Hedinsgatan im Herzen von Östermalm verursacht habe, fügte sie noch hinzu.

Dann hastete sie zurück zum Eingang des Gebäudes und hoffte auf ihr Glück. Weiter als bis zu den Polizeiabsperrungen kam sie nicht, und wenn alle Polizisten hineingegangen waren, war es zu spät. Aber Stina hegte den Verdacht, dass eine der Personen vor Ort vielleicht ein wenig warten würde.

Und sie behielt recht.

»Stina Forss.«

»Karolina Palm.«

»Wir müssen aufhören, uns auf diese Art zu begegnen.«

Sie schüttelten sich die Hände, auch wenn Stina mehr nach einer Umarmung war. Seit den Ereignissen vor einem halben Jahr, bei denen es Palm gelungen war, Stina, David und Vilhelm Skrak zu retten, als sie sich in der Königlichen Schatzkammer versteckt hatten, fühlte Stina eine besondere Verbindung zu Karolina.

Trotzdem beließen sie es jetzt bei einem trockenen Händeschütteln. Immerhin waren sie beide im Dienst.

»Kannst du ein paar Worte sagen? Ich berichte für das *Eko-Journal*, und euer Pressesprecher war so …«

Karolina Palm sah Stina neugierig an.

»… so pressesprechermäßig.«

Palm nickte. »Ich weiß nicht, ob ich dir ein Interview geben kann, weil ich nämlich gar nicht weiß, ob ich überhaupt hier sein sollte.«

Offenbar musste Stina enttäuscht gewirkt haben, denn Karolina sprach mit gedämpfter Stimme weiter.

»Inzwischen leite ich die Einheit für Schwere und Organisierte Kriminalität hier in der Stadt, aber ob wir in diesem Fall ermitteln dürfen oder nicht, hängt ganz vom Ergebnis der Spurensicherung ab. Wenn das eine klassischer Terroranschlag war, übernimmt die Säpo die Sache.«

Stina ordnete ihre Gedanken. Die Säkerhetspolisen, der Geheimdienst. Terror. Die Härchen auf ihren Unterarmen richteten sich auf.

»Aber ihr seid nicht sicher? Ich meine, du bist trotzdem hier ...«

»Ganz genau. Ich wollte mir selbst ein Bild machen. Es scheint, als hätte es nicht nur *einen* Knall gegeben ...«

Stina wartete ab. Sie hatte Karolinas Betonung genau gehört.

»Um 12:03 Uhr und 12:04 Uhr gingen eine Menge Notrufe bei uns ein. Dann riefen um 12:06 Uhr wieder Leute an. Mehrere Zeugen behaupten, es hätte erst einen kleineren Knall gegeben und danach sei die richtige Explosion gekommen.«

»Zwei Explosionen? Wer tut so etwas? Und was steckt dahinter?«

»Die Säpo hält es für ein eindeutiges Anzeichen dafür, dass es ein Terroranschlag war. Es gibt mehrere Beispiele aus dem Nahen Osten, bei denen zuerst eine kleinere Bombe in die Luft gegangen ist. Nach einer Minute, wenn die Menschen sich aus der Deckung wagen, um den Verletzten zu helfen, wird die zweite, größere Sprengladung gezündet. So tötet man noch mal mehr Menschen.«

»Aber in diesem Fall glaubst du nicht an diese Theorie?«

»Ich glaube nie irgendwas, Stina. Ich finde heraus, wie es ist.«

Ein kurzes Lächeln blitzte auf, bevor Karolina eines der blau-weißen Absperrbänder anhob und Stina verließ.

»Wir werden die Information, dass es zwei Sprengladungen gab, veröffentlichen«, rief Stina ihr hinterher.

»Okay.« Karolina blieb stehen. »Aber das hast du, verdammt noch mal, nicht von mir.«

KAPITEL 3

»A-ck-sel fährt Ä-cks Zweitausen.«

Es war, als befände sich ein Ameisenhaufen im Körper des hageren Zehnjährigen. David hüpfte von einem Bein aufs andere, und die Arme schwangen in weiten Bewegungen vor und zurück. Sein Gesicht war ein einziges Grinsen, während sein Blick wieder und wieder über den riesigen Silberkörper des X2000 in Richtung Malmö und Kopenhagen glitt.

»Mama. Ä-cks Zweitausen.«

»Ja, David, Mama sieht ihn auch. Das ist ein X2000-Zug.«

»A-ck-sel fährt damit?«

»Ja, David, ich fahre mit dem Zug.« Axel hockte sich auf den Bahnsteig vor David. Er wusste, was als Nächstes kommen würde.

»Fährt David Zug?«

Axel achtete genauestens darauf, nicht zu lächeln, nicht einmal entschuldigend. Es fiel David schwer, die Gesichtsausdrücke anderer Menschen zu deuten, und doppelte Botschaften waren noch verwirrender. Eine schlechte Nachricht konnte nicht mit einer fröhlichen Miene übermittelt werden.

»Leider nicht, David. Diesmal werde ich allein fahren.«

Die Augenbrauen des Jungen schossen nach oben, und sein Gesicht nahm einen erstaunten Ausdruck an. Dann kamen die Tränen. Und der Zorn.

»Ich will fahren. Ich WILL! Mama, ich WILL!«

Stina versuchte, ihren Sohn zu umarmen. Sie war die Stimmungsschwankungen gewohnt, aber es kostete sie immer viel Kraft.

»Du darfst Axel winken, wenn er auf seinem Platz sitzt. Dann können wir hier auf dem Gleis stehen und sehen, wie er aus dem Zug winkt.«

Die Ruhe in ihrer Stimme beeindruckte Axel. Beinahe hätte er sich davon täuschen lassen, aber er wusste, dass sie lediglich versuchte, all die Menschen um sie herum auszublenden, die sie und ihren schreienden Sohn anstarrten. Es war nicht leicht. David wehrte sich und versuchte, sich aus ihrer Umarmung zu winden. Tränen der Wut liefen über seine Wangen.

Über den Kopf des Jungen warf Stina ihm einen Blick zu und deutete nachdrücklich mit dem Kinn auf die Zugtür.

»Geh einfach.«

Axel nahm seine Tasche und drückte den Türgriff nach unten. Das laute Zischen, das darauf folgte, hatte einen lähmenden Effekt auf den Jungen. Abrupt verstummte David und klammerte sich mit weit aufgerissenen Augen an seine Mutter.

»Mama!«

»Ist gut, David, das ist nicht gefährlich. So klingt es, wenn man die Zugtür öffnet.«

Verwundert schaute David zu, wie Axel die Stufen nach oben ging.

»Heute im Museum lief es gut. Skrak und ich haben vielleicht endlich einen Weg gefunden, wie wir weiterkommen.« Axel hatte sich noch einmal umgedreht und gewartet, bis David still war.

»Wirklich?«

Stina wirkte erstaunt, aber hörte Axel nicht auch ein wenig Skepsis in ihrer Stimme?

»Ja. Das heißt, im Grunde war wohl er es, der etwas entdeckt hat. Wir reden später darüber.«

Er sah, dass Stina den Wink verstanden hatte. Inzwischen hatten sie gelernt, dass man nie wusste, wer alles zuhörte.

Axel schaute den Bahnsteig entlang. Die meisten Passagiere waren bereits eingestiegen, und niemand befand sich in Hörweite.

»Offenbar bestand der Trick darin, nach ihren Gattinnen zu suchen. Das hatte ich übersehen.«

Stina lachte auf. »Wie oft muss ich dich noch ermahnen, uns Frauen nicht zu unterschätzen?«

»Jaja. Aber während du dich um deine Karriere gekümmert hast, haben der Professor und ich dein Kind betreut. Erspar mir also die feministische Theorie.«

Mit seinem Scherz war er ein kleines bisschen zu weit gegangen, das spürte Axel, und er verfluchte sich für sein loses Mundwerk. Es war heikel, die alleinerziehende Mutter eines behinderten Kindes darauf hinzuweisen, dass sie Hilfe brauchte, um den Alltag zu bewältigen. Eine peinliche Stille entstand, auch wenn Stina so tat, als sei nichts geschehen.

Axel wechselte das Thema. »Wie lief es auf der Arbeit? Ich habe eine Menge Blaulicht in der Stadt gesehen.«

»Gut, beziehungsweise, es war natürlich schrecklich, die Explosion muss verheerend gewesen sein. Aber es gab keine Verletzten. Und ich hatte Glück. Wäre Karolina nicht aufgekreuzt, wäre es ein Kein-Kommentar-Festival geworden.«

»Palm?«

David hatte offensichtlich das Interesse am Gerede der Erwachsenen verloren, denn Axel sah, wie der Junge versuchte, sich aus den Armen seiner Mutter zu befreien.

»Sie hat erzählt, dass es zwei Bomben waren. Und anscheinend ringen ihre Einheit und die Säpo darum, wer die Ermittlungen übernimmt. – Warte bitte, David!«

Jetzt zog der Junge an ihren ineinander verschränkten Händen, die ihn daran hinderten, zum Zug zu stürzen.

»David, wir sehen uns da vorn, dann winken wir, ja?« Axel deutete in die Fahrtrichtung des Zugs. Bevor er losging, lächelte er Stina schief an. »Palm gegen die Säpo? Die Diskussion hätte ich ja gern auf Band. Jetzt gehen wir los, David! Du auf dem Bahnsteig, ich im Zug. Dann wollen wir mal sehen, ob wir uns finden!«

Das Leben als Spiel, so kam David am besten zurecht. Seine Miene hellte sich auf, und er strahlte wieder. Stinas Gesicht hingegen wirkte düster.

»Axel, warum erzählst du mir nicht, wohin du fährst?«

Er hasste es, nicht ehrlich sein zu können, vor allem wenn es Stina war, vor der er Dinge geheim hielt. Aber die Anweisung war deutlich gewesen.

Erzähl niemandem davon. Es ist zu ihrer Sicherheit, nicht nur zu deiner eigenen.

»Ich melde mich innerhalb der nächsten vierundzwanzig Stunden, versprochen. Du brauchst dir keine Sorgen zu machen.«

Seine Worte halfen nicht, das sah er Stina an. Aber sie schaffte es nicht, weitere Fragen zu stellen, denn David lief bereits den Bahnsteig hinauf.

Im Zug beeilte sich Axel, Schritt zu halten.

Er ließ sich auf seinen Platz sinken. Wie immer hatte er den Einzelsitz am Ende des Waggons gebucht, den mit extra Beinfreiheit.

Dann drehte er sich zum Fenster, auf dessen anderer Seite ein aufgeregter David mit seiner Mutter stand, deren Laune das exakte Gegenteil zu der ihres Sohns bildete. Axel kannte die sorgenvolle Falte zwischen ihren Augenbrauen. Sie gefiel ihm nicht, aber er konzentrierte sich stattdessen auf David.

Mit seinem begrenzten Zeichensprachewortschatz formte er die Gesten für »groß« und »Zug«, ehe er winkte und die Zeichen für »jetzt« und »fahren« zeigte. Als der Zug losrollte, bildete er ein Herz mit den Händen und hielt es erst in Davids, dann in Stinas Richtung, während er versuchte, so entspannt wie möglich zu lächeln. Viel Erfolg hatte er damit nicht, wie er aus Stinas unverändert besorgter Miene ablas.

*

Kurz vor Södertälje betrat die Schaffnerin das Abteil, und Axel holte den Umschlag mit den Fahrkarten aus seiner Innentasche. Er stöberte zwischen den vielen Tickets und fand schließlich das richtige.

»Mein lieber Scholli, machen Sie Interrail?«, scherzte die Schaffnerin.

Obwohl Axel verstand, dass sie nur nett sein wollte, antwortete er kurz angebunden.

»Nein, Kopenhagen reicht mir völlig.«

Falls er sie mit seiner Antwort vor den Kopf gestoßen hatte, zeigte sie es nicht. Sie kontrollierte seine Fahrkarte und ging weiter durch das Abteil.

Erneut besah Axel sich die Tickets, die er fünf Tage zuvor ins Büro geliefert bekommen hatte. Ein Fahrradkurier hatte ihm den Umschlag mit den acht Fahrkarten überreicht, alle mit einem rosafarbenen Klebezettel versehen, auf dem jeweils eine Ziffer zwischen Eins und Acht stand. Gerade hatte er Ticket Nummer eins benutzt: Stockholm–Kopenhagen. Danach würde es interessant werden.

Der beiliegende Brief war kurz, umriss die Aufgabe aber klar:

Axel. Wir müssen uns zu einem persönlichen Gespräch
treffen. Benutze die hier. Die aktuelle Route schicke ich
dir aufs Handy.
X.

Auf den Fahrkarten Nummer zwei und drei war jeweils Kopenhagen als Abreiseort angegeben, allerdings galt Nummer zwei für eine Fahrt nach Hamburg, während Nummer drei Frankfurt als Zielort hatte. Nummer vier ging von Hamburg nach Berlin, die Strecke für Nummer fünf war Hamburg–Amsterdam. Die Nummern sechs, sieben und acht galten ab Frankfurt für je eine Fahrt nach Bonn, Paris und Brügge.

Axels Vermutung nach würde er rechtzeitig darüber informiert werden, welche Fahrkarte er jeweils verwenden sollte.

Daher schloss er sein Handy ans Ladekabel an und holte den Laptop aus seiner Reisetasche. Dieses rätselhafte Gebaren war typisch für Xenon, genauso wie die kryptische Unterschrift.

Schon seit seinem ersten Interview mit dem Hacker-Aktivisten wusste Axel, dass Xenon eine ausgeprägte Vorliebe für raffinierte Spielchen und Schabernack hatte. Gleichzeitig verstand er aber auch, dass diese Spielchen notwendig für jemanden waren, der sich mit Scientology anlegte, sich in die Sicherheitssysteme der Bankenwelt Panamas hackte und Staatsgeheimnisse aus dem Archiv der Stasi an die Öffentlichkeit brachte. Aus diesem Grund war sich Axel zu neunundneunzig Prozent sicher, dass das X für Xenon stand, der an irgendeiner Hotelbar in Mitteleuropa auf ihn wartete, und das wiederum reichte aus, damit er in einen Zug stieg.

An und für sich war eine Bar in Mitteleuropa schon Grund genug. Axel hatte seit dem vergangenen Herbst keinen freien Tag mehr gehabt, geschweige denn Stockholm verlassen. Erst jetzt merkte er, wie ausgelaugt er eigentlich war.

Er kramte in seiner Reisetasche zwischen seinem einzigen Set Wechselkleidung, dem Kulturbeutel und seinem Tonbandgerät. Schließlich fand er das Ladekabel für den Computer, seine Hand ertastete aber auch noch etwas anderes: die Maglite-Taschenlampe seines Vaters.

Die Erinnerung folgte auf dem Fuße.

Lova. Ioan Petrescu. Ihre Behauptung, dass der Profikiller ertrunken sei, während Axel bewusstlos im Boot gelegen habe. Dass sie Petrescu zu Boden sinken gesehen habe, mit genau dieser Taschenlampe in der Hand.

Axel umklammerte die Maglite, ließ sie aber in der Tasche liegen. Irgendwann musste er die Gelegenheit nutzen, um Lova zu fragen, warum sie gelogen hatte. Was war im Boot zwischen Lova und Petrescu geschehen, während er selbst bewusstlos gewesen war?

Wie es aussah, musste er sich allerdings noch in Geduld üben. Obwohl er ihr bereits mehrere SMS und E-Mails geschickt hatte, weigerte sich Lova bisher konsequent, mit ihm zu kommunizieren. Ein kurzer Brief war die einzige Antwort, die er erhalten hatte. Darin verwies sie auf ihre Psychotherapeutin, die die Ansicht vertrat, Lova sei »noch nicht bereit, das Trauma mit jemand anderem zu besprechen«. Wie sollte man bitte auf so eine Nachricht reagieren?

Axel betrachtete sein Spiegelbild in der Fensterscheibe und bemerkte, dass er verbittert grinste. Und hatte er nicht auch allen Grund, verbittert zu sein? Lova hatte das Trauma nahezu ohne einen Kratzer überstanden und war außerdem von der Finanzministerin zur designierten Ministerpräsidentin aufgestiegen. Der alte Ministerpräsident Ulf Göransson war so gut wie weg vom Fenster, die Umfragewerte der Sozialdemokraten im Keller und die Grünen inzwischen Schwedens größte Partei. In dieser Lage war es angebracht, dass ein Politiker der Grünen die Rolle des Ministerpräsidenten übernahm, aber in diesem Land ließ sich ein sozialdemokratischer Anführer nicht so ohne weiteres absägen. Gleichzeitig sandten die Umfrageergebnisse eine deutliche Botschaft: Das schwedische Volk wollte Lova Magnusson als erste weibliche Ministerpräsidentin des Landes.

Axel wunderte sich, wie es möglich war, dass seine Sandkastenfreundin – wobei, wieso sich selbst belügen? – seine Sandkasten*liebe* – nein, er änderte seine Meinung erneut – seine *Liebe* gerade im Begriff war, zur obersten Vertreterin der Nation zu werden. Durch das Attentat im Schärengarten war Lovas ohnehin schon große Popularität noch weiter durch die Decke gegangen. Eine knallharte Frau, die einen Mörder zur Strecke gebracht und, wie um der Sache die Krone aufzusetzen, gleichzeitig ihre Jugendliebe gerettet hatte. Hierbei war *Jugend* ein notwendiger Zusatz, der Axel sehr schmerzte.

Nicht einmal die Scheidung von ihrem Ehemann hatte Lova politisch in ein schlechteres Licht gerückt. Es waren neue Zeiten. Eine Frau konnte Ministerpräsidentin werden und musste dafür nicht einmal mehr verheiratet sein. Offenheit und Demokratie würden den Weg in die Zukunft prägen, und mit genau diesen Waffen würde das Großkapital bezwungen werden. Lova rückte nicht einen Millimeter von der politischen Linie ab, wegen der sie von Anfang an so beliebt war.

Wenn irgendetwas an dieser für Axel schmerzhaften Entwicklung dennoch ein wenig Hoffnung versprühte, dann die Tatsache, dass Lova nun wieder single war. Zumindest, soweit er wusste. Eine Gelegenheit, sie danach zu fragen, hatte er nicht bekommen.

An guten Tagen bildete er sich ein, dass ihre Scheidung etwas mit dem Kuss zu tun hatte, zu dem es – beinahe – zwischen ihnen gekommen war. Bevor ein verfluchter Auftragsmörder mit einem Monsterboot aufgetaucht war und alles zerstört hatte. An schlechten Tagen hingegen kam es Axel so vor, als läge sein Herz genauso in Trümmern wie die Fischerhütte, die Lova und er in die Luft gesprengt hatten.

Er seufzte tief und hoffte, dass die Zukunft mehr gute Tage für ihn bereithielt.

Wieder verschwand seine Hand in der Reisetasche. Es geschah unbewusst. Sein Körper suchte nach Trost, und die Taschenlampe war das Einzige, woran er sich festhalten konnte.

Er vermisste seinen Vater. Ursprünglich hatte die Taschenlampe ihm gehört, und mit Sicherheit hätte er jetzt ein paar einfache kluge Worte sagen können, die Axel Sicherheit geboten hätten. Beruhigende Worte, die ihn vielleicht davor bewahrt hätten, mitten in der Nacht aufzuschrecken, weil die Erinnerungen an Ioan Petrescu, der ihn im Boot überraschte und in tödlicher Absicht auf ihn schoss, an die Oberfläche drangen.

Über Monate hatten Axels Hände gezittert, doch seit einiger Zeit taten sie das nun seltener. Ein körperliches Anzeichen für eine posttraumatische Belastungsstörung, hatte seine Ärztin erklärt. So etwas sei typisch für Patienten mit einer Nahtoderfahrung.

Das klang plausibel, dachte Axel, und trotzdem fiel es ihm schwer zu begreifen, dass es dabei um ihn selbst ging. Dass er derjenige war, der nur knapp dem Tod entgangen war.

Eine Migräne bahnte sich an. Er nahm den vertrauten

Metallgeschmack im Mund wahr, der meistens das erste Anzeichen war und sich immer dann einstellte, wenn seine Gedanken um Ioan Petrescu und die Organisation kreisten, die den Mörder angeheuert hatte.

Die Achtzehn.

Noch immer fühlte es sich ungewohnt an, den Namen zu verwenden, aber Axel war sich sicher. Sie nannten sich selbst Die Achtzehn. Der Spott gegen die Schwedische Akademie war immer eine der treibenden Kräfte der Organisation gewesen, und er nahm an, dass die Skandale rund um die kulturelle Elite im vergangenen Jahr diese Häme nur befeuert hatten.

In den Wintermonaten hatte er sich verfolgt gefühlt, an manchen Tagen nicht einmal die Wohnung verlassen. Aber Stina und er hatten sich gegenseitig dabei unterstützt, wieder in einen funktionierenden Alltag hineinzufinden.

Zunächst einmal hatten sie neue Handys und Computer angeschafft. Für eine Weile hatten sie auch in Erwägung gezogen, sich ein neues Büro zu suchen, aber dann hatten sie sich doch dagegen entschieden. Sie beide mochten die Räumlichkeiten in der Ölandsgatan, und vor allen Dingen wehrte sich Axel dagegen, sich wie irgendein Straßenköter davonjagen zu lassen. Xenon hatte ihnen einen Freund geschickt, der im gemeinsam genutzten Büro und in ihren Wohnungen ein neues Netzwerk installiert und die Router getauscht hatte. Außerdem hatte Xenon eine selbstentwickelte Software aufgespielt, die bei zukünftigen Versuchen, ihr Netz anzugreifen, Alarm geben sollte.

Über mehrere Wochen hatte Axel sogar immer abwechselnde Routen zwischen der Wohnung und dem Büro genutzt. Mal mit dem Fahrrad, mal zu Fuß und mal mit der U-Bahn. Er hatte sich bemüht, das Haus zu ungewöhnlichen

Zeiten zu verlassen, und war an manchen Tagen sogar ganz zu Hause geblieben, um keine Routinen entstehen zu lassen, wodurch er eine mögliche Überwachung erschweren wollte. Doch ein Beschatter war ihm nie aufgefallen, und mit der Zeit hatte er sich wieder entspannt. Wenn es hart auf hart kam, wussten Die Achtzehn ohnehin, wo er wohnte und arbeitete. Wenn sie etwas von ihm wollten, würden sie ihn auch finden.

Er erschauderte und tat, was er immer tat, wenn ihm etwas zu viel wurde: Er verdrängte, schob Dinge an einen anderen Ort in seinem Gehirn und zwang sich dazu, an etwas anderes zu denken. Also stöpselte er die Kopfhörer ins Handy, schaltete das Radio ein und ließ die Töne seinen Kopf füllen. Als er mitten in eine Nachrichtensendung geriet, zuckte er zusammen.

»Heute Morgen bestätigte die Polizei, dass Ragnar von Scheele einem Giftanschlag zum Opfer gefallen ist. Der ehemalige Bankier wurde über längere Zeit dem radioaktiven Stoff Polonium 210 ausgesetzt – eine Methode, die der russische Geheimdienst KGB in der Vergangenheit bereits mehrfach angewandt hat. Zuvor hatte sich die stellvertretende Ministerpräsidentin Lova Magnusson dafür eingesetzt, die Ergebnisse der Ermittlungen öffentlich zu machen. In einem Interview mit dem Schwedischen Rundfunk betonte sie heute die Dringlichkeit einer Fortführung der polizeilichen Ermittlungen, damit die Verantwortlichen für den Mord gefasst und zur Rechenschaft gezogen werden können.«

Lovas Stimme erklang, und Axel spürte einen schmerzhaften Stich in seinem Herz.

»Das ist ein abscheuliches Verbrechen, das zudem mit einer Methode begangen wurde, die dazu geführt hat, dass nun der Nachrichtendienst hinzugezogen wurde.«

»Ist Ihr persönliches Interesse an diesem Fall deshalb so groß, weil der Mord mit der Theorie im Zusammenhang steht, die der Reporter Axel Sköld vorgebracht hat?«

»Mein Engagement in diesem Fall liegt darin begründet, dass es den Anschein hat, als hätten fremde Kräfte mitten in unserer Hauptstadt einen schwedischen Staatsbürger ermordet.«

Axel glaubte, eine Spur von Zweifel aus Lovas Antwort herauszuhören, wenn auch nur andeutungsweise.

»Aber bedeutet die Tatsache, dass von Scheele ermordet wurde, dass etwas an Axel Skölds Theorie dran ist?«

Der Reporter gab nicht auf, und Axels Herzschlag beschleunigte sich.

»Da müssten Sie meinem Gedächtnis erst noch einmal auf die Sprünge helfen, wie Skölds Theorie genau lautet. Nach meiner Erinnerung war sie ein wenig unklar?«

Sköld. Sie benutzte seinen Nachnamen. Am liebsten hätte er das Handy aus dem Abteilfenster geschleudert.

»Laut Axel Sköld wurde der Mord an von Scheele von demselben Mann begangen, der im letzten Herbst versucht hat, Sie und ihn im Schärengarten bei Västervik zu töten. Alles im Auftrag einer größeren Organisation ...« Der Reporter klang immer unsicherer, je weiter er mit dem Satz kam. Dennoch fasste er sich ein Herz und beendete ihn: »... die diesen Mann auch mit dem Mord an Olof Palme beauftragt haben soll.«

Axel wusste genau, wie das Interview zu Ende gehen würde. Unsichere Journalisten verspeiste Lova zum Frühstück.

»Ich finde, wir sollten den Palme-Mord auf sich beruhen lassen. Die Ermittlungen sind abgeschlossen und wurden eingestellt.«

Zu Axels Überraschung – und wohl auch zu der des Radioreporters – sprach Lova danach aber weiter.

»Unterdessen habe ich der Debatte nach dem Attentat auf mich und den Journalisten Sköld entnommen, dass Unklarheiten bezüglich der schwedischen Neutralitätspolitik während der 1980er-Jahre bestehen. Vertreter und Vertreterinnen sämtlicher im Reichstag vertretenen Parteien haben den Wunsch geäußert, diesen Punkt genauer zu erforschen. Deshalb wird die Regierung in Kürze einen Abgeordneten im Rahmen eines Einzeluntersuchungsausschusses damit beauftragen, die schwedischen Beziehungen zu anderen Staaten während der Endphase des Kalten Krieges genau unter die Lupe zu nehmen. Die Neutralität ist zentral für die außenpolitische Haltung unseres Landes, darüber dürfen nicht die geringsten Zweifel bestehen.«

Axel schaltete das Radio aus. Das war eine unerwartete Maßnahme. Er wurde einfach nicht schlau aus Lova. In seinem Kopf kreisten die Gedanken, dennoch schlief er auf Höhe von Norrköping schließlich ein.

*

Mitten auf der Öresundbrücke weckte ihn ein SMS-Klingelton. Die Nachricht stammte von einer unbekannten Nummer und bestand lediglich aus einem einzigen Zeichen.

2.

Er sah im Ticketumschlag nach. Zwei bedeutete Kopenhagen–Hamburg.

Axel blickte sich im Abteil um. Es war zur Hälfte besetzt, und viele seiner Mitreisenden schienen zu schlafen. Ein Pärchen unterhielt sich über ein Stiefkind, das offenbar ein unendlicher Quell der Enttäuschung war. Vier Männer in Anzügen und Krawatten begingen den Start ins Wochenende mit Dosenbier und Nüssen; die übrigen Fahrgäste waren in ihre Smartphones vertieft. Für Axel interessierte sich niemand.

Auf dem Bahnsteig in Kopenhagen studierte er sorgfältig seine Umgebung. Er wurde das Gefühl nicht los, dass er überwacht wurde. Deshalb wartete er bis zur allerletzten Minute, ehe er an Bord des Zugs nach Hamburg sprang.

Das ganze letzte Jahr über hatte er mit dieser latenten, aber anhaltenden Furcht gelebt, die er im Magen spürte. Obwohl er sich beinahe an sie gewöhnt hatte, kostete sie ihn Energie, und an manchen Tagen fühlte er sich komplett ausgelaugt.

Er beschloss, sich eine Pause zu gönnen. Mit dem Ticket hatte er Zugang zu einem Ruheplatz, einer Art Sessel, den man umklappen konnte. Er schlief schnell ein und wurde zwei Stunden später geweckt, als sie die Grenze nach Deutschland passierten.

Die Passkontrolle war rasch erledigt, und bald schon schossen sie wieder mit atemberaubenden zweihundertvierzig Stundenkilometern durch die Landschaft. Um 2:30 Uhr hielt der Zug am Hamburger Hauptbahnhof.

Noch immer wusste Axel nicht, wohin er als Nächstes gehen sollte. Doch im selben Augenblick, in dem er auf den Bahnsteig trat, ertönte das SMS-Signal, was ihn so überraschte, dass er sich instinktiv umschaute. Beobachtete ihn der Absender etwa?

Es war mitten in der Nacht von Freitag auf Samstag und er noch schläfrig. Der Hamburger Bahnhof hielt betrunkene Nachtschwärmer und müde Kioskverkäufer bereit, dazu Zugreisende, die einfach nur nach Hause wollten.

Axel warf einen Blick auf sein Handy.

5.

Wieder kramte er nach den Fahrkarten. Amsterdam. Mit müden Augen schaute er auf die große Tafel mit den Ankunfts- und Abfahrzeiten. Der Zug nach Amsterdam ging erst um halb fünf. Na toll. Drei Stunden soziale Wirklichkeit in Hamburg.

*

Um 10:55 am folgenden Vormittag erreichte der Zug Amsterdam Centraal, und Axel stieg aus. Der deutsche Hochgeschwindigkeitszug hatte in Bezug auf Komfort und Pünktlichkeit brilliert und ihm einige dringend nötige Stunden Schlaf beschert.

Er durchquerte die pompöse Bahnhofshalle aus dem 19. Jahrhundert, die so aussah, wie ein Bahnhof nach Axels Geschmack auszusehen hatte, und erhaschte einen Blick über eine der vielen Grachten der Stadt. Eine weitere SMS traf ein.

Hotel Park Plaza.

Während er auf dem Handy nach dem Hotel suchte, hielt er gleichzeitig die Augen nach einem Taxi auf. Dann lachte er. Das Hotel befand sich auf der gegenüberliegenden Seite des Kanals. Als er den Blick hob, sah er bereits das Schild.

Jetzt spürte Axel ein Kribbeln. Das Journalistenfieber, die Neugier. Nicht mehr lang.

Er ging einen Schritt schneller in Richtung des Hotels, das beinahe ebenso groß war wie das Bahnhofsgebäude und aus der gleichen Epoche zu stammen schien.

Als er durch die Eingangstür gegangen war, bekam er eine weitere Nachricht aufs Handy.

Zimmer 501.

Ohne Schlüssel kam er jedoch nicht in den Aufzug. Die Dame an der Rezeption wirkte nicht überrascht, als er sein Anliegen vorbrachte. Ganz im Gegenteil.

»Use the elevator to the right. You are expected. Can I just borrow your passport for a moment?«

Axel zögerte, begriff aber, dass er keine Wahl hatte. Die Dame kopierte seinen Ausweis und gab ihn wieder an Axel zurück. Dann deutete sie auf den Aufzug und nickte.

Zimmer 501 lag am hinteren Ende des Korridors im obersten Stockwerk. Wie Axel bemerkte, war der Abstand zur nächsten Zimmertür besonders groß. Also eine Suite. Er klopfte an.

Die Tür wurde geöffnet, und Axel stellte fest, dass er mit seiner Vermutung bezüglich der Suite richtiggelegen hatte. Womit er sich hingegen komplett geirrt hatte, war die Annahme, dass es Xenon war, der ihn erwartete.

KAPITEL 4

Es ging auf acht Uhr morgens zu, und über Stockholm strahlte ein hellblauer Himmel. Karolina Palm staunte jedes Jahr aufs Neue über das Licht des Sommers. Trotzdem hatte sie die Schreibtischlampe in ihrem Dienstzimmer im »Kronan« eingeschaltet. Das majestätische Polizeigebäude im Kronobergsparken hatte eine lange Geschichte und daher dicke Wände. Das Tageslicht drang nicht besonders weit ins Gebäudeinnere, und in diesem Moment musste Karolina gut sehen können.

Eywind Kopsch legte fünf Gegenstände, eingeschlossen in durchsichtige Plastiktüten, vor ihr auf den Tisch. Beweisstücke vom Explosionsort. Kopsch ging langsam, aber methodisch vor, und Karolina wusste, dass sie sich besser nicht einmischte. Das Einzige, wofür Kopsch noch bekannter war als für seinen schwarzen Schnurrbart, war sein Fachwissen als Sprengstoffexperte. Es verschaffte Karolina ein sicheres Gefühl, dass er von Beginn an in die Ermittlungen einbezogen worden war.

»Das war wirklich ein riesiges Chaos gestern, aber so ist es immer, wenn wir mit Dingen zu tun haben, die in die Luft gehen.« Kopsch wich ein Stück zurück, um einen besseren Überblick zu haben. »Du erkennst bestimmt in den meisten Fällen, was sich in den Tüten befindet, aber ich erläutere es trotzdem, damit es keine Missverständnisse gibt.«

Karolina nickte. Sie wusste, wie empfindlich eine polizeiliche Ermittlung gerade zu Beginn war. Ein Fehler in diesem Stadium konnte die Ermittlungen im schlimmsten Fall in die falsche Richtung lenken.

»In den Tüten eins und zwei siehst du mechanische Timer. Ich habe die Teile in verschiedene Tüten sortiert, denn obwohl sie kaputt und nur noch Einzelteile übrig sind, glauben wir mit einiger Sicherheit sagen zu können, dass es sich um die Bruchstücke zweier separater Zeitschaltuhren handelt.«

»Zwei Timer? Das bestätigt unsere Vermutung, dass es zwei Bomben waren.«

Kopsch nickte zustimmend und ging zum nächsten Beweisbeutel über.

»In Nummer drei haben wir Teile von etwas, was wir für einen Vibrationsalarm halten.«

»Eine Autoalarmanlage?«

»Das ist meine Vermutung, aber wir müssen die Teile noch genauer untersuchen.« Kopsch deutete auf den nächsten Beutel. »Tüte Nummer vier. Ja, den Deckel erkennst du. Er gehört zu einer Flasche Brennspiritus.«

Vor sich sah Palm einen rosafarbenen Klumpen aus geschmolzenem Plastik, auf dem ein weißer Schraubverschluss saß, der die Hitze weitestgehend unbeschadet überstanden hatte. Die grelle Farbe ließ darauf schließen, dass Kopsch recht hatte.

»Das muss ein ordentliches Feuer gewesen sein, nachdem die da in die Luft geflogen ist?«

»Ja, und wir gehen davon aus, dass sie zum Mechanismus gehörte.«

»Dann wollte der Täter also, dass es zu einem Feuer kommt?«

»Natürlich ist das noch nicht sicher, aber wir haben die Flasche in der Nähe der übrigen Teile gefunden, also war sie wahrscheinlich eine Komponente mindestens einer der beiden Bomben.«

»Interessant.«

Sie waren beide froh darüber, dass keine Menschen zu Schaden gekommen waren, aber Karolina wusste auch, dass die dunklen Beweggründe der Täter eine starke Anziehungskraft auf viele ihrer Kollegen ausübten. Menschen gingen aus vielen unterschiedlichen Gründen zur Polizei, und dabei war das Bedürfnis, die Wehrlosen gegen die Gewalttätigen zu schützen, oft der kleinste gemeinsame Nenner. Für die Polizisten, die zu Ermittlern aufstiegen, waren das Lösen von Rätseln, die Suche nach Puzzleteilen und das Eintauchen in die dunklen Nischen der Gehirne von Psychopathen das, was die Arbeit interessant machte. Oder vielleicht sollte sie besser *bedeutungsvoll* sagen.

»Kommen wir schließlich zu Tüte Nummer fünf. Hier haben wir einen klassischen, drei Zoll langen Senkkopfstift.«

»Komisch. Ich finde, das sieht nach einem Nagel aus …«

»Ja, also, ich …«

Kopsch verlor den Faden, als er Karolinas verschmitzt funkelnde Augen sah.

»Du sollst einen alten und anständigen Sprengstoffexperten wie mich doch nicht auf den Arm nehmen, Karolina.«

»Und du solltest nicht davon ausgehen, dass ich meine Nägel nicht kenne. Letzen Sommer habe ich das komplette Dach an meinem Ferienhäuschen neu gedeckt. Den ein oder anderen Senkkopfstift habe ich dabei durchaus eingeschlagen.«

Er lachte kurz und packte dann die Beweismitteltüten wieder in seine Tasche.

»Wir machen mit der Untersuchung unten im Labor weiter. Mit etwas Glück stoßen wir auf DNA oder etwas anderes Verwertbares. Die ganze Sache wirkt auf mich eine Spur zu raffiniert. Irgendetwas ist da mit dem Timer. Er ist so … altmodisch.«

Karolina nickte. Das war ihr auch aufgefallen.

»Du müsstest noch heute einen vorläufigen Bericht auf deinen Schreibtisch bekommen«, versprach Kopsch.

Sie klopfte ihm auf die Schulter, als er ihr Dienstzimmer verließ. Auf Eywind Kopsch war Verlass.

Plötzlich summte ihr Handy.

»Palm«, meldete sie sich.

»Haak.«

Die Säpo, natürlich. Am besten brachte sie es gleich hinter sich. Sie wusste, wer Christer Haak war, aber nur vom Hörensagen. Ein rothaariger Streber, der im Begriff war, sich in der neu strukturierten Hierarchie des Nachrichtendienstes einen Namen zu machen.

»Wie praktisch. Ich dachte mir schon, dass die Säpo gern auf den neuesten Stand gebracht werden möchte.«

»Da haben Sie falsch gedacht. Wir wollen viel eher das gesamte Ermittlungsmaterial haben. Sie dürfen es uns gern umgehend zuschicken.«

Frech, aber nicht unerwartet.

»Das wird nicht passieren. Wir brauchen das Material hier, verstehen Sie? Immerhin haben wir ein Verbrechen aufzuklären«, erwiderte sie, ohne langsamer zu sprechen oder die Stimme zu heben.

»Lassen Sie es gut sein, Palm, Sie verschwenden nur Ihre Zeit. Wir wissen beide, dass die Säpo für Terroranschläge zuständig ist. Und das hier ist ein Terroranschlag.«

Statt sofort darauf zu antworten, wartete Karolina ab.

»Na gut, ein mutmaßlicher Terroranschlag.« Haak klang schon etwas unsicherer.

»Wenn Sie mir erklären, wie der Vibrationssensor einer Autoalarmanlage aus dem Jahr 1989 und eine Flasche Brennspiritus diese Sache zu einem Terroranschlag machen, dann bitte gern.«

»Eine 89er-Alarmanlage?«

In diesem Punkt hatte sie ein wenig geflunkert und klang sicherer, als sie es war, aber es schien zu funktionieren. Sie hoffte, dass ihre Schätzung zumindest in etwa zutraf. Am wichtigsten war, dass ihr die Ermittlung jetzt nicht aus den Händen gerissen wurde. Sie hasste es, wenn die Säpo mit großem Getöse das Kommando übernahm, und außerdem wusste sie, dass die Behörde davon profitierte, wenn sie den Eindruck der Terrorbedrohung noch weiter aufblasen konnte. Dadurch wuchs nämlich ihr Budget. Sie selbst war dagegen alles andere als überzeugt, dass die schwedische Gesellschaft von einer übertriebenen Angst vor Terroristen profitierte.

»Nach dem IS sieht es ja nicht unbedingt aus, oder was meinen Sie?«

Karolina ahnte bereits, was Haak antworten würde: dass sich Terrorgruppen heutzutage aller zur Verfügung stehenden Mittel bedienten, ob es nun Messer, Lastwagen oder automatische Waffen waren. Sie nahmen alles, was Schaden anrichten oder töten konnte und auf diese Weise ihre Agenda voranbrachte. Selbst gebastelte Bomben zählten ebenfalls dazu.

Zusammengenommen war das ein Argument dafür, dass die Säpo mindestens genauso berechtigt war, die Leitung über die vorläufigen Ermittlungen zu übernehmen, wie ihr eigenes Team, das für Organisierte Kriminalität zuständig war. Aber eben nur mindestens genauso berechtigt. Nicht mehr.

Christer Haak schien zu derselben Erkenntnis gekommen zu sein.

»Okay, Palm. Ich gebe das an meine Vorgesetzten weiter. In der Zwischenzeit kümmern Sie sich darum, uns über jedes Detail der Ermittlungen auf dem Laufenden zu halten. In einer Stunde erwarte ich einen ersten vorläufigen Bericht auf meinem Schreibtisch.«

Sie musste lachen, gab sich aber Mühe, dass Haak es nicht hörte.

»Sie werden genauso informiert wie alle anderen auch. Die Techniker melden sich, sobald sie mit ihrer Arbeit durch sind. Sie brauchen also nicht zu warten.«

Karolina legte auf, bevor Haak protestieren konnte.

Wenn sie nicht bald herausfanden, wer für den Bombenanschlag verantwortlich war, würde es verdammt unangenehm werden. Schon jetzt war ihr E-Mail-Postfach voll von Presseanfragen. Vielleicht wäre es doch keine so schlechte Idee, den Fall der Säpo zu überlassen …

Gleichzeitig weckten die Beweisstücke, die Kopsch gefunden hatte, ihre Aufmerksamkeit. Irgendetwas war damit. Wenn sie dem Stress, den die Medien und die Säpo ihr verursachten, doch nur für eine Stunde entfliehen könnte! Dann hätte ihr Gehirn die Gelegenheit, sich klassischer Polizeiarbeit zu widmen.

Den restlichen Morgen über wurde sie von einer nagenden Gewissheit geplagt: Ihr war irgendetwas Wichtiges aufgefallen, nur kam sie nicht darauf, was es war.

KAPITEL 5

Die Suite 501 des Park Plaza Hotels in Amsterdam befand sich ganz oben in einem Turm des mächtigen Steingebäudes. Sonnenlicht strahlte durch die nach Osten zeigenden Fenster, sodass die Frau, die Axel die Tür öffnete, im Gegenlicht nur als schwarze Gestalt erschien. Trotzdem erkannte Axel sie wieder.

»Sie?«

Die blonde Pagenfrisur saß wie immer perfekt, und die Sonnenstrahlen legten sich wie ein Heiligenschein um Marianne von Scheeles Gesicht.

Sie schloss die Tür hinter ihm.

»Warum so enttäuscht? Sie hätten wohl lieber jemand anderen in einer Hotelsuite in Amsterdam getroffen …«

Als sie an ihm vorbeiging, bemerkte er kleine Kratzer an ihrem Hals. Sie hatte versucht, die Verletzungen mit Schminke zu kaschieren, was ihr allerdings nicht ganz gelungen war. Die Spuren erinnerten Axel an etwas, was er schon einmal gesehen hatte.

»Nehmen Sie Platz. Ich war so frei, uns Frühstück zu bestellen. Bei dem schlechten Essen, das sie heutzutage in den Zügen servieren, dachte ich, Sie könnten etwas Ordentliches vertragen.«

Axel setzte sich auf den Platz gegenüber der Witwe des Mannes, dessen Tod die gestrigen Nachrichtenmeldungen dominiert hatte. Das Hotelfrühstück entsprach den Erwartungen, die man an ein Haus in dieser Lage und mit diesem Renommee stellen durfte. Axel nahm sich von dem Rührei und dem gebratenen Speck, hielt aber inne, als er sah, dass Marianne von Scheele nur ein Croissant auf ihren Teller gelegt hatte.

»Kümmern Sie sich nicht um mich. Mir fehlt der rechte Appetit.«

Natürliche fehlte ihr der. Axel legte das Besteck ab und sah sie direkt an.

»Erzählen Sie mir alles. Sie haben sich große Umstände gemacht, mich hierherzulotsen, jetzt erklären Sie mir bitte, worum es geht.«

Sie räusperte sich, wusste aber offenbar nicht, wie sie beginnen sollte. Wieder ein Husten. Dann schloss sie die Augen, um sich zu sammeln.

Axel reichte ihr die Stoffserviette, die er neben seinem Teller gefunden hatte. Sie führte sie an den Mund und hustete erneut. Als sie die Serviette wieder zur Seite legte, faltete sie sie ordentlich zusammen, so als wolle sie etwas verbergen. Doch Axel hatte bereits gesehen, was sie zu verstecken versuchte.

»Sie haben aus den Nachrichten erfahren, dass mein Mann Ragnar ermordet wurde. Es war wirklich höchste Zeit, dass sie dazu gezwungen wurden, dieses Detail an die Öffentlichkeit zu bringen.«

»Gezwungen?«

»Fast wäre auch dieser Fall zu den Akten gelegt worden. Sie sind es gewohnt, zu bekommen, was sie wollen …«

Sie verstummte, senkte den Blick und sammelte ihre Kräfte, ehe sie ihn direkt ansah. In ihren Augen blitzte ein Funkeln auf, das sie bedeutend jünger wirken ließ.

»Aber ich bin ganz sicher, dass Ihre Freundin sich da persönlich eingemischt hat. Und jetzt steht sie sogar kurz davor, Ministerpräsidentin zu werden! Auf sie sollten Sie wirklich ein Auge haben, in mehrerlei Hinsicht.«

Axel senkte den Blick.

»Sie beide haben eine überraschende Entwicklung durchgemacht, Axel. Ich dachte schon, Ihr Abenteuer im Schärengarten würde damit enden, dass man Sie endgültig zum Schweigen bringt. Aber Lova hat stattdessen noch mehr Macht bekommen, und sie führt ihre Wirtschaftspolitik auf eine Art und Weise fort, von der ich niemals geglaubt hätte, dass sie sich das trauen würde. Und Sie mit Ihrem Podcast … ich war überzeugt, Sie würden ihn löschen lassen.«

»Er würde nur interessanter werden, wenn jemand versucht, ihn zu stoppen. So gerät er langsam in Vergessenheit. Außerdem waren nicht gerade viele Leute der Meinung, dass meine Enthüllungen besonders wertvoll sind.«

»Seien Sie nicht unnötig hart gegen sich selbst. Haben Sie damit nicht über hunderttausend Hörer erreicht?«

»Bald werden es sogar zweihunderttausend sein, aber die meisten davon sind Jugendliche. Keine Machthaber oder Menschen mit Einfluss.«

»Dann sorgen Sie dafür, dass Ihr Podcast im Gespräch bleibt. Ist es nicht an der Zeit, eine neue Folge zu publizieren?«

Das wollte sie also: erfahren, was sie für ihr Geld bekam. Genau genommen war sie immerhin diejenige, die seinen Lohn zahlte. Fünfhunderttausend Kronen waren schon auf seinem Konto eingegangen – das Honorar für den Job, den er bereits erledigt hatte. Jetzt wurde ihm allerdings klar, dass Marianne von Scheele mehr von ihm erwartete.

»Selbstverständlich will ich eine neue Folge herausbringen. Das Problem ist nur, dass es nichts zu erzählen gibt.«

Falls Marianne von Scheele enttäuscht war, zeigte sie es nicht. Stattdessen trank sie einen Schluck Kaffee, ohne dabei den Blick von ihm abzuwenden.

»Sie wissen mehr über die letzten Tage meines lieben Ragnar als die meisten anderen Menschen, und jetzt gibt die Polizei also zu, dass Sie recht hatten. Es war wirklich Mord, wirklich eine Vergiftung mit einem radioaktiven Stoff. Ihre Glaubwürdigkeit ist soeben rasant gestiegen. Gibt es denn wirklich nichts Neues zu erzählen? Die Situation ist perfekt.«

»Möglicherweise gibt es da etwas. Skrak hat es mir erst neulich bestätigt. Der Geschichtsprofessor, falls Sie sich erinnern?«

Sie nickte. Natürlich war ihr Vilhelm Skrak bekannt, der sowohl beruflich als auch privat in die Geschichte involviert war.

»Er glaubt, dass Die Achtzehn im Jahr 1986 erneut eine Konferenz in der Größenordnung von 1945 abgehalten haben. Im Januar, auf Schloss Rånäs.«

»So kurz vor dem Mord an Palme?«

Also sah auch sie diese Verbindung. Unmittelbar und ohne die geringste Verwunderung.

»Erinnern Sie sich, ob Ragnar jemals etwas in dieser Richtung erwähnt hat?«

»Soweit ich mich entsinnen kann, nicht. Es ist natürlich schon lange her, aber ich bezweifle, dass er Zugang zu Informationen dieser Art hatte. Dafür war er nicht wichtig genug. Beruflich mag er erfolgreich gewesen sein, aber dennoch hat er ihnen lediglich als Bankier gedient. Weiter nichts.« Sie stand auf und ging auf eine Doppeltür im hinteren Teil der Suite zu. »Wie sicher sind Sie, dass diese Zusammenkunft stattgefunden hat?«

»Ich vertraue Skraks Aussagen. Er sagt, es sei an den Namen der Ehefrauen der Mitglieder zu erkennen. Auf diese Weise könne man sich erschließen, dass sie alle vor Ort gewesen sein müssen. Das könnte ich in einer neuen Podcast-folge veröffentlichen, auch wenn ich persönlich finde, dass die ganze Geschichte ein wenig dünn ist. Sie haben sich getroffen – okay. Das Treffen fand einige Wochen vor dem Mord an Palme statt – okay. Aber trotzdem. *So what?* Das beweist kaum einen Zusammenhang.«

Ohne seine Gedanken zu kommentieren, öffnete Marianne von Scheele die Tür und betrat den Raum, den Axel als das Schlafzimmer der Suite identifizierte. Er konnte nicht umhin, einen Anflug von Verärgerung zu verspüren. Zuerst zwang sie ihn hierher, noch dazu auf eine undurchsichtige und zeitverschwenderische Weise, und nun ließ sie ihn mitten im Gespräch sitzen. Zwar zahlte sie ihm ein stattliches Honorar, doch das gab ihr noch lange nicht das Recht, ihn dermaßen respektlos zu behandeln.

»Ich hoffe, Sie haben mich nicht ausschließlich hergelockt, um mich an unsere Abmachung zu erinnern? Dafür hätte ein Telefonat genügt.«

Keine Antwort. Er hörte nur das Geräusch ihrer Schuhe und eine Tür, die geöffnet wurde. Dann ein dumpfes Rascheln wie von Papier oder Karton.

Plötzlich stand sie wieder in der Tür und hielt ein Paket in den Händen. Es war eine in braunes Papier eingeschlagene, würfelförmige Kiste, deren Kanten etwa einen halben Meter lang waren.

»Manchmal muss man sich persönlich treffen, Axel. Sowohl mit Freunden als auch mit Feinden.«

Sie stellte die Kiste neben ihren Sessel und setzte sich wieder.

Axel fühlte sich ein wenig gekränkt. Vertraute sie ihm etwa so wenig?

»Nur weil ein bisschen Zeit vergangen ist, bedeutet das

noch lange nicht, dass sich eine Abmachung ändert, die man mit mir getroffen hat«, verteidigte er sich. »Ich hoffe wirklich, dass Sie mir so weit vertrauen.«

Marianne von Scheele reagierte mit einem Lachen. »Zeit verändert alles. Alles und jeden. Aber ich freue mich, dass Sie an Ihrer Einstellung festhalten. Unsere Abmachung gilt nach wie vor. Ich hoffe auf ein baldiges Erscheinen einer neuen Folge über das, was Sie mir gerade erzählt haben. Vor allem aber gilt: Wenn Sie die teuflischen Mörder entlarven, die meinen Ragnar auf dem Gewissen haben, überweise ich Ihnen die ausstehenden zweieinhalb Millionen noch am selben Tag, an dem Sie publizieren. Vergessen Sie diesen Anreiz nicht.«

Wie, um alles in der Welt, sollte er 2,5 Millionen Kronen vergessen? Das war ein Vermögen und vermutlich der größte Anreiz, den je ein Journalist gesehen hatte, seit die Ermittler im Mordfall Palme ihre Belohnung von fünfzig Millionen Kronen ausgelobt hatten. Gleichzeitig wusste Axel aber, dass es nicht um das Geld ging. Sein Ruf stand auf dem Spiel.

»Tatsächlich gibt es aber einen anderen Grund, weshalb ich Sie hierhergelockt habe.« Ihre Betonung lag auf »gelockt«. Dieser Seitenhieb war ihr also nicht entgangen.

Sie schob das Paket mit dem Fuß in seine Richtung.

Als er dazu anhob, die Schnur um die Kiste zu lösen, hielt sie ihn zurück.

»Nein, warten Sie, bis Sie wieder zu Hause sind. Was sich darin befindet, eignet sich nicht für die Öffentlichkeit.«

»Die Öffentlichkeit? Ich bin heimlich hergekommen, habe mehrfach den Zug gewechselt, und wir treffen uns in einem anonymen Hotel in einer europäischen Großstadt.«

»Axel. Sie müssen das jetzt ein für alle Mal verinnerlichen: Gehen Sie immer davon aus, dass man Sie beobachtet. Immer und überall«, sagte sie mit todernster Stimme.

»Das klingt nach etwas, was Xenon gesagt haben könnte.« Erst als er seine eigene Stimme hörte, wurde ihm bewusst, dass er es laut ausgesprochen hatte.

»Vielleicht hat Ihr exzentrischer Freund Eindruck bei mir hinterlassen.«

»Sie haben Xenon getroffen?«

Marianne von Scheele schmunzelte über seinen Gesichtsausdruck, den man wohl als »belämmert« beschreiben könnte, fürchtete Axel. Doch es fiel ihm schwer, sich ein ungleicheres Paar vorzustellen als die stets perfekt gekleidete Marianne von Scheele mit ihrer elitären Eleganz und den anarchistischen Internetaktivisten Xenon, dessen Bart das Einzige war, das man als noch ungepflegter beschreiben musste als seine Sprache.

»Lassen Sie es mich so ausdrücken, dass uns gemeinsame Interessen in dieser Sache zusammengeführt haben.« Sie biss ein winziges Stück ihres Croissants ab und nahm einen Schluck Kaffee, ehe sie weitersprach. »Die letzten Wochen mit Ragnar, als er hinter der Bleiglaswand in unserer Wohnung lag, haben uns die Zeit verschafft, einige der Puzzleteile an die richtigen Stellen zu legen. Wie sich herausstellte, war Ragnars Büro mit Mikrofonen verwanzt, und im Computersystem war eine Spyware installiert.«

»Das kenne ich aus Stinas und meinem Büro.«

»Na, sehen Sie. Dann müssen Sie ganz einfach damit rechnen, dass das weder der erste noch der letzte Versuch war, sie auszuspionieren.« Sie setzte ihre Kaffeetasse mit einem lauten Knall ab, der ihre Botschaft mit kristallklarer Deutlichkeit unterstrich: *Hören Sie auf, so naiv zu sein.* »Da wir gerade über Xenon sprechen … er hat mich gebeten, Ihnen eine Nachricht zu überbringen.« Sie reichte ihm einen Umschlag aus ihrer Handtasche.

»Dann steckt doch Xenon hinter der ganzen Reise?«

Wieder lachte sie auf, und zum ersten Mal wirkte sie dabei fröhlich.

»Ich gebe zu, dass er, was diese Art von Raffinessen betrifft, ein wenig bewanderter ist als ich – und eine größere Vorliebe dafür hat.«

»Geben Sie ruhig auch gleich zu, dass er sie dazu gebracht hat, das Wort ›Raffinesse‹ anstelle von ›Wahnsinn‹ zu nutzen.«

Jetzt lachte sie laut, und der herrliche Klang füllte das Zimmer mit Licht. Allerdings wurde sie schon bald von einer Hustenattacke unterbrochen.

Marianne von Scheele griff erneut zur Stoffserviette und bat um Entschuldigung, als der Hustenreiz abgeebbt war. Ebenso plötzlich wie das Strahlen in ihre Augen getreten war, war es auch wieder verschwunden.

Sie frühstückten zu Ende, dann machte sich Axel bereit zu gehen. Xenons Umschlag steckte er in die Innentasche seiner Jacke, das große Paket klemmte er sich unter den Arm.

»Auf Wiedersehen, Axel. Ich freue mich auf die nächste Folge Ihres Podcasts. Denken Sie daran, dass die Zeit uns verändert. Aber das gilt auch umgekehrt: Wir können die Zeit verändern. Jedenfalls die Zeit, in der wir leben.«

Zwei eilige Wangenküsse, dann schloss sie die Tür.

Auf dem Weg zum Aufzug konnte Axel an nichts anderes denken als an die Serviette, in die Marianne von Scheele gehustet hatte.

Der weiße Stoff war von roten Blutflecken übersät gewesen.

Marianne von Scheele hatte nicht mehr lange zu leben. Bald würde sie das Schicksal ihres Mannes teilen, und die Anzahl der Mordopfer, die an einer Vergiftung mit Polonium 210 gestorben waren, würde sich verdoppeln. Es gab nichts, was Axel unternehmen konnte. Nichts, außer sich an ihre Abmachung zu halten.

KAPITEL 6

Lars Lilliehorn war bei der dritten Tasse Kaffee des Tages angelangt und lehnte sich auf dem lederbezogenen Schreibtischstuhl zurück. Durch das hohe Fenster sah er, wie sich das Reichstagsgebäude im Wasser des Strömmen spiegelte. Sein alter Arbeitsplatz. Rein geografisch hatte er sich kaum mehr als fünfhundert Meter bewegt, doch in jeder anderen Hinsicht hatte sich der Kurs seines Lebens radikal geändert. Vor Kurzem hatte er noch der schwedischen Regierung und der Demokratie als Pressereferent des Finanzministers gedient, jetzt durfte er sich Mitglied einer exklusiven Gesellschaft nennen, deren Hauptaufgabe darin bestand …

Ja, worin eigentlich? Womit Lars Lilliehorn genau arbeiten sollte und welche Erwartungen man an ihn stellte, war noch unklar. Jedenfalls sollte er weiterhin verfolgen, was im Reichstagsgebäude vor sich ging und den öffentlichen Teil der Macht im Reich betraf. Dies gestaltete sich nun ein wenig schwieriger, da er keinen direkten Zugang zur Regierung mehr hatte, aber der Umfang seines Kontaktnetzwerks war beträchtlich, und viele Reichstagsabgeordnete verschiedener Parteien legten großen Wert darauf, auf Lilliehorns Liste zu stehen.

Die im Fernsehen übertragenen Parlamentsdebatten waren nichts als Show, das wusste jeder der 349 Abgeordneten. Die echten Verhandlungen wurden hinter verschlossenen Türen geführt, und dafür brauchte man diskrete und absolut glaubwürdige Nachrichtenboten, die imstande waren, zu vermitteln und dafür zu sorgen, dass Vereinbarungen eingehalten wurden. Lilliehorn stand im Ruf, der Allerbeste zu sein.

Als er die Kaffeetasse abstellte und den Blick hob, konnte er nicht umhin, sich darüber zu wundern, wie schön er die Hauptstadt fand, und zwar immer wieder aufs Neue. Sonnenstrahlen glitzerten in den Wellen zwischen dem Gebäude, in dem er saß, und dem halbrunden Parlamentsgebäude auf der gegenüberliegenden Seite der kleinen Bucht. Auf dem Dach wehte die schwedische Flagge und verlieh dem Bild eine Atmosphäre von Ruhe und Stabilität. Dort, im Zentrum der Macht, war alles in bester Ordnung. Die Bürgerinnen konnten ihr Leben in der Gewissheit führen, dass ihre Vertreter die Lage unter Kontrolle hatten.

Doch Lilliehorn wusste es besser. Die wahre Macht lag woanders. Wo genau, ließ sich eigentlich nicht sagen. Das System war komplex und veränderte sich manchmal im Zuge von Quartalsberichten und Tweets des amerikanischen Präsidenten. Trotzdem war Lilliehorn einer der klügsten Köpfe des Landes, wenn es herauszulesen galt, welcher Akteur zu einem gegebenen Zeitpunkt eine Schlüsselrolle innehaben würde.

Wie er inzwischen verstanden hatte, war dies das Zweite, wofür die Organisation ihn schätzte und wovon sie erwartete, dass er es ihr weiterhin lieferte: eine korrekte und stets aktuelle Machtanalyse.

Als er den Versuch gewagt hatte, eine solche Analyse im Hinblick auf die eigene Organisation anzustellen, war ihm bewusst geworden, dass die Personen, mit denen er sich nun eingelassen hatte, den Kern der wirtschaftlichen, juristischen und politischen Elite Schwedens darstellten. Er stellte sich die Macht im Land wie die Etagen eines Wolkenkratzers vor, und nun hatte er entdeckt, dass es eine Etage mehr gab, als die Knöpfe des Aufzugs anzeigten. Sie lag ganz oben, und er hatte Zutritt erhalten.

Was im Übrigen auch auf das Gebäude zutraf, in dem er sich gerade befand. Als Eigentümer der Immobilie war die Organisation PEAS aufgeführt, aber die Räumlichkeiten des Political and Electoral Assistance Secretariat befanden sich nur im Erdgeschoss. Auch wenn er offiziell seinen Lohn von PEAS bezog, hatte er begriffen, dass in den oberen Geschossen in Wahrheit ganz und gar nicht daran gearbeitet wurde, den Demokratisierungsprozess in der Dritten Welt zu fördern. Eher im Gegenteil.

Der letzte Kaffeerest am Boden der Tasse war kalt. Erstaunlich, dass der Geschmack von etwas so stark von der Temperatur abhing.

Lilliehorn zog eine Verbindung zu seiner Arbeit. All die Macht, die er nun in der Umgebung seiner Freunde genoss, hatte einen Beigeschmack. Das Treffen im vergangenen Herbst hatte vielversprechend begonnen. Er hatte Zutritt zu der Geheimgesellschaft erhalten, von der er bisher nur aus den geflüsterten Gesprächen der Erwachsenen in seiner Kindheit gehört hatte. Nach dem plötzlichen Tod seines Vaters hatte er die Gespräche über »Die Achtzehn« als Märchen abgetan. Aber als Tammer seinen Hut genommen hatte, bot man Lilliehorn auf einmal die Mitgliedschaft an.

»Es ist an der Zeit, dass er fortführt, woran sein Vater so hart gearbeitet hat.« Noch immer erinnerte er sich an die Worte, die Rechtsanwalt Raab bei seiner Einladung geäußert hatte.

Das erste Treffen war im Wennergrenschen Palais abgehalten worden, und Lilliehorn – der sich unter Ministerpräsidenten und Außenministern aus der ganzen Welt immer ganz ungezwungen und frei bewegt hatte – hatte es angesichts der Persönlichkeiten, die um die lange Tafel versammelt waren, den Atem verschlagen. Dort hatten Schwedens erfolgreichste Unternehmer der gesamten Basisindustrie gesessen. Das Militär war durch mindestens einen ehemaligen Oberbefehlshaber vertreten gewesen, außerdem hatte er einen Richter des Obersten Gerichtshofs erkannt.

Sich im selben Raum, *am selben Tisch*, wie diese hochrangigen Funktionsträger zu befinden, verlieh Lars Lilliehorn ein berauschendes Gefühl. Doch schnell wich dieses Gefühl einer Eiseskälte, die seinen Nacken hinabkroch, als sich das Gespräch einem Ereignis zuwandte, in das die Gesellschaft in den 1980er-Jahren involviert gewesen war. Niemand brachte es direkt zur Sprache, das war aber auch nicht nötig. Lilliehorn begriff auch so, dass man über den Mord an Olof Palme diskutierte, und zwar aus der Perspektive der ausübenden Partei.

Im Anschluss daran hatte er mehrere Nächte schlecht geschlafen. Hauptsächlich, weil man beschlossen hatte, eine weitere Ministerin zu liquidieren, die damalige Finanzministerin des Landes, die junge und aufstrebende Lova Magnusson. Lilliehorn hatte sich an den Trost geklammert, den die passiv konstruierte Formulierung bot.

»Es wurde beschlossen, dass sie liquidiert werden soll.« Nicht er hatte diesen Beschluss gefasst. Nicht er persönlich, sondern die Organisation, deren Mitglied er war. Bei der er mit *am Tisch saß*.

Es war eine wahrlich schwindelerregende Zusammenkunft gewesen. Auf diesem Niveau mitzuspielen hatte seinen Preis …

Lilliehorn spuckte den kalten Kaffee zurück in die Tasse. Er wusste nicht, ob es der Kaffee oder die Erinnerung war, die den bitteren Beigeschmack in seinem Mund verursacht hatten, und er stand auf, um sich ein Glas Wasser zu holen.

An seiner Tür klopfte es leise, doch bevor er jemanden hereinbitten konnte, wurde sie bereits geöffnet, und drei Männer traten ein.

»Hallo, Lilliehorn, wir haben einige Punkte zu besprechen, und bei der Gelegenheit wollten wir nachsehen, ob Sie sich in Ihrem neuen Büro schon gut eingelebt haben.«

Wie gewöhnlich führte Cederström das Wort. Seine buschigen Augenbrauen und die gerade Nase erinnerten Lilliehorn an einen Raubvogel, was ihm immer das Gefühl gab, auf der Hut sein zu müssen.

»Angenehm! Nehmen Sie Platz, die Sitzgruppe ist diese Woche eingetroffen, aber mit dem Rest des Büros bin ich noch nicht fertig.« Mit einer entschuldigenden Geste zeigte er auf die leeren weißen Wände.

Cederström blickte sich um.

»Ein paar Gemälde sollte man wohl aufhängen, auch wenn die Aussicht an sich schon so herrlich ist, dass sie eigentlich genügt.«

Raab ließ sich auf dem Sofa nieder und schien sich pudelwohl zu fühlen. Noch immer dachte Lilliehorn an ihn als Anwalt, allerdings hatte er inzwischen festgestellt, dass Raabs Rolle innerhalb der Organisation eher der eines zweiten Vorsitzenden oder Stellvertreters gleichkam. Die Nummer zwei.

»Ihr Vater hatte einen beeindruckenden Adler über seinem Schreibtisch, wenn ich mich nicht irre? Einen Bruno Liljefors, nicht wahr?«

Der dritte Mann. Lilliehorn kannte ihn von dem Treffen im letzten Herbst, aber auch aus Artikeln in *Dagens Industri*. Olof Possler hatte sonnengebräunte Haut, kreideweißes Haar und graue Augen, die ihm durch eine randlose Brille zublinzelten. Er sah aus, als wäre er um die sechzig, aber Lilliehorn wusste, dass er bereits über fünfundsiebzig war.

Possler war ein Unikum in der schwedischen Industriegeschichte. Jahrzehntelang hatte er den Posten des Vorstandsvorsitzenden von Saab Dynamics bekleidet, davor war er Geschäftsführer von LKAB, Sandvik und dem Forstunternehmen Holmen gewesen. Eisen, Stahl und Holz: Er hatte sie alle geleitet. Nun war er frischgebackener Rentner, schien aber immer noch einen mit Konferenzen und Meetings gefüllten Kalender zu haben. Possler war ein Mann, zu dem jeder Zugang haben wollte.

Jetzt saß er auf Lars Lilliehorns Malmsten-Sitzgruppe und plauderte darüber, welche Kunstwerke Lilliehorn der Ältere an seinen Wänden gehabt hatte.

»Wir mussten uns leider von dem ein oder anderen Kunstwerk trennen, nachdem mein Vater verstorben ist.«

»Oh. Natürlich. Sehr bedauerlich. Ihr Vater war ein genuiner Mensch. Genuin.«

Bei der Wiederholung des letzten Worts nahm Possler Lilliehorn fest in den Blick, wie um zu betonen, dass dieses Urteil ein Kompliment war, mit dem er äußerst sparsam umging.

»Dann werden wir wohl dafür sorgen müssen, Sie wieder mit Liljefors' Adler zu vereinen.« Mit einem ungezwungenen Ton übernahm Cederström wieder das Kommando.

»Ich würde mich mit einem Rembrandt begnügen, zu kaufen gäbe es ja einen.« Dankbar griff Lilliehorn die lockere Stimmung auf, aber sein Versuch, witzig zu sein, scheiterte. Niemand im Raum reagierte. »Das war natürlich ein Scherz. Ich dachte nur an den spektakulären Raub im Nationalmuseum.«

Die Neuigkeit dominierte die Nachrichtensendungen

und Schlagzeilen im ganzen Land. Es war unmöglich, dass jemand nichts davon mitbekommen hatte.

Raab und Cederström schauten sich an, während Possler mit leerem Blick in Richtung Reichstagsgebäude sah. Irgendetwas hatte sich an der Atmosphäre im Raum verändert, aber Lilliehorn verstand nicht, was sich zwischen den Männern abspielte.

Zum Schluss antwortete Raab mit einer Nonchalance, die aufgesetzt wirkte.

»Die Polizei wird das sicher wieder in den Griff bekommen. Meist endet es damit, dass die Gauner die Kunst wieder an das Museum verkaufen wollen.«

»Wir sollen übrigens Grüße von Göransson ausrichten«, ergriff Cederström erneut das Wort. »Er ist kürzlich in New York eingetroffen und hat seinen Posten im neuen Büro im UN-Hauptquartier bezogen. Er ist sehr zufrieden mit dem Stand der Dinge.«

»Zufrieden? Wirklich?«

Lars Lilliehorn konnte sich nicht vorstellen, dass der vorherige Ministerpräsident Ulf Göransson sonderlich zufrieden mit irgendetwas war, ganz gleich, wie schick das Büro sein mochte, das ihm die Vereinten Nationen zugewiesen hatten. Sein Amt als Ministerpräsident abzugeben, um der jüngeren, weiblichen Finanzministerin Platz zu machen – noch dazu einer Grünen –, konnte für ihn kaum etwas anderes als eine persönliche Katastrophe gewesen sein. So gut kannte er Ulf Göransson.

»Doch, doch. Er hat mir persönlich versichert, dass er sehr zufrieden sei.«

»Dieser Teil unserer Rochade ist ganz nach Plan verlaufen«, meldete sich Raab zu Wort. Dann faltete er die Hände über seinem runden Bauch und lehnte sich nach hinten.

»Nur schade, dass Magnusson noch immer nicht klar ist, wieso sie den Job bekommen hat.«

Lilliehorn stand auf und rollte den Barwagen an den Sofatisch. Weder Cederström noch Possler wollten etwas anderes als Mineralwasser, doch Raab bediente sich großzügig an Lilliehorns bestem Cognac.

»Erst gestern habe ich einen Artikel gelesen, in dem unsere Regierungschefin stur darauf beharrt, dass die Finanzaufsicht Einblicke in die Geschäfte erhalten soll, die unsere Großbanken mit ausländischen Akteuren abschließen.« Raab schmatzte anerkennend, nachdem er den ersten Schluck getrunken hatte, trotzdem war sein Blick düster, als er sich Lilliehorn zuwandte. »Dabei war ich der sicheren Auffassung, dass Sie ihr ins Gewissen geredet haben?«

Lilliehorn räusperte sich und zog gegen seinen Willen mit einem Finger am Kragen seines weißen Hemds.

»In der Tat, wir hatten ein sehr aufrichtiges Gespräch. Doch dann kam die ganze Sache mit der Swedbank und dem Baltikum heraus. Wenn die russische Mafia mit einer unserer größten Banken umspringen durfte, wie es ihr gefiel, und wir die schwedischen Steuerzahler dazu gezwungen haben, diese Bank zu retten, dann, meinte Magnusson, sei es ihr politisch nicht möglich, sich gleichzeitig mit dem Bankgeheimnis herauszureden. Man würde es als einen Verrat von gigantischem Ausmaß ansehen, wenn sie in dieser Situation den Druck vom Großkapital nähme. So etwas würden ihr die Wähler niemals verzeihen. Wir dürfen nicht vergessen, dass sie Göranssons Amt kraft ihres Postens als stellvertretende Ministerpräsidentin übernommen hat, nicht durch eine demokratische Wahl. Ihr fehlt noch die Legitimation.«

Vom Sofa war ein tiefes Seufzen zu hören. Possler.

»Diese ständigen Defizite der Demokratie als Verwaltungsform. Immer muss man allen gefallen und sich einschmeicheln …«

»Es ist ebenso beunruhigend, dass die Regierung die Geheimhaltung im Fall von Scheele aufgehoben hat. Hat Magnusson das zu verantworten?« Offensichtlich verstimmt schaute Raab zuerst auf sein leeres Glas, dann wieder zu Lilliehorn.

»Es war leider unmöglich, die Sache unter Verschluss zu halten. Das hätte nur weitere Fragen aufgeworfen.« Lilliehorn versuchte, überzeugend zu klingen, doch Raab schien nur wenig beeindruckt zu sein.

»Ich glaube langsam, dass wir mit dieser Magnusson einen Fehler gemacht haben.«

»Wir haben getan, was wir in der gegebenen Situation für die beste Lösung hielten. Vergessen wir nicht, dass es Petrescu war, der gescheitert ist«, mischte sich Cederström mit scharfer Stimme ein und bedachte jeden der Anwesenden mit einem ernsten Blick.

Niemand widersprach ihm, aber Raab nutzte die Gelegenheit, um Petrescu noch mehr Schuld in die Schuhe zu schieben.

»Er hat sich bei mehreren Gelegenheiten blamiert. Die Vergiftung von Scheeles hätte beim KGB vielleicht funktioniert, in diesem Fall war es aber viel zu umständlich.«

»Klassischer Fall von Festhalten an bewährten Methoden«, warf Possler ein.

»Wir müssen Erkenntnisse daraus ziehen und nicht in alten Mustern verharren.«

Lars Lilliehorn sehnte sich nach einem stärkeren Getränk. Es bereitete ihm absolut kein gutes Gefühl, seine Chefs so offen über Morde und Mordversuche sprechen zu hören, und er war sehr erleichtert, als Cederström wieder das Wort ergriff.

»Wie auch immer, Petrescu ist Geschichte. Aktuell ist die Lage die folgende: Die Polizei weiß, dass von Scheele ermordet wurde, und er kann mit Panama und Mossack Fonseca in Verbindung gebracht werden. Mehr lässt sich aller Wahrscheinlichkeit aber nicht herausfinden, richtig?«

Raab meldete sich grunzend vom Sofa.

»Na ja, es besteht die Gefahr, dass sie Skölds Theorien in einem anderen Licht sehen, wenn ihnen klar wird, dass er mit von Scheele recht hatte.«

Cederström strich sich übers Kinn. Sein Blick landete auf Lilliehorn, der begriff, dass offenbar er für dieses Gebiet zuständig war.

»Bislang stimmen nur Nutzer in den sozialen Medien Skölds Gedankenspielen zu. Die meisten sind Jugendliche. Außerdem …« Er sah zu Raab und zögerte einen Moment.

»Außerdem was?«

»Außerdem ist der Mordfall Palme gelöst«, fuhr Lilliehorn fort. »Es war der Skandia-Mann. Und wenn er es war, kann Axel Skölds Theorie über Petrescu nicht stimmen.«

Raab sah ihn ausdruckslos an.

Zwar wusste Lilliehorn, dass es in den meisten Fällen am besten war, keine Fragen über heikle Angelegenheiten zu stellen, doch seine Neugier war stärker.

»Es ist doch wohl nicht so, dass Raab selbst etwas mit dieser Entscheidung zu tun gehabt hat?«

Kein einziger Muskel rührte sich in Raabs rötlichem Gesicht.

»Könnte ich Einfluss auf die Palme-Ermittlungen nehmen? Oder auf einen unabhängigen Staatsanwalt samt seinem gesamten Team, das seit mehr als drei Jahrzehnten unverdrossen ermittelt und fleißig Informationen, Dokumente und Verhöre zusammenträgt, die zu lesen allein ein weiteres Jahrzehnt in Anspruch nehmen würde?« In Raabs Augen tauchte ein belustigtes Funkeln auf. »Was glauben Sie selbst?«

Lilliehorn schaute zu Boden und kratzte sich im Nacken, bevor er antwortete.

»Ja. Nein … Was ich glaube oder nicht, tut nichts weiter zur Sache. Aber noch ist längst nicht jeder von der Theorie des Staatsanwalts über den Skandia-Mann überzeugt, und wenn Magnusson oder die Regierung die Geheimhaltung für weitere unter Verschluss gehaltene Dokumente aufheben, dann ist das nicht gut. Das ist meine Einschätzung.«

»Ganz richtig.« Cederström nickte. »Wir müssen die Ministerpräsidentin in diesem Punkt umstimmen.«

Possler griff sich an die Nasenwurzel und schloss die Augen, als strenge er sich an, um sich an etwas zu erinnern.

»Sie hat einen Untersuchungsausschuss angekündigt. Welcher Abgeordnete könnte diese Aufgabe Ihrer Meinung nach übernehmen?«

»Ich habe leider keinerlei Anhaltspunkte dazu, das war ein unerwarteter Zug der Ministerpräsidentin. Aber ich gebe alles, um in dieser Sache etwas in Erfahrung zu bringen.« Lilliehorn hoffte, dass niemand sah, wie unangenehm es ihm war, keine bessere Antwort geben zu können.

Olof Possler nickte nur. Dann wandte sich Cederström an Lilliehorn.

»Der nächste Punkt auf unserer Tagesordnung ist abermals Axel Sköld. Ich hatte gehofft, er würde seine Nachforschungen einstellen, aber Josefsson von der Technischen Abteilung hat uns einen beunruhigenden Bericht übermittelt. Sicher haben Sie ihn gelesen?«

Lilliehorn drehte sich um und griff nach einem DIN-A4-Blatt, das zuoberst auf seinem Schreibtisch lag. Es war mit dem Vermerk »Technische Abteilung« versehen. Äußerlich sah es korrekt und neutral aus, aber Lilliehorn wusste inzwischen, dass die Technische Abteilung in Wahrheit den operativen Arm ihrer Organisation darstellte. Die Beschaffung von Informationen war die grundlegende Aufgabe der Abteilung, aber Lilliehorn ahnte, dass es auch einen handlungsbasierten Aufgabenbereich von eher zweifelhaftem Charakter gab.

»Selbstverständlich. Die hier erwähnte Zugreise auf den Kontinent deutet darauf hin, dass er wieder aktiv ist. Was im Übrigen nicht vorauszusehen war. Daraus folgt, dass der Grund für seine Reise plötzlich eingetreten sein muss und ohne dass wir davon Kenntnis erlangt haben. Sein Verhalten auf dem Bahnsteig in Kopenhagen, durch das wir ihn aus den Augen verloren haben, lässt unweigerlich darauf schließen, dass er und die Person, die er treffen wollte, sich im Klaren darüber sind, dass Sköld nach wie vor unter Beobachtung steht.«

»Und dass er trotzdem in Dingen herumschnüffelt, die ihn nichts angehen, ist besorgniserregend. So etwas können wir nicht dulden.« Posslers ruhige Stimme stand in scharfem Kontrast zu seiner unheilvollen Aussage.

Trotz der frühen Uhrzeit hatte Raab erneut zur Cognacflasche gegriffen, und während er sich frohen Mutes einschenkte, äußerte er einen Vorschlag, den er wie eine absolute Selbstverständlichkeit klingen ließ.

»Wir sorgen dafür, dass der Kerl ein für alle Mal von der Bildfläche verschwindet. Wir können es uns nicht leisten, dass er weiter herumspioniert. Dass wissen Sie alle genauso gut wie ich.« In der Stille, die darauf folgte, sah er die anderen an, ohne auch nur ein einziges Mal zu blinzeln. »Vielleicht sollten wir auf Nummer sicher gehen und uns auch Magnussons entledigen. Sie weiß zu viel und hat dieses Wissen schon einmal als Waffe gegen uns eingesetzt.«

Alle Anwesenden dachten mit großem Ernst über Raabs Vorschlag nach.

Dann räusperte sich Olof Possler.

»Das haben wir bereits versucht – und sind kläglich gescheitert. Zweimal dasselbe zu tun und ein anderes Ergebnis zu erwarten ist die eigentliche Definition von Wahnsinn, das wissen Sie und ich.«

»Wenn man exakt dieselbe Methode anwendet, ja. Aber ich denke gerade an eine andere Lösung als einen steinalten und eingerosteten Soldaten von der anderen Seite des Eisernen Vorhangs.«

»Wenn er wirklich so alt war, frage ich mich, wieso er überhaupt mit einem solchen Auftrag betraut wurde.«

»Meine Herren.« Cederström erhob die Stimme zwar nicht, aber der scharfe Tonfall war nicht zu überhören. Augenblicklich kehrte Ruhe ein. »Olof hat recht. Wenn es zwei Personen gibt, bei denen wir uns derzeit hüten sollten, sie mit Gewalt anzugreifen, dann sind das Sköld und Magnusson. Man würde das nur als Beweis für die Richtigkeit von Skölds Theorien ansehen, außerdem würden wir damit unnötige Aufmerksamkeit auf uns lenken.«

»Dann müssen wir ihn unter Druck setzen. Jeder hat eine Schwachstelle. Seine ist definitiv diese Stina. Oder ihr Sohn.«

Damit war für Lilliehorn eine Grenze erreicht. »Ist es wirklich annehmbar, unschuldige Kinder in unsere … Geschäfte hereinzuziehen?«

Die Stille im Raum fühlte sich an, als wöge sie eine Tonne. Das Gewicht legte sich auf Lilliehorns Brust.

Possler brach das Schweigen und wandte sich mit der Andeutung eines Lächelns an Lilliehorn.

»Niemand will einem Kind Schaden zufügen. Ganz besonders nicht, wenn es sich um ein behindertes Kind handelt. Ganz im Gegenteil, Lars. Stattdessen sollte ein Junge mit solch speziellen Bedürfnissen sogar *sehr gut betreut* werden. Lebt der Junge aktuell nicht bei seiner alleinerziehenden Mutter? Es ist ja hinlänglich bekannt, dass das nicht gerade einfach ist. Der Junge braucht Unterstützung. Stellt sich die Frage, wo der Vater abgeblieben ist.« Possler schüttelte bekümmert den Kopf. »Ich kann mir nicht vorstellen, dass es zum Wohl des Kindes ist, wenn ihm eine Vaterfigur fehlt. Lars, vielleicht sollten Sie sich der Angelegenheit annehmen? Wir haben hervorragende Kontakte ins Sozialwesen.«

»Klingt nach einer ausgezeichneten Idee.« Cederströms bestimmender Ton hatte denselben Effekt wie der Schlag eines Richterhammers. Der Beschluss stand fest.

Lars Lilliehorn gab die einzig mögliche Antwort. »Das mache ich gern.«

Olof Possler verabschiedete sich als Erster, auf ihn warteten weitere Termine. Raab und Cederström blieben noch eine Weile sitzen. Lilliehorn bekam den Eindruck, dass die Herren zufrieden mit dem Ablauf ihres Treffens waren, und jetzt erlaubten sie sich eine kurze Verschnaufpause vor den restlichen Verpflichtungen des Tages.

»Das war wirklich ein höllischer Knall dort drüben auf Östermalm. In der Hedinsgatan, wenn ich mich nicht täusche.«

Raab irrte sich nur selten, wenn es um Informationen ging.

»Ich hoffe, Sie kennen dort niemanden?« Für einen Augenblick klang Cederström aufrichtig besorgt.

»Nein, Gott sei Dank hat meine Gesellschaft Östermalm schon vor Langem den Rücken gekehrt. Der Bezirk ist auch nicht mehr das, was er einmal war.«

»Auf jeden Fall ein Glück, dass niemand gestorben ist oder verletzt wurde.« Keiner ging auf Lilliehorns Kommentar ein.

»Jetzt geht es in der Innenpolitik vielleicht endlich um wichtigere Fragen als das Gendern oder welche Banken welche ihrer Kunden verpetzen müssen.« Offenbar hatte Lilliehorns Gesicht einen fragenden Ausdruck angenommen, denn Cederström fuhr mit gemächlicherer Stimme fort: »Ja, jetzt muss man die Terrorgefahr sehr ernst nehmen.«

»Terror? Mir war nicht klar, dass es bereits als gesichert gilt, dass die Bombe ein Terroranschlag war?«

»Warten Sie es ab«, sagte Cederström mit einem amüsierten Blick. »Ich habe ein ziemlich sicheres Gefühl, dass die Polizei zu genau diesem Schluss kommen wird. Und dann wird unsere Ministerpräsidentin an andere Dinge denken müssen als an naive Wirtschaftsreformen.«

KAPITEL 7

Das Abteil verströmte einen Achtzigerjahre-Flair, stellte Axel Sköld erstaunt fest. Dabei hatte der Nachtzug aus Amsterdam von außen durchaus modern gewirkt, aber der kleine Tisch und die Bettkonstruktion waren aus Stahl gefertigt, und der Lack wies bereits mehrere Macken auf. Immerhin waren die Laken sauber und gebügelt, und sobald Axel in seine Koje gekrochen war, merkte er, wie angenehm er es doch eigentlich fand, mit dem Zug zu reisen.

Der Mann im Bett über ihm war Mitte fünfzig, hatte einen grauen Schnurrbart und einen Bierbauch. Nachdem er Axel auf Deutsch begrüßt hatte, hatten sie der Höflichkeit halber einige Phrasen gewechselt, ehe der Mann die Leiter nach oben gestiegen war und es sich mit einem Exemplar der *Frankfurter Allgemeinen Zeitung* gemütlich gemacht hatte, die ihm als effektiver Schutzwall gegen jegliche weitere Konversation diente.

Da er nicht allein war, wagte Axel es nicht, das braune Paket von Marianne von Scheele zu öffnen. Aber einen Brief auf Schwedisch könnte er doch wohl gefahrlos lesen? Also schlitzte Axel das Kuvert auf und las Xenons Nachricht.

Axel!
Entschuldige die ganze Geheimniskrämerei, aber die Personen, die du geärgert hast, kennen sich mit Überwachung aus. Wenn du das hier liest, hast du Marianne von Scheele getroffen und ein Paket von ihr erhalten. Öffne es, wenn du zu Hause bist. Mehr dazu weiter unten.

*Wirklich eine sehr interessante Gesellschaft, die du da
gerade ans Licht bringst. Wir können davon ausgehen,
dass die Briefe aus Boston echt sind und aus der Zeit
rund um den Tod von Gustav III. stammen. Vermutlich
ist auch die Information korrekt, dass sie an der
Verschwörung und am Königsmord beteiligt waren.
Da ich gerade vom Theaterkönig spreche: Eine äußerst
glaubwürdige Quelle hat mir zu verstehen gegeben,
dass das Gemälde, das einmal im Besitz des Monarchen
gewesen ist, von zentraler Bedeutung für Die Achtzehn
ist.
Tut mir leid, ich drücke mich unklar aus, ich habe dir
nicht einmal verraten, für welches Gemälde ich mich
so interessiere. Wie wäre es damit: Du legst diesen Brief
kurz beiseite und siehst dir stattdessen die neuesten
Nachrichten an. Es sollte dort erwähnt werden …
hehe …*

Axel zog die Augenbrauen zusammen. Von allen Menschen,
die er kannte, drückte nur Xenon sich auf eine sowohl kryptische als auch gleichzeitig kindische Weise aus – und nutzte
Formulierungen wie »hehe«. Trotzdem folgte er dem Rat
seines rätselliebenden Hackerfreunds und öffnete seine Lieb-
lings-App *Text-TV*. Als er die Schlagzeilen las, begriff er
sofort, was Xenon gemeint hatte.

MILLIONENRAUB IM NATIONALMUSEUM

*In der vergangenen Nacht wurde ein Gemälde von Rem-
brandt aus dem Nationalmuseum in Stockholm gestohlen.
Der Wert des Gemäldes mit dem Titel* Die Verschwörung
des Claudius Civilis *wird auf ungefähr 750 Millionen*

Kronen geschätzt. Der Polizei zufolge handelt es sich um
einen spektakulären Kunstraub.
»Alles deutet darauf hin, dass der oder die Täter über
ein Loch im Dach des Nationalmuseums in das Gebäude
gelangt sind und es auf demselben Weg wieder verlassen
haben«, sagt Dan Pettersson, der Pressesprecher der Polizei.
Weder die Polizei noch die Verantwortlichen des National-
museums wollen erklären, wieso kein Alarm ausgelöst
wurde und welche Spuren möglicherweise entdeckt werden
konnten.

Axels Puls beschleunigte sich beim Lesen. Es war nur wenige
Stunden her, dass er sich das Werk gemeinsam mit Skrak
angesehen hatte. Er erinnerte sich deutlich an die erhobenen
Schwertklingen zwischen den Königen, die ihre Verschwörung in dem merkwürdigen Lichtschein besiegelten.

Wie konnte Xenon wissen, dass dieser Kunstraub stattfinden würde? Der Diebstahl war in der vergangenen Nacht
verübt worden, und der Brief in seinen Händen musste doch
schon um einiges früher geschrieben worden sein …

Es gab nur eine logische Erklärung.

In was hast du dich da hineinmanövriert, Xenon?

Der nächste Gedanke traf ihn wie ein Eispickel in den
Magen.

In was hast du mich *da hineinmanövriert?*

Axel las weiter, nun in der festen Gewissheit, dass er den
Brief nach dem Lesen verbrennen musste.

Es ist ein schönes Gemälde, Axel, und sehr typisch für
Rembrandt, was das Licht angeht. Es hat eine bewegte
Geschichte, die Auftraggeber des armen Rembrandt
waren nämlich unzufrieden mit der Arbeit, vieles bleibt

*aber im Dunkeln. Ich will, dass du dir vor allem zwei
Dinge merkst. Erstens war das Nutzen von Symbolik zu
dieser Zeit weit verbreitet, und Rembrandt hat diese
Kunst genauso meisterhaft beherrscht wie das Licht in
seinen Gemälden. Wenn man das entsprechende Hinter-
grundwissen hat, kann man die Zeichen deuten, die in
den Gemälden dieser Zeit versteckt sind.*

*Dazu legen wir ein zweites Puzzleteil, das heißt, eigent-
lich sind es mehrere. Sie befinden sich aktuell in dem
Paket, das du von Marianne von Scheele bekommen hast.
Wenn du es im Schutze deiner Wohnung öffnest, wirst du
mich verstehen. Laut Marianne von Scheele hat der
Inhalt des Pakets zu den am höchsten geschätzten
Antiquitäten ihres Mannes Ragnar gezählt. Sie selbst
habe allerdings nie ganz verstanden, was daran so
besonders sein sollte, obwohl ihr Mann versucht habe,
es ihr zu erklären.*

Vielleicht wirst du ein klügeres Urteil fällen.

Oder womöglich jemand aus deinem Umfeld?

*Lieber Axel, wenn es doch nur möglich wäre, einen
zuverlässigen und diskreten Kunstexperten zu Rate zu
ziehen. Kennst du jemanden, auf den diese Beschreibung
zutreffen könnte? Hehe.*

Mach's gut. Wir hören uns bald wieder.

Dein Freund

X

KAPITEL 8

Über der Ostsee lag noch immer ein Hochdruckgebiet, und Stockholm begrüßte Axel Sköld mit seinem schönsten Sommerlächeln. Auf dem Weg vom Bahnhof zu seiner Wohnung am Liljeholmskajen fiel die Unruhe ein wenig von ihm ab. Zwischen den Hochhäusern am Kai wehte eine laue Brise aus südlicher Richtung und kräuselte das Wasser. Mit jedem Schritt, den Axel ging, verblasste die Erinnerung an die unruhige Nachtfahrt im Zug ein wenig mehr.

Er hatte Xenons Brief zwei Mal gelesen und anschließend wach im Bett gelegen, bis sie die deutsche Grenze erreichten. Seit seinem ersten Treffen mit Xenon wusste er, dass dieser Mann absolut unzuverlässig war. Und gleichzeitig unerschütterlich loyal gegenüber seinen eigenen Vorstellungen von Freiheit und dem Kampf gegen Unterdrückung.

Xenon war ein Internet-Krieger gewesen, lange bevor das Wort überhaupt existiert hatte. Ein Netzanarchist zu Zeiten von Modems. Axel hatte es unterhaltsam gefunden, ihn zu seinem Kampf gegen Scientology zu interviewen, und schließlich war aus der mitreißenden Geschichte eine tolle Dokumentation geworden. Aber jetzt, da Xenon Axel in diese Geschichte hineingezogen hatte, fiel es ihm bedeutend leichter, sich das Lachen zu verkneifen.

Nach der Zollkontrolle zwischen den Niederlanden und Deutschland war es ihm endlich gelungen einzuschlafen, aber als der Zug mitten in der Nacht die nächste Grenze passiert hatte, war er wieder aufgewacht. Die dänischen Zollbeamten schenkten ihm keine weitere Aufmerksamkeit, und trotzdem konnte Axel die Unruhe nicht unterdrücken, die er wegen des braunen Pakets verspürte, das er auf die Gepäckablage gelegt hatte.

Scheiße, Xenon. Beim nächsten Mal schmuggelst du deine verfluchten Pakete gefälligst selber.

Doch alles schien planmäßig verlaufen zu sein, und als er die Haustür geöffnet hatte, zwang er sich, an den Briefkästen stehen zu bleiben und die Post einzusammeln, statt sofort in den Aufzug zu hasten.

In der dunklen Wohnung angekommen, stellte er das Paket auf den Boden, schaltete das Flurlicht ein und hängte den Schlüsselbund an den Haken hinter der Tür. Während er die Post durchsah, schubste er die in Papier eingeschlagene Kiste mit dem Fuß vor sich her.

Als er die Jalousien an der Balkontür nach oben zog, erstrahlte die Wohnung plötzlich in einem so grellen Licht, dass er sich zu der Küchenzeile mit den weißen Regaltüren umdrehen musste, damit seine Augen genug Zeit hatten, sich an die Helligkeit zu gewöhnen. Er keuchte auf. Kniff die Augen zu und öffnete sie wieder. Rang erneut um Atem.

Vor den Barstühlen an der kleinen Kücheninsel, die den Übergang zum Wohnzimmer markierte, lehnte eine zwei Meter lange Rolle an der Arbeitsplatte aus schwarzem Marmor.

»Xenon, du Arsch, du hast diese Rolle nicht allen Ernstes bei mir …«

Er stockte, als er merkte, dass er laut gesprochen hatte. In seinem Inneren wusste er bereits, dass Xenon genau das getan *hatte*, und er wusste auch, *was* Xenon da bei ihm abgeladen hatte.

Vorsichtig nahm er den Verschluss der Rolle ab. Ein nicht näher bestimmbarer Geruch schlug ihm entgegen, der ihn jedoch an ein Antiquariat erinnerte. Langsam legte er die Rolle auf den Fußboden. Sie war nicht schwer.

Unweigerlich musste er an das Paket von Marianne von Scheele denken, und in seinem Kopf nahm eine Vorahnung Gestalt an. Wenig Gewicht – viel Verantwortung.

Sanft und mit behutsamen Bewegungen zog er den Inhalt aus der Röhre. Ihm wurde bewusst, dass es sich bei dem Geruch, den er wahrnahm, um Öl handelte. Antike Ölfarbe.

Die Leinwand glitt aus dem zylindrischen Behälter, und Axel hielt die weiche Rolle in vorsichtigen Händen. Er legte sie auf der freien Fläche vor dem Sofa neben den Fenstern ab. Als er sie langsam entrollte und das Stück Stoff vom Motiv zog, bestätigte sich, was er längst geahnt hatte. Trotzdem stellten sich die Härchen auf seinen Armen auf.

Ein zwei mal drei Meter großes Ölgemälde bildete auf einmal den Teppich seines Wohnzimmers. Da es sich um dasselbe Gemälde handelte, über das er im Nationalmuseum erst zwei Tage zuvor einen Privatvortrag erhalten hatte, erkannte er es sofort. Und da es sich zudem um dasselbe Gemälde handelte, das nur wenige Stunden zuvor aus selbigem Museum gestohlen worden war, sog Axel scharf die Luft ein und ließ die Jalousien mit einem peitschenden Sausen wieder nach unten fallen.

Die Verschwörung des Claudius Civilis.

»Scheiße, Scheiße, Scheiße. Raubkunst. Millionen von Kronen wert. Hier. Auf meinem Wohnzimmerboden, verfluchte Kacke. Xenon, du verdammter … Penner!«

Er warf das Leinentuch wieder über das Gemälde – als wäre es dadurch weniger gestohlen – und hastete die Treppe zum Schlafboden hinauf. Doch auf halbem Weg hielt er inne, weil ihm einfiel, dass er sein Handy in der Hosentasche hatte. Als er sich umdrehte, sah er nach unten auf das gigantische

Bild, das den Großteil des Fußbodens im Wohnzimmer einnahm. Für Axel hatte es allerdings noch größere Dimensionen angenommen.

Das Atmen fiel ihm schwer, während er im Handy nach Xenons Nummer suchte. Beziehungsweise nach der Nummer, unter der sich Xenon beim letzten Mal gemeldet hatte. Doch jetzt nahm niemand ab.

»Scheiße, Scheiße, Scheiße. Xenon, du bist so ein verdammter Scheißkerl!«

Am liebsten hätte er seine Lungen mit Luft gefüllt und seine gesamte Frustration herausgebrüllt, aber stattdessen schimpfte er weiter leise vor sich hin, damit ihn keiner der Nachbarn hörte.

Mühsam versuchte er, sich zusammenzureißen. Er stieg die Treppe nach unten, schaltete das Licht in der Wohnung an und gab sich Mühe, seine Atmung wieder unter Kontrolle zu bekommen.

So ein Mist. Es ist nur ein altes Bild. Ein bisschen Öl auf einer Leinwand. Ruf die Polizei, sie sollen das Ding abholen, und du wirst der Held sein.

Mit derselben Sicherheit, mit der seine innere Stimme zu ihm sprach, wusste Axel, dass es wohl kaum so einfach funktionieren würde. Zuallererst würde die Polizei fragen, wie das Gemälde denn in Axels Besitz und in seine Wohnung gekommen sei.

Es musste verschwinden.

Allerdings scheiterte sein Versuch, das Gemälde wieder zusammenzurollen und in der Rolle zu verstauen. Und die Leinwand einfach hineinzustopfen, das traute er sich nicht. Die ganze Zeit über schwirrte die Summe von siebenhundertfünfzig Millionen durch seinen Kopf, und als ein Schweißtropfen von seiner Stirn auf das Leinentuch fiel, das die Vorderseite des Gemäldes bedeckte, gab er den Versuch auf.

Panik ergriff Besitz von ihm, und er suchte erneut im Telefonbuch seines Handys nach Hilfe.

Karolina Palm.

Sie hatte ihm schon einmal geholfen, sie würde verstehen. Wenn sie sich auf eine glaubwürdige Geschichte einigen könnten, würden sie beide als brave Bürger dastehen, die lediglich einen unschätzbaren Kunstschatz zurückgeben wollten. Dafür durfte er aber keinerlei Spuren hinterlassen.

Axel zog das Tuch wieder von dem Gemälde. Das Tuch, auf dem sein Schweißtropfen inzwischen getrocknet war. *Seine DNA.* Er schauderte.

Sein Daumen schwebte über Karolinas Handynummer, aber irgendetwas ließ ihn zögern. Von Neuem verzauberte ihn Rembrandts Magie, denn das Licht auf dem Gemälde war in seiner Wohnung ebenso faszinierend wie im Museum. Die Verschwörung der Bataver, die Schwertklingen, die ernst dreinblickenden Gesichter, die von unten angestrahlt wurden.

Was hatte Xenon noch geschrieben? Dass es dort versteckte Hinweise geben konnte, im Motiv?

Axel holte seinen Laptop vom Schreibtisch und setzte sich mit dem Gerät auf dem Schoß auf die Treppenstufen. Im Browser aktivierte er den privaten Modus, denn er wollte mit dieser Suche keine Spuren hinterlassen.

Die Verschwörung des Claudius Civilis stellte sich als irreführender Titel heraus, da der eigentliche Name des Bataverhäuptlings Julius Civilis gelautet hatte. In der Kunst hatte sich trotzdem der Name Claudius durchgesetzt. Das Gemälde stellte eine Szene aus dem Aufstand der Bataver gegen die Römer im Jahr 69 nach Christus dar. In Auftrag gegeben wurde das Gemälde 1661, um das neue Rathaus von Amsterdam zu zieren.

Axel hegte allmählich den Verdacht, dass Xenon und Marianne von Scheele den Treffpunkt in der niederländischen Hauptstadt nicht zufällig gewählt hatten. Wikipedia zufolge hatte das Original ungefähr dreißig Quadratmeter gemessen, allerdings wusste niemand so richtig, wie das ursprüngliche Motiv einmal ausgesehen hatte, und genauso wenig war bekannt, wo die abgeschnittenen Teile des Bildes abgeblieben waren.

Im selben Moment, in dem er den letzten Satz las, dämmerte ihm, was das Paket von Marianne von Scheele enthielt. Er legte den Laptop beiseite und ging zu der Kiste, die er auf halbem Weg ins Wohnzimmer hatte stehen lassen. Vorsichtig trug er sie zum Sofa. Marianne von Scheele hatte sie in einfaches Packpapier gewickelt, aber nach allen Regeln der Kunst. Ohne Klebeband, nur mit einer Schnur. Als er den Knoten löste, fiel auch das Papier ab. Behutsam öffnete er den Karton.

Derselbe Geruch, den auch das Gemälde verströmte, stieg ihm in die Nase – alte Ölfarbe. Andächtig hob er die bemalten beigefarbenen Stoffstücke heraus. Die längste Stoffbahn war um eine Papprolle gewickelt.

Er breitete die Teilstücke zunächst auf dem Sofa aus, aber der Platz reichte nicht aus, und so platzierte er sie neben dem Gemälde auf dem Fußboden. Schließlich war das einmal ihr Platz gewesen, sie gehörten zum Rest des Kunstwerks. Es bestand kein Zweifel: Marianne von Scheele, oder genauer ihr verstorbener Ehemann Ragnar, war in den Besitz eines kunsthistorischen Schatzes gelangt.

Vor Axel lagen Artefakte, von deren Existenz wahrscheinlich nur wenige Menschen wussten. Womöglich waren die nie fertiggestellten Teilstücke, die sich nun in seiner Wohnung befanden, sogar mehr wert als das gestohlene Gemälde selbst.

Um mehr Platz zu haben, schob Axel das Sofa in Richtung Küche. Auf den Leinwandstücken waren einzelne skizzenhafte Striche und Figuren zu erkennen, die allem Anschein nach mit einem Blei- oder Kohlestift gezeichnet worden waren. Axel versuchte, sie so an das Gemälde anzulegen, dass sie zusammenpassten.

War das hier eine Verlängerung des Tisches, der sich weiter nach rechts erstrecken sollte?

Und das da sah aus wie Beine. Vielleicht gehörte das Teil also unter die Männer rund um den Tisch? Hatte Rembrandt ursprünglich vorgehabt, sie aufrecht stehen zu lassen?

Nur schienen die Teile nicht richtig zu passen. Die Linien verliefen in einem Wirrwarr, und wenn der linke Abschnitt eines Bildstücks mit einem anderen zusammenpasste, dann fand sich für den rechten kein passendes Gegenstück.

Indem er nochmals auf die Treppe zum Schlafboden stieg, versuchte er, eine bessere Übersicht zu erlangen, aber die Teile blieben weiter ein unlösbares Puzzle für ihn. Dass seine Wohnung so klein war, half auch nicht gerade. Das Gemälde erstreckte sich über den gesamte Boden zwischen der Balkontür und der Küche. Dreißig Quadratmeter waren eine erhebliche Fläche – das galt sowohl für ein Ölgemälde als auch für eine Zweizimmerwohnung in Stockholm.

Axel begriff, dass die Teilstücke gerade vermutlich erstmals seit 1661 wieder mit dem Gemälde vereint waren. Auch wenn er sie nicht auf die richtige Art zusammengefügt hatte, war es dennoch ein kunsthistorisch einzigartiger Augenblick. Herbeigeführt von einem Podcastjournalisten, dem jegliche Fachkenntnisse fehlten.

Natürlich war er zum Scheitern verurteilt.

Axel brauchte Hilfe.

Was hatte Xenon in seinem letzten Satz geschrieben?

Wenn es doch nur möglich wäre, einen zuverlässigen und diskreten Kunstexperten zu Rate zu ziehen. Kennst du jemanden, auf den diese Beschreibung zutreffen könnte? Hehe.

Axel trug alles an Laken und Handtüchern zusammen, was er in der Wohnung finden konnte. Danach bedeckte er das Gemälde und von Scheeles Leinwandstücke mit mehreren Schichten aus Frottee und Leinen und rollte alles mit äußerster Vorsicht zusammen. Unter der Spüle fand er mehrere Müllsäcke, die er aufschnitt und um die Rolle wickelte. Zu guter Letzt klebte er mehrere Lagen silbernes Klebeband um das Paket. Diese Arbeit kostete ihn fast den gesamten Nachmittag, und als er fertig war, musste er gegen seinen Willen lachen.

»Hehe. Xenon. Wirklich sehr witzig, hehe.«

KAPITEL 9

Mit einem tiefen Seufzen pfefferte Karolina Palm den Ausdruck auf den Tisch. Fünf Seiten ohne jeglichen Inhalt.

Natürlich war es ein tadelloser Bericht, der auf ebenso fehlerfrei durchgeführten Untersuchungen basierte. Etwas anderes war auch nicht zu erwarten gewesen, wenn Eywind Kopsch sich um diese Arbeit kümmerte. Trotzdem war das Ergebnis eine Enttäuschung. Man hatte weder DNA-Spuren noch Fingerabdrücke sichern können, nicht auf dem Deckel der Spiritusflasche und auch nicht auf den Nägeln, dem Alarmsensor oder einem anderen Teil der beiden Zündmechanismen. Das Einzige, was Kopsch festgestellt hatte, war, dass es sich tatsächlich um zwei unterschiedliche Zeitzünder handelte. Eine Bombe mit zwei Timern. Oder eventuell zwei Bomben mit unterschiedlichen Detonationszeiten kurz nacheinander, und dazu eine brennbare Flüssigkeit sowie Nägel für eine maximale Zerstörungskraft.

In ihrer Dienstlaufbahn hatte Karolina ihren Anteil an Grausamkeiten gesehen, und das hatte sie abgehärtet. Trotzdem lief ihr beim Gedanken daran, was bei den beiden Explosionen hätte passieren können, ein Schauer über den Rücken.

Ihrer Meinung nach waren es definitiv zwei Explosionen gewesen. Sie hatten es mit einer infernalischen Konstruktion zu tun, und sie zweifelte keine Sekunde daran, dass das Ziel darin bestanden hatte, so viel Schaden und Leid hervorzurufen wie nur irgend möglich. Stellte sich bloß die Frage, was das über die Person aussagte, die die Bomben konstruiert hatte. Möglicherweise waren es auch mehrere Täter gewesen.

Der Bericht, den sie erhalten hatte, half ihr jedenfalls kein Stück weiter. Und bei der Tür-zu-Tür-Befragung, um die sich ihre Leute gekümmert hatten, gab es nichts zu beanstanden, aber auch sie hatte keine neuen Informationen hervorgebracht. Niemand hatte etwas Ungewöhnliches bemerkt. Einige Anwohner im Haus gegenüber hatten zwar zu später Stunde noch mehrere Leute im Treppenhaus beobachtet, aber das war nichts, worüber man sich wunderte, eher im Gegenteil. Ein Mieter war Sicherheitsmann, ein anderer arbeitete in der Nachtschicht für eine Abendzeitung, und mehrere Jugendliche waren nachts durch die Clubs am Stureplan gezogen. Sie alle konnten wasserdichte Alibis vorweisen, und ihnen selbst war nichts Eigenartiges aufgefallen, als sie in der Nacht nach Hause gekommen waren.

Karolinas beste Chancen waren die Überwachungsvideos, doch bis sie die Ergebnisse hatte, konnte einige Zeit vergehen. Ihre Kollegen sichteten bereits die Aufnahmen, die sie von den anliegenden Läden erhalten hatten, aber man wartete noch immer auf die Bänder mehrerer Geschäfte, die zwar versprochen hatten, sie der Polizei zu übergeben, dies aus unterschiedlichen Gründen aber noch nicht getan hatten.

Ein diskretes Klopfen an ihrer Tür unterbrach Karolinas düstere Gedanken.

»Herein!«

Die Tür öffnete sich, und Stefan Johansson erschien.

»Hallo, Karolina. Hast du eine Minute?«

»Für dich sogar mindestens zwei, Stefan.«

Ihr Kollege lächelte, was er ansonsten nur selten tat. Dann trottete er mit seinem großen Körper in ihr Büro und ließ sich auf den Besucherstuhl fallen.

Vor vierzig Jahren hatten sich viele Gerüchte um Stefan Johansson gerankt. Das war vor Karolinas Zeit gewesen, aber einige Kollegen hatten ihr, zunächst widerwillig, dann mit immer größerer Faszination, von Stefan Johansson und seiner Gruppe erzählt. In den Medien hatte man sie die »Baseball-Liga« getauft, da sie bei ihren Operationen Zivilbekleidung und Baseballcaps getragen hatten. In dieser Aufmachung hatten sie auf Stockholms Straßen für Ordnung gesorgt – oft so brutal, dass es zu einigen Anzeigen wegen Polizeigewalt gekommen war.

Doch ihr inzwischen ergrauter Kollege war nicht mehr jung, und wenn Karolina nur nach ihren eigenen Erfahrungen mit Stefan Johansson ging, dann war er einer der besten Polizisten, die sie kannte. Seine Aufklärungsquote war hoch, und er verstand, worauf es bei der Ermittlungsarbeit ankam: auf Schnelligkeit, ein methodisches, sorgfältiges Vorgehen und manchmal auch auf den Mut zu einem gewissen Risiko. Außerdem hatten er und Karolina sich bei gewerkschaftlichen Protesten gegen unbegreifliche Umstrukturierungsmaßnahmen auf derselben Seite wiedergefunden. Vielleicht konnte sie Stefan Johansson nicht direkt gut leiden – er hatte etwas Reserviertes an sich, als würde er nie jemanden nah an sich heranlassen –, aber sie respektierte ihn.

Sie hatte gehört, dass seine Frau gerade eine schwere Krebsbehandlung durchmachte, und bekam mit, dass er immer früher nach Hause ging. Vermutlich wollte er so viel Zeit wie möglich mit seiner Frau verbringen.

»Ich komme direkt zur Sache, denn ich gehe davon aus, dass du schon genug zu tun hast.« Er zog einen abgegriffenen Notizblock hervor und drückte auf einen Kugelschreiber.

Sie nickte.

»Du weißt, dass wir an dem Kunstraub im Nationalmuseum arbeiten und uns die Überwachungsvideos ansehen. Das dauert. Unser Mann im Videoraum flucht in einer Tour über die miserable Auflösung und die dämlichen Aufnahmewinkel der Kameras.«

Wieder nickte Karolina. Dafür, dass er direkt zur Sache kommen wollte, nahm er sich dennoch einiges an Zeit. Was wollte er? Sie beschlich das Gefühl, dass es etwas Heikles war.

»Wie auch immer.« Er holte aus. »Dieser Journalist … Axel Sköld, du kennst ihn doch, wenn ich richtig im Bilde bin?«

»Wir kennen uns, ja.«

»Er taucht auf den Bändern auf.«

»War er am Tag vor dem Raub im Nationalmuseum?«

»Exakt. Um 12:07 Uhr trat ein Mann durch die Eingangstüren, bei dem es sich um Axel Sköld handeln muss. Er hat zwei Personen getroffen, einen kleinen Jungen und einen … tja, man kann es eigentlich nicht nett ausdrücken … richtig fetten älteren Mann.«

Für Karolina war relativ klar, wer die beiden sein mussten, aber sie beschloss, nichts zu sagen. Vielleicht lag es daran, dass Stefan den Mann »richtig fett« genannt hatte. Oder es war einfach eine gewisse Vorahnung, dass es am besten war, wenn sie sich für den Moment mit Details zurückhielt.

»Und wobei brauchst du meine Hilfe?«

Stefan Johansson sah sie mit besorgter Miene an.

»Wir haben Axel Sköld überprüft. Wie sich herausstellt, hat er sich schon früher für Kunstdiebstähle interessiert. Zum Beispiel hat er ein Radiofeature über den Kunstraub im *Moderna Museet* 1993 gemacht.«

»War das von ihm? Das war ein richtig guter Beitrag, soweit ich mich erinnere.«

»Na ja, ein paar Kollegen meinten, dass die interviewten Polizisten vielleicht ein wenig zu großzügig mit den Details umgegangen sind.«

Karolina musste schmunzeln. Axels Interviewtechnik führte meistens zu diesem Verhalten. Er lockte den Erzähler in einem hervor, das wusste sie aus eigener Erfahrung.

Ihr Lächeln erstarb allerdings, als sie den Ausdruck in Stefan Johanssons Gesicht bemerkte.

»Das Problem für Axel besteht darin, dass die Vorgehensweise in diesem Fall haargenau mit der bei dem aktuellen Raub im Nationalmuseum übereinstimmt. Sie sind über ein Loch im Dach eingedrungen und schienen darüber informiert zu sein, dass die Hausfassade nicht mit einem Alarm gesichert ist. Die Kunstwerke an den Außenwänden haben sie nicht angerührt, als wüssten sie, dass nur diese Bilder ans Alarmsystem angeschlossen sind, im Gegensatz zu denen an den Innenwänden.«

»Du glaubst doch wohl nicht etwa, dass Axel das Gemälde gestohlen hat?«

»Ich glaube gar nichts. Aber ich kann auch nicht ausschließen, dass er das Museum ausgekundschaftet hat und auf irgendeine Weise in eine größere Organisation involviert ist.«

Sie lächelte ungläubig. »Im Ernst, Stefan?«

Er pustete die Backen auf, doch dann wich die Luft aus ihnen und, so wirkte es, auch aus ihm selbst.

»Nee, verflucht. Das glaube ich wohl nicht.«

Karolina sah, wie er in sich zusammensank, und ihr war klar, dass er unter Stress litt. Sie war nicht die Einzige, die gerade an einem hochbrisanten Fall arbeitete.

»Aber du weißt selbst, was unser verehrter Herr Polizei-*professor* zu sagen pflegt, wenn er als allwissendes Orakel im Fernsehen auftritt ...«

Karolina wusste sehr wohl, was der beliebte Kriminologe von seinem bequemen Platz im Fernsehstudio aus stets predigte.

»Denkst du vielleicht an ›Ein guter Polizist hasst Zufälle‹?«

Er nickte.

Wenn erfahrene Polizisten – und was das anging, war Stefan Johansson ein Paradebeispiel – auf etwas in einer Ermittlung reagierten, das ihnen merkwürdig vorkam, tat man gut daran, sie ernst zu nehmen.

»Okay, Stefan, ich verstehe. Du willst alle offenen Fragen von deiner Liste streichen. Ich kümmere mich darum, dass Axel herkommt, dann könnt ihr das in aller Ruhe klären. Klingt das nach einem Vorschlag?«

»Danke. Ich reserviere uns schon mal ein Verhörzimmer.«

»Ist das wirklich nötig? Könnt ihr das nicht in deinem Büro klären?«

»Leider nicht, das Tonbandgerät ist kaputt.«

Mit einem Grinsen verließ er ihr Zimmer. Karolina schüttelte den Kopf.

Sein schneller Gemütswandel rief in ihr den Verdacht hervor, dass sie einem Täuschungsmanöver auf den Leim gegangen war. Plötzlich hatte sie das ungute Gefühl, dass sie gerade dabei war, Axel ans Messer zu liefern.

KAPITEL 10

Wenn Axel Sköld sich ratlos oder unsicher fühlte, kehrte er immer wieder an einen bestimmten Punkt zurück – wobei, es war eher eine Person, an die er sich wandte. An diesem Morgen hatte diese Person eine prächtige Laune. Axel schaffte es aber kaum durch die Tür des Büros, ehe sie ihn mit einem Satz begrüßte, bei dem er Gewissensbisse bekam.

»Das mit den dramatischen Abgängen und Auftritten hast du wirklich drauf, Axel! Du verlässt das Land im Bombentrauma und kommst zurück, während wir uns gerade vom Bilderschock mit dem gestohlenen Rembrandt erholen.«

»Auch dir einen guten Morgen, Stina. Und seit wann benutzt du eigentlich Boulevardsprech? Bombentrauma? Bilderschock? *Ich* bin geschockt.«

Gleichzeitig erinnerte ihn das aber an das Gemälde, das noch immer in seiner Wohnung lag. Er fühlte sich gleich in zweierlei Hinsicht unehrlich und war erstaunt, dass die Reue darüber, ein Verbrechen zu begehen, weniger greifbar war als diejenige, die sich einstellte, weil er Stina belügen musste.

Denn natürlich konnte er ihr nicht von dem Gemälde erzählen. Wenn er zu etwas fest entschlossen war, dann, seine beste Freundin *nicht* in diese Geschichte mit hineinzuziehen.

Das mit dem Experten war eine andere Sache. Aber Axel hatte keinen Schimmer, wie er das Gemälde auf eine sichere und überzeugende Weise von seiner Wohnung zu einer anderen Adresse transportieren sollte. Auch nachdem er eine Nacht darüber geschlafen hatte, fiel ihm keine gute Lösung ein. Nach dem Aufwachen hatte er instinktiv gespürt, dass es ein Fehler wäre, das Meisterwerk bei Tageslicht an einen anderen Ort zu bringen. Trotzdem musste es spätestens heute Abend passieren.

»Wie ist es mit der Bombe in der Hedinsgatan weitergegangen? Gibt es irgendetwas Neues, seit dein Beitrag gesendet wurde?«

Stina zog eine Grimasse, die Axel als Ausdruck von Verärgerung deutete.

»Nein, niemand will mehr mit mir sprechen. Geheimhaltungspflicht.«

»Mir ist nie ganz klar geworden, ob jetzt die Säpo oder die Einheit für Organisierte Kriminalität den Fall übernommen hat. Wenn es ein Terroranschlag war, müsste es doch die Säpo sein, oder?«

Stina nickte. »Deshalb fand ich es ja so eigenartig, dass ich Karolina gesehen habe. Denn das heißt eigentlich, dass sie etwas gefunden haben, was auf einen anderen Hintergrund hindeutet.«

Axel setzte sich an seinen Schreibtischplatz ihr gegenüber.

»Wirklich aufmerksam von dir, dass du sie entdeckt hast. Ich habe deinen Beitrag gehört. Hattest du da nicht schon mit einem Polizisten gesprochen?«

»Ja, mit einem Pressesprecher, der ›Kein Kommentar‹ in Dauerschleife abgespielt hat.«

»Trotzdem tolle Arbeit, Stina. Komm schon, freu dich über ein Kompliment unter Kollegen.«

Axel lachte. Er wusste, wie selbstkritisch Stina manchmal war. Wann immer er konnte, zollte er ihr Anerkennung. Sie war eine fantastische Reporterin, musste das aber auch hin und wieder hören.

Diesmal schien das Lob durchzudringen, denn Axel sah,

wie sie sich aufrichtete, wahrscheinlich sogar, ohne dass es ihr selbst bewusst war.

»Was hat Urban gesagt?«

Jetzt konnte sie ein stolzes, wenn auch winziges Grinsen nicht zurückhalten.

»Dass es ein verdammt gutes Interview in einer höllisch schwierigen Situation war …«

Offenbar zitierte sie das Lob ihres Chefs Urban Ringstam Wort für Wort.

»… und dass die Fähigkeit, eine Situation anhand der vor Ort eintreffenden Polizisten einzuschätzen, den Unterschied zwischen einer durchschnittlichen und einer saugguten Reporterin ausmacht.«

Stina schlug sich die Hand vor den Mund, und Axel lachte auf.

»Es ist okay, Stina. Du *darfst* in meiner Gegenwart fluchen.«

»Ach, ich bin nur so sehr daran gewöhnt, dass David mit mir schimpft.«

Das stimmte, wie Axel wusste. David war fasziniert von Wörtern, die man nicht benutzen durfte, und er hielt sich felsenfest an diese Regeln. Aber es stimmte auch, dass Stina ein hoffnungsloser Fall war, wenn es um Flüche ging. Ihm war sonnenklar, wo David gelernt hatte, solche Wörter zu scheuen wie der Teufel das Weihwasser.

»Dieses Lob verdient einen Lexpresso deluxe, findest du nicht auch?«

»Wie käme ich denn dazu? Du warst schließlich erst nach neun Uhr hier.«

Ihre Abmachung bezüglich der Kaffeemaschine ihres kleinen Gemeinschaftsbüros galt inzwischen seit fast fünf Jahren. Damals hatte Stina Axel dazu überredet, eine Espressomaschine anzuschaffen, ohne dass er nach dem Preis geschaut hatte. Wie Axel damals berechnet hatte, würde es ungefähr fünf Jahre dauern, bis eine Tasse Kaffee im Büro weniger kostete als in einem Café. Um Axel zu entschädigen, hatte Stina versprochen, ihm jedes Mal einen Kaffee zuzubereiten und an seinem Schreibtisch zu servieren, wenn er vor neun Uhr im Büro eintraf. Diese Nebenabsprache hatte er mit schlecht verborgener Selbstgefälligkeit »Lexpresso« getauft.

»Ich sagte Lexpresso *deluxe*.«

»Das habe ich schon beim ersten Mal verstanden.«

»Deluxe heißt, dass *ich* mich um den Kaffee kümmere.«

Als er zurückkam, stießen sie mit den kleinen Espressotassen an.

»Und?«

»Du wirst besser.«

»Besser, aber nicht gut?«

»Besser. Gib dich damit zufrieden.«

In halb gespielter Andacht tranken sie den Kaffee. Aber Axel genoss auch die Gesellschaft. Sich das Büro mit Stina zu teilen war eine der besten Entscheidungen gewesen, die er jemals getroffen hatte. Und er hegte den Verdacht, dass sie ebenfalls zufrieden war. Allerdings traute er sich nie so richtig, sie danach zu fragen. Das wäre sicher zu aufdringlich. Oder?

Sein Blick blieb auf der Morgenzeitung hängen, die auf dem Couchtisch neben ihnen lag.

»*Svenska Dagbladet* meint also, dass es sich mit großer Wahrscheinlichkeit um einen terroristischen Anschlag handelt?«

»Ja. Keine Ahnung, weshalb. *Dagens Nyheter* schließt sich ja der Einschätzung des *Eko-Journals* an, also dass es *keinen* terroristischen Hintergrund gibt. Aber die üblichen Hetzer im Netz und im Reichstag hoffen fast schon auf den IS oder eine neue islamistische Gruppierung.« Stina griff zur Zeitung und blätterte einige Seiten durch. »Ich hatte auf jeden Fall das Gefühl, dass Karolina auch nicht an die Terrorspur glaubt. Ich sollte noch einmal mit ihr sprechen …«

Das Klingeln von Axels Handy unterbrach sie.

Als er einen Blick auf das Display warf, zog er die Augenbrauen nach oben.

»Du willst mit Karolina Palm sprechen, sagtest du?«

»Ja, wieso?«

»Stell dich hinten an. Erst bin ich dran«, sagte er und meldete sich mit einem breiten Grinsen. »Karolina, wenn man vom Teufel spricht!«

Dann verstummte er. Brummte. Runzelte die Stirn. Murmelte leise, sagte Ja und legte auf.

»Was wollte sie? Es klang nach etwas Ernstem.«

»Sie hat gesagt, ich bin im Präsidium vorgeladen.«

»Vorgeladen? Warum? Will sie dich treffen?«

»Nicht sie. Ein anderer Polizist. Der mich verhören will.«

»Was? Hat das etwas mit Lova zu tun? Haben sie Ioan Petrescus Leiche gefunden?«

»Sie konnte es mir nicht sagen. Aber es hat sich eigenartig angefühlt.«

Axel spürte, wie der wohlbekannte Eisklumpen in seinem Magen immer größer wurde. Es war wohl kaum ein Zufall, dass die Polizei nach ihm suchte, während zur selben Zeit ein Gemälde im Wert von fast einer Milliarde Kronen in seiner Wohnung herumlag.

Hastig schnappte er sich ein Stück Papier, notierte einige kurze Anweisungen darauf, reichte es Stina und machte sich bereit zu gehen.

»Sie wollen, dass ich direkt komme. Keine Ahnung, worum es da geht, aber könntest du das erledigen, was auf dem Zettel steht?«

»Okay? Ich habe es noch nicht gelesen …«

»Das kannst du gleich. Aber es ist wirklich wichtig, dass du genau das tust, was dort steht – und am besten jetzt gleich, wenn ich weg bin, okay?« Er sah sie flehend an.

Sie nickte. »Natürlich, Axel. Aber, sag mal, sollte ich dich nicht lieber ins Präsidium begleiten?«

»Ach Quatsch, ich habe schon öfter mit der Polizei gesprochen, das kriege ich hin. Aber kann ich mich darauf verlassen, dass du dich um das andere kümmerst?« Er schielte auf den Zettel.

»Klar, auf jeden Fall. Fahr schon!«

Als er schon fast aus der Tür war, drehte er sich auf der kleinen Eingangstreppe noch einmal um.

»Ich bin echt froh, dass wir uns das Büro teilen, Stina.«

»Das kommt dir anscheinend ganz besonders dann gelegen, wenn du jemanden für deine Aufgaben im Haushalt brauchst, sehe ich«, erwiderte sie mit gespielter Bitterkeit.

KAPITEL 11

Von außen machte das Polizeipräsidium im Stockholmer Kronobergsparken seinem Spitznamen »Kronan« wirklich alle Ehre. Türme und Zinnen schmückten das Gebäude, das, wie Axel wusste, nur eines von wenigen in Schweden war, das man im Empirestil entworfen hatte. Der Hintergedanke dabei war gewesen, dass das Haus – oder vielmehr der Palast – durch sein Erscheinungsbild Autorität ausstrahlen sollte. Düster stellte er fest, dass es funktionierte.

Im Inneren des Gebäudes überwog dagegen eine für die schwedische Verwaltung typische Einrichtung – Wandpaneele und Möbel aus Birkenholz sowie weiß gerahmte Glastüren. Als Axel in ein Verhörzimmer geführt wurde, kam es ihm mit den weißen Wänden, den Stühlen mit Blumenmuster und dem Tisch mit den unzähligen eingetrockneten Kaffeetassenrändern vor wie irgendein x-beliebiges Besprechungszimmer.

Er verspürte einen Anflug von Unlust, als die Tür hinter ihm ins Schloss fiel.

Der Vernehmungsleiter war ein Mann in den späten Fünfzigern mit einem kahlen Kopf. Früher musste er einmal ein athletischer Beamter gewesen sein, aber inzwischen hatte das Alter seine Spuren an ihm hinterlassen. Er sah aus wie ein Grizzlybär, der seinem letzten Winter entgegenblickte. Großgewachsen, ein wenig ungepflegt und mit müden Augen begrüßte der Mann Axel und stellte sich als Polizeiinspektor Stefan Johansson vor.

»Sie ahnen vielleicht schon, weshalb Sie hier sind?«

»Nein.« Axel schüttelte den Kopf. »Ihre Kollegin Karolina Palm, eine Freundin von mir, hat angerufen und mich gebeten herzukommen. Worum es geht, hat sie mir nicht gesagt.«

Der Grizzlybär quittierte das mit einem Schulterzucken und gab sich keine Mühe, so auszusehen, als täte ihm das leid.

»So ist es am einfachsten«, sagte er stattdessen. »Dann vermittelt die Aufnahme später kein falsches Bild.«

»Die Aufnahme?«

»Standardprozedere, das sollten Sie als Journalist doch wissen.«

Axel gefiel der Ton des Mannes nicht. Auf einmal wirkten seine Augen gar nicht mehr so müde.

Polizeiinspektor Johansson streckte sich nach vorn und schaltete die Kamera ein. Dann verlas er zunächst die Vorgangsnummer und das aktuelle Datum.

Axel kannte den Ablauf, mit diesen Formalien begann die Polizei jedes Verhör. Er hatte schon Hunderte Verhörprotokolle angefordert und die Seiten durchgelesen, ohne diesen einleitenden Phrasen jemals größere Beachtung zu schenken. Doch jetzt fühlte es sich sehr unangenehm an, selbst ein Teil von etwas zu sein, aus dem später ein Protokoll in einer Ermittlung werden würde. Er versuchte, sich nichts anmerken zu lassen und nicht darüber nachzudenken, ob Stina es schon bis zu seiner Wohnung geschafft hatte.

»Kommen wir zu der Frage nach der Anwesenheit eines Anwalts. Wie wollen Sie das handhaben?«

Axel wusste, dass es immer ein Fehler war, bei einem polizeilichen Verhör auf einen rechtlichen Beistand zu verzichten. Gleichzeitig war er aber neugierig, was die Polizei in Erfahrung gebracht hatte. Vielleicht bestand eine größere

Chance, den Ermittler zum Reden zu bringen, wenn er keinen Anwalt forderte?

»Was denken Sie? Brauche ich einen?«

»Dazu habe ich keine Meinung. Das ist einzig und allein Ihre Entscheidung.«

»Stehe ich im Verdacht, irgendein Verbrechen begangen zu haben?«

»Nein, Ihre Befragung ist reine Routine.«

»In dem Fall können wir uns einfach weiter unterhalten.«

Axel rief sich in Erinnerung, dass er damit ein Risiko einging. Allerdings war es sein Recht, die Aufnahme des Verhörs im Anschluss anzufordern, um die Richtigkeit seiner Aussagen zu bestätigen.

»Ich würde gern wissen, ob Sie mir erzählen können, was Sie am 13. Juli getan haben?«

»Für eine routinemäßige Befragung klingt das nach einer ziemlich offensiven ersten Frage, finden Sie nicht?«, entgegnete Axel.

Stefan Johansson stöhnte auf. Dann zog er eine Snusdose hervor, knetete umständlich einen beeindruckenden Klumpen zusammen und schob sich den Kautabak unter die Oberlippe.

Axel wartete und übte sich in Geduld.

»Okay, *fair enough*. Wir haben Sie auf den Überwachungsvideos des Nationalmuseums am Tag vor dem Raub des Rembrandtgemäldes gesehen. Und jetzt wollen wir wissen, was Sie dort getan haben.«

Axels Puls beschleunigte sich, und sein Mund wurde trocken. Er redete sich selbst ein, dass die Polizei das Bild unter keinen Umständen bis zu ihm nach Hause zurückverfolgt haben konnte. Aber wie konnte er sich dessen sicher sein? Er hatte ja selbst nicht die geringste Ahnung, wie das Gemälde überhaupt dorthin gekommen war. Möglicherweise war die Polizei den Spuren nachgegangen und hatte nur darauf gewartet, dass er in die Wohnung zurückkehrte? Aber dann müssten sie doch auch um sein Alibi wissen …

Er strengte sich an, vorzugeben, dass er sich nicht anstrengte.

»Zwei Freunde und ich haben das Museum besucht, um uns die Ausstellungsstücke anzusehen.«

»Sie meinen Professor Skrak und den kleinen Jungen?«

»Dann kennen Sie Skrak also? Haben Sie ihn auch zum Verhör bestellt?«

Der Polizist tappte nicht in die Falle, indem er auf Axels Fragen einging. Das hatte er auch nicht erwartet. Immerhin war dies eine der verhörtaktischen Grundregeln: Leite die Befragung, stell Fragen, gib keine Antworten.

»Auf dem Video ist auch zu erkennen, dass Sie lange vor einem gewissen Gemälde stehen bleiben und es betrachten. Haben Sie eventuell eine Idee, an welches Bild ich denke?«

»Ich weiß noch, dass wir uns die *Heimfahrt der Leiche Karls XII.* lange angesehen haben. Professor Skrak hat mir einige interessante Details zu diesem Gemälde erzählt, die ich noch nicht kannte. Und vor Rembrandts Selbstporträt standen wir auch eine Weile. Aber mir ist bewusst, dass Sie darauf hinauswollen, dass wir uns *Die Verschwörung des Claudius Civilis* angesehen haben. Trotz allem wurde ja dieses Gemälde gestohlen.«

»Das wurde es, trotz allem, ja«, bestätigte Grizzly-Johansson und sah ihn mit starrem Blick an.

Dennoch hielt sich Axel zurück und wartete. Gesprächstechniken zur Beschaffung von Informationen wurden nicht nur bei der Polizei gelehrt. Solange Johansson keine konkrete

Frage stellte, hatte Axel nicht vor, ihm irgendetwas gratis zu geben.

»Nun, können Sie mir erklären, wieso Ihr Interesse ausgerechnet dem Gemälde galt, das sechzehn Stunden, nachdem Sie es betrachtet haben, gestohlen wurde?«

»Jetzt klingt es schon wieder so, als fiele dieses Gespräch unter die Kategorie ›Befragung eines Verdächtigen‹. Vielleicht sollte ich doch einen Anwalt hinzuziehen, ehe wir fortfahren.«

Stefan Johansson lehnte sich zurück und kratzte den Snusklumpen mit dem Zeigefinger aus dem Mund, bevor er den Tabak in einen Papierkorb schnippte und den Finger an seiner Hose abstrich. Plötzlich lachte er.

»Ja, ja, ja. Sie wissen, wie das mit Verhören läuft. Schon gut, Axel, schon gut. Natürlich verdächtigen wir Sie nicht, Sie haben schließlich nicht gerade eine Vergangenheit als Kunstdieb. Auch wenn wir Polizisten uns nicht immer auf diese Sache mit dem Motiv beschränken dürfen, wenn wir Verbrechen aufklären wollen, kann ich trotzdem nicht erkennen, dass Sie überhaupt eines hätten.«

Johanssons Tonfall war nun bedeutend freundlicher, und Axel war versucht, an den Gedankengang anzuknüpfen, den der Vernehmungsleiter gerade formuliert hatte. Es wäre ziemlich unsinnig zu glauben, dass sich ein Journalist quasi aus dem Nichts in einen Kunstdieb erster Klasse verwandelte und Kunstwerke im Wert von Hunderten Millionen stahl. Wäre da nicht das winzige Detail, dass ein solches Kunstwerk gerade in seiner Wohnung lag.

Er warf einen Blick auf die Uhr im Verhörzimmer. Die Befragung dauerte nun schon fast eine Viertelstunde. Er hoffte inständig, dass Stina inzwischen erledigt hatte, worum er sie gebeten hatte.

»Haben Sie noch einen Termin? Etwas, das wichtiger ist als dieses Verhör?«

Polizeiinspektor Johansson klang nach wie vor freundlich, aber Axel wusste, dass er auf seinen Blick auf die Uhr reagiert hatte. Vermutlich wurde so etwas bei einer befragten Person als Anzeichen von Stress gedeutet.

»Vielleicht können Sie mir das sagen? Bis jetzt war dieses Verhör jedenfalls nur inhaltsloses Geschwafel.«

Möglicherweise ging er damit eine Spur zu weit. Vorgespielte Arroganz witterte ein erfahrener Vernehmungsleiter wahrscheinlich eine Meile gegen den Wind. Und dass der Grizzlybär Johansson zu dieser Kategorie Vernehmungsleiter zählte, spürte Axel deutlich.

»Finden Sie?«

»Wenn Sie alle Personen befragen, die auf den Überwachungsbändern zu sehen sind, haben Sie mehr als genug zu tun. Daher dachte ich, dass dieses Verhör doch schneller geführt werden müsste, als Sie es gerade tun.«

Johansson senkte den Blick. Wohl um ein Lächeln zu verbergen, jedenfalls war das Axels Eindruck.

»Ich danke Ihnen für Ihre Umsicht, was unser Arbeitspensum betrifft, aber offenbar ist Ihnen nicht richtig bewusst, in welcher Situation Sie sich gerade befinden. Wir haben die Überwachungsvideos des Museums sehr sorgfältig überprüft, da können Sie ganz beruhigt sein, und nur Sie und Ihr Freund stehen so lange vor dem geraubten Objekt. Mehr als zwei Minuten lang. Sie scheinen beide außergewöhnlich daran interessiert zu sein. Warum ausgerechnet zu diesem Zeitpunkt?«

»*Fair enough*, wie Sie es gerade ausgedrückt haben. Ich verstehe, dass es wie ein merkwürdiger Zufall anmutet, wenn ein Kunstexperte und ich vor einem Gemälde miteinander diskutieren, das wenig später gestohlen wird. Tatsache aber ist, dass dieses Gemälde zu den mit Abstand spektakulärsten des gesamten Museums zählt. Das war mir vorher nicht klar, aber Professor Skrak hat mir viel über die Hintergründe des Bildes erklärt, was es augenblicklich äußerst interessant gemacht hat. Es war reiner Zufall, dass wir just zu diesem Zeitpunkt so lange vor dem Bild standen. So einfach ist das.«

Obwohl Axel die Wahrheit sagte, spürte er, wie ihm der Schweiß ausbrach. Er merkte plötzlich, wie schwer es war, bei einem Polizeiverhör nicht angestrengt zu wirken, während man befürchtete, unnatürlich zu erscheinen und damit den Eindruck zu erwecken, dass man log.

»Sicher kann es so einfach sein, und sicher kann es sich gelegentlich um einen Zufall handeln. Allerdings interessiere ich mich ein wenig für Ihre Radiofeatures. Insbesondere für das, bei dem Sie sich mit dem Kunstraub auseinandersetzen.«

Axel erinnerte sich gut an das Feature, obwohl es über zehn Jahre her war, dass er die Interviews mit Polizisten, Kunstexperten und Wachleuten geführt hatte. In der Dokumentation ging es zum Teil um den spektakulären Diebstahl im *Moderna Museet* 1993 und zum Teil um die weitaus brutalere Attacke gegen das Nationalmuseum im Jahr 2000.

»Was mich dabei hauptsächlich interessiert, ist die Frage, wie es sein kann, dass der Täter oder die Täterin exakt so vorgegangen ist, wie Sie es in Ihrer Radiodokumentation beschreiben?«

»Wie meinen Sie das? Das waren doch zwei verschiedene Diebstähle? 1993 sind sie durchs Dach eingestiegen, das stimmt, allerdings im *Moderna Museet*, also im falschen Gebäude.«

»Aber Sie kannten auch Details über die Alarmfunktion im Bereich der Wände.«

»Dass nur die Außenwände gesichert waren? Ja, das wusste ich, genauso wie alle anderen, die den Beitrag gehört haben. Der übrigens einer meiner populärsten überhaupt ist und den schätzungsweise drei Millionen Schweden gehört haben.« Axel verzog den Mund ein wenig. »Wenn ich für alles verdächtigt werde, worüber ich Beiträge produziert habe, dann müssen Sie mich auch für die Verbreitung von HIV und die Flutkatastrophe in Thailand verhaften.«

Johansson sah ihn mit unergründlicher Miene an. Erneut bewegte sich seine Hand in Richtung Hosentasche und suchte nach der Snusdose. Mit großem Interesse für das Formen einer neuen Kugel hielt er den Blick auf seine Finger und den Tabak gerichtet, nicht auf Axel.

»Dann sind Sie also der Meinung, dass jeder, der Ihren Beitrag gehört hat, jedes Detail über den Diebstahl im *Moderna Museet* kennt?«

»Ja«, antwortete Axel und spürte ein zunehmendes Unbehagen.

»Auch das mit dem Alarm? Dass nur die Gemälde an den Außenwänden ans Alarmsystem angeschlossen waren, nicht aber diejenigen an den Innenwänden?«

Aus dem Unbehagen wurde ein eiskaltes Gefühl in seinem Bauch.

»So hat es der Kommissar ausgedrückt, den ich interviewt habe. Er meinte, an dieser Stelle habe das Museum gegeizt.«

»Mhm, das kann ich mir denken.« Johansson nahm eine perfekt geformte Snuskugel von der Größe eines Zehn-Kronen-Stücks in Augenschein. Erst dann sah er endlich wieder zu Axel. »Aber ich habe mir Ihren Beitrag genau angehört. Mehrfach, Axel. Und ich behaupte nicht, Sie würden lügen, im Gegenteil: Ich bin der festen Überzeugung, dass der Kommissar Ihnen von dem Detail mit dem Alarm und den Wänden erzählt hat.«

Eine vage Erinnerung tauchte in Axels Hirn auf. Sie verstärkte das quälende Gefühl in ihm noch weiter.

»Das Problem ist nur, so genau ich auch hinhöre: Dieses Detail fehlt in Ihrem Radiobeitrag.«

Axel zwang sich, nicht die Fassung zu verlieren. Er durfte sich auf keinen Fall etwas anmerken lassen.

»Durch das Interview mit einem Kommissar haben Sie also von einem Detail über das Alarmsystem erfahren. Aber Sie beschlossen, es für sich zu behalten. Folglich haben die drei Millionen Hörer, die Sie gerade erwähnten, ganz und gar nicht dasselbe Wissen darüber, wie man vorgehen müsste, wenn man ein Gemälde aus einem unserer Museen stehlen wollte, wie Sie. Habe ich recht?«

Das unheilverkündende Funkeln in Grizzly-Johanssons Augen war zurück.

Axels Mund fühlte sich völlig ausgetrocknet an. Er räusperte sich und gab sich Mühe, selbstbewusst zu klingen.

»Ich habe es mir anders überlegt. Ich möchte jetzt doch einen Anwalt.«

KAPITEL 12

Zuerst hielt sie es für einen Teppich. Dann dachte sie, in diesem Teppich befände sich irgendetwas. Dann versuchte sie, diesen Gedanken als lächerlich abzutun, musste sich aber eingestehen, dass ihr das nicht gelang. Die Rolle auf dem Boden von Axel Skölds Wohnung hatte ganz eindeutig etwas Unheilvolles an sich.

Stina hatte das Büro nur wenige Minuten nach Axel verlassen, denn ihr war klar, dass die Zeit drängte. Die schnellste Route zu Axels Wohnung führte über Fahrrad- und Fußgängerwege, weshalb sie sich einen der unzähligen Elektroroller geliehen hatte, die die Gehsteige der Stadt verstopften. Sie war eigentlich gegen diese Gefährte, aber heute mussten solche Prinzipien hintanstehen. Jetzt ging es darum, Axel zu helfen, und nach allem, was sie aus seinem kurzen Telefonat mit dem Präsidium hatte ablesen können, sah es übel für ihn aus.

Als sie mit flatterndem Rock auf den Fahrradwegen von Södermalm entlangschoss, musste sie, wenn auch widerwillig, zugeben, dass es eine angenehme Art der Fortbewegung war. Sie entkam dem Gedränge in der U-Bahn und überholte all die Autos, die an den ewig roten Ampeln auf dem Ringvägen halten mussten. Sie erlebte die Schönheit der Stadt, während sie im Flüsterton über die Årstabrücke hinunter zum Liljeholmskajen und Axels Wohnung rollte.

Mit dem Ersatzschlüssel, den sie vor vielen Jahren im Tausch gegen einen ihrer eigenen Hausschlüssel bekommen hatte, öffnete sie die Wohnungstür. Die Teppichrolle war tatsächlich das Erste, was ihr im Wohnzimmer auffiel.

Noch einmal las sie den Zettel von Axel.

Bring die Rolle aus dem Wohnzimmer zu Skrak.
So diskret wie möglich. Und schnell.

Die Anspannung und die Absurdität der Situation brachten Stina zum Kichern. Ohne jeden Zweifel war da irgendetwas Dubioses im Gange, und auf einmal schossen ihr Begriffe wie »Diebesgut«, »Hehlerei«, »heiße Ware« und »dunkle Machenschaften« durch den Kopf.

Aber Stina hatte absolutes Vertrauen zu Axel, ebenso wie zu Skrak. Natürlich half sie ihm. Und sollte jemand fragen, was sie da tat, dann transportierte sie bloß … einen Teppich.

Sie wollte die Rolle anheben, doch sie war zwei Meter lang und unhandlich. Auch das Gewicht erstaunte sie. Durch die Plastiktüten und die vielen Lagen Klebeband erstastete sie Stoff wie von Handtüchern und Bettlaken.

Stina sah sich in der Wohnung nach etwas um, was sie als Tragegriff verwenden konnte. Ihr wurde klar, dass sie ein Taxi brauchen würde, aber zuerst musste sie den »Teppich« irgendwie ins Treppenhaus schaffen. Auf keinen Fall wollte sie, dass ein Taxifahrer oder irgendein Kurier in Axels Wohnung herumschnüffelte.

Die gesamte Wohnung war weiß. Wie Stina wusste, beruhte das nicht etwa auf Axels Sinn für Interior Design, sondern war eine Auswirkung dessen, dass es ihm genau daran mangelte. Er hatte schlichtweg darauf verzichtet, irgendwelche Einrichtungsdetails auszuwählen, weshalb man die neugebaute Wohnung mit dem Standardrepertoire ausgestattet hatte: weiße Wände, weiße Schränke, weiße Türen.

Vor den Wohnzimmerfenstern zum Kai hin schienen sich einige großblättrige Topfpflanzen recht wacker zu schlagen, und Stina war überrascht von der Freude, die sie darüber empfand, dass Axel sich um die Pflanzen kümmerte. An den Wänden hingen mehrere Diplome und Auszeichnungen, die er für seine Reportagen erhalten hatte, dafür aber erstaunlich wenige Bilder.

Das große Regal im Wohnzimmer stand voller Bücher, dort fand sich aber auch eines der wenigen Fotos: ein Familienbild von Axel als kleinem Jungen, wie er mit seinen Eltern auf einem Steg vor einer Fischerhütte stand. Neben dem Foto lag das kleine Kästchen, das Axels Großvater ihm überlassen und das Axel schließlich zu öffnen geschafft hatte.

Stina seufzte. Axel arbeitete zu viel und traf in seiner Freizeit zu wenige Menschen, die nichts mit der Arbeit zu tun hatten.

Sie schaute auf die Uhranzeige an der Mikrowelle. Sie musste sich beeilen.

Die Besenkammer im Flur hielt keine Lösung für ihr Tragegriffproblem bereit, sodass Stina ins Arbeitszimmer ging und dort den Schrank öffnete.

Der Kontrast zur ansonsten penibel aufgeräumten Wohnung war enorm. Auf den Innenseiten der beiden Schranktüren hingen mehrere Fotos, Notizen und Klebezettel. Zuoberst hatte Axel eine Überschrift auf ein Blatt Papier gekritzelt.

Die Achtzehn.

Danach folgten die Namen von der Liste seines Großvaters und diverser Unternehmen sowie Jahreszahlen und Ereignisse.

Petrescu. Palme. Cats Falck. Algernon. 1945 Gutshof Odensviholm. 1986 Schloss Rånäs.

Hier fand also Axels Denkarbeit statt.

Vorsichtig schloss Stina den Schrank wieder. Mit einem Mal kam es ihr vor, als schnüffele sie herum. Es fühlte sich an, als hätte sie ein verborgenes Zimmer in Axels Seele betreten und eine persönliche Grenze überschritten.

Sie zog ihr Handy heraus und rief ein Taxi. Während sie weiter nach etwas Ausschau hielt, mit dem sie die Rolle besser zu fassen bekäme, bat sie die Dame am Telefon um ein Taxi, das groß genug war, um einen sperrigen Teppich zu transportieren. Ihr wurde versichert, dass ein passendes Fahrzeug in der Nähe sei und in höchstens fünf Minuten bei ihr eintreffen werde.

Schließlich wurde Stina in der Küche unter der Spüle fündig, wo sie eine Rolle silbernes Klebeband entdeckte. Indem sie das Tape zwischen den beiden Enden der Rolle hin- und herführte, bastelte sie eine Art Tragegurt. So konnte sie sich den »Teppich« über eine Schulter hängen, auch wenn er immer noch schwer war.

Mit einiger Mühe hievte sie die Rolle in den Aufzug und spürte, dass sie schwitzte. Dann verschloss sie die Wohnung und kam im selben Moment im Erdgeschoss an, in dem auch das Taxi vor der Haustür hielt.

Hinter dem Steuer saß ein junger Mann mit einem strahlend weißen Lächeln. Als er Stinas Gepäck entdeckte, erlosch es.

»Ein Teppich, haben sie mir gesagt. Das ist aber ein verflucht riesiger Teppich.«

Stinas Puls schoss in die Höhe, und ihre Verärgerung nahm zu.

»Ich habe *klipp und klar* gesagt, dass er hineinpassen muss.«

Das Lächeln war wieder da.

»Ruhig bleiben. Sie fahren mit Jamal. Meine Kunden sind immer zufrieden.«

Damit stieg er aus dem Volvo und klappte einen Rücksitz um. Gemeinsam schoben sie den »Teppich« durch den Kofferraum hinein, aber er ragte noch zwanzig Zentimeter heraus, sodass sich die Heckklappe nicht schließen ließ.

Hoffnungslos starrte Stina Forss auf die Wellen des Liljeholmsviken. Auf den Stegen entlang des Kais spazierten Menschen in Shorts und kurzen Röcken. Die lockere Stimmung, die immer zur Urlaubszeit über der Hauptstadt lag, machte Stina wütend. Durch den direkten Kontrast zu diesen langsam herumstreunenden Flaneuren wurde ihr eigener Stress umso greifbarer.

Gleichzeitig fiel ihr Blick auf ein einzelnes Auto, das über die fünfhundert Meter entfernte Liljeholmsbrücke fuhr. Es war ein Streifenwagen. Das Wort »Diebesgut« drang wieder in ihr Bewusstsein.

»Kommen Sie schon, Jamal. Momentan bin ich alles andere als eine zufriedene Kundin.«

Aber der Fahrer war bereits an der Beifahrerseite und schob den Sitz dort so weit nach vorn wie möglich.

»Jetzt schieben Sie noch mal!«

Stina tat wie geheißen, und der Teppich ... »Scheiß die Wand an!« ... passte ins Taxi.

Sie kletterte auf den Sitz hinter Jamal, der vorne einstieg und nun noch breiter grinste.

»Jetzt eine zufriedene Kundin?«

»Das ist zumindest ein vielversprechender Anfang, Jamal. Fahren Sie los!«

Sie blickte sich auf der Straße um. Kein Polizeiwagen zu sehen. Bestimmt war sie nur ein wenig paranoid.

»Auf jeden Fall. Dann ... fahren wir zur Reinigung, oder?«

»Nein. Fahren sie zum Slottsbacken 3.«

»Zum Schloss?«

Er sah sie mit ungläubiger Miene durch den Rückspiegel an. Stina wich seinem Blick aus und spürte, wie die Panik Besitz von ihr ergriff. Jamal verstand das Signal und schüttelte nur leicht den Kopf.

»Muss ein verdammt schöner Teppich sein.«

Endlich rollte das Taxi los. Jamal bog vom Liljeholmskajen ab und fuhr nach rechts auf die Brücke in Richtung Södermalm.

Dort kam ihnen der Streifenwagen entgegen.

Stina widerstand dem Impuls, sich auf dem Sitz nach unten gleiten zu lassen, und versuchte, wie ein gewöhnlicher Fahrgast auszusehen, der einen zwei Meter langen und in Mülltüten verpackten Teppich neben sich liegen hatte.

Aber die Beamten im Auto achteten weder auf sie noch auf das Taxi. Als sie aneinander vorbeigefahren waren, drehte Stina sich um. Der Streifenwagen blinkte nach links. Bevor sie außer Sichtweite fuhren, sah Stina noch, dass die Polizisten in Axels Straße einbogen.

KAPITEL 13

Die Kaffeeflecken auf der weißen Tischplatte waren schon vor langer Zeit dort eingetrocknet. Auf der ziffernlosen Uhr gegenüber von Axel näherte sich der Minutenzeiger zum zweiten Mal dem obersten Punkt. In dem Raum gab es keine Fenster, wodurch es ihm schwerfiel, ein Zeitgefühl zu haben. Schon jetzt. Dabei war er erst seit knapp zwei Stunden im Verhörzimmer. Doch nach seiner Frage nach einem Anwalt hatte man ihn über eine Stunde lang allein gelassen, und seitdem drehte sich das Gedankenkarussell in Axels Kopf immer schneller.

Auch wenn er vorher bereits gewusst hatte, dass die meisten Menschen eine Verhörsituation als äußerst belastend empfanden, begriff er erst jetzt, als er es am eigenen Leib erfuhr, wie sehr es einen regelrecht zermürbte, hinter verschlossenen Türen auf jemanden warten zu müssen. Er war der Behörde und ihren Angestellten vollkommen ausgeliefert.

Natürlich kannte er seine Rechte, aber er wusste auch um den himmelweiten Unterschied zwischen Recht *haben* und Recht *bekommen*. Da er mehrere Fälle von Machtmissbrauch im Rechtswesen untersucht hatte, war ihm klar, dass Schweden zwar ein Land mit einer relativ niedrigen Korruptionsrate und einer vergleichsweise hohen Rechtssicherheit war, aber bei weitem nicht so frei von dieser Art von Ereignissen, wie es viele seiner Mitbürger gern glaubten. Einer der neuesten Skandale betraf einen Mann, der dreizehn Jahre lang für einen Mord im Gefängnis gesessen hatte, den er nicht begangen hatte. Zu guter Letzt war es einigen Journalisten, Angehörigen und Anwälten gelungen, die Sache richtigzustellen, und der Mann war freigesprochen worden.

Durch diesen Fall kannte Axel den Namen des Anwalts, auf den er nun wartete. Es handelte sich um einen Juristen aus einer Kleinstadt in Småland, der ohne große Bekanntheit oder andere Ressourcen außer seinem eigenhändig zusammengesparten Kapital, seinem Verstand und einem enormen juristischen Fachwissen in einem Fall für Gerechtigkeit gesorgt hatte, an dem sich andere mehr als ein Jahrzehnt lang die Zähne ausgebissen hatten. Das hatte Axel Sköld beeindruckt und würde, so hoffte er, auch die Ordnungshüter in diesem Fall überzeugen.

Als es dann aber schließlich an die Tür des Verhörzimmers klopfte, geschah es so verhalten, dass sich Axel zuerst fragte, ob er überhaupt ein Klopfen gehört hatte. Die Tür wurde von außen geöffnet, und Johansson hielt sie einem kurzgewachsenen Mann mit moderner Brille und einem angegrauten Kinnbart auf, der eine giftgrüne Samtkrawatte zu einem dunkelblauen Nadelstreifenanzug trug.

»Moin, sind Sie Axel Sköld?«

Axel ergriff die ausgestreckte Hand und schüttelte sie dankbar.

»Ja. Und Sie sind Hans Brorsson?«

»Nennen Sie mich Hasse, das machen alle. Außer meine Frau, die nennt mich nur Teufelsanwalt.«

Bei dem letzten Wort zuckten Johanssons Mundwinkel.

»Bloß nicht zu schadenfroh sein, Johansson, geben Sie lieber acht, dass Sie in keinen Scheidungsprozess geraten. Dann brauchen Sie vielleicht selbst einen teuflisch guten Anwalt.«

»Danke für das Angebot, werde ich mir merken«, brummte

Johansson, während er den Stuhl gegenüber von Axel hervorzog.

Hans Brorsson lockerte seinen Krawattenknoten und knöpfte das Sakko auf.

Als Johansson dazu ansetzte, das Verhör wiederaufzunehmen, und die Fernbedienung auf die Kamera richtete, krümmten sich Brorssons Augenbrauen, was ihm einen besorgten Ausdruck verlieh. Zunächst verhalten, dann aber mit immer sicherer klingender Stimme wandte sich der Anwalt in seinem trägen Dialekt an den Polizisten.

»Warten Sie doch einen Moment mit der Technik, Herr Polizeiinspektor Johansson. Ich frage mich noch, aus welchem Grund wir uns eigentlich hier befinden. Mein Mandant steht nicht im Verdacht, ein Verbrechen begangen zu haben, korrekt?«

Johansson seufzte tief.

»Völlig korrekt«, bestätigte er dann.

»Dann plaudern wir also unter keiner anderen Bedingung als dem guten Willen meines Mandanten?«

Johansson nickte resigniert.

»Na, in dem Fall finde ich, wir können darauf verzichten, das Gespräch aufzuzeichnen, oder was meinen Sie?«

Axel sah, dass Johansson kurz davor stand, zu protestieren, als ihm plötzlich eine Idee kam.

Er hob die Hand. »Dürfte ich kurz allein mit meinem Anwalt sprechen?«

Erstaunt blickte Johansson zu Axel, stand aber auf, um den Raum zu verlassen.

»Nein, nein, bleiben Sie ruhig sitzen, das geht schnell.«

Axel beugte sich zu Hans Brorsson, den ein diskreter, aber dennoch präsenter Parfümduft umgab, und flüsterte ihm eine Frage ins Ohr.

Der Anwalt hörte aufmerksam zu. Dann wandte er sich an den Vernehmungsleiter.

»Solange mein Mandant eine Kopie des gesamten aufgezeichneten Verhörs erhält, wehren wir uns nicht gegen einen Mitschnitt. Ist das in Ordnung?«

»Sie erhalten im Anschluss eine schriftliche Version zum Gegenlesen.«

Axel schüttelte den Kopf.

»Mein Mandant besteht auf einer Kopie der Videoaufzeichnung. Durch seine Arbeit hat er die Erfahrung gemacht, dass einige Polizeiverhöre beim Niederschreiben geschönt werden. Daher ist es unserer Ansicht nach für beide Parteien das Beste, wenn das Gespräch, das wir hier führen, in zwei identischen Kopien bei den jeweiligen Parteien verwahrt wird.«

»So etwas tun wir normalerweise nie«, entgegnete Johansson und schüttelte verstimmt den Kopf.

»Normalerweise verhören Sie auch keine unbescholtenen Journalisten, wenn Gemälde im Wert von Hunderten Millionen gestohlen werden.«

Brorssons Reaktion war pfeilschnell gekommen, und Axel warf seinem Anwalt einen anerkennenden Blick zu.

»Okay, lassen Sie es gut sein, Hasse. Sie bekommen eine Kopie.«

»Na, wer sagt's denn? Jetzt nennt mich sogar Johansson schon Hasse. Das läuft ja wie am Schnürchen!« Der Anwalt strahlte Axel an und setzte sich ein wenig bequemer auf den Stuhl.

Johansson schaltete die Kamera ein und ratterte erneut die Formalia seines Protokolls herunter, diesmal jedoch mit einer positiven Antwort auf die Frage nach der Anwesenheit eines Anwalts und mit Brorssons Namen als Axels Vertreter.

»Also, Axel, wir waren bei der Frage stehen geblieben, wie derjenige, der das Gemälde gestohlen hat, wissen konnte, dass nur die Außenwände mit einem Alarm gesichert waren. Beziehungsweise, wieso ausgerechnet Sie davon wussten?«

»Ich weiß das von einem Mann in Uniform, den ich interviewt habe. Entweder hat mir Tommy Lindström davon erzählt, oder es war der Wachmann des Museums.«

»Als ich mir den Radiobeitrag angehört habe, war davon aber nicht die Rede.«

»Nein, das stimmt wohl.« Axel überlegte. »Ich glaube, das geschah sogar auf Wunsch Ihrer Kollegen. Sie wollten nicht, dass ich zu viel über den Fall preisgebe, da das dem Täter womöglich helfen könnte, weitere Brüche zu begehen.«

»Sie haben das Detail über die Funktion des Alarms also ausgelassen?«

»So muss es gewesen sein.«

Johanssons durchtriebener Blick heftete sich auf Axel.

»Das heißt also, über das Detail, dass die Wand, an der das gestohlene Gemälde hing, nicht alarmgesichert war, wussten nur Sie und der Täter Bescheid?«, schlussfolgerte er.

»Ja und nein.« Axel räusperte sich. »Ich weiß nur, was auf die vergangenen Kunstdiebstähle zutraf. Ich kannte die Sicherheitsmängel bezüglich der Alarmanlage im *Moderna Museet* 1993. Woraus nicht hervorgeht, dass ich eine Ahnung davon hatte, dass die gleiche Sicherheitslücke aktuell auch für das Nationalmuseum gilt. Verdammt, hätte ich das geahnt, hätte ich einen Nachrichtenbeitrag dazu gemacht! Dass eines der berühmtesten Museen Schwedens die gleiche Sicherheitslücke hat wie das *Moderna Museet* 1993 und dass das Nationalmuseum trotz dieser Erfahrung nichts dagegen unternommen hat – damit hätte ich ganz sicher einen Coup gelandet.«

Hans Brorsson nickte Axel aufmunternd zu. Es lief gut für ihn.

»Zudem ist der Dieb über das Dach in das Gebäude gelangt, und damit exakt so, wie Sie es in Ihrem Radiobeitrag beschrieben haben«, fuhr Johansson unbeirrt fort. »Ein weiterer Umstand, der Sie belastet. Hinzu kommt, dass Sie sechzehn Stunden vor dem Raub am Tatort gesehen wurden und dabei ein äußerst großes Interesse für genau das Gemälde gezeigt haben, das später gestohlen wurde. Für mich sieht es so aus, als hätten Sie einiges zu erklären.«

Axel sah zu seinem Anwalt. Jetzt war er an der Reihe zu zeigen, ob er sein Honorar auch wert war.

Erneut setzte Hans Brorsson eine bekümmerte Miene auf. Seine Augenbrauen schienen oberhalb der Brillenränder eine Art Eigenleben zu führen.

»Jetzt komme ich aber ein wenig ins Grübeln, Johansson. Ich war in dem Glauben, mein Mandant hätte hier bereits über fünfundvierzig Minuten lang Fragen beantwortet, bevor Sie ihn dazu gezwungen haben, auf mein Erscheinen zu warten, und das, obwohl …« Hier versuchte Johansson, ihn zu unterbrechen, aber Brorsson wiederholte sein letztes Wort nur etwas schneller, und der Polizist verstummte. »… *obwohl* Sie nicht den geringsten offiziellen Verdacht gegen meinen Mandanten ausgesprochen haben. Sie können ihn auch nicht zum Tatzeitpunkt mit dem Tatort in Verbindung bringen, oder?«

»Dazu wollte ich gerade kommen. Können Sie mir verraten, wo Sie sich in der Nacht zwischen dem 13. und dem 14. Juli aufgehalten haben?«

»Diese Frage müssen Sie ganz sicher nicht beantworten, Axel«, sagte Brorsson mit ernster Miene.

»Ich antworte gern darauf. In dieser Nacht befand ich

123

mich auf einer Reise nach Amsterdam. An welchem Ort genau und in welchem Zug, das hängt davon ab, nach welcher Uhrzeit Sie fragen, aber ich habe Fahrkarten, die meine Reise belegen. Und wenn Sie Ihre europäischen Kollegen kontaktieren, finden diese sicher Videoaufnahmen von den Bahnhöfen in Kopenhagen, Hamburg oder Amsterdam, auf denen ich zu sehen bin.«

Erst jetzt ging Axel auf, wie raffiniert Xenons Plan gewesen war. Die Zugreise und der Hotelaufenthalt in videoüberwachten Teilen Mitteleuropas verschafften ihm ein absolut wasserdichtes Alibi.

»Außerdem liegt eine Kopie meines Ausweises vom betreffenden Tag an der Rezeption des Plaza Hotels in Amsterdam vor.«

Wenn Johansson, der Grizzly, davon enttäuscht war, versteckte er es gut. Er nahm Axels Alibi ohne jegliche Regung zur Kenntnis.

»Ausgezeichnet. Dann kommen Sie einfach mit den Fahrkarten vorbei, damit wir sie uns ansehen und kopieren können.«

»Das machen wir sehr gern.« Brorsson schien die Neuigkeit, dass es ein solches Alibi gab, geradezu zu genießen.

»Wunderbar. Wir schätzen Ihre Kooperation, Axel.« Mit einem Mal wurde der Blick des Vernehmungsleiters starr. »Deshalb gehe ich davon aus, dass Sie nichts dagegen haben, wenn wir uns ein wenig in Ihrer Wohnung umsehen?«

Axel erschauderte. Doch noch bevor er etwas darauf erwidern konnte, wurde sein Anwalt zum ersten Mal etwas lauter.

»Mein Mandant ist hier, weil er gewillt ist, mit der Polizei zu kooperieren, obwohl er ein einwandfreies Alibi hat. Und trotzdem besitzen Sie die Frechheit, nach einer Hausdurchsuchung zu fragen, ohne dass mein Mandant verdächtigt wird? Auf welche Grundlage gedenkt der Herr Polizeiinspektor dieses Vorgehen zu stützen? Ich denke, unser Kooperationswille hat sich in exakt diesem Moment verabschiedet.«

Hans Brorsson stand auf und bedeutete Axel, das Gleiche zu tun.

»Ich werde morgen früh noch einmal herkommen, da ich vor dem Mittagessen sowieso noch zu einer Haftprüfung muss. Dann dürfen Sie sich die Zugtickets ansehen. Und ich setze voraus, dass Sie bis dahin eine Kopie der Verhöraufzeichnung angefertigt haben.«

Damit ließen sie Polizeiinspektor Stefan Johansson am Tisch sitzen. Brorsson verließ das Zimmer als Erster, Axel gleich nach ihm.

*

Vor dem mächtigen Präsidiumsgebäude führte Brorsson Axel zu einem weinroten Porsche Cayenne. Er hielt ihm die Beifahrertür auf und schleuderte seine Aktentasche auf die Rückbank. Nachdem er selbst hinter dem Steuer Platz genommen und den schnurrenden Porsche in den Stockholmer Verkehr manövriert hatte, brach er sein Schweigen.

»Ich muss zugeben, dass mich dein Anruf überrascht hat. Wieso wolltest du mich in der aktuellen Situation dabeihaben? Du standst ja nicht einmal unter Verdacht?«

»Nein, jedenfalls hat Johansson das behauptet …«

Axel schaute auf die Straße, gerade kamen sie am Rathaus von Stockholm vorbei. Der Anwalt fuhr in geübter Manier unter den Brücken hindurch und wechselte an den richtigen Stellen die Spur.

»Weißt du, ich habe schon oft erlebt, dass Leute routine-
mäßig vernommen werden, obwohl man spürt, dass sie eigentlich als Verdächtige dort sind.«

Brorsson schimpfte, als er wegen eines Radfahrers, der die
Straße kreuzte, abbremsen musste. Danach sah er Axel mit
scharfem Blick an.

»Ich will, dass du gründlich nachdenkst, bevor du antwortest. Ich bin dein Anwalt und zur Verschwiegenheit verpflichtet, aber ich darf nicht an der Irreführung eines Gerichts
mitwirken. Wenn ich dir also diese Frage stelle – überlege dir
gut, was du darauf antwortest: Bist du in den Fall verwickelt,
und wenn ja, auf welche Art?«

Axel sah Hans Brorsson fest an und wartete bis zur nächsten roten Ampel, um seinem Anwalt in die Augen schauen
zu können.

»Genau das, Hasse, will ich herausfinden.«

KAPITEL 14

Polizeiinspektor Stefan Johansson öffnete den gepanzerten Dokumentenschrank, in dem er seine Dienstwaffe aufbewahrte. Neben der Sig Sauer lag ein Handy von Samsung. Johansson nahm es in die Hand und drückte eine neue SIM-Karte aus einem Plastikrahmen.

Als er die SIM-Karte ins Handy gesteckt hatte, wählte er die Nummer der Patrouille.

»Und?«, erkundigte er sich.

»Nichts.«

»Nichts?«

»Nein, und das, obwohl wir genügend Zeit hatten. So ein Teil kann man nicht einfach irgendwo in seiner Wohnung verstecken.«

»Okay. Danke euch.«

»Dafür nicht, das weißt du.«

»Traurig, dass ich euch um einen solchen Besuch bitten muss. Eigentlich hätten wir den Beschluss bekommen sollen, aber ...«

»Du brauchst dich nicht zu erklären, ich weiß, wie es ist. Die Staatsanwälte heutzutage sind die reinsten Arschgeigen.«

Sie verabredeten sich für später auf ein Bier, bei dem sie auch die Sache mit der Vergütung regeln wollten. Dann legten sie auf.

Johansson warf einen Blick auf das gerahmte Foto neben seinem Computerbildschirm. Er seufzte. Dann griff er erneut zum Handy und gab die Nummer ein, die er auswendig gelernt hatte.

Wie immer meldete sich der Mann am anderen Ende der Leitung schon nach dem ersten Klingeln.

»Technische Abteilung. Wer spricht?«

»Ja, hallo, hier ist Johansson. Wir haben die Wohnung am Liljeholmskajen durchsucht, mit negativem Resultat.«

Es wurde still in der Leitung. Plötzlich wünschte sich Johansson, er hätte die Tür zu seinem Dienstzimmer abgeschlossen.

»Ich gehe davon aus, ihr seid euch sicher?«

»Die Patrouille hatte ausreichend Zeit. Außerdem ist das Gemälde groß und die Wohnung klein.«

Der Mann am anderen Ende gab eine Art Grunzen von sich, das man sowohl als Bestätigung der Logik in Johanssons Antwort als auch als Enttäuschung über das Ergebnis deuten konnte.

»Nun gut, ihr wart auf Zack, Johansson. Wir handhaben es wie üblich.«

»Gut, ihr könnt das Geld direkt an die Klinik in Lugano überweisen.«

Nachdem sie das Gespräch beendet hatten, nahm Johansson die SIM-Karte heraus und zerbrach sie in seiner riesigen Hand. Das Samsung-Handy legte er zurück in den Dokumentenschrank.

Bevor er ihn abschloss, fiel sein Blick auf den Dienstausweis, der im unteren Fach lag. Eine bedeutend jüngere Version seiner selbst grinste ihm von dem Polizeiausweis mit dem Wappenschild entgegen. Er drehte die Karte mit einem Klatschen um und schloss den Schrank. Dann schaute er wieder auf das gerahmte Foto seiner Frau. Der nächste Flug nach Lugano ging um neun Uhr heute Abend. Sie würden es schaffen.

Dieses Mal waren es die Haare. Wie würde es bis zur

nächsten Behandlung sein? Er ahnte bereits, dass er seinen Kontakt noch öfter würde anrufen, mehr Aufträge übernehmen müssen.

Er fokussierte seine Gedanken auf das Helle: seine Frau.

KAPITEL 15

Karolina befolgte Dolly Partons Ratschlag aus dem Song
»9 to 5« und schenkte sich eine Tasse Ehrgeiz ein. Sie beäugte die schwarze Brühe zwar misstrauisch, aber wenigstens
erweckte der Geruch ihre Sinne zum Leben. Dann schaltete
sie das Radio in ihrem Dienstzimmer ein.

Die Morgenausgabe des *Eko-Journals* war mitten in einem
Interview mit Lova Magnusson, die abermals ihre zentrale
These wiederholte, es sei von »äußerster Wichtigkeit, das
Großkapital unter Druck zu setzen«, da sie nach wie vor »voll-
kommen überzeugt« sei, dass »im Nachgang der Panama Pa-
pers noch einige Leichen in diversen Kellern zu finden seien«.

Lovas Stimme erinnerte sie an die Geschehnisse im
Schärengarten von Västervik und daran, wie sie mit ihrem
Team die Ministerin und Axel dort abgeholt hatte. Noch immer bestanden einige Unklarheiten, die an Karolinas polizei-
lichem Gewissen nagten. Was war in dem Boot eigentlich
zwischen Lova, Axel und dem Schützen passiert?

Karolina zwang sich selbst zurück in die Gegenwart und
streckte sich, um das Radio auszuschalten.

Mitten in der Bewegung zum Aus-Schalter hielt sie jedoch inne, die nächste Meldung weckte ihr Interesse.

»Nun zum Raub im Nationalmuseum, bei dem Unbekannte Rembrandts Gemälde *Die Verschwörung des Claudius
Civilis* durch ein Loch im Dach gestohlen haben. Das Kunstwerk wird auf einen Wert von mehreren Hundert Millionen
geschätzt, und der Diebstahl schlägt auch in der internationalen Presse Wellen.«

Es folgte ein Zusammenschnitt mehrerer Nachrichtensendungen auf Französisch, Deutsch, Englisch und Russisch, ehe die Reporterin wieder übernahm und einen »Sprecher der Reichspolizei« ankündigte. Karolina erwartete, Stefan Johanssons brummende Stimme zu hören, doch stattdessen wiederholte der Pressesprecher Dan Pettersson mehrere Versionen von »Kein Kommentar«.

»Haben Sie schon Hinweise auf den Täter oder die Täterin?«

»Kein Kommentar.«

»Wissen Sie, ob mehr als eine Person involviert ist?«

»Es ist noch zu früh, darüber eine Aussage zu treffen.«

»Bei Kunstdiebstählen ist es nicht ungewöhnlich, dass die Person, die hinter dem Raub steckt, dem Museum das Kunstwerk erneut zum Kauf anbietet. Hat in diesem Fall eine solche Kontaktaufnahme stattgefunden?«

»Wie Sie sicher verstehen, unterliegen Details dieser Art in der gegenwärtigen Ermittlungsphase der Geheimhaltung.«

»Können Sie überhaupt etwas über die Fortschritte der Polizei in diesem Fall sagen?«

»Auch hier muss ich erneut auf die Geheimhaltung im aktuellen Ermittlungsstadium verweisen.«

Wie die meisten anderen Hörer erwartete auch Karolina, dass das Interview damit beendet war, doch die Reporterin erwies sich als stur. Ein nützlicher Wesenszug, für Journalisten wie für Polizisten, ging es ihr durch den Kopf, während sie weiter zuhörte.

»Aus Ihren Nicht-Antworten könnte man leicht den Schluss ziehen, dass die Polizei bisher keinen Schritt vorangekommen ist. Stimmt das?«

Es wurde still, und Karolina stellte sich vor, dass im Radiostudio urplötzlich eine eiskalte Stimmung herrschte.

»Ich kann allen Zuhörern versichern, dass die schwedische Polizei mit allen Mitteln und zielstrebig an dem Fall arbeitet. Durch die Überprüfung der Sicherheitsvideos haben wir sehr wertvolle Informationen erhalten, und wir konnten bereits einige interessante Personen verhören. Wir rechnen damit, dass der Fall bald aufgeklärt wird, ohne dass eine einzige Krone an Lösegeld gezahlt werden muss.«

Wenn du da mal nicht zu viel versprochen hast.

Karolina erinnerte sich, dass sie Stefan Johansson danach fragen wollte, wie das Verhör mit Axel gelaufen war. Beim Gedanken an all die Überwachungsbänder, von denen es im Nationalmuseum sicher unzählige gab, seufzte sie neidisch auf. Sie selbst stand mit wesentlich weniger da. Zwar war die Explosion in der Hedinsgatan auf Bildern festgehalten worden, allerdings nur im Hintergrund. Mehrere der umliegenden Geschäfte hatten Überwachungskameras an ihren Eingängen installiert, durften die Straße vor dem Geschäft aber nicht filmen.

Eigentlich schätzte Karolina die schwedische Linie, nach der die Persönlichkeitsrechte einen höheren Stellenwert besaßen als das Recht eines Einzelnen oder des Staates, öffentliche Plätze zu filmen, aber in diesem Moment hätte sie gern denselben Zugang zu Überwachungskameras gehabt wie die Londoner Polizei. Alles, was sie auf den ihr zur Verfügung stehenden Bändern sehen konnte, war, dass die Bombe zu der Uhrzeit explodierte, die sie bereits kannten. Im Hintergrund fünf verschiedener Videos flammte ein Lichtschein auf, aber es war unmöglich zu erkennen, wer das Gebäude vor der Explosion betreten hatte.

Sie füllte ihren Kaffeebecher aus der eigenen Thermoskanne und nahm sich erneut Eywind Kopschs technischen Bericht vor. Darin fanden sich die wenigen Spuren, die sie hatte, zusammengefasst in bester Kopsch-Manier. Die simple Prosa des erfahrenen Kriminaltechnikers zu lesen verschaffte ihr ein Gefühl von Sicherheit.

Noch immer störte sie etwas an der Art, wie die Bomben zusammengesetzt waren. Zum inzwischen vierten Mal las sie den Bericht aufs Sorgfältigste. Tief in ihre Gedanken versunken, nahm sie einen Schluck Kaffee und stellte den Becher vorsichtig ab.

*

Die Tür wurde mit einem lauten Knall geöffnet, und Axel sah von seinem Bildschirm auf. Stina schien übel gelaunt zu sein.

»Du bist schon hier?« Stina klang müde. Sie ging zu ihrem Platz gegenüber von Axel und schaltete ihren Computer ein. »Erzähl mir, wieso die Polizei mit dir sprechen wollte. Das gestern hat sich gar nicht gut angefühlt. Als wir gerade von deiner Wohnung aus losgefahren waren, habe ich einen Streifenwagen gesehen, und ich glaube, sie waren auf dem Weg zu dir nach Hause.«

Stina sah ihn durch ihre Brille mit einem beunruhigten Blick an.

»Ja, aber mach dir keine Sorgen. Ein sehr guter Anwalt hat mir geholfen. Hans Brorsson.«

»Bitte? Du hattest einen Anwalt dabei? War das nötig? Wirst du in irgendeiner Sache verdächtigt? Axel, was war in der Rolle in deiner Wohnung?«

Mit jeder Frage wurde Stina lauter.

Axel sog tief die Luft in seine Lungen. Das hier würde dauern. Am schlimmsten war allerdings, dass er selbst nicht richtig wusste, wie er es ihr erklären sollte.

»Hast du es geschafft, alles zu Skrak zu bringen?«

»Ja. Fast wäre es schiefgegangen, als wir diesen … *Teppich* ins Taxi laden wollten, aber am Ende hat doch alles geklappt. Ich war eine zufriedene Kundin.« Auf Axels fragenden Blick reagierte Stina nur mit einem abwehrenden Kopfschütteln. »Jetzt erzähl mir endlich, wieso es so wichtig war, das Ding zu Skrak zu schaffen, und warum du bei deiner Vernehmung einen Anwalt eingeschaltet hast.«

»Das war reiner Zufall. Skrak und ich waren am Freitag mit David im Nationalmuseum, wir haben uns dort getroffen. Sechzehn Stunden später wurde dann dieses Gemälde gestohlen, und als die Polizei die Kameraaufnahmen des Museums überprüft hat, haben sie uns darauf entdeckt.«

Stina wirkte skeptisch. »Aber sie bestellen doch wohl kaum jeden zum Verhör, der auf den Überwachungsbändern zu sehen ist?«

»Nein, im Grunde ist es völlig verrückt, aber Skrak und ich sind vor genau dem Rembrandt-Gemälde stehen geblieben, das später gestohlen wurde. Er hat mir einiges darüber erklärt, und ich fand es toll. Außerdem war es riesig, über zwei Meter hoch. Man konnte gar nicht daran vorbeigehen. Aber offenbar waren wir von allen Besuchern, die das Museum am Tag vor dem Raub besucht haben, diejenigen, die es sich am längsten angesehen haben. Außerdem habe ich vor Jahren einige Radiobeiträge zu Kunstdiebstählen gemacht, was laut dem Grizzly verdächtig wirkt.«

Stina zog ihre Augenbrauen in die Höhe.

»Der Polizist, der mich verhört hat«, erklärte Axel. »Er sah aus wie ein alter Bär.«

»Ja, das hatte ich schon kapiert. Ich habe eher an etwas anderes gedacht, was du gesagt hast.«

Axel wartete. Wieso zögerte sie?

»Du weißt, was Anwälte immer sagen? Stelle keine Frage ...«

»... auf die du die Antwort nicht schon kennst«, beendete Axel den Satz.

Sie nickte nachdenklich und vermied es, Axel direkt anzusehen.

»Jetzt sitze ich also hier und überlege, ob ich weiter nach dem ›Teppich‹ fragen soll, den ich gestern in ein Taxi gewuchtet habe und der über zwei Meter lang war. Und danach, wie er mit dem zusammenhängt, was du über das gestohlene Gemälde erzählst, das du dir vor dem Raub angesehen hast und das, wie du selbst festgestellt hast, über zwei Meter hoch war.«

Ein vorsichtiges Klopfen unterbrach Stina. Ohne auf ein Herein zu warten, wurde die Tür zu ihrem Büro geöffnet, und eine giftgrüne Seidenkrawatte in Kombination mit einem hellen Leinenanzug und italienischen Schuhen trat ein, begleitet von einer trägen Stimme.

»Aha, hier sitzt ihr also? Kleine Büros haben natürlich auch ihren Charme! Entschuldigt bitte, ich mache nur Witze.« Hans Brorsson strahlte die Bürobesitzer mit einem entwaffnenden Lächeln an.

»Stina, darf ich dir Hans Brorsson vorstellen? Mein Anwalt.«

»Nennen Sie mich Hasse. Das tun alle.«

Sie gaben sich die Hand. Für mehr als die allernotwendigsten Höflichkeitsphrasen schien Stina nicht aufgelegt zu sein.

»Wie gut, dass Sie hier sind. Wir haben gerade über das Verhör gestern gesprochen und darüber, warum Axel aus Sicht der Polizei verdächtig wirkt. Vielleicht können Sie mir mit Ihrer Erfahrung weiterhelfen? Ich verstehe das nämlich noch nicht so ganz.«

Hans Brorsson stellte seine lederne Aktentasche mit bedrückter Miene ab. Ob seine Besorgnis echt war oder eine Eigenart, die sich im Laufe vieler Jahre voller juristischer Streitigkeiten entwickelt hatte, konnte Axel nicht einschätzen.

»Leider bin ich an das Anwaltsgeheimnis gebunden, sodass ich nichts über die Umstände verraten darf, die Bestandteil von Verhören sind. Auch wenn ich natürlich verstehe, dass Sie enge Kollegen und womöglich sogar befreundet sind …?«

»Wir sind beides, Kollegen und Freunde, selbst wenn die letzten vierundzwanzig Stunden unsere Freundschaft etwas strapaziert haben. Ich hoffe, es endet nicht damit, dass ich ebenfalls einen Anwalt einschalten muss.«

Stina wandte sich an Axel, doch der blieb stumm. Statt zu antworten, bückte er sich und kramte in seiner Tasche herum. Dann zog er drei Zettel heraus und hielt sie Stina hin.

»Hier, die Zugtickets. Sie wurden von den Schaffnern gescannt, und in Deutschland haben sie die Fahrkarte sogar gelocht. Hans, entschuldige, *Hasse* wird sie jetzt mit zur Polizei nehmen, das ist ein absolut wasserdichtes Alibi. Als das Gemälde gestohlen wurde, war ich meilenweit von Stockholm entfernt. Und das weißt du.«

Stina bedachte ihn mit einem langen Blick, der immer noch voller Zweifel war.

Während Axel seinen Anwalt zur Tür begleitete, beschloss er, sich nicht um Stinas Zweifel zu sorgen – was natürlich überhaupt nicht klappte.

KAPITEL 16

Von seinem Arbeitsplatz im ersten Stock aus beobachtete Lars Lilliehorn, wie die Einwohner Stockholms in T-Shirts und Bikinis auf Elektrorollern über die Brücken zwischen Rathaus, Reichstag und der Altstadt Gamla stan fuhren. Auf dem Wasser des Mälaren war kaum eine Bewegung auszumachen.

Ohne darüber nachzudenken, richtete Lilliehorn seine Krawatte. Innerhalb des Gebäudes war die Temperatur wie immer perfekt auf das Tragen eines Anzugs abgestimmt.

Er klopfte an Raabs Tür.

»Herein.«

Raab und Cederström warteten bereits auf ihn.

»Wie schön, dass Lilliehorn Zeit finden konnte.«

Selbstverständlich fand Lilliehorn Zeit, wenn sein Herrchen rief. Er nickte kurz und setzte sich.

»Wir brauchen einen politisch bewanderten Menschen, der uns normalen, einfachen Kerlen erklärt, wie die große weite Welt da draußen wirklich funktioniert.«

Lilliehorn schmunzelte über Raabs offenkundig als Scherz gemeinte Beschreibung seiner selbst und Cederströms.

»Stehe gern zu Ihren Diensten. Dachten Sie an etwas Bestimmtes?«

»Nach der Explosion in der Hedinsgatan fokussierte sich die öffentliche Debatte auf Terrorismus und darauf, wie exponiert Schweden für diese Art von Angriffen ist. In einer solchen Situation weiter über Banalitäten wie das Bankgeheimnis und eine offene Gesellschaft zu fabulieren wäre natürlich unhaltbar gewesen. Das hätte selbst unsere starrköpfige Ministerpräsidentin früh genug zu hören bekommen. Sind Sie da nicht unserer Meinung, Lilliehorn?«

Er nickte. »Eine logische Schlussfolgerung. Simple Realpolitik. Wenn ein bewaffneter Konflikt die Sicherheit des Reichs bedroht, sind alle anderen Fragen zweitrangig.«

Cederström gestikulierte seine Zustimmung.

»Wir hatten alles auf dem Silbertablett präsentiert«, fuhr Raab fort. »Ein Terroranschlag im Herzen der Hauptstadt. Die Schwedendemokraten hätten das Geschenk nur annehmen und den Diskurs gegen Mekka wenden müssen. Aber auf diese Partei ist einfach kein Verlass. Ich verstehe nicht, warum sie nicht die Kontrolle über die Debatte übernommen haben?«

»Das sind Gefühlsmenschen. Wenn sie sich die emotionalen Argumente der Bürger zunutze machen können, sind sie eine Option, aber wenn sie zu Opfern ihrer eigenen Emotionen werden, stellen sie eine Belastung dar«, antwortete Cederström in herrischem Ton, während er sich ihnen zuwandte und Platz nahm.

Erst jetzt sah Lilliehorn, dass er ein Whiskyglas in der Hand hielt. Das beunruhigte ihn, denn Cederström trank nur selten. Anscheinend war die Lage ernster, als Lilliehorn geahnt hatte.

»Josefsson verspätet sich wohl?« Raab winkelte den Arm an, um einen Blick auf seine Patek Philippe zu werfen. »Sieht ihm nicht ähnlich.«

Lilliehorn nutzte den Moment, um eine kurze Analyse der Situation zu liefern.

»Nach meinem Verständnis steht nicht zu einhundert Prozent fest, ob der Bombe tatsächlich ein terroristisches Motiv zugrunde liegt. Ich vermute, dass die Schwedendemokraten aus früheren Fehlern gelernt haben und nicht zu früh ›Der Wolf kommt‹ rufen wollen.« Cederström leerte sein Glas und ähnelte für einen Moment weniger einem Habicht als vielmehr einem der beiden mürrischen Rentner aus der *Muppet Show*. »Diese Explosion ist nicht so abgelaufen, wie wir es geplant hatten. Die Säpo hätte die Sache umgehend übernehmen sollen. Was berichten Ihre Kontakte bei der Polizei über die Vorgänge?«

Raab streckte sich nach einem Dokument auf seinem Schreibtisch.

»Noch immer ermitteln Kommissarin Palm und die Einheit für Schwere und Organisierte Kriminalität in dem Fall«, antwortete er dann. »Offenbar lenkt irgendetwas an der Konstruktion der Bombe den Verdacht weg vom IS und einem terroristischen Motiv.«

Die Tür wurde geöffnet, und Gunnar Josefsson klopfte an den Türrahmen, während er eintrat. Lilliehorn erwartete eine Zurechtweisung, aber anscheinend tat Josefsson, wie ihm beliebte. Vielleicht hatte man diese Macht, wenn man lange genug die operative Abteilung leitete.

»Josefsson, hervorragendes Timing.«

Mit diesen Worten reichte Raab das Dokument, in dem er gerade gelesen hatte, an den großen Mann weiter, dessen Bauch nur einen unwesentlich kleineren Umfang als sein eigener hatte.

Josefsson las schnell und schob sich anschließend die Brille auf die Stirn. Trotz der Tränensäcke war sein Blick hellwach, als er die anderen der Reihe nach ansah.

»Das hier ist verdammt ungünstig. Auf einmal meint die Polizei, nur weil unser Mann Brennspiritus und eine alte Autoalarmanlage benutzt hat, könne es sich dabei nicht um islamistische Terroristen handeln. Irrwitzig ist das!

Diese Fanatiker benutzen doch alles Mögliche: Lastwagen, Maschinengewehre, Selbstmordattentäter ... Ich verstehe einfach nicht, wie die schwedische Polizei funktioniert. Beziehungsweise *nicht* funktioniert.« Er griff nach der Whiskyflasche auf dem Tisch, besah sich das Etikett, schnaubte und stellte sie mit einem Knall zurück. »Was ist das für ein Fusel, Calle? Gib mir das gute Zeug. Das, was Cederström trinkt.«

Cederström konnte ein kleines Lachen nicht zurückhalten, während Raab unter Murren eine Schreibtischschublade öffnete und Josefsson eine halbvolle Flasche reichte.

»Wir werden uns beim nächsten Mal ganz einfach sehr viel deutlicher ausdrücken müssen.«

Josefsson schnupperte an seinem Glas, zuckte mit den Schultern und trank langsam.

»Ich habe den Prozess bereits in Gang gesetzt. Wie viel wollt ihr wissen?«, fragte er dann.

»So wenig wie möglich.« Cederström lehnte sich auf seinem Sessel zurück. In seinen eisblauen Augen leuchtete plötzlich ein anderes Licht auf. »Da wäre noch das Bild. Josefsson, was haben Sie von den Bewohnern der Unterwelt vernommen?«

Gunnar Josefsson kläffte kurz auf. Lars Lilliehorn deutete es als den Versuch eines Lachens, allerdings schien es für den Leiter der Technischen Abteilung eine ungewohnte Gefühlsregung darzustellen.

»Ha, Bewohner der Unterwelt, ich nenne die Hehler, Diebe, Schmuggler und Betrüger lieber beim Namen. Ich habe schon immer einen guten Draht zu ihnen. Am verrücktesten ist aber, dass alles vollkommen still ist. Niemand will auch nur irgendwas über dieses gestohlene Gemälde sagen.«

Lilliehorn beobachtete, wie Cederström und Raab einen beunruhigten Blick wechselten.

»Was bedeutet das nun?« Raab wirkte ungewöhnlich ratlos.

Josefsson kniff die Augen zusammen und schien zu grübeln.

»Um absolut ehrlich zu sein, ich weiß es nicht«, räumte er schließlich ein. »Aber es ist schon verdammt merkwürdig, dass Axel Sköld nur sechzehn Stunden vorher dort aufgetaucht ist und sich umgesehen hat.«

Cederström nickte Josefsson zu, was eine Art Erlaubnis darstellte.

»Dem Verhör zufolge, von dem ich gestern Abend eine Kopie erhalten habe, deuten mehrere Indizien in Skölds Richtung, und die Polizei hatte ihn einigermaßen in der Zange, bis sein Anwalt auf der Bildfläche erschien und die Party beendete. Aber wir wissen, dass Axel Sköld zum Zeitpunkt des Raubs mit dem Zug unterwegs war. Ein Kunstdieb ist also nicht aus ihm geworden.«

»Könnte er auf eine andere Weise involviert sein?«

Lilliehorns skeptischer Gesichtsausdruck verärgerte Josefsson.

»Irgendetwas ist da faul, da sind sich die Polizei und ich einig. Deshalb haben sie seiner Wohnung einen kleinen Besuch abgestattet, während er verhört wurde.«

»Wie haben sie denn einen Durchsuchungsbeschluss bekommen? Das klingt, als stünde die Sache auf sehr wackeligen Beinen?«, fragte Lilliehorn.

»Wer sagt, dass sie einen hatten?« Wieder bellte Josefsson sein kläffendes Lachen. »Wie dem auch sei, sie haben nichts gefunden. Sköld ist davongekommen. Bis auf weiteres zumindest.«

Cederström hatte sich ungewöhnlich lang zurückgehalten, nun aber ergriff er das Wort mit derselben selbstverständlichen Überlegenheit, die er immer ausstrahlte.

»Was Sköld und seine Nachforschungen betrifft, halten wir am Plan fest. Ein wenig Druck auf seine liebe Kollegin, und er wird nachgeben, das tun sie letztlich immer. Wo stehen wir in diesem Prozess, Lars?«

Lilliehorn sah auf. »Es hat zwar ein wenig Zeit in Anspruch genommen, aber schließlich konnten wir ihn ausfindig machen.« Er holte eine lederne Mappe hervor und schnürte sie mit schnellen Bewegungen auf. »Hier.«

Er legte ein aus der Entfernung aufgenommenes, aber trotzdem scharfes Foto auf den Tisch. Ein Mann Mitte vierzig in Shorts, Leinenhemd, Flip-Flops und einem gehörigen Sonnenbrand saß vor einem mit Stroh verkleideten Bartresen und schaute mit leerem Blick in die Kamera.

»Er ist in einer schlechten Verfassung, aber das haben wir erwartet«, fügte er dann erklärend hinzu. »Ich hoffe, er wird sich ausreichend zusammennehmen, damit unsere Operation erfolgreich ist.«

Cederström nickte anerkennend.

»Was pflegst du zu sagen, Carl? Der perfekte Versager?«

»Exakt. Solange wir einen perfekten Versager finden, wird der Job erledigt.«

KAPITEL 17

Es dauerte einige Zeit, bis sich Axels Augen an das Licht gewöhnt hatten. Die Sonnenstrahlen waren unerbittlich und wurden außerdem von den hellgelben Fassaden rund um das königliche Schloss reflektiert. Aber in Professor Vilhelm Skraks Wohnung herrschte eine Finsternis, die daran erinnerte, wie man das Schloss normalerweise während des Winters erlebte. Skrak hatte dicke Vorhänge vor jedes Fenster gezogen – und davon gab es viele.

Noch immer hatte Axel nicht ganz verwunden, dass es Skrak geglückt war, sich das gesamte obere Stockwerk des südlichen Schlossflügels unter den Nagel zu reißen. Schon vor Langem hatte er es aufgegeben, ihn zu fragen, ob es mehr Privatwohnung oder eher ein Büro war – Skrak wechselte jedes Mal das Thema, sobald er darauf zu sprechen kam. Abgesehen davon war es heute ohnehin völlig ausgeschlossen, denn Vilhelm Skrak tobte.

Der Professor lief hektisch durch die Wohnung und kreiste permanent um ein und denselben Punkt – sowohl physisch als auch in dem Monolog, den er hielt.

»Begreifen Sie überhaupt in was Sie mich mit hineinziehen? Oder was das hier wert ist? Nein, das verstehen Sie nicht im Geringsten, aber ich kann es Ihnen gern erklären, damit Ihnen endlich ein Licht aufgeht: Es ist ein *Vermögen* wert. In Geld gemessen Hunderte von Millionen, aber ich beziehe mich selbstredend auf den kulturhistorischen Wert. Das hier ist Kunstgeschichte, von *unschätzbarem* Wert und Sie stehen einfach nur da und glotzen wie ein Stier.«

Selbst wenn er es versucht hätte, wäre Axel nicht zu Wort gekommen. Seiner eigenen Einschätzung nach war es ein hoffnungsloses Unterfangen. Bevor sie loslegen konnten, musste Skrak seine Frustration herauslassen. Denn auch wenn Axel immer noch unsicher war, was sie möglicherweise finden könnten oder wonach sie eigentlich suchten, wusste er, dass er sich mit Vilhelm Skrak an den richtigen Mann für einen solchen Versuch gewandt hatte.

Nun kam es lediglich darauf an, Skrak ebenfalls davon zu überzeugen.

Der Professor trug etwas, von dem Axel annahm, es sei ein Hausrock: ein lila gemusterter Seidenmantel mit goldfarbenem Quastengürtel, der etwas locker saß, sodass der enorme Bauch herausschaute. Unter dem Mantel kämpfte ein weißes Hemd heftig darum, die Haut zu bedecken. Jedes Mal, wenn Skrak mit seinen Armen und Verwünschungen auf Axel losging, flatterte der Rock um ihn herum.

»Sie ziehen mich in einen der dreistesten Diebstähle des Jahrhunderts hinein. *Mich!* Einen berühmten Professor mit makellosem Renommee. Makellos! Ja … bis jetzt.«

Er baute sich vor Axel auf und durchbohrte ihn mit seinem Blick.

Axel kämpfte darum, nicht wegzuschauen. Es fiel ihm schwer. Ganz sicher war Skrak furchteinflößend, am schlimmsten war aber, dass der Professor jedes Recht hatte, wütend auf ihn zu sein.

»Sie haben dafür gesorgt, dass sich ein gestohlener Rembrandt im Wert von mehreren Hundert Millionen Kronen in meinem Haus befindet. Wie, um alles in der Welt, soll ich das der Polizei erklären? Können Sie mir das verraten?«

Obwohl Speichel in Axels Gesicht spritzte, fand er Gelegenheit, darüber nachzudenken, dass Skrak von der Wohnung als »seinem Haus« gesprochen hatte. Sah Skrak das gesamte Schloss so?

Es gelang ihm, diesen Gedanken für sich zu behalten, und er holte tief Luft, um sich endlich zu erklären. Doch Skrak stand bereits vor dem Gemälde.

Mithilfe von Klammern, um die weißer Stoff gewickelt war, hatte der Professor *Die Verschwörung des Claudius Civilis* auf eine gigantische Staffelei gespannt. Die Klammern hielten die Leinwand an einem provisorischen Holzrahmen, den Skrak selbst zusammengezimmert haben musste.

»Und es mag *eine* Sache sein, einen bedauernswerten Geschichtsprofessor in diese Angelegenheit mit hineinzuziehen – mir ist bewusst, dass Ihnen völlig einerlei ist, ob meine Karriere endet und ich den Rest meines Lebens hinter Gittern verbringen muss –, aber *Stina Forss?* Wie können Sie nur ihr Leben riskieren? Ist Ihnen nicht klar, dass das auch Konsequenzen für David haben wird?«

Skrak drosselte das Tempo. Sein Zorn entlud sich nun in Vorwürfen und Anschuldigungen, was sich, wenn möglich, noch fürchterlicher anfühlte.

Axel hielt Skrak abwehrend die Handflächen entgegen. »Wenn Sie mich das doch wenigstens erklären ließen.«

Erneut öffnete Skrak den Mund, gab es aber resigniert auf und nickte.

»Als ich von Amsterdam nach Hause kam, habe ich das Bild in einer Transportrolle vor meinem Küchentresen gefunden. Ich bin mir ziemlich sicher, dass Xenon und seine Freunde es dort deponiert haben. Ich war mindestens ebenso wütend auf ihn, wie Sie es gerade auf mich sind.«

Skrak lachte kurz und freudlos. »Aber Ihre Wut ist rasch verflogen, und dann haben Sie beschlossen, dasselbe zu tun, was Ihnen widerfahren ist – nur dass diesmal ich das Opfer bin.«

Mit beschämtem Blick sah Axel zu Skrak. »Ich habe Xenon so verstanden, als ob irgendetwas innerhalb des Motivs des Gemäldes uns weiter in Richtung der Achtzehn führen kann. Im Bild selbst gibt es wohl Hinweise. Es ist, als wäre das Gemälde eine Art Schlüssel.«

Wort für Wort tastete sich Axel voran, stellte Xenons Idee auf die Probe. Es fühlte sich absolut idiotisch an.

Angst überkam ihn. Er hatte Skrak und Stina mit in diese Sache hineingezogen – und David! Nachdem er sie darum gebeten hatte, mit einem gestohlenen Kunstwerk zu hantieren, waren sie jetzt in eine höchst spekulative und unwirkliche Jagd auf eine Geheimgesellschaft verwickelt. Hatte er eigentlich völlig den Verstand verloren?

Möglicherweise konnte er die Situation noch retten, wenn er die gesamte Schuld auf sich nahm und der Polizei alles gestand? Zumindest wenn Karolina das Verhör führte?

Er kramte nach seinem Handy.

»Ein Schlüssel, sagt er?«, murmelte Skrak und trat näher an die aufgespannte Leinwand.

»Ach, das sind Xenons Worte. Er hatte die Hoffnung, ich würde einen zuverlässigen und diskreten Kunstexperten kennen, der mir dabei helfen kann, das Puzzle zusammenzusetzen. Er schrieb auch irgendetwas davon, dass Gustav III. das Gemälde einmal besessen hat, aber das wussten Sie sicher schon.«

Skrak trennten nur noch wenige Millimeter von dem Gemälde. Sein Blick folgte den Konturen der Könige rund um den Tisch, die das zentrale Motiv ausmachten.

Wieder nuschelte Skrak leise vor sich hin. »Natürlich kannte Rembrandt die rätselhafte Ausdrucksweise der Symbolik. Und Xenon hat in zwei Dingen recht. Zum einen damit, dass das Bild für eine Weile zum Besitz Gustavs III. zählte …«

Bei einem der Schwerter hielt Skrak inne. Die Spitze der Waffe war auf die Klingen der übrigen Könige gerichtet. Der Professor kniff die Augen so sehr zusammen, dass seine fülligen Wangen beinahe die Augenbrauen berührten.

»… und zum anderen damit, dass Sie ganz definitiv einen zuverlässigen und diskreten Kunstexperten zu Ihren Bekannten zählen.«

Erahnte Axel da nicht die Andeutung eines Lächelns? Oder war das nur Wunschdenken? In jedem Fall schien die Neugier des Professors geweckt zu sein, und Axel steckte das Handy zurück in die Tasche. Vielleicht konnte der Anruf bei der Polizei noch warten. Zumindest einen weiteren Tag?

»Und dann waren da noch die Teile, die Sie von Marianne von Scheele bekommen haben.«

In Höchstgeschwindigkeit wankte der Professor zu einem großen Schreibtisch, an dem ein Gelenkarm montiert war, an dem ein Vergrößerungsglas und eine Lampe befestigt waren. Die Wände hingen voll mit allerlei Werkzeugen, von denen Axel die meisten unbekannt waren, sowohl was ihre Namen als auch ihre Anwendungsgebiete betraf.

Auf dem Schreibtisch selbst lagen alle Leinwandteile, die Marianne von Scheele ihm übergeben hatte, neben noch unfertigen Rahmenteilen, die an die unregelmäßigen Formen der Gemäldeteile angepasst waren.

»Das war eine eher ermüdende Tätigkeit«, räumte der Professor ein. »Aber sobald ich die Rahmen fertig habe, um die einzelnen Teile aufzuspannen, können wir mit der Puzzlelei beginnen.«

Als Axel begriff, dass der Professor bereits mehrere Stunden am Gemälde sowie an den losen Teilen gearbeitet hatte, wusste er, dass Skrak ihm das Unterschieben von Diebesgut schon längst verziehen hatte.

»Sie sagten, Rembrandt habe den Auftrag erhalten, eine Art Revolte zu malen, die an den niederländischen Aufstand gegen Spanien erinnern sollte?«

»So stellt sich Rembrandt den Treueschwur der Bataver gegenüber ihrem Anführer Civilis vor, als *sie* gegen die Römer aufbegehren. Aber so sah das Gemälde offenbar nicht immer aus. Vielmehr hat es den Anschein, als hätte Rembrandts Idee in keiner Weise mit dem übereingestimmt, wie sich seine Auftraggeber die Szene vorstellten. Daraufhin schnitt Rembrandt wohl kurzerhand große Teile des ursprünglichen Gemäldes ab …«

»Und verkaufte den Rest an eine Privatperson, das weiß ich. Habe ich auf Wikipedia nachgelesen.«

Skrak sah Axel überrascht an.

»Sind Sie jetzt also auch Kunstexperte? Wie praktisch. Dann kann ich ja endlich in den wahrlich wohlverdienten Ruhestand gehen.«

Axel lachte. Skrak war eindeutig wieder ganz der Alte.

»Nein, nein, mehr als das weiß ich nicht. Aber ich vermute, dass die Leinwandschnipsel, die Marianne von Scheele uns überlassen hat und die irgendwie in den Besitz ihres Manns Ragnar gelangt sind, sicher als Kunstschatz eingestuft werden müssen?«

»Ich kann nur darüber spekulieren, wie dieser Bankier an diese unschätzbar wertvollen Gemäldeteile gekommen ist. Aber mit Sicherheit wären Interpol und einige private Kunstdetektive sehr daran interessiert, zu erfahren, wie das vonstattengegangen ist.«

Der Professor kehrte den Gemäldeteilen den Rücken zu und begegnete Axels Blick. In Skraks Miene war eine neue Art von Ernsthaftigkeit zu erkennen.

»Diese Entdeckung wird in der gesamten Kunstwelt

nachhallen. Nach dreihundertsechzig Jahren ist ›Die Verschwörung‹ endlich wieder komplett. Lassen Sie uns das Gemälde mit vereinten Kräften untersuchen, aber im Anschluss geben wir das ganze Werk ans Nationalmuseum zurück. Sie bekommen die neuentdeckten Teile als Entschädigung, da sollte es doch möglich sein, dass sie fünfe gerade sein lassen, oder? Sind Sie einverstanden, Axel?«

Axel nickte erleichtert.

»Genau das hatte ich mir von Ihnen erhofft, Herr Professor. Ich will nur herausfinden, ob etwas an Xenons Behauptungen über Hinweise und Spuren dran sein kann. Danach geben wir alle Kunstwerke wieder in demselben Zustand zurück, in dem wir sie erhalten haben.«

Skrak nickte, hatte sich aber bereits wieder den Stoffstücken auf dem Schreibtisch zugewandt.

»Ob wir die Untersuchung tatsächlich gemeinsam vornehmen sollten, wie Sie es vorschlagen, weiß ich allerdings nicht«, fuhr Axel fort. »Meine Kenntnisse in Bezug auf die Symbolik in Renaissancewerken und das Zusammensetzen dreihundertsechzig Jahre alter Gemäldeteile sind relativ begrenzt.«

»Ich sagte *vereinte Kräfte*, Axel. Letztlich bedarf es einiger Arbeit, diese Rahmen hier fertigzustellen. Einfache Tischlerei und körperliche Arbeit, das wird jemand wie Sie doch trotz allem bewältigen können, davon bin ich überzeugt.«

KAPITEL 18

Völlig außer Atem kam Stina vor dem wartenden Taxi zum Stehen. Als sie vom Fahrrad stieg, trat sie versehentlich gegen die Einkaufstasche, und die Sohle ihrer weinroten Sneaker riss die Papiertüte auf, sodass sich alle Lebensmittel über den Gehweg verteilten. Stina biss sich auf die Lippe, um nicht vor Zorn aufzuschreien. Zuerst das Taxi.

Der Fahrer hatte drei Minuten zuvor angerufen. Er war mit David an ihrer Wohnung in Aspudden angekommen und hatte sich gewundert, dass ihn dort niemand erwartete. Stina hatte sich entschuldigt und ihm versichert, so gut wie zu Hause zu sein. Durch den Stress und den schnellen Sprint mit dem Fahrrad hatte sich Schweiß unter ihrem BH gesammelt. Sie hasste es, zu spät zu kommen.

Verärgert sah der Taxifahrer sie an, sagte aber kein Wort und machte auch keinerlei Anstalten, David aus dem Auto zu helfen – was Teil seines Jobs war – oder ihr bei den heruntergefallenen Einkäufen zur Hand zu gehen.

David war noch gereizter.

»Wa-um bist du zu speeet, Mama? Du waas nich zu Hause!«

Sie wusste, dass er nach einem langen Tag in der Ferienbetreuung erschöpft war, doch der anklagende Tonfall in seiner Stimme ging ihr unter die Haut. Stina blies die Wangen auf und zwang sich, die Luft langsam entweichen zu lassen, ehe sie ihm antwortete.

»Ich war ein bisschen zu spät, mein Schatz, aber jetzt bin ich hier. Komm jetzt.«

»Es wäre gut, wenn Sie ihm das nächste Mal ein Handtuch einpacken. Er hat in die Hose gepinkelt.«

Der Taxifahrer sah sie mit steinerner Miene hinter seiner verspiegelten Sonnenbrille an.

»Nee! Ich hab nich gepinkelt!«

David war verletzt und zornig, und Stina verstand ihn. Wieso konnte der Fahrer nicht sagen, dass »ein Missgeschick passiert« sei, so wie jeder andere vernünftige Mensch?

»Okay, ich kümmere mich darum. So etwas passiert schnell mal …«

»Mhm. Verstehe ich ja. Aber jetzt muss ich den Wagen zurück in die Firma fahren und den Rücksitz sauber machen.«

Stina kochte innerlich, aber sie konnte sich keinen Wutausbruch gegenüber dem Fahrer leisten. Für David bedeutete es Sicherheit, jeden Tag von derselben Person gefahren zu werden, und ein Streit würde nur dazu führen, dass der Fahrer die Zusammenarbeit beendete und sie einen neuen bekämen. Dann würden die Taxifahrten plötzlich Unruhe mit sich bringen, und David bekäme Angst, was die Morgenroutine doppelt so anstrengend machen würde.

Also rang sich Stina dazu durch, die Sonnenbrillengläser anzulächeln.

»Dafür habe ich Verständnis, es ist kein Spaß für Sie. Morgen packen wir ein Handtuch ein«, versprach sie. »Tausend Dank, dass Sie heute auf mich gewartet haben. Vielen, *vielen* Dank.«

Ihre letzten Worte waren hart an der Grenze zur Ironie, schienen jedoch anzukommen. Der Fahrer salutierte mit zwei Fingern, was ein wenig lächerlich aussah, und raste davon, kaum dass Stina die Tür zugeworfen hatte.

»Mama, komm jetzt!«

»Ich muss nur schnell das Essen aufheben. Weißt du David, die Tüte ist kaputt gegangen. Siehst du?«

»Nein, komm jetzt!«

Sie wusste, dass es ihn zum Tablet zog, aber sie konnte unmöglich Orangen und Milchkartons auf dem Gehweg liegen lassen. Wenn David nur ein paar der Einkäufe in seinen Rucksack packen könnte. Dann bekämen sie alles die Treppe nach oben und in die Wohnung.

»Wenn wir beide mithelfen, geht es schnell.«

»Nein, ich will nich! Ich geh allein!«

Das war keine gute Idee, und Stina wusste es. Gleichzeitig war es aber wichtig, dass David Fortschritte machte und es übte, Dinge allein zu bewältigen.

»Okay, David. Ich schließe die Haustür auf, dann gehst du nach oben und wartest da auf mich?«

»Jajaaaa!«

Seine Ungeduld ließ sich beinahe mit Händen greifen.

»Du weißt, dass wir im dritten Stock wohnen, oder?«

»Ja, Mama, ich weeeiß.«

Mit trotzigen Schritten schlurfte David die Treppe hinauf, der Rucksack stieß beim Laufen gegen seinen Hintern. Im Schritt hatte die Jeans einen großen feuchten Fleck.

Die Tür fiel wieder zu, und Stina beeilte sich, die Einkäufe in ihren kleinen Rucksack zu stopfen. Es stellte sich als unmöglich heraus, und so musste sie mit vier Kartons Sauermilch und zwei Kilogramm Mehl auf dem Arm die Haustür ein zweites Mal öffnen, diesmal mit der Hüfte.

Im Treppenhaus war das Echo von Davids Schreien zu hören, gefolgt von der Stimme einer Frau, die sich bemühte, ruhig zu sprechen.

David hatte es die Treppe nach oben geschafft, war aber in der zweiten Etage stehen geblieben.

Elisa Robertsson, ihre fünfundachtzigjährige Nachbarin, versuchte mit erzwungener Geduld, David die Lage zu erklären.

»Junger Mann, du wohnst doch ein Stockwerk weiter oben. Hier wohne ich.«

»Nein. Das *hii-a* ist D-ei!«

David dachte gar nicht daran zu gehen. Er hatte bis drei gezählt, und danach hatte sich der Rest der Welt zu richten. Das hier war jetzt seine Wohnung, und alle anderen Beteiligten mussten diese Wahrheit ganz einfach akzeptieren.

Stina schleppte ihre Lieferung nach oben und schaute die verwitwete Nachbarin betreten an.

»Er hat geklingelt. Und so, wie er auf den Knopf gedrückt hat, dachte ich, der Feueralarm sei losgegangen.« Frau Robertsson war offensichtlich alles andere als erfreut.

»Es tut mir leid, Elisa. David, du weißt, dass wir eine Etage weiter oben wohnen. Du sollst nicht bei den Nachbarn klingeln, das haben wir doch besprochen, du und ich.«

»Aber wia wohnen hiii-a!«

»Er hat drei Mal geklingelt. *Drei Mal.*«

Da es anscheinend nicht reichte, es zu wiederholen, hielt Elisa Robertsson Stina zudem drei ausgestreckte Finger vor die Nase.

»Ja, es tut mir wirklich leid, Elisa. Wir werden noch mal darüber sprechen, David und ich. Komm jetzt, David, wir gehen nach oben in unsere Wohnung.«

Ohne ein weiteres Wort knallte Elisa Robertsson ihre Wohnungstür zu.

Stina fluchte leise vor sich hin. Obwohl niemand sie hörte, schaffte sie es, sich auf »so ein Scheibenkleister« zu beschränken. Die verbotenen Schimpfwörter rutschten ihr dann aber drei Minuten später heraus, als sich herausstellte, dass sie vergessen hatte, das iPad aufzuladen.

Sobald David registriert hatte, dass das Tablet nicht funktionierte, brüllte er wie am Spieß. Stina versuchte, ihn zu trösten, bekam stattdessen aber eine gut platzierte Rechte in den Bauch.

Stina sank in der Küche zusammen, die Einkäufe auf dem Boden verteilt, während sie den schreienden David fest umarmt hielt und gleichzeitig alle Mühe hatte, ihre eigene Wut unter Kontrolle zu bringen. Sie wollte ihren Sohn nicht schlagen, hatte nicht vor, ihrem Kind wehzutun. Aber in diesem Moment verstand sie die Mechanismen, die bei denen abliefen, die ihre Kinder aus lauter Frust schlugen.

Niemand außer David konnte sie derart aus der Fassung bringen. Seine Stimme, seine nicht vorhandene Geduld, seine Unfähigkeit, sich in ihre Situation oder ihre Gefühle hineinzuversetzen.

Sie wischte sich Zornestränen aus dem Gesicht und spürte zur selben Zeit, wie David sich endlich langsam entspannte.

Natürlich war es so, dass Kinder ihren Eltern nichts schuldeten, das Gegenteil traf zu. Manchmal hätte es ihr aber trotzdem gefallen, wenn David ihr ein wenig Anerkennung entgegengebracht hätte, dachte Stina voller Selbstmitleid.

»Weins du, Mama?«

Die Frage überraschte sie, und sie stand kurz davor, aus reinem Reflex mit Nein zu antworten. Doch dann blickte sie in seine ängstlichen Augen.

»Ja. Es … war nur gerade ein bisschen viel auf einmal.«

»Die Tüte? Kaputt?«

»Mhm. Die Tüte ist gerissen, und dann haben wir uns gestritten, und außerdem war ich zu spät und gestresst.«

»Ich bin auch tau-ig. Das Täblett is leeea.«

Sie musste lachen. Davids Welt wirkte so einfach und greifbar.

Er schaute zu den Milchkartons auf dem Küchenboden.

»Du bis müde, Mama. Ich weiß! Wia können Pizza bestelln!«

Obwohl Stina klar war, dass der Vorschlag nicht ganz uneigennützig war – David liebte Pizza mehr als jedes andere Gericht –, wurde ihr trotzdem warm ums Herz. Es war wahrscheinlich das erste Mal, dass David ihren Gemütszustand erkannt hatte und ihr tatsächlich zeigte, dass er ihre Gefühle wahrnahm. Ganz definitiv war es das erste Mal, dass David die Verantwortung dafür übernehmen wollte, dass sie sich besser fühlte. Das war ein großer Schritt.

Sie verschaffte sich einen Überblick über das Chaos in der Küche. Die Wohnungstür stand noch immer offen, und ihr Rucksack war umgefallen. Im Flur lagen Orangen, der Laptop war zur Hälfte herausgerutscht, und sie saß mit David im Arm auf dem Küchenboden.

»Gute Idee, mein Schatz. Wir rufen an.«

»Ich kann das!«

»Nein, ein Schritt nach dem anderen. *Ich* rufe an. Okay, okay, okay. Wir rufen zusammen an.«

*

Nach dem Essen war der Tablet-Akku wieder aufgeladen, und David hatte es sich in der Lieblingsecke seines Betts gemütlich gemacht, um sich dort U-Bahn-Fahrten in London anzusehen, oder vielleicht auch in Deutschland. Auf jeden Fall war David vollkommen in die Welt auf seinem Bildschirm versunken, was bedeutete, dass sie sich um den Abwasch kümmern konnte, ohne gestört zu werden. Mehr verlangte sie gar nicht von einem ganz normalen Abend unter der Woche.

Kinder veränderten wirklich, was man als Glück definierte, dachte sie und lächelte still vor sich hin.

Davids zur Hälfte vertilgte Pizza Hawaii hob sie für den nächsten Tag auf, obwohl es eigentlich viel zu ungesund war, zwei Tage hintereinander Pizza zu essen. Andererseits sicherte ihr das morgen einen ruhigen Abend, und das war es wiederum wert.

Sie faltete die leeren Pizzakartons zusammen und wollte sie gerade zum Müllschacht im Hausflur bringen, als das Klingeln an der Tür sie so sehr erschreckte, dass sie zusammenzuckte. Wer konnte das sein? An einem Wochenabend bekam sie normalerweise nie Besuch. Wahrscheinlich war es die alte Robertsson, die noch nicht genug über David geschimpft hatte.

Wut stieg in ihr hoch, sodass Stina die Wohnungstür eine Spur zu heftig aufriss.

Und da stand er.

Unfreiwillig wich sie einen Schritt zurück und ließ dabei die Pizzakartons fallen.

»Fredrik?«

Er war es wirklich.

Er sah älter aus. Verständlicherweise. Sein Bart war grau und länger, die Haare immer noch schwarz, aber schütterer als früher. Und sein Bauch wölbte sich auf eine Weise, die er damals nie zugelassen hätte.

Damals. Als sie noch zusammen gewesen waren.

»Ja … also … hallo, Stina.«

Sie konnte sich beim besten Willen nicht entscheiden, wie sie sich verhalten sollte. Bat man einen Verflossenen nach neun Jahren zu sich herein?

Fredrik war einfach so abgehauen, ohne auch nur mit ihr zu sprechen. Auf dem Küchentisch hatte nichts weiter als ein Zettel mit sechs Wörtern gelegen.

Ich schaffe das nicht. Verzeih mir.

So plump hatte er David und sie verlassen. Und jetzt stand dieser Mistkerl hier vor ihr. Stina spürte, wie es erneut in ihr zu brodeln begann. Aber ihr Zorn verflog ein wenig, als sie seinem Blick begegnete, der völlig leer zu sein schien. Das lag allerdings weniger an seinen Augen, obwohl die noch immer hübsch anzusehen waren – sie erinnerte sich gut, wie weich ihre Knie manchmal geworden waren, wenn er sie direkt angesehen hatte –, als vielmehr daran, dass es Fredrik offensichtlich nicht besonders gut ging.

Vorsichtig zog sie die Tür hinter sich zu, ließ sie aber einen kleinen Spalt offen, damit sie es hörte, falls David sie aus seinem Zimmer rief.

»Aha, du bist hier? Was willst du? Neun Jahre nachdem du … deinen Zettel geschrieben hast?«

Sein Blick flackerte, und er raufte sich die Haare.

»Ja, stimmt, das ist lange her. Aber jetzt ist alles anders, Stina. Damals war ich unreif, doch ich habe mich geändert.«

Was wollte er damit sagen? Ein unbehagliches Gefühl breitete sich in ihr aus.

»Wie schön. Ich hoffe, dir geht es jetzt besser. Uns geht es übrigens auch gut. Danke, dass du fragst.«

Sie sah, dass ihre Worte ihn trafen und schmerzten. Und eine Sache hatte sich nicht verändert: Wenn Fredrik verletzt wurde, reagierte er mit Zorn.

»Ja, ja, ich war ein Arsch und habe euch verlassen. Das wirst du mich nie vergessen lassen, kapiert. Aber jetzt will ich es wiedergutmachen. Wir müssen uns vor allem um David kümmern.«

»Auf jeden Fall. Das mache ich seit neun Jahren. Schön, dass dir das jetzt auch einfällt.«

»Wie ich sehe, kümmerst du dich wirklich hervorragend um ihn.« Er deutete auf die Pizzakartons. »Ein perfektes Abendessen, die gesamte Ernährungspyramide abgedeckt, toll gemacht!«

Stina verlor die Beherrschung. Da kam ihr Ex angerannt, nachdem er sie neun Jahre lang mit David im Stich gelassen hatte – und seine erste Handlung bestand darin, ihr ein schlechtes Gewissen zu machen, weil es Pizza zum Abendessen gab?

»Du hast sie doch nicht mehr alle. Verschwinde und komm ja nie wieder her!«

»Nein, Stina.« Fredrik schüttelte langsam den Kopf. »Du bist diejenige, die sie nicht mehr alle hat. Mir ist bewusst, dass ich mich nicht um David gekümmert habe, aber nach allem, was du ihm angetan hast, muss ich es jetzt tun. Es ist zu seinem Besten.«

Stina traute ihren Ohren nicht.

»Nach allem, was ich ihm angetan habe? Meinst du all die Liebe, die ich ihm geschenkt habe? All die Zeit, die ich mit ihm verbracht habe?«

Sie riss sich zusammen, um nicht laut loszuschreien. Hauptsächlich, damit David es nicht hörte, aber auch, um ihre Nachbarn nicht zu beunruhigen.

»Nein, ich meine das hier.«

Er zückte sein Handy aus der Innentasche der dünnen Jacke und hielt es ihr entgegen. Darauf waren mehrere Bilder von Schlagzeilen zu sehen, die er offenbar gespeichert hatte. Langsam wischte er von einem Bild zum nächsten.

SO STECKTEN SIE IN DER SCHATZKAMMER FEST

JOURNALISTIN UND PROFESSOR ERLEBEN SCHIESSE-
REI – DRAMA UNTER DEM KÖNIGLICHEN SCHLOSS

BEHINDERTER JUNGE IN GEISELNAHME HEUTE
NACHT VERWICKELT

Die Schlagzeilen über die traumatischste Nacht ihres Lebens zu lesen katapultierte sie zurück in die Königliche Schatzkammer und die Stunden hinter der Steinmauer in dem geheimen Fluchtraum. Sie, Skrak und David, in Angst um ihr Leben. Als David hinausgestürzt war, war sie überzeugt gewesen, dass die bewaffneten Männer vor der Kammer ihn erschießen würden.

Ihr brach der Schweiß aus, und Tränen stiegen ihr in die Augen.

»Du hast unseren Sohn mit dorthin geschleppt, Stina. Das werde ich dir niemals verzeihen.«

»Was zur Hölle sagst du da?! *Mitgeschleppt?* Ich hatte keine andere Wahl, sie haben versucht, uns zu erschießen, verdammte Scheiße! Ich habe David *gerettet. Das* habe ich getan. Und du, was hast du getan? Nichts. Absolut *gar* nichts!«

Sie konnte sich nicht länger zurückhalten. Es war einfach zu viel. Eine Etage weiter unten öffnete sich ganz langsam eine Tür. Die Robertsson, zum Teufel mit ihr.

»Es war ein Fehler, dass ich mich nicht mehr in die Erziehung unseres Sohns eingebracht habe. Diesen Fehler werde ich nicht noch einmal begehen.« Fredrik steckte das Handy zurück in die Innentasche seiner Jacke und zog ein zusammengefaltetes Blatt Papier hervor. »Die Details klären wir dann wohl vor Gericht. Ich kann nicht zulassen, dass David noch einmal einer solchen Gefahr ausgesetzt wird. Die einzige Möglichkeit, um das sicherzustellen, ist, dass ich das alleinige Sorgerecht bekomme. Hier.«

Er reichte ihr das Papier und machte auf dem Absatz kehrt. Während seine Schritte langsam die Treppe nach unten verschwanden, faltete sie das Dokument auf.

Der Boden unter ihren Füßen schwankte, und sie musste sich am Türrahmen festhalten. Offensichtlich meinte er es wirklich ernst. Das Dokument stammte von einem Anwaltsbüro. Sie las das Wort »Amtsgericht« und musste die Augen schließen.

»Mama, mit wem sp-ichst du?«

Es kostete sie eine enorme Überwindung, sich weder am Gesicht noch an der Stimme etwas anmerken zu lassen.

»Mit niemandem, Schatz. Ich war nur draußen und habe den Müll weggebracht.«

»Mama hat geflucht.«

»Ja, das tut mir leid, Entschuldigung. Man soll das nicht, es war nur …« Sie bemerkte, dass sie die Pizzakartons noch nicht vom Boden aufgehoben hatte. »Ich habe bloß vergessen, die Pizzakartons wegzuwerfen, und da bin ich ein bisschen sauer geworden.«

David sah sie mit diesem neuen mitfühlenden Blick an, an den sie sich noch nicht gewöhnt hatte.

»Mama, du bist müde.«

Hastig umarmte sie ihn, um die Tränen hinter seinem Rücken zu verstecken.

»Ja, David. Mama ist müde.«

KAPITEL 19

Gischt schäumte um den Bug der *M/S Nordan*. Die alte Vax-
holmfähre steuerte mit stolzen achtzehn Knoten durch den
mittleren Stockholmer Schärengarten. Dank eines unerwar-
teten, aber sehr willkommenen Tiefdruckgebiets, das von den
Britischen Inseln herangezogen war, blieben viele Freizeit-
boote in ihren Häfen, und die *Nordan* hatte freie Bahn auf
ihrer Fahrt zwischen den Anlegern.

Axel genoss es, wieder auf dem Wasser zu sein. Zwar hielt
ihn der Regen davon ab, aufs Oberdeck zu gehen, aber der Sa-
lon auf dem Achterdeck war schön. Vier rundliche Retro-Sofas
rahmten die Mahagonitische ein, und die breiten Fenster boten
eine herrliche Aussicht auf den Schärengarten. Das Bier, das
er trank, war der Atmosphäre auch nicht unbedingt abträglich.

Trotzdem konnte sich Axel nicht entspannen. Wieder
schaute er auf sein Handy. Immer noch keine neue Nachricht. Er las die letzten Mitteilungen noch einmal durch.

Wir müssen uns treffen. Position kommt in Kürze.
5927' 11" N 1844' 50" E

Er spülte den letzten Schluck Bier herunter und überlegte
kurz, sich ein weiteres zu bestellen, entschied sich dann aber
dagegen. Ihm blieb noch eine halbe Stunde, bis die *M/S Nordan* die äußeren Inseln erreichen würde, und er wollte einen
klaren Kopf behalten. Axel musste wissen, was tatsächlich
mit dem Gemälde passiert war, und wenn jemand seine Fragen im Hinblick darauf beantworten konnte, dann Xenon.

*

Die Ostsee lag still da, und aus dem Regen war ein feines Nieseln geworden. Es war ein lauer Abend, und Axel nahm den Geruch von Seetang wahr. Als sich die Fähre der Insel Gistholmen näherte, drosselte sie ihr Tempo. Am Anleger stand ein einsamer Mann in gelbem Ölzeug.

Derselbe Mann, der auch die Fahrkarten kontrolliert und das Bier an Bord ausgeschenkt hatte, fuhr nun die Gangway aus.

»Denken Sie dran, den Semaphor wieder herunterzuklappen, wenn Sie zurückwollen. Anscheinend sind Sie heute Nacht unter sich.«

Als die *M/S Nordan* zurücksetzte und die Insel verließ, winkte der Mann vom Schiff aus, und Axel erwiderte den Gruß.

»So sehen wir uns endlich wieder, Axel!« Xenon umarmte ihn und nahm seine Tasche. »Komm, wir wohnen in Hütte Nummer fünfzehn. Dort drüben.«

Erstaunt blickte Axel sich um. Er war davon ausgegangen, dass Xenon einen abgelegeneren Ort gewählt hätte, doch überall auf der kleinen Insel standen Hütten.

Xenon fielen seine fragenden Blicke auf.

»Ich dachte, es ist einfacher, wenn ich direkt nach Schweden komme, anstatt dich schon wieder mit Hunderten von Zugtickets auf die Reise zu schicken«, erklärte er.

»Aber woher weißt du, dass ich nicht verfolgt werde? Vielleicht wissen sie, dass ich mit dem Schiff hierhergekommen bin?«

Während Xenon sich zur Insel wandte, deutete er mit dem Daumen hinter sich in Richtung des Fährschiffes, das nun Fahrt aufgenommen hatte und sich immer weiter entfernte.

»Du hast den Matrosen gehört. Mach dir keine Sorgen, wir sind allein hier.«

»Du klingst ziemlich sicher. Dabei ist Hochsaison, und normalerweise ist die Insel da komplett ausgebucht. Es sieht dir gar nicht ähnlich, so sehr darauf zu vertrauen, was ein Fremder sagt.«

»Tu ich auch nicht.«

Axel Sköld hatte ganz verdrängt, wie sehr ihm Xenons bewusst rätselhafte Art zu sprechen auf die Nerven ging. Als Journalist wollte er immer direkt zur Sache kommen – bei Xenon war es genau umgekehrt. Er liebte es, seine Gesprächspartner zu immer neuen Fragen zu nötigen. Doch Axel dachte nicht daran, in diese Falle zu tappen, und schwieg stattdessen. So stapften sie schweigend über moosbedeckte Steine und Blaubeergestrüpp. Es war ein schmaler Pfad, und Xenon ging mit Axels Tasche voran.

Je weiter sie auf der Insel nach oben stiegen, desto stärker veränderte sich der Kiefernwald ringsum. Unten am Wasser waren die Bäume klein und knorrig, aber die Hütte mit der Nummer fünfzehn war von majestätischen schnurgeraden Kiefern umgeben, aus denen auch Masten für große Segelschiffe hätten werden können.

Xenon kramte in seinem Ölzeug nach dem Schlüssel und drehte sich zu Axel um.

»Ich vertraue der Person, die sich in das Buchungssystem der Hüttenvermietung gehackt und dafür gesorgt hat, dass es ausgerechnet heute unmöglich war, eine Unterkunft zu buchen.« Er grinste Axel an und schloss die Tür auf. »Na ja, bis auf die Nummer fünfzehn – und das ist unsere.«

Axel konnte nicht anders, als zu lachen. Xenon und sein Hackernetzwerk. Er ahnte nicht, wer genau und wozu sie imstande waren, aber er wusste darum, welche Macht sie besaßen, wenn sie sich zusammenschlossen. Wenn er Xenon glauben konnte – und das konnte er für gewöhnlich –, war es hauptsächlich dieses Netzwerk, das für die Veröffentlichung der riesigen Datenmengen aus Panama und des Anwaltsbüros Mossack Fonseca verantwortlich war. Daraus hatte sich seinerseits der Skandal um die sogenannten Panama Papers entwickelt, der wiederum eine Reihe von Ereignissen ausgelöst hatte, die letztlich dazu geführt hatten, dass sich Axel Sköld auf der Jagd nach einer uralten Geheimgesellschaft befand.

Und nun hatte dieses Netzwerk offenbar veranlasst, dass die Homepage einer Hüttenvermietung im mittleren Stockholmer Schärengarten gehackt worden war. Axel witterte allerdings, dass bei dieser Operation Xenon selbst hinter der Tastatur gesessen hatte.

»Ich war so frei, mich um ein Abendessen zu kümmern. Das Wetter hat mich zu einem Bœuf bourguignon inspiriert, aber es dauert noch ungefähr eine Stunde, bis es fertig ist.«

Die Hütte bestand aus einer geräumigen Wohnküche und einem Schlafzimmer. Weiter hinten gab es ein Bad, und Axel registrierte dankbar, dass sowohl Strom als auch warmes Wasser vorhanden waren. Auf dem Herd stand ein großer Topf, in dem es vor sich hin köchelte, und der Duft ließ erahnen, dass Xenon wusste, was er da tat.

»Auf der anderen Seite der Insel gibt es eine Sauna. Wir können uns dort unterhalten, ich habe belgisches Bier dabei.«

Xenon lächelte und schien voller Tatendrang, und Axel begriff, dass der Mann seinen kurzen Besuch in Schweden voll auskosten wollte. Hüttenurlaub mit einem zwielichtigen Hackeraktivisten im Schärengarten? Sicher, warum nicht.

*

»Ich dachte, du kämst sicher gern ein wenig hier raus auf die Inseln, jetzt, wo du keine eigene Hütte mehr hast?« Xenon machte einen neuen Aufguss, und der Dampf zischte.

Xenons Einfühlungsvermögen überraschte Axel, und ihm wurde warm ums Herz.

»Danke, Xenon. Das ist sehr nett von dir.«

»Willst du das Haus wieder aufbauen?«

Axel nickte, machte aber ein gequältes Gesicht dabei.

»Schmerzvolle Erinnerungen, was?«

»Mhm.«

Xenon verstummte. Er schien zu begreifen, dass Axel nicht über die Geschehnisse an der Fischerhütte sprechen wollte.

Axel nahm einen großen Schluck Bier.

Was soll's?, dachte er sich und trank einen weiteren. »Ich habe nicht mit vielen Leuten über diese Sache gesprochen.«

»Es ist ja auch keine Lappalie. Wer erlebt denn schon, dass er sein eigenes Haus in die Luft sprengt?«

»Das Haus ist sicher die eine Sache, aber darauf wollte ich gar nicht hinaus. Ich meinte ihn. Petrescu.« Axels Blick wanderte von der Flasche zu seinem Gegenüber. »Ich wollte einen Menschen töten, Xenon. Und ich war *enttäuscht*, als es mir nicht gelungen ist. Es fühlt sich furchtbar an, wenn ich an diese Nacht zurückdenke und mir das klar wird.«

Xenon hatte genug Taktgefühl, um nichts dazu zu sagen.

»Ich habe schon viele Geschichten über das Töten gehört. Nicht zuletzt aus den Reihen des Militärs, aber auch von Berufskriminellen, die ich interviewt habe. Und von Soldaten, die für die UN im Dienst waren. Manche berichten, dass sie für den Rest ihres Lebens unter Albträumen leiden, andere wollen gar nicht darüber sprechen. Aber einige von den Menschen, mit denen ich mich unterhalten habe, meinten auch, das Schlimmste sei, dass sie rein gar nichts gefühlt hätten. Als wäre es einfach irgendetwas, was sie getan haben, um dann so weiterzumachen wie zuvor. Als hätten sie einen Brief zur Post gebracht oder die Blumen gegossen. In meiner Vorstellung war das immer das Verrückteste. Ich fand, dass sie Hilfe bräuchten, und dachte, dass ich mich niemals so verhalten würde, wenn ich in eine ähnliche Situation geraten sollte.«

Axel nahm einen großen Schluck.

»Doch nach wie vor überwiegt bei mir die Enttäuschung darüber, dass ich es nicht geschafft habe, den Mörder zu ermorden«, endete er dann.

Xenon goss noch mehr Wasser auf. Schweigend saßen sie da und ließen sich von der Hitze einhüllen.

Draußen dämmerte es. Die Sauna stand auf Pfählen und ragte über eine Bucht. Ein Reiher breitete seine mächtigen Schwingen aus und landete auf einem Stein, der aus dem spiegelglatten Wasser herausschaute.

»Ihr wart in Lebensgefahr. Außerdem musstest du auch an Lova denken. Ich glaube, die allermeisten Menschen hätten so gehandelt wie du.«

Axel lachte auf. »Lova … ja, sie ist ein besonderer Mensch.«

Xenon sah ihn an, und auf seinem Gesicht zeichnete sich ein Grinsen ab.

»Prost, auf unsere neue Ministerpräsidentin.«

»Prost.«

Sie tranken, dann stand Xenon auf.

»Wie besonders sie wirklich ist, darüber reden wir noch. Später.«

Stirnrunzelnd blickte Axel auf. Nach dem Bier war seine Geduld aufgebraucht.

»Was heißt da später?«, wollte er wissen. »Warum nicht jetzt?«

»Weil ich jetzt das hier tue.«

Damit ließ Xenon das Handtuch von den Hüften fallen. Mit dem kohlschwarzen Bart und dem zu einem Knoten hochgebundenen Haar hatte er Axel an eine Figur aus »Tim und Struppi« erinnert, und als er nun völlig nackt in der Sauna stand, ging ihm auf, dass er an den Fakir aus *Die Zigarren des Pharaos* dachte.

Xenon öffnete die Saunatür und stürzte sich mit einem Kopfsprung ins Wasser. Das Platschen durchbrach die Stille, und der Reiher erhob sich von seinem Stein. Kopfschüttelnd tat Axel es seinem Freund gleich.

*

Nach dem Abendessen saßen sie auf der Veranda der Hütte. Es hatte aufgehört zu regnen, und der Himmel war fast wolkenlos. Auf dem Wasser spiegelte sich die späte Sonne, dennoch hatte Xenon eine Öllampe entzündet. Schließlich fand er, dass der Moment gekommen war, um zu erzählen.

»Was uns betrifft, können wir einen gewissen Erfolg verbuchen. Wir haben die Kontonummer, die du uns mitgeteilt hast und die Ragnar von Scheele für Die Achtzehn in Panama verwaltet hat, unter den vielen Konten gefunden, die wir im Rahmen des Panama-Papers-Skandals öffentlich gemacht haben. Die Achtzehn waren also definitiv Kunden bei Mossack Fonseca. Soweit wir es aktuell überblicken, hat es Geldflüsse zwischen dem ›Mutterkonto‹ der Achtzehn und diversen Konten gegeben, die sich in amerikanischem Besitz befinden. Sie haben dieselbe Art Ziffern-Präfix, die wir auch in anderen Fällen beobachten konnten, bei denen sie immer

Akteuren gehörten, die mit der CIA in Verbindung standen. Entsprechend nehmen wir an, dass Die Achtzehn über ihr Hauptkonto Geschäfte mit der CIA betrieben haben. Auf diesem Hauptkonto haben wir außerdem Ein- und Auszahlungen auf andere Konten entdeckt, die anscheinend unter Codenamen registriert waren.«

Xenon reichte Axel einen Zettel, auf den er vier Namen geschrieben hatte:

Orion
Greif
Gemini
Ursa

Axel runzelte die Stirn. Dann lächelte er Xenon müde an.

»Die scheinen in ihrem Klub ja wirklich Spaß gehabt zu haben, mit all den Geheimnamen und so.«

»Ich sage doch, dass sie auf Symbole stehen, Axel! Deshalb habt ihr das Gemälde bekommen.«

Axel hatte so viel über das Bild nachgedacht – und darüber, wie wütend er war, weil Xenon ihn in die Geschichte hineingezogen hatte. Doch nach einem guten Abendessen, einigen Flaschen Bier, Gesprächen über die Fischerhütte, Ioan Petrescu, Mord und Totschlag … Er hatte schlicht keine Energie mehr dazu, sich aufzuregen.

»Ich will gar nicht wissen, wie du das angestellt hast – oder wer auch immer für den Diebstahl verantwortlich ist –, aber das war eine richtig miese Nummer, Xenon. Keine solchen Überraschungen mehr. Das musst du mir versprechen, ehrlich.«

»Und ich dachte, du *wolltest* Spuren und Hinweise haben?« Xenon setzte eine gespielt verletzte Miene auf. »Aber gut, dann weiß ich Bescheid. Wenn ich wieder über ein Puzzleteil stolpere, werde ich es für mich behalten.«

»Die Vorstellung, dass du über dieses Gemälde ›gestolpert‹ bist, fällt mir ein wenig schwer.«

»Aber es war wirklich beinahe so, ich musste nur …«

»Still! Ich habe doch gesagt, dass ich nichts darüber wissen will.«

Im Dunkeln konnte Axel Xenons Zähne aufblitzen sehen.

»Na gut. Ich vermute, dass diese Organisation, die schon seit Ende des 18. Jahrhunderts existiert, von einem zentralen Ort aus agiert haben muss. Seit über zwei Jahrhunderten lenken sie die allerwichtigsten Geschicke des Landes. Geheimgesellschaften werden enttarnt, wenn sie immer an verschiedenen Orten zusammenkommen müssen. Früher waren dazu Pferde und Kutschen nötig, samt Kutschern und Bediensteten. Und diese Leute haben getratscht. Wenn sie aber einen Ort mit einer legitimen Fassade genutzt haben – beispielsweise eine Organisation, in der sich zu engagieren keinen Verdacht auf diese gesellschaftlichen Spitzenvertreter gelenkt hat –, dann konnten sie Einfluss nehmen, ohne sichtbar zu sein. Das *muss* von einem physischen Ort aus geschehen sein, und dort sollten sich auch konkrete Beweise befinden: Beschlüsse, Dekrete, Protokolle … Ein solcher Apparat muss allerdings organisiert werden, was notwendigerweise eine Struktur und ein Archiv mit sich bringt. Ich glaube, wir können uns ansehen, wie das FBI unter dem legendären J. Edgar Hoover operiert hat. Er sammelte unzählige Druckmittel gegen jeden Posteninhaber, zu dem er etwas finden konnte, und alle Beweise landeten in seinem berüchtigten Archiv.«

Axel versuchte zu folgen. Allmählich wurde er müde, und er hatte bereits mehr belgisches Bier intus, als gesund für sein Hirn war.

»Glaubst du, Die Achtzehn waren genauso organisiert wie das FBI?«

»Nein. Aber ich bin der Auffassung, dass es in der Hauptstadt einen zentralen Ort gibt oder gegeben hat, von dem aus sie ihre Tätigkeit gesteuert haben. Wenn man dieses Archiv finden würde, könnte man die Existenz der Organisation ein für alle Mal beweisen. Gleichzeitig ließe sich aufdecken, welche Personen genau daran beteiligt waren – und wie.«

»Aber meinst du wirklich, dass eine Organisation, deren Ziel es ist, im Geheimen Macht auszuüben, derart sensible Informationen in einem Register aufbewahrt, sortiert von A bis Z?«

Es war nicht Axels Absicht, sarkastisch zu klingen, aber er wurde immer müder.

»Nein, das denke ich nicht. Es könnte ebenso gut ein digitales Archiv sein. Gerade deshalb müssen wir uns über deine Freundin Lova unterhalten. Und vor allem über Lova Magnussons Vater.«

KAPITEL 20

»Ein bisschen weiter nach links. Und auf dieselbe Höhe wie Erlander und Palme.«

»So?«

»Perfekt.«

»Sind Sie sicher, dass das eine gute Idee ist?«

Ebba Schmidt, ihre Pressereferentin, sah sie mit besorgter Miene an.

»Zu einhundert Prozent.«

Lova Magnusson lächelte so breit, wie sie konnte, und bedeutete dem Hausmeister, mit der Arbeit fortzufahren.

Tock, tock, tock. Drei Hammerschläge später hing das gerahmte Foto an seinem Platz.

»Ich brauche sie hier. Sie lockern die Stimmung auf.«

»Aber im Büro des Ministerpräsidenten hängen ausschließlich Fotografien der Amtsvorgänger«, beharrte die Pressereferentin.

»Das ist eine fürchterliche Bande aus lauter Sozialdemokraten und vereinzelten Konservativen. Als Grüne bekommt man es hier drinnen ja mit der Angst zu tun. Aber jetzt fühle ich mich schon viel wohler. Sehr viel wohler.«

Lova strich über den Rahmen. Auf dem Bild war sie als Jugendliche zu sehen, sie stand zwischen ihren Eltern in der sengenden Sonne. Alle blinzelten in die Kamera und lachten.

»Eine wichtige Erinnerung, darf ich vermuten? Ein Urlaub?«

»Nein, wir haben mehrere Jahre dort gelebt. Saudi-Arabien.«

»Faszinierend!«

»Nein. Viel Sand … und ein widerwärtiges Frauenbild. Aber das Foto mag ich.«

Die Pressereferentin zuckte kurz zusammen.

Lova fragte sich, ob es daran lag, dass sie sich so abschätzig über eine andere Nation geäußert hatte, oder ob sich nur ihre Wortwahl nicht für das Ministerpräsidentenbüro ziemte. Andererseits musste sie von Anfang an klarstellen, wer hier das Sagen hatte. Sie war jetzt die Chefin, das musste jeder begreifen, der hierherkam. Sie selbst eingeschlossen.

Obwohl Johannes Cederström, ihr mächtiger Wohltäter, ihr den Posten in Aussicht gestellt hatte und sie nun tatsächlich im Amt saß, fiel es ihr immer noch schwer zu glauben, dass all das real war.

Lova Magnusson, Schwedens mächtigste Frau. Nein, Schwedens mächtigste *Person!*

Rein technisch betrachtet war sie noch nicht Ministerpräsidentin, offiziell hatte Göransson den Posten noch inne. Aber da sein »Gesundheitszustand« – wie Lova wusste, war das lediglich eine Umschreibung für schlechte Zustimmungswerte – aktuell so »ernst« war, hatten sie vereinbart, dass sie bis zur Wahl im Herbst als stellvertretende Ministerpräsidentin die Regierungsgeschäfte führen sollte. Doch wenn die Umfragewerte auf dem gegenwärtigen Stand blieben, würde sie einen haushohen Wahlsieg einfahren und am dritten Sonntag im September auch ganz offiziell zur Ministerpräsidentin gewählt werden.

Allerdings hegte Lova keineswegs die Absicht, abzuwarten und passiv vorzugehen, bis es so weit war.

»Haben Sie alles, was Sie für den Zehn-Uhr-Termin benötigen?«

»Sie können ihn um fünf nach hereinbitten.«

Im Hinblick auf seine naseweisen Twitter-Kommentare hätte er genauso gut auch doppelt so lang warten können. Abgesehen davon war er der jüngste Abgeordnete im Reichstag. Ein Welpe. Und Welpen musste man dressieren.

Um fünf Minuten nach zehn öffneten sich die Türen, und Oscar Legré trat ein. Lova hatte auf der Sitzgruppe neben dem Kachelofen Platz genommen und ließ ihn über den Parkettboden zu ihr gehen. Es war ein weiter Weg. Das Sagersche Haus war ein prachtvolles Gebäude, und die Aussicht durch die großen Fenster auf den Reichstag und die zentralen Stadtteile Stockholms bildete einen atemberaubend schönen – und imposanten – Hintergrund.

Der junge Abgeordnete der Konservativen gab sein Bestes, sich unbeeindruckt zu zeigen. Er hatte einen hellblauen Seersuckeranzug mit cremeweißem Hemd an, und die italienischen Schuhe trug er ohne Socken. Seine kreisrund geformte Brille war ohne Zweifel sehr kostspielig. Trotzdem verlor das schwache Lächeln in seinem Gesicht etwas von seiner Selbstgefälligkeit, als er auf sie zuging.

»Frau Ministerpräsidentin. Sehr erfreut!«

Lova widerstand der Versuchung, ihn mit »der junge Herr Legré« anzusprechen, gab ihm aber deutlich zu verstehen, dass sie es war, die hier das Sagen hatte.

»Ich will die kostbare Zeit des Herrn Abgeordneten nicht unnötig strapazieren. Wir wissen beide, weshalb Sie heute hier sind: Ich möchte, dass Sie sich der Untersuchung der schwedischen Neutralitätspolitik der Achtzigerjahre annehmen. Da Sie gekommen sind, nehme ich an, Sie sind interessiert?«

Legré lächelte. Offensichtlich genoss er es, dass die Ministerpräsidentin ihn darum bat, einen wichtigen Auftrag für sie zu erledigen.

»Ich kann nicht leugnen, dass ich diese Wendung nicht gerade erwartet habe. Die Ministerpräsidentin persönlich bittet um meine Mithilfe. Und das, nachdem ich Ihren politischen Aufstieg in den sozialen Medien nicht unbedingt ...« Er gab vor, nach dem richtigen Ausdruck zu suchen. »... bejubelt habe.«

Lova ließ sich nicht auf eine Diskussion über Twitter ein. Das war sein Terrain, sie stand darüber.

»Mein Anliegen ist eine breite politische Verankerung, und zu einer solchen können Sie als Abgeordneter der Konservativen beitragen. Ich weiß um Ihr großes persönliches Engagement in Verteidigungsfragen. Nicht umsonst sitzen Sie im Verteidigungsausschuss, mit diesen Themen kennen Sie sich bestens aus. Ebenso weiß ich aber auch, dass nun eine neue Generation Politiker und Wähler am Zug ist, der es ein dringendes Anliegen ist, die schwedische Außenpolitik der Achtzigerjahre aufzuarbeiten. Ich schließe mich diesem Wunsch an. Wir können in der Zukunft nicht glaubwürdig agieren, solange Unklarheit darüber besteht, inwieweit Schweden während des Kalten Krieges neutral war oder nicht.«

»Gehen wir einmal davon aus, ich nähme den Auftrag an und käme zu dem Ergebnis, dass Schweden sich *nicht* neutral verhalten hat. Dürfte eine solche Erkenntnis an die Öffentlichkeit gelangen?«

Lova musste ihr Pokerface aufsetzen. Damit hatte er sich verraten. Vermutlich lag es an seiner mangelnden politischen Erfahrung, trotzdem ging es schlicht und ergreifend nicht an, dass man die Frage auf diese Art stellte. Was sollte eine Ministerpräsidentin seiner Meinung nach darauf antworten? Er hatte versucht, ihr eine smarte Falle zu stellen, doch dabei war die Frage zu einer plumpen Beleidigung geraten.

»Wenn ich als Ministerpräsidentin eine Untersuchung anordne, dann dient eine solche selbstverständlich ausschließlich der Wahrheitsfindung. Ich gehe davon aus, dass Sie das nicht anders sehen?«

Oscar Legrés bereits sonnengebräuntes Gesicht nahm eine noch dunklere Farbe an.

»Selbstverständlich. Also, selbstverständlich nicht, meine ich«, antwortete er mit dünner Stimme.

Lova lächelte. »Ich glaube, Sie würden sehr gute Arbeit leisten.«

»Ich glaube, meine 150 000 Follower auf Twitter kommen Ihnen auch nicht ungelegen.«

Mit dem Mund lächelte sie weiter, doch ihr Blick wurde hart.

»An dem Tag, an dem sich die Zahl Ihrer Follower in Wählerstimmen umwandeln lässt, wird sie ernsthaft von Bedeutung sein. Doch bis es so weit ist, wollen wir doch im Kopf behalten, dass Sie auf Platz zwölf Ihrer Parteiliste stehen – und dass Ihre Partei bei der letzten Umfrage weniger als vierzehn Prozent Zustimmung erreicht hat.« Sie legte den Kopf schief. »Wie war das noch gleich? Sind das die schlechtesten Werte seit siebenunddreißig oder achtunddreißig Jahren?«

Er erwiderte das Lächeln tapfer, schwieg aber. Zwar hätte er entgegnen können, dass Lovas Partei noch nicht einmal so lange existierte, das wusste sie. Doch er befand sich in der schwächeren Position und musste sich daher brav damit abfinden, untergebuttert zu werden.

»Wir werden schon wieder zu Stärke gelangen, darüber brauchen Sie sich nicht zu sorgen, Frau Ministerpräsidentin. Aber lassen wir die Parteistreitigkeiten.«

»Gern.«

»Bevor ich mich einer Frage nach der schwedischen Sicherheitspolitik während eines überaus sensiblen Zeitraums widme, brauche ich Klarheit darüber, welches Mandat ich eigentlich habe?«

»Sie werden Unterlagen erhalten, die Ihren Status als unabhängiger und souveräner Ermittler bestätigen. Von mir unterzeichnet, versteht sich. Und ich werde ebenfalls alles tun, was in meiner Macht steht, um eventuell vorliegende Geheimhaltungsbeschlüsse aufzuheben. Ich will, dass Sie Zugang zu so vielen Archiven und Dokumenten wie möglich erhalten.«

Lova schob Legré ein Blatt zu.

»Hier sehen Sie, wie die Archive zu Verschlusssachen strukturiert sind«, fuhr sie fort. »Der militärische Geheimdienst hat Archive zu mehreren Geheimhaltungsgraden. Akten, deren Stempel einen roten Rahmen hat, enthalten als ›vertraulich‹ eingestufte Dokumente. Darüber hinaus gibt es ›geheime‹ Akten, deren Stempel einen doppelten roten Rahmen hat. Dann kommen wir zu dem Archiv, das die meisten nicht kennen, dem Nummernarchiv. Darin wird alles aufbewahrt, was als ›streng geheim‹ klassifiziert ist. Zum Beispiel lagern dort Dokumente über den Untergang der *Estonia*. Diese Verschlusssachen sind nicht nach Rubriken oder nach ihrem Datum sortiert, sondern nach Nummern. Ihre Untersuchung wird sich in erster Linie auf das Nummernarchiv konzentrieren.«

Oscar Legré setzte seine Brille ab und putzte sie mit dem cremeweißen Einstecktuch aus seiner Brusttasche. Lova wusste, dass er mental bereits zugesagt hatte.

»Auch wenn ich mich Ihnen gern entgegengestellt hätte – es liegt sozusagen in der DNA eines Konservativen, gegen eine Grüne in einer Machtposition zu opponieren –, kann ich dieser Aufgabe nicht widerstehen. Wenn ich Zugang zu geheimen Dokumenten über U-Jagden und Waffenexporte an Schurkenstaaten erhalte … Ein solcher Auftrag ist schlicht zu interessant, um ihn aufgrund von parteipolitischen Machtspielchen abzulehnen.«

»Ausgezeichnet. Und denken Sie daran, Legré: Dann sind wir uns wenigstens in einer Sache einig!«

Das Lächeln war zurück in Lova Magnussons Blick.

»Aber …«

Offensichtlich hatte Legré noch ein Ass im Ärmel. Ob sie ihn unterschätzt hatte?

»Ja?«

»… ich bin verwundert über Ihr persönliches Engagement, Frau Ministerpräsidentin. Bitte verzeihen Sie, aber kommt es nicht ein wenig plötzlich, dass Sie streng unter Verschluss stehende Archive auf den Kopf stellen wollen? Ich meine, wo Ihre Herzensangelegenheit doch bekanntermaßen darin besteht, unsere armen Banker zu quälen?«

»Wie Sie sicher wissen, können wir Frauen uns um mehr als eine Sache gleichzeitig kümmern.«

»Jetzt enttäuschen Sie mich aber. Weder Sie noch ich glauben an diese längst überholten Rollenbilder. Stattdessen frage ich mich, ob möglicherweise Ihre …« Wieder suchte er nach den richtigen Worten, und es schien ihm ehrlich wichtig zu sein, denn in seinem Blick konnte Lova eine empfindlichere Seite ausmachen. »… Ihre Erlebnisse im letzten Herbst mit dem Reporter Axel Sköld … ja, ob sie möglicherweise ihre Spuren hinterlassen haben?«

Lova stand auf und wandte sich von ihm ab. Sie nahm sich einen Moment, um ihre Gesichtszüge unter Kontrolle zu bringen.

Dann ging sie weiter zum Schreibtisch am anderen Ende des Zimmers.

»Mein Interesse für Verteidigungsfragen reicht länger zurück, als Sie glauben. In Wahrheit habe ich es geerbt.«

Sie öffnete eine Schreibtischschublade und zog eine Mappe heraus. Sie war aus mattgrünem Karton und mit einem Gummiband verschlossen, das Lova zur Seite schob, während sie zu der Sitzgruppe neben dem Kachelofen zurückging.

»Diese Unterlagen stammen von meinem Vater«, erklärte sie. »Er war mehrere Jahre lang in Saudi-Arabien tätig. In diesen Dokumenten werden Dinge erwähnt, von denen ich in offiziellen Zusammenhängen noch nie etwas gehört habe. Ich bin neugierig, und … Ihnen ist hoffentlich klar, dass dieses Gespräch rein vertraulich ist, sozusagen eine Art Hintergrundinformation?«

Legré nickte.

»Um ganz ehrlich zu sein, beunruhigt mich das, was auf einigen dieser Seiten zu lesen ist«, gestand sie und reichte ihm eines der Dokumente, das er rasch überflog. Es war ein kurzer Text, den ihr Vater unterschrieben hatte.

»Operation Mjolnir?« Er sah sie fragend an.

»Ich weiß nicht mehr darüber, als dort zu lesen ist. Anscheinend hat es mit computergesteuerten Raketen zu tun. Aber ich möchte, dass Sie danach Ausschau halten, wenn Sie die Archive durchsuchen und mit Quellen sprechen.«

Neugierig blickte der junge Reichstagsabgeordnete auf die Mappe, die sie noch immer in der Hand hielt.

»Gibt es noch weitere Dokumente, die ich mir ansehen soll?«

»Für den Augenblick behalte ich sie lieber. Vielleicht ändere ich meine Meinung, wenn Sie mehr über die Operation ›Mjolnir‹ herausfinden.«

Wieder nickte Legré. Sein Blick wanderte die Porträts an

der Wand hinter ihr entlang und blieb bei dem hängen, das als letztes hinzugekommen war.

»Ist er das?«

Lova drehte sich um.

»Ja, das sind wir. Meine Mutter, mein Vater und ich, 1998 in Saudi-Arabien.«

»Sie scheinen ein bewegtes Leben gehabt zu haben.«

»Vielleicht sogar bewegter, als ich selbst geahnt habe.«

KAPITEL 21

Axel wurde bewusst, wie sehr er das Meer vermisst hatte. Den Geruch. Den Wind. Auf einem Boot zu sein. Sich im selben Takt mit den Wellen zu bewegen. Sich mit den Fingern durch die Haare zu fahren und zu spüren, wie das Salz seine Locken rau machte.

Von seinem Ruderboot aus sah er zu den Schären rund um die Insel. Überall auf den flachen Steinplatten vor der Küste saßen Mittelsäger, Eiderenten und Lachmöwen. Axel hielt Abstand. Während der Brutzeit herrschte ein strenges Verbot, die Schären zu betreten, das sein Vater und er stets befolgt hatten. Seevögel bedurften eines besonderen Schutzes, und das galt auch nach dem Ende der Brutzeit.

Xenon saß auf der hinteren Ruderbank, und sein bärtiges Gesicht strahlte mit der Sonne um die Wette.

»Das mag ja an und für sich sehr nett sein, Xenon, aber sind wir inzwischen nicht weit genug draußen?«

Xenon richtete sich auf und sah sich in der Bucht um. Sie waren mindestens fünfhundert Meter von Gistholmen entfernt, das war die nächstgelegene Insel. Das Wasser hatte eine klare blaue Farbe, und das Ruderboot schaukelte leicht im schwachen Wind.

»Wie gesagt, ich glaube, wir waren bereits auf der Insel ungestört, aber man kann nie vorsichtig genug sein. Außerdem ist heute ein herrlicher Tag zum Rudern. Besonders wenn man um das Rudern herumkommt«, sagte er mit einem Grinsen in Axels Richtung.

»Wir müssen auch wieder zurück.« Jetzt lachte Axel.

»Aber nun erzähl schon. Was ist so geheim an Lovas Vater, dass du erst jetzt, hier draußen, darüber reden willst?«

Xenon wurde ernst.

»Bestimmt habe ich dir erzählt, dass wir die Stasi-Archive sichten? So haben wir unter anderem von Ioan Petrescu und seiner Vergangenheit bei der Securitate erfahren. Ein Freund von mir hat sich in die Geschäfte der DDR mit Schweden vertieft, um mehr über die Waffenexporte herauszufinden, denen Cats Falck vermutlich auf der Spur war, ehe sie ermordet wurde. Aber statt auf Dokumente über Bofors stieß er auf eine schwedische Firma mit dem Namen Datasaab. Kennst du sie?«

Axel machte ein skeptisches Gesicht. »Wofür Saab stand und steht, weiß in Schweden ja jeder. Die Autoproduktion war vielleicht der bekannteste Teil der Firma, den größten Erfolg hatte sie aber mit Lastwagen und als Hersteller des Kampfjets JAS 39, auch Gripen – also Greif – genannt. Aber Datasaab? Nö, nie gehört.«

»Datasaab war ein ausgelagertes Unternehmen der Flugzeugindustrie von Saab. Während der Fünfziger-, Sechziger- und Siebzigerjahre lieferten sie sich sogar einen Wettkampf mit IBM um die Entwicklung von Computern. Schweden war ganz vorn mit dabei. Am besten lief aber die schwere Abteilung der Firma.«

»Was bedeutet das?«

»Großrechner. Und die waren zu dieser Zeit wirklich schwer, im wahrsten Sinne des Wortes. Ihr Klassiker, der D2, hatte die Größe von drei Kleiderschränken. Ursprünglich hieß er Sank.«

Axel verstand kein Wort.

»Saabs Automatischer Navigations-Kalkulator«, erklärte Xenon. »Er sollte der Navigator für Saabs neues Kampfflugzeug, die Saab 32 Lansen, werden.«

»Ein Computer so groß wie drei Kleiderschränke?«

»Du musst die Ausmaße dieser Sache verstehen, Axel. Mit diesem System ließ sich der Raketentyp Robot 330 steuern. Es ging um Atomwaffen.«

»Atomwaffen?« Axel legte die Riemen auf den hinteren Bootsrand. »Diese Idee haben wir doch schon in den Sechzigern wieder verworfen?«

»Den Plan, Robot 330 als Marschflugkörper für Kernwaffen einzusetzen, hat Schweden offiziell schon 1957 eingestellt, dennoch war die Saab JA 37 Viggen mit Robot-330-Raketen bestückt. Und diese Flugzeuge wurden bis weit in die Siebzigerjahre von der D2-Anlage von Datasaab gesteuert.«

»Ich wünschte, ich könnte auch nur einen Bruchteil deiner Faszination für dieses Thema verspüren, Xenon. Aber ich kapiere nicht, was das alles mit Lovas Vater zu tun hat?«

»KC.«

»Hä?«

»So wurde er genannt. KC Magnusson, die Abkürzung für Kjell-Christer. Wir haben einige interessante Informationen über ihn und seine Dienstzeit in Saudi-Arabien gefunden. Anscheinend war er ein frühes Computergenie. Ich habe einen seiner Artikel über die Konstruktion eines Computerspeichers gelesen, die sogenannte Harvard-Architektur. Für seine Zeit war er unglaublich begabt. Ich kann gut verstehen, wieso sie ihn angestellt haben.«

Mit einem Mal war Axel hellwach. Lova und er waren bis zur achten Klasse gemeinsam zur Schule gegangen, als ihre Familie ganz plötzlich aus Schweden fortgezogen war. Er hatte keine Erklärung bekommen, aber auf ihrer Flucht vor Ioan Petrescu im Schärengarten von Västervik hatte Lova erzählt, dass die geheime Arbeit ihres Vaters für Saab der Grund für den damaligen Wegzug gewesen war.

Xenons Informationen wiesen in dieselbe Richtung. KC Magnusson schien ein sehr viel aufregenderes Berufsleben gehabt zu haben, als Axel als Kind geahnt hatte.

»Lova hat mir erzählt, dass sie nach Saudi-Arabien gezogen sind. Das muss 1998 gewesen sein?«

»Wir haben Memos mit Flugtickets und Hotelrechnungen aus dem Jahr 1998 entdeckt, aber auch Belege für frühere Reisen. Es ist zwar noch nicht bestätigt, aber meine Freunde arbeiten mit der gleichen These: Ich glaube, dass die Waffenfabrik, deren Existenz das *Eko-Journal* 2012 aufgedeckt hat, schon sehr viel früher existierte.«

»Wie meinst du das?«

»Der Schwedische Rundfunk konnte enthüllen, dass Schweden den Bau einer Waffenfabrik in Saudi-Arabien plante.«

»Daran erinnere ich mich. Für diese Enthüllung bekam Jan Kowalski den Schwedischen Journalistenpreis verliehen.«

»Mehrere Dokumente aus dem Stasi-Archiv geben aber Hinweise darauf, dass Schweden und Saudi-Arabien schon sehr viel länger zusammengearbeitet haben. Dabei ging es um Steuerungssysteme für Interkontinentalraketen. Und rate mal, wessen Unterschrift auf jedem Dokument zu finden ist, in dem von Robot 330 oder dem D2 von Datasaab die Rede ist?«

»Die von KC Magnusson …?«

»Unserer Theorie zufolge war er der Experte hinter der Speicherstruktur dieses Großrechners. Anhand der Unterlagen lässt sich sehen, dass es viele Bestellungen von Bauteilen und viele Reisen gab. Zuerst 1983, dann 1998 und noch später.«

»Damals muss das System doch hoffnungslos veraltet gewesen sein?«

»Natürlich. Deshalb stellt sich die Frage, welche Aufgabe der gute KC dann hatte.«

Axel versuchte sich zu erinnern. Wie war Lovas Vater gewesen? An ihn hatte er nur vage Erinnerungen, meistens war ihre Mutter Yvonne zu Hause gewesen, wenn Lova und er zusammen gespielt hatten. Später, in der Mittelstufe, waren sie dann auch ihr aus dem Weg gegangen.

Hinter den Felsen und Schären verlief die Küstenlinie, dort lag die Ostsee – und dahinter das riesige Russland.

Axel blickte vom Meer wieder zu Xenon auf der Achterbank.

»Permanent sind irgendwelche Konflikte und Machtkämpfe im Gang: Putin, die USA, Nordkorea, der Nahe Osten, China … Es wäre durchaus möglich, dass unter uns gerade ein russisches U-Boot entlangfährt. Eigentlich ist das vollkommen verrückt.«

Xenon lächelte ihn an.

»Das Verrückte ist nicht etwa, dass es U-Boote in der Ostsee gibt«, widersprach er. »Das Verrückte ist, wie wenig wir darüber reden.«

Axel schauderte. Zum ersten Mal seit Lovas und seiner Fahrt mit dem Buster saß er wieder in einem kleinen Boot. Er erinnerte sich daran, wie er den toten Profikiller Ioan Petrescu aus dem Wasser gezogen hatte. Den *scheinbar* toten Profikiller. Axel schüttelte sich, um die Erinnerung loszuwerden.

»Mal sehen, ob ich folgen kann.« Er schloss die Augen und legte die Stirn in Falten. »Ist es möglich, die Waffenfabrik mit den Achtzehn in Verbindung zu bringen?«

»Na ja, ich persönlich glaube, dass sie alles kontrollieren, was unsere Waffenhersteller so treiben. Aber konkrete Beweise, die sie damit in Verbindung bringen, gibt es nicht. Das ist ja gerade das Schwierige an ihrer Geheimstruktur.«

Axel seufzte. »Okay, Xenon. Nehmen wir rein hypothetisch mal an, dass Die Achtzehn hinter der Waffenfabrik in Saudi-Arabien stecken, die deinen Angaben zufolge schon vor 2012 dort stand, richtig?«

»Wir glauben, Spuren gefunden zu haben, die auf Betriebsanlagen – oder zumindest eine gewisse Tätigkeit – in Saudi-Arabien seit 1983 hindeuten.«

»Und du denkst, dass KC Magnusson in diese Tätigkeiten involviert war?«

»Sein Name taucht auf mehreren Belegen auf.«

»Das würde bedeuten, dass Lovas Vater für Die Achtzehn gearbeitet hat?«

Xenon nickte.

Wieder lief Axel ein Schauer über den Rücken. Bilder des leblosen Ioan Petrescu zogen vor seinem inneren Auge auf. Petrescu, der plötzlich aufwachte. Er sah, wie Lova in die Schusslinie geriet. Den Blick, den sie Petrescu zuwarf. Axel erinnerte sich an ihr Nicken. Damals hatte er es als Zeichen der Resignation gedeutet. Er hatte geglaubt, Lova akzeptiere ihr Schicksal, erschossen zu werden.

Was hatte sie damals in Wahrheit akzeptiert?

Wenn Ioan Petrescu für dieselbe Organisation arbeitete wie Lovas Vater, was hatte sich dann auf dem Boot zwischen ihnen abgespielt? Kannte Lova die Auftraggeber ihres Vaters? Hatten sie sich womöglich sogar vorher schon getroffen? Und wieso hatte sie behauptet, Petrescu sei ertrunken und mit Axels Taschenlampe auf den Grund gesunken?

Erst jetzt bemerkte Axel, dass seine Hand unwillkürlich in seine Hosentasche gewandert war und die Maglite umklammerte. Vergeblich versuchte er, das Zittern unter Kontrolle zu bekommen.

KAPITEL 22

Um 10:00 Uhr vormittags öffnete das Staatsarchiv in Stockholm seine mit Grünspan überzogenen Kupfertüren.

Um 10:01 Uhr meldete sich der Reichstagsabgeordnete Oscar Legré am Empfang an.

Um 10:02 Uhr hatte der junge Konservative einen schriftlichen Antrag eingereicht, um Akteneinsicht in Unterlagen zu erhalten, die schwedische Militärabkommen mit anderen Staaten von 1980 bis 1989 unter besonderer Berücksichtigung von Waffenexporten betrafen. Der Antrag enthielt die Bitte um eine alsbaldige Genehmigung, da es sich um eine »Öffentliche Untersuchung des Staates« handle.

Um 10:05 Uhr hatte der Archivar den Antrag gelesen und beim letzten Satz die Augenbrauen nach oben gezogen. Darin fand sich eine detaillierte Anweisung: »Alle Akten, die die ›Operation Mjolnir‹ betreffen, sind zu priorisieren.«

Um 10:07 Uhr hatte Oscar Legré das Staatsarchiv wieder verlassen. In der Hand hielt er die Eingangsbestätigung seines Antrags sowie die Zusage einer Bearbeitung ohne weitere Verzögerungen.

Um 10:08 Uhr war ein Telefonanruf beim Leiter der Technischen Abteilung eingegangen. Wie üblich hatte Josefsson schon beim ersten Klingeln abgenommen.

Um 10:18 Uhr war ein Plan ausgearbeitet. Oscar Legré sollte seinen Willen bekommen: eine alsbaldige Bearbeitung.

KAPITEL 23

Lars Lilliehorn war ein gewandter und begabter Mann. Das war kein Eigenlob, sondern eine objektive Beobachtung. Lars Lilliehorn *wusste* Dinge. Wenn man Hilfe benötigte, wandte man sich an Lilliehorn. Welcher Minister war bei einem Abendessen neben welchem Richter zu platzieren? Welche Partei würde die Wahl für sich entscheiden? Wen musste man überreden? Welcher Minister betrog seine Frau? In welchem Restaurant aßen die Reichstagsabgeordneten der Zentrumspartei am liebsten? In welchem Hotel ließ sich ein Besucher aus Belarus unterbringen, ohne dass jemand Wind davon bekam?

In den letzten Wochen hatte Lilliehorn jedoch begriffen, dass er noch viel zu entdecken und zu lernen hatte. Es gab Dinge, die verborgen gehalten wurden, auch vor ihm.

Natürlich kannte er das Restaurant »Den Gyldene Freden«. Sogar den Touristen war es ein Begriff. Das »Freden« war das bekannteste Lokal von Gamla stan und befand sich im Besitz der Schwedischen Akademie, die jeden Donnerstag im Bellman-Saal zum Mittagessen zusammenkam.

Dass im selben Haus allerdings noch ein weiteres Restaurant untergebracht war, im Stockwerk oberhalb des »Freden«, davon hatte Lilliehorn nicht den geringsten Schimmer gehabt. Den Eingang bildete eine diskrete kleine Pforte um die Ecke, sie lag in einer Quergasse. Weder ein Schild noch eine Speisekarte wiesen auf das Etablissement hin.

Lilliehorn war gemeinsam mit Raab und Cederström gekommen, die beide auf dem Besuch bestanden hatten. Ihn überkam das Gefühl, dass das bevorstehende Abendessen etwas Zeremonielles an sich hatte.

Cederström übernahm die Bestellung. Sie waren die einzigen Gäste, und Lilliehorn hatte den Eindruck, dass sich das während des gesamten Essens nicht ändern würde.

»Es ist üblich, dass der Vater bei einem Ereignis wie diesem zugegen ist, und ich finde es äußerst bedauerlich, dass das in Ihrem Fall nicht möglich ist, Lilliehorn. Wie alt waren Sie, als er verstarb?«

Die wohlbekannte Hitze stieg in Lilliehorn auf. Er errötete immer, wenn der Tod seines Vaters zur Sprache kam.

»Ich war noch keine acht.«

»Das ist sehr früh im Leben.«

Er nickte stumm.

Raab und Cederström wechselten Blicke.

»Dann nehme ich an, dass Sie nie Gelegenheit hatten, über … uns zu sprechen? Unsere Organisation?«

Mit einem unbekümmerten Nicken bedeutete Cederström der Kellnerin, den Weißwein auszuschenken. Offenbar konnte er hier frei reden.

»Nein. Ich musste vieles allein herausfinden.«

»Ja, für uns ist es eine etwas ungewöhnliche Situation. Normalerweise führt der Vater den Sohn Stück für Stück ein, ehe es an der Zeit ist, endgültig beizutreten. Aber lassen Sie uns das hier und jetzt tun, bei einem guten Essen. So geht es doch einfacher. Skål!«

Cederström und Raab saßen ihm mit erhobenen Gläsern gegenüber. Noch immer verstand Lilliehorn nur sehr wenig, was den Anlass für das Abendessen betraf, allerdings ahnte er allmählich, dass es sich um ein wichtiges Ereignis handelte.

»Beizutreten?« Was sollte das heißen?

»Skål!«

Man servierte ihnen Jakobsmuscheln, und Raab machte sich mit großem Appetit über seine Portion her. Cederström hielt das Gespräch am Laufen.

»Unsere Organisation reicht bis ins Jahr 1791 zurück. Es ist besonders traurig, dass Ihr Vater schon so früh starb, da Ihr Stammvater einer der Gründer war. Es wäre ein stolzer Augenblick im Leben Ihres Vaters gewesen, Ihnen davon erzählen zu dürfen. Aber vielleicht wissen Sie bereits von Pehr-Ulric Lilliehorn?«

Lars Lilliehorn schüttelte den Kopf.

»Nun gut, er und ein gewisser Henric Gyllenskiöld, wohnhaft in Boston, sowie mein eigener Vorfahr Curt Cederström ...«

»... sowie mein Namensvetter Carl Raab ...«

»... und Adolf Ribbing samt einiger weiterer Adelsmänner gründeten diese Gesellschaft in der hehren Absicht, die schwedische Nation vor ... ja, vor allem vor ihrem Regenten selbst zu schützen.«

»Ribbing? Wurde er nicht beschuldigt, hinter der Verschwörung zu stecken, die zum Mord an Gustav III. führte?«

»Sehr gut, Lilliehorn, ebenjener Ribbing. Unsere Vorfahren ließen ihren Worten recht bald Taten folgen. Nach dieser Affäre verstand man es allerdings, mehr im Verborgenen zu agieren.«

Raab hatte inzwischen seinen Teller geleert und ergriff nun das Wort.

»In den Briefen, aus denen unsere Organisation hervorging, zeigt sich, dass die Gründer einen gewissen Sinn für Humor hatten. Sie nannten sich selbst Die Achtzehn als ironische Antwort auf die Akademie Gustavs III., der sich lieber den schönen Künsten widmete als der restlichen Welt, die rings um ihn herum brannte.« Raab leerte sein Glas mit verärgerter Miene, um zu betonen, was er von Gustav III. hielt. »Wir dagegen haben die Realpolitik stets als die wichtigste unter den Kunstformen erachtet. Erst wenn man seine Nation schützen kann und ihre Untertanen sicher sind, bleibt Zeit für geistigere Genüsse.«

Lilliehorn hörte zu und nickte. All das bestätigte, was er dank seiner eigenen Nachforschungen bereits geahnt hatte. Dennoch war es überwältigend, es laut ausgesprochen zu hören.

Nun war Cederström fertig mit seiner Vorspeise.

»Eigentlich sprechen wir nie als ›Die Achtzehn‹ von uns«, fuhr er fort. »Das würde nur Verwirrung stiften und zu einer Verwechslung mit der Schwedischen Akademie führen. ›Die Organisation‹ reicht völlig aus, und wir sprechen auch nur unter uns Mitgliedern darüber. Ansonsten ist Diskretion das oberste Gebot, aber das wissen Sie ja bereits.«

»Selbstverständlich.«

»Einen Platz an unserem Tisch, an dem Sie nun auch vertreten sind, erbt man in den meisten Fällen. Allerdings gilt keine strikte Erbreihenfolge nach Alter, denn dieses System hat in der Vergangenheit einige Defizite offenbart. Der älteste Sohn ist bei weitem nicht immer der am besten geeignete. Stattdessen kann sich zum Beispiel der zweite oder dritte Sohn als Stern der Familie herausstellen. In einem solchen Fall rekrutieren wir dann ihn.«

»Sie sprechen von Söhnen, ja? Niemals von Töchtern?«

Raab und Cederström wechselten einen amüsierten Blick.

»Eine Sache, die wir gelernt haben und die wir sehr schätzen, ist die Macht der Tradition. In der Welt des Sports pflegt man, glaube ich, zu sagen: *Never change a winning team*. Das lässt sich auch auf unsere Organisation anwenden.«

Lilliehorn ging wieder dazu über, nur zuzuhören. Das war am sichersten.

Im Laufe des Abends verspeisten sie ein Fünf-Gänge-Menü. Währenddessen wurde Lilliehorn vorgetragen, wie Die Achtzehn – beziehungsweise Die Organisation, wie er sich in Erinnerung rief – im Bankwesen, beim Militär, in der Gerichtsbarkeit und der Industrie verwurzelt war. Es schien sich um inoffizielle Gruppen von Menschen zu handeln, die gegenseitig für ihr Wohl sorgten, vor allem aber für das Wohl der Nation. Lilliehorn fragte sich, was von beidem in Wahrheit wichtiger war, sah aber ein, dass sich diese Frage gar nicht stellte. Gingen diese Interessen Hand in Hand, war es nicht nötig, das eine gegen das andere zu stellen.

Je mehr sie tranken, desto leidenschaftlicher erzählten Cederström und Raab vom »Geist der Nation«, den sie durch ihre Arbeit zu bewahren gedachten. Dabei glaubte Lilliehorn eine gewisse Verachtung für ihre Mitbürger herauszuhören. Raab beschrieb »das Volk« in vereinfachten Worten als Kinder, die nicht wüssten, was zu ihrem eigenen Besten sei, und Schutz benötigten, in erster Linie vor fremden Mächten.

Lilliehorn, der sich in Politikwissenschaften auskannte und die Demokratie für die am wenigsten schädliche Regierungsform hielt, versuchte, sein Missfallen zu verbergen. Er spürte, dass ihm das leichter fiel als erwartet. Offenbar hatte seine Zeit als Sven-Åke Tammers Pressereferent tiefere Spuren bei ihm hinterlassen, als er geahnt hatte. Die Rhetorik, die Tammer verwendet hatte, erinnerte an die von Raab. Am Wahltag wurde die Demokratie zwar immer hochgehalten, aber »Wahlvieh« und »diese elenden Wähler« waren Ausdrücke, die Lilliehorn mehr als nur einmal von seinem ehemaligen Minister gehört hatte.

Und war das tatsächlich so verwunderlich? Normalen

Menschen fehlte schlichtweg die Zeit, sich in komplexe multilaterale Konflikte oder unübersichtliche Rentensysteme hineinzudenken. Genau aus diesem Grund wählten sie doch Vertreter, die die Führung übernehmen sollten. Machte es da wirklich einen so großen Unterschied, ob sie vom Volk gewählt waren oder aus einer aufgeklärten Elite stammten?

Jetzt wurde der Kaffee serviert, und ausnahmsweise griff Cederström vor Raab zur Cognacflasche.

»Wenn Sie später heute Abend nach Hause gehen, sollten Sie eines mitnehmen. Und zwar das, was ich Ihnen jetzt sagen werde.« Cederström füllte ihre Gläser. »Dank *unserer* Arbeit ist Schweden seit über zweihundert Jahren in keinen Krieg verwickelt.«

Sie stießen erneut an, dann sprach Raab weiter.

»Sie verstehen, wir sind das Rückgrat. Wir sind dort zur Stelle, wo eine Person im System etwas ändern kann. Wir sorgen dafür, dass wir die entscheidende Stimme haben, wenn ein Richterposten am Obersten Gerichtshof neu besetzt werden soll. Wir sind an den großen Entscheidungen der Industrie beteiligt. Wir wirken mit, wenn ein neuer Oberbefehlshaber auserkoren wird, und prüfen, dass die Vorstandsvorsitzenden der Großbanken den richtigen Hintergrund haben. Um es etwas poetischer auszudrücken: Wir sind der Sauerstoff, der das System atmen lässt.«

»Werfen wir einen Blick darauf, wer sich des kleinen Sorgerechtsstreits annimmt, der in der kommenden Woche vor dem Amtsgericht Stockholm verhandelt wird. Die Verhandlung findet doch nächste Woche statt?«, fragte Cederström, nachdem er Raabs Ausführungen mit einem Nicken bestätigt hatte.

»Ja«, antwortete Lilliehorn. »Allerdings wird sie aufgrund von Bauarbeiten in den Räumlichkeiten des Svea hovrätt abgehalten. Haben Sie unter Umständen schon einen Anwalt im Sinn?«

»Mhm.« Raab nickte. »Um einen Anwalt kümmern wir uns. Melden Sie sich bei Josefsson in der Technischen Abteilung. Ich glaube, wir haben sogar einen Amtsrichter, den wir dort unterbringen können. Lassen Sie mich der Sache nachgehen.«

»Besprechen Sie die Angelegenheit mit Josefsson, wenn Sie ihn ohnehin wegen der Explosion mit ihm telefonieren.«

Cederström klang so sorglos, dass Lilliehorn zunächst glaubte, ihn falsch verstanden zu haben. Er selbst spürte alles andere als Sorglosigkeit angesichts des bevorstehenden Auftrags.

Nun räusperte sich Cederström, und Lilliehorn nahm eine Veränderung in der Atmosphäre wahr. Es herrschte eine ernstere Stimmung, und ein Gefühl von Feierlichkeit stellte sich ein.

»Auch wenn wir es vorziehen, bei unserer Aufgabe, die Nation zu schützen, eher im Hintergrund zu agieren …«

»Wie lautete noch gleich der Wahlspruch der Familie Wallenberg …« Lilliehorn lächelte, als er darauf kam. »Bewirken, ohne gesehen zu werden!«

»Sie denken vielleicht an *Esse non videri?* Das war Marcus Wallenbergs Motto, als er den Königlichen Seraphinenorden verliehen bekam. Tatsächlich bedeutet es aber ›zu sein, nicht nur zu scheinen‹. Persönlich bin ich der Auffassung, dass er maßgeblich davon inspiriert war, was wir zu dieser Zeit gemeinsam erreicht hatten. Der lateinische Wahlspruch war lediglich ein Detail, steht gleichzeitig aber für etwas Zeitlos-Ewiges, eine Anerkennung der Geschichte. Aber nun gut. Unsere Organisation agiert eher in der Bedeutung, die Sie erwähnt haben: Wir handeln im Verborgenen.«

»Ich muss gestehen, dass Latein nicht unbedingt zu meinen Stärken zählt.«

»Nein, das verlangen wir auch nicht. Eine Zeile aber sollten Sie sich aneignen.«

Lilliehorn runzelte die Stirn. Was meinte Cederström mit *aneignen?*

»In unsere Organisation gibt es einen Eid. Einen Kodex, dem wir allesamt unsere Treue geschworen haben.«

Cederström hatte seine Serviette zur Seite gelegt und beugte sich zu Lilliehorn vor. Draußen hatte die Dämmerung bereits eingesetzt, und die kleinen Tischlampen des Restaurants kämpften gegen die Dunkelheit an. Nach wie vor waren sie unter sich, und das Personal schien sich zurückgezogen zu haben, damit sie ihr Abendessen in Ruhe beenden konnten.

»Es ist ein Satz auf Latein. Sie müssen ihn nicht auswendig lernen, es genügt, wenn Sie ihn mir nachsprechen.«

Lars Lilliehorn registrierte, wie Raab dem Ereignis still und andächtig folgte.

»*Regni protector legis, regni et artis.*«

»Und was bedeutet das?«

»Des Reiches Beschützer über Gesetz, König und Kunst.«

*

Im Anschluss ging Lars Lilliehorn allein zurück in sein Büro. Es war zwar schon spät, aber er musste sich Klarheit über einige Dinge verschaffen. Und außerdem half ihm der Spaziergang, seine Gedanken zu ordnen.

Ein Treueeid.

Genau das hatte er soeben abgelegt – er hatte den Achtzehn seine Treue geschworen.

Gegen den Wortlaut des Eids hatte er nicht das Geringste einzuwenden. Das Reich schützen, wer wollte das nicht? Trotzdem wurde er das Gefühl nicht los, dass er in eine Vereinigung geraten war, aus der er nur sehr schwer wieder herauskommen würde.

Andererseits ... wieso sollte er das auch wollen? Er genoss dort einen gewissen Status, erhielt einen sehr guten Lohn und bewegte sich innerhalb der gesellschaftlichen Elite. Hinzu kam sein fantastisches Büro mitten in der Hauptstadt.

Dennoch blieb der unbehagliche Eindruck, dass er in eine gewisse Richtung gelenkt wurde. Dass er mehr Beifahrer war, als dass er sein Schicksal selbst steuerte. Das Gefühl wurde immer greifbarer und versetzte ihn in eine klaustrophobische Stimmung.

Und dann war da noch das winzige Detail mit der Bombe ...

Inzwischen hatte er die Brücke erreicht, die zu seinem Arbeitsplatz führte. Unten am Empfang brannte noch Licht. Er brauchte nur einzutreten.

In seinem Büro schenkte er sich ein Glas des süßen Rums aus Guatemala ein, den er am liebsten trank. Danach wählte er auf dem Festnetztelefon die Nummer, die er soeben erhalten hatte.

Josefsson meldete sich direkt, als hätte er den Anruf erwartet.

»Lilliehorn. Ich darf gratulieren. Wie ich höre, ist alles gut gegangen?«

Lilliehorn war es eigentlich gewohnt, der Gesprächsteilnehmer zu sein, der am meisten wusste. Doch nun begriff er, dass es an der Zeit war, sich auf das Gegenteil einzustellen.

»Äh. Ja? Oder meinen Sie ...?«

»Den Eid, das Abendessen und diese Dinge, alles, was dazugehört eben. Hervorragend!«

»Ja, vielen Dank. Sie wissen davon? Okay, wie auch immer, ich rufe wegen des Anwalts an. Unser Mann soll vor Gericht, und Raab meinte, Sie kennen einen geeigneten Kandidaten?«

»Richtig, es ging um einen Sorgerechtsstreit … Ja, ich finde eine Lösung. Sie werden spätestens morgen Nachmittag kontaktiert.«

»Wunderbar.«

Es wurde still zwischen ihnen.

»Und was war mit der anderen Sache?« Josefsson klang ungeduldig.

»Sie denken an unsere … explosivere Angelegenheit?« Lilliehorn tastete sich vor.

»Die Leitung ist sicher, Sie müssen also nicht um den heißen Brei herumreden. Sie haben den Eid geschworen, Lilliehorn. Wir vertrauen Ihnen vollkommen.«

Josefssons Worte sollten ihn wohl beruhigen, bewirkten aber das exakte Gegenteil.

»Ich wollte mich nur versichern, dass die Personenschäden minimiert werden.«

Es war förmlich zu hören, wie Josefsson seinen Griff um den Hörer verstärkte. Es knackte in der Leitung, als der Chef der Technischen Abteilung sein Gesicht so nah an die Sprechmuschel presste, dass die Bartstoppeln darüber kratzten.

»Ihre Aufgabe, Lilliehorn, ist es, sich um das Praktische zu kümmern. Sie helfen unserem Mann an seinen Platz. Sind wir uns da einig?«

Nachdem Lilliehorn das bestätigt und aufgelegt hatte, blieb er noch lange an seinem Schreibtisch sitzen.

Vergeblich versuchte er, den Geschmack des Rums wahrzunehmen, den er trank.

Noch einmal flüsterte er den Treueeid ins Abenddunkel hinaus, gleichzeitig an jeden und doch an niemanden gerichtet.

»Des Reiches Beschützer über Gesetz, König und Kunst.«

KAPITEL 24

Ihr Fahrrad stand, wie immer mit zwei Schlössern gesichert, an seinem Platz. Und wie üblich, wenn sie ihn kochte, duftete der Kaffee. Sie saß auf ihrem Bürostuhl und trug eine gepunktete Bluse, die er als eines ihrer Lieblingsteile identifizierte.

Es war also alles genauso wie immer. Und trotzdem hätte er schwören können, dass die Atmosphäre in ihrem Büro alles andere als normal war.

Als er um kurz vor neun Uhr hineingeschlendert kam, bestand er daher nicht auf seinem Lexpresso, sondern hoffte einfach, dass sie ihm auch einen Kaffee gekocht hatte. Er schlich zu seinem Schreibtisch, und als sie von ihrem Computer aufsah, begriff er, was falsch war: Ihre Augen waren rot und die Wangen geschwollen.

»Aber Stina, was ist denn los? Ist etwas mit David?«

Sie begrub das Gesicht in den Händen und schluchzte auf. Axel fühlte sich hilflos, ging aber zu ihr hinüber und streichelte ihr über den Rücken.

»Scheiße.« Sie schniefte. »Ich habe keine Zeit für so etwas.«

Nicht nur, dass sie in ihrem Büro weinte, sie fluchte auch noch! Die Lage war mehr als ernst.

»Beruhige dich erst mal. Und wenn du so weit bist, erzählst du mir, was los ist, okay?«

Sie putzte sich die Nase, und nach einer Weile hatte sie ihre Atmung wieder unter Kontrolle.

»Es ist Fredrik. Er ist wieder da.«

»Fredrik? Wie, wieder da?«

»Ja, warte kurz …«

Stina schnäuzte sich noch einmal und sammelte sich. Dann berichtete sie von dem überraschenden Besuch ihres Ex-Freunds und dessen plötzlichem Interesse an ihrem gemeinsamen Sohn, den er neun Jahre zuvor Hals über Kopf verlassen hatte.

»Und das war schon vor ein paar Tagen? Warum hast du mir nichts gesagt?«, fragte Axel mit vorwurfsvollem Blick.

Mehr brauchte es nicht, um eine neue Heulattacke auszulösen.

Axel verfluchte sich innerlich und bat Stina um Entschuldigung. Sie versicherte ihm zwar schniefend, dass es in Ordnung sei und sie ihn nicht habe stören wollen, dennoch weinte sie ununterbrochen.

Er gab ihr die Zeit, die sie brauchte, fühlte sich selbst aber vollkommen hilflos. Diese Seite hatte er noch nie an Stina gesehen. Sonst war sie immer sein Fels in der Brandung. Sie blieb stehen, wenn alle anderen fielen, und ließ sich nicht unterkriegen, wenn mächtige Männer sie während eines Interviews anbrüllten oder Vorgesetzte ihr mit Entlassung drohten. Auch nicht, wenn der Rektor von Davids Förderschule die Mittel für den Zeichensprachkurs kürzte, und selbst dann nicht, wenn David und sie sich in der Königlichen Schatzkammer vor bewaffneten Agenten versteckten.

Doch jetzt saß eine völlig andere Stina vor ihm. Schweigend hockte sie da, während ihr Tränen über das Gesicht rannen, und bebte am ganzen Körper.

Axel verstand, dass er die Wunden unterschätzt hatte, die Fredrik ihr zugefügt hatte.

Sie hatten nie wirklich darüber gesprochen, was damals passiert war. Der Grund dafür war, dass Axel es nicht konnte.

Er wusste, dass er es nicht aushalten würde, darüber zu reden, was wirklich geschehen war, genauso wie er wusste, dass er Stina niemals belügen könnte.

Während der vergangenen neun Jahre, seit Fredrik einen Zettel mit den Worten »Ich schaffe das nicht. Verzeih mir.« zurückgelassen hatte und aus Stinas und Davids Leben verschwunden war, hatten Axel und Stina dieses Ereignis wie eine Naturkatastrophe behandelt. Wie irgendetwas Unvorhersehbares, das mit traumatischer Kraft über Stina und David hereingebrochen war und gegen das sie nichts hatten ausrichten können.

Aber Axel wusste, dass ein noch schlimmerer Grund hinter Fredriks Tat steckte, als Stina vermutete. Er hatte es nicht über sich gebracht, ihr davon zu erzählen, dass Fredrik eine andere getroffen hatte. Was hätte es Stina auch gebracht? Sie hätte sich nur noch elender gefühlt. Jetzt war sie eine Frau, die das Pech gehabt hatte, einem Mann zu begegnen, der die Aufgabe, der Vater eines behinderten Jungen zu sein, nicht hatte stemmen können. Das war zwar eine Verletzung, die man niemandem wünschte, aber leider kam so etwas hin und wieder vor. Stina trug keine Schuld daran. Fredrik war ein schwacher Mensch, so einfach war es. Sicher, eine fürchterliche Situation, aber trotzdem eine, mit er es sich leben ließ. So hatte Axel es sich zurechtgelegt.

Und deshalb hatte er das Geheimnis um Fredriks neue Freundin auch für sich behalten. Und weil es sich bei dieser neuen Freundin um Axels Rebecka gehandelt hatte, war er gezwungen gewesen, auch darüber zu schweigen, wieso seine eigene Beziehung gescheitert war.

Stina hatte schon vor Langem aufgehört, nach Rebecka zu fragen. Aber zu Beginn hatte es sie augenscheinlich verletzt, als Axel sich geweigert hatte, darauf einzugehen, wieso seine Beziehung in die Brüche gegangen war. Warum konnte Axel seine Trauer nicht mit ihr teilen, wenn Stina so offen mit der Katastrophe umging, die Fredrik verursacht hatte?

Aber wie hätte Axel die SMS erklären sollen, die er auf Rebeckas Handy gefunden hatte? Nachrichten, die ein anderer Mann an seine Rebecka geschickt hatte? Wie erklären, dass er Rebecka heimlich gefolgt war, um sie auf frischer Tat zu ertappen, aber völlig davon überrumpelt wurde, dass der Mann, den sie umarmte und dem sie einen hastigen Kuss gab – Fredrik war?

Anschließend hatte er zu Hause auf Rebecka gewartet, und sie hatten sich exakt so gestritten, wie man es erwarten würde, wenn ein Seitensprung ans Licht kam. Doch eigentlich war Axel fast noch mehr um Stina und David besorgt gewesen. Rebecka hatte gemeint, er könne nicht einmal streiten oder Schluss machen, ohne dabei abwesend zu wirken. Sie hatte wohl recht – auch damit, dass es so für sie beide am besten sei. Trotzdem schmerzte es ihn sehr, dass sie ihn betrogen hatte und nun allein zurückließ.

Dann hatte er gesagt, dass es außerdem wehtue, Stina zu hintergehen. Und dass es für David am schlimmsten sei.

Rebecka hatte seine Worte als Anschuldigung aufgefasst und ihn angeschrien, wie unglaublich billig es von ihm sei, einen behinderten Jungen als Waffe einzusetzen. Sie und Fredrik wollten schließlich einfach nur glücklich sein.

In diesem Moment hatte sich Axels Liebe zu Rebecka binnen fünf Sekunden in reine Abscheu verwandelt. Eiskalt bat er sie zu gehen und sagte, sie könne beruhigt sein: Er werde weder ihrem zukünftigen Glück im Wege stehen noch Stina erzählen, aus welchem Grund ihr Mann sie und ihren gemeinsamen Sohn in Wahrheit verlassen hatte.

Trotzdem hatte er sich die letzten, heftigen Worte nicht verkneifen können:

»Im Vergleich zu mir muss er eine echte Verbesserung sein. Er verlässt eine Frau in Not und einen behinderten Säugling für dich, Rebecka. Ein wahrer Traum – dieser Mann ist wirklich bereit, alles für dich zu tun.«

Und jetzt war dieser Mistkerl also zurück.

Stina war auf die Toilette verschwunden. Als sie wiederkam, hatte sie sich das Gesicht gewaschen und sah aus, als hätte sie sich einigermaßen gefangen.

»Er will das Sorgerecht.«

Eigentlich hatte Axel vorgehabt zuzuhören, ohne zu werten, zu urteilen oder sich einzumischen. Aber als er hörte, was der Idiot für Davids Zukunft plante, raste er vor Wut.

»Ach so, jetzt will er Papa werden? Neun Jahre zu spät? Ist er deswegen zu dir gekommen?«

»Das hat er zumindest gesagt. Dass er jetzt seine Verantwortung übernehmen müsste, weil ich …«

Sie schaffte es nicht, den Satz zu beenden.

»Weil du *was*, Stina? Spuck aus, was dieses Arschloch gesagt hat!«

Sie zwang sich, ruhig zu atmen.

»Er hat gesagt, ich hätte David in Gefahr gebracht, als ich ihn mit in die Schatzkammer genommen habe und wir uns dort versteckt haben. Er meinte, die einzige Lösung, um sicher zu sein, dass so etwas nie wieder passiert, sei es, das alleinige Sorgerecht für David einzuklagen. Dann hat er mir das hier gegeben.«

Sie zeigte Axel das Dokument von Fredriks Anwalt.

Er zitterte noch immer vor lauter Wut. Doch als er die Klageschrift las, lachte er plötzlich auf.

»Du wirst aufgefordert, beim Amtsgericht eine Klageerwiderung einzureichen. Dabei solltest du meiner Meinung nach darauf hinweisen, dass eine Person, die das alleinige Sorgerecht will, vielleicht eine bessere Adresse braucht als das Sheraton Hotel.«

Stina las das Schreiben noch einmal. Sie lächelte. Zwar nur schwach, aber immerhin war es ein Lächeln.

Axel hatte sich wieder etwas beruhigt.

»Fredrik hat überhaupt keine Chance, das hier zu gewinnen.« Er umfasste Stinas Schultern und blickte ihr in die Augen. »Du bist Davids Mama und warst es jeden einzelnen Tag, seit neun Jahren. Du hast ihm Essen gegeben, Kleider, Liebe. Du hast ihn aufgezogen, warst bei all den Ärzten, hast all die Rückschläge erlebt und warst bei allen Tests dabei, die er nicht bestanden hat. *Du* hast all das überstanden und hast *David* geholfen, all das zu überstehen. All die Besuche bei der Beratungsstelle und der Krankenkasse. All die Stunden, Tage und Wochen, die du ihn unterstützt und gepflegt hast. All das warst du, Stina. Während Fredrik – was getan hat? Einen Zettel geschrieben. *Das* hat er zustande gebracht. Nie im Leben hat er eine Chance zu gewinnen. Keine. Chance. Nie. Im. Leben.«

Stina kicherte.

»Aber du …« Axel setzte sich auf seinen Platz und sah sie mit ernstem Blick an. »Beim nächsten Mal rufst du mich bitte direkt an, wenn so etwas passiert. Du hast dir bestimmt das ganze Wochenende wahnsinnige Sorgen gemacht.«

»Danke, Axel. Aber ich habe auch noch andere Freunde, und ich wollte dich nicht stören. – Und jetzt erzähl du. Was hat Xenon gesagt?«

Axel kam zu dem Schluss, dass nun doch ein Lexpresso angebracht war. Es war schließlich eine lange Geschichte.

Sie gingen in die Küche. Stina hörte konzentriert zu, während Axel von Lovas Vater erzählte, der schon 1998 in Saudi-Arabien gearbeitet hatte, vielleicht sogar noch früher.

»Wie, hatte Schweden schon in den Achtzigerjahren Waffenfabriken dort?«

»Xenon behauptet, sie hätten Dokumente, die das belegen. Unterschrieben von KC Magnusson.«

»KC?«

»Kjell-Christer Magnusson. Lovas Vater.«

Stina biss sich auf die Unterlippe, während sie nachdachte.

»Wenn er also in den Achtzigern dort an irgendwelchen Großcomputern gearbeitet hat, dann bedeutet das, dass die Waffenfabrik, die Jan Kowalski und das *Eko-Journal* 2012 entdeckt haben, in Wahrheit schon sehr viel länger existierte?«

Axel nickte.

»Dann heißt das, dass die Menschen, die Kowalski 2012 interviewt hat, nur einen Teil der Wahrheit erzählt haben, oder?«, setzte Stina ihren Gedanken fort.

»Vielleicht wussten sie nicht über alles Bescheid, oder sie haben es einfach verschleiert. So oder so wird sich Jan Kowalski sehr für diese Information interessieren.«

Axel zog sein Handy heraus und schickte eine kurze Nachricht an Kowalski.

Stina sah ihn nachdenklich an.

»Was ist los?«

»Nichts, nur …« Sie stockte, sprach aber weiter, als sie die Ungeduld in Axels Gesicht bemerkte. »Wenn Lova also 1998 mit ihrem Vater in Saudi-Arabien war und wusste, dass er dort eine heikle Aufgabe übernommen hatte, was weiß sie dann eigentlich über die Rolle der schwedischen Waffenindustrie? Sie hat gerade eine Untersuchung veranlasst, die der schwedischen Neutralitätspolitik in den Achtzigerjahren auf den Grund gehen soll.«

Kaum hatte sie den Satz beendet, schien Stina zu begreifen.

»Denkst du, sie will aufdecken, woran ihr eigener Vater gearbeitet hat?«

Axel schüttelte den Kopf.

»Ich vermute viel eher, dass sie die Auftraggeber ihres Vaters enttarnen will. Aber gerade das finde ich so eigenartig, denn ich werde das Gefühl nicht los, dass KC für Die Achtzehn tätig war. Und Xenon scheint dasselbe zu glauben.«

»Lovas Vater hat für dieselbe Organisation gearbeitet, die euch beiden im Schärengarten einen Auftragsmörder auf den Hals gehetzt hat, der gedroht hat, sie zu erschießen, bevor du es verhindern konntest?«

Axel fasste sich an die Nasenwurzel. Er spürte, dass sich Kopfschmerzen anbahnten.

In diesem Moment kam die erste Eilmeldung.

»Heftige Explosion am Reichstagsgebäude. Todesopfer befürchtet.«

Stinas Handy klingelte, und rasch begriff Axel, dass es Stinas Chef beim *Eko-Journal* war. Er hörte, wie sie das Gespräch mit fünf unheilverkündenden Worten beendete:

»Okay. Ich fahre direkt hin.«

KAPITEL 25

Stina Forss nahm die U-Bahn, musste aber schon an der Station Slussen aussteigen, denn die U-Bahn-Station Gamla stan war gesperrt, und so näherte sie sich dem alten Stadtkern zwangsläufig zu Fuß. Von der höher gelegenen Slussbron aus hatte sie einen Panoramablick auf die Insel, die den Stadtteil Gamla stan bildete.

Es war ein unheimlicher Anblick. Hinter der Silhouette des Königlichen Schlosses ragte eine enorme Säule aus dickem, schwarzem Rauch in den Himmel. Der sonnige und wolkenfreie Himmel der letzten Tage leuchtete jetzt orange im Schein der Flammen. Auf ihrem Weg kam Stina ein reger Strom von Menschen entgegen, die den Stadtteil verließen und Schutz vor den langsam herabfallenden Rußflocken suchten.

Um zum Reichstagsgebäude zu kommen, musste Stina Gamla stan einmal komplett durchqueren. Je länger sie ging, desto deutlicher fiel ihr auf, dass sie die Einzige war, die sich auf den Rauch *zubewegte*. Alle anderen waren in der entgegengesetzten Richtung unterwegs.

Über allem hing eine bedrohliche Stille. Die Menschen blickten ernst drein, liefen mit schnellen Schritten und redeten nicht. Es schien, als seien keine Worte nötig. Jeder wusste um den Ernst der Lage und begab sich in Sicherheit, möglichst weit weg vom Stadtzentrum.

Die Ratten verlassen das sinkende Schiff.

Stina versuchte, nicht an die Gefahren zu denken, die es nach sich zog, das Gegenteil zu tun, aber sie sah, wie sich das

Blinken von Blaulichtern mit dem Rauch vermischte, und verstand, dass die Feuerwehr angekommen war. Also hatte jemand beschlossen, dass es trotz allem sicher genug war, sich vor Ort aufzuhalten. Na also. Sie musste nur einen Zahn zulegen und sich darum kümmern, auf Sendung zu gehen. Höchste Zeit, dem schwedischen Volk zu berichten, was geschehen war.

Stellte sich nur die Frage, ob das überhaupt jemand wusste ...

Am Mynttorget kam Stina Forss nicht weiter. Zum Teil lag das an den Polizeiabsperrungen, die zwischen dem nördlichen Ufer von Gamla stan und der Stallbron, über die man Helgeandsholmen und das Reichstagsgebäude erreichte, errichtet worden waren. Doch selbst ohne die Absperrungen wäre Stina gezwungen gewesen, stehen zu bleiben, um den Anblick zu verdauen.

Sie hatte die engen Gassen von Gamla stan mit ihren die Sicht verdeckenden Fassaden hinter sich gelassen, sodass sie jetzt endlich freien Blick auf den Reichstag hatte. Der moderne, halbrunde Gebäudeteil, der im Osten lag und die erste Kammer beherbergte, wo alle Parlamentsdebatten abgehalten wurden, war intakt und unbeschädigt. Aber der ältere Teil des Gebäudes, die zweite Kammer, war von Glassplittern umgeben.

Stina zählte allein auf der Stallbron und der Riksgatan zwischen den beiden Kammern fünf Feuerwehrfahrzeuge. Von jedem Fahrzeug war mindestens ein Löschstrahl auf das alte Gebäude gerichtet. Der Rauch brannte in Stinas Lungen, und ein beißender Geruch nach verbranntem Kunststoff hing in der Luft.

Überall wimmelte es von Polizisten. Was Stina dabei ernsthaft beunruhigte, war, wie sie aussahen. In voller Kampfmontur und mit Maschinenpistolen ausgerüstet, bildeten sie, nur wenige Meter nebeneinanderstehend, eine lange Kette, die – soweit Stina das erkennen konnte – bis zum Schloss und über ganz Gamla stan reichte.

In der Zwischenzeit waren auch einige ihrer Kollegen und Konkurrenten aufgetaucht. Sie beobachtete, wie die Journalisten versuchten, den Polizisten Fragen zu stellen, doch sie erhielten nichts als versteinerte Mienen und Schweigen als Antwort.

Es war unheimlich und schwierig. Stina ballte die Fäuste. Gerade in Situationen wie dieser war es wichtig, gute Arbeit zu leisten.

Eine Patrouille blau uniformierter Polizisten kam mit energischen Schritten von der Riksgatan auf die Absperrung zugelaufen, an der Stina stand. Bingo. Sie erkannte den Anführer der Truppe, Niklas Öhman.

Der hübscheste Cop von Huddinge.

Sogar mitten in einer solchen Katastrophe kam ihr dieser Gedanke. Kurz fragte sich Stina, ob es bloß daran lag, dass sie in Liebesdingen völlig ausgehungert war, oder ob das ein legitimer menschlicher Gedanke war, selbst wenn es um Menschenleben ging. Dann konzentrierte sie sich wieder. Vor allen Dingen war Niklas Öhman einer der Polizisten, der David, Skrak und ihr geholfen hatte, als sie in der Schatzkammer unter dem Schloss festgesessen hatten.

Sie näherte sich der Absperrung so weit, wie sie sich traute. Dabei hielt sie den Blick fest auf den nächsten Bereitschaftspolizisten gerichtet – bis ihr klar wurde, dass Öhman und seine Truppe auf denselben Mann zuliefen.

Zwar hörte sie nicht, was zwischen den Beamten gesprochen wurde, aber offenbar hatte Öhman Befehlsgewalt über die Bereitschaftspolizisten, denn er rief einige Kollegen zu sich und weitete die Absperrungen in Stinas Richtung aus.

»Niklas!«, rief sie ihm zu, und er sah auf. »Hier drüben. Können Sie mir sagen, was los ist?«

Er zögerte. Dann wandte er sich kurz an seine Truppe, die daraufhin kehrtmachte und zum Reichstagsgebäude zurückging. Er selbst blieb stehen und winkte Stina zu sich.

»Stina? Natürlich sind Sie hier.«

»Wir sollten aufhören, uns auf diese Art zu treffen. Ständig sind geladene Maschinengewehre in unserer Nähe.«

Sie lächelten sich kurz zu.

»Was ist denn passiert?«, wollte sie dann wissen.

»Ist das hier jetzt ein Interview?«

Er wirkte angespannt, und Stina schüttelte den Kopf.

»Nein, ich wollte nur ein paar Hintergrundinformationen, damit ich später vernünftige Fragen stellen kann. Ich gehe mal davon aus, dass es eine Art Pressekonferenz geben wird?«

»Ja, ich habe unsere Presseleute schon gesehen. Sie sind eben eingetroffen.«

Sein Blick flackerte.

»Kommen Sie schon, Niklas, ich werde Sie nicht zitieren oder verraten, woher ich die Informationen habe. Sie unterliegen dem Quellenschutz.«

»Ich vertraue Ihnen, Stina, das wissen Sie. Aber es haben schon viele Kollegen gesehen, dass wir hier stehen und uns unterhalten.«

»Dann ist das Kind ohnehin bereits in den Brunnen gefallen, und Sie können genauso gut auch reden.«

Sie lächelte. Er nicht.

»Niklas, Sie wissen, dass ich ein gutes Urteilsvermögen habe. Es ist wahnsinnig wichtig, schnell korrekte Informationen zu verbreiten. In den sozialen Medien wimmelt es schon von Gerüchten.«

Das hatte sie nicht überprüft, aber das war auch nicht nötig. Sie wusste, wie es im Internet zuging.

»Okay, aber halten Sie meinen Namen bloß raus.«

»Deal.«

»Wir wurden um 9:45 Uhr alarmiert. Zwei Explosionen kurz nacheinander im Reichstagsgebäude oder in unmittelbarer Nähe. Vor Ort haben wir festgestellt, dass es ordentlich geknallt haben muss. Sie sehen ja den Rauch und die vielen Glassplitter. Das Haus selbst scheint stabil zu sein, aber wir evakuieren alle.«

»Verletzte?«

»Zum Glück ist es mitten im Sommer, und das Parlament ist offiziell in den Ferien. Dennoch haben sich leider etwa zwanzig Personen im Gebäude befunden. Fünf von ihnen haben eine starke Rauchvergiftung erlitten und müssen medizinisch behandelt werden.«

Öhman unterbrach seine Rede, als sein Funkgerät knackte. Er winkte Stina zu, die verstand, das er sie allein lassen musste.

»Gehen Sie auf die andere Seite des Schlosses, zum Slottsbacken. Unsere Presseabteilung bereitet dort eine Pressekonferenz vor.«

Mit eiligen Schritten machte sich Niklas Öhman zurück auf den Weg zum Reichstag. Seine Truppe wartete bereits auf ihn, und gemeinsam eskortierten sie zwei Sanitäter, die eine fahrbare Trage über die Pflastersteine schoben. Das Gefährt wackelte beunruhigend, aber keiner der umstehenden Männer schien deswegen sonderlich besorgt zu sein.

Eine orangefarbene Decke aus dem kommunalen Gesundheitswesen lag über der Person auf der Trage. In Stina stieg ein mulmiges Gefühl auf.

Ein Übertragungswagen des *Eko-Journals* war auf dem Weg zu dem Ort, an dem die Pressekonferenz stattfinden würde, und Stina sollte nun ebenfalls dorthin.

Erst als sie keuchend dort eintraf, wurde ihr bewusst, dass sie zurück an dem Ort war, wo sich das Ereignis abgespielt hatte, das sie vor Schreck gelähmt hatte und das sie wahrscheinlich niemals vergessen würde. Der Slottsbacken. Hier waren Skrak, David und sie um ihr Leben gerannt. Aus dem Taxi, über das Kopfsteinpflaster und hinab in die Schatzkammer unter dem gewaltigen Schloss.

Jetzt war sie zurück, und wieder hatte sie Angst. Sie hatte mitten in der Bewegung innegehalten, und ihr Körper bebte.

Komm schon, Stina. Nur wer Angst spürt, kann mutig sein.

Sie lachte leise über die abgedroschene Phrase, merkte aber, dass sie half, denn ihr Körper bewegte sich auf die Ansammlung von Polizisten zu, die unterhalb des Obelisken von Gustav III. mitten auf dem Slottsbacken zusammenstanden.

»Fräulein Forss.«

Beim Klang der lauten und bekannten Stimme blieb sie stehen.

»Skrak.«

Natürlich war er hier, schließlich arbeitete er im Schloss.

Er begrüßte sie mit einem Kuss auf die Wange, und an seinem Atem hörte sie, dass der Professor aufgebracht war.

»Ich will nicht stören, ich sehe ja, dass Sie arbeiten.« Er warf einen Blick in Richtung des provisorischen Podiums, das die Polizei vor dem Obelisken aufbaute.

»Kein Problem«, versicherte sie. »Aber ich hoffe, es geht Ihnen gut?« Sie sah ihn beunruhigt an. »Sie waren wahrscheinlich schon an der Arbeit, als es zur Explosion kam?«

»Wovon Sie aber ausgehen können.« Skrak bedachte sie mit einem durchdringenden Blick. »Beim ersten Knall wäre ich mit den Worten des Rittmeisters Schylander beinahe gänzlich unpässlich geworden. Dann bin ich an die Fenster der Nordfassade geeilt, um zu erfahren, was zum Henker da eigentlich vor sich geht. Von dort aus sah ich Rauch hinter dem Schloss aufsteigen, aber es war nicht auszumachen, von wo genau, denn das Schloss versperrte mir die Sicht. Ich war gerade auf dem Weg ins Freie, um nachzusehen, als die zweite Explosion alles erschütterte. Sie war derart heftig, dass ich mich an der Wand festklammern musste, um nicht durch die Luft geschleudert zu werden.«

Ein Bus, der in hohem Tempo den Slottsbacken hinaufraste, unterbrach ihr Gespräch. An der Polizeiabsperrung bremste er scharf ab. Er stand noch nicht richtig, da öffneten sich auch schon die Türen, und Soldaten in Tarnuniformen und Schutzwesten stürmten ins Freie, die Maschinenpistolen im Anschlag. In zwei Reihen rannten sie auf das Schloss zu.

»Was passiert da?« Stina fühlte sich immer unwohler.

»Die Livgarde verstärkt ihre Präsenz.« Skrak wirkte verbissen. »Sie halten sich exakt an die routinemäßigen Abläufe. Aber es sieht fürchterlich schlimm aus.«

»Abläufe? Welche Abläufe?«

»In Friedenszeiten besteht die Aufgabe der Livgarde darin, das Schloss zu bewachen. Doch im Fall besonderer Ereignisse – oder Krisen, wie wir gewöhnliche Bürger es ausdrücken – sollen sie wichtige Gebäude und Funktionen zusätzlich absichern.«

Stina beobachtete, wie eine Reihe Gardisten weiter auf den Schlosshof marschierte, während die andere Truppe denselben Weg einschlug, den Stina gekommen war. Sie vermutete, dass sich die Leibgardisten den schwer bewaffneten Polizisten anschließen würden, die aktuell rund um das Reichstagsgebäude postiert waren.

Das Hupen eines Autos ließ sie herumwirbeln. Ihr Übertragungswagen war eingetroffen.

Stina ging auf den weißen Kleintransporter zu und begrüßte den Tontechniker. Er hatte es eilig, den Sendemast aufzustellen, und da Stina wusste, wo sich ihre Ausrüstung befand, mussten sie nicht viele Worte miteinander wechseln. Hastig setzte sie sich die Kopfhörer auf und warf sich den kleinen Rucksack mit dem übrigen Sendezubehör über die Schulter.

Stress, Herzrasen, Angst … Stina konnte sich nicht dagegen wehren, doch trotz der ernsten Situation liebte sie ihren Job, wenn das Adrenalin durch ihren Körper schoss. Mit der Ausrüstung auf dem Rücken eilte sie zum Pressepodium der Polizei.

Ein Beamter mit versteinerter Miene nickte ihr kurz zu, als sie ihm ihren Presseausweis zeigte. Sie war eine der ersten Reporterinnen vor Ort, doch schon bald füllte sich der Slottsbacken mit Bussen, Autos, Fotografen und Kollegen. Alle Neuankömmlinge mussten sich nach ihr einreihen und darauf warten, hinter die provisorische Absperrung gelassen zu werden, die die Polizei rund um den Obelisken errichtet hatte.

Hinter dem Podium standen fünf Beamte. Eine davon, die einzige Frau, erkannte Stina wieder: Karolina Palm. Sie versuchte, Karolinas Aufmerksamkeit auf sich zu lenken, doch so sehr sie auch mit den Armen wedelte, blieb der Versuch erfolglos.

Über die Kopfhörer bekam Stina mit, wie der Moderator im Studio ihr das Wort erteilte.

»In der Nähe des Reichstags meldet sich nun unsere Reporterin Stina Forss. Stina, wie ist die Lage vor Ort?«

»Ich befinde mich ein Stück entfernt vom Reichstagsgebäude, auf der anderen Seite des Königlichen Schlosses. Von hier sind es etwa einhundertfünfzig bis zweihundert Meter bis zum Reichstag selbst. Die Polizei hat sämtliche Journalisten an diesen sicheren Ort dirigiert, um hier in Kürze eine Pressekonferenz abzuhalten. Aber vor wenigen Minuten war ich selbst noch am Reichstagsgebäude und kann berichten, dass sich mir dort ein äußerst unheimlicher und surrealer Anblick bot. Schwarzer Rauch quoll aus der zweiten Kammer, also dem älteren der beiden Gebäudeteile des Reichstags, und ich konnte beobachten, wie eine Person auf einer Trage abtransportiert wurde. Der gesamte Bereich rund um den Reichstag ist zurzeit von bewaffneten Polizisten in Kampfmontur umstellt.«

Stina bemerkte, dass der Geräuschpegel in ihrer Umgebung anstieg. Offenbar war irgendetwas im Gange.

»Gerade hat es den Anschein, als würde sich etwas bei der Pressekonferenz tun, daher lasse ich Sie einfach zuhören.«

Ein Mann in einer repräsentativen Uniform ergriff das Wort. Es stellte sich heraus, dass es sich um den Polizeipräsidenten handelte.

»Was sich heute Morgen ereignet hat, ist ein ernster Angriff auf die Sicherheit unserer Nation. Aus diesem Grund haben wir diese Pressekonferenz einberufen. Es ist von größter Wichtigkeit, dass das schwedische Volk über die aktuelle Lage informiert wird und dass dies von einem sicheren Ort aus geschieht.«

Die Rede des Polizeipräsidenten wurde kurz von einem Helikopter unterbrochen, der im Tiefflug über den Slottsbacken dröhnte und dann hinter der Schlossfassade in Richtung Reichstag verschwand.

»Die Explosionen, die wir momentan untersuchen, haben sich in unmittelbarer Nähe des Reichstagsgebäudes ereignet, und wir können nicht ausschließen, dass dieser Angriff mit der Absicht ausgeführt wurde, unsere Bevölkerung auf schwerwiegende Weise einzuschüchtern, was exakt der Definition eines Terrorakts entspricht. Daher übergebe ich das Wort nun an Christer Haak von der Säpo.«

Ein junger und selbstbewusster Mann betrat das Podium. Sein tadellos sitzender schwarzer Anzug passte perfekt zu seinem akkurat gescheitelten roten Haar. Das Klicken der Kameras schien ihn nicht aus der Ruhe zu bringen. Stina fand sogar, dass es aussah, als würde er die Wangen einziehen, um auf den Fotos besonders gut auszusehen.

»Die Meldung der Explosionen ging um 9:45 Uhr ein, und nur wenige Minuten später war die erste Streife vor Ort und konnte das Reichstagsgebäude sichern. Da sich das Parlament zurzeit in der Sommerpause befindet, hielten sich lediglich etwa zwanzig Personen in den Gebäuden auf. Nach unseren Kenntnissen wurden fünf Personen durch die Explosionen verletzt, sie werden in diesen Minuten medizinisch versorgt.«

Christer Haak hielt kurz inne, um den Pressevertretern die Möglichkeit zu geben, die Informationen aufzunehmen.

»Aktuell sind wir damit beschäftigt, die Spuren am Tatort zu sichern, aber in Anbetracht der Tatsache, dass sich die Explosionen im Herzen der schwedischen Demokratie ereignet haben, lautet unsere stärkste Hypothese, dass wir es mit einem Terroranschlag zu tun haben.«

Der Polizeipräsident übernahm wieder.

»Nun haben die Vertreter der Presse die Gelegenheit, Fragen zu stellen.«

Natürlich gab es augenblicklich ein heilloses Durcheinander an Fragen.

»Haben Sie bereits jemanden festgenommen?«

»Nein.«

»Gibt es Verdächtige?«

»Im Moment nicht.«

»Wo genau ist es zu den Explosionen gekommen?«

»Darauf können wir nicht eingehen, das würde die Ermittlungen gefährden.«

»Sie sprachen von fünf Verletzten. Gibt es Tote?«

Der Polizeipräsident verstummte und schaute zu seinen Kollegen, ehe er langsam antwortete.

»Zum gegenwärtigen Zeitpunkt steht nicht sicher fest, in welchem Zustand sich die aufgefundenen Personen befinden. Wir werden auf diesen Punkt zurückkommen, sobald sämtliche Opfer in den Krankenhäusern behandelt wurden.«

Es entstand eine kurze Pause, während der die Journalisten versuchten, die Aussage des Polizeipräsidenten zu deuten.

Diese Stille nutzte Stina für eine Frage.

»Ich habe beobachtet, wie eine zugedeckte Person auf einer Trage abtransportiert wurde. Bedeutet das, dass es Todesopfer gibt? Können Sie das bestätigen?«

Der Polizeipräsident räusperte sich. Offensichtlich fühlte er sich im Rampenlicht weniger wohl als Christer Haak.

»Wie gesagt, wir werden zu gegebener Zeit auf diesen Punkt zurückkommen.«

»Gibt es Parallelen zu den Bomben, die kürzlich in der Hedinsgatan explodiert sind?«

Der Präsident schaute zu Haak, der ihm zunickte.

»In diesem Fall ermittelt doch nach wie vor die Einheit für Schwere und Organisierte Kriminalität«, fuhr Stina fort. »Nach meinem Kenntnisstand stehen diese Explosionen nicht unter dem Verdacht eines terroristischen Motivs. Wie hängt das zusammen?«

Erneut blickte der Polizeipräsident zu Christer Haak. Jetzt war der Vertreter des Geheimdiensts sichtlich weniger erpicht darauf zu antworten.

Plötzlich trat Karolina Palm vor und stellte sich neben den Polizeipräsidenten.

»Wir können noch immer keine Details zu dem Vorfall in der Hedinsgatan offenlegen. Es bleibt abzuwarten, ob ein Zusammenhang zwischen diesem Ereignis und den heutigen Explosionen besteht oder ob sie als unabhängige Fälle einzustufen sind. Sobald unsere Kriminaltechniker den Tatort untersucht haben, werden wir Antworten auf diese Fragen liefern können.«

Stina reagierte am schnellsten von den anwesenden Reportern.

»Dann bestehen also Parallelen zu der Bombenexplosion in der Hedinsgatan letzte Woche?«

Karolina schielte zu ihrem Vorgesetzten hinüber.

Der Polizeipräsident schien zwischen Haak und Palm zu schwanken. Schließlich beantwortete er die Frage selbst.

»Es ist natürlich noch viel zu früh, um hier und jetzt Angaben zum genauen Ablauf der Ereignisse zu machen. Genau wie Kommissarin Palm gesagt hat, warten wir derzeit auf die Ergebnisse der Spurensicherung. In der Anfangsphase ermitteln wir wie immer vorbehaltlos in jede Richtung. Wir können nicht ausschließen, dass es sich um einen Terrorakt handelt, aber ebenso gut sind andere Hintergründe möglich.«

»Wer wird die Ermittlungen leiten? Die Säpo oder die Abteilung Organisierte Kriminalität?«

»Wie gesagt warten wir auf den Bericht der Spurensicherung.«

Damit war die kurze Pressekonferenz beendet. Die Polizeibeamten verließen das Podium und verschwanden in ihren Dienstwagen.

Auch Stina beendete ihre Live-Reportage.

»Wie Sie gehört haben, herrscht noch Unklarheit über das Tatmotiv, dessen Aufklärung natürlich besonders wichtig ist. Fest steht allerdings, dass es ein Attentat auf das Reichstagsgebäude gegeben hat, also einen Angriff mit hohem Symbolcharakter, weshalb es verständlich ist, dass nun die Säpo eingeschaltet wird. Ebenfalls noch ungeklärt ist, ob es im Zusammenhang mit der Explosion zu Todesopfern gekommen ist. Christer Haak von der Säpo hat fünf verletzte Personen erwähnt. Ich selbst konnte beobachten, wie eine Person auf einer Trage abtransportiert wurde, dabei will ich aber keine Vermutungen über die Identität der Person oder die Art ihrer Verletzungen anstellen – geschweige denn darüber, ob sie noch am Leben war. Sicher kann ich nur sagen, dass ich eine Person gesehen habe, die unter Decken lag, und dass keine Wiederbelebungsmaßnahmen durchgeführt wurden.«

KAPITEL 26

Es war kurz nach drei Uhr nachmittags. Seit dem Attentat waren fünf Stunden vergangen, und Lova beschloss, dass das Pressestatement jetzt nicht länger warten konnte. Die Pressekonferenz sollte – um eine deutliche Botschaft der Stärke und Sicherheit zu senden – im selben Gebäude stattfinden, in dem sich die Explosionen ereignet hatten. Niemand würde Schwedens Regierung, das Parlament oder die Ministerpräsidentin aus ihrer eigenen Festung vertreiben.

Außerdem hegte Lova starke Zweifel daran, dass tatsächlich ausländische Terroristen hinter dem Anschlag steckten. Tatsächlich war sie beinahe vom Gegenteil überzeugt. Der Todesfall, den sie nun bekannt geben musste, ließ sie im Prinzip sogar ganz sicher sein. Das Problem war nur, dass der Terrorgedanke bereits Anklang gefunden hatte. Das entnahm sie den Schlagzeilen, die den ganzen Tag über in einem steten Strom eingetroffen waren.

Erwartungsgemäß hatten sich die Schwedendemokraten als Erste geäußert, aber sowohl die Konservative Partei als auch die Christdemokraten hatten rasch nachgezogen. Ihrer Meinung nach war es offensichtlich, dass Explosionen, Bomben und Sprengstoffanschläge, die sich im Reichstagsgebäude ereigneten, auf Terror hinwiesen. »Die Bevölkerung auf schwerwiegende Weise einzuschüchtern« – das war die von der EU formulierte Definition von Terror. Aber die Vertreter dieser Parteien waren der Ansicht, dass auch die dritte Definition, nämlich »die politischen, verfassungsrechtlichen, wirtschaftlichen oder sozialen Grundstrukturen eines Landes oder einer internationalen Organisation ernsthaft zu destabilisieren oder zu zerstören«, in höchstem Maße zutraf.

Lova selbst glaubte eher an die zweite Terrordefinition, nach der es darum ging, »öffentliche Stellen oder eine internationale Organisation rechtswidrig zu einem Tun oder Unterlassen zu zwingen«. Man konnte bei den Explosionen im Reichstag also durchaus von einem Terrorakt sprechen, allerdings sah sie, anders als ihre politischen Gegner, keine Anzeichen für ein islamistisches Motiv.

Ihre Pressekonferenz hatte gut begonnen. Alle waren gekommen. Sie hatten die Anzahl der Medienvertreter begrenzt, aber Lova hatte auf die Bedeutsamkeit des Orts gepocht und durchgesetzt, dass die Konferenz im offiziellen Pressesaal abgehalten wurde. Abgesehen von der symbolischen Aussagekraft befand sich der Saal in den Räumlichkeiten der ersten Kammer, die weder von den Explosionen selbst noch von den im Anschluss aufgezogenen Rauchschwaden in Mitleidenschaft gezogen worden waren.

Als stellvertretende Ministerpräsidentin war es ihre Pflicht, über die aktuelle Situation zu informieren und das Land während dieser Ereignisse zu führen. Da sie Ruhe und Handlungskraft ausstrahlen wollte, vermied sie bewusst das Wort »Krise« und teilte stattdessen mit, dass sie sich vollkommen sicher fühle, nun da die Polizei die Ermittlungen aufgenommen habe. Es sei außerdem wichtig, die Ergebnisse der Untersuchungen abzuwarten, ehe man voreilige Maßnahmen ergriff.

Kaum hatte sie ausgesprochen, hagelten die Fragen auf sie nieder, und ihr wurde klar, dass ihr Publikum bei weitem nicht dieselbe Ruhe und Sicherheit verspürte wie sie selbst.

Zum ersten Mal hatte Lova ein winziges bisschen Mitgefühl für Sven-Åke Tammer. Der ehemalige Finanzminister war zum Rücktritt gezwungen worden, nachdem bekannt geworden war, dass er Teile seines Privatvermögens auf einem geheimen Konto im Steuerparadies Panama aufbewahrte. Das hatte Lova ihrerseits einen Platz im politischen Rampenlicht beschert, und sie war zu Tammers Nachfolgerin ernannt worden. Sein verwerfliches Handeln hatte ihr voll und ganz in die Karten gespielt, aber das war nicht der Grund, warum sie an ihn denken musste. Vielmehr war es die Art und Weise, wie seine Karriere zu Ende gegangen war, die ihr das Gefühl eines Déjà-vu vermittelte.

Nur zu gut erinnerte sie sich an seine letzte Pressekonferenz. Daran, wie er, der die Aufmerksamkeit so gewohnt war und normalerweise alles vom Rednerpult aus steuerte, mit einem Mal die Peitsche in der Manege fallen ließ. Und dann hatten sich die Löwen über ihn hergemacht.

Jetzt verstand sie, wie sich das angefühlt haben musste.

Eigentlich hatte sie erst die Hälfte ihrer vorbereiteten Rede geschafft – ein wichtiger Teil fehlte noch –, aber sie wollte nicht den Eindruck erwecken, sie ließe sich von den Journalisten in die Mangel nehmen. Genau so war Tammer gescheitert: Er hatte versucht, zur Gegenoffensive überzugehen, und diese Taktik hatte sich als katastrophal erwiesen. Deshalb ließ sie die Fragen zu und beantwortete sie so ruhig und sachlich, wie sie nur konnte.

»Sicher erkennen auch Sie die Anzeichen dafür, dass es sich hierbei um einen terroristischen Anschlag handelt, Frau Ministerpräsidentin?«

»Ich will der polizeilichen Ermittlung nicht vorgreifen und distanziere mich von jeglicher Spekulation, was die Hintergründe der Tat angeht.«

»Aber ein Attentat auf das Parlamentsgebäude muss doch als Angriff auf die schwedische Demokratie gewertet werden?«

»Natürlich handelt es sich insofern um einen Angriff, als dass wir an der Ausübung unserer Arbeit gehindert werden. Wir hatten großes Glück, dass dieser Angriff zur Zeit der parlamentarischen Sommerpause geschehen ist. Ob er gleichzeitig auch eine ideologische Attacke gegen unsere Demokratie ist, kann ich nicht sagen.«

»Wie positioniert sich die Regierung zum Vorschlag der Schwedendemokraten, die Gesetzgebung anzupassen, um den Terrorismus leichter bekämpfen zu können?«

»Wie Sie sicher mitbekommen haben, sind wir noch weit davon entfernt, behaupten zu können, dass es sich tatsächlich um einen Terrorakt handelt. Folglich hat diese alarmistische Rhetorik für uns aktuell keinerlei Relevanz.«

»Wie viele Bomben in Stockholm sind denn noch nötig, bis sich die Regierung dazu durchringt, den Terror beim Namen zu nennen?«

»Jetzt deuten Sie ein Motiv hinter den Explosionen an, für das die Polizei noch keine Belege geliefert hat.«

Stina Forss vom *Eko-Journal* war die einzige Reporterin, deren Fragen *nicht* auf der Perspektive beruhten, dass es sich um einen Terroranschlag handelte.

»Können Sie etwas zu den Details der Explosionen sagen, Frau Ministerpräsidentin? Laut Zeugenaussagen soll es zwei Detonationen gegeben haben, die sich unterhalb der zweiten Kammer ereignet haben. Ist das richtig?«

»Als Ministerpräsidentin habe ich in diesem Punkt nicht sehr viel mehr Informationen zur Verfügung als Sie auch. Es ist eine polizeiliche Angelegenheit, und in diesem Stadium der Ermittlungen gilt die Geheimhaltungspflicht, auch für eine Ministerpräsidentin. Dennoch hatte ich Gelegenheit, mit den Kollegen zu sprechen, die sich zum Zeitpunkt der Explosionen vor Ort befanden, sodass ich glaube, dass die

Zeugenaussagen, die dem *Eko-Journal* vorliegen, zutreffend sind. Auf jeden Fall stimmen sie mit dem Bild überein, das meine Kollegen von den Geschehnissen haben.«

Stina Forss wollte gerade nachhaken, als eine Frau mit feuerrotem Haar sie von hinten übertönte. Sie arbeitete für *Nyheter 247* und sendete live mit ihrer Handykamera.

»Aber wir hier in Stockholm, ja wir alle in Schweden, wir haben *Angst*. Was sagen Sie als Ministerpräsidentin *allen verängstigten Schweden?*«

Es war höchste Zeit, dass Lova zur wichtigen zweiten Hälfte ihrer Rede kam. Sie wappnete sich und schob die Schuldgefühle beiseite, die sie plagten, seit die Polizei sie benachrichtigt hatte.

»Ich möchte allen Schwedinnen und Schweden sagen, dass ich sie verstehe. Aus der Tiefe meines Herzens verstehe ich Sie. Es ist normal, Angst und Empörung zu empfinden, wenn man einen so feigen und erbärmlichen Angriff gegen sich erlebt. Und ich will jedem und jeder von Ihnen versichern, dass diese Tat nicht ungestraft bleiben wird. Ich weiß um die Gefühle, die Sie alle gerade beschäftigen, die meisten davon habe ich selbst in den letzten Stunden durchlebt.«

Sie legte eine kurze Pause ein und registrierte, dass ihre Worte im Raum für Ruhe gesorgt hatten. Die Stimmung hatte sich gewandelt.

»Trotzdem ist es meine traurige Pflicht, Sie darüber zu informieren, dass eine Person durch das Bombenattentat zu Tode gekommen ist. Wir standen bereits in Kontakt mit den Angehörigen, weshalb ich die Identität dieses Mannes nun bekannt geben kann.«

Ihre Stimme blieb fest, wenn auch nur gerade so.

»Um 11:42 Uhr stellten die Ärzte des Södersjukhuset den Tod meines Kollegen, des konservativen Reichstagsabgeordneten Oscar Legré, fest. Er erlag den Verletzungen, die er im Zusammenhang mit den Explosionen erlitten hatte.«

Die Stille war beinahe mit Händen zu greifen. Die Journalisten wechselten Blicke, dann traf sie die Erkenntnis: Ein schwedischer Parlamentarier war ermordet worden – im Reichstagsgebäude! Das war eine Nachricht, die um die Welt gehen würde.

»Was hatte Oscar Legré im Reichstagsgebäude zu tun, das Parlament ist doch geschlossen?«

»Dazu kann ich mich nicht äußern. Mit solchen Fragen müssen Sie sich an die Polizei wenden.«

Stina Forss streckte ihre Hand nach oben, und Lova hielt es für eine gute Idee, eine letzte Frage zu beantworten. Wenn Stina Forss sie stellte, würde es bestimmt ein guter Abschluss werden, vermutete Lova.

Sie sollte sich irren.

»Sie haben Oscar Legré beauftragt, die Rolle Schwedens während des Kalten Krieges zu untersuchen. Nach meiner Kenntnis sollte er exklusiven Zugang zu geheimen Dokumenten erhalten …«

Die Tragweite ihrer eigenen Worte ließ Stina stocken, und Lova nutzte die Gelegenheit, sie zu unterbrechen.

»Wer diese Aufgabe in Zukunft übernimmt – und *ob* das überhaupt jemand tut –, ist nun wirklich keine Frage, die in dieser schweren Stunde diskutiert werden sollte. Im Namen der Regierung und auch ganz persönlich möchte ich mit dem Wichtigsten schließen: Unsere Gedanken sind bei Oscar Legrés Familie. Lassen Sie uns eine Minute innehalten und dem jüngsten Abgeordneten des schwedischen Reichstags gedenken, der viel zu früh aus unserer Mitte gerissen wurde.«

Während der folgenden sechzig Sekunden hütete sich Lova davor, dem Blick von Stina Forss zu begegnen.

KAPITEL 27

Kaum waren die ersten drei Juliwochen vergangen, wurden die Abende bereits kürzer. *Die Schatten nehmen zu.*

Axel schauderte auf dem Sofa in seiner Wohnung. Wie gewöhnlich aß er vor dem Fernseher.

Weil einsame Menschen das eben so machen.

Die Nachrichtensendung hellte seine Laune nicht gerade auf. Wieder und wieder flimmerten die Aufnahmen des qualmenden Reichstagsgebäudes über den Bildschirm. Als die Pressekonferenz der Ministerpräsidentin gezeigt wurde, versetzte es Axel einen Stich.

Lova. Schwarz gekleidet und sogar noch schöner, als er sie in Erinnerung hatte.

Er schaute auf sein Abendessen, Spaghetti mit Fleischbällchen, und versuchte, nicht mehr an sie zu denken. Obwohl keiner der Polizisten, die im Laufe des Tages interviewt worden waren, auch nur eine Silbe über ein mögliches Motiv verloren hatte, saßen im Studio Terrorismusexperten. Das Narrativ war bereits etabliert: Schweden wurde angegriffen. Das hier war Schwedens »Nine Eleven«.

Axels Handy leuchtete auf, eine SMS von Stina. Sie sah wohl dieselbe Nachrichtensendung, und Axel konnte sich ihren Zorn gut vorstellen.

Seine Kollegin war alles andere als überzeugt von der Terrorspur. Den ganzen Nachmittag über hatte sie auf ihn eingeredet, warum diese Fährte falsch war und wie eigenartig Oscar Legrés Tod im Hinblick auf seinen gerade erhaltenen, kontroversen Untersuchungsauftrag wirkte.

Axel teilte ihre Ansicht. Es war ein merkwürdiges Zusammentreffen von Ereignissen. Aber gleichzeitig konnte er seine Augen nicht vor dem verschließen, was er gerade sah: Rauch aus dem schwedischen Reichstag. Dabei von einem Angriff auf Schwedens Demokratie zu sprechen konnte nicht völlig falsch sein.

Er öffnete die Nachricht – und lachte los.

Axel. Frage Pokémon?

David musste sich das Handy seiner Mutter ausgeliehen haben. Seine Kurznachrichten waren eine revolutionäre Neuerung in ihrer kleinen Welt. Vor zwei Jahren hätten Axel und Stina sich niemals träumen lassen, dass David einmal lesen und schreiben lernen würde. Aber seine Entwicklung vollzog sich ebenso ruckhaft, wie sein Körper sich bewegte. Sie nahm dieselben Stufen wie bei allen Kindern, angefangen beim Krabbeln. Nur waren die Stufen für David so viel höher und schwerer zu erklimmen.

Als er im Alter von drei Jahren die meiste Zeit still war oder einsilbige Schreie ausstieß, glaubte Axel nicht daran, dass er je sprechen lernen würde. Stina hoffte darauf, und sie sollte recht behalten. Mit fünf hatte David die meisten Laute beherrscht, und inzwischen war es nur noch der Buchstabe R, mit dem er Schwierigkeiten hatte.

Und jetzt das! Eine SMS. Vom Handy seiner Mutter.

Axel merkte, dass er breit grinsend auf das Display starrte. Die Wärme, die David in ihm entfachen konnte, war unglaublich, und er brauchte sie dringend, gerade nach einem so miesen Tag wie diesem.

Hi, David! Wie toll, dass du schreibst. Was möchtest du fragen?

Es dauerte eine ganze Weile, bis die Antwort eintraf. Axel vermutete, dass es Davids Hirn und seinen Fingern viel abverlangte zurückzuschreiben.

Ist Pikachu böse Snorlax?

Axel wusste, dass es David schwerfiel, das Wort »böse« zu verstehen. Gefühle faszinierten den Jungen, und das schien ein Symptom von Davids Erkrankung zu sein, die bisher noch nicht diagnostiziert worden war. Er hatte Probleme damit, seine Umgebung zu deuten, was Stimmungen und Launen anging.

Fragst du dich, ob Pikachu stärker ist als Snorlax?

Ja.

Ja, Pikachu kann gegen Snorlax gewinnen.

Gut.

Aber es ist schon spät. Du musst jetzt schlafen.

Das Handy blieb stumm. Axel überlegte, Stina anzurufen. Wusste sie, dass David ihr Handy ausgeborgt hatte?

Gutnacht.

Die Nachricht endete mit einem Herz. Axel schickte ebenfalls eines.

Dann schaltete er den Ton des Fernsehers aus und blickte auf die Bucht vor seinem Wohnzimmerfenster. Der Reichstag hatte heute vielleicht in Flammen gestanden, aber die größte Nachricht des Tages war das Herz, das ihm ein Zehnjähriger mit Behinderung aufs Handy geschickt hatte. Er wischte sich mit dem Handrücken die Tränen aus dem Augenwinkel. Das Leben war groß, schön und furchtbar. Sicher, die Nächte wurden dunkler, aber würde zum Schluss nicht alles gut werden?

Eine neue SMS ließ sein Handy aufleuchten. Jetzt war es aber wirklich Zeit für David, ins Bett zu gehen.

Axel stutzte. Der Name auf dem Display ließ seinen Puls augenblicklich in die Höhe schnellen.

Lova.

Hallo. Hast du Zeit zu reden?

Tausend Gedanken rasten auf einmal durch seinen Kopf. Zeit? Machte sie Witze? Neun Monate lang hatte er sie um ein Gespräch gebeten, und jetzt wollte *sie* wissen, ob *er* Zeit hatte?

Aber seine Bitterkeit verwandelte sich schnell in Freude. Zu schnell? Nein, entscheide dich für die Freude, predigten das nicht all die Life-Coaches? Er versuchte, nicht zu einem sabbernden Welpen zu werden, während er über eine gute Antwort nachdachte. Nach langem Grübeln kam er zu dem Schluss, dass die alte Journalistenweisheit auch in diesem Fall am besten funktionieren würde.

Schreibe kurz. Am besten gar nicht.

Also antwortete er mit »Ja«.

Lova handelte dagegen sofort. Sein Handy summte, als sie anrief.

»Hallo.«

»Hallo, Axel.«

Schweigen. Er hatte so lange auf dieses Gespräch gehofft. In seiner Fantasie hatte er alle möglichen Worte, Fragen und Tonlagen ausprobiert, war zurückgesprungen, hatte vorgespult. Aber jetzt schwieg er plötzlich nur und sehnte sich danach, dass sie die Führung übernahm.

Sie lachte leise. Ihre Stimme war sanft.

»Ich weiß, es ist eine Weile her. Ich war ein wenig beschäftigt.«

»Du bist Ministerpräsidentin. Ich schätze, das nimmt einen Teil deiner Zeit in Anspruch?«

Er verfluchte sich selbst. Wieso machte er es ihr so leicht? Stattdessen hätte er kühler reagieren können.

»Ich bin nur stellvertretende …« Sie verstummte, holte Luft und begann von vorn. »Klar, die Arbeit braucht ihre Zeit, aber ich bin dir nicht deswegen aus dem Weg gegangen, Axel.«

Im Hintergrund polterte etwas, und Lova wurde wieder still.

»Du.« Mit einem Mal klang ihre Stimme offiziell. »Ich kann gerade nicht gut reden.«

»Okay?« Er verbarg seine Enttäuschung nicht. »Hast du mich nach neun Monaten Funkstille angerufen, um mir zu sagen, dass du gerade nicht gut reden kannst?«

Sie lachte, aber es klang gezwungen.

»Das kommt falsch rüber. Ich glaube, wir müssen uns sehen. Persönlich. Kannst du jetzt?«

»Jetzt?«

»In einer Viertelstunde? Am Brantingtorget in Gamla stan. Schaffst du das?«

*

Mit einer guten Minute, die ihm noch blieb, sprang Axel vom Fahrrad. Er hatte im Internet nachsehen müssen, um den Weg zu finden.

Der Brantingtorget war einer der am wenigsten bekannten und besuchten Plätze Stockholms, zumindest glaubte Axel das. Es war ein hübscher, aber versteckter Ort. Wusste man nicht genau, wo er sich befand, ging man daran vorbei. Als Axel sich auf der Västerlånggatan zwischen den Gebäuden von Gamla stan vortastete, hätte er um ein Haar die Gasse verpasst, die zu dem Innenhof führte.

Der Platz selbst ähnelte eher einem venezianischen Garten, und Axel musste unweigerlich an seinen Besuch in der Boston Public Library denken, als er den Briefen auf der Spur gewesen war, die die Existenz der Achtzehn bewiesen. Genau wie dort stand ein Springbrunnen in der Mitte des Platzes, der von einem Säulengang eingefasst wurde. Doch während der Garten in Boston quadratisch angelegt war, hatte der Brantingtorget eine kreisrunde Form.

Axel betrachtete den Platz. Er war beeindruckend und erstaunte ihn durch seine simple, aber schöne Gestaltung. Das murmelnde Geräusch der Wasserfontäne hob sich vom nächtlichen Rauschen der Großstadt ab. Eigentlich hätte ihn das beruhigen sollen, doch stattdessen war er extrem angespannt. Irgendwo hier wartete Lova auf ihn. Wieso hatte sie diesen Ort ausgewählt?

Er ging an dem geschwungenen Säulengang entlang und folgte dem Kreis um den Brunnen. Die Schatten der Säulen erinnerten Axel an die Korridore der Macht und weckten ein unbehagliches Gefühl in ihm.

»Stopp.«

Axel zuckte zusammen.

Ein Mann in einem dunklen Anzug trat aus den Schatten.

Vielleicht lag es an der Körpersprache, am Gesicht oder an der Krawatte? Jeweils sagte Axels Instinkt ihm, dass der athletische Mann vor ihm der Leibwächter der Ministerpräsidentin war.

»Sind Sie Axel Sköld?«

Leck mich, wollte er am liebsten sagen. Aber das wäre keine kluge Antwort gewesen, und Axel schaffte es ohnehin nicht, den Mund zu öffnen.

»Es ist in Ordnung. Er ist es.«

Lova tauchte hinter dem Leibwächter auf. Sie trug noch immer dieselben Kleider wie bei der Pressekonferenz am Nachmittag, die Axel im Fernsehen gesehen hatte: einen schwarzen, knielangen Rock und eine ebenso schwarze, aber glänzende Bluse. Das Gesicht mit den hohen Wangenknochen wurde von ihrem blonden Haar eingefasst. Axels Mund war wie ausgetrocknet.

Der Leibwächter zog sich zurück, und Axel beobachtete, wie er und ein Kollege vor der Gasse Stellung bezogen, durch die er gekommen war – es war der einzige Zugang. Lova bedeutete Axel, ihr zu folgen, und sie setzten sich auf eine Steinbank auf der anderen Seite des Platzes, gegenüber von den beiden Personenschützern.

»Das ist ein perfekter Treffpunkt. Sie sehen mich und kontrollieren, welche Personen Zugang haben, aber ich kann trotzdem ungestört reden.«

»Clever.«

»Außerdem«, sie sah ihn mit einem geheimniskrämerischen Blick an, »kommt man durch ein Tunnelsystem vom Reichstag aus hierher. Es ist sicher, schnell und offenbar auch diskret genug, sodass einige meiner Vorgänger nächtlichen Besuch in ihrem Büro empfangen konnten.«

Axel konnte nicht ganz folgen, was sie wohl an seiner Miene ablas.

Sie lachte. »Leichte Mädchen. Sie haben auf diesem Weg Prostituierte zu sich geholt.«

Axel errötete, und das ärgerte ihn. Eigentlich sollte er sauer auf sie sein oder sich wenigstens abweisend verhalten. Er hatte ihr das Leben gerettet, und außerdem hätten sie sich beinahe geküsst. Doch obwohl er sich für sie geopfert hatte, hatte sie jedes Gespräch mit ihm abgeblockt und anderen gegenüber nicht die Wahrheit darüber gesagt, was in dem Boot passiert war. Trotzdem saß er hier und kam sich vor wie ein Schuljunge vor der Klassenlehrerin. Damit musste jetzt Schluss sein.

»Deine Leibwächter da drüben sind es also gewohnt wegzuschauen?«

»Davon darf man getrost ausgehen.«

»Wenn wir uns jetzt also küssen, erfährt niemand davon?«

Sie lächelte, wandte aber schnell den Blick ab.

»Mein Leben ist im Moment schon kompliziert genug, Axel.«

»Aber es ist doch jetzt bestimmt leichter, nach deiner Scheidung?«

Er bereute die Worte direkt. Das war ungehobelt. Es stand ihm nicht zu, über ihre Scheidung zu reden.

»Entschuldige, das war nicht nett.«

Sie sah ihn an. Selbst wenn es um sein Leben gegangen wäre, hätte er nicht sagen können, was sie fühlte oder dachte.

»Wir haben nur wenig Zeit, Axel. Ich wollte dich treffen, um dir den hier zu geben.« Sie drückte ihm einen USB-Stick in die Hand. »Es gibt Dinge, mit denen weder die Polizei noch die Säpo aktuell ehrlich oder offen umgehen. Dennoch bin ich der Meinung, dass es wichtig ist, damit an die Öffentlichkeit zu gehen. Und ich vertraue dir, Axel.«

Er beäugte sie misstrauisch.

»Du traust dem schwedischen Geheimdienst nicht? Jetzt klingst du genauso paranoid wie die Sozialdemokraten nach dem Mord an Palme. Willst du auch noch eine eigene Ermittlung starten, mit Ebbe Carlsson an der Spitze?«

Sie lächelte übertrieben gequält, als Ebbe Carlssons Name zur Sprache kam.

»Genau, Axel, du wirst mein Ebbe Carlsson.« Dann wurde sie wieder ernst. »Aber Spaß beiseite, du weißt, dass die Sozialdemokraten zurecht Sorge hatten, dass die Polizei nicht alles unternahm, um Palmes Mörder zu finden.«

»Genau, Lova. Du und ich wissen beide, dass es nicht der Skandia-Mann war. Sondern Ioan Petrescu.« Er fixierte sie mit dem Blick. Jetzt hatte sie das Thema selbst auf den Tisch gebracht. »Erzähl mir, was im Boot passiert ist, Lova. Was *wirklich* passiert ist. Wohin ist er verschwunden?«

Sie erwiderte seinen Blick, aber irgendetwas erlosch in ihren Augen.

»Das habe ich schon erzählt. Er ist ertrunken.«

»Und du hast gesehen, wie er untergegangen ist?«

»Ja. Wieso willst du das noch einmal hören?«

»Und was war mit der Taschenlampe?«

Erahnte er da eine Veränderung in ihren Gesichtszügen? Erkannte er nicht ein winzig leichtes Zittern darin? Oder war das nur Einbildung?

»Die ist auch in die Tiefe gesunken.«

Ihr Blick kehrte sich nach innen, und ihre Stimme klang hohl.

Sie würde ihm niemals die Wahrheit sagen, das sah er nun ein. Die Erkenntnis traf ihn, klar und nüchtern. Und nur deshalb besaß er die Geistesgegenwart, blitzschnell das Thema zu wechseln, um Lova zu überrumpeln.

»Was hat dein Papa eigentlich in Saudi-Arabien gemacht?«

Lova sah zur Seite.

»Ich weiß, dass er schon 1983 dort war«, fuhr er fort.

Keine Reaktion.

»Er war Experte für Großrechner. Xenon und ich wissen von der Kooperation zwischen Schweden, den Saudis und Datasaab.«

Noch immer war ihre Miene wie versteinert.

»Er arbeitete als Spezialist für die Konstruktion von Speicherstrukturen, oder? Für den Großcomputer? Xenon sagt, er war ein Genie in Sachen Harvard-Architektur. Was auch immer das sein mag …«

In diesem Moment sah er, wie das Licht der Laterne auf dem Platz in einer Träne aufblitzte. Lova weinte. Es war ein stilles, leises Weinen.

Er ließ sie und machte keine Anstalten, sie zu trösten oder sich ihr zu nähern.

»Man sagt ihm nach, er sei ein Genie gewesen, eines der allergrößten überhaupt«, sagte sie schließlich. »Aber niemand hat Papa richtig verstanden. Ich am allerwenigsten.«

Axel wartete, hoffte auf mehr. Aber Lova verfiel wieder in Schweigen.

Er sah hinab auf den USB-Stick, den er in der Hand hielt.

»Was ist auf dem Speicherstick?«

»Das wirst du sehen, sobald du ihn in deinen Computer steckst.«

»Aber ich kapiere trotzdem nicht, wieso du der Polizei nicht traust. Es ist schließlich nicht so, als würde jemand Fremdes die Ermittlungen leiten. Du kennst sie doch sogar!«

»Du denkst an Karolina Palm?«

»Ja?«

Wieder wandte sie den Blick ab. Dann sah sie auf die Uhr. Anscheinend neigte sich ihr Treffen dem Ende zu.

»Du hast also nicht einmal zu Karolina Palm Vertrauen? Obwohl sie dich nach Petrescus Attacke letzten Herbst gerettet hat?«

»Bitte, Axel. Sei nicht so leichtgläubig.« Sie berührte ihn an der Schulter. »Mach nicht den Fehler, zu viel Vertrauen in Menschen zu setzen. Jeder Mensch wird von seinem Umfeld beeinflusst. Vergiss das nie.«

»So wie du also?«

Statt einer Antwort beugte sie sich zu ihm und umarmte ihn kurz.

Als er ihren Geruch wahrnahm, wirbelte irgendetwas in ihm durcheinander.

»Sei vorsichtig mit den Informationen auf dem Stick«, flüsterte sie ihm zu.

»Ich bin immer vorsichtig, wenn es um Informationen geht.«

KAPITEL 28

Nach einem Einsatz herrschte im Präsidium abends immer eine aufgeheizte Stimmung. Karolina kannte das von früheren Fällen, aber sie war immer wieder aufs Neue erstaunt, wie sehr sich die Atmosphäre nach einem Großeinsatz wandeln konnte.

Der Helikopterraub, Anna Lindh, die Terrorbombe … Wenn sich ein Gewaltverbrechen dieses Ausmaßes ereignete, wurden sie alle an ihre kollektive Verantwortung erinnert.

Wir sind die Polizei, wir sind die Beschützer. Wir stehen an vorderster Front. Wir sind die Auserwählten, sollen Leben retten, für Ordnung im Chaos sorgen, die Gewalttäter aufhalten.

Erstaunlich viele ihrer Kollegen dachten in Kategorien wie »Gut« und »Böse«. Die Kriminellen waren per Definition die Bösen. Woraus folgte, ohne dass es einer Formulierung bedurfte, dass die Polizisten die Guten waren. Oder zumindest diejenigen, die das Böse bekämpften.

Karolina hingegen glaubte nicht an gute oder böse Menschen, für sie existierten nur gute oder böse Taten. So hatte sie es jedenfalls ausgedrückt, als sie die Hochschule der Polizei besucht hatte.

Ihr waren Menschen begegnet, die nach außen hin ein geordnetes Leben führten – die wie alle anderen brav ihre Steuern zahlten und sonntags sogar zur Kirche gingen –, aber trotzdem grausame Morde verübt hatten, zum Beispiel aus Eifersucht oder weil sie betrogen worden waren. Und sie hatte auch gesehen, wie sich soziale Ungerechtigkeit, das Umfeld und Klassenunterschiede auf Menschen auswirkten. All das spielte beispielsweise eine große Rolle, wenn es um Bandenkriminalität ging.

In den meisten Fällen ließen sich also selbst für die entsetzlichsten Taten Erklärungen finden. Doch je mehr Dienstjahre sie anhäufte, desto öfter beschlich sie dennoch das Gefühl, dass manche Menschen schlicht und ergreifend eine Dosis abscheulich finsteres Böses in sich trugen.

Sie kämpfte immer gegen dieses Gefühl an. Aber es beeinflusste sie, in diesem Umfeld zu arbeiten. Immer von Verbrechern umgeben zu sein, die sie täuschten und belogen, veränderte ihr Menschenbild. Oder es war lediglich die teuer erkaufte Erfahrung, die die vielen Jahre im Polizeidienst mit sich brachten: Manche Menschen gehörten einfach hinter Gitter. Man konnte sie nicht unter andere Menschen lassen.

Und als sie auf die Skizze schaute, die sie aus der Kriminaltechnik erhalten hatte, konnte sie sich nicht gegen den Gedanken wehren, dass sie auf das Werk eines durch und durch bösen Menschen blickte.

Die Bombentechniker hatten den Tatort in ein Raster unterteilt und die einzelnen Felder wie in einer Computertabelle benannt: Die senkrechten Spalten waren mit Buchstaben gekennzeichnet, die horizontalen Spalten mit Ziffern. Anschließend hatten die Techniker jede dieser Zellen aufs Sorgfältigste untersucht, um alle Spuren zu sichern.

Auf der Überblicksskizze waren die größeren Funde aufgezeichnet. Das Gesamtbild vor sich zu sehen, in präziser und straff gehaltener Sachprosa zusammengefasst, schützte sie einerseits vor der ausgewachsenen Tragödie, aber andererseits war Karolina durchaus imstande, zwischen den Zeilen zu lesen.

A1: 120 Nägel. Aluminiumsplitter.
C2: Batterie-Reste, 84 Nägel. Teile einer Zeitschaltuhr.
B2: Teile einer Brennspiritusflasche. 76 Nägel. Aluminium-
teile, wahrscheinlich Aktenordner. Herrenschuh.

Herrenschuh. Scheiße, er wurde nur dreiundzwanzig Jahre alt!

Es ging bereits auf zehn Uhr abends zu, aber Karolina dachte nicht daran, nach Hause zu gehen.

Sie störte sich noch immer an der in aller Eile zusammengerufenen Pressekonferenz. Warum hatte der Polizeipräsident ausgerechnet Christer Haak so viel Raum gegeben? Sie hegte den Verdacht, dass es ihm ganz gelegen kam, wenn die Säpo die Sache übernahm. So war er selbst aus dem Schneider. Der Fall wurde immer größer, ohne dass sie einer Lösung näher kamen, und man konnte zwar viel von dem netten alten Polizeipräsidenten halten, aber er war niemand, der nach Aufmerksamkeit und Anerkennung strebte. Dafür respektierte sie ihn eigentlich, aber heute wäre um ein Haar die gesamte Ermittlung gescheitert. Hätte Stina Forss nicht nach dem Zusammenhang mit den Explosionen in der Hedinsgatan gefragt, wären Haaks Behauptungen ohne Widerspruch geblieben, und er hätte weiter über islamistische Terroristen faseln können.

Sie seufzte. Die Säpo und ihre verfluchten Ideen! War Haak so fixiert auf die IS-Bedrohung, dass er diesen Weg fortsetzte, ohne die Ergebnisse der technischen Analyse abzuwarten?

Nein, so dumm war er natürlich nicht. Aber Karolina wusste, dass Ermittlungen schon öfter an Verdächtige angepasst worden waren, die es der Polizei leichtmachten. Gewissen Details wurde dann einfach weniger Gewicht eingeräumt, anderen hingegen maß man eine umso größere Bedeutung zu. Oft bereiteten die Staatsanwälte den kreativsten Ermittlungen ein Ende, aber wenn die Säpo einen Fall übernahm, war kein Einblick mehr möglich. Was in deren dunklen Korridoren geschah, war nur schwer in Erfahrung zu bringen, doch Karolina bezweifelte, dass dort immer alles nach den Regeln altehrwürdiger Polizeiarbeit ablief.

»Es geht verdammt noch mal darum, ein Verbrechen aufzuklären, und nicht darum, Terroristen aufzuspüren!«

Sie grinste, als sie merkte, dass sie laut mit sich selbst sprach. Dann erstarrte sie plötzlich, als es an der Tür klopfte.

Eywind Kopsch stand auf der Schwelle. Herrlich, endlich ein Mensch mit Verstand.

»Komm rein!«

Der alte Kriminaltechniker quetschte sich auf ihren Besucherstuhl.

»Danke, wollte nur kurz vorbeischauen und nach dir sehen. War ein harter Tag heute.«

Sie nickte und lächelte matt.

»Wir müssen uns ganz schön ins Zeug legen«, räumte sie ein. »Wir haben immer noch keine Überwachungsvideos, und wir wissen nicht, wer sich wann und wo im Reichstagsgebäude aufgehalten hat. Aber darüber gibt uns hoffentlich das Schlüsselkartensystem Aufschluss. Ihr hattet heute auch eine Menge zu tun, oder? Die zweifache Explosion erinnert mich an die Hedinsgatan. War es der gleiche Bombentyp?«

»Wir sind noch nicht fertig. Und du weißt, wie sehr ich es hasse, herumzuraten und zu spekulieren, Karolina.«

»Und trotzdem sitzt du jetzt hier. Dir war klar, dass ich danach fragen würde.«

Er nickte, machte aber einen besorgten Eindruck.

»Ich denke, ich hatte das Bedürfnis, mit jemandem zu

sprechen, der beide Fälle kennt. Und mir kam derselbe Gedanke wie dir, als ich davon gehört habe, dass es hier auch zwei Bomben gab. Es könnte sich um denselben ...«

Seine Stimme verklang, und er starrte vor sich ins Leere.

»Irgendetwas ist damit«, fuhr er schließlich fort. »Es ist, als würde ein Gedanke nur darauf warten, ausgebrütet zu werden. Irgendetwas, das ich schon einmal gesehen habe.«

Karolina nickte eifrig.

Kopsch kratzte sich an seinem schwarzen Vollbart.

»Irgendetwas aus der Vergangenheit klingelt da. Das Alter ist ein wahrer Fluch. Man hat so viel gesehen und erinnert sich an so wenig.«

»Warte! Was hast du gerade gesagt? Du wartest darauf, dass eine Idee geboren wird?«

»Was meinst du denn?« Er sah sie fragend an. »Ausgebrütet?«

»Ja! Und dann meintest du, dass irgendetwas klingelt?«

»Ja, und?«

Sie musste geradezu manisch wirken, aber das war ihr egal. Sie wühlte zwischen den Berichten auf ihrem Schreibtisch, bis sie Kopschs Gutachten zu den Explosionen in der Hedinsgatan gefunden hatte.

»Hier ... warte.« Sie blätterte zur richtigen Seite. »Schau, das ist die Zeitschaltuhr, die du beschreibst.«

Er nahm das Papier und las seinen eigenen Bericht.

»Es ist eine Eieruhr«, stellte sie fest. »Die Teile, die ihr von diesen Zeitschaltuhren sichergestellt habt, sind die von klassischen Eieruhren. Oder nicht? Und bei dem aktuellen Tatort wurden auch Teile solcher Signaluhren gefunden. Sind es die gleichen?«

Eywind Kopsch las alles noch einmal. Dann sah er zu ihr auf und nickte schließlich.

»Wir müssen die Teile noch einmal untersuchen, aber ich glaube, du könntest recht haben.«

»Genau das habe ich schon einmal gesehen, und du garantiert auch. Doppelte Bomben, ausgelöst durch eine Autoalarmanlage und eine Eieruhr. Du erinnerst dich daran, wer das war, oder?«

»Verdammt!« Er sah sie aus weit aufgerissenen Augen an. »Karolina, dass du dich überhaupt an diesen Fall erinnerst ...«

»Das tue ich eigentlich gar nicht, ich habe nur nachträglich davon gelesen und gehört. Aber es war einer der schlimmsten Fälle des Landes, der mit Bomben zu tun hatte, daher habe ich mich natürlich darüber informiert.«

»Ich muss das prüfen.« Kopsch wirkte immer noch nicht überzeugt. »Eventuelle Ähnlichkeiten vergleichen und so weiter ... Ja, soll mich der Teufel holen, wenn du recht behältst. Dieser Kerl hat monströse Bomben gebaut. Ausnahmsweise war ich mit dem Namen einverstanden, den die Medien ihm damals gaben. Der Bombenmann. Denn genau das war er.«

KAPITEL 29

Axels Heimfahrt vom Brantingtorget ließ sich in vier einfachen Sätzen beschreiben:

Völlig aus der Puste. Das Rad angeschlossen. Schlüssel ins Schloss. USB-Stick in den Computer.

Er sank auf das Wohnzimmersofa, den Laptop auf dem Schoß, und öffnete den einzigen Ordner, der sich auf dem Speicherstick befand. Er enthielt vier Videoclips, die von eins bis vier durchnummeriert waren. Alle Dateien waren mit dem aktuellen Datum und der Zeitangabe 9:00–10:00 versehen.

Die Bomben waren gegen 9:42 Uhr detoniert, also öffnete Axel die erste Datei und spulte bis 9:40 Uhr vor.

Das Bild war grau und relativ unscharf. Es zeigte einen unterirdischen Gang, an dessen Decke große Rohre verliefen. Axel glaubte zu erkennen, dass sie mit Alufolie umwickelt waren, wahrscheinlich handelte es sich also um Belüftungsrohre. Solche Leitungen kannte man aus allen möglichen Kelleranlagen. Licht kam von den Leuchtstoffröhren an der Decke und von einem Punkt neben einer Tür am linken Bildrand. Der grünliche Schimmer ließ Axel ein Notausgangsschild mit der Aufschrift »EXIT« vermuten, aber da die Lichtquelle zu weit von der Kamera entfernt war, konnte er es unmöglich erkennen.

Plötzlich hellte sich das gesamte Bild auf, und es war eine komplett weiße Fläche zu sehen, die sofort schwarz wurde. Axel sah auf die Uhranzeige, 9:42. Die Explosion hatte hinter der Kamera stattgefunden und sie dabei zerstört. Das restliche Video bestand nur aus einem schwarzen Bild.

Axel klickte auf das nächste Video und spulte wieder bis 9:40 Uhr vor. Es war derselbe Korridor, diesmal aus einer anderen Perspektive. Eine weitere Tür war im Hintergrund zu sehen. Jetzt erkannte Axel, dass das grüne Leuchten von einem Kartenlesegerät mit Nummerntastatur stammte. Wer sich in diesem Tunnel bewegte, musste also über eine Schlüsselkarte verfügen.

Um 9:42 Uhr wurde auch diese Kamera geblendet. Das Bild wackelte bei der Explosion, die sich hinter der Tür auf der rechten Bildseite zu ereignen schien. Doch das alles passierte so schnell, dass Axel nicht mehr als ein Flackern und einen weißen Bildschirm sah, der direkt danach schwarz wurde, egal wie sehr er die Abspielgeschwindigkeit auch verlangsamte.

Auf dem nächsten Film war eine Garage mit vier Parkplätzen zu erkennen, auf denen nur ein einziges Auto stand. Ein blauer Volvo V60. Wieder übersprang Axel das Video bis 9:40 Uhr. Um nichts zu übersehen, rückte er noch näher an den Bildschirm. Obwohl er inzwischen auf die Sekunde genau wusste, wann die erste Bombe explodieren würde, zuckte er zusammen, als das Auto vor ihm in die Luft geschleudert wurde und Feuer fing.

Also war die Bombe in dem Auto platziert worden. Für Axel war es neu, dass es eine Tiefgarage unter dem Reichstagsgebäude gab, aber im Grunde überraschte es ihn nicht. Selbstverständlich musste auch das Personal des Reichstags mit dem Auto zur Arbeit kommen. Aber warum war die Garage so klein? Sie hatte nur vier Parkplätze.

Er klickte auf den letzten Clip. Dieselbe Tiefgarage, nur dass diese Kamera näher an dem Auto befestigt war. An der Wand hinter dem Volvo befand sich eine Ladesteckdose, an die das blaue Fahrzeug angeschlossen war. Darüber hing ein

Schild, auf dem ein Wort zu lesen war: »Reichstagspräsident«.

Axel lief ein Schauer über den Rücken. Die Bombe war im Wagen des Reichstagspräsidenten platziert worden, also richtete sich das Attentat gegen den ranghöchsten Vertreter des schwedischen Parlaments. Darüber hatte die Polizei kein Wort verloren. Das war eine Sensation! Und es sprach für die Theorie, dass es sich um einen Terroranschlag handelte. Warum war Stina dann so sehr vom Gegenteil überzeugt?

Verwirrt und aufgebracht, das musste er sich trotz allem eingestehen, öffnete Axel noch einmal den ersten Film. Dieses Mal ließ er ihn von Anfang an ablaufen. Was gab es in den einundvierzig Minuten vor der Detonation der ersten Bombe noch zu sehen?

In seinem Hinterkopf nahm ein Verdacht Gestalt an. Natürlich konnte die Bombe schon vorher am Auto angebracht worden sein. Dann hätte sich die Bombe bereits an Bord befunden, als der Reichstagspräsident in die Tiefgarage fuhr. Aber warum hatte Lova ihm dann die beiden Videos aus dem äußeren Korridor mitgegeben?

Er erhöhte die Abspielgeschwindigkeit. Nach vierzehn Minuten veränderten sich die Lichtverhältnisse. Ein Schatten tauchte auf. Eine Gestalt – irgendetwas verriet Axel, dass es ein Mann war – ging mit hastigen Schritten auf die Kamera zu. Das Gesicht war unter einer Kappe und einer Kapuze verborgen. Sein Blick war auf den Boden gerichtet, als wüsste er von den Überwachungskameras. In den Händen hielt der Mann zwei Koffer, allem Anschein nach aus Metall.

Eilig verschwand er aus dem Bild.

Axels Puls beschleunigte sich. Sah er da den Täter? Zwei Minuten später war der Mann zurück und verließ den Gang auf demselben Weg, den er gekommen war.

Axel schaute weiter, und für eine Weile geschah nichts. Um 9:38 Uhr erschien ein neuer Schatten. Dieses Mal gehörte er zu einem elegant gekleideten jungen Herren. Hellblauer Anzug, cremeweißes Hemd und Schuhe ohne Socken. Die akkurat gekämmte Frisur komplettierte das Puzzle – es war Oscar Legré.

Auch er verschwand schnell aus dem Bild, als er denselben Weg nahm, den der Kapuzenmann vierundzwanzig Minuten früher gegangen war. Täter und Opfer. Axel war sich immer sicherer, dass so alles zusammenhing.

Er sah sich den zweiten Videoclip ebenfalls ganz an. Um 9:14 Uhr sah er den Mann mit Kappe und Kapuze, wie er durch die rechte Tür ging – mit einer Schlüsselkarte. Axel begriff sofort, was das zu bedeuten hatte: Dieser Vorgang musste vom Sicherheitssystem des Reichstags erfasst worden sein. Die Karte selbst war wahrscheinlich gestohlen, dennoch war es ein wichtiger erster Hinweis, wenn man herausfand, wessen Schlüsselkarte für das Passieren dieser Tür zu diesem Zeitpunkt genutzt worden war. Er ging davon aus, dass die Polizei bereits daran arbeitete.

Um 9:16 Uhr öffnete sich dieselbe Tür ein zweites Mal, und wieder tauchte der Mann auf, jetzt ohne die beiden Metallkoffer. Ohne sich umzublicken, verschwand er aus dem Bild.

Oscar Legré erschien um 9:38 Uhr. Er zog seine Schlüsselkarte durch das Lesegerät, öffnete die Tür und ging hindurch. Warum war er auf dem Weg in die Tiefgarage? Dort parkte doch nur ein einziges Auto, und das gehörte dem Reichstagspräsidenten.

Die Sekunden vergingen und wurden zu Minuten. Um alles im Detail erkennen zu können, hatte Axel das Video in Normalgeschwindigkeit ablaufen lassen, wollte jetzt aber nicht wieder vorspulen. Es war ihm wichtig, die letzten Minuten von Oscar Legrés Leben zu sehen.

Dann kam der Lichtblitz, und der Bildschirm wurde schwarz.

Axel drehte sich der Magen um.

Trotzdem zwang er sich dazu, die beiden Videos aus der Tiefgarage ein weiteres Mal anzusehen.

Um 9:14 Uhr öffnete sich die Tür, und der Kapuzenmann betrat die Garage. Er klappte den einen Koffer auf und machte sich vorsichtig an etwas zu schaffen, was sich darin befand. Axel konnte nicht erkennen, was es war. Dann schloss der Mann den Koffer wieder und legte den silbrig glänzenden Behälter auf den Boden neben das Auto des Reichstagspräsidenten. Behutsam stieß er den Koffer unter das Auto, sodass er nicht mehr zu sehen war.

Anschließend griff der Mann nach dem zweiten Koffer, doch statt ihn zu öffnen, platzierte er ihn am anderen Ende der Tiefgarage, irgendwo am linken Bildrand. Wo genau, das war unmöglich zu sagen, da die Kamera nicht die gesamte Tiefgarage erfasste.

Exakt zwei Minuten später verließ der Kapuzenmann die Garage.

Axel spulte das Video bis 9:38 Uhr vor. Er kniff die Augen zusammen. Es würde schwer werden, das mit anzusehen.

Oscar Legré betrat den Raum. Doch statt nach rechts zu gehen, wo das Auto parkte und wohin der Täter gegangen war, hielt sich Legré links, beinahe außerhalb des Kamerablickfelds. Der junge Abgeordnete hantierte mit etwas, was Axel nicht sehen konnte, aber nach einer knappen Minute schob Legré einen Motorroller ins Bild.

Axel pfiff.

Legré verschloss die Gepäckbox, in der er vermutlich seine Aktentasche verstaut hatte, und zog einen Helm auf.

Axel schaute auf die Uhranzeige. 9:41. Es schien, als klemme der Kinnriemen des Helms, und Legré fingerte daran herum. Die Sekunden krochen voran.

Obwohl Axel wusste, was passieren würde, ertappte er sich dabei, dass er hoffte, Oscar Legré würde sich auf den Roller setzen und es aus der Garage schaffen, bevor die Bomben explodierten. Doch der dreiundzwanzigjährige Abgeordnete der Konservativen mit dem modischen Anzug bekam es gerade noch hin, seinen Helm zu richten. Die Explosion, die ihn das Leben kostete, ließ auch das Bild der dritten Kamera hell aufblitzen, bevor es sich komplett verfinsterte.

Axel war nur froh, dass er die Geräusche nicht mit anhören musste.

Es war eine furchtbare Tragödie, und er ekelte sich vor dem, was er gerade gesehen hatte. Es kam ihm vor, als hätte er heimlich einen vollkommen machtlosen Menschen beobachtet. Umso wichtiger war es, den kranken Kerl zu schnappen, der für den Mord verantwortlich war. Doch die große Frage lautete: Warum war Oscar Legré ermordet worden? War wirklich er das Ziel gewesen, oder hatte er einfach nur Pech gehabt?

Alles sprach dafür, dass sich die Attacke gegen den Parlamentspräsidenten gerichtet hatte, denn eine der Bomben war unter seinem Auto platziert worden.

Axel klickte auf das vierte und letzte Video. Die Tiefgarage war nun aus einem anderen Blickwinkel zu sehen.

Als der Mann mit dem Kapuzenpullover eintrat, beugte sich Axel zum Bildschirm vor. Aus dieser Perspektive war der Koffer, den der Mann öffnete, deutlicher zu erkennen. Bei dem, was der Täter so achtsam berührte, schien es sich um einen Timer zu handeln. Der Mann zog ihn langsam auf, wie eine klassische Eieruhr.

Axel pausierte die Wiedergabe. Sein Blick fiel auf etwas Rosafarbenes, worin er eine Flüssigkeit in einer Plastikflasche zu erkennen glaubte. Im unteren Teil der Flüssigkeit befand sich anscheinend der Sprengstoff. Direkt daneben sah Axel mehrere mit Klebeband aneinanderbefestigte Batterien. Doch das Videobild war verpixelt, und die Auflösung kam ihm fast schlechter vor, als wenn der Film lief, also drückte er wieder auf Play.

Mit zusammengekniffenen Augen erkannte er einige Buchstaben auf einem schwarzen Kästchen, das neben der Eieruhr lag. A U – – A L – – M.

Er rieb sich die Augen. Als die Bomben zum vierten Mal detonierten, wurde ihm speiübel.

Axel schloss das Computerfenster und versuchte, all seine Eindrücke und Gefühle zu sortieren.

Der Mann hatte den ersten Koffer geöffnet und einen Mechanismus aktiviert. Offenbar funktionierte die zweite Bombe wie eine Art verzögerte Kettenreaktion nach der ersten Explosion.

Für Selbstmordattentäter war das kein ungewöhnliches Vorgehen. Zuerst zündete man eine kleinere Bombe, und wenn die ersten Menschen zu Hilfe eilten, sprengte man sich selbst inmitten der Menschenmenge in die Luft. Das wies auf jeden Fall in die Richtung eines Terroranschlags von islamistischen Extremisten.

Aber da waren auch die Eieruhr, die Batterie und die rosafarbene Flüssigkeit. Er tippte, dass es sich um Brennspiritus handelte, aber es wollte ihm nicht einfallen, was ihm daran so bekannt vorkam.

Jetzt wusste er auch, dass der Mann die Tiefgarage des Reichstagsgebäudes mithilfe einer elektronischen Schlüsselkarte betreten hatte. Niemand anderes hatte Kenntnis davon, abgesehen von der Polizei und Lova. Folglich befand er sich in einer idealen Position, um allen anderen Journalisten zuvorzukommen und einen echten Coup zu landen.

Trotzdem zweifelte er. Wo sollte er diese Nachricht veröffentlichen? In seinem Podcast? Seine letzte Folge hatte er vor neun Monaten publiziert, und laut der einhelligen Meinung der Nachrichtenbranche war sie wenig glaubwürdig. Am besten wäre es vielleicht, sich an die Abendpresse zu wenden, aber das widerstrebte ihm.

Könnte er möglicherweise doch eine Podcastfolge darüber aufnehmen und Informationen über die Dinge hinzufügen, an denen seine Auftraggeberin Marianne von Scheele interessiert war? Aber das Treffen der Achtzehn im Jahr 1986 und der Tod des jungen Reichstagsabgeordneten durch eine Explosion hatten nichts miteinander zu tun. Wie sollte er die beiden Ereignisse in einen Zusammenhang bringen? Vielleicht war es kein Zufall, dass die Person, die Ministerpräsidentin Magnusson kürzlich mit der offiziellen Untersuchung von Staatsgeheimnissen aus der Zeit des Kalten Krieges beauftragt hatte, plötzlich bei einem spektakulären Bombenattentat ums Leben gekommen war?

Inzwischen war es fast ein Uhr nachts. Die meisten Menschen schliefen zu dieser Uhrzeit längst.

Da klingelte sein Handy. Jan Kowalski.

»Grüß dich, Axel!«

»Hallo, Jan. Kannst du auch nicht schlafen?«

»Es gab ein Bombenattentat auf das schwedische Parlament. In einer solchen Nacht sollte niemand in unserem Land schlafen.«

»Nein, ein echter Wahnsinn ist das …«

»Du wolltest mit mir über etwas sprechen?«

»Es geht um diese Waffenfabrik in Saudi-Arabien, ich habe Informationen …«

»Du weißt doch: Niemals am Telefon!«

»Stimmt, ja.«

»Wir sehen uns morgen früh um neun. Kaffee in der Stadt.«

KAPITEL 30

Die Götgatan lag verwaist da. Die Ferienzeit und das herrliche Wetter hatten die Menschen aus Stockholm vertrieben, sodass die Hauptstadt um halb neun Uhr morgens eher einer Geisterstadt glich.

Axel schwitzte nach der Fahrt auf dem Rad. Das Thermometer zeigte bereits vierundzwanzig Grad an, und die Temperaturen sollten noch weiter steigen.

Hastig stellte er das Rad vor dem Büro ab. Schließlich wollte er nur das Tonbandgerät holen, um das Treffen mit Kowalski dokumentieren zu können.

Die Eingangstür war bereits aufgeschlossen, und als er die kleine Treppe nach unten ging, hörte er Stina, bevor er sie sah. Sie schluchzte.

»Wie geht es dir?«, erkundigte er sich.

Sie sah ihn aus verweinten Augen an.

»Alles gut.« Ihre Stimme brach beinahe. »Nein verdammt, nichts ist gut.«

»Willst du drüber reden?«

Stina holte tief Luft, fing aber sofort wieder an zu weinen.

»Gleich«, war alles, was sie herausbekam.

Axel begab sich in die Küche und bereitete ihnen zwei dampfende Tassen Kaffee zu, während er Stina Zeit gab, sich zu sammeln.

Als er zurückkam, wirkte sie gefasster.

»Ist es wegen David? Oder wegen Fredrik?«

Sie trank einen Schluck Kaffee und konnte nicht antworten.

»Oder ist es der Arbeitsstress? Immerhin warst du gestern mittendrin, im Bombendrama.«

»Vielleicht ist es alles auf einmal.« Sie schniefte kurz. »Gestern bin ich direkt nach der Arbeit zum Gericht gefahren. Wir hatten die erste Sitzung wegen dieses irrsinnigen Sorgerechtsstreits, in den Fredrik mich gezwungen hat.«

Axel hätte über den Termin Bescheid wissen müssen. Warum hatte er ihn vergessen?

»Oh, Mist. Das war gestern? Es tut mir so leid, ich hätte mitkommen sollen.«

»Ich wusste, dass du das sagen würdest. Deshalb habe ich dir nicht erzählt, wann die Sitzung stattfindet.«

Er verstand nur Bahnhof, und offenbar war ihm das auch anzusehen, denn Stina lachte.

»Weißt du, manche Dinge muss ich schon selbst erledigen, und das hier ist eins davon. Es ist mein Kampf.«

Axel versuchte, nicht zu zeigen, dass ihn das verletzte. Er war es gewohnt, dass Stina sich ihm anvertraute, und es gefiel ihm nicht, dass sie dieses Geheimnis für sich behalten hatte.

»Also, was ist passiert?«

»Wenn man davon absieht, dass die ganze Sache ins Svea hovrätt draußen auf Riddarholmen verschoben wurde, weil das Amtsgericht anscheinend gerade umgebaut wird, und dass ich wegen der Absperrungen rund um den Reichstag und Gamla stan beinahe nicht rechtzeitig dort gewesen wäre, fing alles eigentlich recht undramatisch an. Ich habe meine offizielle Pflichtverteidigerin kennengelernt, Birgitta irgendwas, und sie wirkte ganz okay. Anfangs.«

Stina nahm einige Schlucke Kaffee.

»Der Richter war ein älterer Mann, aber er hatte eine milde Stimme, die ich mochte«, fuhr sie dann fort. »Ich dachte, es wird schon gut gehen und schnell vorbei sein.«

Sie verlor den Faden. Axel sah, dass ihr wieder Tränen in die Augen stiegen.

»Aber so ist es anscheinend nicht gekommen?«

»Nein. Denn dann hat Fredriks Anwältin losgelegt. Felicia Granath. Strammer Zopf, Lederaktentasche, schweineteures Kostüm. Ich hasse solche Typen.«

»Felicia Granath?«

»Weißt du, wer sie ist?«

»Ja, das tun viele. Sie ist ziemlich bekannt, eine von Schwedens Topanwältinnen. Ich hätte nicht gedacht, dass sie auch Sorgerechtsfälle übernimmt.«

»Das tut sie, so viel kann ich dir sagen. Und offensichtlich macht sie einen wahnsinnig guten Job. Meine Anwältin, diese Birgitta, meinte, das Expertengutachten, das sie vorgelegt hat, könnte uns noch vor große Probleme stellen.«

»Erinnerst du dich nicht an den Nachnamen deiner Verteidigerin?«

»Nein. Aber dafür, wie ausführlich sie mit dem Richter über ihr Honorar diskutiert hat. Es hätte schon geholfen, wenn sie nur halb so viel Energie in ihre Arbeit gesteckt hätte. Am liebsten hätte ich sie in den Hintern getreten!«

Die Wut in Stinas Stimme war nicht zu überhören. Axel begriff, wie sehr sie unter Druck stand. Aber irgendetwas an dem Sorgerechtsstreit kam ihm merkwürdig vor.

»Hatte diese Granath schon bei der ersten Sitzung ein Expertengutachten dabei?«

»Ja. Irgendein Torkel Levin, an den Namen kann ich mich immerhin erinnern, hatte sich bereits zu dem Fall geäußert. Es ging wohl darum, wie wichtig es für ein Kind sei, einen anwesenden Vater zu haben.«

»Mhm, das solltest du gegen Fredrik einsetzen können. Bisher war er ja alles andere als anwesend.«

Axel tippte den Namen des Experten in die Suchmaschine seines Handybrowsers. Er erhielt einen Treffer an der Universität Stockholm.

»Er scheint Psychologie an der Uni zu unterrichten, hat sogar einen Professorentitel.«

»Machst du Witze?«

Stinas Stimme zitterte, und Axel fand, dass es klang, als hätte sie Angst.

»Nein. Aber die Sache hört sich trotzdem merkwürdig an, Stina. Fredrik taucht aus dem Nichts auf, will plötzlich das Sorgerecht für David, und dann mobilisiert er diese krasse Anwältin und einen Psychologieprofessor. Was läuft da eigentlich?«

Stina drehte sich zur Seite und putzte sich die Nase. Sie antwortete mit dünner Stimme, ohne ihn anzusehen.

»Was da läuft … ist, dass David zur Probe bei Fredrik wohnen soll.«

»Was? Hör auf! Das kann nicht dein Ernst sein?«

Axels Magen verkrampfte sich. Was zur Hölle war hier los? Das war völliger Irrsinn! Stina hatte David neun Jahre lang – allein – umsorgt und gekämpft wie eine Löwin. Da kam auf einmal dieser Vollidiot zurück und erhielt direkt die Erlaubnis, dass der Junge bei ihm *wohnen* durfte?

»Der Richter hat gemeint, das Amtsgericht und er seien in erster Linie dafür zuständig, eine einvernehmliche Lösung zu finden. In einem ersten Schritt wollte er wissen, was David dazu denkt, und aufgrund von Davids Behinderung und den damit einhergehenden Kommunikationsschwierigkeiten fand er es am einfachsten, wenn David probeweise bei seinem Vater wohnt, bevor man ihm eine Menge an Fragen über etwas stellt, das für den Jungen möglicherweise viel zu abstrakt ist.«

»Und deine Anwältin hat sich darauf eingelassen?«

»Sie meinte, es sei zwar ein wenig unorthodox, aber dass man Verständnis dafür haben müsse, dass das Gericht zu speziellen Methoden greift, wenn es um Kinder mit besonderen Bedürfnissen geht.« Stina klang immer verbitterter. »Als sie das sagte, wollte ich ihr zum zweiten Mal zwischen die Beine treten.«

Das überraschte Axel so sehr, dass er laut auflachte.

»Du wolltest ihr zwischen die Beine treten?«

»Das hättest du nicht von mir erwartet, was? Dass ich mir manchmal wünsche, ich könnte Leuten einen kräftigen Tritt verpassen?«

Ihre Augen funkelten bedrohlich. Kein Zweifel: Sie war eine Löwenmama.

Stinas Zorn verlieh ihr Energie, und die griff auch auf Axel über. Er scrollte durch sein Telefonbuch, tippte auf den Eintrag und schaltete den Lautsprecher ein.

»Brorsson!«, meldete sich die Stimme am anderen Ende.

»Hallo, Hans! Hier ist Axel Sköld.«

»Nenn mich Hasse, verflixt!«

Axel schmunzelte und teilte Brorsson mit, dass Stina bei ihm war und zuhörte.

»Die berühmte Stina Forss? Die einen Politiker nach dem anderen auflaufen lässt? Sie würden eine hervorragende Anwältin abgeben! Angenehm!«

Stina sagte ebenfalls Hallo, und Axel beobachtete, dass das Mundwerk des småländischen Anwalts bereits ein Wunderwerk vollbracht hatte, denn die Farbe kehrte in Stinas Gesicht zurück.

In kurzen Sätzen setzte Axel den Anwalt über den Fall ins Bild.

Brorsson gab ein erstauntes Summen von sich, als er hörte, wer Fredrik vor Gericht vertrat.

»Granath? Kann er sich die leisten?«

»Ist sie teuer?«

»Ist Kalmar die Perle der Ostküste? Ist Wasser nass? Sie ist höllisch teuer.«

Als Axel von dem Beschluss erzählte, dass David probehalber bei Fredrik wohnen solle, reagierte Brorsson zum zweiten Mal.

»Was zum Henker sagst du da? Wurde das schon beschlossen? Wie kam es dazu?«

Stina räusperte sich und erklärte, dass das Expertengutachten von Torkel Levin offenbar eine Rolle gespielt hatte.

»Levin? Ist dieser Quacksalber etwa involviert?«

»Kennen Sie ihn?«

»Besser, als ich es mir wünschen würde.«

Es wurde still in der Leitung. Axel hörte das Brummen eines Automotors. Anscheinend war der Anwalt auf der Straße unterwegs. Es war eine unheilvolle Stille, und Axel und Stina wechselten einen Blick.

»Erzähl mehr, Hans. Hasse, meine ich natürlich.«

»Ich will nicht den Teufel an die Wand malen. Aber dieser Levin ist ein … oder, sagen wir mal so, es gibt einen Grund, warum er unter uns Verteidigern auch als ›Knecht der Staatsanwaltschaft‹ bezeichnet wird. Levin ist ein typischer Staatsanwaltszeuge, aber durch seine Professur erweckt er immer den Eindruck, er sei ein objektiver Experte.«

Brorsson verstummte, und wieder hörten sie nur die Fahrgeräusche seines Porsche, der über irgendeine Landstraße in Småland bretterte.

»Dieser Prozess stinkt schon jetzt zum Himmel«, fuhr er schließlich fort. »Das ist viel zu viel Bohei für eine – nicht in den falschen Hals kriegen, Stina –, eine so lächerlich kleine Sache.«

Stina bekam es nicht in den falschen Hals. Das Gespräch hatte sie eher neugierig gemacht, als dass es sie bedrückte.

»Keine Sorge, Hans.«

»Nennen ...«

»Hasse, natürlich. Aber was soll ich Ihrer Meinung nach jetzt unternehmen? Mir scheint, als wäre meine Pflichtverteidigerin eine Spur *zu klein* für diese Sache.«

»Wenn ich mal so frech sein darf, finde ich, Sie sollten sich umgehend von jemand anderem vertreten lassen, Stina. Und wenn ich noch frecher sein darf, würde ich vorschlagen, Sie lassen sich von mir verteidigen. Ich habe fünfzehn Jahre Sorgerechtsprozesse auf dem Buckel, bevor ich auf Strafverteidigung umgesattelt habe. Außerdem bin ich verflucht neugierig auf das, was in diesem Verfahren vor sich geht. Für einen wie mich klingt das nach einem Traumfall.«

»Bevor ich mich dazu entscheide, Ihnen die Verteidigung zu übertragen, habe ich noch eine Frage: Wie ist denn *einer wie Sie?*«

»Ein sturer Teufel, der die Gerechtigkeit liebt und Despoten hasst.«

Zum ersten Mal an diesem Morgen lächelte Stina.

»Hasse Brorsson, hiermit beauftrage ich Sie als meinen Anwalt.«

KAPITEL 31

Axel hatte ein Treffen im Café des Medelhavsmuseet vorgeschlagen, von wo aus man einen Ausblick auf die Oper, das Schloss und das Erbfürstenpalais hatte. Das Sommerwetter verleitete sie aber, den Kaffee mit ins Freie zu nehmen.

Jan Kowalski – berühmter Investigativjournalist, mehrfach ausgezeichnet für seine Enthüllungsreportagen und eine der größten Radiostimmen seiner Zeit – traf ihn in Shorts, Hawaiihemd und mit einem Strohhut auf dem Kopf.

Axel konnte mit seiner Verwunderung nicht hinter dem Berg halten.

»Ich dachte, du trägst immer Anzug, Hemd und Krawatte?«

Kowalski grinste ihn an und kniff dabei die Augen zusammen.

»Auf keinen Fall. Ich wähle meine Kleidung immer nach den Personen aus, die ich treffe.«

Nachdem Axel einen Moment darüber nachgedacht hatte, entschied er, es als fragwürdiges Kompliment zu nehmen.

Sie spazierten vom Erbfürstenpalais, dem Amtssitz des Außenministeriums, aus am Kai entlang und kamen an der Dienstwohnung der Ministerpräsidentin im Sagerschen Haus vorbei. Axel war erstaunt, wie nahe sie am schwedischen Machtapparat gelegen war: Auf der anderen Seite des Kanals befand sich der Reichstag. Obwohl seit den Explosionen weniger als vierundzwanzig Stunden vergangen waren, beschränkten sich die Polizeiabsperrungen nun auf die Riksbron, die zum Reichstag führte. Von dem Punkt, an dem sie gerade standen, hätte Axel die Fassade des Reichstagsgebäudes auf der anderen Seite des Wassers mit einem Stein treffen können.

»Krank, diese ganze Sache«, sagte Kowalski und deutete mit seinem Kaffeebecher in Richtung der Absperrungen.

»Ja. Dass man in diesem Land *noch* einen Politikermord erleben muss …«

»Mhm. Aber vielleicht war der Anschlag diesmal weniger zielgerichtet. Wie bei Anna Lindh, die nur zufällig vor Ort war, als ein Irrer einen Vertreter der Macht töten wollte.«

Axel verstand, was Kowalski meinte. Paradoxerweise ließ dieser Gedanke das Ganze etwas weniger erschreckend erscheinen. Trotzdem hegte Axel den Verdacht, dass hinter Legrés Tod etwas anderes steckte, und das machte ihm in diesem Moment Angst. Er war sich nicht sicher, ob er es schon wagen sollte, Kowalski von dem zu erzählen, was er auf den Überwachungsvideos gesehen hatte. Am besten ging er es langsam an.

»Glaubst du, dass Legré …« Er suchte nach der richtigen Formulierung. »Dass es Beweggründe gab, ihn aus dem Weg zu räumen? Ich meine, er hatte den Auftrag, in einer verdammt heiklen Sache zu ermitteln, inklusive Akteneinsicht in alte und streng geheime Dokumente.«

»Du denkst, er wurde deshalb ermordet?« Jan Kowalski schlug einen neutralen Ton an. Es klang beinahe, als diskutierten sie gerade die Vor- und Nachteile eines Kombis im Vergleich zu einer Limousine. »Dazu würde ich wohl sagen, es erscheint mir … weit hergeholt.«

Sie wechselten einen Blick. Beiden war bewusst, dass Kowalski exakt dieselben Worte verwendet hatte, als Axel ihm zum ersten Mal seine Theorie über Palmes Mörder präsentiert hatte.

Sie gingen weiter und bogen nach links auf die Vasabron ab. Allmählich kam Leben in die Hauptstadt, vor allem waren es aber Touristen, die in den Straßen unterwegs waren.

Axel konnte sie gut verstehen. Das Wasser war blau und klar, und gerade an diesem Ort machte Stockholm seinem Spitznamen als Venedig des Nordens alle Ehre. Links von ihnen lag Helgeandsholmen mit dem Reichstag, direkt vor ihnen Gamla stan, und schräg rechts sah man Riddarholmen mit seinen Türmen und Zinnen, die sich hinter der kleinen Insel zu ihrer Rechten in die Höhe streckten.

»Aber ich bin trotzdem hier. In meinen Augen bist du also auf jeden Fall vertrauenswürdig.« Kowalski lächelte und sah Axel erneut an.

»Schön.« Axel erwiderte das Lächeln. »Ich hatte gehofft, dass du dich deshalb mit mir treffen wolltest. Ich habe Dinge über Lova Magnusson erfahren.«

»Ihr scheint einen guten … Draht zueinander zu haben?«

Das Grinsen seines Kollegen übersah Axel geflissentlich.

»Eigentlich geht es um ihren Vater. Hast du schon einmal von einem KC Magnusson gehört?«

»KC?«

»Kjell-Christer. Hat offenbar für Datasaab gearbeitet. Laut meinen Informationen war er bereits in den Achtzigern in Saudi-Arabien. Dort soll er an einem schwedischen Projekt beteiligt gewesen sein, das sich mit einem Großrechner beschäftigt hat, dem D2, damals wohl eine ganz große Nummer. Der Computer konnte die Raketen unserer Kampfflugzeuge steuern und befand sich anscheinend mindestens auf demselben Niveau wie die Geräte von IBM.«

Inzwischen hatten sie das andere Ende der Vasabron erreicht. Sie passierten den gepflegten Parkgarten des Riddarhuset und bogen nach rechts in Richtung Riddarholmen ab.

»Von einem KC Magnusson habe ich noch nie gehört, aber Datasaab kenne ich gut. In den Achtzigern lief einiges so richtig schief, die ganze schwedische Neutralität wurde infrage gestellt.«

Kowalski wurde still, und Axel ließ ihn nachdenken, ohne ihn zu bedrängen.

Sie spazierten an der Riddarholmskirche, dem Alten Reichsarchiv und dem Gerichtsgebäude des Svea hovrätt vorbei. Bei dem Gedanken, dass Stina dort vor wenigen Tagen die erste Schlacht im Krieg um David gefochten hatte, wurde Axel mulmig zumute. Er würde sie im weiteren Verlauf des Prozesses mit allem unterstützen, was ihm zur Verfügung stand.

Vorher wollte er nur diese Sache mit den Videos klären, die Lova ihm gegeben hatte. Und den Informationen über ihren Vater nachgehen. Und dann war da noch das Gemälde bei Skrak. Mehr war es ja gar nicht.

Axel spürte, wie das mulmige Gefühl in Übelkeit umschlug. Stress war im Anmarsch.

»Gehen wir zu schnell?«

Kowalski musste die Schweißperlen auf Axels Stirn bemerkt haben.

»Ach, i wo.«

»Ich dachte, du joggst regelmäßig?«

»In der letzten Zeit habe ich das Training wohl etwas schleifen lassen.«

»Wir setzen uns hierhin«, beschloss Kowalski. »Es gibt schlechtere Plätze!«

Sie ließen sich auf einer Parkbank an der Kaikante nieder. Vor ihnen breitete sich der Riddarfjärden aus, im Hintergrund thronte das Rathaus an der Straße Norr Mälarstrand. Die charakteristischen drei Kronen an der Spitze des Rathauses verstärkten Axels Gefühl, dass sich die Macht genau hier konzentrierte, rund um die zentralsten Inseln Stockholms.

Und genau so war es schließlich auch. Diese alten Gebäude standen schon seit Jahrhunderten hier, erbaut zu Zeiten, als die Hauptstadt bedeutend kleiner gewesen war, sowohl im Hinblick auf die Fläche als auch auf die Einwohnerzahl. Axel hatte sich vorher nur nie Gedanken darüber gemacht. Ihn selbst hatten die drei Kronen auf dem Dach des Rathauses immer bloß an die Eishockeynationalmannschaft mit dem gleichlautenden Spitznamen *Drei Kronen* erinnert – ein Symbol, das einen patriotischen Stolz in ihm ausgelöst hatte.

Doch jetzt wusste er nicht länger, was er fühlen sollte. Die Erlebnisse mit Ioan Petrescu hatten Axel Sköld einen neuen und radikal nüchternen Blick auf diese Macht beschert. Er war ein unsicherer Mensch geworden, erschüttert bis ins Mark.

Er seufzte düster. Stockholm war schöner denn je, aber Axel erkannte nichts als eine Kulisse.

»Du wirkst so missmutig, Axel. Das letzte halbe Jahr muss schwer für dich gewesen sein.«

Axel nickte stumm.

»Mal sehen, ob ich dich mit einer Geschichte aus dem Kalten Krieg aufmuntern kann.«

»Nur zu. Probier es.«

Jan Kowalski rollte eine Kugel Snus zusammen und schob sie sich genussvoll unter die Oberlippe. Axel ahnte, dass es eine längere Geschichte werden würde, und fand eine bequemere Sitzposition.

»Alles begann mit einem riesigen Auftrag für die schwedische Industrie. Die Sowjetunion wollte ein computergesteuertes Flight Management System für die schwindelerregende Summe von 314 Millionen Kronen kaufen. Damals machten der Staat und Saab gemeinsame Sache in einem zur Hälfte staatlichen Konzern namens Stansaab. Schweden gelang es, den französischen Anbieter Thomson und das amerikanische Unternehmen UNIVAC auszustechen, und sie zogen den Auftrag an Land. Das war ein großer Prestigesieg. Die Russen zogen unsere Flugtechnologie der aus Frankreich und der aus den USA vor.«

»Ist doch klar, dass die Russen während des Kalten Krieges keine Waffen von ihren Feinden kaufen wollten?«

»Stimmt, aber damit begannen auch für Schweden die Schwierigkeiten. Wir waren neutral und machten mit den Amerikanern ebenfalls Geschäfte. Doch ein Exportabkommen mit den USA wurde nun heikel, denn darin hatten wir zugesagt, an die Russen keine Technologie zu verkaufen, die zu militärischen Zwecken verwendet werden konnte. Also versuchten wir, die Amerikaner davon zu überzeugen, dass es ungefährlich sei, dieses System an die Russen zu verkaufen, aber darauf ließen sie sich nicht ein. Gleichzeitig wollten wir aber ihre neue Luft-Luft-Lenkwaffe Sidewinder für unseren neuen Kampfjet Viggen einkaufen.«

»Klingt nach einem komplizierten Balanceakt, mitten im Kalten Krieg Waffengeschäfte mit den beiden Supermächten zu machen?«

»Gelinde gesagt, ja. Am Ende hing alles an vierundzwanzig Platinen. Uns war es gelungen, nahezu alles zu exportieren, was die Russen haben wollten. Aber ohne diese erwähnten vierundzwanzig Platinen ließ sich das Flight Management System nicht nutzen. Und das wussten die Amis, es waren nämlich ihre Platinen. Deshalb gab es für diese Bauteile ein explizites Verkaufsverbot. Unter absolut keinen Umständen durfte Schweden diese Platinen an die Sowjets weiterverkaufen.«

»Ich beginne zu ahnen, was dann geschah.«

»Nach der Version, die ich gehört habe, kam es dazu, dass einige schwedische Techniker, die nach Moskau gereist waren, um den Russen beim Aufbau des Systems zu helfen, ganz zufällig vierundzwanzig Platinen an ihrem Arbeitsplatz ›vergaßen‹. Und das, nachdem man sie umetikettiert hatte, sodass es aussah, als seien sie in Schweden produziert worden. Danach fuhr man nach Hause.«

»Geschickt eingefädelt.«

»Nicht wirklich, denn natürlich kam die Sache heraus. Für solche Dinge unterhält man Nachrichtendienste. Meine Güte ...« Kowalski spuckte den Snus über die Kaikante und schüttelte den Kopf über die Geschichte. »Es war hässlich. In Washington ging es heiß her. Man warf uns vor, auf der Seite der Sowjetunion zu stehen, und auf einmal erfuhren wir, dass sie überhaupt nicht vorhatten, uns irgendwelche Sidewinder-Raketen für unsere Viggen zu verkaufen.«

»Hier zu Hause gab es sicher eine große Debatte darüber?«

Kowalski nickte. »Man nannte es die Datasaab-Affäre. Die Zeitung *Internationalen* deckte sie zuerst auf, aber richtig ins Rollen kam alles, als *Aktuell* im Fernsehen darüber berichtete. Die USA forderten ein schwedisches Dementi, und alles wurde immer schlimmer. Im Sommer 1981 erteilten die Amerikaner Schwedens Anfrage, die Lenkwaffen zu kaufen, eine endgültig Abfuhr, mit einem deutlichen Verweis auf die Verstöße gegen das Exportabkommen, die wir begangen hatten. Letzten Endes war die Regierung Fälldin gezwungen, die USA um Entschuldigung zu bitten. Unsäglich peinlich.«

»Aber was hat das deiner Meinung nach mit KC Magnusson zu tun?«

»Ich weiß es nicht, sein Name ist mir bisher noch nicht untergekommen. Aber Datasaab, für die er anscheinend tätig war, arbeitete an einer derart sensiblen Ausrüstung, dass sie durchaus größere politische Krisen verursachen konnte. Eine Sache macht mir dabei Sorgen. Mein Informant, der von der Waffenfabrik in Saudi-Arabien erzählt hat, die wir dann aufgedeckt haben …« Kowalski zögerte. »Es gab Momente, in denen ich gespürt habe, dass er nur an der Oberfläche kratzt. Da war noch mehr. Aber ich war zufrieden mit dem, was er sagte. Allein das reichte schon völlig aus.«

»Du glaubst aber, dass es möglicherweise eine frühere Waffengeschichte zwischen Schweden und Saudi-Arabien gab?«

»Ja, nach dem Skandal mit den Containern wurde es noch verworrener.«

»Noch ein Skandal?«

»Ja. Und der war mindestens genauso schmutzig.«

KAPITEL 32

In dem schwarz-weißen Chanel-Kleid und mit der Perlenkette um den Hals war Felicia Granath eine überaus attraktive Frau, das konnte er nicht leugnen. Dass sie außerdem intelligent und erfolgreich war, steigerte ihre Anziehungskraft nur. Sie war einige Jahre älter als er, aber das machte sie für ihn sogar noch verführerischer. Lars Lilliehorn war begeistert, die Erotik war in sein Leben zurückgekehrt. Ein Gefühl voller Vitalität, das all das ... andere ausblendete. Natürlich konnte das auch an den Tabletten liegen, die er inzwischen einnahm, um seine Nerven unter Kontrolle zu halten, aber Lilliehorn zog die erste Erklärung vor.

Das Restaurant »Bobergs Matsal« im obersten Stockwerk des NK-Kaufhauses war voll besetzt, aber selbstverständlich hatte er trotzdem einen Tisch bekommen, schließlich war er Stammgast. Das hatte der Anwältin imponiert, und er fand, ihr Lächeln war ein wenig heller und ihre Blicke waren ein wenig tiefer geworden, je länger sie sich unterhielten.

»Was ist los, Fredrik? Stimmt etwas mit Ihrer Rotzunge nicht?«

Lilliehorn warf einen besorgten Blick auf den unangetasteten Fisch und dann auf Fredrik Svenssons rötlich aufgedunsenes Gesicht.

»Nein. Ich bin nur nicht so hungrig.« Fredrik schenkte sich zum zweiten Mal Wein nach und nahm einen großen Schluck.

»Man muss bedenken, dass ein solcher Sorgerechtsstreit

für einen Beteiligten *un-er-hört* belastend ist, rein psychisch«, erklärte Felicia Granath.

Sie sprach mit ihrer dunklen Rechtsanwältinnenstimme und betonte die Wörter, denen sie Nachdruck verleihen wollte, mit einer beinahe kindischen Langsamkeit. Genau so hatte Lilliehorn sie auch im Gerichtssaal reden hören. Da hatte er es als eine übertriebene Ausdrucksweise empfunden und vermutet, dass der Vorsitzende Richter sie sofort durchschauen würde. Doch tatsächlich schien es seine Wirkung auf die Gerichtsmitglieder nicht zu verfehlen, sie hatten wirklich beeindruckt ausgesehen. Nach zwei Gläsern Weißwein begriff auch Lilliehorn allmählich, was sie dort erlebt hatten.

»Ich muss zugeben, es war ein genialer Schachzug, den Psychologieprofessor hinzuzuziehen. Sein Gutachten hat beim Gericht anscheinend einen bleibenden Eindruck hinterlassen.«

»Ich kenne Torkel Levin als höchst professionellen Menschen. Unglaublich *solider* Forschungshintergrund. Er wird in diesem Fall das Zünglein an der Waage sein. Ich bereite schon das Verhör mit ihm vor. Wenn jemand dem Gericht verständlich machen kann, wie *unabdingbar* es für ein Kind ist, mit einer Vaterfigur aufzuwachsen, dann er.«

Lilliehorn nickte und wandte sich an Fredrik.

»Das verschafft Ihnen bestimmt ein gutes Gefühl, oder?«

Fredrik Svensson starrte ins Nichts. Dann blinzelte er.

»Doch. Auf jeden Fall. Das ist gut. Supergut.«

Er leerte sein Glas und hielt Ausschau nach der Kellnerin.

»Nach meinem Dafürhalten muss es äußerst wichtig sein, einem Kind mit besonderen Bedürfnisse die bestmögliche Unterstützung zukommen zu lassen, nicht wahr? Wobei ich so etwas natürlich nicht weiß, schließlich habe ich keine Kinder.«

Bei den letzten Worten warf Lilliehorn Felicia Granath einen Blick zu.

Sie erwiderte den Blick. Die Botschaft war angekommen. Was sie darüber – oder über ihn im Allgemeinen – dachte, behielt sie jedoch für sich. Stattdessen richtete sie ihre Aufmerksamkeit wieder auf ihren Mandanten.

»Das Allerwichtigste ist für uns, dafür zu sorgen, dass David in ein sicheres Umfeld kommt. Was er im Zusammenhang mit der Geiselsituation erlebt hat … das war *unverzeihlich*. Ich habe Levin darum gebeten, einen besonderen Fokus auf traumatische Ereignisse und deren Auswirkungen auf kleine Kinder zu legen.«

Lilliehorn nickte erneut, vielleicht einmal zu oft, aber was schadete es schon?

Dann orderte er die Rechnung und übernahm die gesamten Kosten. Felicia Granath legte keinen Protest ein, und Fredrik Svensson schien nicht einmal zu bemerken, was vor sich ging. Lilliehorn ärgerte sich zwar über Svenssons Benehmen, ahnte aber, dass er zu etwas anderem nicht in der Lage war. Das war der Stress. Bei ihrem nächsten Treffen würde er Fredrik vielleicht ein paar der Beruhigungstabletten geben, die er selbst einnahm, ganz definitiv aber vor seiner Anhörung vor Gericht.

Sie verabschiedeten sich auf der Straße vor dem Haupteingang, und er sah Felicia Granaths selbstbewussten Schritten über den Bürgersteig der Hamngatan hinterher. Lag es nur am Wein, oder hatte sie immer so einen verführerischen Hüftschwung? Lars Lilliehorn entschied sich für seine eigene Version der Wahrheit und machte sich mit einem Lächeln im Gesicht auf den Weg in die entgegengesetzte Richtung.

Das Handy weckte ihn aus seinen Tagträumereien.

C.

Augenblicklich war er um mindestens ein Promille nüchterner.

»Wie geht unser kleiner Sorgerechtsstreit voran?«

»Es hätte nicht besser beginnen können. Ich komme gerade von einem Mittagessen mit unserem Klienten und seiner entzückenden Rechtsanwältin, bei dem wir die weitere Planung besprochen haben.«

Er hörte Cederström glucksen. Ein ungewohntes Geräusch aus dem Mund dieses Mannes.

»Ich dachte, sie wäre ein wenig zu alt für jemanden wie Sie?«

»Jemanden wie mich?«

»Ja, ja, ich kann Sie wohl miteinander bekannt machen, wenn die Sache gut ausgeht. Aber erzählen Sie, wie ist das erste Gefecht vor Gericht verlaufen?«

Lilliehorn berichtete detailliert, aber ohne zu weit auszuholen. Er achtete sorgsam darauf, nichts zu beschönigen und nicht zu übertreiben, aber er konnte sich des Eindrucks nicht erwehren, dass sie die erste Schlacht gewonnen hatten.

»Und Stina Forss, wie hat sie reagiert?«

»Sie war geschockt und wütend. Ihre Verteidigerin hat sich wirklich nicht mit Ruhm bekleckert. Man soll den Tag ja nicht vor dem Abend loben, aber ich bin mir fast sicher, dass Felicia Granath einen Sieg für uns einfährt.«

»Ausgezeichnet. Dann sollten wir Stina Forss also zur Besinnung bringen können, bevor das Urteil gefällt wird.«

»Das will ich doch hoffen.«

»Und Sie glauben, dass sie wiederum Axel Sköld zur Räson bringen wird?«

»Definitiv.«

»Sind Sie sich Ihrer Sache da nicht ein wenig zu sicher? Sköld ist ein sehr integrer Mensch. Seine Arbeit ist mehr als nur ein Job für ihn. Vielmehr scheint es, als befände er sich auf einem Kreuzzug?«

»Er zählt zu den stureren Zeitgenossen, aber mir sind schon schlimmere begegnet.« Lilliehorn lachte auf. Er hatte eine Offenbarung, und die teilte er umgehend mit Cederström. »Journalisten haben ihre Prinzipien, die sie mit elegant ausgeformter Rhetorik zu verteidigen wissen – bis man sie unter Druck setzt. Dann legen sie sich blitzschnell neue Prinzipien zu, die sie mit gleichermaßen eleganten Formulierungen verteidigen.«

Cederström gluckste erneut.

»Ach ja, Lilliehorn. Hoffentlich lösen wir dieses Problem, lange bevor das Urteil in diesem Gerichtsverfahren gesprochen wird. Im Grunde genommen wollen wir doch alle nur das Beste für den kleinen Racker. Das können Sie Forss und Sköld auf angemessene Weise zu verstehen geben.«

Als Cederström weitersprach, war der heitere Tonfall verschwunden.

»Sie müssen Magnusson in ihre Schranken weisen, das hat Priorität. Erinnern Sie sie an die Bombe. Und daran, was beim letzten Mal passiert ist, als wir uns uneinig waren.«

Damit war das Gespräch vorbei. Exakt wie Lilliehorns gute Laune.

KAPITEL 33

»Sieh mal, dort drüben. Das hier ist wirklich ein sonderbarer Ort.«

Jan Kowalski deutete auf einen Kleintransporter, der im Schneckentempo über das Kopfsteinpflaster auf den Parkplatz vor dem Hintereingang des Svea hovrätt zurollte. Axel erkannte das weiße Auto mit den roten Streifen als Fahrzeug des Justizvollzugs wieder. Offenbar wurde ein Häftling zu seinem bevorstehenden Prozess gefahren. Das Auto hielt an, und zwei Sicherheitsbeamte führten einen muskulösen, kahlköpfigen Mann in Handschellen durch die Tür, die dem Parkplatz am nächsten war.

Kowalskis Zeigefinger richtete sich auf ein Pärchen, das fünfzig Meter weiter stand. Die beiden trugen Badekleidung und waren gerade den Kai nach oben geklettert. Nass vom Bad im Riddarfjärden lächelten sie einander an. Jeder konnte sehen, dass sie das Leben und den Moment in vollen Zügen genossen.

»Das Epizentrum der Kontraste. Erleben Sie Riddarholmen, mit oder ohne Handschellen, hier ist für jeden etwas dabei«, dichtete Kowalski ironisch, und Axel grinste.

Es war wirklich eigenartig, so deutlich vor Augen geführt zu bekommen, welch unterschiedliche Wege das Leben für einen bereithalten konnte. Oder waren es die Menschen selbst, die diese Wege einschlugen? Er grübelte ständig darüber nach, was wirklich einen Einfluss auf das Leben hatte.

Was wäre gewesen, wenn er sich damals nicht dazu entschlossen hätte, die Geschichte über Ioan Petrescu in dem

Feature für P3 zu veröffentlichen? Dann hätte er in aller Seelenruhe weiter Reportagen für den Schwedischen Rundfunk produzieren und sein geordnetes Leben genießen können. Aber nun war es, als hätte er einen Blick auf das größere Bild erhascht. Seit er die ersten Konturen erahnt hatte, konnte er nicht mehr davon ablassen. Sein gesamtes Bewusstsein war nunmehr davon eingenommen, Details, Fakten, Beweise und Spuren eines Geheimbunds zu finden, bei dem er sich noch immer nicht völlig sicher war, ob er überhaupt jemals existiert hatte oder in diesem Moment existierte.

Fast kam es ihm so vor, als wäre er selbst in dem einen Moment noch das unbekümmert badende Pärchen am Kai gewesen, nur um sich im nächsten in den Handschellen der Geschichte gefesselt wiederzufinden. Das Paradoxe daran war, dass er sich jetzt auf fundamentale Weise freier fühlte.

»Der Containerskandal war in vielerlei Hinsicht eine noch schmutzigere Angelegenheit als der Datasaab-Skandal.« Kowalski schob sich einen neuen Snusklumpen unter die Lippe und schlug die Beine übereinander.

Er schaute hinaus auf die Bucht, und Axel, der daneben saß, tat es ihm gleich. Aus der Entfernung sahen sie wohl wie zwei Freunde aus, die bei dem schönen Wetter vergnügt miteinander plauderten. Und in gewisser Weise stimmte das sogar.

»In dieser Affäre tauchen übrigens zwei deiner alten Bekannten auf. Sowohl der Rüstungskontrollinspekteur Carl-Fredrik Algernon als auch die Reporterin Cats Falck hatten etwas damit zu tun, wie diese Geschichte aufgerollt wurde.«

»Davon wusste ich gar nichts.«

Axel spürte das alte Kribbeln aufkommen. Konnte das ein Zufall sein?

»Aber fangen wir vorn an – oder zumindest mit der offiziellen Fassung. Im November 1983 entdecken die Zollbehörden in Hamburg drei Container aus Südafrika, die daraufhin beschlagnahmt werden. In derselben Nacht führt der Zoll in Helsingborg eine ähnliche Razzia durch, bei der vier Container sichergestellt werden, während man darauf wartet, was der Fund der deutschen Kollegen beinhaltet.«

»Haben sie den gleichen Tipp bekommen, oder worin besteht hier der gemeinsame Nenner?«

»Woher die Informationen stammen, wird sich wohl nie herausfinden lassen, allerdings riecht das Ganze sehr nach CIA. Der Besitzer der Container ist aber in jedem Fall derselbe: ein deutscher Unternehmer namens Vogel, der schon überall auf der Welt gewohnt hat. Zum Zeitpunkt dieser Ereignisse lebt er in Südafrika und macht Geschäfte mit einem schwedischen Kompagnon, einem Fredriksson, der anscheinend der Empfänger dieser Container sein soll.«

»Aber so kommt es nicht.«

»Nein, dafür passiert jetzt eine ziemlich coole Sache. Ich glaube, etwa eine Woche später, nachts. Die Zollbeamten in Helsingborg verschaffen sich mit Bolzenschneidern Zugang zu den Containern und stoßen auf fünfunddreißig Transportkisten mit hochmodernen amerikanischen Computern. Danach findet man noch weitere Container mit gleichem Inhalt in Malmö und Västberga.«

»Computer? Das klingt ziemlich … lahm.«

»Denk dran, das war 1983. Damals war ein Hochleistungsrechner etwas unglaublich Machtvolles. Diese Funde führen jedenfalls dazu, dass die Regierung in aller Eile ein Verbot von Waffenimporten aus Südafrika erlässt.«

»Waffenimporte?«

»In den falschen Händen, so fürchtete man, könnten diese

Computer dazu genutzt werden, diverse Waffensysteme zu steuern. Was aber noch wichtiger ist – und das ist auch der Grund, weshalb ich glaube, dass die CIA involviert ist: Vogel scheint die Computer von Südafrika aus bei den Amerikanern gekauft zu haben. Dabei hat er zwar mehrere Scheinfirmen genutzt, im Grunde aber gegen kein Gesetz verstoßen. Das Problem ist, dass die Rechner nach Schweden verschifft wurden, um dann weiter an die Sowjets verkauft zu werden. Das kann die CIA natürlich nicht zulassen, und Schweden wird gezwungen, das Geschäft zu stoppen.«

»Woher weißt du das alles?«

»Damals ging es hoch her. Unser Außenhandelsminister Mats Hellström und sein Generalsekretär Pierre Schori sind nach Washington geflogen und haben sich dort, nur einen Tag bevor die Container geöffnet wurden, mit Mitarbeitern des amerikanischen Handelsministeriums getroffen. Ein Zufall war das wohl kaum.«

»Aber welche Rollen spielen Algernon und Falck in dieser Sache?«

»Für Schweden war es keine ganz so leichte Situation. Washington hat uns gezwungen, den Waffenschmuggel zu stoppen. Aber war es wirklich Waffenschmuggel? Vielleicht hatten wir es ja nur mit ein paar Computern aus Südafrika zu tun, die aus dem Geschäft zweier Kaufleute stammten? Um herauszufinden, dass dem nicht so war, hat man den Rüstungskontrollinspekteur Carl-Fredrik Algernon auf den Fall angesetzt – der einen Monat später festhielt, dass der Inhalt der Container eindeutig als Waffen zu klassifizieren sei. Ich glaube, der exakte Wortlaut ging in die Richtung, dass das Computersystem ›eigens für eine militärische Verwendung vorgesehen sei‹ und aus diesem Grund als ›Militärtechnik eingestuft‹ werden müsse. *Case closed.*«

»Lass mich raten – bis die Investigativjournalistin Cats Falck auf den Plan tritt?«

»Ungefähr so. Was genau sie über die Affäre wusste, ist nicht sicher, aber ihren Notizen zufolge kannte sie viele Details zu den Plänen von Vogel und Fredriksson. Fredriksson hatte Verbindungen zum schwedischen Großkonzern Asea, der seinerseits sowohl mit den USA als auch mit der Sowjetunion im Geschäft war. Das Ganze ist eine fürchterlich komplexe Angelegenheit, bei der es um unglaubliche Summen ging. Cats Falck war zudem im Besitz von Informationen, die belegten, dass Fredriksson über große Vermögenswerte in der Schweiz verfügte, annähernd dreißig Millionen. 1983 war das irrsinnig viel Geld. Wie hatte er es verdient?«

»Und das alles ging ausschließlich aus Falcks Aufzeichnungen hervor?«

»Ja. Und nein. Denn Fredriksson wurde zu einem späteren Zeitpunkt wegen Warenschmuggels verurteilt, und dabei kamen Teile dieses Komplexes ans Licht. Alles, was damals gesagt wurde, untermauerte das Bild, das Cats Falck schon vor ihrer Ermordung zu skizzieren begonnen hatte.«

»Krasse Scheiße.«

»*Yes indeed.*« Kowalski drehte sich mit einem sorgenvollen Lächeln zu ihm um.

»Kriegst du kalte Füße?«

KAPITEL 34

»Wissen Sie, Tammer und ich haben uns oft hier getroffen. Der Platz ist perfekt für inoffizielle Besprechungen.«

Lars Lilliehorn fuhr sich mit der Hand über die nach hinten gekämmten Haare und legte den Arm auf die Rückenlehne der Bank. Selbstredend nicht den rechten, bei Gott, denn auf dieser Seite saß Lova Magnusson. Sie nickte nur kurz und hielt den Blick auf den Springbrunnen vor ihnen gerichtet.

»Die Säpo hält ihn auch für akzeptabel, und das ist immer von Vorteil.« Lilliehorn deutete mit dem Kopf in Richtung ihrer Personenschützer, die sich am einzigen Zugang des kleinen Platzes postiert hatten.

Lova ließ ihn gewähren. Sollte er nur weitermachen mit seinem Mansplaining. Sie hatte kein Interesse daran, ihn wissen zu lassen, dass sie die Vorzüge des Brantingtorget als Treffpunkt bereits selbst zu schätzen gelernt hatte, geschweige denn, dass sie sich auf derselben Bank, auf der Lilliehorn gerade saß, mit Axel Sköld unterhalten hatte.

Sollte er ruhig weitermachen mit seinem »Wissen Sie« und der ausschweifenden Körpersprache. Anscheinend brauchte er dieses Gefühl der Überlegenheit. Darüber konnte sie hinwegsehen, zumindest in der aktuellen Situation.

Doch sie war immerhin die Ministerpräsidentin, deshalb warf sie einen demonstrativen Blick auf die Uhr.

»Verschwenden wir nicht unsere Zeit.«

Er zeigte ein schmallippiges Lächeln.

Plötzlich klingelte sein Handy. Beinahe übertrieben langsam holte er es heraus. Auf dem Display konnte Lova den Namen »Felicia Granath« aufleuchten sehen. Lilliehorn tippte auf die voreingestellte Kurznachricht »Kann ich Sie später zurückrufen?« und steckte das Handy wieder ein.

»Selbstverständlich wollen wir unsere kostbare Zeit nicht verschwenden. Ich kann mich auch ganz klar ausdrücken: Wir wollen, dass Sie Ihre Politik einen Gang zurückschalten. Lassen Sie die Finanzaufsicht andere Fälle bearbeiten. Lassen Sie Ihre Finger vom Bankgeheimnis.«

Lova sah ihn mit besorgter Miene an. »Ich verstehe, dass das ein Punkt ist, den Sie, beziehungsweise Ihre *Auftraggeber* ...«

»Wir.«

»Okay, *Sie* ... schon früher zur Sprache gebracht haben.«

Sie legte eine Pause ein, verarbeitete die Information. Lilliehorn war jetzt also einer von ihnen?

»Ja. Und *wir* verlieren langsam die Geduld. Ich dachte, unsere Abmachung sei eindeutig gewesen?«

Lova mühte sich, weder den Blick abzuwenden noch unsicher zu klingen.

»Wenn jemand weiß, wie Politik funktioniert, dann Sie, Lars. Meine Wähler wollen, dass ich die Politik mache, mit der sie mich verbinden. Daraus besteht mein Mandat. Genau deshalb habe ich dieses Amt inne. Ich kann die Wähler nicht im Stich lassen.«

»Und wenn jemand weiß, wie es dazu kam, dass Sie Göranssons Posten übernommen haben, dann Sie selbst, Lova. Sie wissen exakt, was wir für Sie getan haben – und warum. Schön und gut, dass Sie Ihre Wähler nicht enttäuschen wollen, aber überlegen Sie lieber genau, was Sie da sagen. Es impliziert, dass Sie bereit sind, *uns* zu enttäuschen. Aber ich hoffe, da habe ich etwas falsch verstanden?«

»Natürlich wäre es mir völlig fremd, einen solchen Gedanken zum Ausdruck zu bringen.«

»Ausgezeichnet.«

Sie schauten beide auf den Brunnen. Lova sammelte ihre Gedanken, ehe sie das Gespräch fortsetzten. Ihr war klar, dass das nicht alles gewesen sein konnte.

»Sie müssen sich zurücknehmen, Lova. Zum einen, was das Bankgeheimnis betrifft. Diesen Schritt können Sie bestimmt hinter irgendeiner Untersuchung verschleiern, die vermutlich nötig sein wird, weil die von Ihnen vorgeschlagenen Eingriffe so weitreichend sind, dass bla, bla, bla. Lassen Sie einen Ihrer gut bezahlten Referenten die üblichen Formulierungen schreiben.« Dabei beschrieb er mit der linken Hand Kreise in der Luft. Er schien es zu genießen, in einem Gespräch mit der Ministerpräsidentin die Bedingungen zu diktieren. »Zum anderen müssen Sie aber auch die Untersuchungen zu den Militärgeheimnissen aus den Achtzigerjahren und dem Kalten Krieg zurückfahren. Diese Recherchen sind jetzt ja aus … verständlichen Gründen gestoppt worden. Sorgen Sie dafür, dass es so bleibt.«

Lova erstarrte. *Aus verständlichen Gründen.* So drückte Lilliehorn den Umstand aus, dass Oscar Legré bei einem Bombenattentat ums Leben gekommen war. Ermordet worden war.

Sie erschauderte, doch Lilliehorn schien ihre Reaktion nicht zu bemerken.

»Es ist offensichtlich, dass wir keine Eile haben, eine Untersuchung zu veranlassen, wenn die dafür zuständige Person gerade verstorben ist«, antwortete sie in neutralem Tonfall. »Im Moment trauern wir um den Abgeordneten Legré. Aber es ist der Anspruch und die Intention der Regierung, bis zum Herbst Klarheit über die Rolle Schwedens während des Kalten …«

»Hören Sie auf damit, Lova, verflucht!«

Lilliehorns Stimme war so laut, dass einer der Säpo-Personenschützer den Hals reckte und zu ihnen hinübersah. Lova gab winkend Entwarnung.

»Wir alle wissen, dass nicht die Regierung so sehr daran interessiert ist, sondern Sie, Lova. Warum das der Fall ist, geht uns bis auf Weiteres am Hintern vorbei, solange die Sache mit sofortiger Wirkung ein Ende hat.« Sein Blick war eiskalt. »Lassen Sie Gras über die Sache wachsen, dann vergessen die Leute diese Untersuchung. Die Bedrohung des Reiches ist größer denn je. Da sollten Sie andere Punkte auf die Tagesordnung bringen, die wichtiger sind als verstaubte Akten aus den Achtzigern. Im Reichstag explodieren Bomben, Lova. Ihr eigenes Leben ist in Gefahr, das verstehen Sie doch, oder?«

Lova musste schlucken. Erneut schaute sie zum Brunnen hinüber. Inmitten der Wasserstrahlen stand eine Säule, auf der eine nackte Frau kniete. Sie war im Begriff aufzustehen, und sie sah stark aus. Lova wusste, dass der Brunnen den Namen *Morgon*, also Morgen, trug, und sie versuchte vergebens, Hoffnung aus beidem zu schöpfen, jetzt, da die Dunkelheit über Stockholm hereinbrach.

Lilliehorn stand auf. Er beendete das Treffen, nicht sie. Es fühlte sich mehr und mehr danach an, als habe sie die Kontrolle aus der Hand gegeben.

Lilliehorn schien denselben Gedanken zu haben, denn er schaute auf sie herab.

»Wir haben Hinweise erhalten, dass Sie sich vor Kurzem mit Axel Sköld getroffen haben.«

Lova sah am Brunnen vorbei. Durch die Wasserstrahlen fiel ihr Blick auf die beiden Personenschützer der Säpo. Als sie wieder zur Skulptur sah, registrierte sie, wie einsam die nackte Frau war. Umzingelt. Das Wasser, das sie umfloss, ließ Lova an ein Leck denken.

»Worüber haben Sie beide sich unterhalten? Ging es möglicherweise um Ihr Abenteuer im Schärengarten letzten Herbst?«

Lova wandte sich mit einem nichtssagenden Blick Lilliehorn zu. Sein Gesichtsausdruck spiegelte fast unverhohlene Selbstzufriedenheit wider.

»Nun ja, wie gesagt, dieser Ort eignet sich hervorragend für informelle Treffen. Nur schade, dass nicht immer zu hören ist, was geredet wird. Es wäre interessant gewesen, etwas mehr über Ihr Gespräch zu erfahren. Es war nicht zufällig so, dass Sie Axel etwas übergeben haben?«

Lova stand auf.

»Ich denke, wir sind hier fertig, Lars.«

»Aber sicher. Es ist nur von Vorteil, wenn Sie und Axel besprechen, was wirklich in diesem Boot vorgefallen ist. Soweit ich weiß, hat er noch immer nicht erfahren, was mit Ioan Petrescu passiert ist? Aber Sie haben natürlich Ihre Gründe, ihm das zu verschweigen. Das ist etwas, was man besser nicht vergessen sollte. Sehen Sie, Frau Ministerpräsidentin, manche Geheimnisse haben durchaus ihren Wert. Gar nicht mal so dumm, nicht wahr?«

Lars Lilliehorn verschwand in dem runden Säulengang. Als er die beiden Säpo-Beamten passierte, nickte er ihnen kurz zu, und sie erwiderten den Gruß.

In Lovas Kopf schwirrte es vor Eindrücken und Gedanken: Legré, Axel, Petrescu, eine versinkende Taschenlampe …

Menschen, Erinnerungen, Maßnahmen. Wie immer sortierte sie alles nach Prioritäten. Die beiden Personenschützer schafften es auf Punkt eins der Liste. Sie mussten umgehend ausgetauscht werden.

KAPITEL 35

Axel ließ den Lichtkegel der Taschenlampe sachte über die Verbindungsfugen gleiten. Stück für Stück. Alles passte. Jede Linie, jeder Pinselstrich und jede Faser, alles lief perfekt von einem Leinwandstück auf das nächste.

»Fantastisch!«

Hinter sich hörte er Vilhelm Skraks gluckerndes Lachen.

»Wahrhaftig, da haben Sie recht. Nur bedauerlich, dass einzig Sie und ich in den Genuss kommen, diesen historischen Augenblick zu erleben.«

Axel stand vom Boden auf. Es wurde dunkel über Stockholm, und die Beleuchtung in Skraks Wohnung mochte zwar geschmackvoll sein, aber sie eignete sich nicht dazu, einen Rembrandt auf Herz und Nieren zu untersuchen. Doch Axel hatte gesehen, was er sehen musste, und so steckte er die alte Maglite seines Vaters wieder ein.

Auf dem Boden von Skraks Wohnung lag *Die Verschwörung des Claudius Civilis* – für sich genommen bereits ein unschätzbar wertvolles und überaus beeindruckendes Gemälde. Doch mittlerweile hatte Skrak all die Teilstücke, die Axel von Marianne von Scheele erhalten hatte, rund um das Gemälde angefügt. Indem er sie auf Holzrahmen gespannt hatte, als wären es eigene kleine Bilder, hatte er ein bedeutend größeres Kunstwerk zusammengepuzzelt. Die eigentliche *Verschwörung* umfasste zwei mal drei Meter. Mit den skizzenhaften Ergänzungen allerdings hatte das Gesamtbild solch riesige Ausmaße, dass Skrak dafür Sofa, Tisch und Stühle zur Seite geschoben hatte.

Axel stellte sich neben den Professor und nahm das neu zusammengesetzte Werk in Augenschein. Beziehungsweise das ursprüngliche Werk, korrigierte er sich selbst.

»Alles in allem etwa fünfhundertfünfzig auf fünfhundertfünfzig Zentimeter. Der gute Rembrandt hatte keine Scheu, in großen Bahnen zu denken.«

»Aber verstehen Sie, was wir da sehen?«, wollte Axel wissen.

»Tja, das Motiv bleibt das gleiche, nur sehen wir jetzt mehr von der Umgebung. Eine Treppe im Vordergrund, mehrere Menschen rundherum und ein pompöses Gewölbe, das den Tisch umgibt. Allerdings bin ich der Ansicht, dass es letzten Endes vorteilhaft für das Gemälde war, so beschnitten zu werden, wie Rembrandt es tat. Das Mystische geht verloren, wenn diese Gesamtheit zutage tritt. Auch wenn wir nur Skizzen dessen sehen, was hätte sein können.«

Axel nickte. Was das Gemälde in seinen Augen so magisch machte, war das Licht auf dem Tisch, das die Gesichter all der Eidschwörenden erleuchtete und von den gezogenen Schwertklingen reflektiert wurde.

»Wissen Sie, wieso das Bild beschnitten wurde?«

Skrak grunzte und drehte sich zur Seite. Er trat vor eines der riesigen Bücherregale, die die Wände zwischen den großen Fenstern im Wohnzimmer verdeckten.

»Nein, das scheint niemand so genau zu tun. Laut den Quellen, die ich ausfindig machen konnte, unter anderem diese hier …« Er zog einen dicken Lederband aus dem Regal und blätterte bis zur richtigen Seite. »Aber Sie sehen ja selbst.«

»Ich fürchte, das tue ich nicht«, gestand Axel kopfschüttelnd. »Meine Französischkenntnisse sind leider nicht existent.«

»Herr im Himmel! Ist das Schulsystem nun endgültig in sich zusammengefallen? Es ist doch wohl unfassbar, dass ein schwedischer Bürger neun Jahre lang zur Schule gehen kann, ohne die schönste aller Sprachen auf Erden zu erlernen?«

»Sie verwechseln den Status des Französischen anscheinend mit dem des Englischen.«

»Ha! Englisch? Überall gibt es diese Anglophilen … Nun, in dem Fall vermute ich, dass Sie meine Hilfe benötigen werden, um zu verstehen, was in diesem Buch geschrieben steht. *Auch dabei.*«

Axel ging nicht auf die Spitze ein.

»Das Gemälde war Teil einer Großbestellung des Amsterdamer Bürgermeisters und sollte das neu errichtete Rathaus zieren, das 1655 eingeweiht wurde. Man wollte, dass das Gemälde auf die Vorfahren, ›die Bataver‹, und ihren Aufstand gegen die Römer anspielte. So sollte es an die spätere Revolte der Niederländer gegen die Spanier erinnern. Die Bataver sammelten sich unter ihrem Häuptling Civilis, und Rembrandts Auftrag bestand darin, den Augenblick des eigentlichen Treueeids an den Anführer im Bild festzuhalten. Aber die Auftraggeber waren unzufrieden – womit genau, ist nicht überliefert – und verlangten diverse Anpassungen vor einem bedeutenden Besuch aus Köln im Jahr 1662.«

Skrak blickte vom Buch auf.

»Mir ist es nicht gelungen, herauszufinden, womit man damals so unzufrieden war, und wenn ich mir das Werk nun im Gesamten besehe, wird es mir immer noch nicht klar. Eventuell hat es damit zu tun, dass Rembrandt den Ort änderte, an dem sich die Szene abgespielt hat. In Wirklichkeit, glaube ich, schwor man diesen Treueeid in einem Waldstück. Man nannte ihn sogar Tacitus' heiligen Hain, aber Rembrandt malt alles in einem großen Saal.«

Skrak schüttelte den Kopf, als würde er nicht klug aus dem, was er da las.

»Man hat außerdem behauptet, dem Gemälde fehle ein heroischer Ansatz. Gewiss, es sind darauf keine Helden zu erkennen, man denkt eher an Ränkeschmiede, obwohl die Krone des Anführers auf mich einen recht prachtvollen Eindruck macht.«

Mit einem lauten Knallen schloss er das Buch.

»Wie auch immer, es ist nicht einfach, sich in die Gedanken eines Auftraggebers hineinzuversetzen. Vielleicht hat das Missfallen einer Nasenkrümmung dazu geführt, dass das Werk eines Meisters nach mehreren Jahren härtester Arbeit schlicht in Rauch aufging.«

»Dieses Gemälde hing also nie im Rathaus von Amsterdam?«

»Nein. Rembrandt hatte mehr als genug zu tun, daher ließ er einen seiner Schüler ein anderes Motiv für das Rathaus anfertigen. Er selbst nahm das Gemälde, beschnitt es zu dem Werk, das es heute ist, und verkaufte es an eine Privatperson.«

Vorsichtig ging Axel um das Gemälde auf dem Boden herum. Er achtete sorgsam darauf, die neu hinzugekommenen Bildteile nicht zu berühren, die Skrak dicht an das Motiv in der Mitte gelegt hatte. Er kniff die Augen zusammen. Trat einen Schritt zurück. Versuchte sich vorzustellen, was das neue Motiv, das größere Bild erzählen konnte.

»Xenon und Marianne von Scheele glauben, es gebe eine Art Hinweis, der sich irgendwie offenbaren würde?«

Erneut schüttelte der Professor den Kopf. Axel konnte gut verstehen, warum. Die ganze Sache war eine Spur zu groß, um sie auf einmal zu erfassen.

Er selbst pfiff auf den kulturhistorischen Wert, er wollte

einfach vorankommen. Was meinten Xenon und Marianne von Scheele? Sie wussten es ja selbst nicht. Schließlich hatten sie nie das gesamte Bild gesehen, das Axel und Skrak nun vor sich liegen hatten.

Ganz plötzlich spürte Axel, wie sehr ihn die Verantwortung belastete. Man traute es ihm zu, dass er das Rätsel lösen würde, brachte ihm das Vertrauen entgegen, also durfte er nicht nachlässig sein. Noch einmal leuchtete er mit der Taschenlampe auf die Fugen und kniete sich neben das Gemälde.

»Sie haben recht, Axel, die Lichtverhältnisse sind nicht optimal. Ich selbst warte lieber auf die Morgensonne.«

Mit diesen Worten und einem tiefen Seufzen ließ Skrak sich auf das Sofa fallen.

»Mhm, das ist sicher klug«, pflichtete Axel ihm bei. »Ich will nur … ein bisschen weiterschauen. Schließlich habe ich die Verantwortung.«

Skrak schnaubte.

»Verantwortung? So kann man es auch betrachten. Oder Sie denken noch einmal nach und kommen zu dem Schluss, dass man Ihnen Diebesgut im Wert von Hunderten Millionen untergeschoben und Sie damit zu einem Mittäter gemacht hat. Wer trägt *dafür* die Verantwortung, haben Sie darüber mal nachgedacht?«

Darauf hatte Axel keine gute Antwort. Also erschien es ihm am klügsten, nichts zu sagen.

»Wobei es Sie ehrt, dass Sie sorgfältig sein wollen. Aber Ihr Einsatz bestand darin, das Werk zu mir zu bringen. Ich habe das nötige Fachwissen und sollte die Hinweise entdecken. Als ich das letzte Mal nachgesehen habe, war jedenfalls ich derjenige mit dem Professorentitel, und Sie … eben nicht.«

Axel hielt inne und warf Skrak einen bösen Blick zu. Der beleibte Professor Vilhelm Skrak saß breitbeinig auf seinem Lieblingssofa und stellte ein äußerst zufriedenes Lächeln zur Schau.

»Demut ist wohl nicht gerade Ihr stärkster Charakterzug, was?«

»Demut hat Gustav Vasa nicht auf den Thron gebracht. Ich kenne meine Stärken. Morgen werde ich sie einsetzen. Gehen Sie nach Hause, und schlafen Sie. Wir hören uns, sobald ich diese Nuss geknackt habe.«

»Morgen? Wo wir doch jetzt mehrere Stunden arbeiten können?«

»Halten Sie mich etwa für faul? Nun denn, Axel. Bitte. Packen Sie den ganzen Plunder zusammen, und bringen Sie ihn zum nächsten Experten, den Sie auf Lager haben. Ich halte Sie nicht auf. Nehmen Sie nur Ihr Diebesgut, und gehen Sie.«

Axel stöhnte. Eigentlich müsste er dankbar sein. Und wieder spürte er, wie müde er tatsächlich war. Er verstand, dass Skrak es nur gut meinte und ihm diese Botschaft auf seine eigene, verschrobene Weise vermitteln wollte.

Und Skrak hatte ja recht. Axel brauchte seine Energie für andere Aufgaben. In seiner Tasche befand sich immer noch der USB-Stick mit den Überwachungsvideos. Es war an der Zeit, sich zu entscheiden, wie er mit den sensationellen Informationen umging, die die Ministerpräsidentin ihm zugespielt hatte.

KAPITEL 36

»Nich die weiße. Die hosa Mi-l-ch!«

»Aber in der rosa Sauermilch ist zu viel Zucker, David.«

»Hosa Mi-l-ch!«

Stina schaute auf die Uhr. Gleich Viertel vor acht. Sie hatte keine Zeit für so etwas, also ließ sie ihn bestimmen. Mal wieder.

Davids Miene veränderte sich innerhalb von Sekunden. Je mehr von der ungesunden Erdbeersauermilch Stina ihrem Sohn einschenkte, desto zufriedener strahlte er.

Stina schluckte ihren Stolz herunter und vertagte ihr Ziel, den Preis für die »Mutter des Jahres« zu gewinnen, um ein weiteres Jahr.

In weniger als fünfzehn Minuten würde der Fahrdienst da sein, der David zur Ferienbetreuung brachte, und es gab Wichtigeres zu besprechen.

Stina schluckte.

»Also … du, David?«

»Mhm.«

Ihr Junge stocherte hochkonzentriert in der Sauermilch herum, um die Erdbeerstückchen zu finden.

»Du fragst doch manchmal nach Papa, weißt du?«

»Mhm. Mama.«

»Ja?«

»Wir gehn heut schwimmen.«

Scheiße. Das hatte sie vergessen.

»Wie gut, dass du mich daran erinnerst. Du hast so ein tolles Gedächtnis, David.«

»Ich weiß.«

Er löffelte weiter Sauermilch und suchte angestrengt nach den Erdbeeren.

Stina hastete zwischen Davids Zimmer, dem Bad und dem Flur hin und her, um noch Badesachen und Waschzeug in seinen Rucksack zu packen.

Acht Minuten, bis das Taxi da war.

»Ich packe dir das ›Star Wars‹-Handtuch ein, in Ordnung, ja?«

»Nemo!«

»Nein, das ist in der Wäsche, David.«

»Nemo!«

Stina stöhnte auf. Das war nicht das, worüber sie mit David hatte sprechen wollen.

»Okay, David. Wir nehmen das ›Star Wars‹-Handtuch, aber dafür packe ich dir die ›Findet Nemo‹-Badehose ein? Ist das in Ordnung?«

Normalerweise ließ sich David nicht auf Kompromisse ein, also rechnete Stina mit lautem Protestgeschrei. Doch es blieb erstaunlich ruhig.

»Okee, Mama.«

Okay? Was war jetzt los? Akzeptierte er ihren Vorschlag? Einfach so?

»Prima, David! Dann entscheidest du, welche Badehose du mitnimmst, und ich entscheide, welches Handtuch du mitnimmst. Es steht eins zu eins.«

David schmatzte einige Augenblicke weiter.

Dann strahlte er sie an.

»Eins zu eins, Mama! Wia gewinnen beide!«

Eine Welle der Wärme und Liebe überschwemmte Stinas Körper. Ohne sich dagegen wehren zu können, folgte sie ihren Gefühlen und umarmte David. Zu begreifen, was ein

Kompromiss bedeutete, war etwas völlig Neues für ihn, und dass er diesen geistigen Entwicklungsschritt gemeistert hatte, machte Stina ganz berauscht vor Glück.

Es gelang ihr nie richtig, jemandem, der nicht selbst wusste, wie das Leben mit einem behinderten Kind aussah, zu erklären, wie unglaublich anstrengend es mit David sein konnte. Sie traute sich einfach nicht, deutlich zu werden. Es war ein Tabu. Gleichzeitig fehlte es ihr, die Freude über Davids Fortschritte mit jemandem teilen zu können. Zwar kannte sie niemanden, mit dem sie sich hätte vergleichen können, aber sie war überzeugt davon, dass ihre Freude über Davids Entwicklungsschritte größer war als die von Eltern mit »normal« behinderten Kindern.

Sie wusste, wie viel mehr David kämpfen musste, um Dinge zu erlernen, wie viel Zeit und Energie sie für das Üben von Kleinigkeiten wie das Aussprechen des Buchstabens R oder das Zuknöpfen einer Jeans aufbrachten. Deshalb war es alles andere als verwunderlich, wenn sie in diesem Moment überlegte, eine Butterbrottorte zu kaufen, um zu feiern, dass David gelernt hatte, was ein Kompromiss bedeutete. David liebte Butterbrottorte. Das Abendessen für heute stand also fest.

Stinas Handy klingelte. Das Taxi.

»David, der Fahrdienst ist in fünf Minuten hier!«

»Mama.«

»Ja? Bist du fertig mit dem Frühstück?«

»Du hast Papa gesagt.«

Verdammt. Diese winzige Kleinigkeit hätte sie beinahe vergessen. Stinas Woge des Glücks verwandelte sich in ein eisiges Gefühl in ihrem Bauch.

»Ja, ich erinnere mich.«

Sie putzte Davids Zähne. Dabei schaute sie ihm über den

Badezimmerspiegel in die Augen und zwang sich, ruhig zu bleiben.

»Dein Papa will dich treffen.«

Davids Augen wurden groß.

»Papa?«

Stina war fertig mit dem Putzen, und David spülte den Mund aus.

»Ja, Papa ist wieder in der Stadt. Er möchte dich gern sehen.«

»Jetz?«

»Nein, jetzt fährst du in die Betreuung, und ich gehe arbeiten.«

»Späta?«

»Du triffst Papa in ein paar Tagen.«

»Was?«

»Ja, er möchte, dass du mit zu ihm nach Hause kommst, damit ihr euch richtig kennenlernen könnt.«

»Komms du mit?«

Plötzlich hatte Stina einen dicken Kloß im Hals. Sie drehte sich zur Seite und tat so, als suche sie nach einem Handtuch.

»Nein, David. Nur du und Papa.«

KAPITEL 37

Eywind Kopsch war von der alten Schule. Karolina wusste das natürlich, das taten alle im Präsidium. Deshalb hätte es sie eigentlich nicht überraschen dürfen, als sie bemerkte, dass vor seinem Dienstzimmer noch immer die alte Türklingel mit den drei Leuchtknöpfen in Grün, Gelb und Rot hing.

Kopschs Büro lag am hinteren Ende eines langen Korridors im zweiten Untergeschoss.

Sie warf einen Blick auf die anderen Türen. Niemand sonst hatte die Türklingel behalten. Für Kopsch galten also Sonderregeln, und im Grunde war das vollkommen nachvollziehbar. Ein Kriminaltechniker seines Renommees genoss eben gewisse Privilegien. Dass drei grelle Plastikknöpfchen ein Privileg darstellten, davon war Karolina überzeugt, und Kopsch sah es zweifellos genauso. Karolina war mindestens ebenso überzeugt, dass die Apparatur einsatzbereit war und funktionierte.

Sie drückte auf die »Anklopfen«-Taste und erhielt prompt ein grünes Licht als Antwort.

Erstaunlicherweise ermutigt durch diesen kurzen Vorgang betrat sie das Büro.

»Schon ein Weilchen her, dass ich hier unten war.«

»Nein, du hast es in dieser Welt ja nach oben geschafft. Es gefällt dir sicher gut bei all den anderen hohen Tieren.«

Kopsch saß hinter seinem Schreibtisch und lächelte sie an.

»Tja, ein wenig Aussicht schadet nicht.« Sie machte eine Kopfbewegung in Richtung der Wände rund um Kopsch.

Aus offensichtlichen Gründen hatten die Räume im Keller keine Fenster.

»Ich für meinen Teil ziehe es vor, meine Freunde anzusehen«, erklärte Kopsch und schaute an ihr vorbei.

Karolina drehte sich halb um und entdeckte ein Aquarium. Es war beeindruckend, sowohl was die Größe betraf als auch im Hinblick auf die Artenvielfalt. Sie erkannte unter anderem Clownfische und Doktorfische.

»Na so was! Du hast Nemo und Dorie.«

Kopsch sah aus wie ein lebendiges Fragezeichen.

Sie deutete auf die Fische. »Disney? Findet Nemo?«

Er lachte auf. »Ich bin ein alter Mann, Karolina. Mit diesem modernen Kram kenne ich mich nicht aus.«

»Ich habe so etwas schon geahnt, als ich auf die Türklingel gedrückt habe. Dass du die überhaupt behalten durftest?«

Er grunzte. »Das war eine vollendete Erfindung, als sie eingeführt wurde. Was mich zu unserem Thema bringt ...«

Kopsch stand von seinem Stuhl auf und zeigte ihr einen runden Tisch, der am hinteren Ende seines länglichen Büros stand.

Unter hellen Leuchtstoffröhren stapelten sich Dokumente und Ordner. Obwohl Karolina wusste, wieso sie sich trafen, erschauderte sie beim Anblick der Ordnerrücken. »Tingström 1«, »Tingström 2«, »Denckers Villa« und »Skatteskrapan« war auf ihnen zu lesen.

Kopsch blätterte in den Dokumenten, löste schließlich einige Papiere aus einem Ordner und reichte sie Karolina. Es war ein zusammengehefteter Stapel aus etwa dreißig Seiten mit der Überschrift »Kurze Zusammenfassung TINGSTRÖM-FALL«. Ihr Blick aber fiel auf das Bild, das die unteren zwei Drittel der Titelseite einnahm. Sofort erkannte sie, dass es sich um die Skizze einer Bombe handelte.

Uhrmechanismus. Alarm. Batterie. Nägel. Brennspiritus.

»Es stimmt. Habe ich recht, Eywind?«

Er nickte mit sorgenvollem Blick.

Sie setzte sich an den Tisch und öffnete den Bericht, während er mit einer Zusammenfassung des Falls begann.

Als sie die Zeilen überflog, kehrten die Erinnerungen zurück. Das hier war schwedische Kriminalgeschichte und ganz sicher einer der merkwürdigsten Fälle, die das Land je erlebt hatte. Es ging um Verrat, Sex, Vertuschung und plötzliche tragische Todesfälle.

Was die Polizei betraf, nahm alles im Juli 1982 seinen Anfang, als im Wohnhaus des Staatsanwalts Sigurd Dencker eine Bombe explodierte. Dencker selbst war nicht zu Hause, aber seine Tochter schlief in ihrem Bett im Obergeschoss. Sie überlebte die Explosion unverletzt. Ihr damaliger Freund hatte nicht so viel Glück. Anscheinend war er wach gewesen und hatte sich in der Nähe der Bombe aufgehalten, die an der Terrasse des Hauses platziert worden war. Er erlag seinen Verletzungen.

Was die Kriminaltechniker der Polizei damals, neben dem Bombenanschlag selbst, verblüfft hatte, waren die vielen Nägel, die sie in der Leiche des Freundes sicherstellten. Sie saßen so tief im Gewebe, dass man zunächst davon ausging, sie wären nach seinem Tod in den Körper genagelt worden.

Ein Jahr später, im Februar 1983, detonierte eine weitere Bombe. Diesmal traf es den Skatteskrapan, das in der zentral gelegenen Stockholmer Götgatan stehende Hochhaus des Finanzamtes. Eine ältere Frau, die sich zufällig im Gebäude befand, wurde das zweite Todesopfer. Auch sie wurde von Nägeln durchbohrt, was bei der Polizei den Verdacht aufkommen ließ, dass eine Verbindung zwischen den beiden Bomben bestand.

Man stellte auch Teile einer Autoalarmanlage sicher, dazu ähnliche Batterien wie beim ersten Fall sowie eine Eieruhr. Trotzdem steckten die Ermittlungen in einer Sackgasse. Vor dem Sommer 1983 kam man nicht weiter.

Im August erhielt die Polizei dann einen Notruf aus der Staatlichen Vollstreckungsbehörde in Ektorp, Nacka. Man hatte einen verdächtig tickenden Gegenstand gefunden.

Als die Polizei vor Ort eintraf, entpuppte sich der Gegenstand als Kühltasche, die in der Nähe des Haupteingangs der Behörde stand. Schnell bewahrheitete sich die Angabe aus dem Notruf, denn es war ein deutliches Ticken aus dem Inneren der Tasche zu vernehmen. Beim Eintreffen der Kriminaltechniker hatte das Ticken jedoch aufgehört, und man beschloss, die Bombe durch einen Beschuss mit Schrotmunition unschädlich zu machen.

Jedermann ging in Deckung, und die Schüsse wurden abgefeuert. Daraufhin explodierte die Bombe und hinterließ in der Folge umfassende Schäden am Gebäude, doch keine der anwesenden Personen wurde verletzt.

Erneut fand man Nägel, die Federn eines Uhrwerks, Teile einer Autoalarmanlage sowie Plastikreste einer Brennspiritusflasche.

Es wurde immer wahrscheinlicher, dass diese drei Bomben auf ein und denselben Täter zurückgingen. Zwischenzeitlich hatten man auch Zeugenaussagen ausgewertet, die zu einem Mann mit dem Nachnamen Hyttinen führten. Er wurde wenige Tage nach der dritten Bombenexplosion festgenommen, allerdings reichten die Beweise nicht für eine Haftstrafe aus, sodass Hyttinen im gleichen Herbst wieder auf freien Fuß gesetzt wurde. Da die Polizei Hyttinen jedoch weiterhin verdächtigte, hielt man ihn unter Beobachtung.

Zwei Tage vor Heiligabend 1983 observierten zwei Beamte Hyttinens Wohnung in Tensta. Um fünf Uhr morgens explodierte eine vierte Bombe in der Wohnung, die dem Bericht zufolge »in Schutt und Asche« gelegt wurde. Hyttinen verstarb.

»Das ist eine richtig gruselige Lektüre.« Karolina Palm legte den Bericht mit verstimmter Miene zurück auf den Tisch.

»Man ist mittlerweile ja einiges gewöhnt, aber dass die Opfer nicht nur verbrannt sind, sondern auch noch von Hunderten von Nägeln durchbohrt wurden … Wozu sollte das gut sein?« Kopsch schüttelte den Kopf.

Das Böse, dachte Karolina. Da war es wieder. Ein kleiner Blick auf die menschlichen Abgründe.

»Aber was war Tingströms Motiv?«

»Es fing kleiner an. Mit der Briefbombe.«

Karolina runzelte die Stirn. Daran erinnerte sie sich nicht.

»Vier Jahre vor der ersten Bombe, 1979, wurde Tingström dafür verurteilt, dem Vorstandsvorsitzenden eines Glücksspielkonzerns mit dem hübschen Namen ›Prox Kalkylator AB‹ eine Briefbombe geschickt zu haben. Als die Firma bankrottging, verlor Tingström die siebzigtausend Kronen, die er investiert hatte, und das machte ihn wütend. Der Anklage zufolge war das sein Motiv für den Mord an dem Firmenchef. Außerdem wurde er dafür verurteilt, dass er seine Partnerin illegal abgehört hatte. Er bekam vier Jahre in Kumla.«

»Also war er gerade wieder draußen, als es bei Staatsanwalt Dencker knallte?«

»Dem Staatsanwalt, der ihn ins Gefängnis gesteckt hatte. Natürlich hatten wir Tingström sofort im Visier, aber für die Bombe bei Dencker wurde er nie verurteilt.«

»Hatte er ein Alibi?«

»Ein wasserdichtes. Zum Zeitpunkt der Explosion war er in Syrien.«

»Aber ihr habt ihn für die anderen Bomben drangekriegt?«

»Ja, für die im Skatteskrapan und die bei der Vollstreckungsbehörde. Die Explosion in Hyttinens Wohnung konnten wir ihm nicht nachweisen. Es war schließlich möglich, dass der sich selbst in die Luft gesprengt hatte.«

»Oder getäuscht wurde, damit er irgendetwas falsch anschloss?«

»Es wurde nie ganz geklärt, welche Rolle Hyttinen gespielt hat und wie die Beziehung zwischen ihm und Tingström aussah. Aber irgendjemand muss Tingström beim ersten Anschlag geholfen haben, als er in Syrien war. Und man hatte Hyttinen bei der Vollstreckungsbehörde beobachtet.« Eywind Kopsch fuhr sich durch den Bart und lächelte betrübt. »Mit den Jahren lernt man, dass es selten so ist, wie es aussieht.«

»Wie meinst du das?«

»Was diesen Fall noch pikanter macht, ist, dass er total auf den Kopf gestellt wurde, nachdem die Tonbänder veröffentlicht wurden, die Tingström 1979 aufgenommen hatte, als er seine damalige Partnerin abhörte.«

»Darauf war Dencker zu hören, nicht wahr?«

»Exakt. Tingströms Freundin hatte einen Seitensprung mit dem Staatsanwalt, der für den Fall zuständig war: Sigurd Dencker. Das gab einen riesigen Aufschrei. Es kam heraus, dass der Generalstaatsanwalt persönlich davon gewusst hatte. Doch statt Einspruch zu erheben, hatte er die ganze Sache vertuscht. Es war furchtbar, als Polizist an diesem Fall zu arbeiten und all das mitzubekommen. Mir ging es sogar körperlich schlecht. Tingströms Freundin hatte gegen ihren

Freund ausgesagt. Dencker hatte sie also vor Gericht vernommen, während er gleichzeitig ein sexuelles Verhältnis mit ihr unterhielt.«

Er schüttelte den Kopf, als könne er das alles immer noch nicht glauben.

»Man kann durchaus verstehen, dass so etwas Tingströms Psyche angreift«, meinte Karolina.

»Und wie.«

»Das Verfahren wurde neu aufgerollt, oder?«

»Letzten Endes wurde Tingström freigesprochen, was die Briefbombe anging, aber nicht in den anderen Fällen.«

Karolina Palm schaute wieder auf die Dokumente. Sie waren maschinengeschrieben, die Skizzen handgezeichnet, mit Bleistift und Lineal. Ein analoges Stück Handwerk, fehlerfrei ausgeführt von Kopsch und seinen Kollegen, zu einer völlig anderen Zeit. Und trotzdem war es auf einmal wieder brandaktuell.

Außerdem schien jemand unheimlich genau im Bild zu sein, was die Details betraf.

»Diese neuen Bomben … es sind Kopien, oder?«

Kopsch nickte.

»Es ist fast schon gruselig. Brennspiritus und Nägel. Die Alarmanlage stammt von einer anderen Firma, aber es ist heute wie damals ein Vibrationsalarm. Und die Eieruhren sind zwar durch modernere Modelle ersetzt worden, die Funktion bleibt aber dieselbe. Die Koffer bestehen jetzt aus Aluminium und sind ebenfalls moderner, doch es ist eine identische Konstruktion. Eigentlich ist alles die gleiche alte Mechanik.«

Kopsch fuhr mit seinem breiten Zeigefinger über die Skizze auf der Titelseite des Tingström-Berichts.

»Die Eieruhr wurde im Vorfeld aufgezogen. Wenn sie

geklingelt hatte, war der Stromkreis der Batterie bereit und die Bombe aktiv. Wenn dann eine Person nah genug herankam, löste der Vibrationsalarm aus, und der Stromkreis wurde geschlossen. Der Zünder erhielt Strom, das Sprengmittel explodierte, und Nägel wurden in jede Richtung geschossen, während sich gleichzeitig der Brennspiritus entzündete und einen großen Feuerball entfachte.«

Es war beinahe vollkommen still in dem kleinen Raum, nur das Summen das Aquariums war noch zu hören. Auf einmal beneidete Karolina Nemo und Dorie. Sie ahnten nichts von der Bösartigkeit, die jemanden dazu brachte, solch teuflische Bomben zu bauen.

Karolina runzelte die Stirn und versuchte sich wieder zu konzentrieren. Es war eigenartig, etwas über einen Fall aus dem Jahr 1983 zu lesen, der mehr als dreißig Jahre später plötzlich wieder aktuell war.

»Aber warum taucht dieser Nachahmer ausgerechnet jetzt auf?«

»Wenn es denn ein Nachahmer ist …«

Sie sah Kopsch erstaunt an. Was meinte er?

Er kam ihrer Frage zuvor.

»Lars Tingström selbst ist seit mehreren Jahren tot, aber wir konnten nie herausfinden, ob Hyttinen wirklich sein Komplize war. Vieles deutete darauf hin, aber es fehlten entscheidende Beweise. Vielleicht war er dabei. Vielleicht arbeitete Tingström allein. Oder …«

»Oder?«

»Oder sie waren mehr. Es kann noch eine weitere Person involviert gewesen sein.«

KAPITEL 38

Es war erst das zweite Mal, dass Lilliehorn Zutritt zum Saal gewährt wurde. Das erste Mal war bei der Führung durch das Haus gewesen, beziehungsweise die Burg, wie sie sie nannten. Inzwischen nannte er das Gebäude auch selbst so.

Gelegentlich fühlte er sich immer noch wie ein Besucher, wenn er durch die Eingangstüren ging, aber Lilliehorn war es gewohnt, sich anzupassen. Er las ab, was von ihm erwartet wurde, und versuchte, genau das zu liefern. Oft mit hervorragendem Resultat.

Dasselbe tat er auch jetzt: Er beobachtete und registrierte.

Der Saal war eine Erscheinung für sich, prunkvoll und in der Mitte des Obergeschosses der Burg gelegen. Rund um den Saal verliefen Korridore mit Arbeitszimmern, aber hier in der Mitte befand sich eine offene Fläche unter einem gewölbten Glasdach. Entlang der Wände standen Pflanzen und weiße Marmorskulpturen, die den Eindruck verstärkten, dass man sich hier auf einer Art Plaza befand. In der Mitte stand jedoch ein moderner rechteckiger Tisch, an dem achtzehn Personen Platz fanden. Der Verweis auf die Schwedische Akademie war offensichtlich, auch wenn man der Versuchung, jedem Stuhl eine Nummer zuzuordnen, widerstanden hatte.

Am Kopfende war allerdings ein Messingschild angebracht, das verkündete, dass derjenige, der dort saß, den Titel »Directeur« innehatte.

Selbstverständlich thronte Cederström auf diesem Stuhl. Neben ihm saßen die anderen, allen voran natürlich Raab.

Gab es jemals ein Treffen, das ohne ihn stattfand? Lilliehorn bezweifelte es. Gegenüber von Raab saß der elegante Olof Possler. Neben ihm hatte wiederum die einzige Person der Organisation Platz genommen, deren Hautfarbe nicht Weiß war.

Lilliehorn kannte ihn von einem früheren Treffen, seinem ersten in diesem Zusammenhang. Im Herbst des vorigen Jahres waren sie im Wennergrenschen Palais zusammengekommen, wo der Mann, dessen schwarzes Haar und olivfarbene Haut ihn eine Herkunft aus dem Nahen Osten vermuten ließen, als Hakim vorgestellt worden war. Er war einer der wenigen gewesen, die es sich getraut hatten, Cederström offen zu widersprechen.

Gegenüber von Hakim saß Josefsson. Lilliehorn begriff nie so richtig, ob Josefsson tatsächlich einen der Stühle am Tisch innehatte oder ob seine Position eher operativer Natur war. Dem heutigen Treffen nach zu urteilen bewegte er sich relativ vertraut in dem Saal, und seine Körpersprache, wenn er auf dem Stuhl saß, ließ erahnen, dass Josefsson schon öfter mit am Tisch gesessen hatte.

Lilliehorns eigener Platz befand sich gegenüber von Josefsson – und damit am weitesten entfernt von Cederström.

An der Sitzung nahmen außerdem noch zwei Männer teil, die per Telefon zugeschaltet waren. Josefsson hatte viel Aufheben um die Prozedur gemacht, einen der beiden Männer anzurufen, einen gewissen Bagge, den Lilliehorn mit BAE Systems in Verbindung brachte, einer Nachfolgegesellschaft von Bofors. Also eine große Nummer im Rüstungssektor. Er wurde über das »sichere System« angerufen, genau wie der ehemalige Oberbefehlshaber Karsten Wiktorsson.

»Vielen Dank, liebe Freunde, dass Sie sich die Zeit genommen haben«, eröffnete Cederström die Sitzung. »Es gibt einige wenige, aber dennoch wichtige Punkte, bei deren Erörterung ich um Ihre Aufmerksamkeit bitte.«

Damit nickte er Josefsson kurz zu, der das Wort übernahm.

»Der erste Punkt betrifft Axel Sköld. Er hat sich erneut mit Lova Magnusson getroffen. Wir wissen nicht, was zwischen ihnen gesprochen wurde, aber dieser Kontakt birgt ein Risiko. Sie hat großes Vertrauen zu ihm, und in Anbetracht ihres Hintergrunds und der Rolle ihres Vaters können wir nicht sicher sein, dass sie keine Informationen über unsere Tätigkeit in Saudi-Arabien an Sköld weitergibt.«

»Was weiß sie denn darüber? Sie kann ja nicht sonderlich alt gewesen sein, als dieses Thema am aktuellsten war?«

Possler richtete einen fragenden Blick an Josefsson, der sich seinerseits an Lilliehorn wandte.

»Sie wurde erst in den Achtzigern geboren, von der ersten Runde hat sie entsprechend ganz sicher nichts mitbekommen. Korrekt, Lars?«

»Das stimmt. Unsere geschätzte Ministerpräsidentin kam erst 1984 zur Welt.«

Possler schien diesen Umstand eine Weile zu überdenken.

»Aha. Dann war sie bei der zweiten Runde, 1998, vierzehn Jahre alt«, schlussfolgerte er schließlich. »Ein gefährliches Alter.«

Fünf Männer machten ernste Gesichter und nickten besorgt angesichts der allgemein bekannten Problematik, was ein Teenagermädchen alles anrichten konnte.

Lilliehorn imitierte das Verhalten der anderen, registrierte gleichzeitig aber die unbeabsichtigte Komik der Situation.

»Aber Sie konnten nicht herausfinden, ob sie Sköld etwas darüber erzählt hat?«

Possler hatte die Frage an Lilliehorn gerichtet.

Jetzt kam es auf eine vorsichtige Antwort an, dachte er. Möglicherweise war das eine Anschuldigung.

»Leider konnte unsere Quelle nur darüber Auskunft geben, dass sie sich getroffen haben, nicht aber über die Gesprächsinhalte.«

Keiner sagte etwas, sodass sich Lilliehorn dazu genötigt fühlte weiterzusprechen.

»Ich habe ihr die Botschaft übermittelt. Sie und Sköld müssen sich von nun an stark zurücknehmen. Die Bombe hat ihr Übriges getan. Magnusson steht unter Druck, und ich habe sie daran erinnert, in welcher Nähe zu ihr die Explosion stattfand. Das hat Wirkung gezeigt.«

War die Stimmung um den Tisch nicht augenblicklich etwas gelöster? Oder versuchte er nur, sich das einzureden?

Es knackte im Lautsprecher, und Bagges Stimme erklang.

»In der neuesten Sendung des *Eko-Journals* hieß es, die Ministerpräsidentin dementiere nach wie vor, dass die Bombe ein terroristischer Angriff war. Anscheinend hat keine Organisation die Tat für sich beansprucht.«

»Das ist ein Rückschlag. Daran hätten wir denken sollen«, erwiderte Possler.

Es war als Seitenhieb auf Josefsson zu verstehen, der jetzt den Schwarzen Peter hatte.

»An diese Sache wurde sehr wohl gedacht. *Auch daran.*« Josefsson begegnete Posslers Blick mit einer mürrischen Miene. Er schob seine Brille auf die Stirn und lehnte sich auf dem schwarzen Lederstuhl zurück. »Nun verhält es sich mit dieser Art von Tätigkeit aber so, dass man nicht immer gut beraten ist, allzu offensichtliche Spuren zu hinterlassen. Am geschicktesten ist es zumeist, den Ermittlern das Gefühl zu geben, sie seien besonders clever, wenn sie selbst herausfinden, in welche Richtung die Spuren deuten. Auf diese Weise erzielt man einen deutlicheren und nachdrücklicheren Effekt.«

»Gewiss.« Possler nickte. »Sie liegen oft richtig, Josefsson, und mir ist durchaus bewusst, dass Sie eine gut funktionierende Abteilung leiten. Trotzdem sitzen wir jetzt hier.«

»Es wird zu viel angenommen und vermutet, während es stattdessen glasklar sein müsste«, meldete sich die Stimme von Karsten Wiktorsson, dem zweiten Mitglied, das per Telefon zugeschaltet war. Lilliehorn erkannte die Stimme des ehemaligen Oberbefehlshabers der Streitkräfte. »Nun, was wissen wir eigentlich? Wie viele Informationen kann die Ministerpräsidentin über Datasaab haben?«

Eine kurze Stille kam auf. Alle blickten zu Lilliehorn, der schließlich mit den Schultern zuckte.

»Die schlichte Wahrheit ist, dass wir keine Ahnung haben. Ihr Vater kann ihr alles erzählt haben. Oder nichts.«

»In diesem Fall sollten wir vom Schlimmsten ausgehen.« Cederströms Kommentar kam postwendend. »Sie könnte sogar Kenntnis von wichtigen Details der Operation Mjolnir haben. Immerhin war sie es, die Legré auf diese Spur angesetzt hat, also weiß sie definitiv, dass irgendein Projekt mit diesem Namen existiert.«

Blicke wurden getauscht, und Sorgenfalten erschienen auf den Gesichtern. Lilliehorn beobachtete und registrierte alles.

»Hakim«, ergriff Bagge erneut das Wort. »Wie sauber haben Sie Ihren Bereich hinterlassen?«

»Vollkommen sauber. Es gibt keine einzige Spur.«

»Hakim. Sie wissen, dass das unmöglich ist. Es gibt immer Spuren. Geben Sie mir eine Antwort, an die ich glauben kann.«

Hakim wand sich beklommen auf seinem Stuhl. Er war nicht bereit dafür, ins Kreuzverhör genommen zu werden, das sah Lilliehorn ihm deutlich an.

»Ich vertraue meinen Männern, und das ist die Information, die ich von ihnen erhalten habe. Die Fabriken wurden dem Erdboden gleichgemacht, und die Ausrüstung ist entweder zerstört oder wurde nach Schweden zurückgeschickt.«

»Wie viele Einheiten existieren also noch?«

»Nur zwei.«

»*Zwei?* Wie kann es noch zwei Einheiten geben?«

»Eine steht im Technischen Museum«, schaltete sich Josefsson ein. »Um dieses Exemplar brauchen wir uns kaum zu sorgen. Gefährlich kann uns nur das werden, das wir hier haben. Im Keller.«

Bagge schnaubte, was Lilliehorn so interpretierte, als wäre er fürs Erste zufrieden mit dieser Antwort.

»Und wie groß sind die Risiken?«

»Äußerst gering. Hierher kommt keiner.«

Niemand widersprach. Es war die allgemeine Auffassung, dass die Burg sicheres Terrain darstellte.

Nun meldete sich Wiktorsson zu Wort.

»Wir hätten das gesamte Material in den Neunzigern verkaufen sollen, als wir noch Interessenten dafür hatten.«

Cederström schüttelte den Kopf, doch da diese Bewegung nur schlecht übers Telefon zu sehen war, musste er seine Geste weiter ausführen.

»Wir haben entschieden Abstand davon genommen, an Terroristen zu verkaufen, und das halte ich noch heute für einen äußerst klugen Entschluss.«

Raab hatte lange geschwiegen, aber jetzt stärkte er seinem »Directeur« den Rücken.

»Außerdem finde ich, dass wir letztlich trotzdem einen sicheren Platz gefunden haben, an dem wir alles aufbewahren können.«

Possler stimmte nickend zu.

»Darüber hinaus könnte es sich als sehr kluger Schachzug erweisen, dass das Material noch in unserem Besitz ist«, fügte er dann hinzu. »Die Chinesen haben ein unerhört großes Interesse daran gezeigt, was es uns erlaubt, in Phase 2 einzutreten.«

Lilliehorn glaubte eine Veränderung in Cederströms Haltung zu beobachten, während sich der Ausdruck in Hakims Gesicht als nichts anderes als reiner Widerwille deuten ließ. Aber beide schwiegen weiter.

Stattdessen war es Bagge, der den Gesprächsfaden aufnahm.

»Das sind interessante Neuigkeiten. Können Sie näher darauf eingehen, Possler?«

»Nein, viel mehr kann ich eigentlich nicht dazu sagen. Es sind nur Andeutungen. Aber es passt zu ihrem Projekt.«

»Sie meinen die Neue Seidenstraße? Sieh einer an.« Bagge lachte.

Sobald die Sprache auf China gekommen war, hatte sich Hakim sichtlich unwohler gefühlt. Jetzt konnte er nicht länger schweigen.

»Die Neue Seidenstraße ist ein Infrastrukturprojekt. Was haben irgendwelche Autobahnen durch Asien mit der Operation Mjolnir zu tun?«

Wieder senkte sich Stille über den Saal. Nach Lilliehorns Empfinden haftete ihr eine allgemeine Verlegenheit an, als hätte Hakim eine peinliche Wissenslücke offenbart. Lilliehorn hielt sich bedeckt, hatte aber selbst keinen Schimmer davon, was Bagge und Possler in Wahrheit gemeint hatten.

Erneut war es Cederström, der die Stille durchbrach. Offenbar wollte er die Sitzung allmählich beenden.

»Wir sollten umsichtig sein, was unsere weitere Richtung im Hinblick auf die Zukunft von Operation Mjolnir betrifft. Possler, Sie sondieren weiter die Lage in China.« Der Angesprochene nickte. »Josefsson, ich finde, Wiktorsson hat recht: Wir müssen noch deutlicher werden. Bereiten Sie einen weiteren Schritt vor. Möglicherweise können wir einen Plan entwickeln, der das Problem mit den Spuren unserer Tätigkeit in Saudi-Arabien löst und unseren regierenden Politikern gleichzeitig eine unmissverständliche Botschaft zukommen lässt.«

»Sind Sie sicher?« Josefsson wirkte überrascht. »Ist das nicht etwas zu drastisch?«

»Machen Sie sich nie von materiellen Dingen abhängig. Wir alle wussten, dass dieser Tag kommen könnte. Jetzt ist vielleicht der perfekte Zeitpunkt, um Tabula rasa zu machen.« Cederström nahm sich die Zeit, jedem der Anwesenden in die Augen zu blicken, ehe er fortfuhr: »Wir haben dieser Lage schon einmal gegenübergestanden. Dem Schweden ist ein besonderes Gemüt zu eigen, eine eigentümliche Essenz in seiner Volksseele. Eine Trägheit, die weniger als Dummheit, sondern vielmehr als Widerwille gegen überhastete Entscheidungen zutage tritt. Wir lassen uns nicht so leicht beeindrucken. Wir warten lieber ab und sehen, was kommt. Vielleicht liegt es am kühlen Klima oder an einer berechnenderen Kaltschnäuzigkeit, dass wir Hitzigkeit geradezu als Schwäche ansehen. Doch manchmal geht dieses abwartende Verhalten zu weit, und unsere Behäbigkeit macht uns verwundbar – vielleicht eine Folge von über zweihundert Jahren, die unser Volk bereits in Frieden lebt. Und Sie alle wissen, dass uns dieser Umstand bei mehreren Gelegenheiten in die Hände gespielt hat. Das schwedische Selbstbild ist noch immer das des Landes, in dem alles ›gerade richtig‹ ist – und das, obwohl es uns gelungen ist, ein steuerfinanziertes Schulsystem ohne Gewinnmöglichkeiten für private Akteure aufzubauen. Trotz einer Eisenbahnprivatisierung, um die uns die Briten beneiden. Trotz einer Deregulierung des Apothekenwesens, von dem nicht zuletzt Sie, Bagge, profitieren konnten ...« Bagge grunzte nur. »... und trotz eines staatlichen Aktienbesitzes in Rentenfonds, der weltweit seinesgleichen sucht. Trotz alldem sind wir immer noch das Land, in dem alles ›gerade richtig‹ ist.«

Er räusperte sich.

»Vielleicht ist also die Zeit gekommen, eine Botschaft zu senden, die selbst die Bürger des Landes, in dem alles ›gerade richtig‹ ist, nicht missverstehen können. Die Burg ist immer wichtig für uns gewesen, und das Ideal und die Idee hatten immer Vorrang vor allem Materiellen. Außerdem verkompliziert sich die Angelegenheit durch den Gemäldediebstahl. Es lässt sich nicht darüber hinwegsehen, dass er hierbei eine Rolle spielen könnte. Daher empfehle ich, dass wir uns zumindest auf den Schritt *vorbereiten*, Tabula rasa zu machen. Gibt es irgendwelche Einwände?«

Er überblickte den Saal, und Schweigen schlug ihm entgegen. Zum Schluss nickten alle Cederström zu, einer nach dem anderen.

Im Nachhinein dachte Lilliehorn, dass es in Wahrheit Verneigungen gewesen waren. Man hatte dem »Directeur« seine Treue versichert. Auch Lilliehorn hatte es getan.

Allerdings hatte er nicht die geringste Ahnung, was genau da beschlossen worden war.

KAPITEL 39

Beim Schreiben presste er die Finger fest auf die Tasten des Handys. Das Gehäuse knackte bedrohlich, und Axel zwang sich, seinen Griff ein wenig zu lockern. Aber es fiel ihm schwer. Er war wütend.

Gerade hatte er die Nachricht abgeschickt, da wurde die Eingangstür geöffnet, und Stina kam herein. Er fühlte sich ertappt, rechtfertigte es aber damit, dass er es ja für sie tat.

»Wie gut, dass du kommst. Ich muss dir was zeigen.«

»Okay?«

»Komm hier rüber. Aber ich warne dich vor, es sind gruselige Bilder.«

Stina zog ihre dünne Jacke aus und schob ihren Bürostuhl an Axels Schreibtisch.

Dort saßen sie lange. Axel zeigte ihr die Videos, die Lova ihm gegeben hatte. Er spulte erst zu den Stellen vor, wo zu sehen war, wie die Personen an den Kameras vorbeigingen, und suchte dann in allen vier Dateien den Zeitpunkt der Explosionen heraus.

Bei der ersten Explosion schreckte Stina auf. Beim zweiten Mal sah sie gequält aus, bei der vierten Explosion drehte sie den Kopf zur Seite.

Anschließend starrten sie schweigend auf die Schwärze, die Axels Bildschirm ausfüllte.

Draußen liefen ein paar Kinder vorbei. Das Geräusch eines rollenden Skateboards näherte sich und verschwand wieder. Ein Auto fuhr die Straße entlang. Spatzen zwitscherten.

»Das sind grässliche Aufnahmen.«

Axel fuhr sich durch die Haare. »Er stirbt geradezu vor unseren Augen.«

»Und diese Bilder hat niemand sonst gesehen? Und du hast sie von der Ministerpräsidentin bekommen? Und sie sind seit über zwei Tagen in deinem Besitz, ohne dass du sie veröffentlicht hast?«

»Ja. In erster Linie will die Ministerpräsidentin anonym bleiben.«

»Das verkompliziert die Sache.«

»Aber nicht sehr, oder? Wir brauchen nicht zu sagen, woher wir sie haben, nur dass wir an Überwachungsbilder aus der Tiefgarage des Reichstagsgebäudes gelangt sind. Mein großes Problem ist, dass ich nicht weiß, wie ich damit an die Öffentlichkeit gehen soll. Mein Podcast scheint mir ein wenig zu klein für eine so große Enthüllung.«

»Mhm. Ich wusste nicht einmal, dass es unter dem Reichstag eine Tiefgarage *gibt*.«

»Ich genauso wenig. Dort sind nur vier Parkplätze vorhanden und etwas mehr Platz für Fahrräder und Roller. Wenn man bedenkt, wer sich in dem Gebäude so bewegt, war es wohl die ursprüngliche Idee, dass die Garage geheim *sein soll*.«

Stina stand auf und ging im Raum hin und her. Axel kannte dieses Bewegungsmuster bei ihr: So sah Stina aus, wenn sie analysierte. Also lehnte er sich auf seinem Stuhl zurück und gab den Sparringpartner.

»Eine Bombe befand sich also unter dem Auto des Reichstagspräsidenten? Dann war er das anvisierte Ziel, oder?«

»Schwer, das mit Sicherheit zu sagen, aber auf jeden Fall eine plausible Hypothese.«

»Oder es ist das einzige Versteck in der Tiefgarage, schließlich war nur dieses eine Auto dort geparkt. In diesem Fall wollte der Täter tatsächlich Legré erwischen.«

»Eine ebenso plausible Hypothese. Die zweite Bombe scheint ja in der Nähe seines Rollers platziert gewesen zu sein.«

»Dass die Ministerpräsidentin einen alten Bekannten ausnutzt, der als Journalist ...«

»Jetzt aber mal halblang!«

»... entschuldige, sich an einen Reporter *wendet*, dem sie schon länger *vertraut* ... Worauf deutet das hin? Dass sie anderen Journalisten nicht traut? Oder will sie, dass du, vielleicht auch mit mir zusammen, etwas publizierst, mit dem die Polizei nicht an die Öffentlichkeit gehen möchte?«

»Möglicherweise traut sie der Polizei und der Säpo nicht und möchte, dass das hier bekannt wird.«

»Aber warum?«

»Meine Vermutung ist, dass der Anschlag mit Oscar Legrés neuer Rolle als Untersuchungsbeauftragter zu tun hat.«

»Diese Sache mit dem Kalten Krieg?«

»Ja. Du hast es schon selbst aus dieser Perspektive gesehen, Stina. Kurz vor seinem Tod erhielt Oscar Legré von der Ministerpräsidentin weitreichende Befugnisse, um Militärgeheimnisse aus den Achtzigerjahren ans Licht zu bringen. Es muss unglaublich mächtige Kräfte geben, für die es von Nachteil wäre, wenn geheime Akten aus dieser Zeit öffentlich würden.«

»Jetzt klingst du wie Jan Guillou.«

»Danke.«

»Das war kein Kompliment.«

»Für mich ist es eines.«

Stina lächelte resigniert. Sie schaute auf ihr Handy.

»Okay, ich muss los. Davids Taxi kommt in einer halben Stunde. Ooooh!« Axel sah förmlich, wie sie zwischen dem, was sie gerade gesehen hatten, und ihrem Sohn hin- und hergerissen war. »Wir können heute Abend weiterreden. Bis jetzt sind wir ja die Einzigen, die das gesehen haben.«

»Die Polizei muss die Videos doch auch kennen.«

»Wahrscheinlich, stimmt. Und da stellt sich die Frage, wieso sie diese Information nicht publik machen.«

»Das könnte daran liegen, dass technische Details über die Konstruktionsweise der Bombe zu erkennen sind. So etwas ist natürlich streng geheim, denn diese Information kann der Polizei Aufschluss darüber geben, welcher Täter oder welche Organisation hinter dem Sprengstoffanschlag steckt. Und gerade an diesem Punkt bin ich irgendwie hängen geblieben.«

Stina packte ihren Laptop in die Tasche, hielt aber mitten in der Bewegung inne. »Was meinst du?«

»Ich weiß nicht, aber ich kenne diese Art von Bombe irgendwoher. Es ist, als hätte ich so etwas schon einmal gesehen. Die Eieruhr, Brennspiritus ... Moment!«

Er zog einen Ordner mit der Aufschrift »Fontainebleau« aus seinem Regal und blätterte durch das Register. Bei dem Streifen, den er »Tingström-Bericht« genannt hatte, stoppte er.

Stina schloss ihre Tasche und nahm die Jacke vom Stuhl. Obwohl sie sichtlich unter Stress stand, kam sie noch einmal zu ihm.

»Guck, hier. Das habe ich wiedererkannt. So sahen die Bomben von Lars Tingström aus.« Er zeigte ihr ein Bild. Es war eine simple Zeichnung, mit Lineal und Bleistift angefertigt.

Ihr stockte der Atem.

»Eieruhr. Batterie. Brennspiritus. Nägel. Und das dort ist ein Vibrationsalarm für Autos, das war einer der Auslösemechanismen. Er reagiert auf Erschütterungen und Bewegungen in der Nähe und schließt dann den Stromkreis zwischen den Batterien und dem Sprengstoff.«

Stina schaute fasziniert auf die Zeichnung. »Auf den Videos war doch irgendetwas zu sehen, bei dem ein paar Buchstaben fehlten? Das könnte doch der Alarm gewesen sein …«

Axel öffnete die Filmdatei auf seinem Computer.

»Ja, hier«, bestätigte er. »A U – – A L – – M.«

»Autoalarm!«, stieß Stina triumphierend aus.

»Das muss Karolina an den Bomben in der Hedinsgatan aufgefallen sein. Es ist dieselbe Machart! Das ist der Grund, warum sie nicht an einen Terroranschlag glaubt.«

Axel spürte, wie das Adrenalin durch seinen Körper schoss. Das war ein weiterer Coup. Nicht nur, dass die Bomben in der Garage des Reichstagspräsidenten gelegt worden waren, sie waren außerdem Kopien von Lars Tingströms Konstruktionen, die vor über dreißig Jahren gebaut worden und Teil der schwedischen Kriminalgeschichte waren. Das deutete auf etwas anderes hin als auf das Klischee eines stereotypen islamistischen Extremisten.

Stina sah aus, als wolle sie sich zweiteilen.

»Wir müssen uns weiter darüber unterhalten. Kann ich dich heute Abend anrufen, wenn David im Bett ist? Wir brauchen einen Plan, und ich glaube, wir müssen uns beeilen.«

»Wir?«

»Ja, wir arbeiten doch zusammen, oder? Hast du mir die Videos nicht deshalb gezeigt?«

Als sie es sagte, wunderte er sich, dass er nicht schon früher daran gedacht hatte. So simpel, so offensichtlich.

»Auf jeden Fall«, versicherte er. »Aber wir müssen überlegen, wie und wann wir die Sache veröffentlichen und ob die Leute in Panik verfallen, wenn sie das hier sehen.«

»Wir haben keine Wahl, die Menschen müssen korrekt informiert werden. Dass eine der Bomben unter dem Auto des Reichstagspräsidenten platziert wurde, ist etwas, was die Allgemeinheit erfahren muss, egal aus welchem Grund.«

Axels Handy gab einen Piepton von sich. Er schaute aufs Display.

»Ist schon in Ordnung, kümmere dich darum«, meinte Stina, die offenbar seinen Gesichtsausdruck bemerkt hatte. »Ich müsste eh schon längst weg sein.«

Dann verschwand sie durch die Tür.

Axel war froh über das Timing, ärgerte sich aber über den Inhalt der Nachricht.

Okay. Ich weiß nicht, was das bringen soll, aber du bekommst fünf Minuten. Komm in die Dachbar im Continental. 19:00 Uhr.
Fredrik

Fünf Minuten waren mehr als genug. Um ihm eine zu verpassen, würde er sehr viel weniger Zeit brauchen.

KAPITEL 40

Um 18:59 Uhr stand Axel Sköld im Aufzug des Continental. Er fuhr gemeinsam mit einer Gruppe Mittzwanziger, die den Kleidern nach auf eine Party wollten. Die Mädchen trugen kurze Röcke, die Jungs Leinenanzüge. Sie lachten in eine Handykamera. Selfie. Für Axel hatte das Wort eine andere Bedeutung. Er dachte dabei an Fredrik, ein erstklassiges Arschloch, das völlig irrational und komplett egoistisch handelte.

»Entschuldigung, könnten Sie ein Foto von uns machen?«

Axel nickte abwesend und drückte auf den Auslöser, ohne sich große Mühe zu geben.

»Aber das ist ja total verwackelt! Und ich habe die Augen zu!« Die junge Frau, der das Handy offensichtlich gehörte, streckte es Axel erneut entgegen. »Können Sie noch eins machen?«

Der Aufzug stoppte, und die Türen öffneten sich. Axel schüttelte nur den Kopf und stieg aus.

»So was Unhöfliches! Was ist mit den Leuten eigentlich los? Jeder denkt nur noch an sich selbst.«

Er durchquerte einen Flur mit Teppichboden und braunen Wänden, die von großen Glühbirnen in warmes Licht getaucht wurden. Von der Bar am anderen Ende drang Musik zu ihm herüber. Lobbyjazz. In Übertöpfen aus Messing standen Yuccapalmen, die es ihm erschwerten, sich einen Überblick über den großen Raum zu verschaffen.

Eigentlich war der Ausblick auf den Riddarfjärden das Highlight, weshalb man die Dachbar besuchte. Hier gönnte man sich einen Drink und blickte über Stockholms Gewässer, Inseln und, wie jetzt, das magische Abendlicht der Stadt.

Aber für solche Dinge hatte Axel in diesem Moment keinen Blick. Dafür war er zu sehr damit beschäftigt, einen Zorn zu verarbeiten, den er seit Jahren nicht mehr gespürt hatte.

Vor seinem geistigen Auge sah er Bilder von David, der Pokémon spielte. David, der seine Hand hielt. David, der Stina umarmte. David, der Axel anlächelte, während sie gemeinsam durch das Nationalmuseum streiften.

Axel schaute sich im Lokal um. Es war neun Jahre her, dass er Fredrik zuletzt gesehen hatte, aber er hegte nicht den geringsten Zweifel daran, dass er diesen Idioten wiedererkennen würde.

Ein diskretes Räuspern hinter ihm ließ Axel zusammenschrecken. Meine Güte, stand er unter Strom. Er musste sich unbedingt beruhigen.

»Verzeihung, sind Sie möglicherweise Axel Sköld?«

Ein Kellner.

»Ja?«

»Dann werden Sie von einem Herren an diesem Tisch dort erwartet.«

Axel folgte dem Kellner. Sie bogen nach links ab und umrundeten ein Bücherregal.

Axels Verabredung saß mit dem Rücken zu ihm und las in einer Zeitung. Vor ihm stand ein Cognacschwenker.

»Hier. Möchten Sie auch etwas zu trinken?«

Still schüttelte Axel den Kopf, seine Aufmerksamkeit galt allein dem Rücken des Mannes vor ihm.

Der Kellner ließ sie allein.

Jetzt wandte sich der Mann zu Axel um.

»Leider war Fredrik verhindert, aber er lässt Grüße ausrichten.«

Lars Lilliehorn legte die Zeitung auf den Tisch. In seiner Verwirrung registrierte Axel, dass es die *Times* war. Dann erfasste ihn der Zorn von Neuem.

»Zur Hölle, was wollen Sie? Ich bin mit Fredrik Svensson verabredet.«

Bisher hatte Axel nur Bilder von Lars Lilliehorn gesehen. Die meisten stammten von Pressekonferenzen des ehemaligen Finanzministers Tammer. Stina hatte sich über Lilliehorns Methoden beklagt, denn er umgab sich mit einer Gruppe aus loyalen Reportern, denen er vorab Fragen zuschickte, um kritische Themen zu vermeiden.

Womit sich Lilliehorn jetzt beschäftigte, nach Tammers Ausrutscher und dem darauf folgenden Rücktritt, wusste Axel nicht. Aber dass er anstelle von Fredrik hier saß, ließ ihn nichts Gutes ahnen. Ganz und gar nichts Gutes.

Lilliehorn hingegen schien sich prächtig zu amüsieren. Er machte eine ausschweifende Geste in Richtung des Sofas gegenüber.

»Ich habe diesen Platz mit Bedacht gewählt. Hier haben wir eine gute Aussicht und sitzen dennoch ein wenig versteckt, wenn auch unter Leuten. Perfekt, um ein ernstes Gespräch unter zivilisierten Menschen zu führen, nicht wahr?«

Axels Hirn ratterte auf Hochtouren. Dass Lilliehorn aufgetaucht war, bedeutete, dass er mit Fredrik unter einer Decke steckte. Eine weitere mächtige Person, die neben der Staranwältin Felicia Granath auf Fredriks Seite stand.

Und dann dieser Name: Lilliehorn. Er erinnerte Axel an die Briefe, nach denen er in Boston gesucht hatte. Eines der Gründungsmitglieder der »Kriegsakademie« war ein gewisser Pehr-Ulric Lilliehorn gewesen.

Axels Neugier war geweckt. Trotzdem riet ihm sein Instinkt, das Treffen abzubrechen und zu verschwinden. Lilliehorn hatte die Oberhand, was die Informationslage anging. Axel wusste so gut wie nichts über sein Gegenüber. Doch seiner selbstsicheren Körpersprache nach zu urteilen schien Lilliehorn das meiste über Axel zu wissen.

Lilliehorn hatte den Stuhl ein Stück zurückgeschoben, sich nach hinten gelehnt und ein Bein über das andere geschlagen. Er lächelte breit.

»Nun denn, nehmen Sie Platz. Unser Gespräch wird nur wenige Minuten in Anspruch nehmen. Sie haben schließlich trotzdem Zeit, oder?«

»Ich habe Zeit für Fredrik.«

»Tja, er kommt nicht, das kann ich Ihnen versichern.«

Jetzt war das Lächeln verschwunden.

Axel blickte sich um. Sie schienen sich ungestört miteinander unterhalten zu können, und er setzte sich. Die Neugier hatte gegen das strategische Denken gesiegt.

»Ausgezeichnet, ausgezeichnet. Wir sind beide viel beschäftigte Männer, verschwenden wir also keine Zeit. Der Grund für unser Treffen ist ein sehr bedauerlicher Sorgerechtsstreit.«

»Den Fredrik Svensson plötzlich angezettelt hat und den er nie im Leben gewinnen kann.«

»In diesem Punkt gibt unsere Anwältin eine diametral entgegengesetzte Einschätzung ab. Und wenn es um juristische Streitigkeiten geht, würde ich mein Geld wohl auf Felicia Granath setzen.«

Das selbstzufriedene Grinsen war zurück in Lilliehorns Gesicht. Axels Zorn wuchs dagegen weiter an.

»Ich weiß nicht, wie Fredrik sich das leisten kann. Anscheinend kommen Sie hier für das Geld auf, und das lässt mich vermuten, dass eine gewisse Gesellschaft hinter den Kulissen für diesen Streit verantwortlich ist.«

Im selben Moment, in dem er den Satz ausgesprochen hatte, fürchtete Axel, dass er zu weit gegangen war. Er erwartete ein lautes Lachen oder womöglich ein eisiges Schweigen als Reaktion. Doch Lilliehorn überraschte ihn erneut, indem er sich nachdenklich über das Kinn rieb und in sein Cognacglas schaute.

»Mhm. Die Achtzehn, über die Sie in Ihrem Podcast so malerisch berichtet haben. Was, wenn Sie damit recht haben?«

Lilliehorn sah ihn an. Axel konnte den Gesichtsausdruck nicht deuten, aber sein Herzschlag beschleunigte sich. Was meinte er mit »recht haben«?

»Was, wenn es tatsächlich eine Organisation gibt, die über die Macht verfügt, von der Sie sprechen? Die hinter den Morden an Gustav III. und Olof Palme steckt – und an dem ein oder anderen zu wissbegierigen Journalisten?«

Axel schluckte. Lilliehorns Augen funkelten bedrohlich.

»Was wäre, wenn ich ein Mitglied dieser Gesellschaft bin? Stellen Sie sich einmal vor, wozu wir dann in der Lage wären.« Aus Lilliehorns Kehle drang ein hohles Lachen. Dann trank er einen Schluck und sprach mit einer anderen Ruhe in der Stimme weiter. »Aber wir wollen uns nicht in solch hypothetischen Überlegungen verlieren. Meine Botschaft an Sie ist simpel: Ziehen Sie sich zurück, dann werden wir dasselbe tun.«

»Wie, zurückziehen?«

»Nein. Wir werden kein sinnloses Gespräch führen, in dem Sie oder ich uns dümmer stellen, als wir in Wirklichkeit sind. So sieht es aus: Wir wissen über Sie Bescheid. Über das Verhör bezüglich des gestohlenen Gemäldes, Ihre eigenartige Zugreise durch Europa … Ja, wir sind über den Großteil

Ihrer Nachforschungen im Bilde – vor allem aber auch darüber, dass Sie einen USB-Stick erhalten haben, dessen Inhalt Sie mit äußerster Vorsicht behandeln sollten. Wir wollen, dass Sie alles löschen, was sich auf dem Stick befindet. Sie erinnern sich daran, was passiert ist, als Guillou und Bratt die IB-Affäre aufgedeckt haben – es endete mit einer Haftstrafe für Spionage –, und die Gesetze wurden seitdem noch verschärft.«

Axel fühlte sich auf eine Art und Weise präsent, als hätte jemand eine Pistole auf ihn gerichtet. Die Realität fühlte sich realer an als normalerweise. Das hier war die Bestätigung, dass Lilliehorn tatsächlich zu den Achtzehn gehörte.

»Sie drohen mir also mit dem Gefängnis? Das wäre eine Sensation, wenn Sie das vor Gericht durchbrächten. Unsere Grundgesetze wurden seit 1973 nicht verschärft.«

»Noch nicht, Axel. Noch nicht. Aber schon bald wird eine innenpolitische Debatte über Terroranschläge und Bombenattentate unser Land in Atem halten. Und dann werden die Gesetze verändert, es wird unausweichlich sein. Vor allem aber wird man Personen, die des Hochverrats oder der Bedrohung der nationalen Sicherheit bezichtigt werden, nur wenig Geduld entgegenbringen.«

Axel schnaubte verächtlich. »Das ist doch krank.«

»Krank? Es geht einzig darum, die Situation deuten zu können, eine relevante Analyse anzufertigen. Und was das betrifft, meine ich behaupten zu können, über hervorragende Referenzen zu verfügen.« Lilliehorn leerte sein Cognacglas. »Im Normalfall würde ich Sie einladen, aber Sie schienen nicht besonders durstig zu sein, als Sie kamen, und wir wollen das Treffen schließlich nicht unnötig in die Länge ziehen. Sie haben verstanden, was ich Ihnen anbiete?«

»Anbieten? So nennen Sie das, was Sie tun?«

Lilliehorn zuckte mit den Schultern.

»Sie wollen – oder vielmehr: Ihre Organisation will –, dass ich aufhöre, Ihrem Treiben auf den Grund zu gehen. Dass ich mich ›zurückziehe‹, wie Sie es ausdrücken. Als Gegenleistung für was?«

»Wir werden den Sorgerechtsprozess beilegen, und Stina darf ihren David behalten. Fredrik wird den patriotischen Wert Ihrer Handlung erkennen und es Ihnen hoch anrechnen. Es wird die Gefahren aufwiegen, denen Stina ihren Sohn ausgesetzt hat.«

In Axel brodelte es. Dieses selbstzufriedene Grinsen, diese honigsüße Stimme. Die über David sprach. Die um David *feilschte*.

Er war erstaunt, wie ruhig er dennoch zu antworten imstande war.

»Ich danke Ihnen für Ihre Deutlichkeit. Richten Sie Fredrik aus, dass er derjenige ist, der sich zurückziehen soll. Das ist ein Sorgerechtsstreit, den Sie unter keinen Umständen gewinnen können. Fredrik hat sich, feige wie er ist, aus dem Staub gemacht, als seine Partnerin und sein Sohn ihn am meisten gebraucht hätten. In neun Jahren hat er keine einzige Öre an Unterhalt gezahlt. Sie stehen vor einer unlösbaren Aufgabe. Das können Sie im Übrigen auch gern dem Rest Ihrer Organisation mitteilen.«

Er starrte direkt in Lilliehorns Augen. Je länger er sprach, desto kälter wurde der Blick, der ihn traf. Doch plötzlich wandelte sich diese Kälte in etwas anderes. Etwas Weicheres?

»Axel, Sie müssen begreifen, in welcher Gefahr Sie schweben. Ich dachte, ich könnte an Ihre Vernunft appellieren. Aber Sie lassen sich von Ihren Gefühlen in die Irre leiten. Sie haben nicht die geringste Ahnung, wozu diese Männer in der Lage sind.«

Lilliehorn stand hastig auf und schloss den Knopf seines Anzugs. Die Tischlampe verdeckte sein Gesicht. Als er wieder das Wort ergriff, hatte seine Stimme erneut einen überlegenen Tonfall angenommen.

»Überdenken Sie Ihre Position gründlich, Axel. Wenn jemand weiß, wie schnell ein Unfall passieren kann, dann Sie. Zum Beispiel im Schärengarten. Oder …« Lilliehorn nahm die zusammengefaltete Zeitung vom Tisch und hielt sie Axel hin. »… man nimmt etwas zu sich, was man nicht verträgt.«

Lars Lilliehorn verließ die Bar, aber Axel nahm kaum Notiz davon. Seine Aufmerksamkeit hatte sich auf einen Artikel in der *Times* gerichtet, auf den Lilliehorn ihn gestoßen hatte.

»Swedish woman found dead in London. Police suspect radioactive radiation as cause of death.«

Axels Magen zog sich zusammen. Hastig zog er sein Handy hervor und suchte die Nummer heraus. Es klingelte mehrmals. Niemand nahm ab.

Dann meldete sich die Mailbox.

»Dies ist der Anrufbeantworter von Marianne von Scheele. Bitte hinterlassen Sie eine Nachricht.«

KAPITEL 41

Schon im Bus fühlte sich alles verkehrt an. Normalerweise liebte David es, mit dem Bus zu fahren. Aber Mama war komisch. Sie drückte seine Hand zu oft und zu fest. Sie hatte ihn in die neue Jacke gezwängt, die kratzte.

»Heute nehmen wir die, die nicht kaputt ist, David.«

Er wusste, dass er die Reißverschlüsse nicht zerbeißen sollte, aber er konnte es nicht lassen. Er musste etwas in seinem Mund haben.

Jetzt versuchte er es an der neuen Jacke, aber Mamas Hände hinderten ihn die ganze Zeit daran. Sie fuhren über eine Brücke. Er deutete auf die Boote darunter, aber Mama schaute nur geradeaus.

»Wann sind wia da?«

»In fünf Minuten.«

»Ich schlaf bei Fedick?«

»Ja, David. Du übernachtest heute bei Fredrik.«

»Fedick Papa?«

Mama gab keine Antwort, als er fragte. Das mochte er nicht.

»Is Fedick Papa?«

»Ja, David. Fredrik ist dein Papa.«

Mama sagte es mit ihrer bösen Stimme. Aber vielleicht war sie müde?

»Mama müde?«

Endlich lächelte sie, aber es war nicht das beste Lächeln. Nicht das Weihnachtsgeschenke-Liebe-Geburtstags-Überraschungs-Lächeln. Nur das kleine Lächeln. Aber trotzdem besser als vorher.

»Ja, Mama ist ein wenig müde.«

Vielleicht wurde es besser, wenn er ihre Hand drückte? Vielleicht machte sie das wieder richtig froh.

Er versuchte es.

Sie drückte zurück, schaute aber weiter nach vorn. Dabei saß er doch neben ihr, hier am Fenster. Komisch.

»Jetzt musst du drücken, David. An der nächsten Haltestelle steigen wir aus.«

Er verstand. Sie hatte nach der Haltestelle Ausschau gehalten. Jetzt drückte er so fest auf den roten Knopf, wie sein Zeigefinger konnte.

Sie blieben vor einem alten Haus stehen, und Mama ging mit schnellen Schritten voran. Er hielt ihre Hand und musste fast rennen, um hinterherzukommen. Am Zebrastreifen musste er Mama sogar aufhalten, damit sie nicht über Rot ging. Ein Glück, dass er dabei war. Grünes Männchen. In beide Richtungen gucken, dann durfte man gehen.

Komisch, dass Mama so schnell lief, obwohl sie müde war.

Dann standen sie vor dem Haus, in dem Fredrik wohnte. Papa. Das war spannend. Und unheimlich. Aber Kevin hatte einen Papa, der oft Basketball mit ihnen spielte. Er war lieb. Vielleicht konnte Fredrik auch Basketball spielen?

Mamas Schritte wurden immer langsamer, je weiter sie auf der Treppe nach oben stiegen. Sie *war* müde. Aber David gab Gas. Er musste es wissen.

Er durfte die Klingel drücken.

Fredrik machte schnell auf. Gut.

Mama umarmte ihn zu fest und zu lange. Er hatte keine Zeit. Er musste Fredrik fragen.

»Kanns du Basketball spielen?«

Fredrik schaute ihn an, verstand aber nicht. Das frustrierte David.

»Basket? Ball?«

»Er möchte wissen, ob du Basketball mit ihm spielen kannst.«

Fredrik lachte kurz. »Nein, leider nicht, David. Aber ich habe ein Videospiel.«

David drehte sich ängstlich zu Mama um. Videospiele waren nur etwas für große Jungs. Das hatte Mama oft gesagt.

»Daf ich?«

Mama nickte. Sie lächelte. Aber sie lächelte komisch.

Da kam David ein Gedanke. Hatte Mama vielleicht Angst davor, allein zu schlafen?

»Mama, ich komm wieda heim. Moogen. Tschüss.«

»Ja, ich weiß, David. Wir sehen uns morgen wieder. Ich hole dich um drei Uhr ab.« Sie gab Fredrik den Rucksack mit den Kleidern, dem Tablet und der Kuscheldecke. »Er muss vor dem Schlafengehen aufs Klo, sonst gibt es ein Missgeschick.«

»Mama, ich weiiiiß.«

Er konnte es nicht leiden, wenn sie darüber sprach, dass er sich in die Hose machte. Papas wussten so etwas doch sicher.

Aber anscheinend fand Fredrik das wichtig, denn er fragte, ob David Windeln trug. *Windeln!*

»Wo is das Videospiel?«

David wollte, dass Mama jetzt ging. Sie hatten sich doch schon verabschiedet.

Mama umarmte ihn noch einmal, aber es gelang ihm, sich zu befreien, und sie ließ ihn los. Die Tür fiel hinter ihm ins Schloss, und in diesem Moment begriff David. Jetzt waren Fredrik und er allein hier. Mama würde nicht nur ohne ihn schlafen, sondern er würde auch ohne Mama schlafen. Er spürte die Tränen kommen.

David lief zurück in den Flur. Er suchte nach den Schuhen, aber Fredrik kam ihm zuvor. Ein Klicken an der Tür.

»Du brauchst nicht traurig zu sein. Papa ist da.«

»Nich Feedick. Mama. Ich will Mama.«

Zwei Arme schlossen sich um ihn, viel zu fest. Und alles roch falsch.

»Hör mal, David. Komm mit, ich zeige dir das Videospiel.«

David wand sich hin und her, um loszukommen, aber die Arme hielten ihn immer noch umklammert. Er spürte, wie er in die Luft gehoben wurde und wie Fredrik ihn in die Wohnung trug. Er trat wie wild um sich. Tränen liefen ihm über das Gesicht.

»Au! Scheiße, was *machst* du?«

David hatte Fredrik gebissen. Der Griff löste sich, und David rannte wieder in den Wohnungsflur, aber die Tür ließ sich nicht öffnen.

Hinter sich hörte er Fredrik noch mehr böse Wörter ausstoßen.

In seinem Bauch hatte David ein mulmiges Gefühl, das ihm ganz und gar nicht gefiel. Er wollte nur noch nach Hause zu Mama.

In Fredriks Wohnung roch alles so, wie wenn Mama die Toilette geputzt hatte. Sauber und eklig. David sollte in einem eigenen Zimmer schlafen, in einem eigenen Bett.

»Das machen alle großen Jungs. Du bist ja schon neun.«

»Zehn!«

»Ja, ich meinte zehn.«

»Hast du das nich gewusst, Feedick?«

»Doch, doch, hab's bloß vergessen. Und nenn mich Papa.«

David packte seinen Rucksack aus und legte die Sachen in das Zimmer, in dem er schlafen sollte. Die Wände waren weiß, es gab keine Regale. Nichts, woran er den Rucksack aufhängen konnte.

»Ich nehme ihn. Ich werde später noch mehr Möbel kaufen, David. Du kannst mitkommen und mir aussuchen helfen.«

»Nein.«

»Nicht?«

»Ich mag einkaufen nich.«

»Okay, dann kümmere ich mich selbst drum. Das ist völlig okay.«

»Ich bin hungiig.«

Sie gingen in die Küche. Dort stand ein Kühlschrank, wie David ihn noch nie gesehen hatte.

»Schwaaza Kühlschank?«

»Hä?«

»Feeedick! Du hast ein schwaazen Kühlschank!«

Fredrik lachte. »Ja, du hast recht, mein Kühlschrank ist schwarz. Aber guck, von innen ist er ganz normal.«

»Wieso is dea schwaaz?«

»Ich weiß nicht. Er war schon so, als ich hier eingezogen bin.«

David öffnete ihn und schloss ihn gleich wieder. Schaute die Farbe an und öffnete ihn noch einmal. Besah sich die Lebensmittel.

»Wo is die Sauamilch?«

»Ich habe keine gekauft. Magst du das?«

Das Gefühl in seinem Bauch war wieder da.

»Ich esse imma Sauamilch, wenn ich ins Bett geh.«

Fredrik ging neben David in die Hocke.

»Okay, dann besorgen wir welche. Wir gehen los und kaufen sie ein.«

»Nee.«

»Nicht? Aber du wolltest doch gern Sauermilch?«

»Ich mag einkaufen nich.«

»Okay.« Fredrik stöhnte. »Aber pass auf. Ich koche uns das leckerste Abendessen, das es gibt. Etwas, was ich als Kind geliebt habe. Weißt du, was es ist?«

David wurde neugierig.

»Was?«

»Fleischbällchen und Makkaroni mit Sahnesoße.«

»Mjam.« David war wieder froh.

Fredrik schaltete den Herd ein und holte Milch und eine Dose aus dem Kühlschrank, die er mit einem Zischen öffnete.

»Cola?« Davids Miene hellte sich auf.

»Nein, das ist Bier, David. Ich dachte, du trinkst Milch.«

»Bia?«

»Das trinken Erwachsene.«

»Mama nich.«

»Aha.« Fredriks Stimme klang verärgert.

»Videospiel?«

Sie gingen ins Wohnzimmer, wo Fredrik ihm den Fernseher zeigte und einen Controller in die Hand drückte. Auf dem Bildschirm erschien eine Spielfigur.

»Maiio!«

»Gut, David, Mario! Das ist ›Mario Kart‹. Man fährt Auto und muss als Erster ins Ziel kommen.«

David strengte sich an, er musste viel nachdenken. Zuerst musste man eine Figur auswählen. Das war nicht einfach. Am liebsten wollte er eine grüne Figur, denn Grün war seine Lieblingsfarbe. Aber er wollte gern mit Mario spielen. Schließlich entschied Fredrik, dass David Luigi auswählen konnte. Er war grün und sah fast so aus wie Mario, nur ein bisschen größer.

Dann musste man Gas geben und lenken. Beides gleichzeitig. David wurde wütend, das war echt schwer. Seine Finger waren zu klein, das hieß, nein, der Controller war zu groß für ihn.

Fredrik versuchte, seine Arme festzuhalten und ihm so beim Lenken zu helfen. Doch das wollte David auf gar keinen Fall.

»Ich kann allein!«

»Ich versuche doch nur, dir zu helfen.«

»Höa auuf, Feeedick!«

»Okay, okay. Aber sag Papa.«

Plötzlich ließ David den Controller auf den Boden fallen. Er schnupperte.

»Was stink da?«

Seufzend hob David den Controller auf.

»Du musst vorsichtig damit sein, der kostet ... Kacke!« Fredrik stürmte in die Küche. »Verfluchte Scheiße!«

David schlich ihm hinterher. Er mochte es nicht, wenn Fredrik böse Wörter rief, aber er war neugierig. Der Geruch kam aus der Küche.

Im Topf mit der Milch und den Nudeln zischte es, die Milch kochte über. Fredrik schaltete die Dunstabzugshaube auf die höchste Stufe. Das machte einen furchtbaren Krach, und David hielt sich die Ohren zu.

Fredrik nahm den Topf von der Herdplatte.

»Au, verdammt!« Er riss die Hand an sich.

»Soll ich pusten, Fedick?« David trat einen Schritt näher.

»Nein, verdammt! Lass mich ...« Fredriks Gesicht war rot angelaufen, und David wich zurück. »Lass mich einfach kurz in Ruhe.«

Tränen brannten in Davids Augen.

»Du bis nich lieb.«

»Entschuldige, David. Papa hat sich nur wehgetan. Deshalb habe ich geschrien.«

Fredrik hielt seine Hand unter den Wasserhahn. Die Dunstabzugshaube dröhnte noch immer. Dann nahm er einen Schluck von seinem Bier. Und noch einen.

»Du ...« Er lächelte David auf eine merkwürdige Art an. »Magst du Pizza?«

David schluchzte auf, aber er nickte. Pizza mochte schließlich jeder.

Sie aßen vor dem Fernseher. Und das, obwohl noch gar nicht Samstag war. Fredrik wusste nicht, dass David keine Pilze aß, und musste sie deshalb einzeln von der Pizza picken. Dabei machte er ein böses Gesicht, danach trank er Bier. Das schien ihn wieder froh zu machen.

David wollte den Kinderkanal anschauen, aber Fredrik fand ihn nicht. Es war ein neuer Fernseher. Stattdessen sahen sie sich *Die Monster AG* auf dem Disneykanal an. Es war gruselig, aber Fredrik lachte. Und am Ende gewannen ja die guten Monster, das wusste David. Trotzdem fand er die bösen gruselig.

Fredrik gähnte, er sah müde aus. Aber nicht so wie Mama.

»Iss mehr Pizza, David. Du hast ja nur ein kleines Stück gegessen.«

»Ich bin nich mea hungiig.«

»Aber ich hab die Pilze von der ganzen Capricciosa runtergepult. Da musst du schon noch ein bisschen was von essen!«

»Nee.«

Fredrik stöhnte und holte sich ein neues Bier. David sah sich den Film an. Am Schluss verbarg er das Gesicht in einem Kissen. Mama ließ ihn immer auf ihrem Schoß sitzen, aber als er Fredrik fragen wollte, ob er sich zu ihm setzen konnte, war Fredrik schon eingeschlafen.

Vor ihm? Was machte man da?

Wenn Mama am Wochenende schlief, durfte David sie nicht vor sieben Uhr wecken. David wusste nicht, was man abends durfte und was nicht.

Dann erinnerte er sich an das böse Gesicht, das Fredrik in der Küche gemacht hatte, wegen der Makkaroni. Am besten weckte er ihn nicht auf.

Aber wer las ihm dann seine Gutenachtgeschichte vor? David wollte nicht allein schlafen gehen.

Plötzlich fiel ihm ein, was Mama gesagt hatte, bevor sie gegangen war. Er ging zur Toilette und machte Pipi, ganz allein. Aber was jetzt?

Sein Blick fiel auf ein großes Handtuch. Er nahm es und holte seine Kuscheldecke aus dem Zimmer, in dem er eigentlich schlafen sollte. Dann kletterte er wieder auf das Fernsehsofa.

Fredrik schnarchte. Zuerst legte sich David neben Fredrik, aber aus seinem Mund roch es nach Bier, also kroch er zu Fredriks Füßen an der Sofaecke.

Mit der Fernbedienung drückte er den Film weg. Ein Mann erschien auf dem Bildschirm. Es war Mamas Lieblingssendung, die Nachrichten. Zwar verstand David nicht, worüber der Mann im Fernsehen redete, aber seine Stimme klang angenehm.

David deckte sich mit dem Handtuch zu und streckte eine Hand nach Fredrik aus. Er bekam einen Fuß zu fassen. Seine andere Hand ballte sich wie immer um die Kuscheldecke.

Die Gutenachtgeschichte kam heute aus dem Studio von *Aktuellt*, und nach nur fünf Minuten war David eingeschlafen.

KAPITEL 42

Stina stand im Kontrollraum. Es war lange her, dass sie das letzte Mal bei einer Livesendung dabei gewesen war. Sie hatte das Gefühl vermisst, stellte sie fest. Das sekundengenaue Timing beim Sprechen. Den Nervenkitzel. Die Faszination darüber, dass das, was hier und jetzt ins Mikrofon gesprochen wurde, im selben Augenblick in Millionen von Haushalten im ganzen Land zu hören war.

Der Sprecher des *Eko-Journals* saß an seinem Platz auf der anderen Seite der Glasscheibe und las die Texte durch, in denen die wichtigsten Nachrichtenmeldungen des Morgens zusammengefasst waren. Bald war es 9:00 Uhr.

Stina drückte auf die Sprechtaste, und ihre Stimme war im Kontrollraum zu hören.

»Sollen wir wirklich seinen Namen nennen? In der Ankündigung?«

Urban Ringstam drückte einen der vielen Millionen Knöpfe auf dem riesigen Mischpult.

»Ja«, bestätigte ihr Chef. »Der kommt mit in die Vorankündigung.«

»Ist das nicht ziemlich ungewöhnlich?«, fragte der Studiosprecher.

Stina begriff, was er damit meinte. Einen externen Journalisten schon in der Vorankündigung zu erwähnen war wirklich ungewöhnlich und lenkte den Fokus weg von der eigenen redaktionellen Arbeit des *Eko-Journals*, an der sie selbst beteiligt war. Es war wichtig, dass Ringstam jetzt eine gute Antwort lieferte.

»Es ist ungewöhnlich, aber so sieht die redaktionelle Zusammenarbeit nun mal aus.«

Der Sprecher wirkte nicht überzeugt, aber letztlich nickte er. Es blieben nur noch wenige Sekunden bis zur Sendung.

»Ich übernehme die volle Verantwortung, das weißt du«, ergänzte Urban Ringstam.

Wieder nickte der Sprecher. Stina atmete erleichtert auf. Jeder sollte einen Chef wie Urban haben.

Die grüne Lampe leuchtete auf, und der Jingle des *Eko-Journals* drang durch die Lautsprecher des Kontrollraums.

»Es ist neun Uhr, und Sie hören das *Eko-Journal* am 25. Juli mit den folgenden Meldungen:

Überwachungsvideos aus dem Reichstagsgebäude liefern neue Beweise. In Zusammenarbeit mit dem Journalisten Axel Sköld kann das *Eko-Journal* neue Informationen zu den Bomben bekannt geben, die unter dem Reichstagsgebäude explodiert sind.«

Der Sprecher gab dem Tontechniker ein Handzeichen, der den Lautstärkeregler am Mischpult noch oben schob, wodurch der Beitrag gestartet wurde.

Stina hatte den Bericht zwar produziert, lauschte aber trotzdem gespannt, wie er klang. Sie fühlte sich immer besonders lebendig, wenn ein Beitrag zum ersten Mal live auf Sendung ging.

»Durch Videoaufnahmen von Überwachungskameras des Reichstagsgebäudes, die dem *Eko-Journal* und Axel Sköld vorliegen, lässt sich nun festhalten, dass es sich um einen Täter handelt, der zwei Bomben in der Tiefgarage des Reichstagsgebäudes platziert hat. Der Mann, dessen Gesicht durch einen Kapuzenpullover verborgen ist, legt einen Metallkoffer unter dem einzigen in der Garage abgestellten Auto ab. Dieses Fahrzeug konnte dem Präsidenten des Reichstags zugeordnet werden. Ein zweiter, identischer Koffer wird am anderen Ende der Tiefgarage deponiert.

Exakt vierundzwanzig Minuten nachdem der Täter die Bomben platziert und sich entfernt hat, betritt der Parlamentsabgeordnete Oscar Legré die Garage. Er hat seinen Motorroller dort geparkt. Er kommt bei der ersten Explosion ums Leben.

Auf einer Aufnahme ist zu erkennen, wie eine der beiden Bomben konstruiert ist. Um die Arbeit der Polizei nicht zu behindern, hat sich die Redaktion des *Eko-Journals* jedoch entschlossen, keine Details darüber preiszugeben. Die Bauart der Bombe legt allerdings die Vermutung nahe, dass hinter der Tat keine Terrororganisation steckt. Bislang ist die Abteilung für Organisierte Kriminalität der Polizei mit dem Fall betraut, was diese Theorie untermauert.

Auf zwei der insgesamt vier Überwachungsvideos ist der Zugangskorridor außerhalb der Tiefgarage zu sehen, und aus den Aufnahmen geht hervor, dass sowohl der Täter als auch Legré elektronische Schlüsselkarten genutzt haben, um die Tür zur Tiefgarage zu öffnen.

Wie der Täter Zugriff auf eine Schlüsselkarte zum Reichstagsgebäude erhalten hat und inwiefern das darauf hindeutet, dass der Anschlag eigentlich gegen den Reichstagspräsidenten gerichtet war, lässt sich anhand der Videos nicht feststellen. Bisher hat sich die Polizei nicht dazu bereit erklärt, einen Kommentar zum Inhalt der Videos abzugeben.«

Damit endete der Beitrag, und der Studiosprecher übernahm wieder.

»Das *Eko-Journal* hat die Polizei im Laufe dieses Vormittags mehrfach um Stellungnahme gebeten, allerdings haben die Behörden es abgelehnt, ein Interview zu geben oder die vorliegenden Aufnahmen zu kommentieren. Im Studio ist nun unsere Inlandskorrespondentin Inge Jacobsson. Was hat das eigentlich alles zu bedeuten?«

»Das sind außerordentlich beunruhigende Erkenntnisse. Die Polizei war die ganze Zeit über sehr zurückhaltend, was Informationen anbelangt. Für sich genommen ist das nachvollziehbar, denn das Veröffentlichen von sensiblen Informationen könnte die polizeilichen Ermittlungen gefährden. Dass man aber entschieden hat, einen so wichtigen Umstand wie die Möglichkeit, dass der Anschlag gegen den Reichstagspräsidenten gerichtet war, nicht bekannt zu geben, ist mir dennoch ein Rätsel.«

»Sie haben Einblick in die Details zur Bauart einer der beiden Bomben erhalten, die wir bis auf weiteres nicht veröffentlichen werden. Was können Sie uns dazu sagen?«

»Es ist schwierig, sich hierzu konkret zu äußern, aber es ist denkbar, dass diese Spur weg von dem Verdacht eines ausländischen Terrorangriffs führt, so viel kann man sicher sagen.«

»Wie ist die Information zu bewerten, dass der Täter eine Schlüsselkarte genutzt hat?«

»Das sollte die Ermittlungsarbeiten erleichtern. Normalerweise werden sämtliche Passiervorgänge eines solchen Kartensystems elektronisch erfasst und gespeichert.«

»Wir wiederholen an dieser Stelle, dass wir die Polizei heute Morgen bereits mehrfach um einen Kommentar gebeten haben.«

Stina verließ den Kontrollraum; Urban war schon vor ihr gegangen. Sie wollte die Sendung mit ihm besprechen und lief zu seinem Schreibtisch. Doch Urban war beschäftigt. Zwei Personen, die Stina aus der Führungsetage kannte, standen an seinem Arbeitsplatz und machten ernste Gesichter. Stina verlangsamte ihre Schritte und lauschte.

»… natürlich war das ein wichtiger Bericht, aber du hast keine Befugnis, auf diese Art irgendwelche Deals auszuhandeln.«

»Aber sicher habe ich die«, antwortete Urban Ringstam völlig gelassen. »Immerhin bin ich der Chef des *Eko-Journals*.«

»Als Programmverantwortliche bin ich aber …«

»Das *Eko* hat seinen eigenen Programmverantwortlichen. Und der bin ebenfalls ich. Worum geht es hier also?«

»Worum es hier geht?« Der Mann neben Eva hatte ein tiefrotes Gesicht, und es fiel ihm sichtlich schwer, seine Stimme in Schach zu halten. »Du hast einen Beitrag gesendet, bei dem du mit einem der umstrittensten *Podcast*-Journalisten Schwedens zusammengearbeitet hast. Darum geht es hier!«

Urban sprach im selben gelassenen Tonfall weiter.

»Dan, ich habe größten Respekt vor deiner Arbeit und deiner Expertise. Aber das *Eko* kommt bestens zurecht, ohne dass der MSB sich in unsere Sendungen einmischt.«

Stina bewunderte Urban für seine Gelassenheit.

Inzwischen war sie zu nah, um weiter so tun zu können, als höre sie nicht, worüber gesprochen wurde. Also machte sie sich mit einem Räuspern bemerkbar.

»Hallo. Ist es gerade ungünstig, Urban?«

»Stina! Wunderbar. Nein doch, wir sind gerade fertig. Eine tolle Arbeit habt ihr da geliefert, Axel und du. Wirklich fantastisches Material. Das finden Eva und Dan hier übrigens auch.«

Die beiden Anzugträger drehten sich zu Stina um und lächelten steif, ehe sie gemeinsam davongingen.

Stina sah ihnen hinterher und schaute dann zu Urban.

»Probleme?«

»Auf keinen Fall.« Er lächelte. Sie hoffte, dass es ein aufrichtiges Lächeln war.

»Mhm. Du, ich will der Sache weiter nachgehen. Wie du weißt, kann ich die Quelle des Materials nicht preisgeben, aber da könnte noch mehr zu holen sein. Anscheinend traut die Quelle der Polizei nicht.«

»Natürlich arbeitest du weiter daran. Sag Bescheid, wenn du unsere Hilfe brauchst.«

»Danke, Urban. Du bist der Beste.«

Er deutete nur lächelnd auf sie zurück.

*

Um exakt 9:00 Uhr ging auch Axel Skölds Podcast online. Er begann damit, dass er die Folge seinem Auftraggeber Ragnar von Scheele widmete, der an den Folgen der Vergiftung gestorben war, die die Polizei inzwischen als Mord einstufte. Axel erinnerte die Zuhörer daran, dass Ragnar von Scheele persönlich davon überzeugt gewesen war, dass Die Achtzehn, in Person von Ioan Petrescu, die Verantwortung für seine Vergiftung mit Polonium 210 trugen.

Anschließend beschrieb er, was auf den Videos zu sehen war, die ihm »vorlagen« und bei denen er aus Gründen des Quellenschutzes nichts dazu sagen konnte, wie er an sie gelangt war.

Axel ging in seinem Beitrag weiter als das *Eko*. Er schilderte im Detail, wie die Bomben konstruiert worden waren, und führte dann die Parallelen zu Lars Tingströms Bomben auf – ebenso wie die Unterschiede.

»Dass eine der Bomben unter dem Auto des Reichstagspräsidenten abgelegt wurde, spricht einerseits dafür, dass man ebenjenen Präsidenten als Ziel ausgemacht hatte. Andererseits lässt sich nicht darüber hinwegsehen, dass die zweite Bombe, die größere, in der Nähe von Oscar Legrés Roller platziert wurde. Man muss den Auftrag im Hinterkopf behalten, mit dem Legré nur wenige Tage vor seinem Tod betraut wurde. Er erhielt umfassende Befugnisse, die ihm Zugang zu mehreren streng geheimen Akten über die am besten gehüteten militärischen Informationen des Landes aus den Achtzigerjahren verschafften – einer Zeit also, die, wie wir alle wissen, zahlreiche Militärskandale bereithielt. Skandale wie die Korruptionsaffäre bei Bofors, geheime U-Boot-Aktivitäten und andere Schmuggelgeschäfte, bei denen Rüstungsmaterial unser Land unter größter Geheimhaltung und auf unbekannten Wegen verließ. Ist es wirklich ein Zufall, dass Legré, der gerade erst die Mittel erhalten hatte, weitere Militärgeheimnisse dieses Kalibers ans Licht zu bringen, plötzlich dasselbe Schicksal ereilt wie den Rüstungskontrollinspekteur Carl-Fredrik Algernon und die Investigativjournalistin Cats Falck?«

Axel machte eine Kunstpause, ehe er zum Ende kam.

»Ich werde diesen Dingen weiter nachspüren, auch wenn meine zweite Auftraggeberin, Marianne von Scheele, inzwischen ebenfalls tot ist. Wie die britische Polizei herausfinden wird, fiel sie einem Mordversuch mit Polonium zum Opfer, derselben radioaktiven Substanz, die benutzt wurde, um ihren Ehemann Ragnar von Scheele zum Schweigen zu bringen. Auch diese beiden Todesfälle werde ich weiter untersuchen.«

*

Später am gleichen Nachmittag garnierte das Schwedische Fernsehen sowohl die Sendung *Rapport* als auch *Aktuellt* mit den Informationen über die Überwachungsfilme. Man zitierte großzügig aus den Beiträgen des Schwedischen Rundfunks und der *Eko*-Reporterin Stina Forss.

Axel Sköld wurde mit keiner Silbe erwähnt.

KAPITEL 43

Im Grunde handelte es sich beim Verhandlungssaal 14 des Svea hovrätt nicht um einen Saal, sondern um ein kleines Besprechungszimmer.

Das weiße Steingebäude mitten auf Riddarholmen hatte einige Jahre auf dem Buckel, und die Wände waren entsprechend dick. An einem sonnigen Julinachmittag wie diesem war das ein großer Vorteil, denn es bedeutete ein kühles Raumklima.

Stina saß gegenüber von Fredrik und seiner Anwältin, hatte sich aber so hingesetzt, dass sie aus den Fenstern schauen konnte. Sie sah die mächtige Riddarholmskirche mit ihren rötlich braunen Ziegelsteinen, und dahinter erahnte sie das Appellationsgericht. Schräg davor befand sich die ehrwürdige Fassade des Obersten Verwaltungsgerichts. Links davon war das Alte Reichsarchiv auszumachen, und direkt dahinter, auf einem kleinen Holm, lag die Strömsborg: ein Haus, oder vielmehr ein Palast, mitten in den Gewässern Stockholms, den man ausschließlich über eine eigene Brücke erreichte.

Stina wurde aus ihren machtgeografischen Gedanken gerissen, als der Richter den Saal betrat. Es handelte sich um einen älteren Herrn in äußerst korrekter Erscheinung. Schwarzer Anzug, graue Kurzhaarfrisur mit perfektem Seitenscheitel und ein schwarzes Brillengestell, das ihn aussehen ließ, als wäre er einem Sechzigerjahre-Film entstiegen.

Sie warf einen Blick auf Fredrik. Er schaute auf die Tischplatte vor sich. Felicia Granath jedoch blickte Stina aus ihren kohlenbraunen Augen an. Sie schien für einen Streit gerüstet zu sein. Und sie sah aus, als liebe sie genau das.

Stina schielte zu ihrem eigenen Rechtsbeistand. Hans Brorsson. Hasse. Er hatte Felicia Granaths Blick bemerkt und nickte ihr nun gutmütig zu. In diesem Moment richtete Granath ihre Aufmerksamkeit auf den Richter, ohne Brorssons Gruß zu erwidern.

Dumme Kuh, dachte Stina und spürte, wie ihre Laune kippte. Dabei rührte ihr Zorn nur daher, dass sie eigentlich Angst hatte, das wusste sie.

Nach den einleitenden Formalitäten, bei denen das Gericht offiziell den Wechsel von Stinas rechtlichem Beistand genehmigen musste – was zu ihrer Erleichterung schnell und reibungslos vonstattenging –, begann die Verhandlung damit, dass Felicia Granath ihre Fragen an Stina stellen durfte.

Es nahm schon einen schlechten Anfang und wurde dann schnell noch schlimmer. Normalerweise war Stina diejenige, die die Fragen stellte, und musste sie nicht beantworten. Granath nutzte das vom ersten Augenblick an aus.

»Als Sie David damals bereits einer Verfolgungsjagd in einem Taxi ausgesetzt hatten – man *kann* diese Wahnsinnsfahrt nicht als etwas anderes bezeichnen; es war eine regelrechte Verfolgungsjagd –, da beschlossen Sie also, die beste Art, sich wie eine Mutter zu verhalten, sei es, sich mit Ihrem funktionseingeschränkten Sohn in der Schatzkammer des Königlichen Schlosses zu verbarrikadieren?«

»Erstens: Es ging alles sehr schnell. Zweitens: Wir wurden von bewaffneten Männern verfolgt, und die wollten uns töten. Und drittens: David ist nicht ›funktionseingeschränkt‹. Menschen mit einer Brille oder einem Hörgerät haben eine Einschränkung …«

Sie merkte, wie Hasse ihr eine Hand auf den Arm legte, während er gleichzeitig einschob:

»Lassen Sie uns nicht über Begrifflichkeiten streiten.«

»Aber es ist doch trotzdem korrekt, dass David besondere Bedürfnisse hat und Unterstützung benötigt?«

»Er ist behindert, hat eine Entwicklungsstörung. Aber ich hätte genauso gehandelt, wenn er die nicht hätte.«

Felicia Granath durchbohrte Stina mit Blicken. Eine neue Kälte umgab ihre Augen.

»Ich bin jedenfalls der Meinung, dass wir hier eine so … rücksichtsvolle Terminologie wie möglich nutzen sollten. Funktionsbeeinträchtigt. Wollen wir uns darauf einigen, dass das der richtige Begriff ist?«

Stina bebte. Sie begriff nicht, wie sie hier gelandet war. Nachdem sie sich neun Jahre lang allein damit abgeplagt hatte, David zu erziehen, ihn zu unterstützen und sich um ihn zu kümmern, wurde sie von so einer Gans wie dieser Granath darüber belehrt, was das richtige Wort war, um David zu *bezeichnen?* Die Anwältin kritisierte ihre verdammte *Terminologie?* Zum allerersten Mal in ihrem Leben verspürte Stina den überwältigenden und unbändigen Willen, einem Menschen ins Gesicht zu schlagen.

»Kommen wir zurück zum eigentlichen Ablauf der Ereignisse. Ist es korrekt, dass Sie und Ihr Sohn durch Ihre Initiative und Ihr Handeln in …« Felicia Granath blätterte in einem Stapel Papieren, der vor ihr lag. »… in einen *Fluchtraum* innerhalb der Königlichen Schatzkammer gelangt sind?«

»Es ist korrekt, dass ich meinen Sohn gerettet habe, indem ich mich gemeinsam mit Professor Skrak in einem geheimen Schutzraum versteckt habe.«

»Wie hat David diese ganze … Episode verkraftet?«

Da war Stina sich unsicher. David hatte nicht darüber

gesprochen, was passiert war, obwohl sie mehrfach versucht hatte, ihn dazu zu bringen. Jedes Mal hatte sie das gleiche schlechte Gewissen bekommen, das sie so oft plagte wie fast alle Eltern von Kindern mit Behinderungen. Bis auf solche wie Fredrik, natürlich.

Habe ich wirklich genug getan? Hätte ich es nicht besser hinbekommen sollen? Hätte ich David nicht zum Reden bringen sollen? Ihm helfen sollen, sein Herz zu erleichtern?

»David hat nichts dazu gesagt.«

»Ist das wahr? Nichts?«

»Ja.«

Es wurde still. Stina war sich bewusst, dass Felicia Granath eine künstliche Pause schuf, damit das Gericht auch ganz sicher verstand, wie wichtig diese Aussage war. Doch daran wollte Stina sich nicht beteiligen.

»David hat Probleme mit dem Reden. Zum einen rein technisch, die menschliche Zunge ist enorm komplex. Sie besteht aus acht verschiedenen Muskeln, und wie sich herausgestellt hat, fällt es David wahnsinnig schwer, sie zu kontrollieren. Aber das ist nur ein Teil des Problems. Zum anderen hat David nämlich ebenso große Schwierigkeiten, über abstrakte Dinge zu sprechen, beispielsweise über Gefühle und Erfahrungen. Schuld an beidem ist sein Hirnschaden. Außerdem ist er erst zehn Jahre alt. Kindern in diesem Alter fällt es schwer, über Traumata zu sprechen. Nicht nur David, aber für ihn ist es besonders schwer. Das wüsste sein Vater, wenn er sich in den letzten neun Jahren auch nur ansatzweise für seinen Sohn interessiert hätte.«

Fredrik zuckte auf seinem Stuhl zusammen, als hätte ihm jemand eine Ohrfeige verpasst.

Felicia Granath hingegen ließ sich nicht aus der Ruhe bringen. Sie wirkte fast sogar zufrieden, konnte das sein?

»Anscheinend haben auch andere Probleme damit, ihre Zunge zu kontrollieren. Was meinen Sie, Hasse, sollten wir nicht dafür sorgen, ein freundliches Gesprächsklima beizubehalten?«

Hans Brorsson nickte kurz.

»Ganz bestimmt, Felicia. Ganz bestimmt. Aber geben Sie zu, meine Mandantin hat in diesem Punkt nicht unrecht. Uns ist zum Beispiel keine Adresse bekannt, an der Ihr Mandant in den letzten Jahren gemeldet gewesen wäre. Wir wissen nicht einmal, wo auf der Welt er sich in dieser Zeit aufgehalten hat. Das ist nicht gerade das, was man unter einem *anwesenden* Vater versteht, oder?«

Die betonte Länge des A war kaum wahrnehmbar, trotzdem war Stina sicher, sie gehört zu haben. Wenn Felicia Granath überhaupt Notiz davon genommen hatte, dann zeigte sie es zumindest nicht.

»Sie sind gleich an der Reihe, Fragen zu stellen, und ich kann Ihnen versprechen, mein Mandant wird Ihnen höchst zufriedenstellende Antworten geben. Wichtig ist dabei jedoch, dass das Gericht nicht der Vorstellung erliegt, die Mutter hier wüsste oder hätte auch nur die geringste Ahnung davon, was mein Mandant als Vater für seinen Sohn gefühlt, über ihn gedacht oder wie er sich um ihn gesorgt hat.«

Erneut nickte der Richter und notierte etwas auf dem Blatt Papier, das vor ihm lag.

Er schaute auf die Uhr.

»Wir unterbrechen die Sitzung für zwanzig Minuten.«

Stina und Hasse saßen der Tür am nächsten und verließen den Saal als Erste. In Stina hatte sich Frust angestaut, aber Hasse legte ihr einen Finger auf den Mund und lotste sie zum Kaffeeautomaten, wo er schnell zwei Plastikbecher füllte. Stina nahm den Kaffee entgegen und ließ sich von Hasse zu einem verglasten Warteraum führen.

Sie schlossen die Tür hinter sich.

»*Jetzt* kannst du es herauslassen.« Hasse lächelte und nahm einen großen Schluck.

»Diese Schnöseltussi da drinnen will mir allen Ernstes erzählen, wie ich meinem Sohn eine Mutter sein soll. Nie im Leben hat sie …«

»Das weißt du nicht.«

»… nein. Aber ich kann mir nicht *vorstellen*, dass sie jemals auch nur in der Nähe eines behinderten Kinds gewesen ist!«

Hasse räusperte sich. »Ich will eigentlich nicht derjenige sein, der es ausspricht, aber es heißt wirklich funktionsbeeinträchtigt.«

»Willst *du* mich jetzt auch noch verbessern? Auf wessen Seite stehst du denn?«

»Auf deiner, und aus genau diesem Grund sage ich es. Dem Gericht wird es nicht sonderlich gefallen, wenn du deinen eigenen Sohn …«

»Ich nenne meinen eigenen Sohn, verdammt noch mal, *exakt* so, wie ich es für richtig halte!«

Stina hatte sich aufgebaut, ihr Gesicht war tiefrot. Ihre Hände, mit denen sie den Becher umklammert hielt, zitterten so, dass Kaffee über den Rand schwappte.

Hans Brorsson sagte kein Wort. Er zog lediglich sein Stofftaschentuch aus der Anzugtasche und reichte es Stina.

Sie nahm es und holte tief Luft.

»Entschuldige, Hans.«

»Nenn mich Hasse.«

»Hasse. Ich bin nur so unfassbar nervös. Nein, ich habe *Angst*. Kannst du das verstehen?«

»Auf jeden Fall. Und in Situationen wie dieser ist es schwer vorherzusehen, wie das Gericht entscheidet. Deshalb solltest du … nicht ängstlich sein, aber auf der Hut. Und das gilt auch für deine Zunge, versprichst du mir das?«

Stina nickte. Sie würde sich zusammenreißen, für David. So, wie sie es seit neun Jahren tat. Im Prinzip musste sie also genauso weitermachen wie bisher. Zumindest redete sie sich das ein.

KAPITEL 44

Axels Tag hatte mit einer herben Enttäuschung begonnen. Die Veröffentlichung seines Podcasts war nicht so gelaufen wie erhofft. Das Schwedische Fernsehen SVT und die Nachrichtenagentur TT – und damit auch sämtliche Lokalmedien – hatten ausschließlich das *Eko-Journal* zitiert, und das war ein schwerer Schlag. Er war darauf vorbereitet gewesen, dass seine Glaubwürdigkeit nicht besonders hoch eingeschätzt wurde und man seine Angaben aufs Genaueste prüfen würde, aber nicht darauf, komplett übergangen zu werden. Das war noch ein sehr viel schlimmeres Los.

Um das Gefühl abzuschütteln, dass es niemanden scherte, was er zu sagen hatte, hatte er sich selbst therapiert. Ein Sechzehn-Kilometer-Lauf entlang der hügeligen Strandpromenade am Årstawald, bis nach Hammarby Sjöstad und zurück, zweimal. Eine echt gemeine Strecke, und genau das, was sein gestresster Kopf und sein rastloser Körper gebraucht hatten.

Als er danach auf sein Handy schaute, sah er, dass die beiden Abendzeitungen seinen Podcast als Quelle nannten. Außerdem hatten sie offensichtlich gut zugehört, denn sogar seine Ausführungen über die Parallelen zu den Konstruktionen des Bombenmannes und seinen Drohungen waren übernommen worden.

Das verbesserte Axels Laune zwar, trotzdem plagte ihn noch etwas. Er hatte Stina nämlich noch nichts über sein Treffen mit Lars Lilliehorn erzählt. Es war ein intensiver Morgen gewesen, an dem sich alles auf die Arbeit konzentriert hatte. Zuerst hatte er gemeinsam mit Stina über Formulierungen und genaue Wortlaute diskutiert und später dann ein Meeting mit dem *Eko*-Chef Urban Ringstam gehabt, um die Zusammenarbeit perfekt zu koordinieren. Axel hatte schlicht die Zeit gefehlt, von Lars Lilliehorns als Vorschlag getarnter Drohung zu erzählen.

Jedenfalls versuchte er, sich das einzureden. Also, dass er keine Zeit gehabt hatte, Stina davon zu erzählen.

Er googelte Lilliehorn. Die aktuellsten Treffer über den Pressereferenten des ehemaligen Finanzministers waren ein halbes Jahr alt und berichteten über seine neue Aufgabe bei PEAS, dem Political and Electoral Assistance Secretariat, einer Organisation, die sich anscheinend dafür einsetzte, die Demokratisierung in der Welt voranzutreiben.

Stina musste es erfahren. Nein, sie *verdiente*, es zu erfahren. Wieso hatte er überhaupt gezögert? Seit bald vierundzwanzig Stunden hielt er eine Information zurück, die Einfluss darauf haben könnte, ob Stina das Sorgerecht für David behalten durfte. Wie konnte er es eigentlich wagen, derart zu zocken, wenn es um David ging?

Die Erkenntnis traf ihn wie ein Schlag, sobald er das Wort formuliert hatte. *Zocken.* Genau das tat er. Er setzte Davids und Stinas Zukunft aufs Spiel. Selbsthass wallte in ihm auf. Am liebsten hätte er gleich wieder die Laufschuhe geschnürt, aber in dieser Situation halfen nicht einmal sechzehn Kilometer.

Hör endlich auf, immer vor allem davonzurennen, du Idiot!

Er holte sein Handy hervor und öffnete die Liste mit den am häufigsten gewählten Nummern. Die von Stina stand ganz oben. Er rief sie an, wurde aber direkt an die Mailbox weitergeleitet.

Logisch, Mist. Sie saß ja im Gericht.

Genau, sie kämpft dort gerade um ihren Sohn, und du solltest ihr eigentlich dabei helfen, dass sie das nicht tun muss.

Während er sich selbst mit Vorwürfen überschüttete, wusste er gleichzeitig aber auch, dass das Ganze nicht so einfach war. Den Prozess sollte Stina nach wie vor problemlos gewinnen, besonders mit Hasse Brorsson als Anwalt an ihrer Seite.

Außerdem, und das war vielleicht noch wichtiger, begriff Axel eins: Wenn sie jetzt nachgäben, wüssten Lilliehorn und seine Organisation, dass sie ihn und Stina erpressen konnten, und würden sie beim nächsten Mal auf eine andere Art unter Druck setzen. Eine Steuerprüfung aus heiterem Himmel, ein plötzlicher Vollstreckungsbescheid über irgendeine Rechnung, die sie angeblich nicht bezahlt hatten ... Wenn Die Achtzehn über das Rechtswesen so einfach an Stina herankamen, gab es noch unzählige andere Möglichkeiten, das zu tun. Einen solchen Kampf konnte man nicht gewinnen, indem man Schwäche zeigte.

Dinge vor Stina geheim zu halten war allerdings auch nicht der richtige Weg, also fasste Axel einen Entschluss. Er würde sie um fünf Uhr vor dem Gericht treffen, wenn sie dort fertig wären.

Er stieg die Treppe zum Schlafboden nach oben und zog sich an.

Gerade als er sich unten auf der Straße auf sein Fahrrad schwang, klingelte das Handy.

»Kowalski?«

»Hi, Axel. Es ist etwas passiert. Wir müssen uns sofort treffen.«

»Jetzt? Ich bin gerade auf dem Weg ...«

»Du weißt, ich bespreche so etwas ungern am Telefon, aber dieses Treffen willst du auf keinen Fall verpassen.«

Axel fluchte innerlich. Er schwor sich, Stina direkt anzurufen, nachdem er sich mit Kowalski getroffen hatte. Denn wenn der sagte, Axel wolle das Treffen nicht verpassen, dann hatte er unter Garantie recht.

»Okay. Wann und wo?«

»Kannst du in einer Viertelstunde im ›Jägaren‹ sein?«

*

Vierzehn Minuten später schloss Axel sein Fahrrad vor dem »Gröne Jägaren« an. Das Lokal wirkte wie immer, nur dass weniger Hammarbytrikots als sonst zu sehen waren. In der Urlaubszeit kamen die Stammgäste nicht so zahlreich, dafür aber mehr Touristen.

Jan Kowalski begrüßte ihn am Eingang.

»Super, Axel. Komm mit.«

Kowalski nickte der Kellnerin hinter der Bar zu, die das Nicken erwiderte, ehe sie um den Tresen ging und dann im hinteren Teil des Gastraums auf sie wartete. Dort befand sich eine Tür, die sie ihnen öffnete.

»Vielen Dank, Jossan. Sorgst du dafür, dass wir in der nächsten Stunde ungestört sind?«

»Klar doch, Janne. Wollt ihr etwas essen?«

»Ja, gerne. Schick uns doch drei Brettchen mit dem, was gerade am besten passt, hoch.«

Sie lächelte und schloss die Tür hinter ihnen.

Axel und Kowalski standen am Fuß einer Treppe. Jan ging voran und führte sie in die Etage darüber. Erstaunt stellte Axel fest, dass es im »Gröne Jägaren« offensichtlich ein weiteres Stockwerk gab.

»Oha, hier war ich noch nie!«

»Echt?« Jan Kowalski breitete die Arme aus. »Hier gibt es die feinen Sachen, das ist der VIP-Raum.«

Vor ihnen erstreckte sich ein Raum mit frei liegenden Decken- und Stützbalken aus altem Eichenholz. Sitznischen mit abgerundeten Ledersofas säumten die Wände, und in der Mitte des Raums stand ein quadratischer Bartresen, der Axel an die alte Fernsehserie »Cheers« denken ließ.

Allerdings war diese Bar hier verwaist. Lediglich in der am weitesten entfernten Ecke saß ein Mann auf einem Ledersofa, mit dem Rücken zu ihnen.

Jan ging voraus und steuerte auf ihn zu.

Langsam drehte der Mann sich um.

»Sie sind also der berühmte Axel Sköld?«

Die Stimme klang dunkel, aber angenehm. Über dem sonnengebräunten und faltigen Gesicht trug der Mann seine weißen Haare in einer Kurzhaarfrisur, die davon zeugte, dass er Wert auf sein Äußeres legte. Axel schätzte ihn auf zwischen fünfundsechzig und siebzig Jahre.

»So ist es.« Er streckte ihm die Hand entgegen. »Ich bin Axel. Und Sie?«

»Das ist die Frage.«

Der Mann lächelte, während Kowalski erklärte.

»Das hier ist der Informant, der mich bei der Enthüllung der Waffenfabrik in Saudi-Arabien unterstützt hat. Er hat einem Treffen mit dir nur zugestimmt, weil du Nachforschungen zu KC Magnusson anstellst.«

Bei Axel fiel der Groschen.

»Nicht zu fassen«, stieß er hervor. »Ich ziehe den Hut vor Ihrem Mut, ein Militärgeheimnis dieser Größenordnung ans Licht zu bringen.«

»Danke, aber ich habe kein Militärgeheimnis offengelegt. Damit wäre schließlich Verrat oder Spionage einhergegangen. Was ich Janne hier erzählt habe, war etwas anderes. Es ging um Korruption, einen Skandal. Etwas, was wir in unserer aufgeklärten Demokratie unbedingt bekämpfen müssen. Ein Produkt der Dunkelheit, in die der militärisch-industrielle Komplex uns manchmal hüllt.« Er schaute Axel mit klarem Blick an. »Sie untersuchen das Schicksal von KC Magnusson. Wenn ich es richtig verstehe, sind Sie ein Freund der Familie? Über die Tochter?«

»Ja. Lova und ich sind gemeinsam zur Schule gegangen.«

Sie wurden von der Kellnerin unterbrochen, die sich ihrem Tisch näherte und dabei einen beeindruckenden Balanceakt hinlegte. Es gelang ihr, ihnen drei große Bier und drei Bretter mit Filets in Kartoffelbrei zu servieren, ohne auch nur einen Tropfen zu verschütten.

»Danke, Jossan. Schreib es auf meinen Deckel.«

»Gern, Janne.«

Sie verschwand die Treppe nach unten, und sie waren wieder unter sich.

Der weißhaarige Mann räusperte sich.

»Ja, KC und ich waren eng miteinander befreundet und Kollegen. Wir haben bei zwei Projekten in Saudi-Arabien zusammengearbeitet. Das erste Mal in den Achtzigern, und dann noch einmal kurz vor der Jahrtausendwende.«

»Du warst selbst dort?« Jan Kowalski stellte sein Bierglas eine Spur zu fest auf dem Tisch ab. »Wieso hast du mir das nie erzählt?«

»Janne, du hast das erfahren, was für deine Enthüllung nötig war. Inzwischen sind neue Informationen aufgetaucht, die dazu geführt haben, dass ich die Lage neu bewerte.«

Axel wollte das Gespräch nicht unnötig abschweifen lassen, da der Mann offenbar gerade im Begriff stand, neue Details über die heikle arabisch-schwedische Waffenkooperation preiszugeben. Also lenkte er das Gespräch rasch wieder auf das eigentliche Thema.

»Das heißt, KC Magnusson hat in Saudi-Arabien tatsächlich für Datasaab gearbeitet?«

»Das ist korrekt.«

»Folglich gab es dort schon damals eine Waffenfabrik?«

»Ja. Wir waren 1982 in ihren Bau involviert, sie wurde im Januar 1983 fertiggestellt. Dann startete unser Projekt.«

»Und nach KC Magnussons Tod sind nur noch Sie übrig, der davon berichten kann, nicht wahr?«

Der Mann legte sein Besteck zur Seite. Er wandte den Blick von Axel und Kowalski ab und richtete ihn stattdessen offenbar nach innen.

Sie aßen schweigend weiter.

Zum Schluss schob der Mann sein leer geschabtes Brettchen von sich, trank einen großen Schluck Bier und stöhnte laut auf.

»Was soll's? Es kann mir ja gleich sein. In den letzten Jahren habe ich gelernt, persönliche Beziehungen mehr wertzuschätzen als strategische Loyalität gegenüber einem Auftraggeber, bei dem ich heute nicht mal mehr ganz sicher bin, wer es überhaupt war. Also werde ich alles erzählen, was ich weiß, um KCs Andenken in Ehren zu halten.«

Axel atmete aus.

»Davon abgesehen scheint es momentan recht gefährlich zu sein, als Einziger von Geheimnissen zu wissen, die das Militär betreffen.«

»Spielen Sie auf Oscar Legré an? Glauben Sie, er wurde ermordet?«

»Ich kannte Legré nicht, er war ja noch ganz grün hinter den Ohren. Aber der Auftrag, den er von Lova erhielt – also von der Ministerpräsidentin –, und die Tatsache, dass sie trotz allem KCs Tochter ist, führt dazu, dass ich dieses Szenario nicht ausschließen kann. Zu wissen, was KC und ich bei diesem Projekt in Saudi-Arabien getan haben, birgt Gefahren.«

Blicke wurden gewechselt. Die Stimmung am Tisch war angespannt.

»Wie ihr verstehen werdet, will ich völlig anonym bleiben und berufe mich auf den Quellenschutz. Ihr könnt mich ›eine Quelle mit tiefen Einblicken‹ nennen. Das ist meine Bedingung, damit ich euch alles erzähle. Haben wir einen Deal?«

Axel und Kowalski nickten.

KAPITEL 45

Karolina war immer mehr davon überzeugt, dass sich dieser Arbeitstag zum schlimmsten ihres gesamten Berufslebens entwickelte. Seit der Beitrag des *Eko-Journals* über den Äther gegangen war, jagten ihr Journalisten hinterher. Trotz ihrer Geheimnummer und obwohl sie das Personal der Telefonzentrale instruiert hatte, keine Anrufe zu ihr durchzustellen, brummte ihr Handy schon den ganzen Vormittag wie eine wütende Hornisse. Irgendwann schaltete sie es aus und lieh sich das Handy einer Kollegin, um wenigstens selbst Anrufe tätigen zu können.

Am schlimmsten war aber nicht, dass die Informationen aus den Überwachungsvideos an die Öffentlichkeit gelangt waren oder dass zwei Journalisten, denen sie eigentlich vertraute, für die Veröffentlichung verantwortlich waren. Nein, damit konnte sie leben. So waren die Rollen eben verteilt. Manchmal konnte man mit Journalisten zusammenarbeiten, doch ebenso oft fand man sich auf gegenüberliegenden Seiten im Tauziehen um die Informationen wieder.

Natürlich schmerzte es sie, dass Stina und Axel den Beitrag veröffentlicht hatten, ohne ihr vorher Bescheid zu geben. Am allerschlimmsten aber waren die schiefen Blicke ihrer Kollegen. Sie sahen Karolina an, als wäre sie diejenige, die geplappert hatte.

Ihr Vorgesetzter hatte sie in sein Büro zitiert und Fragen gestellt. Obwohl er keine direkte Anschuldigung vorgebracht hatte, stand der Verdacht deutlich im Raum.

»Du kennst schließlich beide, Stina Forss und Axel Sköld.

Hast du eine Ahnung, wie es sein kann, dass ausgerechnet diese zwei Zugang zu den Überwachungsbändern bekommen haben?«

Sie hatte versucht, ihre Unschuld zu beteuern, ohne dabei übereifrig zu wirken, und dabei zu spüren bekommen, wie es sich anfühlte, auf der falschen Seite des Verhörtisches zu sitzen.

Gleichzeitig nagte noch etwas anderes an ihr und machte sie unruhig. Sie selbst hatte die Videoclips von der Säpo bekommen, die sehr explizit darauf hingewiesen hatte, wo die Bomben abgelegt worden waren. Christer Haak hatte ihr einen USB-Stick mit den Dateien und einer kurzen Nachricht geschickt, in der er schrieb: »Achte auf die Platzierung. Das deutet auf eine spezifische Zielperson mit einer spezifischen Rolle hin, die zentral für unsere Demokratie ist. Ich werde fordern, dass wir die Ermittlungen übernehmen dürfen.«

Dennoch wurde Karolina das Gefühl nicht los, dass die Drahtzieher es auf Legré abgesehen hatten – und dass Haak wiederum ein anderes Ziel verfolgte. Aber warum? Sie befanden sich doch in einer Krisensituation. Alle wollten, dass die Bombenanschläge zu einem Ende kamen und schnellstmöglich aufgeklärt wurden. Oder war die Säpo wirklich so zynisch, dass sie eine Ermittlung ganz bewusst in eine Richtung trieb, die ihrer eigenen Agenda und ihrer Forderung nach mehr Mitteln in die Karten spielte, obwohl es Beweise gab, die in eine andere Richtung deuteten?

Nein, sie weigerte sich, das zu glauben. Nicht die Säpo, aber möglicherweise vereinzelte Karrieristen, die dort arbeiteten. Sie erinnerte sich an Christer Haak während der Pressekonferenz vor dem Schloss, direkt nach den Explosionen im Reichstag. Vor den Kameras hatte er Sicherheit und

Tatkraft ausgestrahlt. Aber da war auch etwas anderes gewesen. Ihm schien die Situation zu *gefallen,* obwohl gerade ein Mensch ums Leben gekommen und mehrere weitere verletzt worden waren. Haak hatte dort gestanden, als wäre er für so etwas geradezu geschaffen.

Palm fluchte leise vor sich hin und wählte dieselbe Nummer, die sie nun schon seit einer halben Stunde zu erreichen versuchte. Endlich kam sie durch.

»Stina Forss.«

»Palm.«

»Karolina? Ich habe deine Nummer gar nicht erkannt.«

»Ich musste das Handy wechseln. Dein Radiobeitrag hat einen echten Mediensturm ausgelöst – und ich bin mittendrin.«

Es wurde still in der Leitung.

»Ich verstehe, aber ich kann mich nicht wirklich dafür entschuldigen. Wir müssen solche Informationen, die derart im Interesse der Öffentlichkeit sind, einfach publizieren.«

Jetzt war Palm diejenige, die schwieg. Sie wusste, dass Stina trotz ihrer Antwort wahrscheinlich dennoch zumindest den Anflug eines schlechten Gewissens verspürte.

»Aber Karolina, du hast mich in einem denkbar schlechten Moment für ein Interview erwischt, ich bin im Svea hovrätt. Wenn du magst, kann ich aber eine Kollegin bitten, dich aus dem Studio anzurufen; dann können wir das Interview aufzeichnen?«

»Nein, nein. Es geht nicht um ein Interview, Stina.« Karolina sprach mit ihrer tiefsten Stimme. Es war an der Zeit, klarzustellen, wo die Grenze in ihrer Beziehung verlief. »Ich rufe dich an, damit du verstehst, dass du unsere Arbeit erschwerst, wenn du so sensibles Material veröffentlichst. Und das wiederum setzt Menschenleben aufs Spiel. Wenn wir bei der Aufklärung eines Verbrechens die Hilfe der Allgemeinheit brauchen, dann bitten wir darum.«

»Okay, ich verstehe, dass du sauer bist, aber ihr hättet damit an die Öffentlichkeit gehen müssen, dass eine Bombe unter dem Auto des Reichstagspräsidenten abgelegt wurde. So eine Information betrifft ganz Schweden. Wenn der Präsident des Parlaments das Ziel eines Anschlags ist, dann ist das ein deutliches Zeichen dafür, dass der Täter unsere Demokratie angreifen wollte.«

»Stina. Ich habe nicht vor, mit dir über mögliche Motive zu diskutieren, und dieses Gespräch ist absolut vertraulich. Aber wie ihr in eurem Beitrag selbst festgestellt habt, sind auf den Videos Indizien zu sehen, die in eine andere Richtung deuten.«

»Auf Legré?«

Karolina sagte nichts.

»Und seine neue Rolle als Untersuchungsbeauftragter zu streng geheimen Militärinformationen?«

»Ich habe gerade gesagt, dass ich nicht mit dir über Motive diskutieren werde.«

»Dann erzählst du mir aber sicher, warum du anrufst? Oder wolltest du nur mit mir schimpfen?«

Karolina widerstand dem dringenden Bedürfnis zu lachen.

»Ich wollte mich nur erkundigen, ob ihr noch weitere sensible Informationen auf Lager habt. Und mich vergewissern, dass ihr sie, so es denn der Fall ist, nicht sendet.«

»Dazu kann ich mich nicht äußern, Karolina. Das ist unsere journalistische Angelegenheit. Aber ich habe noch mehr Fragen, zum Beispiel zu den Schlüsselkarten.«

»Das hier ist immer noch kein Interview, und es gilt die Geheimhaltungspflicht. Wenn du Informationen hast, die du zu publizieren gedenkst, solltest du vorher mit mir Rücksprache halten. Mehr kann ich dir nicht geben.«

»Okay. Nein, dann haben wir wohl nichts weiter zu besprechen. Für den Moment.«

»Gut. Dann wissen wir, woran wir sind.«

»Ja. Offenbar.«

Karolina legte auf und spürte, wie sich die Enttäuschung in Stinas Stimme mit ihrem eigenen Gefühl von Unzulänglichkeit vermischte. Es war ein deprimierendes Gespräch gewesen. Oder sogar schlimmer als deprimierend. Es war fürchterlich, so sauer und förmlich sein zu müssen, aber notwendig.

Immerhin war es ihr gelungen, das herauszufinden, was sie sich vorgenommen hatte. Stina schien keine Ahnung davon zu haben, was ihre eigene Ermittlung zu den Schlüsselkarten ans Licht gebracht hatte.

Karolina war bei mehreren der Verhöre mit den Personen zugegen gewesen, die ihre Schlüsselkarte am betreffenden Morgen im Reichstagsgebäude benutzt hatten. Doch dabei war nichts Verwertbares herausgekommen – dafür waren die Listen aus der Sicherheitszentrale umso ergiebiger gewesen.

Als sie erkannt hatte, welche Schlüsselkarte der Bombenmann genutzt hatte und wem sie eigentlich gehörte, waren Karolina zwei Dinge klar geworden. Erstens war der Eigentümer nicht der Täter. Und zweitens würde sich der Mediensturm, den sie gerade erlebte, im Vergleich wie eine laue Sommerbrise anfühlen, wenn die Identität dieses Mannes bekannt würde.

KAPITEL 46

In Vilhelm Skraks Wohnung entflohen zwei einsame Seelen dem Sommer. Der Professor hatte sämtliche Gardinen zugezogen und das große Gemälde mit Scheinwerfern beleuchtet, die in diesem Dunkel für ein weiches Licht sorgten.

Er stand dicht vor dem Gemälde. Abwechselnd richtete er seine Aufmerksamkeit auf Rembrandts Meisterwerk und auf das antike Buch, das aufgeschlagen vor ihm lag.

David saß auf dem Sofa hinter dem Professor und genoss es, dass das grelle Sonnenlicht ausgesperrt war. Im Dunkeln funktionierte das Tablet am besten.

Außerdem war der Raum angenehm kühl, und um noch stärker gegen die Hitze zu protestieren, ließ Skrak Vivaldis *Vier Jahreszeiten* über das Lautsprechersystem spielen. Auf der Playlist des Professors standen ausschließlich Titel aus dem »Winter«.

Geigen- und Cembaloklänge erfüllten den Raum, und Skrak summte die Melodie mit. Er merkte, dass David sich nicht daran zu stören schien. Vielmehr registrierte er, wie David eine Hand oder einen Fuß im Takt mit den Streichern bewegte, wenn das Tempo anstieg. Offenbar harmonierten die modernen Zugvideos auf YouTube auf irgendeine Weise mit den Tönen eines Barockmeisters aus dem Venedig des siebzehnten Jahrhunderts.

»Niemand, der von einer Frau geboren wurde, kann Vivaldi hören, ohne Liebe zur Musik zu empfinden.«

Skrak sprach einfach in den Raum hinein. Das war noch etwas, was beiden gefiel: der Klang von Skraks Stimme.

Der Professor sah auf seine Uhr. Gleich war es halb fünf.

»In einer halben Stunde gehen wir zu deiner Mama, David.«

»Halbe Stunde? Zwei Punkte?«

»Ganz genau. Das sind zwei Punkte auf deinem Plan.«

David nutzte einen digitalen Stundenplan, der ihm dabei half, ein konkreteres Gespür für Zeit zu bekommen. Jede Stunde bestand aus vier roten Lämpchen, die der Reihe nach erloschen, je weiter der Tag voranschritt. David öffnete die App und kontrollierte, dass nach der Ziffer 16 noch zwei Punkte aufleuchteten und folglich erlöschen mussten, bevor die Uhrzeit von 16:30 auf 17:00 sprang.

Der Junge drehte sich auf dem Sofa um und streckte einen Daumen in die Luft. Skrak erwiderte die Geste und lächelte.

Kichernd widmete sich David wieder seinen Videos.

»Dann bleibt mir noch exakt eine halbe Stunde, um dieses Rätsel hier zu lösen.«

Skrak sprach weiter vor sich hin – und für David.

»So fantastisch das mit den neuentdeckten Teilstücken des Gemäldes auch sein mag, bin ich immer mehr der Ansicht, dass diese Entdeckung eine Sackgasse darstellt.«

Er hatte die Bildfragmente in einen Karton gepackt und diesen in die Ecke gestellt.

»Die Achtzehn wurden nach 1790 gegründet, und zu dieser Zeit hatte Rembrandt diese Teile der Leinwand schon längst entsorgt. Nein, der Hinweis ist im Gemälde selbst enthalten … Oder was glaubst du, David?«

Wieder kicherte der Junge.

»Was glaubs *du*, Villem?«

»Ich glaube, ich sollte noch mehr in den Büchern lesen, David. In Büchern finden sich die Antworten auf alle Fragen des Lebens.«

»Mama findet, Bücha sinn teua.«

»Damit hat sie recht, und deshalb gibt es Bibliotheken, David, so wie hier im Schloss. Hier hat der König seine eigene Bibliothek. Und aus der habe ich dieses kleine Buch ausgeliehen.«

David schaute auf.

»Du lüüüügs. Das is nich klein!«

Skrak musste lachen.

»Nein, da hast du wohl recht. Es ist riesengroß.«

Das Buch, das Skrak in Händen hielt, war tatsächlich ein richtiger Wälzer. Allerdings trug es auch den unbescheidenen Titel *The complete guide to Rembrandt van Rijn*.

Skrak blätterte in dem schweren Buch.

»In einem Katalog aus dem Jahr 1892 wird es unter den Besitztümern der Kunstakademie aufgeführt. Damals hatte sie ihren Sitz in der Fredsgatan 12, und es stimmt damit überein, dass das Nationalmuseum das Gemälde von der Akademie bekam. Aber war es nicht schon vorher in Schweden?«

Skrak tauchte erneut in das Buch ab.

»Fredsgatan 12. Dort wurden über die Jahre viele Talente gefördert. Und man hat Meisterwerke bewundert, betrachtet und kopiert.«

Ein Gedanke durchzuckte Skrak, eine eisige Erkenntnis.

»Solange wir es hier nur nicht mit einer Fälschung zu tun haben, das wäre eine wahre Tragödie!«

Wieder blätterte Skrak in dem Nachschlagewerk, aber vergebens. Er fand keine weiteren Angaben darüber, wann oder wie das Werk seinen Weg nach Schweden gefunden hatte.

»Dass es so schwer sein kann, eine so simple Sache herauszufinden.« Skrak stöhnte laut auf.

»Keina kann alles wissen.«

»Was hast du gesagt, David?«

»Keina kann alles wissen. Das sagt die Lehahin. Dann muss man guugeln.«

Skrak ging zu David. Auf dem Tablet des Jungen war das Eingabefeld der Suchmaschine zu sehen.

Der Professor umarmte David und tippte den abgekürzten Titel des Gemäldes ein. »*Verschwörung Civilis* Rembrandt«.

»Wollen wir mal sehen, ob die moderne Technologie uns helfen kann …«

Der Junge schaute auf das Tablet in Skraks Schoß.

»Das is das Gleiche!«

Sein Gesicht leuchtete auf, als er das Bild auf dem Tablet sah und das Gemälde wiedererkannte.

Skrak öffnete einen der ersten Treffer und las David laut vor. Und je länger er las, desto aufgeregter wurde der Professor.

»Hier steht, dass das Gemälde in der Fredsgatan 12 hing und damals als Vorlage für Kopien zu Übungszwecken diente.«

Bei jedem weiteren Satz sprach Skrak ein wenig lauter.

»Ein Gemälde von Elias Martin aus dem Jahr 1782 zeigt Gustav III. bei seinem offiziellen Besuch der Akademie 1780. Im Hintergrund dieses Gemäldes ist Rembrandts Werk zu sehen.«

Aufgewühlt nahm Skrak das Tablet an sich und stellte sich vor das Gemälde.

»Ein interessantes Detail ist hierbei, dass eines der Schwerter in der Luft schräg hinter Claudius Civilis in Elias Martins Darstellung fehlt. Das infrage kommende Schwert konnte dem Konservator Erik Hallblad zugeschrieben werden, der wenige Jahre später dafür verantwortlich war, die exklusive, venezianische Originalleinwand mit Fischgratköper durch eine neue zu ersetzen. Möglicherweise verdeckt das Schwert eine nach diesem Abenteuer notwendig gewordene Retusche.«

Skrak stellte sich so dicht vor das Originalgemälde, dass seine Nasenspitze die Ölfarbe berührte.

»Welches Schwert kann es nur sein?«

»Ich will das Tablet!«

»Warte eine Sekunde, David!«

Als Skrak »Gustav III. Besuch Kunstakademie« eingab, erhielt er prompt noch mehr Treffer. Alle zeigten dasselbe Gemälde. Gustav III. in einer roten Uniform, umgeben von Höflingen in Perücken, vor ihnen mehrere weitere elegant gekleidete Männer, die saßen und malten. In der Mitte des Raums stand ein nackter Mann auf einem Tisch, offenbar das Motiv, das die Künstler einzufangen versuchten. An der linken hinteren Wand hing ein Gemälde. Die Verschwörung.

Skrak verglich die Bilder.

»Da! Siehst du, David!«

Der Professor war derart aufgebracht, dass seine Hände zitterten.

David riss Skrak das Tablet aus der Hand und zeigte ihm deutlich, dass seine Geduld in Sachen Kunstwelt zu Ende war. Über die Zurück-Taste der Browserchronik klickte er sich bis zu YouTube und dem Video aus der Londoner U-Bahn.

Aber Skrak hatte gesehen, was er sehen musste.

Die obere rechte Schwertklinge auf dem Originalgemälde vor ihm – das er in just diesem Moment anstarrte und über das er seine Finger äußerst behutsam gleiten ließ –, genau diese Klinge fehlte in der Abbildung des Gemäldes in Elias Martins Werk aus dem Jahr 1782.

»Das hier ist die Klinge, die der Konservator Erik Hallblad hinzugefügt haben muss. Also, David. Er hat auf ein Bild gemalt. Darf man das?«

»Nee, man daaf nich auf die Bilda von andan malen!«

»Ganz richtig, David. Ganz richtig.«

Skrak überlegte. Wenn dem Konservator die Restaurierung nicht gelungen war, musste er den entstandenen Schaden irgendwie vertuschen, und in diesem Fall war das hier eine der schönsten Reparaturarbeiten, die Skrak je gesehen hatte. Die Klinge sah aus wie die anderen, möglicherweise eine Spur weniger scharf, was aber auch darauf beruhen konnte, dass sie sich weiter im Hintergrund befand. Eine gelungene Übermalung eines missglückten Eingriffs also.

»Oder die Übermalung verdeckt etwas völlig anderes …«

Die Uhr der großen Nikolaikirche schlug, und David stand auf.

»Jetzt ist Mama bald featig. Wia müssen los.«

»Stimmt genau. Wir machen einen Spaziergang und treffen sie am … Kai.«

Der Professor konnte sich nicht dazu durchringen, »Gericht« zu sagen. Er war der entschiedenen Auffassung, dass kein Kind eine Gerichtsverhandlung erleben sollte, und erst recht nicht sollte es Gegenstand einer Gerichtsverhandlung sein. Als er zusah, wie David sein Tablet umständlich, aber ordentlich in seinem Rucksack verstaute und sich dabei mit dem Reißverschluss abmühte, verstärkte das seine Meinung.

KAPITEL 47

Es war halb fünf, und die Turmuhr der Riddarholmskirche schlug einmal. Das Svea hovrätt lag auf der anderen Seite des gepflasterten Platzes, und der Klang des Glockenschlags bahnte sich seinen Weg bis in den Korridor vor dem Verhandlungssaal 14.

Die Unterbrechung hatte exakt fünfzehn Minuten gedauert. Wie Hans Brorsson vorausgesehen hatte, war der Richter ein genauer Mann, sodass Stina und Hasse sich lieber rechtzeitig wieder vor dem Saal einfanden. Auch Felicia Granath wusste, dass es wichtig war, das Gericht nicht warten zu lassen. Fredrik folgte im Schlepptau der Anwältin, aber Stina konnte nicht umhin, sich zu fragen, ob Fredrik das alles hier überhaupt wollte.

Granaths nächster Zeuge stand ebenfalls bereit. Es war ein Mann mit grauer Haarpracht, hoher Stirn, viereckiger Brille und einem karierten Sakko mit ledernen Ellbogenaufnähern.

Stina fand, dass er einem ehemaligen Justizkanzler ähnelte, an dessen Namen sie sich allerdings nicht mehr erinnern konnte.

Beide Parteien warteten vor der Tür zum Verhandlungssaal darauf, dass er wieder geöffnet wurde, hielten aber einen deutlichen Abstand zueinander.

Auch wenn Stina sich über den neuen Zeugen wunderte, wollte sie Hasse nicht nach ihm fragen, da sie sonst wahrscheinlich unvorbereitet, unwissend oder, noch schlimmer, ängstlich wirken würde. Aber Hasse hatte ihre fragenden

Blicke bemerkt und deutete auf sein Handy, wo er etwas in die Notizen-App getippt hatte.

»Torkel Levin. Professor für Psychologie, Spezialgebiet Sorgerechtsprozesse. Aalglatter Typ.«

Stina nickte.

Als die Tür geöffnet wurde, ließ der Psychologieprofessor Stina mit einer kleinen Geste den Vortritt. Sie begegnete seinem Blick. Er lächelte. *Aalglatter Typ.* Sie wandte den Blick wieder ab.

Der Experte setzte sich auf den Platz direkt gegenüber dem Richter, zwischen die beiden Streitparteien.

Zunächst musste er seinen Namen, Beruf, Titel und seine Rolle in der Verhandlung angeben.

Stina fiel auf, dass Torkel Levin, dessen Arbeitstage offensichtlich von seiner Professur an der Universität Stockholm ausgefüllt wurden, zwar von Granath einberufen worden war, aber dennoch als objektiver Sachverständiger auftrat.

Felicia Granath begann ihre Befragung.

»Wie wichtig ist eigentlich ein Vater für ein Kind?«

»Auf diese Frage kann man beinahe nicht antworten. Wie wichtig ist Wasser für eine Blume in der Wüste?«

Granath nickte, und Stina fragte sich, ob sie die Fragen im Voraus einstudiert hatten.

»Würden Sie uns bitte von Ihrer Forschung erzählen, damit das Gericht den Hintergrund Ihrer Expertise nachvollziehen kann?«

»Sehr gern.«

Im Ernst? Ein Mann, der über seine Arbeit schwadronieren darf? Das wird dauern, dachte Stina. Trotzdem gelang es ihr, ihr Mienenspiel im Zaum zu halten, während Levin seine Brille absetzte und in die Brusttasche seines Sakkos steckte.

»Im Lauf der Jahre habe ich Tiefeninterviews mit dreißig

verschiedenen Individuen geführt, von denen ich einige fünfzehn Jahre begleitet und mit denen ich zu unterschiedlichen Zeitpunkten ihres Lebens immer wieder gesprochen habe. Sie alle sind Väter, denen aus unterschiedlichen Gründen das Sorgerecht für ihre Kinder entzogen wurde. Sobald sie das Sorgerecht aber wieder zugesprochen bekamen, waren deutliche Verhaltensveränderungen bei den Kindern zu erkennen, ja manchmal sogar bemerkenswerte Entwicklungen.«

Torkel Levin berichtete von Kindern, die sich sicherer fühlten, fröhlicher und aktiver wurden, deren Wortschatz sich erweiterte und die mehr Freunde fanden, sobald sie mehr Zeit mit ihren Vätern verbringen durften.

Felicia Granath schaute ebenso oft zu ihrem Sachverständigen wie zum Richter, der konzentriert zuhörte.

»Aber was geschieht mit den Kindern, die der Zeit mit ihren Vätern beraubt werden?«

»Das ist selbstverständlich eine komplexe Frage, schließlich sind alle Menschen verschieden. Aber nach den Beobachtungen, die ich in meinen dreißig Fallstudien gemacht habe, kann ich dennoch behaupten, dass ich mehrere Fälle beobachtet habe, in denen Kinder, die ohne Vater aufwuchsen, ein deutlich aggressiveres Verhalten aufwiesen. Sie verloren frühzeitig eine Bindung zu einer wichtigen Bezugsperson. Das wiederum sorgte für ein Gefühl von Unsicherheit, woraufhin sich vor allem Jungen destruktiven Umgebungen zuwandten. Meine Forschung war nicht immer unumstritten, was sicher alle hier Anwesenden verstehen werden, die verfolgt haben, wie Gendertheorien einen immer größeren Einfluss auf unsere Lehrstühle nehmen.«

Der Richter nickte, anscheinend hatte er das mitverfolgt. Und Stina beschlich das Gefühl, dass er von dieser Entwicklung nicht unbedingt begeistert war.

»Forschung muss aber frei von jeglichen Einflüssen sein, sowohl wirtschaftlicher als auch politischer Natur«, fuhr Levin fort. »Was wissen wir heute darüber, wie man in der Zukunft über diese Fragen denken wird? Die einzige Antwort, die ich geben kann, ist, dass die Vaterfigur *zentral* ist. Dies ist die wichtigste Erkenntnis, zu der ich gelangt bin, und die kann ich nicht oft genug wiederholen.«

Stina schüttelte nur leicht den Kopf. Eine solche Banalität brauchte doch wohl niemand zu erforschen? Logischerweise war ein Vater wichtig für ein Kind. Genauso wichtig wie eine Mutter. Diese Erkenntnis sollte der selbstzufriedene Professor einmal dem Idioten beibringen, der ihr gegenübersaß.

Felicia Granath stellte die nächste Frage an ihren Sachverständigen.

»Was würde also mit David passieren, sollte man ihm den Umgang mit seinem Vater Fredrik verbieten?«

»Das lässt sich nur sehr schwer sagen.«

»Aber auf Grundlage Ihrer Forschung können Sie uns doch sicher eine wissenschaftlich fundierte Antwort geben?«

»Gewiss. Es steht zu befürchten, dass David in Zukunft unter psychischen Problemen leiden wird. Niedergeschlagenheit, Aggressivität, Unruhe und Stress … Eine Vaterfigur kann dabei für einen enormen Unterschied sorgen.«

»Danke. Keine weiteren Fragen von unserer Seite.«

Mit einem Räuspern warf der Richter einen Blick auf die Uhr.

»Es wird allmählich Zeit, zum Ende zu kommen. Aber vielleicht schaffen wir es noch, die Fragen der anderen Seite zu hören, wenn Sie sich kurz fassen?«

Dabei sah er Hans Brorsson an.

Stina ärgerte sich. Sie wusste, wie wichtig es war, dass Hasse den Experten direkt zur Rede stellen konnte, damit das

Gericht nicht mit all den Dummheiten im Kopf nach Hause ging, die Levin von sich gegeben hatte. Eine Anhörung auf zwei Tage aufzuteilen war eine genauso schlechte Idee.

Ihr wurde klar, dass eine solche Befragung ähnlich ablief wie ein Interview. Sie folgte einer geplanten Dramaturgie, die darauf abzielte, Zuhörer dieses Gesprächs durch einen logischen Gedankengang zu lenken, um schließlich in einer Moral oder analytischen Punchline zu gipfeln. Und wenn das Gespräch elegant geführt wurde, erhielten die Zuhörer eine tiefere Einsicht.

Wenn man ein Interview oder eine Anhörung allerdings mittendrin unterbrach, bestand die Gefahr, dass die Schlussfolgerung verloren ging.

»Das schaffen wir wohl, Herr Vorsitzender.« Hans Brorsson wandte sich an Torkel Levin. »Interpretiere ich es richtig, dass die Forschung, auf die Sie heute Bezug nehmen, Ihre eigene ist, oder basieren Ihre Aussagen auch auf anderen Studien?«

»Meine Ergebnisse stimmen mit den von anderen führenden Forschenden überein, die seriöse Studien zu diesem Thema angestellt haben.«

»Das will ich keineswegs anzweifeln, doch das beantwortet nicht meine Frage.«

Levin sah zu Granath, die damit beschäftigt zu sein schien, Dokumente zu ordnen.

»Die Ergebnisse sind eindeutig. Genauer kann ich darauf nicht eingehen.«

»Ich verstehe es so, dass Ihre Forschungsergebnisse mit der internationalen Expertise übereinstimmen, richtig?«

Torkel Levin setzte ein, wie Stina fand, künstliches Lächeln auf, aber sie hatte Levin schon von Anfang an nicht leiden können.

»Ja, das ist korrekt, auch wenn ich natürlich gestehen muss, dass dieses Themenfeld im Allgemeinen noch recht wenig erforscht ist. Ansonsten wäre ich kaum der Meinung, dass meine eigene Studien eine Existenzberechtigung hätten.«

Hans Brorsson erwiderte das Lächeln. »Korrigieren Sie mich bitte, wenn ich etwas missverstanden haben sollte, aber Ihre Forschung basiert auf dreißig Einzelfällen, in denen Vätern das Sorgerecht – wie sagten Sie noch gleich? – entzogen wurde?«

»Das ist korrekt. Und sie bekamen das Sorgerecht anschließend wieder zugesprochen.«

»Dazu kommen wir noch. Aber mich interessiert erst mal, aus welchen Gründen ihnen das Sorgerecht entzogen wurde.«

Erneut schielte Levin zu Felicia Granath, die ihm jedoch auch jetzt keine Hilfestellung gab.

»Dafür gab es verschiedene Gründe. Von Fall zu …«

»Gewalttätigkeit?«

»In einzelnen Fällen.«

»Sorgerechtsprozesse?«

»Ja.«

»Streit?«

»Solche Fälle gibt es.«

»Lassen Sie mich die Frage so formulieren: Gibt es in Ihren Studien einen Fall, in dem der Vater von sich aus auf das Sorgerecht verzichtet hat?«

»Nein.«

Hans Brorsson wartete, bis sich Stille über den Saal gelegt hatte.

»Hat der Herr Verteidiger keine weiteren Fragen an den Zeugen?« Für rhetorische Pausen hatte der Richter offenbar nichts übrig.

»Doch, Herr Vorsitzender, eine letzte Frage. Also weist keines Ihrer dreißig Fallbeispiele Parallelen zu dem Fall auf, über den wir heute hier sprechen, Herr Levin? Ein Fall, in dem der Vater von sich aus Mutter und Kind auf sich allein gestellt zurückgelassen hat?«

Fredrik zuckte zusammen, und Felicia Granath entfuhr ein scharfes »Hallo?!«, während sich Torkel Levin auf seinem Stuhl wand.

Der Richter griff zu seinem Hammer und schlug ihn auf den Tisch.

»Ich ermahne beide Vertreter hiermit, für einen respektvollen Ton in diesem Saal zu sorgen. Damit wäre der letzte Ordnungspunkt für heute abgehandelt. Das Gericht vertagt sich.«

Torkel Levins Antwort ging im allgemeinen Lärm unter, als sich die Mitglieder des Gerichts erhoben, die Stühle zurückschoben und den Saal verließen.

*

Stina wusste nicht, ob sie sich beschwingt fühlen oder aufgebracht sein sollte. Hasses Verhör hatte mit einem, zumindest empfand sie es so, rhetorischen Triumph geendet. Nämlich, dass Fredrik David »auf sich allein gestellt zurückgelassen« hatte und dass Levins Forschung sich nicht auf einen solchen Fall anwenden ließ. Aber Felicia Granaths Ausruf und der schnelle Ordnungsruf des Richters hatten Levins Antwort übertönt.

»Was ist da gerade passiert? Hat irgendjemand gehört, was er auf deine Frage geantwortet hat?«

Längst war Stina klar, dass es im Verhandlungssaal 14 keine Rolle spielte, was sie als rhetorischen Triumph ansah oder was sie darunter verstand. Entscheidend war, wie das Gericht etwas auffasste. Und das plötzliche Ende der heutigen Sitzung hatte etwas Unheilverkündendes an sich.

Hans Brorsson fasste sie am Arm und führte sie wieder an einen Ort, an dem niemand lauschen konnten.

»Meine Provokation im Saal ging vielleicht ein wenig weit. Aber ich wollte abklopfen, inwiefern der Richter Granath erlauben wird, Einfluss auf die Verhandlung zu nehmen.«

Stina runzelte die Stirn.

»Das Wichtige war, dass ich die Frage stellen durfte. Darauf komme ich im Plädoyer zurück. Levin ist wirklich ein aalglatter Mistkerl. Ich bin ihm noch nie in einem Gerichtssaal begegnet, aber er scheint dem Ruf gerecht zu werden, den er unter meinen Kollegen genießt. Seine Selbstgefälligkeit und den Willen, mit seiner Forschung anzugeben, sollten wir zu unserem Vorteil nutzen können. Mir muss nur noch einfallen, wie.« Er lächelte Stina hastig zu. »Das Gericht ist aktuell ein größeres Problem. Unser verehrter Herr Vorsitzender scheint aufgeschlossen zuzuhören – allerdings nur, solange die Anwältin Granath das Wort hat.«

In Stinas Bauch zog sich alles zusammen.

»Aber wir *können* diesen Prozess doch nicht verlieren?«

Hans Brorsson blickte ihr direkt in die Augen. »In meiner Branche gibt es keine Garantien. Nach dreißig Jahren in allen möglichen Verhandlungssälen habe ich gelernt, dass das allgemeine Vertrauen in unser Rechtswesen deutlich höher ist als die Qualität des Produkts, das wir liefern. Nachdem ich das gesagt habe, will ich trotzdem betonen, dass es oft gut ausgeht. Die richtigen Leute erhalten mehr oder weniger ihre gerechte Strafe. Unsere Chancen stehen nicht schlecht. Und beim nächsten Mal bin ich an der Reihe. Dann werden wir dem abwesenden Vater einige höchst dringende Fragen stellen.«

Stina fühlte sich gleichzeitig beunruhigt und getröstet. Sie spürte, wie schwer ihr Körper war. Nach einem ganzen Tag vor Gericht mit Tausenden Gefühlsregungen und voller innerer Unruhe war sie völlig am Ende.

Als sie die Steintreppe zum Haupteingang hinabstiegen, schaute sie auf die Uhr. Halb sechs. Sie war spät dran. David würde das ganz und gar nicht gefallen, aber bei Skrak war er in guten Händen.

Sie schaute durch die gebogenen Fenster des alten Gerichtsgebäudes. Hinter dem gepflasterten Vorplatz erstreckte sich der Birger Jarls torg. Genau in der Mitte zwischen dem Svea hovrätt und dem Alten Reichsarchiv stand eine Statue des Namensgebers. Des Mannes, der die Hauptstadt vor fast achthundert Jahren gegründet hatte, Birger Jarl.

Unterhalb der Statue entdeckte Stina zwei Figuren, die, auch wenn sie über einhundert Meter entfernt waren, ein unverkennbares Duo bildeten; ein äußerst beleibter erwachsener Mann und ein kleiner, schmächtiger Junge, deren Blicke sich mal auf die Statue richteten, mal auf ein Handy.

Stinas Herz quoll beinahe über, während sich in ihrem Magen gleichzeitig alles verkrampfte. Die Wucht der Gefühle erstaunte sie, aber sie wusste, dass das an dem Schwebezustand lag, in dem sie sich gerade befand. Allein der Gedanke, dass David Zeit mit Fredrik verbringen sollte, machte ihr Angst. Sie konnte ihren Sohn nicht mehr für selbstverständlich nehmen.

KAPITEL 48

»Habe ich euer Wort, dass ich Quellenschutz erhalte?«

Axel und Jan Kowalski nickten.

»Normalerweise gehe ich so vor ...« Axel holte sein Aufnahmegerät hervor. Er drückte den Aufnahmeknopf und hielt das Mikrofon vor seinen Mund. »Interview mit anonymer Person, die wir ›eine Quelle mit tiefen Einblicken‹ nennen. Die Person hat um Quellenschutz gebeten, der ihr hiermit garantiert wird. Ein Verstoß dagegen ist strafbar und kann eine Gefängnisstrafe nach sich ziehen. Sind Sie damit einverstanden, dass ich dieses Gespräch aufzeichne?«

Er streckte ihm das Mikrofon entgegen. Die Quelle nickte, bis ihr einfiel, dass sie bei einer Tonaufnahme auch sprechen musste.

»Ja, ich bin einverstanden.« Der Mann schob sein Glas beiseite und beugte sich nach vorn. »Diese Geschichte mag zunächst recht technisch und verworren klingen, aber ich werde die Sachverhalte ins richtige Licht rücken. Unterbrechen Sie mich gern, wenn ich mich in Details verliere. Eines sollten wir aber direkt festhalten: Hier geht es um Militärgeheimnisse, die einen völlig anderen Blick auf die schwedische Nachkriegszeit eröffnen als den, der uns in der Schule vermittelt wurde.«

Axel und Kowalski nickten nur.

»Datasaab gehörte zum verborgenen Teil des schwedischen militärisch-industriellen Komplexes, nur einige wenige Offiziere hatten Kenntnis davon. Alles begann direkt nach dem Krieg. Ich bin nicht über alles im Bild, aber ich weiß, dass es über die CIA und eine von Alvar Lindencrona aus dem Thulehuset geleitete schwedische Organisation enge Verbindungen zu den USA gab.«

»Das klingt, als beschrieben Sie das Stay-behind-Netzwerk?«, fragte Axel. »Hat es das wirklich gegeben?«

»Es hatte viele Namen. Arla Gryning war einer davon, und Tage Erlander nannte es in seinen Memoiren ›Lindencronas Komitee‹. Entscheidend dabei war aber die Funktion dieses Netzwerks.« Der Mann trank einen Schluck, ehe er fortfuhr: »Während des Zweiten Weltkriegs hatte man den Nutzen einer solchen Stay-behind-Organisation erkannt. Im Fall der feindlichen Besetzung einer Nation brauchte man eine Exilregierung, die im Geheimen Widerstand leisten konnte. Daher baute man bereits im Voraus eine geheime Organisation auf, die in der Lage sein sollte, eine potenzielle Besatzungsmacht innerhalb der Landesgrenzen zu bekämpfen, und die gleichzeitig dazu legitimiert war, Befehle einer Regierung aus dem Exil zu befolgen.«

Axel nickte. Seit Jahren hörte er immer wieder solche Gerüchte, aber das hier war das erste Mal, dass jemand, der anscheinend daran beteiligt gewesen war, diese Gerüchte bestätigte.

»Wie sah die Arbeit der Stay-behind-Organisation konkret aus?«

»Es gab eine Menge Agenten, die nach dem Muster ›Führungsagent, Unterstützungsagent und Aktionsagent‹ arbeiteten. Ihr Hauptziel bestand darin, Kommunisten und andere Organisationen, die als eventuelle Bedrohung der Reichssicherheit eingestuft wurden, auszuspionieren. Es gab ein äußerst gut strukturiertes und weit verzweigtes System. Wenn man miteinander kommunizierte, musste man unterschiedliche Codes nutzen. Brauchte man zum Beispiel Hilfe, dann lautete der Katastrophenalarm ›Tante Elsa ist schwer krank‹. Daran erinnere ich mich deshalb so gut, weil ich wirklich eine Tante namens Elsa hatte und mich immer gefragt habe, wie ich den Code einsetzen konnte, ohne die gesamte Verwandtschaft in Aufruhr zu versetzen.«

Der Mann lachte kurz.

»Aber war Ihnen bewusst, dass Sie für eine geheime Spionageorganisation arbeiten?«

Der Mann schüttelte den Kopf. »Nicht von Anfang an, so funktioniert das nicht. Ich war bei Datasaab als ausgebildeter Computeringenieur angestellt. Als KC und ich für eine Dienststelle im Ausland angefragt wurden, ahnten wir, dass es mit dem Militär zu tun haben musste und deshalb eine solche Geheimniskrämerei betrieben wurde. Wir betrachteten es als Abenteuer und hatten keine Probleme damit, dass Saab so eng mit dem Militär zusammenarbeitete. Damals waren wir alle davon überzeugt, dass das schwedische Heer seinen Teil zur globalen Friedensarbeit leistete. Und wenn wir mit unserer Tätigkeit zu ein wenig mehr Frieden auf der Welt beitragen konnten, war das doch eine tolle Sache, oder?«

Wieder stimmten Axel und Jan Kowalski nickend zu.

»Aber ich sollte später in meinem Leben noch Anlass haben, mein Gewissen zu prüfen … Wie auch immer, konkret arbeiteten KC und ich an Computern, die das Lenksystem von Raketen steuerten. Als wir im Frühjahr 1982 in Riad landeten, wurden wir am Flughafen von Fahrzeugen des Regimes eingesammelt. Sie fuhren uns zu einer Anlage, in der zwei nagelneue D23-Computer standen. Zu der Zeit waren das die modernsten Geräte, die wir in Schweden hatten – und auf der ganzen Welt. Damals lagen wir bei der Entwicklung eines bestimmten Typs von Computerspeichern sogar vor IBM. Ich weiß noch, wie KC und ich uns angeschaut haben. Zu Hause in Linköping war es uns kaum gelungen, unseren ersten Rechner fertigzustellen, und hier standen auf einmal zwei komplett einsatzbereite Geräte – mitten in der Wüste.«

Mit dem Blick, den Axel und Kowalski einander zuwarfen, schienen sie sich sagen zu wollen, dass es eine recht sonderbare Geschichte war, an der sie da teilhatten.

»Anfangs war es ein fantastisches Erlebnis. Solange man darauf achtete, dass keine Skorpione in den Schuhen saßen, bevor man hineinschlüpfte, war es ein echter Traum. Wir durften die Maschinen ganz nach unseren eigenen Vorstellungen entwickeln. KC war ein Experte für Speichertechnik und hielt das Vorgängermodell, den D2, in diesem Punkt für überlegen. Also baute er die beiden D23 auf eine unglaubliche Weise um.«

Axel legte die Stirn in Falten.

»Jetzt kann ich nicht mehr ganz folgen«, gestand er.

»Ich verstehe, das geht zu sehr ins Detail. Aber ganz kurz. KC erstellte verschiedene Orte für die direkten Befehle des Computers, wie zum Beispiel, wo eine Rakete ein Ziel treffen sollte, und den Speicherort für Dateien, die der Computer nur selten nutzen musste. Das war die sogenannte Harvard-Technik. Ein weiterer Geniestreich, den KC hinbekam, war die interne Batterie. Die Computer sollten auch dann funktionieren, wenn der Feind die Stromleitungen kappte.«

In den Augen des Mannes funkelte etwas auf, was Axel als Entdeckerfreude interpretierte. Allerdings fand er, dass das nur schlecht mit Waffentechnologie zusammenpasste, weshalb er sich gezwungen sah nachzufragen.

»Warum wurden Sie ausgerechnet nach Saudi-Arabien geschickt? Dorthin durften wir doch keine Waffen verkaufen, oder?«

»Richtig klar wurde das damals nicht. Für uns war es ein aufregendes Erlebnis. Und das saudische Regime war zu jener Zeit zwar autoritär, aber als Nation wehrte man sich gegen den Irak und die radikale Form des Islam, die dort Einzug hielt … Außerdem, was sollte es? Alles Zeug kam von Saab! Wir hatten Befehle, die vom schwedischen Heer abgestempelt waren! Natürlich glaubten wir, im Auftrag Schwedens und unseres Militärs zu handeln.«

»Fühlen Sie sich betrogen? Also im Nachhinein, meine ich.«

Wieder lachte der Mann auf.

»Ja, natürlich wurde ich betrogen. Aber ich war bei weitem nicht der Einzige. Wir alle wurden betrogen, das ganze schwedische Volk.« In einer müden Geste fuhr er sich mit der Hand übers Gesicht. »Janne sagt, er habe Ihnen erklärt, was es mit dem Datasaab-Skandal und dem Containerskandal auf sich hat?«

Axel nickte.

»Das alles hängt miteinander zusammen. Schweden war damals ganz klar die beste Alternative für alle, die Waffengeschäfte mit dem Westen und dem Osten machen wollten. Tatsache ist, dass wir von den vierundzwanzig gestohlenen Platinen zwei Stück aus Moskau erhielten, die wir dann in unseren Computern in Riad anwenden sollten. Ach ja, da unten sind so viele eigenartige Dinge geschehen …« Während einer kurzen Pause trank der Mann einen großen Schluck Bier. »Wir können uns ein andermal über die Einzelheiten unterhalten, aber grob zusammengefasst war es wie folgt: KC und ich entwickelten die D23-Geräte auf Order der Saudis, die ihrerseits Befehle von der CIA über deren Scheinfirma ›United Fruit‹ erhielten. Und *sämtliche* dieser Befehle wurden auch von Stockholm unterschrieben.«

Die ganze Zeit schaute der Mann immer zuerst Kowalski und dann Axel an. Er wollte sichergehen, dass sie diese Sache auch wirklich verstanden. Unabhängig davon, in welcher Reihenfolge die Befehle gegeben worden waren, war Schweden involviert gewesen und hatte allem zugestimmt.

»Schließlich gelang es uns, dass die Computer die Robot-330-Raketen steuerten. Mehrere Kampfjets wurden mit ihnen bestückt, und unsere Technologie sorgte dafür, dass die Jets von einem Piloten anstelle von zwei geflogen werden konnten. Ein enormer Fortschritt. Sowohl die Jets als auch die Raketen wurden dann in den Achtzigerjahren in mehreren Kriegen eingesetzt – also zu genau solchen Zwecken, zu denen unsere schwedischen Waffen nicht verwendet werden durften. Das verstieß gegen Gesetze. Als wir 1998 nach Riad zurückkehrten, taten wir das, um die Computer sicherzustellen und mit nach Schweden zurückzunehmen. Alle Spuren der schwedischen Beteiligung sollten beseitigt werden.«

Axel schaute zum Aufnahmegerät. Die digitale Zeitanzeige lief immer weiter.

»Aber jetzt, da Sie mit uns darüber sprechen, gibt es plötzlich wieder Spuren?«

Der Mann nickte.

»Birgt das ein Risiko für Sie?«

»Ein enormes Risiko! Sie wissen, was mit dem Rüstungskontrolleur Algernon passiert ist? Und mit Falck, der Reporterin?«

Der Mann blickte sich im Raum um. Sie waren noch immer allein auf der VIP-Etage.

»KC Magnusson wusste ebenso gut, was wir in Riad getan hatten. Die Frage ist nur, ob er davorstand, etwas davon öffentlich zu machen. Sein Tod hätte sehr viel mehr Aufsehen erregen und Nachfragen nach sich ziehen sollen, als es der

Fall war. Hier in Schweden war nicht mehr darüber zu erfahren, als dass es sich um einen unerklärlichen Autounfall in Sassnitz handelte.«

Axels Puls beschleunigte sich.

»Sagen Sie etwa, KC kam dabei ums Leben? Bei dem Unfall?«

Für einen Moment zögerte der Mann. Er schien nach den richtigen Worten zu suchen.

»Unfall … Über die Firma hatte KC eines der allerersten ›Saab 9-3‹-Modelle überhaupt bekommen. Er hat diesen Wagen geliebt. ›Das schönste Fahrzeug, das schwedische Ingenieurskunst je zustande gebracht hat‹, sagte er immer. Später berichtete die deutsche Polizei, dass man einen Defekt an den Bremsen festgestellt habe. Bei Saab machte schnell das Gerücht die Runde, der arme KC hätte ein Montagsmodell bekommen. Mir persönlich wäre es aber lieber gewesen, sie hätten seine Leiche statt des Wagens untersucht. Ich glaube, dann hätte man in seinen Lungen dieselbe Art von Flüssigkeit gefunden wie bei Cats Falck. Und Cats Falck ist ganz sicher nicht an Ostseewasser gestorben, verdammt.«

Die Stimme des Mannes überschlug sich, und es wurde still um den Tisch. Er holte ein Taschentuch heraus und putzte sich die Nase.

Axel und Kowalski ließen ihn in Ruhe, bis er sich wieder gesammelt hatte. Als der Mann das Taschentuch wieder einsteckte, sprach Axel vorsichtig weiter.

»Ich verstehe, dass es viel Kraft und Mut erfordert, darüber zu sprechen. Aber damit es für alle Zuhörenden deutlich wird: Was steht hier eigentlich auf dem Spiel?«

Der Mann räusperte sich.

»Schweden war während des Kalten Krieges alles andere als neutral«, sagte er dann mit klarer Stimme. »Was die Politiker und die Machthaber behaupteten, war gelogen. In Wahrheit waren wir vielmehr ein Marionettenstaat der USA, wobei wir im Grunde vom Hauptquartier der CIA aus gesteuert wurden, denn es war ja nicht offiziell.«

»Und wenn all das jetzt herauskommt – welche Konsequenzen zieht das dann nach sich?«

Der Mann sprach auf dieselbe, deutliche Weise weiter, mit festem Blick und sicherer Stimme.

»Das würde einen erstklassigen Skandal bedeuten. Mehrere hochrangige Befehlshaber würden gefeuert werden und andere im Gefängnis landen – nein … lassen Sie mich das anders formulieren. Es geht hier um Waffenschmuggel, aber auch um die Ausfuhr geheimer schwedischer Militärtechnologie, die in der Lage ist, Raketen zu steuern, und die mit Kernwaffenmunition bestückt werden kann. Und – hören Sie jetzt gut zu – obwohl alle Offiziere und Vorgesetzten, mit denen wir bei Saab rund um das Projekt zu tun hatten, darüber Bescheid wussten, bin ich davon überzeugt, dass all das vor der schwedischen Regierung geheim gehalten wurde. Diese Sache war ein losgelöster Auftrag unter der alleinigen Regie des Stay-behind-Netzwerks, orchestriert von der CIA. Verglichen mit dem, was dort ablief, sähe Stig Bergling aus wie ein zweitklassiger Amateurspion. Ich rede die ganze Zeit von der Stay-behind-Organisation, aber Ihre Entdeckungen, Axel, lassen mich vermuten, dass die Organisation, für die Sie sich interessieren, in diesem Fall der wahre Auftraggeber sein könnte. Falls das so ist, haben wir es mit einer Verschwörung zu tun, die seit über zweihundert Jahren im Gange ist. Und dann geht es in Wahrheit um Hochverrat.«

Das waren sensationelle Worte. Axel nickte. Trotzdem gab es einen Haken an der Sache, und zwar einen gigantischen.

»Ich verstehe. Selbstverständlich sind wir sehr dankbar dafür, dass Sie jetzt von Ihren Erfahrungen berichten wollen, aber Sie erheben da ernste Anschuldigungen. Dafür braucht es auf jeden Fall Beweise, sonst lassen sich Ihre Behauptungen leider viel zu einfach als frei erfundene Spinnereien abtun.«

Axel hatte nicht die geringste Lust, schon wieder von den übrigen Medien als führender Verschwörungstheoretiker verspottet zu werden. Diesmal wollte er solide Beweise haben, ehe er auch nur eine Sekunde dieses Interviews veröffentlichte.

»Wirklich ein Jammer, dass das Wort eines ehrbaren Mannes nichts mehr zählt.« Resigniert breitete der Mann die Arme aus.

Axel und Kowalski sahen sich an. Anscheinend war es Zeit, das Interview zu beenden.

»Würde es denn helfen, wenn Sie die Unterschriften bekämen?«, fragte der Mann.

»Wie bitte?«

»Auf den Befehlen? Zu Robot 330? Von unserem schwedischen Kontakt in Stockholm?«

Erneut wechselten Kowalski und Axel misstrauische Blicke.

»Das würde helfen«, bestätigte Axel dann. »Existieren denn noch Dokumente von 1982?«

»Das ist die große Frage. KC und ich hatten eine kleine Abmachung … Es fragt sich nur, ob wir damals clever genug gedacht haben.« Der Mann zog einen Ordner hervor, auf dessen Vorderseite ein roter Stempel mit dem Wort »Geheim« prangte. Als der Mann ihn aufschlug, zitterten seine Hände. »Hier, sehen Sie …«

Er schob ihnen die Dokumente hinüber.

Axel und Kowalski nahmen den Ordner gemeinsam entgegen. Für einen Journalisten war so etwas ein überwältigender Moment. Dokumente, unterzeichnete Dokumente sogar, die illegalen schwedischen Waffenhandel belegten. Es war, als würde der Bofors-Skandal neu aufgerollt.

Jan Kowalski drehte den aufgeschlagenen Ordner herum, damit sie den Text auch lesen konnten.

»Aber …? Was soll das hier bedeuten?«, entfuhr es ihm.

Axel blätterte durch die Schriftstücke. Alle folgten demselben Muster. Jeder Absatz, jeder Satz. Hinter jedem Wort klaffte eine Lücke, als hätte jemand jedes zweite Wort ausradiert.

»Ja, genau das war unser cleveres Arrangement. KC hatte dieselben Unterlagen – nur mit den Wörtern, die auf meinen Papieren fehlen.«

KAPITEL 49

Lova schaltete herunter, wechselte die Spur und genoss die Beschleunigung. Im Rückspiegel sah sie den dunkelblauen Volvo ebenfalls rausziehen. Inzwischen hatten sie sich daran gewöhnt, dass sie gern überholte. Und dass sie es vorzog, selbst zu fahren.

Bei einer Ministerpräsidentin war das nicht sonderlich gern gesehen, weder beim Personenschutz noch in der Kanzlei. Aber Lova brauchte dringend Zeit für sich selbst, und in ihrem Kalender mangelte es immer genau daran. Bis auf weiteres bestand die Lösung dieses Problems darin, dass man ihr zugestanden hatte, gelegentlich ihren privaten BMW zu nutzen, statt auf der Rückbank des gepanzerten XC90 zu schmoren, über den sie als Ministerpräsidentin verfügte. »Sofern die Sicherheitslage es zulässt« – so lautete die Formulierung, auf die sie sich geeinigt hatten.

Es war Samstag, herrliches Wetter, Ferienzeit, und auf der Autobahn nach Norrtälje war wenig los.

Lova stellte das Radio lauter.

»Der Tod des Reichstagsabgeordneten Oscar Legré wird nun als Mord, beziehungsweise Totschlag eingestuft. Nach einer Analyse der Videoaufnahmen, über deren Existenz das *Eko-Journal* gestern berichtete, bestätigt die Polizei heute, dass es sich um zwei Sprengsätze handelt, die unter dem Fahrzeug des Reichstagspräsidenten platziert wurden. Nach Polizeiangaben lässt sich nicht sagen, ob der Anschlag gegen Legré oder den Parlamentspräsidenten gerichtet war. Auch dem Verdacht, dass es sich um den Terrorakt einer ausländischen Organisation handeln könnte, wird weiterhin nachgegangen.«

Lova schaltete das Radio wieder aus.

»Idioten.«

Sie war frustriert und überrascht. Karolina Palm ermittelte in dem Fall. Sie begriff doch sicher, was passiert war?

Selbstverständlich wusste die Polizei mehr, als sie den Medien mitteilte, aber es war nicht gerade leicht, in den Besitz einer Schlüsselkarte des Reichstagsgebäudes zu gelangen. Dazu war ein gewisser Tätertyp notwendig, der wiederum über eine gewisse Sorte von Kontakten verfügen musste. So weit musste die Polizei in ihren Untersuchungen mittlerweile doch auch gekommen sein?

Sie setzte den Blinker spät, aber wenigstens vergaß sie es diesmal nicht. Früher hatte sie an dieser Stelle nie geblinkt. Man bog einfach ab, das wusste jeder in Norrtälje. Beim Personenschutz herrschte darüber jedoch offensichtlich Unkenntnis, denn ihre Sicherheitsmänner hatten sich sehr geärgert, als sie den Umweg über den Kreisel an der nördlichen Abfahrt hatten nehmen müssen.

Offenbar hatte sie die Sprengwirkung des Auftrags unterschätzt, den sie Legré erteilt hatte. Eigentlich ließ sich die Analyse nach seinem Tod nur auf eine Weise deuten: In den Geheimarchiven existierte tatsächlich etwas. Etwas, wovor sie sich fürchteten. Vielleicht würde auch die Polizei das irgendwann erkennen, aber damit das geschah, war es zwingend erforderlich, dass Karolina Palm die Ermittlungen weiterhin leitete. Wenn die Säpo den Fall übernahm, so befürchtete Lova, bekämen Cederström und seine Organisation Einfluss auf die Ermittlungen, was wiederum zur Folge hätte, dass das wahre Motiv hinter dem Mord an Legré im Verborgenen bleiben und der Schuldige geschützt werden würde.

Lova schüttelte den Kopf. Das durfte nicht passieren.

Das Zu-verkaufen-Schild an der großen Straße überraschte sie, obwohl sie gewusst hatte, dass es dort stehen würde. Sie ging vom Gas und fuhr langsamer weiter. Hier war sie nicht in erster Linie als Ministerpräsidentin bekannt, sondern als Yvonnes Tochter. Für eine Ministerpräsidentin war es nicht gut, zu schnell zu fahren, aber es als Yvonne Magnussons Tochter zu tun war absolut undenkbar.

Der Tod ihrer Mutter lag inzwischen über ein Jahr zurück, doch Lova hatte es erst jetzt geschafft, den Verkauf des Hauses in Angriff zu nehmen. Als sie in der Auffahrt parkte, tat sie es in dem Bewusstsein, dass es möglicherweise das allerletzte Mal war.

Sie gab ihren Personenschützern ein Zeichen, ein Stück entfernt an der Straße zu parken, und ging den Schotterpfad hinauf, um den Makler zu begrüßen.

»Die Frau Ministerpräsidentin ist früh dran.«

»Lass den Blödsinn, Björn. Du weißt, dass ich Lova heiße.«

Yvonne Magnussons Haus zählte zu den schönsten von Norrtälje: ein gelbes Holzhaus mit weißen Ecken, an das sich eine verglaste Veranda mit Buntscheiben und Holzverzierungen anschloss. Außerdem lag das Haus in Flussnähe. Eine Trauerweide, die über das Gewässer ragte, bildete den Mittelpunkt des riesigen Gartens. Ein schöner Anblick, im echten Leben ebenso wie im Maklerprospekt.

Lova und Björn gingen gemeinsam hinein.

»Ich habe ein paar Dinge gesammelt, bei denen das Stylingteam nicht so recht wusste, wohin damit.«

Er deutete auf einen Karton im Windfang, und Lova warf einen raschen Blick darauf. Es sah aus, als handele es sich um Ordner aus dem Archiv ihres Vaters. Sie las die Etiketten auf den Ordnerrücken.

Lova erinnerte sich an das letzte Mal, dass sie genau diese Ordner gesehen hatte. Damals war sie über das Wort »Harvard« gestolpert. Zu dem Zeitpunkt war sie zehn, vielleicht elf Jahre alt gewesen und hatte über die Arbeit ihres Vaters nicht viel gewusst, außer dass er Ingenieur war, als sehr intelligent galt und beruflich oft ins Ausland reiste.

»Harvard? Papa, arbeitest du da?«, fragte sie ihn damals deshalb aus einer Eingebung heraus.

Zuerst hatte er verdutzt gewirkt. Als er aber bemerkte, was Lova sich ansah, musste er lachen.

»Nein, mein Schatz, aber schau mal hier.« Er hatte den Ordner aufgeschlagen und ihr etwas gezeigt, was sie für eine Zeichnung hielt. »Das ist ein Sank D2, beziehungsweise eine Explosionszeichnung davon, eine übersichtliche Skizze. Wir schauen hier in den Speicher eines Großcomputers.«

»Ist das das Gehirn des Computers?«

»So könnte man das ausdrücken.« Er fuhr mit dem Zeigefinger die blauen Linien entlang, die sich über die gesamte Zeichnung erstreckten, und erklärte ihr die unterschiedlichen Funktionen.

Lova gab ihr Äußerstes, um alles zu verstehen. Es war ein seltenes Ereignis, ihr Papa erzählte ihr nicht oft von seiner Arbeit. Sie versuchte wertzuschätzen, was da passierte, aber sie verlor schnell den Anschluss – oder vielleicht war es auch ihr Vater, den sie verlor.

»Entschuldige, Lova, das sind wirklich komplizierte Dinge. Eines Tages wirst du es vielleicht verstehen ... zumindest wenn du dich für eine Karriere als Ingenieurin entscheidest, so wie ich. Computer werden in der Zukunft immer wichtiger werden.«

»Ich weiß, Papa. Aber sie sind so langweilig. So … berechenbar.«

»Es ist genau andersherum. Gerade die Berechenbarkeit macht sie so spannend. Sie sind vollkommen logisch. Sie machen genau das, was man ihnen aufträgt. Und die Harvard-Architektur erlaubt es uns, fantastische Dinge mit dem Computerspeicher anzustellen. Das verschafft uns einzigartige Möglichkeiten. Du erinnerst dich ja kaum noch an deinen letzten Geburtstag. Aber ein Computer wird sich daran erinnern, welchen Kuchen es an jedem deiner Geburtstage gab, dein ganzes Leben lang.«

Lova hatte gelacht. »Warum sollte er sich so etwas merken? Welchen Nutzen hat man davon?«

»Wer weiß?« Er lächelte. »Vielleicht gar keinen. Wichtig daran ist nur, dass die Speicherdatenbanken von Computern riesige digitale Archive sein werden, die den begrenzten Speicherplatz in unseren Gehirnen entlasten. Die Informationen, mit denen wir einen Computer füttern, dessen Speicher nach der Harvard-Architektur aufgebaut ist, werden bis in alle Ewigkeit existieren.«

Seine Augen strahlten pure Faszination aus, und in diesem Moment begriff sie, wie Leidenschaft für einen Beruf aussah. Ihr Papa, das Computergenie.

Erinnerungen für die Ewigkeit.

Jetzt war die Erinnerung an KC Magnusson in einen Umzugskarton gestopft.

Lova zog den Ordner mit der Aufschrift »Harvard/Sank« heraus.

Sie seufzte.

»Können wir die Kiste nicht einfach in den Keller stellen? Der kleine Abstellraum neben der Werkstatt kann während der Besichtigung abgeschlossen bleiben. Da ist Platz dafür, oder?«

»Kein Problem. Ich mache das.«

Mit den Ordnern unterm Arm verschwand Björn die Kellertreppe hinunter.

Lova nickte für sich selbst. Es war an der Zeit, dieses Haus loszulassen, und mit ihm all die Geister, die hier noch herumspukten.

KAPITEL 50

»Erkennen Sie den Übergang?«

»Nein.«

»Davon war ja auszugehen. Aber versuchen Sie es. Wenngleich Sie kein Kunstexperte sein mögen, so verfügen Sie doch wenigstens über einwandfreie Augen, oder nicht?«

Axel ließ das Vergrößerungsglas äußerst langsam über den rostbraunen Stoff gleiten. Er erkannte die Fasern der Leinwand und kleine Fragmente von Ölflecken, die der Pinsel hinterlassen hatte. Wenn er daran dachte, dass Rembrandt persönlich diesen Pinsel geführt hatte, spürte er den Schweiß auf seiner Stirn hervortreten.

Aber stimmte das überhaupt wirklich? Den Teil des Gemäldes, den er gerade untersuchte, hatte unter Umständen jemand anders gemalt. Jedenfalls hatte Vilhelm Skrak einen Verdacht in dieser Richtung, was ihn dazu gebracht hatte, Axel darum zu bitten – nein, ihm zu befehlen! –, herzukommen und sich alles »mit eigenen Augen anzusehen«.

Eigentlich war Axel unterwegs, um Stina zu treffen. Sie musste unbedingt erfahren, was Lars Lilliehorn ihm über die wahren Hintermänner des Sorgerechtsstreits eröffnet hatte. Aber Skrak war so aufdringlich gewesen, dass Axel das Treffen mit Stina aufgeschoben hatte – schon wieder. Eigenartigerweise sperrte sich irgendetwas in ihm gegen das bevorstehende Gespräch. Er verstand es selbst nicht. Schließlich war es nicht so, als wolle er Stina vor der Wahrheit über Die Achtzehn bewahren. Tief in seinem Innern ahnte er, dass er im Grunde nur sich selbst schützen wollte.

Jetzt stand er stattdessen also vor dem gestohlenen Gemälde. Obwohl er es bereits mehrmals aus der Nähe betrachtet hatte, staunte er jedes Mal aufs Neue über die Größe des Kunstwerks und das magische Licht.

Allerdings war es alles andere als einfach, »mit eigenen Augen zu sehen«, welche Pinselstriche nicht von Rembrandt stammten. Eventuell veränderte sich da im Übergang zwischen dem braunen Hintergrund und der stahlfarbenen Schwertklinge noch mehr als nur die Farben. Waren die Pinselstriche mit einer anderen Technik aufgetragen worden?

Andererseits hätte Axel niemals auch nur einen Gedanken daran verschwendet, hätte Skrak ihn nicht genau darauf hingewiesen. Doch war es möglich, den Unterschied nicht zu sehen, nachdem er darauf gestoßen worden war? Oder machte er die Veränderungen deshalb etwa zu einem größeren Unterschied, als sie es eigentlich waren?

Confirmation bias. Wie Axel wusste, war dieses Phänomen die Ursache vieler großer Fehler in der Wissenschaft, bei Kriminalermittlungen und in der Journalistik. Menschen waren anfällig für die Art von Beweisen, die genau das Weltbild oder die These stützten, die sie von vorneherein vertraten. Argumente, die die eigene Theorie bestätigten, schienen stärker ins Gewicht zu fallen als diejenigen, die das Gegenteil besagten.

Axel Sköld hasste die Art von intellektueller Unehrlichkeit, in die eine solche Argumentation mündete. Aus diesem Grund durfte er nicht dieselbe Todsünde begehen.

Er blinzelte noch einmal in das Vergrößerungsglas, führte es direkt über der Klinge und an ihr entlang. Es war das Schwert ganz rechts auf dem Gemälde und das einzige, dessen Blatt einen leicht schiefen Winkel aufwies. Die breiten

Schneiden der übrigen drei Schwerter waren direkt den Betrachtern zugewandt. Außerdem wurde diese Klinge von einem Mann gehalten, der sie hinter dem Rücken einer der anderen Figuren hervorstreckte. Es wirkte auf irgendeine Weise falsch, so als wäre der Mann mit diesem Schwert auf einer Bananenschale ausgerutscht und hätte im letzten Moment den Einfall gehabt, dem Häuptling doch noch seine Treue zu schwören.

»Okay, ich sehe keine riesigen Unterschiede in den Farben oder den Pinselstrichen …«

»In Jesu Namen, meine Güte!«

»… dafür finde ich die Anordnung eigenartig. Sehen Sie, wie er sich hinter dem Rücken dieser Figur hier streckt? Und warum hat ausgerechnet diese Schwertklinge einen leicht schiefen Winkel? Der Schatten fällt irgendwie ganz anders als bei den restlichen Schwertern, oder?«

Skrak summte vor sich hin und nahm den Platz vor dem Gemälde und hinter dem Vergrößerungsglas ein. Axel blieb keine andere Wahl, als dem umfangreichen Professor zu weichen. Doch kaum hatte Axel sich zur Seite bewegt, trat Skrak schon einen Schritt nach hinten, um einen besseren Überblick über das Gemälde zu haben.

»Nun ja, das waren vielleicht auch keine gänzlich irrelevanten Beobachtungen, obwohl ich für meinen Teil finde, dass es allein schon beim Studieren der Pinselstriche deutlich wird. Deshalb können sich auch Amateure als nützlich erweisen. Es ist richtig, es wirkt tatsächlich sonderbar, wie diese Klinge in die Mitte gestreckt wird. Man sieht die Hand nicht, die das Schwert hält, man erahnt nur …«

Skrak ging zu seinem Computer, der an der kurzen, dem Schlossgebäude zugewandten Seite des Raums stand, und tippte auf die Leertaste. Der Bildschirm leuchtete auf, und ein zweites Gemälde nahm den Großteil der Bildfläche ein.

»Schauen Sie hier. Versuchen Sie da mal, Ihre schattige Schwertklinge zu finden.«

Überrascht folgte Axel ihm zum Computer. Zuerst sah er überhaupt keine Schwerter, sondern nur eine Menge Männer mit Perücken, die sich um ein nacktes Skizzenmodell scharten.

»Was ist das?«

Bevor Skrak eine Erklärung liefern konnte, entdeckte Axel das Gemälde. Es hing an der Wand – innerhalb des zweiten Gemäldes.

»Wie bitte? Ein Gemälde, auf dem ein Gemälde abgebildet ist? Sehr verwirrend.«

Skrak gluckste leise. »Sehen Sie den Mann in Rot in der Mitte? Ich will Sie nicht bloßstellen, indem ich frage, wer er ist. Natürlich sollten Sie ihn kennen, aber …«

»Es sieht aus, als wäre das Gustav III., oder?«

»Na, sieh einer an! Gratuliere, anscheinend ist die Bildung doch noch nicht allein den oberen Gesellschaftsschichten vorbehalten. Dieses Werk stellt tatsächlich Gustav III. dar, wie er seine Akademie besucht. Dort ist man vollauf damit beschäftigt, den nackten Mann auf dem Tisch abzuzeichnen. Im Hintergrund hat der Maler einige Skulpturen platziert, die darüber hinaus die Bedeutung der Akademie – und damit auch die des Königs – für die Kultur unterstreichen sollen. Dasselbe gilt für das Gemälde, das an der hinteren Wand zu sehen ist. Hier haben wir es wieder mit unserem Freund Rembrandt zu tun.«

Ein schwindelerregender Gedanke. Dasselbe Gemälde, das sich in diesem Moment hinter ihnen befand und das schon seit über dreihundert Jahren existierte, gab es jetzt auch hier, in einem anderen alten Ölgemälde.

»Wann wurde dieses Werk angefertigt?«

Skrak schlug ein dickes Buch auf und las laut vor.

»Ein berühmtes Gemälde von Elias Martin aus dem Jahr 1782 zeigt König Gustav III. bei seinem offiziellen Besuch der Akademie 1780.«

Axel keuchte auf. »Aber hier sind ja nur drei Schwerter zu sehen?«

Skrak stand schweigend neben ihm und nickte sachte.

»Das bedeutet, 1782 zeigte das Bild von Rembrandt nur drei Schwertklingen?«

Skrak nickte weiter.

»Daraus folgt, die vierte muss später hinzugekommen sein?«

»Ja. Und nach meiner Theorie geschah das durch die Hand eines Könners.«

»Sie glauben, es wurde verfälscht? Ist unser Gemälde hier eine Fälschung?«

Jetzt schüttelte Skrak den Kopf.

»Nein. Es gibt sehr geübte Personen, die sich mit den edelsten Absichten an Meisterwerke wagen.«

Der Professor las weiter aus dem Buch vor, und Axel hörte mit wachsendem Interesse zu. Im achtzehnten Jahrhundert hatte der Konservator Erik Hallblad herausgefunden, wie man alte Gemälde auf neue Leinwände übertragen konnte, und war darin bald so kunstfertig geworden, dass ihm sein Ruf in ganz Europa vorauseilte. Zudem war er zwischen 1796 und 1799 Schatzmeister der Kunstakademie gewesen und hatte 1795 einen Professorentitel erhalten.

»Und das will etwas heißen, Axel! Nicht jeder hat das Recht, sich Kunstprofessor nennen zu dürfen.«

Axel seufzte zwar, konnte aber ein Lächeln nicht unterdrücken.

»Sie glauben also, dass Erik Hallblad das vierte Schwert auf dem Gemälde ergänzt hat?«

»Ja. Je mehr ich darüber nachdenke, desto wahrscheinlicher kommt es mir vor. Aber nach meiner Vorstellung muss es eine Lösung gewesen sein, um einen Schaden zu korrigieren, der beim Übertragen des Gemäldes entstanden ist. Irgendetwas, das schiefgegangen ist, sodass Hallblad gezwungen war, es zu verbergen.«

»Das klingt nach einem plausiblen Szenario. Aber Sie scheinen Zweifel zu haben?«

»Weil es absolut keine Anhaltspunkte dafür gibt, dass eine solche Beschädigung stattgefunden hat. Ich habe den Bereich rund um die Klinge detailliert untersucht. Es müsste an den Fasern zu erkennen sein. Aber … nichts … nichts!«

»Dann … was glauben Sie, ist sonst passiert?«

»Es könnte einen anderen Grund geben, nämlich dass sich unter dieser Klinge etwas verbirgt, was jemand vor denjenigen, die das Gemälde betrachten, geheim halten will.«

»In diesem Fall sollten wir das doch herausfinden können? Sicher kann man solche Umstände untersuchen?«

Skrak schüttelte den Kopf.

»Nicht ohne das Werk zu beschädigen.« Er deutete auf seinen Schreibtisch, wo diverse Tuben und Farbdosen aufgereiht standen. »Hier habe ich alles, was zur Standardausrüstung eines jeden echten Kunstexperten gehört. Öle, Verdünner, Lösungsmittel. Aber mit Verdünner auf einen Rembrandt losgehen? Ha! Undenkbar! Schlicht unmöglich.«

Ein Handyklingeln unterbrach Skrak, und er warf Axel einen bösen Blick zu. Als wäre es sein Fehler, dass ihn ausgerechnet in diesem Moment jemand erreichen wollte! Allerdings hellte sich die Miene des Professors auf, als Axel den Anruf annahm und er hörte, dass es Stina war.

Axel schaltete den Lautsprecher ein, sodass sie sich zu dritt unterhalten konnten.

»Wie lief es heute vor Gericht?«, erkundigte er sich.

»Deshalb rufe ich an. Ich muss Dampf ablassen. Ich habe noch nie etwas so Schlimmes erlebt.«

KAPITEL 51

Stina schilderte das Verhör, das Felicia Granath mit Torkel Levin geführt hatte, und wie die Anwältin sie, Stina, darüber belehrt hatte, dass sie ihren Sohn funktionsbeeinträchtigt und nicht *behindert* nennen sollte.

»Wieso redest du so?«

»Weil *sie* das tut. Diese bescheuerte Granath!«

Axel hörte Stina kurz und bitter lachen.

»Und wie ist es David bei Fredrik ergangen? Er sollte doch dort übernachten?«

Es wurde still. Dann klang es so, als schniefe Stina. Alex schaltete den Lautsprecher wieder aus und hielt sich das Handy ans Ohr. Skrak gab vor, vollauf mit dem Gemälde beschäftigt zu sein.

»Stina, was ist passiert?«

»Ich weiß nicht genau, was passiert ist.« Ihre Stimme war brüchig und dünn. »Aber David erzählt von Sachen, die er komisch fand. Er sagt, er hätte die ganze Nacht auf Fredriks Sofa geschlafen. Und dass Fredrik vor ihm eingeschlafen ist. Gestern hat David mich gefragt, ob er mich zudecken soll – so, wie er es bei seinem Papa gemacht hat. Oh, mich macht es so wütend, dass er *seinen Papa zugedeckt hat*!«

»Ich verstehe … oder vielmehr, eigentlich kapiere ich überhaupt nichts.«

»Nein, ich auch nicht. Aber ich bekomme es häppchenweise heraus. David hat mich gefragt, warum ich denn kein Bier trinke, das macht sein Papa nämlich. ›Papa riecht nach Bier, wenn er schläft.‹ Das waren Davids Worte. Dann hat er auch noch gesagt, dass man ›Handtücher als Decke nehmen kann‹. Als ich wissen wollte, wie er denn auf die Idee kommt, hat er wieder nur über Pokémon geredet, also kann ich nur raten.«

Axel spürte, wie der Griff, mit dem er das Handy umklammerte, immer fester wurde.

»Das heißt, Fredrik ist besoffen auf dem Sofa eingeschlafen, statt sich um seinen Sohn zu kümmern, der dann ein Handtuch holen musste und seinen nach Bier stinkenden, sogenannten Vater zugedeckt hat? Ist es in etwa das, was passiert ist?«

»Nachdem dieser sogenannte Vater offenbar einen Wutanfall wegen verbrannten Makkaroni bekommen hatte, der David sehr erschreckt haben muss, denn jetzt will er keine Makkaroni mit Sahnesauce mehr essen …«

Stinas Stimme brach, und auch Axel merkte, dass er die Fassung verlor. Wenn Fredrik auch nur ansatzweise laut gegenüber David geworden war, wäre es ihm das reinste Vergnügen, diesem Arschloch auf die Fresse zu hauen.

Axel holte tief Luft. Er konnte es nicht länger aufschieben, Stina musste davon erfahren.

Er wartete, bis ihre Stimme wieder einigermaßen stabil klang. Dann erzählte er ihr von dem Treffen mit Lars Lilliehorn und dem Vorschlag, den Lilliehorn ihm unterbreitet hatte.

Es wurde vollkommen still in der Leitung.

»Hallo? Bist du noch dran?«

»Lars Lilliehorn hat also angeboten, den ganzen Prozess zu beenden? Wie lange wusstest du das, ohne mir davon zu erzählen?«

In Axels Magen zog sich alles zusammen.

»Ich wollte dich gestern anrufen, aber du warst im Gericht«, erklärte er. »Und dann hat sich ein Interview ergeben, und …«

Er verstummte, als er hörte, wie sehr sich das nach einer faulen Ausrede anhörte.

»Aber das verstehe ich nicht, wir haben doch zusammen an der Bombenreportage gearbeitet. Da wusstest du es schon? Und hast nichts gesagt?«

Axel seufzte.

»Es tut mir leid, Stina. Ich weiß nicht, was ich sagen soll. Ich war einfach so unfassbar sauer auf diesen Schnösel. Ich war nicht darauf vorbereitet, dass er dort sitzen würde, eigentlich sollte ich ja Fre…«

Er bemerkte es zu spät.

»*Wen* wolltest du treffen?«

Axel krümmte sich immer weiter zusammen. Der Professor stand gute fünf Meter entfernt und tat weiterhin so, als höre er nichts. Was natürlich unmöglich der Fall sein konnte.

»Okay. Ich habe ein Treffen mit Fredrik vereinbart, um ihn dazu zu bringen, dieses idiotische Spiel aufzugeben, das er begonnen hat. Weil ich dich nicht unnötig beunruhigen wollte, habe ich dir nichts davon gesagt.«

Wieder dieses bedrohliche Stille.

»Stina, es tut mir unendlich leid. Kannst du mir verzeihen? Ich habe wirklich daran geglaubt, dass sich alles lösen ließe; dann hättest du gar nicht erst vor Gericht gemusst.«

Ihre Stimme war kalt, aber völlig ruhig. Jedes Wort traf ihn wie ein eisiger Pfeil.

»Dir ist klar, dass ich Gefahr laufe, das Sorgerecht zu verlieren, ja? Dass ich David verlieren könnte? Ich weiß, das klingt verrückt, aber was in diesem Gerichtssaal los ist, folgt keinen Regeln. Wenn ich diese Sache irgendwie beenden könnte … ja, dann will ich es in derselben Sekunde wissen, in der sich eine solche Möglichkeit eröffnet. Nicht erst dann, wenn es irgendeinem *Mann*, der mit einem anderen *Mann* gesprochen hat, behagt, darüber nachzudenken und zu dem Schluss zu kommen, dass es jetzt gerade passt.«

Sie schwieg wieder.

Axel zählte die Sekunden. Als er bei sieben angekommen war, hielt er es nicht mehr aus.

»Ich verstehe, wie idiotisch ich mich verhalten habe, Stina. Ich kann dich nur um Entschuldigung bitten. Ich hätte dir davon erzählen sollen, dass ich vorhatte, mich mit Fredrik zu treffen – oder dich fragen, ob das eine gute Idee ist. Ich war nur so verdammt wütend. Und die ganze Zeit habe ich gedacht, ich tue es deinetwegen. Und für David.«

Jetzt hörte er ein tiefes Seufzen.

»Axel. Wenn irgendjemand anderes als du so gehandelt hätte, würde ich der Person niemals verzeihen. Mann, was für ein Stück Scheiße.«

Axel wusste nicht, ob sie damit auf ihn abzielte, auf Lilliehorn oder die allgemeine Situation, aber er atmete vorsichtig auf. Er fühlte sich definitiv wie ein Stück Mist, wusste gleichzeitig aber, dass Lilliehorn im Vergleich zu ihm ein kolossal größerer Scheißkerl war.

»Wenn Lilliehorn dem Ganzen ein Ende bereiten kann, dann bedeutet das doch, dass du recht hast? Dann gibt es eine Art Geheimbund? Der will, dass du aufhörst, in seinen Angelegenheiten herumzuschnüffeln?«

»Ja. Er hat es bei unserem Treffen bestätigt. Außerdem hat er mir einen englischen Zeitungsartikel gegeben. Anscheinend ist jetzt auch Marianne von Scheele an den Strahlungsschäden gestorben.«

»Stimmt das?«

»Ich habe versucht, sie zu erreichen, habe aber keine Antwort bekommen. Und ich weiß ja, dass sie krank war, als ich mich mit ihr getroffen habe. Also glaube ich, es stimmt.«

»Wenn Lilliehorn dir die Nachricht von ihrem Tod mitgeteilt hat, war das dann eine Drohung?«

»Ja.«

»Also haben sie es nicht nur auf David und mich abgesehen?«

Sie verstummte, und Axel erwiderte nichts. Was gab es auch schon zu sagen?

»Axel, ich glaube nicht, dass man mit diesen Typen verhandeln kann. Wir müssen sie besiegen. Ich muss sie vor Gericht schlagen, und du musst ihre Geschäfte sowie ihre politischen Verstrickungen aufdecken. Wenn wir uns von ihnen zum Schweigen bringen lassen, zeigen wir ihnen nur, dass sie auf uns herumtrampeln können, immer wieder.«

Axel brummte zustimmend. »Für mich ist es nicht das erste Mal, sie haben schon einmal versucht, mich umzubringen. Aber für dich ist es anders. Und wenn sie David auch noch mit hineinziehen, wird die Sache auf eine ganz andere Weise ernst.«

Vielleicht hörte es sich merkwürdig an, dass er einen Sorgerechtsstreit für eine ernstere Sache hielt, als wenn man im Schärengarten auf ihn schoss. Aber so empfand er es nun einmal.

»Wir werden diesen verdammten Prozess gewinnen, Axel. Danach kümmern wir uns um diesen … Altherrenclub. Irgendwie müssen sie doch aufzuhalten sein! Es muss Beweise dafür geben, wie sie vorgehen. Ansonsten werden sie nie damit aufhören.«

Axel hörte ihr an, dass sie versuchte, nicht den Mut zu verlieren, aber er kannte sie zu gut. Ihre Stimme verriet, dass sie Angst hatte. Stina stand unter enormem Druck. Die nächsten Tage würden über den Rest ihres Lebens entscheiden, über Davids Zukunft.

»Okay, Stina. Ich arbeite daran, Beweise zu finden.« Er warf einen Blick auf das Gemälde und Skrak, nur um festzustellen, dass der Professor sich von dem Bild abgewandt hatte und nun wieder vor dem Computer saß.

»Wir müssen besser zusammenarbeiten, Axel. Und ab jetzt keine Geheimnisse mehr, abgemacht?«

Axel rieb sich mit der Hand über die Stirn und versuchte, nicht an das 750-Millionen-Bild vor seiner Nase zu denken.

»Abgemacht.«

Sie legten auf.

In Axel stieg Verärgerung auf. Auch er stand enorm unter Druck.

»Na, wurden Ihnen Ihre Sünden vergeben?«

Axel schnaubte. Ein hochnäsiger Geschichtsprofessor war das Letzte, was er jetzt gebrauchen konnte.

Aber als Vilhelm Skrak sich umwandte, wirkte er ernsthaft besorgt.

Axel ging zu ihm und warf einen Blick auf den Bildschirm.

»Schon. Aber ich sollte Stina nicht mehr außen vor lassen. Gleichzeitig will ich sie nicht in unseren Gemäldediebstahl mit hineinziehen …«

»Es ist geliehen!«

»Ja, sicher, geliehen. Was sehen wir uns da an?«

»Das hier ist ein Fragment des Gemäldes, das ich behutsam mit einem Skalpell gelöst und nun vergrößert habe.«

Der Professor zeigt auf ein elektronisches Mikroskop, das an den Computer angeschlossen war.

»Okay, klären Sie mich auf. Was sehen wir da?«

Axel unternahm nicht einmal den Versuch, die Farbmasse auf dem Bildschirm zu deuten. Sie war ockerfarben, erinnerte an Rost, und an der linken Seite war sie körnig. Der rechte Teil des Bildschirms war heller und ging mehr in Richtung Grün. Hier sah die Farbe mehr danach aus, als sei sie zusammengesetzt.

»Wir sehen den Unterschied zwischen einer Farbe aus dem Jahr 1660 und einer, die während der 1790er-Jahre hinzugekommen sein müsste.«

»Aha. Sie müssen verzeihen, aber wie hilft uns das weiter?«

Skrak blickte ihn mit derselben Miene an, mit der ein Vater seinen Sohn ansieht, der sich immer noch nicht die Schnürsenkel binden kann.

»Das hier bedeutet, dass es sich *wirklich* um eine Übermalung handelt. Die vierte Klinge ist tatsächlich nachträglich aufgemalt worden. Und eine Übermalung ... kann man entfernen.« Der Professor stand eilig auf und bewegte seinen walrossartigen Körper verblüffend schnell wieder vor das Gemälde. »Reichen Sie mir die Flaschen dort drüben.«

Axel nahm zwei Flaschen vom Schreibtisch und folgte dem Professor. Er schaute auf das Etikett der Glasflasche. Ethanol. 98-prozentiger Alkohol. Die zweite Flasche war größer und bestand aus Kunststoff. »Balsamterpentinöl«.

»Und reichen Sie mir bitte den Messbecher aus dem Bücherregal. Er steht neben Tycho Brahes *De Nova Stella*.«

Axel suchte eines der gigantischen Regale ab, die die Lücken zwischen den Fenstern des Raums ausfüllten. Beim Buchstaben B hatte Skrak einen Messbecher aus Glas als Bücherstütze aufgestellt.

Vorsichtig zog Axel den gläsernen Becher heraus und legte das antike Buch als neue Stütze auf den Regalboden. Skrak goss einhundert Milliliter Alkohol in den Messbecher und füllte ihn mit Balsamterpentinöl auf, bis der 400-Milli-liter-Strich erreicht war.

»Nun benötigen wir lediglich ein kleines Stück Stoff und eine große Portion Mut.«

Obwohl Axel ahnte, was geschehen würde, wollte er dennoch Gewissheit haben.

»Was haben Sie vor?«

»Wir wischen das Schwert ganz einfach weg. Darunter befindet sich etwas, was jemand geheim halten möchte. Lassen Sie uns herausfinden, was es ist.«

In seinem Kopf hörte Axel, wie eine Nachrichtenmeldung erneut abgespielt wurde.

In der vergangenen Nacht wurde ein Gemälde von Rembrandt aus dem Nationalmuseum in Stockholm gestohlen. Der Wert des Gemäldes mit dem Titel Die Verschwörung des Claudius Civilis *wird auf ungefähr 750 Millionen Kronen geschätzt.*

»Aber das ist doch ein nationaler Kunstschatz. Darf man das?«

»Hätten wir Zugang zu einem modernen Röntgengerät, wäre es nicht nötig. Aber diese Apparate stehen allesamt in Kunstmuseen und machen es erforderlich, mit dem Werk selbst dorthin zu kommen, um sie zu benutzen. Folglich bleibt uns nichts anderes übrig, als auf diese klassische Methode zurückzugreifen ... Jetzt ist die erwähnte große Portion Mut gefragt.« Skrak sah Axel an. »Aber mir ist bewusst, dass Sie, Stina und auch David in Not sind. Und in diesem Fall quälen mich keine Zweifel.«

Axel erwiderte den Blick des Professors und nickte langsam.

»Also wollen Sie einen Lappen in die Lösung in diesem Messbecher tunken und das Schwert einfach abscheuern?«

»Mit äußerst vorsichtigen Bewegungen abscheuern, ja.«

»Und dabei ein Meisterwerk im Wert von fast einer Milliarde Kronen zerstören?«

Ein kurzes Nicken von Skrak.

»Das kann ich nicht zulassen.«

Entschlossen zog Axel sein Hemd aus, riss einen Ärmel entzwei und tunkte den Stofffetzen in den Messbecher, den der überraschte Skrak noch immer in der Hand hielt.

»Nein!«

Doch der Protestruf des Professors kam zu spät. Axel hatte mit dem Hemdfetzen bereits die Gemäldeleinwand berührt. Mit kleinen, behutsamen Bewegungen führte er den nassen Lappen über die Ölfarbe.

Er schaute auf den Stoff und sah, dass der ursprünglich weiße Hemdärmel inzwischen eine rotbraune Farbe angenommen hatte. An der Spitze des Schwerts, wo Axel mit der Arbeit begonnen hatte, war die Klinge verschmiert.

»Tja, jetzt können Sie genauso gut auch weitermachen. Aber lassen Sie Vorsicht walten, bei Gott!«

Sie standen dicht nebeneinander und ebenso dicht vor Rembrandts Werk. Mit winzig kleinen Reibebewegungen, nahezu ohne Druck auszuüben, arbeitete sich Axel von der Schwertspitze weiter in Richtung Parierstange vor.

Die Farbe löste sich, aber sobald er die Bereiche jenseits der Klinge berührte, war der Widerstand größer, dort saß die Farbe fester. Axel ließ das Gemälde nicht eine Sekunde aus den Augen, doch an Skraks Atmung hörte er deutlich, wie aufgeregt der Professor war.

»Fantastisch. Es ist wirklich genauso, wie es beschrieben wird. Die Farbe aus dem Jahr 1660 ist um einiges stabiler, sie ist trockener.«

»Wie bitte? Das klingt ja so, als hätten Sie so etwas überhaupt noch nie getan?«

»Nein, nein, nein, nie! Ich habe bloß darüber gelesen. An so etwas wagt sich nur ein höchst qualifizierter Konservator.«

»Und der ein oder andere verrückte Journalist.«

»Offensichtlich … warten Sie!«

Axel riss den Stofffetzen so hastig zur Seite, als hätte er sich verbrannt.

Er hatte ungefähr drei Zentimeter der Schwertspitze entfernt. Bisher hatte die Farbe darunter denselben braunroten Ton wie der restliche Hintergrund gehabt, aber jetzt war plötzlich etwas Silbriges zu erkennen.

»Das sieht aus wie Buchstaben. Kann das sein?«

»Ja. Sie könnten im selben Zeitraum wie die Übermalung aufs Bild gekommen sein, und falls dem so ist, besteht die Gefahr, dass die Farbe sich ebenso löst wie der Rest. Aber vielleicht ist das Silber …« Ohne seinen Satz zu Ende zu führen, holte Skrak ein Buch aus dem Regal. »Doch, doch, hier steht es. Schwer zu verarbeiten sind Lakritzblau und Neapelgelb sowie sämtliche Nuancen von Silber. Diese Farben enthalten Stoffe, die es erschweren, sie zu entfernen.«

»Dann probieren wir es aus, oder?«

»Vorsichtig!«

Nach einer halben Stunde Arbeit war Axel völlig durchgeschwitzt. Er starrte auf das Gemälde und anschließend zu Vilhelm Skrak. Der Professor hatte recht behalten. Unter der Schwertklinge war etwas verborgen gewesen. Jetzt trat ein Satz in silberner Schrift hervor, ganz deutlich und mitten im Gemälde:

Insula in media potestate inter deum, legem, regnum et artem

»Nun?« Skrak warf Axel einen herausfordernden Blick zu.

»Ich habe nie Latein gehabt.« Axel grinste. »Schließlich wurde ich im Schweden der Neuzeit geboren, wenn Sie verstehen, Herr Professor?«

Nach einem Räuspern las Skrak mit lauter Stimme vor: »Die Insel in der Mitte der Macht, zwischen Gott, Gesetz, Reich, Stadt und Kunst.«

Sie sahen einander an. Axel fühlte sich ausgelassen und enttäuscht zugleich. Es war eine Spur, ein deutlicher Verweis auf eine zentral gelegene Insel. Aber in einer Stadt wie Stockholm stellte das nur in begrenztem Maß eine Hilfe dar.

Schließlich bestand die gesamte Stadt aus Inseln.

KAPITEL 52

»Ich war bislang nur zu Weihnachtsfeiern hier. Mir war gar nicht bewusst, dass sie auch einen Restaurantbetrieb haben.«

Lilliehorn führte die Unterhaltung wie auf Autopilot, während seine Augen bereits den Rehrücken begutachteten.

»Diese Lokalität kennen nicht viele, zumindest nicht im Sommer.« Raab schenkte Wein in die Gläser.

Cederström erhob sein Glas, und sie stießen an.

»Für das Reich.«

Sie nickten und tranken.

Lilliehorn war fasziniert davon, wie anders es sich anfühlte, das Alte Reichsarchiv im Sommer zu besuchen. Ganz ohne Weihnachtsbäume, Lichterketten, Lametta und Strohsterne wirkte das Gebäude anonymer, trotzdem vermochte der gewaltige Ziegelpalast es nie, seine Pracht zu verbergen. Direkt neben der Centralbron gelegen stand er beinahe wie ein Wachposten vor den Brückenpfeilern des Riddarholmen. Von hier aus sah Lilliehorn das Schloss, den Obersten Gerichtshof, das Riddarhuset und natürlich die Bucht und den Rest der Hauptstadt. Eine prachtvolle Aussicht aus einem prachtvollen Saal, in dem Pfeiler die Decke sechs Meter über ihrem Tisch stützten. Hier hätten gut und gern fünfzig Gäste Platz gehabt, aber sie waren allein.

Der Koch, den Lilliehorn aus einer Fernsehshow kannte, bediente sie höchstpersönlich. Ihr Nachtisch bestand aus småländischem Käsekuchen mit Himbeerkonfitüre und Schlagsahne.

»Nun, Sie haben Lova und Axel ins Gewissen geredet.

Haben wir ihren Untersuchungen damit endlich Einhalt geboten?«

Cederström betonte die letzten Worte besonders deutlich, was Lilliehorn so interpretierte, dass seine Geduld aufgebraucht war.

»Ich gehe davon aus«, erwiderte er. »Morgen werden die Schwedendemokraten einen neuen Gesetzesentwurf vorlegen, der den Kampf gegen Terrorismus erleichtert.«

»Kampf? Hatten wir nicht vereinbart, dass es *Krieg* gegen den Terrorismus heißen sollte?« Raab wirkte unzufrieden.

»Das war die ursprüngliche Idee, ja«, bestätigte Lilliehorn mit einem kurzen Lachen. »Aber das kam uns ein wenig zu konfrontativ vor, eine Spur zu amerikanisch. Wir Schweden sind von eher vorsichtiger Natur, und es war unser Ansinnen, eine breite öffentliche Unterstützung für unseren … Slogan zu gewährleisten. Nicht immer eine leichte Sache in einem Land, das das Wort ›Slogan‹ hasst.«

Raab knurrte zwar, sah aber etwas zufriedener aus. Er betrachtete Lilliehorn mit einem nachdenklichen Blick.

»Aber was ist mit Forss? Bleibt sie trotzdem weiter stur? Wagt sie es wirklich, die Zukunft ihres behinderten Sohns aufs Spiel zu setzen?«

Lilliehorn rieb sich das Kinn und nickte besorgt.

»Ich habe mit Sköld geredet, und es lief schlechter als erwartet«, berichtete er. »Vielleicht hätte ich besser direkt mit Forss gesprochen. Aber ich bin fest davon ausgegangen, dass *er* auf keinen Fall *ihren* Sohn riskieren würde. Wobei die Möglichkeit besteht, dass wir eine neue Nachricht erhalten. Trotz allem steht noch ein Prozesstag aus.«

Raab nickte.

»Und wir können alles im Handumdrehen abblasen. Alles, was dafür tun müssen, ist Bescheid zu geben.«

Cederström putzte sich den Mund mit der Stoffserviette ab und stand auf. Er ging zu einem der hohen Fenster und ließ seinen Blick über Stockholm schweifen. Raab tat es ihm gleich, und Lilliehorn, der noch ein wenig Käsekuchen übrig hatte, beeilte sich, aufzuessen und sich ihnen anzuschließen.

Cederström schien zum Philosophieren aufgelegt zu sein.

»Dort draußen rennen sie herum und zerbrechen sich die Köpfe darüber, welche Kleider sie kaufen sollen. Welche Spielsachen für die Kinder. Träumen von Urlaubsreisen oder einem Drink auf irgendeiner Dachbar. Schicken Tipps an ihre Freunde, welche Serien sie sich ansehen müssen, vielleicht auch, welches Hörbuch sich lohnt. Doch dabei denken sie nie darüber nach, dass ihnen alles, was sie für selbstverständlich halten, plötzlich aus den Händen gerissen werden kann.«

Lilliehorn schwieg. Das hier war ein Monolog.

»Bisweilen ist es, als wären die Kämpfe unserer Vorväter vergebens gewesen. Sie haben Die Achtzehn als gesunde Gegenreaktion auf die Kultur-Besessenheit Gustavs III. gegründet. Das Reich wurde bedroht, militärisch und wirtschaftlich, und dennoch bestand die Welt des Königs aus der Oper, aus Bällen und Gedichten. Heute verhält es sich nicht anders, nur dass die Krankheit nun anscheinend auch auf die Bürger des Landes übergegriffen hat.«

Er lachte laut.

»Nie zuvor hatten wir dauerhaften Zugang zu so vielen Fernsehsendungen und Filmen«, fuhr Cederström dann fort. »Überall wird diskutiert, was man sich ansehen soll. Brot und Spiele für das Volk. Schon wenn sie nach der Fernbedienung greifen, haben die Bürger den Gedanken an einen äußeren Feind vergessen. Die Macht über das Reich überlassen sie anderen, besser geeigneten.«

Cederström verbeugte sich höflich, als stünde er plötzlich vor einem Publikum.

»Dem angeblich so subversiven und gesellschaftskritischen Kulturbetrieb? Ha, wohl kaum. Der trägt nur dazu bei, die Bürger noch passiver werden zu lassen. Und im Prinzip läuft es von allein. Sie wollen immer mehr von derselben Realitätsflucht, kaufen mehr und mehr Fernseh-Abonnements. Es ist mir tatsächlich ein Rätsel, wie sie es schaffen, sich all das anzusehen, aber heutzutage gibt es keine im Volk verankerte Widerstandsbewegung. Wofür natürlich uns der Dank gebührt. Wir haben dafür gesorgt, dass es genügend Menschen dort draußen gut genug geht. Sie haben schlicht und ergreifend zu viel zu verlieren, um die Machtverhältnisse zu verändern. Selbst wenn sie es wollten.«

Es wurde still, während Raab und Lilliehorn über Cederströms kleine Rede nachsannen.

Er wusste nicht, ob es an den drei Gläsern Wein lag, die er getrunken hatte, dass er die Frage stellen wollte. Vielleicht war es auch nur ehrliche Neugier auf all das, was mit ihrer Gesellschaft zu tun hatte.

»Aber war unsere Organisation immer so kritisch gegenüber Kultur eingestellt?«, fragte Lilliehorn jedenfalls. »Ich erinnere mich an die vielen Kunstwerke meines Vaters. War die Freiheit der Kunst nicht etwas, wonach es sich zu streben lohnte?«

Mit warmem Blick wandte sich Cederström an ihn.

»Ihre Erinnerung trügt Sie nicht. Ihr Vater hat Liljefors-Werke gesammelt, und sicher ist Ihnen bekannt, dass mein Ahn Gustaf Cederström die *Heimfahrt der Leiche Karls XII.* gemalt hat. Beides wahre Meister. Liljefors' Tiere und die Wildnis, Gustafs Gespür für historische Augenblicke. Welche Brillanz! Es ist ein himmelweiter Unterschied zu der politischen Propaganda, mit der man uns heute zu mästen versucht. Die Universitäten, die Kunsthallen, sogar die Museen – vollgestopft mit Feminismus und identitätspolitischen Experimenten. All das werden wir in Kürze in Angriff nehmen müssen. Etwas anderes bleibt uns als Gegenreaktion wohl nicht übrig. Früher war das anders, als die alten Meister als genau solche behandelt wurden.«

»Da wir gerade von Meistern sprechen …« Raab räusperte sich. »Es scheint noch immer keine einzige Spur von unserem verschollenen Rembrandt zu geben.«

Mit einem Mal zog eine Wolke über Cederströms Gesicht, und seine Laune änderte sich.

»Beunruhigend. Mit jedem weiteren Tag, der vergeht, wird es unwahrscheinlicher, dass dieses Gemälde allein des Geldes wegen gestohlen wurde.«

»Glauben Sie, es geschah im Auftrag einer Person, die davon weiß?«

»Das liegt im bedrohlichen Bereich des Möglichen, ja.«

Lilliehorn hatte keine Ahnung, wovon die beiden redeten, und unter normalen Umständen hätte er sich still im Hintergrund gehalten. Doch jetzt, den Wein im Blut und beflügelt von der zuvor so offenen Stimmung, konnte er sich nicht länger zurückhalten.

»Was hat es mit diesem Gemälde eigentlich auf sich?«, wollte er wissen. »Sie reden darüber, als sei es von größerer Bedeutung als die beiden Bomben, die hochgegangen sind?«

Raab warf Lilliehorn einen scharfen Blick zu und machte dann eine bedeutungsvolle Kopfbewegung in Richtung Küchentür.

Doch nach einem kurzen Moment drehte sich Cederström zu ihm um.

»Wir sind hier zwar relativ ungestört, Lars, aber man weiß nie, wer alles mithört. Das Gemälde spielt eine Rolle in unserer Historie. Sie hätten mehr darüber erfahren, wenn es nicht gerade gestohlen wäre.«

Er schritt langsam auf die Türen an der gegenüberliegenden Seite des Saals zu. Raab und Lilliehorn folgten ihm.

»Bei unserem letzten Abendessen, Ihrer Aufnahmezeremonie, haben wir viel darüber gesprochen, dass wir im Verborgenen wirken. Es hat viele Vorteile, wenn man agieren kann, ohne gesehen zu werden.« Cederström öffnete die Flügeltüren und trat in den Korridor, der an das riesige Treppenhaus angrenzte. »Eine Organisation von Rang und mit Ambitionen allerdings braucht auch … gewisse Statuten und Symbole. Es bedarf etwas, um das sich versammelt werden kann. Gemeinsame Werte sind natürlich der wichtigste Kern, aber zugleich sind sie sehr abstrakt. Um unsere Gesellschaft zu manifestieren, sind Symbole nötig.«

Während sie die Treppe nach unten stiegen, wandte sich Cederström an Lilliehorn.

»Sie sind vertraut mit der Geschichte dieses Gebäudes?«

»Ob ich weiß, dass es das Alte Reichsarchiv ist? Ja, mehr allerdings nicht.«

»Hier sammelte man die wichtigsten Dokumente des Reiches: Karten, das Kriegsarchiv, das Landesarchiv und Zeichnungen. Alles, was schriftlich festgehalten werden musste.« Sachte schlug er auf die kleine Rutsche, die entlang der mittleren Öffnung der spiralförmigen Treppe verlief. »Wissen Sie, wozu diese hier genutzt wurde?«

Lilliehorn schüttelte den Kopf. Die Metallkonstruktion sah aus wie etwas, was man auf einem Spielplatz aus dem neunzehnten Jahrhundert entdecken konnte. Doch die Röhre war nur einen halben Meter breit, und die Kanten waren zu niedrig, als dass man Kinder darauf hätte rutschen lassen. Fiel man über die Kante, stürzte man zehn Meter in die Tiefe, ehe man auf dem Steinboden aufschlug.

»Es ist eine Bücherrutsche«, erklärte Raab. »Für den Fall, dass der Feind unsere Hauptstadt eroberte, sollte man schnellstmöglich sämtliche Geheimarchive diese Bahn hinunterstoßen. Am unteren Ende wartete der lodernde Heizkessel. Eine brillante Erfindung in all ihrer Einfachheit. Lieber Jahre voller gesammelter Daten und heimlicher Dokumente verbrennen, als sie in die Hände einer fremden Macht fallen zu sehen.«

Erneut betrachtete Lilliehorn die Rutschbahn. Sie war gut erhalten und würde sicherlich noch ihren Zweck erfüllen. Nur befanden sich im Gebäude keine Archive mehr. Die Etage direkt über dem Restaurant war an eine Fernsehproduktionsfirma vermietet.

Wieder schien die Umgebung Cederströms Monolog zu unterstreichen. Mehr Fernsehen für das Volk. Man wollte die Leute passiv halten.

»Unglaublich, welche Einfälle man früher hatte.«

Cederström ging weiter nach unten.

»Nicht nur früher«, widersprach er. »Die Spuren unserer Tätigkeit beseitigen zu können hat schon seit jeher höchste Priorität. Wir wollen auch weiterhin wirken, ohne gesehen zu werden, Lilliehorn. Gerade deshalb dürfen wir nie daran zweifeln, wie wichtig es ist loszulassen.«

Bei der Eingangstür holte Raab sie wieder ein.

»Ich frage mich, ob das nicht ein wenig voreilig ist«, gab er zu bedenken.

»Was meinen Sie? Das Gemälde ist gestohlen. Niemand will es kaufen oder verkaufen. Sie wissen selbst, was sich auf dieser Leinwand befindet.«

»Aber wie viele andere wissen noch davon? Selbst wenn sie davon wüssten, wie würden sie es überhaupt finden? Und wenn sie es fänden, würden sie es dann verstehen?«

Für einige Sekunden starrten sich Cederström und Raab an. Lilliehorn trat einen halben Schritt zurück.

Dann seufzte Cederström.

»Ich weiß. Es ist ein gewagter Schritt, ein großer Schritt. Und es ist gut möglich, dass ich überreagiere«, räumte er ein. »Aber es besteht die Gefahr, dass man weiß, woran man gelangt ist und wie man es verwenden kann. Und dieses Risiko können wir nicht eingehen.«

KAPITEL 53

Um 21:19 Uhr am Abend des 27. Juli klingelte ein Mobiltelefon in der Redaktion des *Expressen*. Der Reporter, der den Anruf entgegennahm, war merkwürdige Gespräche gewohnt, dennoch dauerte es nur wenige Sekunden, bis er begriff, dass dies wohl einer der wichtigsten Anrufe war, die er je erhalten hatte.

Um 21:20 Uhr war das Gespräch beendet. Unmittelbar im Anschluss betrat der Reporter das Büro des Chefredakteurs.

Um 21:22 Uhr war der Chefredakteur über die Situation unterrichtet.

Vier Minuten später wurde die erste Push-Nachricht verschickt, und die Schlagzeilen auf der Titelseite der Zeitung änderten sich.

Im Fernsehen lief gleichzeitig die Nachrichtensendung *Aktuellt*. Um 21:29 Uhr traf ein Telegramm im Studio ein, und eine knappe Million schwedischer Zuschauer erlebte, wie ein äußerst ernster Nachrichtensprecher die neueste Meldung verlas.

»Uns hat soeben eine Eilmeldung erreicht: Vor wenigen Minuten gab es einen Anruf in der Redaktion des *Expressen*, demzufolge eine weitere Bombe im Zentrum von Stockholm gezündet werden soll. Es handelt sich also um eine Bombendrohung, die die Polizei sehr ernst nimmt. Den Angaben des Journalisten zufolge, der das Gespräch entgegennahm, lauteten die Worte des Anrufers, ich zitiere: ›In vier Tagen wird Blut durch die Straßen von Stockholm fließen. Gott ist groß.‹ Zitat Ende. Weitere Informationen zu den aktuellen Entwicklungen finden Sie auf unserer Homepage.«

KAPITEL 54

Das Büro lag so weit hinten und so weit entfernt, wie es nur ging. Karolina dachte, dass das für ein Eckbüro sprach. Für jemanden wie Sven Claesson schien es passend, in die Ecke gestellt zu werden. Allerdings ahnte Karolina, dass ein Eckbüro in diesem Haus keine Strafe darstellte. Im Gegenteil. Sie und die beiden Streifenpolizisten, die sie mitgenommen hatte, gingen zügig, denn ihr war bewusst, dass sie sich in einem der größten Medienhäuser Schwedens bewegte. Sie ging noch einen Schritt schneller, und ihre Ausrüstung rasselte laut. Das erzeugte genau die Atmosphäre, auf die Karolina aus war. Die Lage war ernst, und kein Reporter, der sie sah, sollte etwas anderes denken.

Und sie wurden tatsächlich gesehen. Bei ihrem Marsch vom Aufzug und durch mehrere Türen, die der Pressesprecher des *Expressen* ihnen mit seiner Schlüsselkarte öffnete, kamen sie an unzähligen Schreibtischen, Redaktionszimmern und Großraumbüros vorbei. Überall erzielte ihr Auftreten den gleichen Effekt: Die Arbeit wurde eingestellt, Köpfe in ihre Richtung gedreht, Blicke wurden gewechselt.

Es war kurz nach zehn Uhr abends, die Sonne war gerade erst untergegangen, und am Wasser erhellte das Stockholmer Nachtlicht die Stadt. In den Räumen der Abendzeitung herrschte rege Betriebsamkeit. Menschen rannten über die Flure, es wurden leise, aber intensive Telefonate geführt, und überall hackten Journalisten auf ihre Tastatur ein.

Karolina vermutete, dass in just diesem Moment Tweets und Direktnachrichten über den Polizeibesuch bei der Zeitung verfasst wurden, der ein direktes Resultat der Bombendrohung darstellte, die ein Reporter des *Expressen* entgegengenommen hatte.

Sie bereitete sich mental vor. Über Sven Claesson wusste sie einiges, er war der angesehenste und profilierteste Journalist der Zeitung. Vermutlich war das auch der Grund, weshalb man ihm die Bombendrohung überbracht hatte.

Zu Beginn seiner Karriere war er auffallend oft in fragwürdige Ereignisse verstrickt gewesen, ebenso auffallend oft nahm ihn die Führung der Zeitung aber in Schutz. Zum einen hatte es einen Skandal um Nazis gegeben, die Claesson dafür bezahlt hatte, dass sie für Fotos posierten, zum anderen war da die Geschichte, bei der er vorgegeben hatte, Polizist zu sein – oder Wachmann, wie er später behauptete –, um bei einem Entführungsfall zu vermitteln.

So wie Karolina die Dinge betrachtete, konnte es nur einen Grund dafür geben, dass die Chefetage der Zeitung einen so skrupellosen Reporter in Schutz nahm: die Auflage. Sein Einfallsreichtum musste ihnen ganz einfach so hohe Verkaufszahlen beschert haben, dass sie ihn weiter behalten wollten.

Andererseits war all das schon lange Vergangenheit. Mittlerweile galt Claesson als anerkannter Journalist mit einem umfassenden Werkzeugkasten. In einem Alter von ungefähr vierzig Jahren verfügte er über zwanzig Jahre Erfahrung in Interviews mit Machthabern und gewöhnlichen Menschen. Das hier würde nicht leicht werden.

Vor Sven Claessons Büro verzog Karolina kurz den Mund. Ihr Gedanke über das »In-die-Ecke-Stellen« kam ihr nun regelrecht absurd vor. Claessons Eckbüro im *DN*-Hochhaus, in dem auch der *Expressen* seinen Sitz hatte, war das reinste Statussymbol. Durch die Glastür sah sie, wie Claesson an seinem Schreibtisch telefonierte. Er winkte sie hinein, ohne aufzulegen.

Der Pressesprecher ließ die drei Polizeibeamten zurück und verabschiedete sich. Karolina postierte ihre uniformierten Kollegen links und rechts der Tür und betrat das Büro.

Claesson telefonierte unbeirrt weiter, bedeutete ihr aber eifrig, auf dem Stuhl vor dem Schreibtisch Platz zu nehmen. Sie setzte sich und beschloss, dem Kerl maximal zehn Sekunden zu geben, bevor sie ihm den Hörer aus der Hand reißen würde.

Sie zählte bis acht.

»Kommissarin Palm! Wie nett. Kaffee?«

»Nein danke. Schön, dass Sie sich die Zeit genommen haben.«

»Selbstverständlich. Die Lage ist schließlich äußerst ernst. Sie erlauben doch?«

Er drückte den Knopf eines kleinen Aufnahmegeräts, das er auf den Schreibtisch legte, das Mikrofon auf Karolina gerichtet.

Sie beugte sich nach vorn und schaltete das Gerät wieder aus.

»Leider nicht, Claesson. Das hier ist ein polizeiliches Verhör. Sicher sind Sie mit den Regularien zur Geheimhaltung im frühen Ermittlungsstadium vertraut. Was wir hier besprechen, darf nicht nach außen dringen, denn es könnte den Verbrechern, die wir zu fassen versuchen, Vorteile verschaffen. Und daran wollen Sie natürlich nicht schuld sein, nicht wahr?«

Ihr Lächeln war wie aus Stahl.

Er erwiderte das Lächeln und schaute für einen Moment auf die Tischplatte. Dann blickte er auf und drückte erneut auf die Aufnahme-Taste.

»Freilich will der *Expressen* die Polizei in dieser ernsten Situation unterstützen, doch gleichzeitig befinden wir uns im Herzen einer Zeitungsredaktion, die sich dem Dienst der Allgemeinheit verschrieben hat. Wir arbeiten dafür, unsere Mitbürger auf die bestmögliche Art und Weise zu informieren und aufzuklären. Ein Gespräch wie dieses verdient es, dokumentiert zu werden. Und eine erfahrene Polizistin wie Sie weiß doch um den Wert eines Verhörs mit einer Person, die wirklich kooperieren *will*?«

Erneut beugte Karolina sich nach vorn und schaltete das Aufnahmegerät aus. Diesmal nahm sie es an sich.

»Was den Ort dieses Verhörs betrifft, können wir uns auch ganz einfach in die Räumlichkeiten des Präsidiums begeben und dort fortfahren, wenn Ihnen das lieber ist? Aber Sie haben vollkommen recht, selbstverständlich zeichnen wir dieses Gespräch auf. Aus diesem Grund läuft meine Bodycam, seit wir dieses Gebäude betreten haben.«

Sanft tippte Karolina auf die Kommunikationseinheit, die über ihrer linken Schulter hing.

Sven Claesson machte einen überraschten Eindruck.

»Ich dachte, das wäre ein normales Funkgerät?«

»Offenbar müssen Sie Ihre Kenntnisse in Kriminalistik ein wenig auffrischen. Die alten RAKEL-Geräte haben wir schon lange aussortiert. Jetzt können wir mit Ton und Bild kommunizieren und wichtige Gespräche wie dieses hier aufzeichnen.«

Es schien, als sähe Claesson ein, dass diese Schlacht verloren war, doch er schöpfte schnell neuen Mut.

»Dann darf ich Sie ja vielleicht nach dem Verhör um ein Exklusivinterview bitten?«

»Darum bitten kann man immer.«

»Das können Sie besser, Frau Kommissarin.«

»Will ich aber nicht. Wir haben ein Verbrechen aufzuklären.«

Sie holte ihren Notizblock und einen Stift heraus und sah Claesson fragend an. Er nickte resigniert.

»Na also. Schildern Sie mir bitte so detailliert wie möglich, was passiert ist.«

Nicht selten stellten Journalisten ein Irritationsmoment in Karolinas Arbeitsalltag dar, aber wenn man schließlich mit ihnen übereinkam, waren sie oft sehr gute Zeugen. Sie tickten ähnlich. Wer hat was, wie, wann und warum gesagt? Für eine polizeiliche Ermittlung waren das ebenso wichtige Fragen wie für einen Zeitungsartikel.

Wie Claesson berichten konnte, hatte sein Arbeitshandy um exakt 21:19 Uhr geklingelt. Unbekannte Nummer. Als er ranging, meldete sich eine männliche Stimme mit einem Akzent, den Claesson als »Orient-Schwedisch« bezeichnete, wobei er Gänsefüßchen mit den Fingern in die Luft malte. Karolina bat ihn, das Gespräch wiederzugeben, am besten Wort für Wort.

»Kein Problem, wir haben es für den Webartikel bereits transkribiert.«

»Sie hatten die Zeit, währenddessen mitzuschreiben?«

Jetzt war Claesson an der Reihe zu glänzen.

»Glauben Sie wirklich, man kann einen Journalisten anrufen, ohne dass das Gespräch aufgezeichnet wird, Frau Kommissarin?«

Sven Claesson zückte sein Handy und öffnete eine App mit einer langen Liste an Audiodateien. Dann drückte er auf eine der oberen Dateien, und der Lautsprecher knackte.

Claesson spulte einige Sekunden vor.

»Hör zu, Claesson. Du bist der einzige Journalist, den wir anrufen. Also mach keinen Scheiß.«

»Okay, ich höre zu.«

»In vier Tagen geht die nächste hoch. Verstehst du, was ich meine?«

»Was geht hoch?«

»Eine neue Bombe.«

»Eine neue?«

»Mitten in der City.«

»Gehören Sie einer Organisation an? Sind Sie auch für die Bombe im Reichstag verantwortlich?«

Wieder knackte es auf der Aufnahme, und es entstand eine mehrere Sekunden lange Pause. Dann meldete sich die Stimme wieder.

»In vier Tagen wird Blut durch die Straßen von Stockholm fließen. Gott ist groß.«

Die Verbindung wurde unterbrochen.

»Das war alles?«

Claesson nickte.

»Schicken Sie mir eine Kopie der Aufnahme? Oder halt, ich lasse einen unserer Techniker vorbeikommen und Ihr Handy durchsuchen.«

»Das geht nicht. Darauf sind riesige Mengen von Material gespeichert, das dem Quellenschutz unterliegt!«

Karolina stöhnte. Daraus konnte sich ein ermüdender Rechtsstreit mit unzähligen Juristen entwickeln. Vermutlich würde es damit enden, dass sie bekam, was sie wollte, aber es nähme zu viel Zeit in Anspruch.

»Okay, ich verstehe Sie. Aber es könnten Informationen über das Gespräch existieren, die Sie nicht kennen, aber die Ihre Software uns liefern kann. Wäre es akzeptabel für Sie, wenn ich einen Techniker herschicke, der gemeinsam mit Ihnen ausschließlich die infrage kommende Datei untersucht?«

»Das *wäre* akzeptabel …«

Ein durchtriebenes Funkeln leuchtete in Claessons Augen auf.

»... wenn ich dieses Exklusivinterview mit Ihnen bekomme.«

»Da wir uns nur eine einzige Datei in Ihrem Handy ansehen dürfen, dürfen Sie auch nur eine Frage stellen.«

Claesson schnaubte. »Geht klar, Frau Kommissar.«

»Aber erst nachdem wir das Verhör beendet haben.« Karolina schaute auf ihren Notizblock. »Haben Sie irgendeine Erklärung dafür, dass diese Person ausgerechnet Sie angerufen hat?«

»Nein. Natürlich haben wir ausführlich und gut über die ersten beiden Bomben berichtet. Vielleicht ist das der Grund. Oder man war der Ansicht, dass der Angerufene führend in Sachen Nachrichten ist.«

Den letzten Halbsatz sprach er mit todernster Miene. Anscheinend meinte er, was er sagte.

Karolina wusste nicht, ob sie Claesson um sein Selbstbewusstsein beneiden oder ihn als überheblichen Angeber abtun sollte, doch das spielte ohnehin keine große Rolle. Viel wichtiger war, welche Informationen er ihr liefern konnte. Und Angeber hatten zumindest den Vorteil, dass sie sich selbst gern reden hörten.

»Ich habe versucht, ihn noch einmal zu erreichen, aber leider ohne Erfolg«, sagte Claesson.

»Da Sie danach gefragt haben: Glauben Sie, diese Person steckt auch hinter den ersten beiden Bombenanschlägen?«

»Das sind ja nur Spekulationen von meiner Seite aus, aber Sie haben recht. Ich habe diese Frage gestellt, weil mir diese Theorie in den Sinn kam.« Mit einem Mal wirkte Claesson viel angespannter. »Dazu gibt es eine Geschichte, oder nicht, Frau Kommissarin? Über doppelte Bomben, meine ich.«

»Woran denken Sie da?«

»An das, was Axel Sköld in seinem Podcast sagt. Sie haben ihn doch sicher gehört?«

»Ja. Aber was meinen Sie im Speziellen?«

»Den Bombenmann natürlich.«

Karolina seufzte. »Ja, gewiss gibt es Ähnlichkeiten. Aber diese Theorie hat einen deutlichen Schwachpunkt: Sowohl Tingström als auch Hyttinen sind tot.«

»Mmhm.«

Karolina störte sich am Tonfall von Claessons Brummen. Hörte sie da einen provozierenden Unterton heraus? Hielt er dieses Gespräch etwa für ein Spiel?

»Wieso habe ich den Eindruck, dass Sie dennoch an Skölds Theorie über Tingströms Bomben glauben?«, wollte sie wissen.

»Der vorletzte Satz seiner Drohung. ›In vier Tagen wird Blut durch die Straßen von Stockholm fließen.‹ Das lässt sich definitiv als Drohung einer Terrororganisation wie dem IS interpretieren«, erklärte er, und seine Stimme klang aufgeweckt. »Aber die Parallelen zu dem, was Lars Tingström während einer der Prozesse sagte, in denen er angeklagt wurde, sind nicht zu verkennen. Als Rache für den Justizirrtum, dem er sich ausgesetzt sah, sagte er wörtlich: ›Auf Stockholms Straßen wird Blut fließen.‹«

Claesson sah Karolina mit ernster Miene an. Dann nahm er sein Handy und steckte es zurück in die Innentasche seines Sakkos.

»Sind wir fertig?«, fragte er. »Denn dann hätte ich mein Aufnahmegerät gern wieder.«

Karolina legte es auf den Schreibtisch.

»Sie halten auch keine Details zurück, von denen ich dann morgen früh aus der Zeitung erfahre?«, vergewisserte sie sich. »Denken Sie daran, wie ernst die Lage ist!«

»Nein, ich halte nichts zurück. Auf keinen Fall. Mir ist der Ernst der Lage wirklich bewusst.« Er betätigte den Aufnahmeknopf. »Eine einzige Frage darf ich nun also der verantwortlichen Ermittlerin der Polizei, Kriminalkommissarin Karolina Palm, stellen, und zwar folgende: In der Bombendrohung wurde behauptet, dass in vier Tagen eine Explosion die Stadtmitte Stockholms erschüttern wird …« Er machte eine dramatische Pause. »Wie viel Angst müssen die Stockholmerinnen und Stockholmer jetzt haben?«

»Wir nehmen diese Drohung äußerst ernst, wollen aber jede und jeden dazu aufrufen, Ruhe zu bewahren.«

Sven Claesson sah ein, dass er keine bessere Antwort bekommen würde, aber er war damit zufrieden. Karolinas Einschätzung würde eine prima Schlagzeile abgeben. Während er der Kommissarin, die sein Büro verließ, die Tür aufhielt, war er gedanklich schon bei der Fortsetzung dieser Story.

Es war eine todernste Drohung, was Maßnahmen von ganz oben erforderlich machte. Er brauchte unbedingt ein Interview mit der Ministerpräsidentin. Problematisch daran war nur, dass er bei Magnusson und ihrem Stab nicht sonderlich hoch im Kurs stand. Exklusivinterviews schien sie einzig Axel Sköld zu geben.

Er grinste. Der Grund dafür war offensichtlich: Die beiden trieben es miteinander, definitiv. Gleichzeitig beschlich ihn das Gefühl, dass Lova Magnusson Sköld auf eine irgendwie vage Art ausnutzte. Kompliziert.

Wie konnte er also Axel Sköld davon überzeugen, ihm zu helfen? In Sven Claessons Kopf begann ein Plan Gestalt anzunehmen …

DREI TAGE
BIS ZUR BOMBE

KAPITEL 55

Axel Sköld ließ seinen Sonntagslauf zu einer Joggingrunde über die Stockholmer Inseln ausufern. Er hoffte, dass die körperliche Anstrengung auch diesmal den Stress reduzieren und ihm dabei helfen würde, seine Gedanken zu ordnen.

Er ließ den Liljeholmskajen hinter sich, der technisch gesehen zu Södertörn gehörte, und nahm die Liljeholmsbron hinüber nach Södermalm. Von dort ging es weiter nach Norden inklusive eines Abstechers nach Reimersholme und Långholmen, ehe er sich über die mächtige Västerbron schleppte und Kungsholmen erreichte. Obwohl die Uhr erst halb acht anzeigte, brannte die Sonne schon vom Himmel. Entlang des Norr Mälarstrand hatte Axel eine fantastische Aussicht über die Stadt und das Wasser des Mälaren. Er lief nach Norrmalm hinüber und bog wieder nach Süden ab, wo er die Vasabron nahm. Jetzt lag das Rathaus hinter ihm, der Reichstag zu seiner Linken und das Schloss direkt vor ihm. Stockholm war so schön wie auf einem Gemälde – und genauso voller Inseln wie eh und je.

Vor seiner Wohnung joggte er an der Haustür vorbei. Mit einem letzten Spurt bewegte er sich vom Betonkai hinab auf den neu errichteten Holzsteg, wo die ersten Sonnenanbeter des Tages bereits ihre Handtücher ausgebreitet hatten. Axel stürzte sich direkt von der Stegkante ins Wasser und ließ es seinen Körper umschließen. Als er wieder auftauchte, lachte er laut.

Nach vierzehn gelaufenen Kilometern ein Bad im dreiundzwanzig Grad warmen Wasser zu machen war ein berauschendes Gefühl. Endorphine durchströmten seinen Körper und ließen die Anspannung und Frustration des vergangenen Tages endlich verblassen.

Er kletterte wieder auf den Steg und warf einen Blick auf seine durchnässten Laufklamotten und die Schuhe. Dabei versuchte er sich einzureden, dass auch er manchmal *wild and crazy* sein konnte. Jedenfalls wenn er nicht gerade an irgendeiner Antiquität oder in einem Archiv, das sich in einem Betonkeller befand, nach Spuren suchte.

Zurück in seiner Wohnung checkte er sein Handy, das er nicht mitgenommen hatte.

Drei entgangene Anrufe, alle von derselben Nummer. Was war jetzt passiert?

Sein Herz setzte einen Schlag aus, als er die Nummer erkannte. David.

Sie waren um zehn Uhr zu einem Pokémon-Spaziergang verabredet, und David rief normalerweise mindestens zwei Stunden vorher an, um sicherzugehen, dass Axel ihre Verabredung auch nicht vergessen hatte. Jetzt schickte Axel ihm eine SMS. Ein Uhr-Emoji, die Ziffer 10, ein Monster-Emoji und ein Herz.

Die prompte Antwort bestand aus einem nach oben gestreckten Daumen.

Axel streifte sich ein weißes Kurzarmhemd über und stieg in ein Paar Cargoshorts, denn er würde die Taschen brauchen. Im Flur blieb er kurz stehen, zog die Stecker der beiden Powerbanks, die er über Nacht geladen hatte, und steckte sie in die Taschen. Bei ihrer Pokémon-Jagd wurden sie dringend benötigt.

Gerade als er losgehen wollte, klingelte das Handy. Unbekannte Nummer.

»Hi, Axel. Sven Claesson hier. Haben Sie eine Minute?«

»Mhm. Aber nur eine. Heute ist Sonntag.«

»Zuerst mal Glückwunsch zu einer verdammt guten Story über die Reichstagsbomben.«

Was wollte dieser Kerl? Axel kannte Sven Claesson nur vom Namen her, und das reichte ihm auch. Ein Journalist, der Nazis anheuerte, um Anschläge auszuüben, über die besagter Journalist dann exklusiv berichten konnte, war kein Journalist, sondern ein Terrorist. Auch wenn die Sache schon über zwanzig Jahre zurücklag, war und blieb es unverzeihlich.

»Danke. Toll, dass Sie mich zitiert haben. *SVT* und *DN* scheinen das ja aus irgendeinem Grund versäumt zu haben.«

»Sie wissen doch, wie die ticken. Stinkvornehm ist noch untertrieben. Ich würde sogar so weit gehen, dass sie das Vertrauen in den Journalismus untergraben.«

»Okay, aber hören Sie, ich bin auf dem Sprung.«

»Alles klar, ich verstehe. Ich habe da ein paar Dateien, die ich Ihnen gern schicken würde. Stimmt die Mailadresse, die Sie auf Ihrer Homepage angeben?«

»Ja, die stimmt. Aber was sind das für Dateien?«

»Also, ein Kollege hat Stina Forss die Tage unten im Svea hovrätt gesehen, und ich habe mir ihren Fall mal ein wenig näher angeschaut. Scheint, als wäre sie da in eine unangenehme Sache verwickelt worden?«

»Mhmm.«

Axel hatte keine Lust, über Stinas Sorgerechtsprozess zu diskutieren. Tatsächlich fiel ihm niemand ein, mit dem er weniger über Stinas Probleme reden wollte als eben Sven Claesson.

»Dabei ist mir aufgefallen, dass diese Pappnase Levin als Sachverständiger involviert ist, und da klingelte etwas bei mir. Er ist suspekt, Axel, verdammt suspekt.«

Allmählich wurde Axel neugierig.

»Suspekt? Was meinen Sie damit?«

»Passen Sie auf, ich hatte einen Verdacht, also habe ich in unser Archiv hier im Haus geschaut, und er hat sich bestätigt. Sie können direkt mitlesen, was ich meine. Sie sollten ein PDF mit einigen Artikeln bekommen haben, ist die Mail angekommen?«

Axel sah nach. Richtig, da war die Mail. Er scrollte den Anhang durch. Es waren Akten zu Sorgerechtsprozessen, und überall tauchte Levins Name auf.

»Ich dachte nicht, dass wir Journalisten über Sorgerechtsprozesse schreiben?«

»Einige unserer Leute haben eine Sonderreportage gemacht. Ich glaube, aus einer feministischen Perspektive. Levin sagt immer für die Väter aus, und es ist immer dasselbe. Erstens: Väter müssen Zeit mit ihren Kindern verbringen dürfen, ansonsten verlieren die Jungs und Mädchen eine wichtige Bindung, was in ihrem späteren Leben zu gewalttätigem Verhalten führt. Zweitens: Die Vaterfigur spielt dabei eine zentrale Rolle. Und drittens: Das zeigt die gesamte relevante Forschung.«

Axels Puls beschleunigte sich. Während er Claesson zuhörte, las er weiter. Konnte ein so einseitiger Wissenschaftler wirklich als objektiver und sachkundiger Experte vor Gericht auftreten? Wenn man den Richter davon überzeugen konnte, Levins Expertenstatus auf nur eine der beiden Streitparteien zu beschränken, wäre vielleicht schon viel gewonnen.

Stinas Schilderungen nach hatte es so geklungen, als schlüge sich das Gericht auf Levins Seite.

»Vielen Dank, aber wahrscheinlich ändert das hier nichts, denn anscheinend finden Levins Ausführungen Anklang.«

»Er stellt sich geschickt an, hat in fast dreißig Prozessen als Sachverständiger ausgesagt. Eine Sache hat allerdings noch niemand überprüft, jedenfalls geht das aus den Artikeln nicht hervor, nämlich, auf welche Forschung er sich eigentlich stützt. Er behauptet immer, dass es teilweise seine eigenen Studien sind, aber auch die sämtliche sonstige relevante Forschung. Mir scheint es angemessen, dem ein wenig nachzugehen, Ihnen nicht auch?«

Axel überlegte. Das klang definitiv nach einer lohnenswerten Spur. Allerdings gab es eine andere Frage, die ihm dringender vorkam.

»Prima, Sven. Danke für den Hinweis. Wirklich. Aber warum tun Sie mir diesen Gefallen?«

Sven lachte.

»Immer so misstrauisch, Axel. Sind Sie das nicht manchmal selbst leid?«

»Öfter, als Sie sich vorstellen können, aber das scheint eine Art Veranlagung zu sein. Ich bin eben so.«

»Mir geht es genauso, und glauben Sie mir: Das ist nicht immer schön.«

Axel schwieg. Er war nicht an einer Verbrüderung mit Claesson interessiert und wehrte sich gegen den Gedanken, auch nur das Geringste mit diesem Skandalreporter gemeinsam zu haben.

»Okay, ich gebe es ja zu: Ich will ein Interview mit Lova Magnusson.«

»Und da fragen Sie mich?«

Claesson lachte verhalten.

»Es steht ja außer Frage, dass die Videos der Überwachungskameras Ihre Entdeckung waren. Warum sonst sollte das *Eko* mit Ihnen zusammenarbeiten? Und von irgendjemandem müssen Sie diese Filme bekommen haben. Ich tippe darauf, dass dieser Jemand die Ministerpräsidentin selbst ist. Ihre Jugendliebe.«

In Axel stieg Zorn auf, als er sich an die Schlagzeilen vom vergangenen Herbst erinnerte, in denen man angedeutet hatte, dass Lova und er ein Liebespaar waren. Er wusste nicht, ob die Wut schlimmer wurde, weil das Gerücht nicht stimmte, oder weil er sich insgeheim wünschte, es wäre wahr, Lova aber nicht davon hatte überzeugen können. Deshalb zwang er sich, nicht in die Falle zu tappen, indem er auf Claessons Provokation reagierte. Er blieb stumm.

»Sie dürfen mich gern korrigieren, wenn ich mit meiner Theorie falschliege, Axel.«

»Ich gebe lieber keinen Kommentar zu Ihren Fantasien ab. Aber gehen wir einmal davon aus, dass ich ein enges *professionelles* Verhältnis zur Ministerpräsidentin habe – was lässt Sie glauben, dass ich Ihnen helfen werde? Sicher können sich die Artikel, die Sie mir geschickt haben, als nützlich erweisen, aber ich habe nicht darum gebeten.«

Wieder dieses verhaltene Lachen von Sven, das klang wie bei diesem Löwen mit der schwarzen Mähne aus dem Film *König der Löwen*, den sich David immer ansah. Scar, der böse Bruder.

»Tja, Axel. Vielleicht könnten Sie davon profitieren, wenn Sie mir dieses Interview verschaffen? Gibt es eine Frage, auf die sie antworten würde, wenn ich sie stelle, der sie bei Ihnen aber immer ausgewichen ist?«

Axels Blick fiel auf das Regal im Flur. Dort stand ein schwarzer, schwerer Metallzylinder mit der besten Halogenfunktion, die es im Jahr 1993 für Geld zu kaufen gegeben hatte. Ein Zylinder, den er von seinem Vater geerbt hatte und der jetzt eigentlich auf dem Meeresgrund hätte liegen sollen. Sven Claesson wusste ganz genau, was er tat und was Axel wissen wollte. Axel durchschaute, dass er manipuliert wurde, aber es spielte keine Rolle, denn dieses Mal deckten sich ihre Interessen.

»Okay, Sven. Lassen Sie uns zusammenarbeiten. Wenn ich Ihnen ein Interview mit der Ministerpräsidentin besorge, dann unter der Voraussetzung, dass Sie eine ganz bestimmte Frage stellen.«

KAPITEL 56

Das gigantische Einkaufszentrum lag verwaist da. An einem Sonntag mitten in den Ferien bei klassisch schwedischem Hochsommerwetter war das nur natürlich. Unter diesen Voraussetzungen mied jeder halbwegs normal eingestellte Mensch die Innenstadt, Shoppingtouren und den Aufenthalt in Gebäuden.

Jedoch war David alles andere als normal eingestellt.

»Ack-sel, beim Bunnen sind noch meha!«, rief er ihm von der anderen Seite des menschenleeren Gangs aus zu. Währenddessen hielt er den Blick fest auf sein Handy gerichtet und drehte eifrig mit dem Zeigefinger an einem virtuellen PokéStop.

Die Mall of Scandinavia war ein echtes Mekka für die Stockholmer Pokémonszene. Hier wimmelte es von Figuren, Stopps und Aufträgen. Manche Spieler werteten es sogar als Schummelei, den Ort aufzusuchen. Aber Axel hatte David schon seit Wochen versprochen, mit ihm herzufahren, und es hatte sich als eine Spitzenidee herausgestellt.

Die Hitze im Freien konnte David nicht leiden, ebenso wenig mochte er Menschenansammlungen und Gedränge, und er hasste es, wenn es um ihn herum laut war. Vor allem aber verabscheute er Stress. Doch hier im Einkaufszentrum war heute nichts von alldem zu beanstanden. Stattdessen gab es neu zu entdeckende Spielorte im Überfluss und dazu Restaurants, für die sich David begeistern konnte: Fastfood und Eis.

Axel hatte den Jungen ganz in seinem eigenen Rhythmus

umherlaufen lassen. Er genoss es, David zu verwöhnen, und hatte ihn auf ein Bananensplit eingeladen, obwohl er wusste, dass David die Portion niemals schaffen würde.

Erneut schaute Axel in sein E-Mail-Postfach. Noch immer keine Antwort von der Königlichen Bibliothek.

Sobald das Telefonat mit Sven Claesson beendet gewesen war, hatte er eine Anfrage zu den Nachrichtenartikeln rund um die Fälle gestellt, in denen Torkel Levin als Zeuge aufgetreten war. Erst jetzt fiel ihm ein, dass heute Sonntag war. Vor dem nächsten Morgen würde er also keine Antwort von der Bibliothek erhalten.

Sie näherten sich den Springbrunnen, die in einem hohen Bogen Wasserstrahlen über einen Gang schossen. David lief darunter hin und her und blickte staunend zu den Wasserstrahlen.

»Ich wead nich nass?«

»Nein. Echt magisch, oder, David?«

Plötzlich blieb David stehen, hielt dann direkt auf Axel zu und umarmte ihn. Axel war perplex. Zwar wusste er, dass David ihn gernhatte, aber engen körperlichen Kontakt mochte Stinas Sohn eigentlich nicht besonders. Eine Umarmung kam nur selten vor.

Vorsichtig umfasste er Davids schmächtigen Körper und hoffte, dass er den Moment nicht beendete, bevor der Junge es tat.

»Du bist supa, Ack-sel.«

»Ich finde, *du* bist super, David.«

»Feedick sagt, ea heißt Papa.«

Axel erstarrte.

»Ja, Fredrik ist dein Papa.«

»Feedick is nicht supa.« David wirkte ernst. »Ea is gemein. Scheit mich an.«

Axel wusste nicht, was er darauf antworten sollte. Er umarmte den Jungen ein wenig fester.

»Ich muss nich nochma übanachten, hat Mama gesagt.« David ließ Axel los und widmete sich wieder dem Handy und dem Spiel. »Komm, wia gewinnen jetz. Es gibt ein Kampf!«

»Okay.«

Axel sah dem Jungen hinterher, der an der Reihe der leeren Geschäfte entlang auf den nächsten PokéStop zusteuerte. In einer Minute wollten sie sich an einen Raid-Kampf wagen, da durfte er nicht zu spät kommen. Doch er würde es schaffen, vorher noch eine SMS zu schreiben.

Er suchte Lovas Nummer in den Kontakten und versuchte angestrengt, nicht jedes Wort zu analysieren, das er eintippte.

Ich muss dich treffen. Geht um das Material, das du mir gegeben hast. Unter anderem. Ist dringend.

Er überlegte, ob er mit »VG« schließen sollte. Zu förmlich. Oder mit »Ich drücke dich«? Auf keinen Fall. Nur mit seinem Namen? Aber den kannte sie ja schon. David rief nach ihm, also ließ er die Nachricht, wie sie war, und schickte sie ab.

Lova antwortete, noch bevor der Kampf losging.

Gute Idee. 18:00 Uhr vor dem Eingang am Mynttorget 2?

*

Eine Minute vor der vereinbarten Uhrzeit stand er an der genannten Adresse parat und versuchte, sich selbst davon zu überzeugen, dass er kein sabbernder Hund war.

Ein kleines bisschen Liebe würde es für ihn doch sicher geben? Vielleicht sogar ganz bestimmt?

Das Gebäude bestand aus Stein, genau wie alle anderen Häuser in Gamla stan. Allerdings zierten hier zusätzlich vier riesige Säulen die Fassade und säumten den Eingang. Die Kupfertüren waren verschlossen, aber Axel nannte seinen Namen an der Klingelanlage und wurde gebeten, sich zur Überwachungskamera umzudrehen. Danach klickte das Türschloss, und er betrat eine prunkvolle Eingangshalle. Das Haus lag genau an der Kante des Strömmen, sodass er durch die Fenster das Reichstagsgebäude auf der anderen Seite des wirbelnden Gewässers sehen konnte.

»Hallo.«

Er hatte sie nicht kommen sehen.

»Hast du heute keine Wächter dabei?«, erkundigte er sich.

Sie schnitt eine Grimasse.

»Heute ist Sonntag, und da ist Farid zuständig«, erklärte sie dann. »Er und ich haben einen Deal. ›Freiheit mit Verantwortung‹ nennen wir das.«

Ihre Augen funkelten. Es war ihr trotziger Blick.

Sein Herz schlug schneller, und Axel zwang sich, in eine andere Richtung zu schauen.

»Komm«, forderte sie ihn auf.

Sie ging voraus und bewegte sich wie zu Hause, Axel trottete hinterher. Er war erstaunt, wie hübsch sie war, egal ob sie in Freizeitkleidung zeltete oder wie jetzt ein Kleid, Pumps und eine exklusive Umhängetasche über der Schulter trug. Er ahnte jedoch, dass sein Blick vielleicht nicht ganz objektiv war. Er nahm sie durch einen Lova-Filter wahr, den sonst niemand hatte, und es war nicht ohne Risiko, unter solchen Voraussetzungen als Journalist zu arbeiten. Es war schlicht unmöglich, objektiv zu berichten, wenn man Gefühle für die

Person hatte, die man interviewen sollte. Aber welche Wahl blieb ihm?

Sie gingen eine Treppe hinunter und fanden sich in einem Korridor mit niedriger Decke wieder. Alle drei Meter warfen senkrechte Leuchtstoffröhren an den Wänden ein kaltes Licht auf den Boden.

Bald hatte Axel die Orientierung verloren, denn der Korridor knickte mehrfach um neunzig Grad ab und führte um Ecken, aber Lova blieb vor einer Planskizze stehen, die als Informationstafel diente.

»Du bist hier reingekommen, am Abgeordnetenhaus.« Sie deutete auf die Mitte der Tafel, und Axel erkannte den Eingang am Mynttorget 2 wieder. Ihm fiel die Überschrift »Reichstagsgebäude« auf der Tafel auf. Dabei war die zweite Hälfte des Worts als Plural zu verstehen. Insgesamt handelte es sich um acht Gebäude, nicht nur um den alten und den neuen Reichstag, die auf der Tafel als »Reichstag West« und »Reichstag Ost« bezeichnet wurden. Mit wachsender Faszination entdeckte Axel, dass mehrere unterirdische Gänge den Reichstag mit Gebäuden in Gamla stan verbanden. Genauer mit den Häuserblöcken Neptunus, Cephalus und Mercurius.

»Gerade stehen wir in der Nähe des Übergangs zu den Hauptgebäuden des Reichstags. Oder besser: der Unterführung.«

Axel blickte Lova verblüfft an. Sie lächelte und lief weiter.

Er folgte ihr und wurde von dem plötzlichen Licht überrascht, das von Westen auf sie fiel. Keine Leuchtstoffröhren mehr, dafür Fensterscheiben, die vom Boden bis zur Decke reichten. Wie Axel nun begriff, passierten sie die verglaste Brücke unterhalb der eigentlichen Stallbron, die Gamla stan mit Helgeandsholmen verband, wo das Reichstagsgebäude stand.

»Alle Büros sind in Häusern auf der Gamla-stan-Seite untergebracht, also auch die Geschäftsstellen aller Parteien. Es ist praktisch, sich innerhalb des Schutzbereichs bewegen zu können, wenn man zwischen Abstimmungen und alltäglicheren Arbeitsaufgaben hin und her wechseln muss«, erklärte sie.

Axel nickte. Noch immer war es merkwürdig, Lova zu treffen. Seine Lova. Mit der er Kakao getrunken hatte. Der er vorgegaukelt hatte, sich für Hausaufgaben zu interessieren. Jetzt war sie Ministerpräsidentin und zeigte ihm die versteckten Winkel des Reichstags.

Sie überquerten den Strömmen, und Lova öffnete eine Metalltür. Dahinter befand sich eine Wendeltreppe. Gekonnt ging Lova auf ihren hohen Schuhen die Treppe hinunter.

»Ich dachte mir, du willst sicher sehen, wo …«

Sie öffnete eine weitere, gleichartige Tür, und sie betraten einen neuen Korridor, in dem es weniger Lampen, dafür aber große aluminiumummantelte Belüftungsrohre an der Decke gab.

»… alles passiert ist.«

Links von ihnen hingen noch Reste des Polizeiabsperrbandes. Der Korridor verlief weiter nach rechts, und Axel erahnte die Türen, die er auf den Überwachungsvideos gesehen hatte. Worauf sich seine Aufmerksamkeit aber vor allem richtete, war das große Loch in der Wand hinter der Absperrung. Es sah aus, als hätte ein Riese seine Faust von der anderen Seite durch die Wand gestoßen und dabei Stromleitungen, Beton und Armierungseisen mitgerissen. Durch das Loch erkannte Axel die kleine Tiefgarage. Das Schild, das angab, dass der Parkplatz dem Reichstagspräsidenten vorbehalten war, hing noch an der Wand, wenn auch schief.

Als er in einer Ecke eine dunkelrote Verfärbung des Bodens ausmachte, wandte er den Blick ab.

»Ja. Es ist furchtbar.«

Lova verschränkte die Arme und schüttelte den Kopf, als könne sie immer noch nicht fassen, dass an dem Ort, an dem sie standen, eine Bombe detoniert war.

»Hast du keine Angst?«, fragte Axel und versuchte, ihren Blick einzufangen.

»Doch.« Sie nickte langsam. »Es gibt viele Gründe, warum man ein Parlamentsgebäude in die Luft jagen will. Bis jetzt hat die Polizei nichts über das Motiv bekanntgegeben. Aber hinter dem Anschlag steckt jemand, der uns allen, die hier arbeiten, schaden will. Gleichzeitig …«

Sie zog das Wort in die Länge, als wüsste sie nicht, ob sie weitersprechen sollte.

Axel befiel eine ungeduldige Neugier, aber er gab alles, um sich nichts davon anmerken zu lassen. Eine Person zu bedrängen, die erwog, ein Geheimnis preiszugeben, war zumeist die beste Art, sie davon zu überzeugen, gar nichts zu sagen.

»Es scheint kein Zufall zu sein, dass Legré gestorben ist, kurz nachdem ich ihm den Auftrag gegeben habe.«

»Du hast ihm die Befugnis erteilt, unter Verschluss stehende Akten einzusehen, richtig?«

Sie nickte.

»Gab es irgendwelche speziellen Informationen, die er für dich überprüfen sollte?«

Lova stellte ihre Tasche auf den Boden und holte eine grüne Mappe heraus.

»Davon habe ich Oscar eine Kopie gegeben«, sagte sie und reichte sie Axel.

Rasch überflog er das Dokument. Bei den Begriffen »Operation Mjolnir« und »Robot 330« hielt er inne.

»Was bedeutet das?«

»Ich weiß es nicht, aber anscheinend sind es sensible Informationen. Und dann ist noch etwas passiert ...«

»Was denn?« Axel sah auf.

»Wir werden Mamas Haus verkaufen. Ich war dort, um es mir vor den Besichtigungsterminen noch einmal anzusehen, und dabei haben wir Papas Sachen in einen Abstellraum im Keller eingeschlossen. Ordner und Dokumente.«

Axel ahnte bereits, was sie ihm erzählen würde.

»Als mich der Makler danach anrief, war er hellauf begeistert. Es gab viele Interessenten, und eine Menge Leute waren gekommen. Aber dann sagte er, dass manche der Interessenten sogar in dem Kellerraum waren. Das Eigenartige daran war, dass er sich absolut sicher war, ihn vorher abgeschlossen zu haben. Also habe ich ihn gefragt, ob Papas Kiste noch da stand, und ...«

»... sie war weg?«

Lova nickte mit zerknirschter Miene.

Scheiße. Sie waren also auch dort gewesen.

Axel erinnerte sich an das, was der geheime Informant über seine Abmachung mit KC erzählt hatte. Jedes zweite Wort.

Lova griff erneut in ihre Tasche.

»Ich weiß nicht, warum, aber als ich vor den Besichtigungen dort war, habe ich diesen Ordner hier eingesteckt.« Sie hielt ihm einen schwarzen DIN-A4-Ordner mit hellblauem Rücken hin. Er war mit »Harvard/Sank« beschriftet.

Augenblicklich schoss Axels Puls in die Höhe.

»Irgendwann hat er mal etwas davon erzählt. Über digitale Archive und Daten, die ewig gespeichert bleiben. Ich habe gar nicht mehr daran gedacht, dass ich den Ordner eingesteckt hatte, bis ich wieder ins Auto gestiegen bin. Aber jetzt glaube ich fast, die Unterlagen sind wichtiger, als mir klar gewesen ist.«

Axel nahm den Ordner entgegen und öffnete ihn vorsichtig. Bei dem, was er darin sah, hielten sich Erstaunen und Enttäuschung die Waage.

»Was ist das?«, wollte er wissen.

Lova stellte sich näher neben Axel.

»Das sind Befehle für seinen Computer, glaube ich.« Als sie sich nach vorn beugte, strich sie eine Haarsträhne zurück, die ihr ins Gesicht gefallen war.

Axel nahm ihren Geruch wahr, versuchte aber, sich auf den Text in dem Ordner zu konzentrieren. Möglicherweise hatte Lova recht. Er erinnerte sich an die Computerbefehle, die er auf seinem alten Amiga eingegeben hatte. In regelmäßigen Abständen tauchte das Wort *Load* auf. Und *Run*.

»Das meiste, woran Papa gearbeitet hat, war streng geheim und wurde an seinem Arbeitsplatz aufbewahrt. Aber am Ende, bevor er starb, hat er immer öfter von zu Hause aus gearbeitet. Mich hat es damals weder interessiert, noch war ich alt genug, um es zu verstehen. Aber rückblickend kommt es mir manchmal so vor, als hätte ihn irgendetwas gequält.«

Axel holte sein Handy heraus und fotografierte die Dokumente ab.

»Behalt den Ordner ruhig«, sagte er dann. »Im Büro der Ministerpräsidentin ist er wahrscheinlich am sichersten aufgehoben.«

Sie lächelte, und als sie den Blick hob, schien ihr bewusst zu werden, wie nah sie beieinanderstanden. Schnell machte sie einen Schritt zurück und richtete ihre Aufmerksamkeit wieder auf das Loch in der Wand.

»Ich weiß nicht mehr, wie sicher wir noch sind. Am schlimmsten ist aber, dass dieser Anschlag von jemandem verübt worden sein muss, der es geschafft hat, an all diesen Türen mit einer Schlüsselkarte des Reichstags vorbeizukommen.«

Axel ging in die Richtung, in die sie schaute. Auf der rechten Seite zählte er drei Türen, die alle mit einem Kartenlesegerät ausgestattet waren. Links von ihm gab es eine weitere Tür.

»Wohin führen die?«

»Zu Treppen oder Korridoren, über die man wieder auf Straßenniveau kommt. Dort befinden sich gleichartige Türen.«

»Die hier auch?« Axel deutete auf die linke Tür.

»Nein. Das heißt, ich glaube nicht. Auf dieser Seite ist das Gebäude eigentlich zu Ende, wahrscheinlich ist es eine Abstellkammer.«

Axel nickte.

»Die Frage ist also, wie der Täter an eine Schlüsselkarte kommen konnte. Und wem sie gehört.«

»Ich habe mich bei einem … Mitarbeiter, den ich aus der Sicherheitsabteilung kenne, erkundigt. Er sagt, die Karte, die verwendet wurde, gehört Tammer.«

Zuerst verstand Axel nicht, was sie gerade gesagt hatte.

»Sven-Åke Tammer? Dein Vorgänger? Du machst Witze, oder?«

»Nein. Irgendjemand muss ihm die Karte abgeluchst haben.« Sie schüttelte den Kopf, als wäre ihr die Vorstellung zu viel.

Axel war derselben Meinung.

Erneut sahen sie auf das Loch in der Wand.

Lova erschauderte. »Komm, wir gehen zurück.«

Sie gingen die Treppe wieder hinauf, dann bog Lova nach links ab, und Axel folgte ihr. Mitten auf der Brückenunterführung blieb sie stehen und schaute auf das Wasser. Es dämmerte allmählich. Sonnenstrahlen glitzerten in den Wellen und leuchteten sie an.

Axel musste schlucken. Lova war so …

»Was wolltest du denn?«, fragte sie.

Sie drehte sich zu ihm um und sah ihm direkt in die Augen. In seinem Bauch spürte er ein heftiges Ziehen.

»Ich mache mir Sorgen, Lova. Ich nehme die Bombendrohung ernst. Es sind nur noch drei Tage bis zur nächsten Explosion.«

»Wie kannst du dir da so sicher sein?«

Sie roch immer noch nach Himbeeren.

»Ich habe mit Sven Claesson vom *Expressen* gesprochen. Er …«

»Ich weiß, wer er ist.«

»Okay. Gut. Ich habe also mit ihm gesprochen. Er weiß mehr über den Anruf und die Bombendrohung, als er in der Zeitung geschrieben hat, da bin ich mir beinahe sicher. Du solltest dich mit ihm unterhalten.«

Lova wirkte skeptisch.

»Lova, es ist ernst. In drei Tagen könntest du diejenige sein, die …«

Er kam nicht dazu, den Satz zu beenden, denn sie hatte einen Schritt auf ihn zu gemacht.

Der Kuss kam völlig unerwartet. Axel wurde an Lovas Körper herangezogen, und sie ließ eine Hand in seinen Haaren verschwinden. Er hielt ihre Taille umschlungen. Eine vorsichtige Zungenspitze an seinen Lippen.

Das Räuspern war alles andere als diskret.

Hastig stieß Lova ihn von sich.

Am anderen Ende der Brücke stand der Personenschützer und sah sie mit einem fragenden Blick an.

»Ist alles in Ordnung?«

Ja, das war es – bis du aufgekreuzt bist!

Axel fuhr sich mit der Hand über den Nacken und drehte dem Wächter den Rücken zu.

»Ja doch, Farid.« Lova schenkte dem uniformierten Mann ein angestrengt wirkendes Lächeln. »Gib uns eine Minute, dann sind wir fertig.«

Der Mann nickte und entfernte sich langsam.

Lova und Axel sahen sich an, auf einmal verlegen.

Dann brach Lova das Schweigen und damit auch die Magie.

»Vielleicht war das ein Fehler …«

»Du meinst, wir hätten nicht so lange damit warten sollen?«

Innerlich verfluchte Axel sich. Warum konnte er nicht einfach ernst bleiben? Doch er kannte die Antwort: Durch den Humor bewahrte er sich vor der Gefahr, zu hören, dass sie es bereute.

»Ich muss gehen.« Sie hielt Ausschau nach Farid.

»Sven wird dich morgen um ein offizielles Interview bitten. Lass dich darauf ein, und sorge dafür, dass ihr unter vier Augen miteinander sprecht, dann wird er dir alles erklären.«

Sie nickte. Dann schaute sie nach unten und ergriff seine Hand, spielte mit seinen Fingern. Ihr Blick ruhten in seinem. Dann drückte sie die Hand.

»Farid, bringst du Axel bitte nach draußen?«

Auf dem Weg zum Ausgang bereute Axel seine Entscheidung. Das Treffen mit Claesson war eine Falle, die er ihr gestellt hatte, um eine Antwort auf seine Frage zu bekommen. In diesem Moment fühlte es sich nicht nach einer guten Idee an, aber er musste Klarheit haben. Und Lova hatte ihm eine Antwort verweigert. Was sollte es also? Vielleicht bekam Claesson eine.

Stattdessen kehrte er in Gedanken zu dem Kuss zurück. Seine Schritte fühlten sich so leicht an wie seit Jahren nicht mehr.

ZWEI TAGE
BIS ZUR BOMBE

In Skraks Wohnung lief das Radio und leistete dem Professor und David Gesellschaft. Normalerweise beruhigten ihn die *Eko*-Nachrichten, insbesondere, wenn sie keine Meldungen über ein gewisses gestohlenes Gemälde enthielten. Aber die Neuigkeit, die stattdessen das Nachrichtengeschehen dominierte, stresste den Professor aus einem anderen Grund. Er stellte das Radio lauter.

»Es bleiben nunmehr zwei Tage, bis eine Bombe im Zentrum von Stockholm explodieren soll. Die Polizei nimmt diese Drohung äußerst ernst, aber zum jetzigen Zeitpunkt wird noch niemand dieses Verbrechens verdächtigt. Im Übrigen herrscht Verschwiegenheit über die Ermittlungsarbeit. Unser Reporter hat Stimmen von Stockholmerinnen und Stockholmern eingefangen und mit ihnen darüber gesprochen, wie sie über ihre eigene Sicherheit denken.«

Der Studiosprecher leitete zu einer Collage über, in der Straßeninterviews mit mehreren Menschen zusammengeschnitten worden waren.

»Wir werden zu unserem Sommerhäuschen im Schärengarten fahren. Es ist unheimlich.«

»Es ist ja gerade erst eine Bombe mitten in der Stadt in die Luft gegangen. Das sind Terroristen, da bin ich mir sicher, und mit denen kann man nicht reden. Die verstehen nur eine Sprache: Gewalt.«

»Sie sind auf dem Weg zum Hauptbahnhof?«

»Ich nehme den Zug nach Malmö, dort wohnen Verwandte von mir.«

»Fahren Sie wegen der aktuellen Situation? Haben Sie Angst?«

»Nein, ich dachte eigentlich … das heißt, doch. Ich lasse es nicht drauf ankommen. Diese Bombe kann ja jederzeit hochgehen.«

Skrak schaltete das Radio aus. Er war sich nicht sicher, wie viel David von dem verstand, was gesagt wurde, aber irgendetwas ließ ihn glauben, dass die Angst in den Stimmen bis zu dem Jungen durchdrang. Und das konnte nicht gut sein.

Vielleicht sollte er selbst auch Vorsicht walten lassen? Die letzte Explosion war nah genug gewesen, das reichte ihm, vielen Dank auch.

Aber er hatte das Rätsel um das Gemälde noch immer nicht gelüftet, und dann war da auch noch Stinas verzweifelte Situation. Heute hatte er jedenfalls das Vergnügen, ihr mit David zu helfen.

»Sehen wir einmal nach, ob die Damen unten im Museum nicht eine oder zwei Zimtschnecken für uns übrig haben. Was hältst du davon, David?«

Auch das Personal der Leibrüstkammer zwei Etagen unter ihnen hatte sich von Davids Charme verzaubern lassen. Skrak und der Junge verbrachten viel Zeit zwischen den Rüstungen, und David wurde es nie müde, sich »gefäahliche Schweata« oder »Pfeade mit Decken« anzusehen. Vilhelm Skraks Rolle als museumseigener Professor verschaffte ihm nicht nur Zutritt zu sämtlichen Räumlichkeiten und Sammlungen, sondern auch, was beinahe ebenso wichtig war, freien Zugang zu Kaffeegebäck.

»Vorher müssen wir nur noch dieses Kunstwerk zudecken, dann gehen wir nach unten zu den Damen.«

Skrak holte die dünne Leinendecke, mit der er die *Verschwörung* immer abdeckte, wenn er nicht daran arbeitete.

David kicherte.

»Gutnacht Bild.«

»Jetzt darf es unter seiner Decke schlafen.«

Skrak breitete den Stoff aus und wollte ihn gerade über das Gemälde hängen, als er plötzlich stockte.

Die Sommersonne vor dem Gebäudeflügel brannte genauso unerbittlich wie an den vergangenen Tagen. Aber heute hatte Skrak die Gardinen nicht so sorgfältig zugezogen wie üblich. Ein Streifen Sonnenlicht fiel genau auf das Gemälde.

Einem ersten Impuls folgend, wollte er das Bild verdecken und die Gardine sofort zuzuziehen, denn das Licht konnte dem Motiv schaden. Aber dann sah er, dass der Strahl genau auf die Stelle traf, wo sich zuvor die vierte Schwertklinge befunden hatte. Das Silber in dem lateinischen Satz, der darunter zum Vorschein gekommen war, blitzte auf.

Insula in media potestate inter deum, legem, regnum et artem

Skrak wiederholte die Übersetzung leise für sich selbst. »Die Insel in der Mitte der Macht, zwischen Gott, Gesetz, Reich, Stadt und Kunst.«

Er begriff nach wie vor nicht, was damit gemeint war. Welche der vielen Inseln? Gamla stan lag schließlich auf einer von ihnen, und dort stand auch das Schloss. Aber stand es *zwischen* etwas? War es als Wohnsitz des Königs nicht das Reich selbst?

Dann gab es auch noch Helgeandsholmen, die Insel, auf der sich der Reichstag befand. Aber hier galt dasselbe. Auch das Parlament stand doch für das *Reich*.

Riddarholmen mit all seinen Rechtsinstanzen wie dem

Svea hovrätt und dem Appellationsgericht. Dort befand sich das *Recht*. Und natürlich *Gott*, dachte man an die mächtige Riddarholmskirche.

Missmutig schüttelte Skrak den Kopf. An diesem Rätsel biss er sich die Zähne aus.

»Da lang.«

Er wurde aus seinen Gedanken gerissen. Der Junge wollte seine Zimtschnecke. Höchste Zeit, die Zuckerspeicher aufzufüllen.

»Komm, dann gehen wir nach unten.«

»Nein, da lang.« David klang verwirrt.

Skrak schaute hinter dem Gemälde hervor. David starrte aufmerksam auf irgendetwas am Boden. Es sah aus wie eine Spiegelung, eine Art Sonnenlichtreflexion.

Als Skrak versehentlich gegen das Bild stieß, bewegte sich die Reflektion am Boden, und er begriff, dass das Gemälde die Sonne spiegelte.

»Zeigt da lang.«

David blickte zu Skrak und deutete mit dem Zeigefinger auf die Wand hinter dem Professor.

»Was sagst du?« Er ging zu dem Jungen, um sich die Spiegelung genauer anzusehen.

Der Junge hatte recht. Die Reflexion hatte die Form eines Pfeils. Und sie wies eindeutig in dieselbe Richtung wie David.

Ungläubig schüttelte Skrak den Kopf. Konnte das wahr sein?

In Skraks riesigem Kopf bildete sich ein Verdacht. Wohin würde der Pfeil wohl zeigen, wenn das Gemälde an seinem ursprünglichen Platz hinge? Womöglich auf eine ganz besonders interessante Insel?

KAPITEL 58

Karolina gingen allmählich die zwei Dinge aus, die eine Kriminalermittlerin am meisten schätzte: Zeit und Ideen.

Sie hatte eine Liste über die Personen, die den Reichstag mit Schlüsselkarte betreten oder verlassen hatten, an die Wand hinter ihrem Computer gehängt, und sie fühlte sich davon verhöhnt. Noch immer fehlte ihr eine Antwort auf die Frage, wie der Täter vor dem Attentat in das Gebäude und anschließend wieder hinaus gelangt war, aber es lag auf der Hand, dass er dafür nicht die Schlüsselkarte genutzt hatte, mit der er die Garage betreten hatte. Waren etwa noch weitere Personen involviert? Hatte ihn jemand hineingeschleust? Bis jetzt hatten die Befragungen des Sicherheitspersonals nichts ergeben, was in diese Richtung deutete. Keine der Personen, die den Wachposten am Eingang passiert hatten, war an dem betreffenden Tag von Gästen begleitet worden, und auch ansonsten waren keine Gäste oder Unbefugte hineingelassen worden – oder heraus. Palm hatte sogar geprüft, ob der Täter sich eventuell einen Tag früher ins Gebäude begeben hatte, um dort zu übernachten und nach dem Anschlag zu verschwinden, aber selbst für dieses unwahrscheinliche Szenario ließen sich keinerlei Beweise finden.

Andererseits war schon die Bombe an sich unwahrscheinlich gewesen, was wiederum auf einen Täter hinwies, der in anderen Dimensionen dachte. Und um jemanden zu fassen, der so vorging, musste sie möglicherweise das Gleiche tun. Wie zum Beispiel geheime Informationen an die letzte Person weitergeben, der man so etwas in die Hände legen wollte: einem Journalisten.

Er nahm beim ersten Klingeln ab.

*

Stina war den gesamten Vormittag vor Gericht, sodass Axel das Büro für sich allein hatte. Die Königliche Bibliothek hatte auf seine Anfrage reagiert. Es gab Artikel zu dreiunddreißig verschiedenen Gerichtsprozessen, in denen Torkel Levin als Sachverständiger gehört worden war. Der Archivar würde einige Zeit benötigen, um das Material zusammenzusuchen, aber er hatte Axel versprochen, ihm alles per Mail zu schicken, sobald er konnte.

Kaum hatte Axel aufgelegt, klingelte sein Handy erneut. Es war ein unerwarteter, aber willkommener Anruf …

Ganz Södermalm war verlassen. Sonne, Ferien und Bombendrohungen.

Drei klassische Gründe, aus denen der Stockholmer aus seiner Stadt flieht.

Axel nahm seinen Kaffee mit auf den Bürgersteig und genoss die Sonne, während er auf Karolina wartete.

Sie hatten sich seit dem letzten Herbst nicht gesehen, als sie ihn unten im smäländischen Schärengarten mit einer Schussverletzung aus seinem Boot gezogen hatte. Danach hatte ihre Freundschaft irgendwie auf Eis gelegen. Offenbar hatte sie Abstand zu den Ereignissen gebraucht. Und zu ihm.

Er verstand, dass es für eine Polizistin mit Ambitionen merkwürdig aussah, wenn sie zeitgleich einen Journalisten zum Freund hatte, um den sich Gerüchte rankten, er habe mit der Entführung der damaligen Finanzministerin zu tun.

Wie Axel vermutete, hatte sich die Lage nicht gerade gebessert, als er im Zusammenhang mit dem gestohlenen Gemälde verhört worden war.

Doch jetzt war Karolina unterwegs zu seinem Büro. Was konnte das bedeuten? Am Telefon hatte sie ihm den Grund nicht verraten wollen und nur gesagt, dass sie »Informationen austauschen« müssten.

Er trank gerade den letzten Schluck seines Cortado, als ein schwarzer Audi TT vor ihm hielt. Axel war überrascht, als Karolina ausstieg.

»Einen sportlichen Fuhrpark hat sich dein Arbeitgeber da zugelegt. Nutzt du den Wagen für Verfolgungsjagden?«

Karolinas strahlend weiße Zähne blitzten auf, als sie lächelte, aber Axel bemerkte, dass ihre Haut weniger braun war, als er es in Erinnerung hatte. Und das trotz der Hitzewelle.

Viel Zeit im Büro.

»Axel. Wie schön, dich wiederzusehen.« Sie warf einen Blick auf das Auto. »Na ja, ich habe meinen Privatwagen genommen. Das hier ist kein offizielles Treffen.«

Axel nickte.

»Dann gehen wir am besten rein.« Er hielt ihr die Tür auf. »Ebenfalls schön, dich zu sehen, Karolina.«

Sie nahmen auf der Sitzgruppe Platz. Einen Kaffee lehnte Karolina dankend ab, stattdessen sah sie sich neugierig um.

»Hier sitzt ihr also, Stina und du? Gemütlich!«

Axel war auf eine sehr viel aggressivere Karolina gefasst gewesen. Stina hatte ihm von dem frostigen Telefonat erzählt, das sie nach ihrer Enthüllung über die Videos mit Karolina geführt hatte, sodass Axel überzeugt gewesen war, dass er jetzt dieselbe Abreibung verpasst bekommen würde. Doch stattdessen schien Karolina sehr locker zu sein.

Er drehte sich ebenfalls um. Um ehrlich zu sein, dachte er nur selten darüber nach, wie ihr Büro aussah. Normalerweise bewegte er sich hauptsächlich zwischen seinem Computer, der Küche und dem Studio hin und her und hatte einen besseren Überblick, wie die Ordner auf seinem Desktop angeordnet waren, als darüber, welche Bilder Stina an die Wände gehängt hatte. Es überraschte ihn fast, die neuen Fotos von David zu sehen. Außerdem hing ihre Urkunde für den Schwedischen Journalistenpreis an der Wand hinter ihrem Schreibtisch. Auch die »Goldohr«-Skulptur, die Axel für seine Reportagen beim Radiosender P3 erhalten hatte, hing dort.

Axel bemerkte, dass Karolina das Foto von Stina, David und ihm betrachtete. Es stammte von ihrem Besuch im Freilichtmuseum Skansen vergangenen Winter. Vilhelm Skrak hatte das Foto gemacht, und ausnahmsweise war David geduldig genug gewesen, um länger als zwei Sekunden stillzuhalten. Sie standen vor dem Bärengehege und lachten alle drei in die Kamera.

Stina war mit dem Motiv so zufrieden gewesen, dass sie es hatte vergrößern lassen, und jetzt schmückte es die Wand zwischen ihren Schreibtischen. Jeder, der das Foto sah, ließ sich von der Freude anstecken, die es ausstrahlte.

»Ja, Stina hat es wirklich hübsch gemacht hier.«

»Sie bringt Preise nach Hause *und* kümmert sich um die Einrichtung«, stellte Karolina fest und grinste ihn schelmisch an. »Was ist eigentlich dein Beitrag?«

»Sag du es mir. Immerhin wolltest *du mich* treffen.«

Mit einem Schlag verlor die Kommissarin ihre Lockerheit.

»Wir stehen massiv unter Druck. Die Drohung ist verdammt ernst.«

»Ihr glaubt an eine weitere Bombe?«

»Ja.«

»Die in zwei Tagen hochgehen wird?«

Karolina nickte.

»Okay. Selbstverständlich helfe ich dir bei allem, worum du mich bittest. Nur weiß ich nicht, was das sein könnte.«

»Der Bombenmann ...«, begann sie zögernd. »Du hast ihn in deinem Podcast erwähnt?«

Es freute Axel, dass Karolina seine letzte Podcastfolge gehört hatte, doch gleichzeitig war er erstaunt. Er war fest davon ausgegangen, dass sie, genau wie die meisten anderen, nur die Version kannte, die das *Eko* ausgestrahlt hatte.

»Zwischen den Anschlägen gibt es deutliche Parallelen. Zum einen sind da die Autoalarmanlage und die Zeitschaltuhr, zum anderen denke ich an den Wortlaut der aktuellen Drohung.«

»Auf Stockholms Straßen wird Blut fließen?«, hakte sie nach.

»Genau das waren doch Tingströms Worte.«

Karolina nickte bekümmert.

»Ich habe gesehen, dass dir deine Theorie über die Rückkehr des Bombenmannes einige spöttische Kommentare eingebracht hat, und ich kann die Leute verstehen«, gestand sie dann. »Aber der beste Tatorttechniker, den ich kenne, teilt deine Meinung.«

Sie holte ihren Laptop heraus und klappte ihn auf. Er sah ein Foto von Eywind Kopschs Bericht.

Während er las, pochte sein Herz immer schneller.

»Man hat Brennspiritus, Nägel, einen Vibrationsalarm und eine Zeitschaltuhr gefunden ... Verdammt, Karolina, so viele Ähnlichkeiten, das ist ja fast schon gruselig!«

»Die Marke des Alarms ist nicht dieselbe, und der Timer

stellt natürlich eine neuere Technik dar als die Eieruhren, die Tingström genutzt hat, aber im Prinzip sind es identische Kopien der Konstruktionen des Bombenmanns.«

Axel stand auf und lief unruhig zwischen dem Sofa und seinem Schreibtisch hin und her.

»Dann ist der Bombenmann also zurück?«, schlussfolgerte er. »Aber das ist unmöglich. Tingström ist seit über zwanzig Jahren tot, und sein Komplize Hyttinen starb schon in den Achtzigern.«

»Ihr Wissen haben sie offensichtlich nicht mit ins Grab genommen.« Karolina sah Axel mit ernstem Blick an. »Ich will jetzt ganz offen mit dir sein: Ich brauche Input. Und wenn man bedenkt, mit welchen Leuten du sprichst und was du über den Fall weißt, glaube ich, dass du mir helfen kannst. Also, das ist meine Theorie …«

Axel nickte und setzte sich wieder.

»Die Bomben im Reichstagsgebäude und auf Östermalm folgen demselben Muster«, fuhr Karolina fort. »Zuerst explodiert eine kleinere Sprengladung. Für diejenigen, die in der Nähe wohnen, fühlt sich die Detonation natürlich bedeutend an, aber sobald sie sich nähern, um zu sehen, was passiert ist, zündet die nächste, deutlich größere Bombe.

Unter anderem im Nahen Osten kennt man sich mit diesem Phänomen gut aus. Es ist also naheliegend, hier ein terroristisches Motiv, beispielsweise des IS, zu vermuten. Auch die IRA hat häufig Opfer durch eine erste Explosion hervorgelockt. Wenn die zweite Bombe hochging, traf es dann oft die Bombentechniker der Polizei.

Aber da wir Lars Tingströms Vorgehensweise kennen, scheint mir die Terrortheorie nicht ganz plausibel zu sein. Tingströms Bomben veranlassten nur eine einzige Explosion, allerdings durch zwei Mechanismen. Zuerst wurde die

Bombe mittels einer Eieruhr, dem Timer, aktiviert. Er stellte ihn so ein, dass er ungefähr eine Stunde Zeit hatte, ehe alles explodierte. Sobald der Countdown abgelaufen war, brauchte es eine Vibration, um die Bombe auszulösen. Hier kommt der Mechanismus des Autoalarms ins Spiel. Dann hat er noch Brennspiritus hinzugefügt. Dahinter steckt die Absicht, für Feuer und Zerstörung zu sorgen, um einerseits die Opfer zu verbrennen und andererseits Spuren zu beseitigen. Zum Schluss kamen die Nägel, um so viele Personen wie möglich zu verletzen.«

»Aber in den Videos der Überwachungskameras aus dem Reichstag sieht man, dass der Täter zwei Bomben legt, richtig?«

»Ja. Laut unserer Theorie befindet sich in einem Koffer eine ›normale‹ Tingströmbombe, deren Bewegungssensor nach Ablauf der am Timer eingestellten Zeit aktiviert ist. Als Legré die Garage betrat, war die Bombe also scharf. Er hielt sich aber relativ weit vom Auto des Reichstagspräsidenten entfernt auf, weshalb es ein wenig gedauert hat, bis eine seiner Bewegungen stark genug war, um die Detonation der Bombe auszulösen.«

Beim Gedanken an die Bilder, die die letzten Sekunden in Legrés Leben zeigten, spürte Axel, wie ihm ein kalter Schauer über den Rücken lief.

»Aber was ist mit der zweiten Bombe?«

»Wir glauben, dass sie umgekehrt funktioniert. Sie hat eine Vibrationsfunktion, die darauf kalibriert ist, erst bei einer besonders kräftigen Erschütterung auszulösen. Damit sie reagiert, ist eine Explosion nötig. Daraufhin startet dann ein Countdown, der nach ein paar Minuten die zweite Bombe zündet. So vergeht gerade genug Zeit, dass Menschen an den Ort kommen.«

»Also eine spiegelverkehrte Tingströmbombe?«

»Ja, die erste Bombe hat eine Zeitschaltuhr, die einen Vibrationsalarm aktiviert. Die zweite dagegen hat einen Vibrationsalarm, der einen Timer aktiviert. Deshalb wurde sie ein Stück von der ersten Bombe entfernt abgelegt. Sie sollte durch die Explosion nicht zerstört werden. Durch den Aluminiumkoffer ist sie vor der Druckwelle geschützt, sie detoniert nicht, sondern wird sozusagen nur scharfgestellt.«

Axel nickte. »Deine Theorie ist also, dass es sich nicht um einen Terrorakt handelt?«

»Genau«, antwortete Karolina. »Ich glaube, die Vorgehensweise soll die Menschen an einen islamistischen Terroranschlag erinnern – aber das war es nicht. Das hier ist alles zu analog und Daniel-Düsentrieb-mäßig, und es erinnert mich an Tingström.«

»Der tot ist.«

»Exakt.«

Es wurde still.

Axel fuhr sich über die Bartstoppeln.

»Das erinnert auch noch an einen anderen Fall …«

Karolinas Blick war augenblicklich eine Spur wacher.

»Ja?«, fragte sie interessiert.

»Bestimmt erinnerst du dich noch an die Explosion im Nachtclub ›Fontainebleau‹ in den Achtzigern?«

»Danke für den Seitenhieb, aber ja, in meiner Jugend bin ich das ein oder andere Mal dort gewesen.«

Axel errötete. Er hatte überhaupt nicht daran gedacht, dass Karolina circa fünfzig Jahre alt war. Vielmehr war er davon ausgegangen, dass sie aus denselben Gründen wie er davon wusste, nämlich aus einer nerdigen Leidenschaft für alte Kriminalfälle.

»Ich habe ein Feature über den Fall produziert, daher weiß ich, dass die Besitzer des Clubs sofort unter Verdacht standen, ihr eigenes Lokal in die Luft gejagt zu haben. Angeblich ein versuchter Versicherungsbetrug. Sie gerieten unter anderem deshalb ins Visier der Fahnder, weil sie Zutritt zum Lokal hatten.«

Karolina nickte.

»Wie ist das in diesem Fall? Wie ist der Täter ins Reichstagsgebäude gekommen?«, fragte Axel.

Mit zögerlicher Miene rieb sich Karolina die Stirn.

»Das ist natürlich geheim, Axel, so wie dieses ganze Treffen hier. Wenn mich jemand fragt, werde ich abstreiten, dass wir uns getroffen haben. Es gibt mehrere Zeugen dafür, dass ich mich in diesem Moment im Kraftraum des Präsidiums aufhalte. Kapiert?«

Axel nickte.

»Okay. Wir wissen, dass der Täter eine Schlüsselkarte genutzt hat, um in die Tiefgarage zu gelangen. Das sieht man auf den Überwachungsbändern. Aber wir wissen auch, dass diese Karte an keinem der Haupteingänge verwendet wurde.«

»Du meinst die Schlüsselkarte von Tammer.«

Karolinas Augenbrauen schossen in die Höhe. Offenbar war sie erstaunt, dass er darüber Bescheid wusste, wem die Karte gehört hatte.

»Deine Quelle ist außerordentlich gut informiert«, stellte sie fest. »Okay, wir vermuten deshalb, dass die Tatperson eventuell über den Lieferanteneingang hineingelangt ist.«

Jetzt war Axel überrascht.

»Moment, ist das Reichstagsgebäude jetzt auch noch mit dem Mittelaltermuseum verbunden?«

»Die beiden Gebäude haben gemeinsame unterirdische Lieferanteneingänge. Unter der Oberfläche ist ganz Helgeandsholmen durchlöchert. Diese Insel sieht aus wie ein Schweizer Käse.«

Logisch. Jemand konnte sich in einer Warenlieferung verstecken und auf diesem Weg durch die äußere Absperrung kommen. Simpel, sofern man dieses Detail kannte.

»Aber das Wachpersonal des Reichstags durchsucht doch sicher alle Transporte?«

Karolina lachte kurz auf.

»Klar. Aber ich habe gesehen, wie solche Durchsuchungen ablaufen. Es geht schnell, und allzu oft wird dabei geschlampt. Ich wette, wenn ich mich hinter einer falschen Rückwand in einem Cateringauto verstecken würde, käme ich ungesehen durch eine Kontrolle.«

»Dann braucht ihr doch nur jedes Lieferfahrzeug zu überprüfen, das den Reichstag angefahren hat?«

»Das haben wir natürlich getan. Wir haben alle Fahrzeuge gecheckt, auch die vom Tag vor der Explosion.« Karolina seufzte. »Nur ist in dieser Zeit kein einziges Fahrzeug zum Reichstag gefahren. Es sind Ferien, Axel. In diesem Land arbeitet niemand außer uns beiden.«

»Aber irgendwoher muss der Täter doch gekommen sein?«

»Offensichtlich ... Da das Opfer erschossen wurde, muss der Täter eine Waffe gehabt haben.«

Es dauerte einen Moment, bis Axel die Verbindung hergestellt hatte. Er lachte überrascht.

»Hast du gerade den Staatsanwalt der Palme-Ermittlung und das große Palme-Fiasko zitiert?«

»Nichts läge mir ferner, als einen Kollegen zu kritisieren, selbst wenn es sich um einen Staatsanwalt handelt.« Sie lächelte müde. »Die Logik ist trotzdem unschlagbar, auch wenn es sich als schwierig erweisen würde, einen Kriminellen allein auf dieser Beweisgrundlage zu verurteilen.«

»Auf welche der Kameras rund um den Reichstag habt ihr Zugriff? Das muss doch ein gut überwachter Ort sein?«

»Einer mit der höchsten Kameradichte Schwedens. Wir sehen die Brücken, sowohl die am Schloss als auch die an der Drottninggatan, in beide Richtungen, außerdem alle vier Zufahrtsstraßen auf Helgeandsholmen. Jede Sekunde, vierundzwanzig sieben.«

»Und trotzdem habt ihr nichts beobachtet, was ihr mit dem Anschlag in Verbindung bringen könnt?«

»Da sind viele Leute unterwegs gewesen, Touristen, Spaziergänger ... Aber keiner ist in das Gebäude gegangen, bis auf die Menschen, die während dieser Zeit dort gearbeitet haben. Wir haben sie alle verhört und konnten sie von der Liste der Verdächtigen streichen.«

»Aber wie, zur Hölle, hat der Kerl es dann geschafft?«

»Ich hatte gehofft, dass du mir dabei helfen könntest, das herauszufinden.«

»Wie das?«

»Du scheinst wirklich äußerst gut informiert zu sein. Es ist nicht vielleicht so, dass du dich mit deiner alten ... Klassenkameradin ausgetauscht hast?«

Für einen Moment glaubte Axel, sie würde »Jugendliebe« sagen. Röte stieg ihm ins Gesicht, und er errötete noch mehr, als er merkte, dass sie ein anderes Wort verwendet hatte.

Karolina registrierte seine Reaktion.

»Hoffentlich spielst du in deiner Freizeit nicht Poker«, sagte sie.

Axel ließ ein resigniertes Lachen hören.

»Meine Quelle hat um Informantenschutz gebeten, und den werde ich niemals gefährden. Aber da dieses Treffen ja nie stattgefunden hat und du gerade im Kraftraum trainierst, könnte ich rein hypothetisch ausführen, wie ich gerade erst gestern am Tatort gewesen bin und mir dort alles angesehen habe.«

»Hypothetische Ausführungen sind mir die liebsten.«

Also beschrieb Axel, wie ihn eine »Person« unterhalb von Gamla stan zum Reichstagsgebäude geführt und er anschließend die Türen gesehen hatte, die man passieren musste, um in die Garage zu gelangen, in der das Auto des Reichstagspräsidenten und Oscar Legrés Roller gestanden hatten und in deren Betonwand nun ein großes Loch klaffte.

Mit einem leichten Nicken bestätigte Karolina Axels Schilderung.

»Da waren mehrere Türen, und ich muss zugeben, dass ich ein wenig durcheinander war. Als wir losgingen, habe ich einen Übersichtsplan an der Wand gesehen, auf dem auch das Gebiet rund um das Mittelaltermuseum verzeichnet ist. Aber ich konnte nicht erkennen, ob oder wie die Bereiche miteinander verbunden sind.«

»Wir kennen die Gebäudepläne, und ich kann gut verstehen, dass dich das verwirrt hat. Im Laufe der Jahre hat sich vieles immer wieder geändert, es wurden massenweise Gänge geöffnet und wieder zugemauert.«

Axel nickte. »Manchmal stimmen die Karte und die Realität nicht überein, und in einem solchen Fall gilt die Karte.«

Karolina richtete sich auf dem Sofa auf.

»Was meinst du?«, fragte sie alarmiert.

»Ach, das war nur ein schlechter Witz, den unsere Ausbilder beim Wehrdienst immer gemacht haben.«

»Du … ich muss los.«

»Wieso? Was ist denn? Du bist doch gerade im Kraftraum, komm schon!«

Auf der Treppe drehte sie sich noch einmal um, die Tür war bereits halb geöffnet.

»Vielleicht ist es gar nichts, aber du hast mich an eine

eigenartige Stelle auf der Karte erinnert, und darauf habe ich reagiert. Danke, Axel. Wir hören uns.«

Die Tür schlug zu, und Sekunden später startete ein Audi TT mit quietschenden Reifen.

*

Es plingte in Axels E-Mail-Postfach. Eine Nachricht von der Königlichen Bibliothek. Endlich.

Axel öffnete den Anhang. Es war genau das, was er bestellt hatte.

Er klickte auf eine PDF-Datei, dann auf die nächste. Aber das Ergebnis war nicht, was er erwartet hatte. Nein, es war viel besser.

Sofort wählte er Hasse Brorssons Nummer.

»Du brauchst einen neuen Zeugen.«

»Ach ja? Wen denn, wenn ich fragen darf?«

»Mich.«

KAPITEL 59

Sven Claesson arbeitete seit über zwanzig Jahren als Reporter. Die letzten zehn davon hatte er über die politischen Machtverhältnisse berichtet. Trotzdem betrat er das Sagersche Haus, die Residenz der Ministerpräsidentin, heute zum ersten Mal.

Ebba Schmidt, die zuständige Pressereferentin, bedachte ihn mit einem abschätzigen Blick. Sie hatte Claesson noch nie leiden können. Für gewöhnlich kümmerte ihn das nicht, ihre Abneigung beruhte auf Gegenseitigkeit, aber an diesem Tag störte es ihn. Es verdarb ihm seine Freude darüber, in das Allerheiligste eingeladen worden zu sein.

»Wir haben auf Sie gewartet.«

Als hätte er sich verspätet!

»Verabredet war dreizehn Uhr.« Demonstrativ sah er auf seine Uhr. »Das ist in drei Minuten.«

Ohne ihn eines Blickes zu würdigen, ging sie an ihm vorbei und die Treppe hinauf.

Sven Claesson riss sich zusammen und machte sich eine gedankliche Notiz, in seinen Memoiren einen Sonderplatz für Ebba Schmidt bereitzuhalten. Eine kurze, aber umso gemeinere Passage.

Lova Magnusson nahm ihn bereits im Flur des Obergeschosses in Empfang, an einem Ort, der, wie er vermutete, als Warteraum diente. Das überraschte ihn. Er hatte fest damit gerechnet, die obligatorischen zehn Minuten warten zu müssen, damit er wusste, wer das Sagen hatte. Stattdessen hatte Magnusson ihre Handlangerin mit einer verbalen Zurechtweisung vorausgeschickt. Vielleicht war das die neue Methode?

Seine Interpretation lief darauf hinaus, dass Lova Magnusson schlicht nicht genügend Zeit hatte. Sie stand unter Stress. Oder sie war sehr neugierig.

»Kommen Sie rein. Wir setzen uns hierhin.«

Die Ministerpräsidentin führte ihn in ein geräumiges Arbeitszimmer.

Fast schon ein Saal, dachte er.

Er sah ihren Schreibtisch vor den großen Fenstern am anderen Ende des Raums. Die Aussicht auf das Reichstagsgebäude am gegenüberliegenden Ufer des Strömmen war berauschend. Hier saß die Ministerpräsidentin also. Jeden Tag. Und regierte. Er konnte nichts dagegen tun, aber Sven Claesson war begeistert. Er liebte es.

Sie deutete auf eine Sitzgruppe zu ihrer Rechten, neben einem Kachelofen.

Die Pressereferentin war mit hineingekommen und servierte Heißgetränke. Eigentlich trank Claesson seinen Kaffee immer schwarz, aber jetzt bat er um Milch und Zucker, nur um das Vergnügen zu haben, dass die schnippische Ebba Schmidt ihn drei- statt bloß einmal bedienen musste.

»Das wäre dann alles, Ebba.«

Lova Magnusson schlug ihrer Referentin gegenüber einen knappen Ton an. Das freute Claesson.

»In Ordnung, ich setze mich hier drüben hin«, entgegnete Ebba.

»Nein, ich kümmere mich selbst um das Treffen.«

»Aber … Ich bin in meinem Büro, wenn Sie mich brauchen.«

»Danke, Ebba. Bitte seien Sie so nett und schließen die Tür hinter sich.«

Das Knallen der Flügeltür geriet eine Spur lauter, als es hätte sein sollen. Aber weder Claesson noch Lova reagierten darauf.

»Vielen Dank, dass Sie sich die Zeit für ein Interview nehmen, Frau Ministerpräsidentin. Unsere Leser wissen das zu schätzen.«

»Keine Ursache.«

Sven Claesson holte sein Aufnahmegerät hervor und legte es auf den Tisch vor sich. Er startete die Aufnahme und warf einen Blick auf seinen Notizblock. Ganz oben hatte er sich aufgeschrieben: »Scheiß drauf, dass sie die Ministerpräsidentin ist, leg einfach los«.

Er sah auf und begegnete ihrem Blick. Es würde schwer werden. Nicht genug damit, dass sie die Ministerpräsidentin war und sie sich auf ihrem Terrain befanden, sie war außerdem strahlend schön.

»Wie waren die letzten vierundzwanzig Stunden für Sie, Frau Ministerpräsidentin?«

»Da wir ja im Vorfeld ausgemacht haben, dass dieses Interview die Bomben und diesbezügliche Details zum Thema haben soll, lassen Sie uns bitte direkt zu diesen Fragen übergehen.«

Sven Claesson hob zwar die Augenbrauen, blätterte aber trotzdem in seinem Block.

»Die Schwedendemokraten haben heute die Forderung nach einem neuen Terrorschutzgesetz gestellt, das der Polizei helfen soll, die aktuelle Situation zu bewältigen. Dennoch haben Sie als Ministerpräsidentin immer wieder betont, dass wir nicht wissen, ob die Explosionen der letzten Woche tatsächlich Terrorakte waren oder nicht. Warum tun Sie das?«

»Weil es so *ist*.«

»Das ist richtig, bislang hat die Polizei keine Antwort auf die Frage gegeben, wen sie als Drahtzieher des Bombenanschlags verdächtigt. Wenn man Ihnen zuhört, kann man jedoch den Eindruck gewinnen, dass Sie nicht wollen, dass es ein Terroranschlag war.«

»Was ich will, ist, dass es ein Ende hat. Und was ich vor allen Dingen *nicht* will, ist, dass voreilige Schlüsse gezogen werden. Wenn ich die Informationen betrachte, die mir vorliegen, stelle ich fest, dass nichts auf einen Terrorakt hindeutet. Eher im Gegenteil.«

»Sie denken an die Aufnahmen der Überwachungskameras, die das *Eko-Journal* und Axel Sköld veröffentlicht haben?«

»Unter anderem, ja.«

»Welche Schlüsse ziehen Sie aus diesen Aufnahmen?«

»Dass es sich anscheinend um eine Person mit Kapuzenpullover handelt, die zwei Koffer in der Tiefgarage des Reichstags ablegt.«

»Diese Ansicht teilen wohl die meisten, die die Videos gesehen haben.«

»Was glauben Sie denn? Immerhin haben Sie mit demjenigen gesprochen, der droht, eine weitere Bombe zu zünden. Ist es dieselbe Person wie auf den Überwachungsbildern des Reichstags?«

Sven Claesson war verwundert. Er war es nicht gewohnt, dass die Minister ihm Fragen stellten. Und die Art und Weise, wie sie sich ausdrückte, ließ ihn vermuten, dass sie es aufrichtig meinte. Was hatte Axel ihr versprochen? Einen Informationsaustausch, hatte es den Anschein. Aber was, glaubte sie, wusste er?

»Das lässt sich wohl unmöglich beantworten, fürchte ich.«

»Aber was sagt Ihre Intuition?« Sie warf ihm einen fragenden Blick zu. »Schließlich arbeiten Sie seit mehr als zwanzig Jahren für die Presse. Da können Sie doch sicherlich einen Scherzanruf von einer ernst gemeinten Drohung unterscheiden?«

»Doch, natürlich. In die ein oder andere Falle bin ich sicher getappt. Aber diese Sache hier ist ernst, dessen bin ich mir zu fast hundert Prozent sicher.«

»Waren es religiös überzeugte Islamisten? Oder steckt etwas anderes dahinter?«

Claessons Verwunderung wurde immer größer.

»Woher soll ich das wissen? Genau das versucht die Polizei doch herauszufinden?«

Entdeckte er da etwa Enttäuschung in Lova Magnussons Miene? Axel musste ihr eingeredet haben, dass er mehr wusste, als es tatsächlich der Fall war. Sven Claesson hatte den Verdacht, dass sein Interview bedeutend kürzer ausfallen würde als die zwanzig Minuten, auf die sie sich geeinigt hatten.

Er blätterte eine weitere Seite seines Notizblocks um.

»Nachdem Sie und Axel Sköld dem Mann entkommen waren, von dem Sie beide berichteten – einem internationalen Auftragskiller –, haben Sie geschildert, wie er ertrunken ist. Dabei haben Sie ein bestimmtes Detail erwähnt. Wissen Sie, wovon ich spreche?«

Lova Magnussons Mund verzog sich missbilligend.

»Das ist jetzt wohl kaum von Relevanz.«

»Sie haben beschrieben, dass der Mann in der Tiefe versunken ist und Sie gesehen haben, dass er dabei etwas in der Hand hielt, ja?«

»Ja. Eine Taschenlampe.«

»Leuchtete die Lampe?«

»Das war das Letzte, was ich von dem Mann sah.«

»Diese Erinnerung scheint ziemlich deutlich zu sein?«

Lova Magnusson stand auf. Sven Claesson fürchtete bereits, dass das Interview damit beendet war, aber sie antwortete ihm.

»Dieses Erlebnis hat Narben hinterlassen, die ich mein Leben lang tragen werde«, erwiderte sie und kehrte ihm dabei den Rücken zu.

»Woher kam die Taschenlampe?«

»Axel hatte sie bei sich.«

»Und jetzt ist sie also verschwunden?«

»Wie ich bereits gesagt habe, ist sie gemeinsam mit dem Mann versunken, der versucht hat, mich zu ermorden. Uns.«

Sven Claesson wartete ab. Schließlich drehte sie sich wieder um. Er las Axel Skölds Frage ab, obwohl er sie inzwischen auswendig konnte. Ein kurzer Blick auf das Aufnahmegerät, die Zeitanzeige lief, das rote Lämpchen leuchtete.

»Wie kann es dann sein, dass Axel Sköld sagt, dass das nicht der Wahrheit entspricht?«

Sie stand etwa vier Meter von ihm entfernt. Durch das grelle Sonnenlicht war ihr Gesichtsausdruck schwer zu deuten. Die Antwort ließ auf sich warten, und er glaubte, ein Zweifeln zu erkennen, vielleicht aber auch Überraschung? Ja, so war es definitiv.

»Sven. Wie oft hat man schon eine geladene Waffe auf Sie gerichtet?«

Plötzlich sprach sie ihn mit seinem Vornamen an. Offenbar stand sie unter Druck.

»Das ist schon vorgekommen«, entgegnete er. »Ich war Korrespondent im Nahen Osten.«

»Dann wissen Sie sicher einiges über den Stress, den eine solche Situation mit sich bringt.«

Sie wollte es auf den Stress schieben. Bei Sven Claesson schrillten alle journalistischen Alarmglocken. Er hatte ihre ausführliche Beschreibung gehört, wie der Mann in der Tiefe versank und der Schein der Taschenlampe immer schwächer wurde. Das sei das Letzte gewesen, was sie von ihm gesehen hatte, so hatte sie es gesagt.

Lova Magnusson setzte sich wieder. Ihre grünen Augen blickten immer noch in seine.

»Ich weiß nicht, wieso Axel so etwas sagt, aber die ganze Situation war das reinste Chaos. Er hat das Bewusstsein verloren. Als er aufgewacht ist, hatte er ein Schussloch in der Hand. Er hat sich in diesem Boot auf eine heldenhafte Weise für mich geopfert, aber ich glaube nicht, dass seine Erinnerungen ganz zuverlässig sind.«

Sven Claesson verlor die Fassung. Zwar nur für einen kurzen Moment, aber er musste sich dennoch eingestehen, dass es so war. Es war ein fremdes Gefühl, und er konnte sich nicht erinnern, wann er zuletzt so empfunden hatte. Doch in diesem Augenblick saß die Ministerpräsidentin direkt vor ihm und ... log? Er hätte gedacht, sie würde alles auf ihre eigene lückenhafte Erinnerung schieben. Stattdessen gab sie Axel Skölds traumatischem Erlebnis die Schuld. Nun, Magnusson war nicht die Einzige, die gut pokern konnte.

»Aber Lova ... Entschuldigen Sie: Frau Ministerpräsidentin ...«

»Kein Problem.« Sie lächelte.

»Aber wir sprechen hier nicht von Axel Skölds trüben Erinnerungen. Ich habe die Taschenlampe selbst gesehen.«

Sie lächelte immer noch. Er selbst versuchte einfach, ernst dreinzublicken, und zählte in seinem Kopf Primzahlen. Das war ein Trick, den er sich von einem Insassen in Kumla abgeguckt hatte. Lügen war leicht, man musste sein Gehirn nur mit etwas anderem beschäftigt halten.

Lova Magnusson senkte den Blick nicht, und Claesson wich auch ihrem nicht aus.

Er war gerade bei dreiundzwanzig, als sie aufstand.

»Ich habe eine Liste, die Ihre Leser interessieren dürfte.« Sie ging zu ihrem Schreibtisch und kehrte mit einem DIN-A4-Blatt zurück. »Das hier ist eine Liste über die Passiervorgänge durch die Tür zur Tiefgarage zum relevanten Zeitpunkt.«

Damit schob sie ihm das Blatt entgegen.

Es sah nach einer Exceltabelle aus. In der ersten Spalte war die Uhrzeit angegeben, in der zweiten die Nummer der Schlüsselkarte. Die dritte gab den jeweiligen Besitzer an. Namen.

»Woher haben Sie die?«

»Sie können mir vertrauen, dass sie echt ist. Mehr kann ich dazu nicht sagen.«

Er schielte auf das Blatt. Sein Blick blieb an den beiden Passiervorgängen um 9:14 Uhr und 9:16 Uhr hängen. Der Täter betritt die Garage. Er verlässt die Garage.

Mit dem Finger fuhr er die Zeilen mit den Uhrzeiten entlang. Beide Male war es dieselbe Schlüsselkarte gewesen. Nachdem er den Name des Besitzers gelesen hatte, starrte er Lova Magnusson an.

»Sven-Åke Tammer?«

Sie nickte.

»Aber … die Karte muss gestohlen worden sein.«

»Die Auskunft, die ich bisher dazu erhalten habe, lautet, dass Tammers Karte nie zurückverlangt wurde. Er hat seinen Dienst ja relativ abrupt beendet, und anscheinend wurden einige Formalitäten vergessen.«

»Darf ich diese Liste behalten?«

»Gern. Aber ehrlich gesagt bin ich mit dieser Antwort nicht wirklich zufrieden.«

Erneut schaute er auf die Liste. Die heißeste Spur bei der Suche nach dem Täter, der die Bomben im Reichstag gelegt hatte, war jetzt also der ehemalige Finanzminister des Landes. Diese Geschichte wurde immer besser.

»Eine Sache nur ...«, begann er.

Die Ministerpräsidentin stand wieder, und ihre Körpersprache teilte ihm deutlich mit, dass es für ihn an der Zeit war zu gehen.

»Ja?«

»Hat die Säpo Ihnen diese Liste gegeben?«

»Wie ich Ihnen bereits gesagt habe, kann ich mich nicht dazu äußern, woher sie stammt.«

»Ich dachte, Karolina Palm und ihre Einheit für Schwere und Organisierte Kriminalität würden die Ermittlungen in diesem Fall leiten?«

Für eine Sekunde sah es so aus, als zweifle Lova Magnusson. Dann war sie wieder ganz Ministerpräsidentin.

»Ich gehe davon aus, dass unsere Polizeibehörden auf die bestmögliche Art und Weise zusammenarbeiten, um dieses schreckliche Verbrechen aufzuklären.«

Sven Claesson verfügte über zwanzig Jahre Erfahrung als Journalist. Weder nahm er Lova Magnusson ab, dass sie selbst glaubte, was sie da erzählte, noch, dass die Säpo und die Kriminalpolizei gut zusammenarbeiteten.

Für Sven Claesson lief es in der nächsten Zeit wohl auf mehrere Schlagzeilen hinaus.

KAPITEL 60

Zehn Minuten vor der Schließung um 18:00 Uhr stellte Axel Sköld sein Fahrrad in den Ständer vor den oxidierten Kupfertüren des Staatsarchivs.

Um 17:53 Uhr meldete er sich am Empfang an.

Um 17:54 Uhr reichte Axel einen schriftlichen Antrag ein, um Einsicht in die Anfrage zu erhalten, die der Reichstagsabgeordnete Oscar Legré am selben Empfangsschalter eingereicht hatte.

Um 17:55 hatte der Archivar den Antrag gelesen, die Augenbrauen nach oben gezogen und sich vergewissert, dass Axel wusste, dass Akten, die unter Verschluss stehende Informationen enthielten, nicht gänzlich herausgegeben werden konnten. Axel erwiderte auf diese Anmerkung, dass die Anfrage, die er einsehen wollte, kaum unter Verschluss stehende Informationen enthalten konnte, da sie lediglich aus einer Frage und nicht aus Antworten bestand.

Um 17:56 hatte der Sachbearbeiter einen verärgerten Blick auf die Uhr geworfen und war im Keller des Archivs verschwunden.

Um 18:03 Uhr hatte Axel das Staatsarchiv und den nach wie vor verärgert dreinblickenden Sachbearbeiter wieder verlassen. In der Hand hielt er einen Umschlag mit den gewünschten Unterlagen.

Um 18:04 Uhr hatte Axel die Papiere gelesen und bei den Worten »Operation Mjolnir« gestutzt. Schon wieder ging es um dieselbe Operation, auf die Lova ihn hingewiesen hatte. Offenbar war sie zentral in dieser Geschichte.

Um 18:05 Uhr ging ein Telefonanruf beim Leiter der Technischen Abteilung ein. Wie üblich nahm Josefsson schon beim ersten Klingeln ab.

Um 18:18 Uhr war ein Plan ausgearbeitet. Axel Sköld sollte die gesamte Tragweite einer öffentlich einsehbaren Akte zu spüren bekommen.

EIN TAG
BIS ZUR BOMBE

KAPITEL 61

»Ich habe doch schon erklärt, warum das hier keinen Sinn ergibt.«

Karolina wünschte sich, dass Eywind Kopsch dieses eine Mal danebenlag. Aber sie sah es auch. Die Planskizze vor ihr war ebenso groß wie deutlich. Es war unmöglich, der Attentäter konnte nicht über das Gebäude des Mittelaltermuseums hineingelangt sein. Zwar teilte man sich die Einfahrt für die Warenanlieferung, die Gebäude selbst aber waren voneinander getrennt. Sämtliche Räumlichkeiten des Museums lagen unterirdisch, wie ein riesiger Keller, der den östlichen Teil des Helgeandsholmen bildete.

Der Kriminaltechniker deutete auf den Teil der Skizze, der das Gebiet zwischen dem Reichstagsgebäude und der Norrbro abdeckte. Über der Erde befand sich dort ein Park, der zum Parlamentsgebäude gehörte.

»In den Achtzigerjahren wurden hier Ausgrabungen vorgenommen. Damals nannte man den Ort ›Reichsgrube‹. Die Archäologen fanden eine Stadtmauer aus der Zeit Gustav Vasas und machten weitere Entdeckungen, die bis ins vierzehnte Jahrhundert zurückreichten. Angeblich sogar Spuren eines unterirdischen Gangs hinüber zum Schloss.«

»Unter dem Strömmen hindurch?«

»Genau. Wie ein geheimer Rückzugsweg aus einem Dachsbau.« Kopsch berührte seinen Schnurrbart, während er weiter auf die Skizze schaute. »Aber zwischen dem Schloss und dem Reichstag gab es keine Gänge; und es gibt sie auch heute nicht.«

Karolina Palm ahnte, dass Kopsch diesen Verdacht schon länger hegte. So wie er davon sprach, fragte sich Karolina, ob sie davon hätte wissen müssen. Kopsch redete, als wären Geheimgänge rund um das Schloss und in den Achtzigern entdeckte Ausgrabungsfunde aus dem vierzehnten Jahrhundert Allgemeinwissen.

Sie tröstete sich damit, dass ihr das bei der Lösung des Falls auch nicht weiterhalf. Es war nur noch eine Sackgasse. Auch wenn sie siebenhundert Jahre alt war.

»Und was ist mit dieser Tür dort?« Palm deutete auf eine der Türen gegenüber dem Loch, das die Explosion in die Wand gerissen hatte.

Kopsch setzte seine Lesebrille auf und beugte sich so weit vor, dass er beinahe mit der Nase an die Skizze stieß.

»Sieht aus wie ein kleiner Abstellraum.«

»›Besenkammer‹, steht da. Aber wozu dann ein Kartenlesegerät?«, fragte sich Karolina. »Müssen Putzutensilien überwacht werden?«

»Wahrscheinlich verfügen alle Räume über solche Kartenleser. Unabhängig davon, was sich hinter den Türen verbirgt. Außerdem siehst du ja, dass es nur ein kleiner Raum ist, und dahinter fließt der Strömmen.«

Ein Handysignal unterbrach ihr aussichtsloses Studium der Karte. Eine E-Mail war eingegangen, und Karolina warf einen schnellen Blick auf den Bildschirm. Dabei fand sie das am interessantesten, was sie nicht sah: Die Nachricht hatte keinen Absender.

»Was, zum Kuckuck, ist denn das jetzt?« Sie klickte auf die Nachricht und las. Dann druckte sie die Mail aus und wandte sich an Kopsch. »Sieh dir das an. Das könnte was für deine Jungs sein.«

Kopsch legte die Karte zur Seite und kam zu Karolina.

»Welchen Grund hast du jetzt gefunden, damit meine arme Abteilung Überstunden machen muss?«

»Es scheint ein Tipp zu diesem gestohlenen Rembrandt zu sein.«

Kopsch richtete seine Lesebrille.

An den klügsten Kopf der Polizeibehörde.

Borgt man sich etwas aus, sorgt man dafür, es auch wieder zurückzugeben. Ein simples Prinzip, das sowohl bei den ausgeliehenen Werkzeugen des Nachbarn wie bei gestohlenen Rembrandtgemälden gilt.

Diese Information ist vor einer halben Stunde bei den Ermittlern des Nationalmuseums eingetroffen. Damit aber keine Missverständnisse aufkommen, stellen wir hiermit sicher, dass die Polizei dieselben Informationen erhält.

Das Gemälde wurde an das Nationalmuseum zurückgegeben. Es wurde am Haupteingang abgestellt, wo wir beobachtet haben, wie das Museumspersonal es an sich nahm. Die am Gemälde entstandene Veränderung wird einen historischen Nebeneffekt in Form von kritischen Aufschreien zur Folge haben, auf lange Sicht aber macht der Eingriff lediglich die Provenienz des Kunstwerks interessanter.

Wir bitten um Entschuldigung für die Ermittlungskosten, die wir der Allgemeinheit damit aufgebürdet haben, allerdings war es notwendig.

Als Zeichen unserer Dankbarkeit haben wir die verschollenen Teile aufgetan, die zum Originalgemälde gehören, und sie diesem beigefügt. Wir hoffen, dass das Museum dies als Kompensation für die Unannehmlichkeiten anerkennt, die wir verursacht haben.

Hochachtungsvoll.

X

»Nicht zu fassen!« Eywind Kopsch richtete seinen großen Körper auf.

Karolina schnappte sich den Ausdruck aus dem Drucker und steuerte auf die Tür zu.

»Wo willst du hin?«, rief er ihr nach.

»Zu Johansson.«

Sie klopfte an Stefan Johanssons Tür, trat aber ein, ohne auf eine Antwort zu warten.

Johansson schaffte es kaum, sich auf dem Bürostuhl umzudrehen, da hielt Karolina ihm das Papier auch schon unter die Nase.

»Was zum Henker ist das? Meine Gehaltserhöhung?«

»Besser.«

Er las. Nach nicht einmal drei Sekunden, vermutlich nach dem ersten Satz, kramte er nach seinem Handy.

»Verdammt, wie war noch wieder die Nummer dieser Taugenichtse ...«

Eywind Kopsch kam nun ebenfalls in das Büro geschlendert. Rein körperlich mochte er zwar langsam sein, gedanklich legte er jedoch ein höheres Tempo vor.

»Ich nehme mal an, mit ›diesen Taugenichtsen‹ ist das Sicherheitspersonal des Nationalmuseums gemeint. In diesem Fall kann ich dich damit erfreuen, dass ich einen von ihnen an der Strippe habe.«

Er nahm die Hand vom Mikrofon seines Handys und reichte es Johansson.

Der Kommissar nickte und mimte ein Danke in Kopschs Richtung, ehe er sich meldete. Danach waren von ihm nur noch kurze Brummlaute zu hören.

»Fasst bloß nichts an, verdammt. – Was soll das heißen? Wie, aufgehängt? – Seid ihr denn eigentlich alle vollkommen durchgeknallt? Mann, Roger, du hast selbst bei uns gearbeitet. Du weißt doch, wie das mit der Beweismittelsicherung geht!«

Mit aller Kraft, die sein grizzlybärenhafter Körper aufbringen konnte, rauschte Stefan Johansson zwischen Karolina und Kopsch hindurch, während er gleichzeitig versuchte, sein Sakko überzuziehen, ohne dabei das Telefon vom Ohr zu nehmen. Sie sahen ihn im Flur verschwinden, hastend und fluchend zugleich.

»So löst sich also sein Fall.« Neidisch blickte Karolina ihrem Kollegen hinterher. »Schön für ihn.«

»Besonders glücklich scheint er darüber allerdings nicht zu sein. Und gelöst ist sein Fall auch nicht. Schließlich haben wir keine Ahnung, wer sich das Bild *ausgeliehen* hat.« Kopschs Betonung ließ eindeutig erkennen, wie wenig er von diesem Vorgehen hielt.

»Papperlapapp. Du und dein Team, ihr löst das im Handumdrehen. Dieses Echeron-Ding von den Franzosen knackt inzwischen doch jede Verschlüsselung.«

»Es heißt EncroChat. Was ist mit den Polizisten von heute eigentlich los?«

Damit schritt auch Kopsch den Korridor entlang, sein Abgang war jedoch deutlich würdiger. Karolina hörte ihn über Johansson meckern, der mit seinem Handy abgerauscht war.

Sie seufzte und dachte daran, dass auch ihre Ermittlung einen Durchbruch dringend nötig hatte.

Als sie gerade auf dem Rückweg in ihr Büro war, summte ihr Handy. Sie nahm den Anruf an, ohne vorher auf das Display zu schauen. Was sie sofort bereute.

»Claesson hier, *Expressen*. Ich will Sie nicht stören, mir ist klar, dass Sie vollauf mit den Bomben beschäftigt sind. Ich hätte nur gern einen Kommentar zu einer Information, die wir in Kürze veröffentlichen werden.«

»Worum geht es denn?« In Karolina regte sich das gesamte, über die Jahre angesammelte Misstrauen gegenüber Journalisten.

»Es geht um die Liste über die Passiervorgänge zur Garage unterhalb des Reichstagsgebäudes.«

Scheiße. Hatte Claesson sie etwa in die Finger bekommen?

»Ich höre.«

»Also, die Schlüsselkarte, die von der Person auf den Überwachungsvideos, also dem Täter, genutzt wird …«

»Ja?«

»Sie gehört offenbar Sven-Åke Tammer, dem ehemaligen Finanzminister von Schweden.«

Karolina sagte nichts.

Claesson genauso wenig.

»Haben Sie eine Frage dazu, oder was wollen Sie damit sagen?«

Er lachte kurz. »Entschuldigung, sie liegt eigentlich auf der Hand. Aber bitte: Arbeiten Sie mit der Hypothese, dass Tammer die Karte gestohlen wurde, oder gehen Sie davon aus, dass er auf irgendeine Art selbst in die Tat involviert ist?«

Sie fluchte innerlich. Egal, wie sie auf diese Frage antwortete, es würde den Anschein erwecken, als wüsste die Polizei nicht, dass Tammers Karte verwendet worden war. Selbst »Kein Kommentar« ließe es so aussehen, als gäbe sie einen Kommentar ab, der diese Behauptung zudem noch bestätigte.

»Sie … Moment … was? Was sagst du? Also nicht Sie, Sven, ein Kollege schreit hier gerade etwas über das Nationalmuseum. Ich werde Sie zurückrufen, Sven. Anscheinend wurde ein Gemälde gefunden.«

Sie drückte Claessons Anruf weg. Damit hatte sie sich immerhin etwas mehr Zeit erkauft. Das Problem war jedoch, dass nur noch knapp sechzehn Stunden bis Mittwoch blieben.

Dem Tag null.

KAPITEL 62

»Erzählen Sie davon, wie Ihr Arbeitstag anfing. Es muss ein besonderer Moment gewesen sein?«

Stina Forss lächelte den Wachmann an und hielt ihm das Mikrofon hin. Sie waren live auf Sendung beim Sender P1.

»Ja, das kann man wohl sagen. Ich kam wie immer gegen sieben Uhr hierher, dann habe ich den Rechner angeschaltet, aber der braucht ziemlich lange, deshalb hole ich mir normalerweise einen Kaffee, bis er hochgefahren ist. Als ich zurückkam, habe ich die Mail natürlich gesehen. Sie war rot markiert, also habe ich sofort darauf geklickt, und da stand, dass am Eingang ein Gemälde abzuholen sei. Und ...«

»Und?«

Der Mann lachte auf. »Am Ende der Mail hat sich der Absender fürs Ausleihen bedankt. Fürs *Ausleihen*. Als wäre er in der Bibliothek gewesen.«

»Was haben Sie dann getan?«

Stina schätzte den Mann auf um die sechzig, und im Normalfall hätte es sie gestresst, dass er sich so umständlich ausdrückte. Bei einer Liveschalte zählte jede Sekunde, vor allem morgens, wenn Nachrichten, Verkehr und Wetter immer auf dem neuesten Stand gehalten werden sollten. Diese Geschichte aber toppte alles andere, was die Nachrichtenübersicht zu bieten hatte, also ließ sie ihn in aller Ruhe berichten. Trotz allem war es eine Neuigkeit, die international Aufsehen erregen würde.

»Tja, ich bin selbstverständlich vor die Tür gegangen und habe nachgesehen, ob das, was er geschrieben hatte, auch stimmte.«

»Sie sagen ›er‹. Hat jemand die Nachricht unterschrieben?«

»Nein, zum Teufel! Das heißt, Verzeihung, nein, nein. Es ist nur so, dass … ja … also, ganz bestimmt gibt es durchgeknallte Frauenzimmer, weiß Gott gibt es die. Aber *so* verrückt kann nur ein Mann sein.«

»Sie sind also nach draußen gegangen, um nachzusehen, und damit meinen Sie, vor den Haupteingang hier im Nationalmuseum?«

»Ja, ganz genau! So stand es ja in der Mail. Ich habe es auch sofort entdeckt, nicht wahr? Stand gegen die Säulen an der Treppe gelehnt, eingepackt und alles. Mir war natürlich gleich klar, um was es geht.«

»Sie ahnten, dass es sich um das gestohlene Rembrandtgemälde handelte? *Die Verschwörung des Claudis Civilis*?«

»Exakt. Seit dem Diebstahl haben wir hier im Museum ja an nichts anderes mehr gedacht. Es war richtig … traurig, ehrlich. Man glaubt gar nicht, dass es sich so anfühlen kann, nicht wenn eine *Sache* verschwindet. Aber so war es nun mal. Für uns alle, die lange hier im Museum arbeiten, sind die Ausstellungsstücke wichtig, und wenn jemand so einen Gegenstand stiehlt, dann … Dann blutet einem das Herz, ja, das tut es.«

»Wenn wir jetzt also hier stehen, vor der Wand, an der das Gemälde seinen Platz hat und wo Sie es wieder aufgehängt haben, nehme ich an, dass Ihre Gefühle sich geändert haben?«

Der Wachmann lachte verlegen und schaute auf seine Schuhe.

»Es ist ein wenig so, als wäre der verlorene Sohn nach Hause zurückgekehrt«, antwortete er, dann blickte er auf das Gemälde. »Es wird natürlich wieder seinen ursprünglichen Rahmen bekommen, der hier ist nur vorübergehend. Wir wollten das Bild aber direkt aufhängen, um nachzuprüfen, wie gut es die Strapazen überstanden hat.«

»Was uns zum nächsten interessanten, aber bedrückenderen Punkt dieses Diebstahls führt. Allem Anschein nach wurde das Kunstwerk beschädigt, richtig?«

»Es ist furchtbar.« Der Wachmann seufzte. »Man sieht, dass irgendein Stümper mit einer Art Chemikalie auf das Gemälde losgegangen ist. Dort in der Mitte ist es nämlich geradezu verschmiert.«

»Wie es aussieht, enthält das Motiv einen Text, der vorher nicht zu erkennen war«, fuhr Stina fort, als sie einen Mann bemerkte, der sich ihnen mit düsterer Miene näherte.

»Stefan Johansson, Polizei. Wer ist hier für die Sicherheit zuständig?«

»Das bin ich«, sagte ihr Interviewpartner.

»Sie hören es selbst, soeben ist die Polizei eingetroffen. Mein Dank gilt Erland Richt, dem Sicherheitsbeauftragten des Nationalmuseums, der im Rahmen einer Sondersendung des *Eko-Journals* zum sensationellen Wiederauftauchen von Rembrandts *Verschwörung des Claudius Civilis* mit uns gesprochen hat. Wir halten also fest: Das Gemälde ist zurück, heute am frühen Morgen wurde es an der Treppe des Nationalmuseums abgestellt. Nun überlassen wir Erland Richt der Polizei und wenden uns stattdessen an einen echten Kunstexperten: Professor Vilhelm Skrak. Vielen Dank, dass Sie so kurzfristig Zeit finden konnten.«

»Das Vergnügen ist ganz meinerseits.«

»In diesen Augenblicken werden wir Zeugen eines sensationellen Ereignisses. Aber in der schwedischen Kunstgeschichte ist es schon des Öfteren vorgekommen, dass gestohlene Raritäten wieder aufgetaucht sind. Können Sie das aktuelle Geschehen für uns einordnen?«

»Aus dem Museum, in dem wir uns gerade befinden, wurden schon früher Gemälde gestohlen. Genauer im Jahr 2000. Auch damals handelte es sich um ein Werk Rembrandts, sein Selbstporträt, das gemeinsam mit zwei kleineren Renoirs gestohlen wurde. In diesem Fall gelang es der Polizei letztlich alle Kunstwerke wiederzubeschaffen. Aber möglicherweise denken Sie auch an den Kunstraub im *Moderna Museet* 1993. Damals entdeckte man mehrere Werke in einem Dachboden-Versteck, aber das *Stillleben* von Braque ist nach wie vor verschollen.«

»Wie oft kommt es vor, dass Diebe ein solches Kunstwerk zurückgeben?«

»Ich selbst habe so etwas noch nie erlebt. Offenbar müssen wir es hier mit richtiggehenden Gentlemen zu tun haben.« Skrak lachte und blickte zum Gemälde.

Stina war nicht ganz so überzeugt wie er.

»Da stimmt Ihnen gewiss nicht jeder zu, denn wenn wir uns das Werk einmal genau ansehen, erkennen wir, dass es beschädigt wurde. Und das bei einem Gemälde, das schätzungsweise über siebenhundertfünfzig Millionen Kronen wert ist.«

Skrak räusperte sich. »Der wirtschaftliche Wert ist selbstverständlich enorm. Andererseits ist es aber vor allen Dingen der kulturelle Wert, der uns aus kunstgeschichtlicher Perspektive interessiert. Und man kann es nicht anders ausdrücken, als dass dieser Wert hier unschätzbar ist.«

»Dann sagen Sie damit also, die Diebe haben dem Gemälde beträchtlichen Schaden zugefügt?«

»Natürlich ist es am einfachsten zu behaupten, ein Kunstwerk, das eine Beschädigung erlitten hat, wie es hier der Fall zu sein scheint, sei damit zerstört. Betrachtet man sich unseren Rembrandt hier jedoch eingehender, hat es den Anschein, als trete etwas Neues unter dem zum Vorschein, das entfernt wurde.«

Stina kniff die Augen zusammen. Sie sah Buchstaben aufblitzen, aber das Bild hing zu weit oben an der Wand, als dass sie mehr als ein paar vereinzelte Wörter hätte ausmachen können.

»Das glauben Sie also?«, vergewisserte sie sich. »Dass es schon vorher dort war und nicht erst jetzt auf das Gemälde geschrieben wurde?«

»Die Art der Provenienz dieses Kunstwerks lässt mich zu diesem Schluss kommen, ja. Es gibt Anzeichen dafür, dass das Motiv gegen Ende des 18. Jahrhunderts auf eine neue Leinwand transferiert wurde. Dabei soll es auf eine Weise beschädigt worden sein, die den Konservator dazu zwang, diesen Schaden zu übermalen. So entstand die vierte Waffe auf dem Gemälde – eben das Schwert, das nun entfernt worden ist. Wenn Sie einen Schritt näher an das Gemälde treten wollen und einmal riechen … kommen Sie.«

Stina folgte dem Beispiel des beleibten Mannes, stellte sich dicht vor das Bild und schnupperte. Dabei hielt sie das Mikrofon an ihre Nase, damit die Zuhörer sich vorstellen konnten, wie ihre Untersuchung vonstattenging.

»Das riecht nach Alkohol, oder?«

»Wir befinden uns gerade ein Stück unterhalb des bearbeiteten Bereichs, und ich vermute, dass wir einen intensiveren Geruch wahrnehmen würden, wenn wir näher an diesen Bereich herankämen. Der Geruch deutet darauf hin, dass das Gemälde mit einer Mischung aus Alkohol und Balsamterpentinöl behandelt wurde, um auf diese Weise die um 1790 hinzugefügten Farbschichten von den Originalfarben aus dem Jahr 1661 zu trennen. Was wiederum darauf schließen lässt, dass für diese Bearbeitung eine … routinierte und fachkundige Person verantwortlich ist.« Erneut räusperte Skrak sich.

»Aber was steht da?« Fasziniert starrte Stina auf das Gemälde. »Für mich sieht es aus wie ein Satz auf Latein. Können Sie es erkennen? Immerhin sind Sie ja etwas größer als ich.«

Skrak las mit klarer Stimme und einer Aussprache, die durchschimmern ließ, dass er in einer Zeit zur Schule gegangen war, als Latein noch einen festen Bestandteil des Lehrplans dargestellt hatte.

»*Insula in media potestate inter deum, legem, regnum et artem* – was ungefähr so viel bedeutet wie ›Die Insel in der Mitte der Macht, zwischen Gott, Gesetz, Reich, Stadt und Kunst‹.«

Stina ließ die darauffolgende Stille wirken. Der Moment hatte etwas Feierliches, und sie wollte, dass die Zuhörer die Worte in sich aufnehmen konnten.

»Aber was soll das heißen? Welche Insel ist gemeint? Warum steht dieser Satz auf dem Gemälde? Und wer könnte ihn verfasst haben?«

Skrak lachte.

»All diese Fragen gilt es noch zu beantworten. Einige meiner Kollegen und ich haben bereits Überlegungen zu diesem Rätsel angestellt. Jetzt verstehen Sie möglicherweise, was ich damit gemeint habe, als ich davon sprach, wie wichtig die Provenienz für ein Kunstwerk ist. Meiner Auffassung nach ist dieser Rembrandt gerade noch interessanter geworden.«

»Unseren Informationen zufolge sollen bei der Rückgabe des Gemäldes die Teilstücke, die einmal zur ursprünglichen Skizze gehörten, ebenfalls an das Museum übergeben worden sein. Was sagen Sie dazu, Herr Professor?«

»*Sollte* das tatsächlich der Fall sein, dann sprechen wir hier von der Kunstsensation des Jahrhunderts.«

Skrak verlor den Faden. Inzwischen war die Morgensonne so hoch gestiegen, dass das Licht durch die Fenster hinter ihnen fiel. Die Strahlen trafen auf das Gemälde und wurden von der Silberschrift reflektiert, die im Sonnenlicht aufglühte. Auf dem Boden vor dem Gemälde war eine deutliche Spiegelung in der Form eines Pfeils zu sehen.

»Oh, sieht das nicht … In einem solchen Moment würde ich mir wünschen, Sie, liebe Zuhörer, könnten sehen, was ich gerade sehe. Aber ich kann Ihnen wenigstens berichten, dass sich uns in diesem Augenblick ein Lichtphänomen offenbart. Es sieht so aus, als würde das Gemälde, genauer gesagt die Schrift darauf, einen Sonnenreflex auf den Boden werfen, der – und Sie dürfen mich gern korrigieren, Herr Professor – nach meinem Empfinden wie ein Pfeil aussieht.«

»Ihre Zuhörer können Ihrem Urteil vertrauen. Ich bestätige es gern, es sieht aus wie ein Pfeil auf dem Boden.«

»Dann zeigt er auf, jetzt müssten Sie mir mit den Himmelsrichtungen aushelfen …«

Skrak drehte sich um die eigene Achse und versuchte sich zu orientieren.

»Der Pfeil weist nach Westen«, stellte er dann fest.

»In Richtung Gamla stan, zum Schloss?«

»Ja, oder eher zum Reichstag …«

»Ich höre aus dem Studio, dass wir zum Ende kommen müssen. Trotz der abschließenden Verwirrung hier im Nationalmuseum ist unsere Hauptmeldung des Morgens eine positive, eine weltweite Sensation: Rembrandts Meisterwerk *Die Verschwörung des Claudius Civilis* hängt wieder an seinem Platz. Das Gemälde im Wert von etwa siebenhundertfünfzig Millionen Kronen wurde heute Morgen an das Museum zurückgegeben. Wir werden uns im weiteren Verlauf der Morgensendung von P1 wieder von hier melden.«

KAPITEL 63

Södra Blasieholmen badete im sommerlichen Sonnenschein. Am Kai wurden die Ausflugsboote für die vormittäglichen Abfahrten in den Schärengarten vorbereitet. Die Passagiere standen bereits Schlange, bepackt mit Rucksäcken, Kühltaschen, Angelruten und Bierpaletten. Möwen kreisten um die Boote, deren Antriebsschrauben Fische an die Wasseroberfläche wirbelten. In der schwedischen Hauptstadt war ein Sommergewimmel im Gange, das für die meisten Touristen exotisch anmutete. Oder flohen die Leute vor der drohenden Bombe?

Axels und Davids Aufmerksamkeit galt jedoch ganz anderen Dingen. David wischte mit dem Finger über PokéStops auf seinem Handy und versuchte, die Wassermonster einzufangen, die erschienen, wenn er so nah am Wasser spielte. Axel saß neben ihm auf einer Parkbank gegenüber dem Nationalmuseum und spielte ebenfalls, hauptsächlich, weil David unruhig wurde, wenn sie nicht das Gleiche taten. Dabei behielt er jedoch die ganze Zeit den Eingang des Museums im Blick.

Skrak und Xenon hatten es schnell entschieden: Das Bild musste zurück. Axel hatte es kaum geschafft zu reagieren, da hatte Xenon den Transport bereits in die Wege geleitet. Sein Kopf war noch vollauf mit der mysteriösen »Operation Mjolnir« beschäftigt gewesen, sodass ihm die Energie gefehlt hatte, gegen das Vorhaben zu protestieren. Jetzt aber zerfraßen ihn die Sorgen von innen. War es nicht zu schnell gegangen? Hatten sie geschludert?

Die Polizei hatte die Museumstreppe mit blau-weißem Flatterband abgesperrt, und in der Nähe des Eingangs stand ein Kastenwagen, der, wie Axel glaubte, zur Spurensicherung gehörte. Bisher hatte er drei Männer in Zivil – aber mit Gummihandschuhen – beobachtet, die zwischen dem Museum und der Seitentür des Kastenwagens hin- und hergingen. Seiner Vermutung nach untersuchten sie das Gemälde auf Spuren. Würden sie seine DNA darauf finden?

»Ack-sel! Guck! Ein Ga-ados! Ack-sel!«

Mit einem festen Griff um Axels Kinn lenkte David seine Aufmerksamkeit weg von den Museumstüren und nach unten auf sein Handy.

»Ja, ich sehe es, ich sehe es!« Für einen Augenblick ließ Axels Unruhe nach, und er musste lachen. Bei diesem Jungen gab es keine halben Sachen, bei ihm zählte nur die volle Aufmerksamkeit.

»Was für ein Glück du hast, das ist ziemlich stark.«

»Kann es kämpfen?«

»Auf jeden Fall. Es ist eines der besten im Spiel.«

»Hast du es?«

»Japp.«

»Daaf ich gucken?«

Gerade als David sich über Axels Display beugte, verschwand das Spiel. Ein Videoanruf.

Axel drückte auf den grünen Hörer, und ein breites Gesicht füllte den Bildschirm.

»Endlich.«

»Axel, wie ich sehe, lassen Sie es sich gut gehen und genießen die Sonne. Das Warten bekommt Ihnen, es verleiht Ihnen Charakter.«

»Vielen Dank, Herr Professor.«

Vilhelm Skrak wechselte die Kamera, woraufhin *Die Ver-*

schwörung des Claudius Civilis auf Axels Display erschien, nun wieder am angestammten Platz an der Museumswand.

»Sie sehen, das Gemälde ist zurück an seinem Platz.«

»Ich habe Sie gerade im Radio gehört, es klang unglaublich. Können Sie mir den Pfeil zeigen?«

»Ob er auf dem Handy so gut zu erkennen ist, weiß ich nicht. Ich muss hier drinnen ein wenig diskret agieren. Anscheinend weiß die Ordnungsmacht die Anwesenheit eines einfachen Kunstexperten nicht wirklich zu schätzen.«

Skrak hielt seine Handykamera auf den Boden gerichtet. Obwohl die Auflösung kaum scharf genug war, sah Axel, was Stina und Skrak in ihrem Radiointerview beschrieben hatten. Dort war ein Pfeil, der in Richtung Reichstag wies.

Axel hob den Blick von seinem Handy und richtete ihn auf Helgeandsholmen und das Reichstagsgebäude.

»›Die Insel in der Mitte der Macht, *zwischen* Gott, Gesetz, Reich, Stadt und Kunst‹, aber das passt nicht.«

»Nein, und Sie müssen noch etwas wissen, Axel. Das Motiv wurde höchstwahrscheinlich 1790 übermalt, unter Umständen einige, aber nicht viele Jahre früher. Mit dem Bau des Reichstagsgebäudes fing man jedoch erst 1897 an, fertiggestellt war es 1905, also über einhundert Jahre später.«

»Dieses Gebäude kann also unmöglich gemeint sein. Aber die Insel vielleicht schon?«

»Und was sollte dort verborgen sein? Diese Insel wurde in den Achtzigerjahren auf links gedreht, es war eine archäologische Suche, wie sie dieses Land noch nicht erlebt hatte. Hätte irgendwer 1790 etwas dort versteckt, wäre es bei dieser Ausgrabung gefunden worden.«

»Mama!«

David hatte Stina in Skraks Video entdeckt.

»Hallo, David. Wie geht es euch?«

Axel und David winkten ihr zu.

»Ich hab ein Ga-ados gefangen, Mama, es ist suuupa-staak!«

»Toll, David. Wir schauen es uns heute Abend an, ja? Herr Professor, am Bild passiert etwas, ich glaube, das sollten Sie sich ansehen.«

Skrak legte nicht auf. Vielmehr hatte Axel den Eindruck, als filme der Professor absichtlich weiter, ohne es die anderen Anwesenden im Museum wissen zu lassen. Plötzlich zeigte die Handykamera wieder das Gemälde. Ein Mann in einem weißen Anzug und mit Gummihandschuhen stand auf einer Trittleiter und untersuchte die Ränder. Er schien nach Fingerabdrücken zu suchen.

Doch Stina interessierte sich für etwas anderes ... Der Reflex auf dem Fußboden hatte eine neue Form angenommen. Die Sonne stand jetzt höher am Himmel, und das Licht fiel in einem anderen Winkel auf das Gemälde.

»Hören Sie, guter Mann, wären Sie wohl so freundlich und stiegen einmal von Ihrer Leiter hinunter?« Skraks mächtige Stimme donnerte fast.

Rasch drehte sich der Kriminaltechniker um.

»Kann jemand die Zivilisten von meinem Tatort wegschaffen?«

Ein uniformierter Beamter kam zu ihnen.

»Sicher, wir können gehen.« Die Verärgerung war Skrak deutlich anzuhören. »Aber bevor Sie sich der einzigen relevanten Kunstexpertise in diesem Raum entledigen, sollten Sie sich meinen Rat anhören.«

»Mir ist bewusst, dass Sie es gewohnt sind, Ihren Willen zu bekommen, Herr Professor. Aber hier gelten andere Regeln. Das ist nun mal keine prähistorische Fundstätte, an der wir eine Ausgrabung durchführen. Das hier ist ein Tatort. Und da bestimme ich. Verstanden?«

»Doch, doch, ich verstehe mich durchaus auf Leute von Ihrem Schlag. Wenn Sie aber so stehen bleiben, verdecken Sie die Sonne, was zur Folge hätte, dass wir ganze vierundzwanzig Stunden warten müssten, bis wir sehen könnten, welche Botschaft der Täter durch die Behandlung, die er dem Gemälde hat zukommen lassen, senden wollte. Ist das trotz allem nicht eine Art von Beweis, die Sie am liebsten jetzt und nicht erst morgen haben wollen?«

Der Mann stöhnte zwar, stieg aber trotzdem von der Trittleiter.

Sofort trafen die Sonnenstrahlen auf die Stelle, an der sich das vierte Schwert befunden hatte und wo nun der lateinische Satz aufleuchtete.

Stina keuchte auf, Skrak verschlug es den Atem, und der Kriminaltechniker schüttelte langsam den Kopf.

Unter der ersten Zeile war eine zweite sichtbar geworden, deren Silberschrift blasser war.

Skrak las laut vor.

»*Castra protectoris regni.*«

Selbstverständlich war sich der Professor völlig im Klaren darüber, dass er der Einzige in ihrer kleinen Gruppe war, der Latein verstand. Doch genau aus diesem Grund ließ er sich mit der Übersetzung Zeit.

Stina räusperte sich und sah ihn anklagend an.

Trotzdem wartete Skrak, bis der Kriminaltechniker schließlich seinen Stolz herunterschluckte.

»Wenn der Herr Professor so freundlich wäre, für uns zu übersetzen?«

»Aber selbstredend, mein Herr. Wie ich stets zu sagen pflege, ist es von äußerster Wichtigkeit, den Ordnungsbehörden behilflich zu sein.« Axel hörte Skrak förmlich grinsen. »Das Ganze ist relativ triviales Latein. Was in der unteren Zeile zu lesen ist, bedeutet: *Eine Burg für den Beschützer des Reichs.*«

Der Kriminaltechniker schien eine Weile über den Satz nachzudenken, dann schüttelte er den Kopf.

»Haben Sie vielen Dank, Herr Professor. Stellt sich nur die Frage, ob man so viel klüger daraus wird …«

Axel Sköld legte auf und notierte sich den Text auf seinem Handy, um ihn nicht zu vergessen.

»Die Insel in der Mitte der Macht, zwischen Gott, Gesetz, Reich, Stadt und Kunst« gefolgt von »Eine Burg für den Beschützer des Reichs«.

Zumindest war er ein bisschen klüger geworden. Es war also ein Gebäude gemeint, keine Insel. Sie stellte lediglich den Ort dar, an dem sich diese Burg befand.

Axel schaute hinüber zum Reichstagsgebäude. Sie waren einen Schritt näher gekommen, und trotzdem fühlte sich alles so hoffnungslos weit entfernt an.

KAPITEL 64

»Ich hab's gefangen!« David strahlte triumphierend.

Mitgerissen von der guten Laune des Jungen, lachte Axel laut auf.

»Toll, David. Was für eines war es denn?«

David zeigte Axel sein Handy, der einen Schritt nach hinten machen musste, weil der Junge ihm das Display genau vor die Augen hielt. Es war zwar ein relativ schlechtes Pokémon, das Stinas Sohn da gefangen hatte, aber er fand, dass es cool aussah, und so spielte David eben.

»Nicht schlecht. Weißt du was? Wir würden es schaffen, noch ein paar einzufangen, bevor du zu Vilhelm gehst. Hast du Lust?«

Eifriges Nicken.

Axel sah auf die Uhr. Ihm war klar, dass Skrak und Stina so lange wie möglich im Museum bleiben wollten, um die neuesten Entwicklungen rund um das Gemälde zu verfolgen. Allerdings musste Stina wegen der Verhandlung um ein Uhr wieder vor Gericht erscheinen, und Skrak hatte versprochen, sich währenddessen um David zu kümmern.

Davor blieb Axel und David noch Zeit für einen Stadtbummel mit Würstchen, Eis und kleinen bunten Monstern.

David hatte alle Hände voll zu tun. Mitten in Stockholm wimmelte es nur so von Missionen und Spielfiguren, die seine gesamte Aufmerksamkeit in Anspruch nahmen. Dabei lief Axel dicht neben dem Jungen und legte ihm eine Hand auf den Rücken, um ihn an all den Menschen vorbeizulenken, denen sie begegneten. Normalerweise tummelten sich haufenweise andere Spieler im Kungsträdgården – hier gab es vier PokéStops und eine Arena, für das Spiel eine äußerst seltene Konzentration von Ressourcen –, aber heute waren David und er allein hier.

Eine Folge der Bombendrohung, dachte Axel, und unter seinem Sommerhemd lief ihm ein eisiger Schauer über den Rücken.

Sie sollten sich langsam auch Gedanken um ihre Sicherheit machen.

Vielleicht könnte er morgen mit Stina und David zur Fischerhütte fahren? Stina brauchte nur die Urteilsverkündung abzuwarten, dann konnten sie sich auf den Weg nach Süden begeben.

Noch immer fehlte es der Hütte an Farbe und Dämmung. Der ortsansässige Schreiner, den Axel damit beauftragt hatte, die Hütte wieder aufzubauen, war sicher ein guter Handwerker, aber alles andere als schnell. In einem Hochsommer wie diesem stellte die fehlende Dämmung aber kein Problem dar.

Axel erinnerte sich daran, wie er als Kind in der alten Hütte geschlafen und in mückenreichen Sommernächten geschwitzt hatte. Damals hatte die Fischerhütte seiner Familie schöne Zeiten beschert, und jetzt konnte er natürlich auch gemeinsam mit Stina und David dorthin fahren. Es könnte eine nette Abwechslung nach all dem Stress sein – und gleichzeitig ein guter Vorwand, um sie vor der Bombengefahr in der Stadt in Sicherheit zu bringen.

Daneben gab es aber auch ein weniger edles Motiv, Stina und David mit in die neue Fischerhütte zu nehmen. Und Axel hegte den Verdacht, dass dieses Motiv sogar schwerer wog, als er es sich selbst eingestehen wollte: Für ihn war der Ort untrennbar mit Ioan Petrescus Angriff verbunden.

Sein erster Besuch auf der Insel, auf der die alte Fischerhütte mehr als fünfzig Jahre lang gestanden hatte, ehe er sie in die Luft jagte, war eine Probe aufs Exempel gewesen. Er war gemeinsam mit dem Schreiner hinausgefahren, und als sie sich näherten, hatte Axel einen Druck auf seiner Brust gespürt, der ihn völlig überrumpelt hatte.

Bis zu diesem Zeitpunkt hatte die Fischerhütte für ihn immer Sicherheit und Entspannung bedeutet. Sie war der Ort gewesen, an den er sich am liebsten zurückgezogen hatte, um Energie zu tanken und die Verbindung mit seiner Familie zu suchen, deren einziges lebendes Mitglied er inzwischen war.

Doch all das war jetzt zerstört. Axel hatte die Attacke des Auftragsmörders zwar überlebt, doch der Fischerhütte, der Insel und all den Erinnerungen war nicht so viel Glück beschieden gewesen.

Danach war Axel nur noch einmal hingefahren, und das auch nur, um sich ein Bild vom Baufortschritt zu machen. Noch am selben Tag war er wieder zurückgefahren.

Es würde ihm viel abverlangen, eine Nacht in der Hütte zu verbringen. Aber in der Gesellschaft von Stina und David konnte er es sicher schaffen.

»Oh, es gibt ein Kampf! Guck, Ack-sel!«

David trommelte mit seinem Finger auf das Handydisplay.

Axel ahnte, dass David in der Nähe eine Pokémon-Arena entdeckt hatte – einen Spielort, den man erobern konnte, indem man gegen andere Spieler antrat. Er versuchte zu erkennen, wie die Arena im Spiel hieß, was sich allerdings schwierig gestaltete, weil David so aufgeregt war, dass er das Handy nicht ruhig in der Hand halten konnte.

Also schaute Axel auf seinem eigenen Handy nach.

»Das Mittelaltermuseum. Perfekt, das ist wirklich nicht weit. Komm, David!«

»Können wia hin?«

»Na klar, David.« Axel lachte. »Jetzt wird gekämpft.«

Vor lauter Aufregung johlte David.

Sie überquerten die Straße auf Höhe der Oper, hielten auf die Kaikante am Strömmen zu und gingen weiter auf die östliche Landzunge von Helgeandsholmen. Bei einem kurzen Blick nach rechts erkannte Axel, dass nur hundert Meter von ihnen entfernt die Absperrbänder der Polizei noch immer am Reichstagsgebäude flatterten.

David war komplett in sein Spiel vertieft und untermalte es sogar lautmalerisch, wenn seine Monster Treffer landeten. Er musste sechs Gegner besiegen, also hatte Axel genügend Zeit, sich umzusehen.

Das Schloss befand sich südlich von ihm, der Reichstag im Westen. Die Oper hatten sie gerade im Norden hinter sich gelassen.

Die Insel in der Mitte der Macht, zwischen Gott, Gesetz, Reich, Stadt und Kunst.

Zwischen Gesetz (nein), Reich (das Schloss) und Kunst (die Oper). Zwei von drei stimmten. Was war mit dem vierten Punkt, Gott?

Im Kungsträdgården stand die Jakobskirche, aber sie trat nicht im selben Maße hervor wie die anderen Gebäude, und außerdem sah er sie nicht von dort, wo sie gerade standen.

»Ich hab gewonnen!«

»Super, David. Dann setzt du dein eigenes Pokémon in die Arena, sie gehört jetzt dir.«

»Mia?«

»Bis jemand anderes kommt und dein Pokémon besiegt. Nimm also lieber ein starkes.«

»Nää!«

»Doch, wir sind doch im selben Team. Ich setze auch eines in die Arena. Dann helfen wir uns.«

David lachte erleichtert auf.

»Wi-a helfen uns.«

»Genau, David. Wir sind im selben Team. Immer. Du und ich.«

»Und jetzt?«

»Willst du wissen, wohin wir gehen?«

Der Junge nickte.

Axel schaute auf seine Uhr. Halb eins.

»Es reicht noch für eine Runde, bevor du zu Skrak musst.«

»Villem?«

»Ja, ich meine Vilhelm. Komm.«

Sie liefen weiter auf die andere Seite, in Richtung Gamla stan und Schloss. Dabei gingen sie in einem gemächlichen Tempo, sodass David Gelegenheit hatte, jeden PokéStop mitzunehmen.

Axel war nach wie vor fasziniert von der Technik, die es möglich machte, ein digitales Raster über die Realität zu legen. Zwar tauchten mittelalterliche Gebäude auf ihren Displays auf, jedoch im Kontext des Spiels. Sehenswürdigkeiten oder Einfahrten waren zu Stopps verwandelt, an denen man Spielressourcen erhalten konnte; manchmal waren es auch Arenen, in denen man gegen andere Spieler kämpfte.

Er erinnerte sich noch an die Zeit vor einigen Jahren, als das Spiel herausgekommen war und die Medien entdeckt hatten, dass man aus der Gedenktafel an der Stelle, an der Olof Palme 1986 ermordet worden war, einen PokéStop gemacht hatte. Einige Kolumnisten hatten das als Respektlosigkeit angesehen, Axel hingegen erkannte darin eine Möglichkeit zur Wissensvermittlung. Schließlich spielten vor allem Kinder dieses Spiel. Vielleicht half es ihnen, wenn sie sich fragten, wer dieser Olof Palme eigentlich gewesen war und warum ihn jemand ermordet hatte.

Und warum man jetzt zu verschleiern versuchte, wer in Wahrheit für den Mord verantwortlich war, dachte Axel mit einem Anflug von Bitterkeit. Dieses Gefühl wurde noch verstärkt, als sie am Obersten Gerichtshof vorbeikamen.

Er schaute hinauf zu den weißen Gebäudeflügeln, die gemeinsam mit dem hohen schmiedeeisernen Tor das Bondesche Palais umgaben, in dem das höchste schwedische Gericht seinen Sitz hatte. Wie viele der Richter hatten Verbindungen zu den Achtzehn? Keiner? Alle? Manche?

Axel versuchte, die Paranoia aus seinen Gedanken zu verbannen, aber es war schwer. Der Prozess, in dem Stina gelandet war, machte ihm Angst. Er sah zu David und widerstand dem Impuls, den Jungen zu umarmen. Wann es eine Umarmung gab, bestimmte David. Und was Davids Einstellung zum Obersten Gerichtshof betraf, so war diese im Moment ziemlich gut, denn hier befand sich ein PokéStop, an dem David genau die Beere sammeln konnte, die er brauchte.

Kurz überlegte Axel, ob sie nach links auf die Storkyrkobrinken abbiegen sollten – die Gasse, die direkt zum Schloss führte –, kam dann aber zu dem Schluss, dass sie noch ein paar mehr Spielstopps schaffen konnten.

Also gingen sie nach rechts und überquerten die Vasabron nach Norden. Mitten auf der Brücke blieb David stehen und schrie auf. Erst versetzte es Axel in Panik, bis ihm aufging, dass ein Wassermonster im Spiel der Grund für den Schrei war.

»Fang es, David. Das ist richtig stark.«

Seine Aufforderung war eigentlich unnötig, denn David hatte längst losgelegt.

Axel checkte sein eigenes Handy. Von ihrer Position aus konnten sie noch einen weiteren Stopp erreichen. Er lag auf einer kleinen Insel, auf die man über eine Zugangsbrücke von der Vasabron aus gelangte. Auf dem Display sah es so aus, als wären die Brücken wie eine T-Kreuzung konstruiert worden. Was stimmte, wie Axel bemerkte, als er den Blick vom Handy nahm. Er lehnte sich mit dem Rücken ans Brückengeländer und entdeckte eine abgehende Brücke direkt vor sich.

Erneut schaute er in die App. Der PokéStop trug den Namen »Strömsborg«.

Axel ließ den Blick weiter nach Osten schweifen. Schräg rechts von der Strömsborg lag das Rathaus mit den drei charakteristischen Kronen auf dem Dach. Das schwedische Reichswappen. Schräg links von ihm befand sich Riddarholmen mit der großen Kirche, dem Svea hovrätt und dem Appellationsgericht. Hinter sich, also genau im Westen, hatte Axel das Reichstagsgebäude und links von sich den Obersten Gerichtshof. Die Königliche Oper schließlich befand sich schräg rechts hinter ihm.

Alles stimmte. In diesem Moment war er umgeben von Gott, Gesetz, Reich und Kunst. Und vor sich, nur vierzig Meter über diese eigenartige Brücke, lag eine kleine Insel, die von einem einzigen Gebäude eingenommen wurde, das einem Schloss nicht ganz unähnlich war. Oder einer Burg.

KAPITEL 65

Aus der Entfernung machte er einen gepflegten Eindruck. Sakko, weißes Hemd, Leinenhose. Aber als Stina gegenüber von Fredrik im Verhandlungssaal 14 Platz nahm, sah sie, wie blass er war. Trotz der Hitzewelle.

Auch an diesem Tag wich er ihrem Blick aus. Lieber starrte Fredrik Svensson auf die Tischplatte oder zu seiner Anwältin.

Letzteres war eine Angewohnheit, die er mit dem Vorsitzenden Richter teilte, dessen Namen sich Stina inzwischen gemerkt hatte. Kurt Svendsen. Er schaute von seiner erhöhten Position in den Saal hinunter, und Stina meinte zu erkennen, dass sein Blick ein wenig zu oft und ein wenig zu wohlgesonnen auf Felicia Granath landete.

Ihr kam es so vor, als befänden Hasse und sie sich in der unterlegenen Position, aber Hasse hatte ihr versprochen, dass sich das Blatt heute wenden würde.

Sie hoffte nur, dass ihr Anwalt recht behielt. Die Vorstellung, das Gegenteil könnte eintreten, war einfach zu furchtbar.

Hans Brorsson, heute in einem marineblauen Anzug und mit einer hellgrünen Fliege zum cremeweißen Hemd, öffnete seine Aktentasche und holte seine Unterlagen heraus.

Nach den einleitenden Förmlichkeiten von Kurt Svendsen begann das Verhör von Fredrik Svensson.

Hans Brorsson sprach mit ruhiger und freundlicher Stimme. Stina hatte eigentlich einen raueren Ton erwartet, sah aber ein, dass es vermutlich besser war, sanft zu beginnen.

»Sie haben Stina und David relativ bald verlassen, nachdem Sie Vater geworden waren. Können Sie uns sagen, weshalb?«

Fredrik starrte weiter auf den Tisch vor sich.

»Damals war ich jung«, antwortete er mit eintöniger Stimme. »Und ich war nicht bereit, die Verantwortung für ein Kind mit Funktionsbeeinträchtigung zu übernehmen.«

Dann hast du also Vokabeln gepaukt und dir die korrekte Terminologie angeeignet. Wie gut für dich, Fredrik.

Obwohl Stina sich zu beherrschen versuchte, spürte sie, dass ihre Augen Blitze verschossen.

»Sie waren immerhin über dreißig, Fredrik, ganz so jung waren Sie also nicht, und trotzdem hatten Sie das Gefühl, Ihre Partnerin mit einem zehn Monate alten Baby verlassen zu müssen. Ihrem gemeinsamen Sohn, gerade als Sie die Nachricht erhalten hatten, dass David mit einer Funktionsbeeinträchtigung geboren wurde. Erklären Sie uns bitte so, dass wir es verstehen können, weshalb Sie diese Entscheidung für notwendig erachtet haben.«

Es wurde still.

Felicia Granath räusperte sich. Sie sah aus, als wolle sie Fredrik allein mit der Kraft ihrer Gedanken zum Reden bringen.

»Das kann ich nicht.« Fredrik schaute mit glänzenden Augen auf. »Es ist weder zu rechtfertigen noch zu erklären. Ich war feige und unreif. Aber das bin ich nicht mehr.«

»Hatten Sie jemals den Eindruck, Stina hätte Ihnen das Gleiche antun können?«

»Wie meinen Sie das?«

»Nun, dass Stina Sie hätte verlassen können? Einfach zur Tür hinausgehen und Sie mit David zurücklassen?«

»Nein! Auf keinen Fall.« Fredrik wirkte fast amüsiert.

»Das klingt wie ein beinahe unmöglicher Gedanke?«

Erneut räusperte sich Felicia Granath, und diesmal zeigte es Wirkung.

Fredrik richtete den Blick wieder auf die Tischplatte.

»Das ist … also ich weiß nicht, das ist doch alles hypothetisch«, murmelte er. »Ich hatte damals mit meinen eigenen Ängsten zu kämpfen.«

Hans Brorsson kramte in der Innentasche seines Jacketts und zog schließlich hervor, wonach er gesucht hatte.

»Hier, Hustenbonbons.« Er hielt Felicia Granath ein kleines Döschen hin. »Sie scheinen ein Problem mit dem Hals zu haben, nicht wahr?«

Granath schüttelte den Kopf und begegnete ihm mit einem zuckersüßen Lächeln. Noch nie hatte Stina einen Menschen so abgrundtief gehasst wie in diesem Moment.

»Also, Fredrik. Erzählen Sie ein wenig von sich. Stina und ich sind neugierig – immerhin ist es neun Jahre her, dass wir von Ihnen gehört haben. Was haben Sie in all der Zeit denn so getrieben?«

»Herr Vorsitzender, wir protestieren gegen diesen Ton.«

Kurt Svendsen nickte. »Frau Granath hat völlig recht, in meinem Gerichtssaal ist kein Platz für scherzhafte Formulierungen dieser Art.«

»Ich hatte keinerlei böse Absichten, Herr Vorsitzender, ich formuliere die Frage neu. Fredrik, erzählen Sie uns bitte, welchen Tätigkeiten Sie in den letzten neun Jahren nachgegangen sind.«

Fredrik zählte eine Reihe von Anstellungen auf. Die erste war bei einer Reederei, er hatte wohl angeheuert und war zur See gefahren. Anschließend war er in Südamerika unterwegs gewesen, hatte sich in Australien und Südostasien mit Gelegenheitsjobs durchgeschlagen.

Stina begriff, dass er wirklich so weit wie möglich von ihr und David hatte wegkommen wollen. Und das schmerzte sie beinahe mehr, als sie ertragen konnte.

»Dann haben Sie sich also erst jetzt, ganz kürzlich, dazu entschlossen, wieder nach Hause zu kommen?«

»Ja.« Fredrik warf einen raschen Blick zu Felicia Granath. »Ich habe von den Ereignissen am Schloss und von der Geiselnahme gehört, und als mir klar wurde, dass mein Sohn in all diese fürchterlichen Dinge hineingezogen worden ist, da fühlte ich einfach, dass ich etwas tun muss. Mein Sohn braucht mich. Das war ganz deutlich, ich habe es in meinem Herzen gespürt.«

Stina sah, wie zufrieden Felicia Granath mit seinem letzten Satz war.

»Was lässt Sie glauben, dass Sie der Vaterrolle jetzt besser gewachsen sind als beim letzten Versuch?«

»Nun, zum einen bin ich inzwischen neun Jahre älter. Und zum anderen würde ich meinen Sohn niemals solchen Gewalttätern aussetzen.«

»Ihnen ist selbstverständlich bewusst, dass Stina Forss David vor diesen Gewalttätern gerettet hat. Stina hat ihn gerettet. Nicht Sie. Sie waren zu dem Zeitpunkt damit beschäftigt, sich auf der anderen Seite der Erde zu vergnügen.«

Stina genoss Brorssons verbale Attacken regelrecht, aber zu ihrem Bedauern schien sie die Einzige im Saal zu sein, die so empfand.

Kurt Svendsen schlug seinen Hammer auf den Tisch.

»Ich habe Sie bereits wegen des Tonfalls Ihrer Fragen verwarnt, Herr Anwalt. Das ist meine letzte Warnung, verstanden?«

»Ich bitte um Entschuldigung, Herr Vorsitzender. Fredrik, was wissen Sie über Davids Funktionsbeeinträchtigung im Hinblick auf Diagnose, Pflegemaßnahmen und dergleichen?«

»Er hat ja eine ungewöhnliche Diagnose, und seine Sprache ist unterentwickelt, deshalb braucht er Stunden bei einem Logopäden und so.«

»Sie sagen ›ungewöhnliche Diagnose‹?«

»Also, ich weiß nicht, wie sie heißt. Aber sie … ist ungewöhnlich.«

»Vielleicht sollten wir jemanden fragen, der es weiß. Und warum wenden wir uns da nicht direkt an den Elternteil, der tatsächlich die vergangenen neun Jahre mit David verbracht hat? Sie sitzt direkt neben mir.«

Stina strengte sich an, um nicht zu grinsen. Es würde kein gutes Licht auf sie werfen, wenn sie Schadenfreude zeigte.

»David hat keine Diagnose«, antwortete sie daher mit ausdrucksloser Miene. »Nach drei verschiedenen DNA-Untersuchungen, die wir haben durchführen lassen, konnten die Ärzte keine einzige Person mit der gleichen Mutation ausfindig machen. Weder in Schweden noch in Holland, den USA, Deutschland oder Australien, also den Ländern, in denen diese Art der Forschung am weitesten fortgeschritten ist. Außerdem …«

Sie schaute kurz zu Hasse, der ihr zunickte.

»… hat David motorische Schwierigkeiten, weshalb wir regelmäßig Ergotherapie- und Krankengymnastiksitzungen bei der Beratungsstelle in Anspruch nehmen«, fuhr sie dann fort. »Gerade üben wir, dass David allein duscht, denn er weiß nicht, wie man sich einseift. Er braucht auch Hilfe beim Zähneputzen, dabei, seine Kleider zu finden und den Unterschied zwischen Hosen und Pullovern zu erkennen. Dann gehen wir noch zum Logopäden. Wir lassen seinen Magen-Darm-Trakt testen und haben gemeinsam mit Psychologen der Beratungsstelle und der Schule eine Untersuchung hinsichtlich Autismus begonnen.«

Bei jeder weiteren Maßnahme, die Stina aufführte, rutschte Fredrik auf seinem Stuhl ein Stückchen tiefer.

»Wie fühlen Sie sich für diese Aufgabe gerüstet, Fredrik? Sind Sie bereit, Ihre Rolle einzunehmen und nicht nur die normale, sondern auch die erweiterte Elternverantwortung zu schultern?«

»Jetzt zügeln Sie sich aber bitte, Herr Anwalt.« Felicia Granath lächelte Hans Brorsson an wie eine Katze eine Maus. »Was sind das für Ausdrücke, mit denen Sie hier um sich werfen? *Erweiterte Elternverantwortung?*«

»Ja?« Hans Brorsson blickte erstaunt zu Granath. »Schließlich erfordert Davids Betreuung eine solche Verantwortung.«

»Ich fürchte, jetzt sind wir schon wieder an diesem Punkt angelangt. Sie beide reden auf eine Art und Weise über David, die fast schon seine Menschenwürde beleidigt. David ist ein Junge, der seinen Vater braucht. Genau wie *jedes* andere Kind.«

Mit einem knallenden Schlag ließ Hans Brorsson den Papierstapel fallen, den er in der Hand gehalten hatte. Seine Tonlage änderte sich blitzschnell.

»Wenn in diesem Saal jemand beleidigt, dann sind Sie das, Felicia Granath. Dass Sie zu einer Verhandlung über das Sorgerecht für ein funktionsbeeinträchtigtes Kind kommen und weder Sie noch Ihr Mandant sich darüber informiert haben, dass diesem Kind eine Diagnose fehlt, ist die erste Respektlosigkeit. Die zweite ist, dass Sie sich nicht einmal die Mühe gemacht haben, sich über die gängigen Begrifflichkeiten ins Bild zu setzen, die man in diesem Kontext kennen muss. Alle Eltern mit funktionsbeeinträchtigten Kindern sind staatlich anerkannte Träger einer erweiterten Elternverantwortung. Das ermöglicht es, Unterstützungsleistungen für den Teil der Pflege zu beziehen, den man nun selbst übernimmt, im Gegensatz zu früher, als der Staat behinderte Kinder in Einrichtungen unterbrachte. Und ja, das war gerade eine bewusste Wortwahl meinerseits. Denn damals hieß es tatsächlich ›behindert‹. Aber ich versichere dem Gericht, über all das – und noch viel mehr – hat sich meine Mandantin, Stina Forss, die Mutter des Kindes, in den letzten neun Jahren gezwungenermaßen äußerst sorgfältig und tiefgehend informiert.«

Eine kurze Stille entstand.

Kurt Svendsen warf einen Blick auf seine Uhr.

»Haben Sie weitere Fragen an den Beteiligten, Herr Anwalt? Ansonsten unterbrechen wir die Sitzung.«

»Ja, aber nur noch eine, Herr Vorsitzender.«

Erneut wandte sich Hans Brorsson an Fredrik, jetzt wieder mit derselben ruhigen Ausstrahlung, mit der er die Befragung begonnen hatte.

»Können Sie uns erzählen, was passiert ist, als David bei Ihnen übernachtet hat? David sagt nämlich, Sie hätten Bier getrunken und er hätte Sie vor dem Fernseher zudecken müssen, da Sie vor ihm eingeschlafen seien. Haben Sie das Kind wirklich allein einschlafen lassen, beim allerersten Mal, dass es eine Nacht ohne seine Mutter in einer fremden Wohnung verbracht hat?«

Fredrik wirkte gequält, streckte aber seinen Rücken.

Wieder räusperte sich Felicia Granath.

Ihr Signal, dachte Stina und ärgerte sich darüber, dass nicht einmal ihr geheimes Signal funktionierte, obwohl es so offensichtlich war. Warum musste sie sich diese Farce überhaupt mit ansehen? Erkannte der Richter etwa nicht, dass das alles hier nur ein Schmierentheater war?

»Dieser Abend war eine große Sache. Für David, aber auch für mich. Natürlich hat es ein wenig Zeit gebraucht, bis wir die erste Schüchternheit überwunden hatten. Dann haben wir aber herumgealbert, ich habe so getan, als wäre der Apfelsaft Bier, und zum Schluss haben wir gespielt, wir würden vor dem Fernseher schlafen statt im Bett. Darüber hat er noch beim Frühstück geredet, also hat es ihm wohl gefallen.«

»Nur zum Verständnis: Es war nur ein Spiel?« Felicia Granath richtete die Frage zwar an Fredrik, suchte aber die Aufmerksamkeit von Kurt Svendsen.

»Ja.«

»Wo hat David dann geschlafen?«

»Selbstverständlich in dem Bett, das ich vorher gekauft und in sein Zimmer gestellt habe.«

»Wir unterbrechen.«

*

»Können wia gefähliche Schweeta gucken?«

»Aber selbstverständlich, David. Selbstverständlich.«

David grinste. Axel und Skrak folgten dem Jungen durch den Eingang der Leibrüstkammer. Er ging voran und ahmte die Worte des Professors nach.

»Selbs-fa-stennlich.«

Skrak fasste Axel an der Armbeuge, er wirkte gestresst.

»Sie haben sich fantastisch geschlagen im Radio. Sicher war es schwer, als sich das Museum gemeldet hat?«

»Jaja, darüber können wir später sprechen. Aber hören Sie, Axel, ich glaube, wir haben einen Fehler begangen.«

Axel begriff nicht.

»Es war ein Fehler, das Gemälde ans Museum zurückzugeben«, präzisierte Skrak.

»Wieso? Hat die Polizei einen Verdacht? Haben Sie etwas beobachtet, das sie auf unsere Spur bringt?«

»Nein, das ist nicht der Punkt, das Gemälde sollte dorthin, Gott bewahre. Aber es stimmt nicht.«

»Das müssen Sie erklären …«

»Die Inschrift auf dem Gemälde muss kurz nach 1792 entstanden sein, das stimmt mit dem Alter der Farbe, dem Zeitraum der Restaurierung und der Gründung der Achtzehn überein. Nur, es passt eben nicht zusammen.«

Inzwischen hatte Axels Irritation den Anschlag erreicht. Er kannte doch selbst die Lösung ihres Rätsels, aber Skrak ließ ihn kaum zu Wort kommen. Stattdessen zwang er Axel dazu nachzufragen.

»Warum denn nicht?«

»Weil das Nationalmuseum erst 1866 fertiggestellt wurde. Das Gemälde kann 1792 noch nicht dort gehangen haben. Das heißt, ursprünglich deutete der Pfeil in eine andere Richtung.«

Axel spürte, wie die Luft aus ihm entwich. Trotzdem musste er von seiner Entdeckung berichten.

»Okay, ich verstehe, was Sie sagen. Aber hören Sie zu. Ich glaube, ich habe eine Idee, welche Insel mit den Hinweisen gemeint sein könnte.«

Skrak zog die Augenbrauen nach oben.

»Strömsborg.«

Der Professor blieb stumm, kniff aber die Augen zusammen, was ihn nachdenklich wirken ließ.

»Es funktioniert: Rathaus, Riddarholmskirche, Svea hovrätt, Appellationsgericht, Oberster Gerichtshof und die Königliche Oper. Alle liegen rund um Strömsborg verteilt. Gott. Reich. Gesetz. Und Kunst!«

Skrak ging David hinterher. Axel folgte ihm, gespannt, was der Professor sagen würde.

»Zweifelsohne richtig«, meinte er schließlich. »Doch eben nur zur Hälfte.«

Axel blieb abrupt stehen.

»Was soll das heißen, nur zur Hälfte? Wieso das?«

»Aus demselben Grund, den ich soeben bereits ausgeführt habe: die Jahreszahlen. Der Oberste Gerichtshof zog erst Mitte des zwanzigsten Jahrhunderts in das Bondesche Palais, das Appellationsgericht nahm seinen Sitz auf Riddarholmen weit nach 1792 ein, und für das Rathaus gilt das Gleiche, es wurde schließlich erst 1923 fertiggestellt.«

Mit jedem Fehler, den Skrak aufzählte, sank Axels Laune.

»Wia sausen Villem. Komm!«

David fegte zwischen den Vitrinen umher, und zu Axels Erstaunen rannte Vilhelm Skrak tatsächlich ebenfalls los. Fast wäre auch Axel hinter den beiden hergejagt, doch als sein Handy sich mit einer Nachricht meldete, blieb er stehen. Hans Brorsson schrieb. Es war Zeit.

Axel rief seine Frage an Skrak durch den Ausstellungsraum.

»Dann liege ich also daneben mit der Strömsborg?«

Skraks Gesicht tauchte hinter dem Pferd Gustav Vasas auf.

»Das habe ich nicht gesagt. Zur Hälfte falsch bedeutet ja auch zur Hälfte richtig. Lassen Sie mich die Sache prüfen.«

*

Zwölf Minuten später stand Axel gemeinsam mit Stina und Hans Brorsson am Kai von Riddarholmen. Er zeigte Hasse seinen Handybildschirm, scrollte durch die Artikel. Der Anwalt nickte, die Stirn in Falten gelegt.

»So etwas habe ich noch nie getan, Axel.« Brorsson wirkte

besorgt. »Du weißt, was sie einem im Jurastudium sagen, oder? Darüber, Fragen zu stellen, auf die man die Antworten nicht im Voraus kennt?«

»Nein. Aber ich nehme an, es ist nicht dasselbe wie im Journalismus-Studium?«

Hans Brorsson lachte. »Nein, in diesem Punkt unterscheiden sich unsere Berufe wohl. Im Verhandlungssaal eine Frage zu stellen, auf die man die Antwort nicht schon vorher kennt, vermeidet man eigentlich. Darauf greift man nur zurück, wenn man verzweifelt ist.«

»Ein echter Journalist liebt es, Fragen zu stellen, auf die er die Antworten nicht kennt. Genau deshalb stellen wir sie ja. Und außerdem kennst du die Antwort jetzt doch. Ich werde mich ausschließlich auf das beziehen, was ich hier gelesen habe.«

»Ja, schon. Aber ich habe es nicht geschafft, alle Artikel selbst durchzugehen. Bist du sicher?«

»Hundertprozentig. Dieser Experte ist ein Bluff.«

Brorsson nickte. Dann sah er zu Stina.

»Und du? Vertraust du Axel?«

»Immer. Hundertprozentig.«

*

Im Verhandlungssaal 14 wäre ein Raunen durch die Reihen der Zuschauer gegangen, hätte es denn welche gegeben. So aber begnügte sich Stina damit, Felicia Granath dabei zuzusehen, wie sie den Mund öffnete und gut und gern drei Sekunden nicht wieder schloss.

»Sie rufen noch einen Zeugen auf? Sind Sie sich im Klaren darüber, dass die Plädoyers für fünfzehn Uhr anberaumt sind, Herr Anwalt?«, fragte der Richter irritiert.

»Das bin ich, Herr Vorsitzender, aber es führt kein Weg daran vorbei. Ich habe soeben von neuen Informationen erfahren, bei denen es von äußerster Wichtigkeit ist, dass das Gericht Kenntnis von ihnen nimmt.«

»Was sagen Sie dazu, Frau Granath?«

»Ich habe keine Ahnung, welchem Zweck das dienen sollte. Wir stehen diesem Vorhaben äußerst skeptisch gegenüber.«

»Mir ist bewusst, dass es auf den letzten Drücker ist, durchaus.« Hans Brorsson sprach seinen breitesten Dialekt. »Aber egal in welchen Regeln, Vorschriften und Statuten ich auch suche, ich wüsste nicht, warum es uns nicht erlaubt sein sollte, *vor* den Schlussplädoyers einen weiteren Zeugen aufzurufen.«

Kurt Svendsen machte eine verärgerte Bewegung mit dem Kopf, die Brorsson als Zustimmung interpretierte.

»Dann rufen wir Axel Sköld in den Zeugenstand.«

Axel wurde hereingeführt und nahm zwischen den beiden Parteien Platz, gegenüber von Richter Kurt Svendsen.

Hasse begann seine Befragung damit, dass er Axel vorstellte, der Stina und David zwar gut kannte, aber nicht deshalb als Zeuge aussagte. Vielmehr ging es um etwas, was er in seiner Funktion als Investigativjournalist herausgefunden hatte.

»Erzählen Sie uns bitte, was Sie entdeckt haben.«

»Ich habe Sorgerechtsprozesse untersucht, in die Torkel Levin involviert war. Er ist doch auch in dieser Verhandlung als Sachverständiger aufgetreten, nicht wahr?«

»Das ist richtig. Wie viele Fälle haben Sie untersucht?«

»Bei meinen Recherchen bin ich auf dreiunddreißig Prozesse gestoßen, in denen Professor Levin als Sachverständiger ausgesagt hat.«

»In wie vielen dieser dreiunddreißig Fälle ist Levin als objektiver Experte aufgetreten?«

»In allen dreiunddreißig.«

»Und in wie vielen Fällen hat Levin zum Vorteil des Vaters ausgesagt?«

»In dreiunddreißig.«

»In allen dreiunddreißig?«

»In allen dreiunddreißig.«

Hans Brorsson legte eine kurze Pause ein, damit die Information wirken konnte.

»Welche Schlüsse haben Sie aus dieser Statistik gezogen?«

»Dass es merkwürdig ist, einen Sachverständigen einen objektiven Experten zu nennen, wenn das Ergebnis immer zugunsten derselben Seite ausfällt. Ich würde sogar sagen, es ist so merkwürdig, dass es an einen Skandal grenzt.«

»Herr Vorsitzender. Es steht dem Zeugen nicht zu, Urteile dieser Art zu fällen.« Felicia Granaths Augen funkelten vor unterdrücktem Zorn.

»Ich bitte um Entschuldigung, aber es wird noch schlimmer«, sagte Axel und schaute mit ruhigem Blick erst zu Granath und dann zu Richter Svendsen.

»Aha? Es wird schlimmer?« Hans Brorsson setzte seine unschuldigste Miene auf. »Was meinen Sie damit?«

»In jedem dieser Gerichtsverfahren hat Torkel Levin behauptet, er berufe sich teilweise auf seine eigene Forschung, wenn er die Bedeutung des Vaters für die Entwicklung eines Kindes hervorhebt. Gleichzeitig hat er in allen dreiunddreißig Fällen gesagt, seine Forschung stimme außerdem mit den Ergebnisse von internationalen Studien überein und seine Gutachten basierten auf führender internationaler Forschung.«

»Ja, so auch hier in diesem Verhandlungssaal. Das können sicherlich alle Anwesenden bestätigen. Nicht wahr, Frau Granath?«

Felicia Granath nickte beinahe unmerklich. Stina sah, wie ihre Nasenflügel bebten.

»Das einzige Problem dabei ist, dass es keine zuverlässigen Studien von internationalem Rang gibt, die Levins Thesen stützen würden. Die gesamte relevante Forschung über die Rolle der Eltern heutzutage sagt im Grunde dasselbe: Es ist am besten, zwei Elternteile zu haben. Oder sogar noch mehr. Mit je mehr liebevollen erwachsenen Personen ein Kind aufwächst, desto besser. Es gibt diverse Studien, die unterschiedliche Konstellationen und ihre Vorteile hervorheben, aber es existiert keine Untersuchung, die zu dem Schluss kommt, dass das Fehlen einer Vaterfigur im Erwachsenenalter ein verstärkt gewaltorientiertes Verhalten zur Folge hat – natürlich mit Ausnahme von Torkel Levins sogenannter Forschung.«

»Sie sagen ›sogenannte‹ Forschung?«

»Laut Levin selbst bauen seine Erkenntnisse einzig und allein auf diesen dreiunddreißig Fallstudien auf. Das ist eine sehr dürftige Grundlage. Was allerdings noch viel schwerer wiegt: Es erinnert an einen sehr bekannten Justizskandal.«

Axel sah, dass er nun die volle Aufmerksamkeit des Gerichts hatte.

»Im Fall von Thomas Quick hatte man einen Psychologen zurate gezogen, der ein komplexes Erklärungsmodell vorlegte, wie Thomas Quick funktionierte. Wenn Quicks Geständnisse nicht mit den technischen Beweisen übereinstimmten, dann lag es angeblich daran, dass die Erinnerungen, denen er sich näherte, zu schmerzhaft waren. Wenn Quick aber etwas sagte, was tatsächlich zutraf – obwohl es sich dabei um extrem schmerzhafte Erinnerungen und die bestialischsten Taten handeln konnte –, ja, dann stimmte das natürlich auch. Auf diese Weise war es möglich, alles, was Quick gestand, als Beweis dafür anzusehen, dass er der Mörder war, ganz gleich, ob seine Angaben wahr waren oder nicht.«

»Herr Vorsitzender, das ist wirklich inakzeptabel. Ich verstehe nicht, weshalb wir uns einen Vortrag über etwas anhören müssen, was nicht den geringsten Bezug zu dem Fall aufweist, über den wir heute hier entscheiden sollen.«

»Also, Frau Granath, genau dazu komme ich jetzt«, erwiderte Axel. »Exakt wie der Staatsanwalt im Quick-Fall haben Sie einen Sachverständigen als Zeugen aufgerufen, dessen Expertise sich einzig und allein auf seine eigene Forschung gründet. Und diese Forschung behandelt genau die Männer und Väter, über die sich der Sachverständige dann mit einer scheinbaren Objektivität äußert.«

»Wenn ich Sie also richtig verstehe …«, ergriff Hans Brorsson wieder das Wort. »Sie sagen, dass Torkel Levin gleichzeitig über die Männer forscht, zu deren Vorteil er vor Gericht aussagt?«

»Exakt. Die sogenannte Wissenschaft, auf die er sein Expertenwissen stützt, betreibt er, während er als Zeuge auftritt.«

»Das klingt … verworren.« Brorsson lächelte.

Axel begriff, dass er sich klarer ausdrücken musste.

»Ja. Im Quick-Fall war es so verworren, dass die öffentliche Untersuchung, zu der man anschließend gezwungen war, mehrere hundert Seiten umfasste. Insgesamt sind es 982 Seiten, auf denen der schwedische Rechtsapparat vollständig auseinandergenommen wird.« Axel richtete den Blick auf Kurt Svendsen. »Wenn dieses Gericht beschließt, Torkel

Levin und seine erfundenen Studien zuzulassen, gesellt es sich zum Kreis der Juristen, der anschließend mit aller Härte von der Untersuchungskommission bestraft werden wird, denn diese – davon bin ich überzeugt – wird Levins Methoden einer strengen Prüfung unterziehen.«

KAPITEL 66

»Passen Sie auf Ihren Kopf auf, Lilliehorn. Die Decke ist hier sehr niedrig.«

Josefsson ging voran und schloss die Stahltür am unteren Ende der Wendeltreppe auf.

Lars Lilliehorn ging an Josefsson vorbei, der die schwere Tür für ihn, Cederström und Raab geöffnet hielt.

»Ach ja, richtig, Sie waren schon einmal hier unten. Aber da sind Sie nur durch den Korridor geradeaus gegangen, nicht wahr?«

Lilliehorn nickte und versuchte, nicht daran zu denken, was er bei seinem letzten Besuch hier getan hatte.

»Heute gehen wir stattdessen hier hinein.« Josefsson deutete auf eine identische Stahltür. »Wir werden dafür sorgen, dass Sie auch einen Schlüssel hierfür erhalten.«

Er steckte einen kleinen goldenen Schlüssel ins Schloss, und ein Klicken ertönte, als der Kolben zur Seite geschoben wurde und die Tür aufglitt.

Ausgehend von der Anzahl der Treppenstufen hatte Lilliehorn vermutet, dass sie sich mehrere Etagen unterhalb des Straßenniveaus befanden. Doch jetzt sah er, dass sie auf gleicher Höhe mit dem Wasserspiegel waren, denn der Kellerraum, in den Josefsson sie geführt hatte, war ein unterirdischer Hafen. Unter dem Gebäude verlief ein Betonanleger mit einer drei Meter breiten Wasserrinne, die durch ein vergittertes Gewölbe ins Freie führte. Eine bogenförmige Konstruktion aus Glas, die Lilliehorn an ein großes Gewächshaus erinnerte, überdachte den kompletten Kai.

Auf der anderen Seite des Anlegers erkannte Lilliehorn Schreibtische, Bildschirme, Computer und andere technische Geräte, die denen ähnelten, die er im Technischen Museum gesehen hatte. Außerdem Kopfhörer, Tablets und nagelneu aussehende Flachbildschirme. Am meisten Raum nahmen jedoch die hohen Stahlrahmen ein, an denen Computerserver befestigt waren. Lilliehorn überschlug schnell und kam auf mehrere hundert Server. Ihm kam der Verdacht, dass dieser Raum als eine Art Kommunikations- oder Überwachungszentrale gedient hatte oder immer noch diente, und die vielen Server deuteten auf ein digitales Datencenter hin. In diesem Raum musste eine enorme Menge an Informationen gespeichert sein.

Allerdings war von der pedantischen Ordnung, die die drei Stockwerke über der Erde prägte, hier nichts zu erkennen. Überall lagen Ausrüstungsteile herum, und die Bildschirme waren schwarz. Es sah aus, als hätten diejenigen, die sich hier aufgehalten hatten, den Ort Hals über Kopf verlassen.

Ihre Schritte hallten vom Beton und der gewölbten Steindecke wider. Entlang des Kais waren Lampen installiert, die das Wasser anstrahlten, und die kleinen Wellen spiegelten sich im gläsernen Dach. Der Verkehrslärm von der vielbefahrenen Brücke war durch die Öffnung der Wasserzufahrt nur schwach zu hören. Die Wasserzufahrt wies in die gleiche Richtung wie die Brücke, sodass die Einmündung auf der Außenseite wahrscheinlich irgendwo unter der Hauptverkehrsader verborgen war.

»Damit hätten Sie wohl nicht gerechnet, was, Lilliehorn?« Cederström lachte gedämpft. »Dass wir hier unten über einen eigenen Anleger verfügen?«

Lilliehorn schüttelte nur langsam den Kopf.

Insgesamt maß der Keller bestimmt einhundertfünfzig Quadratmeter, in der Mitte geteilt durch den Kanal, der bis zur Hälfte in den Raum hineinreichte. Hinter der technischen Ausrüstung auf der anderen Seite machte Lilliehorn weitere Serverschränke aus Blech aus. Weit hinten in einer Ecke erkannte er ältere, längst überholte Computermodelle. Einer der Rechner sah aus, als wäre er eine Erweiterung der Serverschränke, aber die beiden großen Magnetbandrollen auf der Vorderseite ließen Lilliehorn vermuten, dass es sich in Wahrheit um einen prähistorischen Computer handelte.

Sie gingen bis zum Wasser, und Josefsson blickte zur Decke hinauf.

»Schade um ein so ausgezeichnetes Bauwerk«, sagte er seufzend.

»Sicher ist es schade. Aber notwendig.«

Cederströms Replik bot keinen Spielraum für Diskussionen.

»Wozu wurde dieser Ort genutzt?«, fragte Lilliehorn, der sich schließlich doch nicht zurückhalten konnte.

»Für dieses und jenes, hauptsächlich aber für unsere technischen Operationen. Josefssons kleine Werkstatt.« Raab nickte dem Leiter der Technischen Abteilung lächelnd zu. »Eine Weile haben wir den Ort auch als Überwachungszentrale genutzt, als wir die Säpo und den FRA abhören mussten.«

»Sie haben den militärischen Geheimdienst abgehört?«

»Unter anderem. In den letzten Jahren hat uns der Raum aber vor allem als Serverhalle gedient. Seit wir den Anleger verglast haben, herrschen hier perfekte klimatische Bedingungen für diesen Zweck.« Josefsson öffnete eine Schiebetür in der Glaswand und ging an der Kaikante entlang bis zur Wand neben der Einmündung des Kanals. »Dann gab es schließlich noch die Episode, bei der diesem Hafen eine wichtige Rolle zukam.«

Er drückte auf einen Schalter, ein Motorengeräusch erklang, und das Gitter, das die Ausfahrt versperrte, bewegte sich nach oben. Mit einem Mal war der Weg frei.

Lilliehorn beugte sich nach unten. Zwischen der Wasseroberfläche und der Decke der Zufahrt lag nicht mehr als ein halber Meter, dabei war der Tunnel sicher drei Meter lang. Dahinter erkannte er das Wasser des Riddarfjärden mitten in Stockholm.

»Es gibt eine peinliche Geschichte mit dem alten Wallenberg. Eine Entführung. In der Presse war von einem missglückten Versuch mit russischen Mini-U-Booten die Rede, die versucht hatten, den Finanzmann zu kidnappen.«

»Ja, daran erinnere ich mich, aber es ist lang her.«

»1993. Die Schuld gab man russischen Kampftauchern, aber später wurden Zweifel an allem laut.« Josefsson grinste.

Hinter ihnen grunzte Raab. »Kein Wunder. Weder stammten die Mini-U-Boote aus Russland noch war die Entführung missglückt.«

»Wie? Das waren Sie?«

»*Wir*.« Cederströms Ton war messerscharf.

Lilliehorn verstand die Botschaft. Hier waren sie alle Eingeschworene.

»Peter hat in einer wichtigen Frage einen unmöglichen Standpunkt vertreten. Also mussten wir ihm ins Gewissen reden. Eine Bootsfahrt kann den Effekt haben, dass man die Dinge aus einer neuen Perspektive sieht und Vernunft annimmt.«

»Insbesondere, wenn die Fahrt *unter* Wasser stattfindet.« Raab klang vergnügt.

Eigentlich hatte Lilliehorn geglaubt, das meiste über die

Organisation begriffen zu haben, aber jetzt war er erneut wie vor den Kopf gestoßen. Es waren eine Menge Eindrücke. Der geheime Hafenraum. Die Mini-U-Boote. Wallenberg. Die technische Abteilung, die offensichtlich so schlagkräftig war, dass sie damit selbst Abhörexperten abhören konnten – den militärischen Geheimdienst *Försvarets radioanstalt, FRA.*

»Nun, Josefsson, wie haben Sie sich die Sache gedacht?« Raab nahm wieder eine ernste Haltung ein, die sich auch auf die Atmosphäre übertrug.

»Wir haben diesen Schritt schon seit langem vorbereitet. Die Sprengladungen sind angebracht und einsatzbereit.«

»Werden sie auch funktionieren? Diese Arbeiten wurden doch in den Achtzigern vorgenommen, wenn ich mich nicht täusche?«

Mit diesen Fragen handelte sich Raab einen bösen Blick von Josefsson ein.

»1985. Aber sicher, ich lasse unseren Experten alles noch einmal überprüfen, er wird ohnehin herkommen. Es muss schließlich eine erste Bombe installiert werden.«

Cederström und Raab nickten, als sei damit alles geklärt.

In Lilliehorn machte sich das Unbehagen allmählich wieder bemerkbar.

»Das klingt nach einem destruktiven Plan«, meinte er vorsichtig. »Habe ich etwas nicht mitbekommen, was wichtig gewesen wäre?«

Die drei übrigen Männer schauten sich an. Wer würde die Erklärung liefern?

Cederström tat, was er immer tat: Er übernahm die Führung.

»Die Burg ist ... verbrannt. Zu viel steht auf dem Spiel. Das Gemälde, Operation Mjolnir, Axel Sköld ... Es gibt zu viele potenzielle Risiken. Lose Enden.« Cederström ging auf die Wand hinter den Computerbildschirmen zu. »Hier stehen Server, aber hier lagern auch Tausende analoge Archivkarten. Alle notwendigen Informationen, die Josefsson über die Jahre zusammengetragen hat.«

»*Fast* alle.«

»Die Leckerbissen bewahren Sie in Ihrem Tresor auf, Josefsson, das wissen wir.« Cederström lächelte kurz. »Die Sache ist, dass all das hier nicht in die falschen Hände fallen darf.« Er breitete die Arme aus und wies auf die Metallschränke hinter sich.

Raab übernahm.

»Erinnern Sie sich an die Bücherrutsche im Alten Reichsarchiv? Im Prinzip ist das hier das Gleiche, und es ist ebenso gut, wenn Sie diese Lektion schon jetzt lernen. Wird unsere Organisation bedroht, wickeln wir augenblicklich alles ab. Wissen Sie noch, mein Büro in der Hantverkargatan? Haben wir im selben Moment leergeräumt, als wir wussten, dass Axel Sköld dort herumschnüffelte.«

»Wir haben diesen Schritt seit den Achtzigerjahren vorbereitet. Das gesamte Gebäude ist vermint. Wir brauchen lediglich den Zündknopf zu drücken.«

Cederström sagte es in einem Tonfall, als rede er davon, sich die Schuhe zu binden.

Lilliehorn dagegen kämpfte mit der Stimme in seinem Kopf. Sie wollte laut schreien, doch er war gezwungen, sie flüstern zu lassen.

»Ganz das Gleiche wie das Verbrennen von Büchern im Archiv ist das aber nicht, oder sagen wir … wie das Ausräumen einer Anwaltskanzlei. Sie sprechen davon, das gesamte Gebäude zu sprengen? Dabei werden … Die Straße verläuft doch direkt davor. Das lässt sich nicht bewerkstelligen, ohne Menschenleben zu riskieren.«

Stille senkte sich über sie. Eine unheilverkündende Stille. Diesmal machte Cederström keine Anstalten, die Führung zu übernehmen, also sprang Raab ein.

»Manchmal muss man bereit sein, etwas zu opfern. Sie kennen die Redewendung: ›Wo gehobelt wird, da fallen Späne.‹«

»Aber muss man … müssen wir … das ganze Gebäude in die Luft jagen? Würde es nicht ausreichen, alles Material hier unten zu vernichten?«

Lilliehorn strengte sich an, nicht allzu bittend zu klingen.

»Wir haben dieselben Gedanken gehabt.« Cederströms Ton war beinahe freundlich. »Aber um all die Computerausrüstung loszuwerden, wären mehrere Container erforderlich. Außerdem steht der D23 hier, der Informationen enthalten soll, bei denen wir nicht wissen, wie man an sie herankommt. Diese Informationen müssen verschwinden. Können wir sie nicht beseitigen, müssen wir eben die ganze Maschine verschwinden lassen. Und diese Maschine aus dem Keller zu schaffen … Sie ist gigantisch. Der Rechner wurde hier vor Ort gebaut. Aber selbst wenn wir alles aus diesem Raum bekämen, müssten wir es aus der Burg an einen anderen Ort transportieren. Und Sie wissen, wie zentral und exponiert die Lage unseres Gebäudes ist. Ein solches Unterfangen würde Aufsehen erregen.«

»Abgesehen davon haben wir diesen Anleger hier.« Raab ergänzte wie üblich Cederströms Ausführungen. »Unter dem Kanal befindet sich außerdem das Wrack eines der Mini-U-Boote; wir konnten es nicht bewegen. Den Kai und das U-Boot erklären? Das wird schwer.«

Lilliehorn verstand, dass die Entscheidung schon vor langer Zeit gefallen war. Seine Finger tasteten nach den Tabletten in seiner Hosentasche.

»Es sind schlicht zu viele Geheimnisse«, fasste Josefsson die Diskussion zusammen.

»Zudem ist der Zeitpunkt perfekt.« Raab breitete die Arme zu einer Geste aus, die zeigte, dass die Situation seiner Meinung nach eine riesige Möglichkeit bot. »Wir können zwei Fliegen mit einer Klappe schlagen. Unser investigativer Journalist recherchiert zu ›Operation Mjolnir‹. Außerdem ist die Gemäldeinschrift aufgeflogen. Falls er in dem Moment, wenn alles hochgeht, etwas zu nah heran käme, wäre das nicht zu unserem Nachteil …«

»Drei Fliegen«, ergänzte Cederström mit ruhiger Stimme. »Wir haben eine Bombe, die morgen explodieren wird. Der Terrorakt, der zum Tod des Journalisten führt. Und der unsere Spuren beseitigt. Ihr Plan ist hervorragend, Josefsson.«

Der Angesprochene verbeugte sich.

»Es ist nur wichtig, dass auch alles plangemäß *ausgeführt* wird. Und dabei spielen Sie eine zentrale Rolle, Lilliehorn. Wir machen es wie beim letzten Mal: Sie lassen unseren Bombenmann hinein. Und vielleicht müssen Sie auch Sköld ein wenig auf die Sprünge helfen.«

Lilliehorn sah die anderen an. Drei ernste Gesichter blickten ihm entgegen. Eine echte Wahl hatte er nicht.

Also nickte er einfach und hoffte, dass sie diesen Keller bald verlassen würden. Er brauchte jetzt wirklich seine Tabletten.

DER TAG
DER BOMBE

KAPITEL 67

Ein unbekanntes Geräusch weckte Lova Magnusson.

Sie hob die Gardine an, ließ sie aber sofort wieder fallen. Es war erst kurz nach sechs Uhr morgens, und die Sonne knallte bereits unbarmherzig auf die Fenster.

Da war das Geräusch schon wieder.

Ratatatatata.

Sie war noch nicht ganz wach, sie hatte schlecht geschlafen, und sie konnte das Geräusch nicht einordnen. Der Stress ging ihr allmählich an die Substanz.

Ratatatatata.

Plötzlich grinste sie, als ihr klar wurde, dass das Geräusch aus dem Wald hinter dem Herrenhaus kam. Ein Specht. Es war schon lange her, dass sie das Klopfen eines Spechts gehört hatte.

Lova erlaubte sich noch fünf weitere Minuten im Bett, griff jedoch zu ihrem Handy und klickte sich durch die Nachrichtenseiten im Internet.

Heute war es so weit. Die Bombe. Aus diesem Grund hatten sie sie hierhergebracht, nach Harpsund, auf den Landsitz der Ministerpräsidentin.

Sie war dankbar dafür, daran lag es nicht, aber sie konnte es nicht ausstehen, wenn man ihr befahl, was sie zu tun hatte. Besonders nicht von der Säpo. Die Episode mit den spitzelnden Wachleuten am Brantingtorget hatte ihre Spuren hinterlassen. Natürlich war ihr klar gewesen, dass das Amt der Ministerpräsidentin zugleich auch bedeutete, den am meisten unter Beobachtung stehenden Posten des Reichs zu bekleiden, und sie hatte sich eingeredet, bereit dafür zu sein. Aber derart allein dazustehen, ohne Verbündete oder Menschen, denen sie vertrauen konnte … das hatte sie sich so nicht vorgestellt. Sie spürte eine große Schwere in sich, als wöge ihr Körper plötzlich doppelt so viel.

Und dann war da der Kuss. Hatte sie ihn gewagt, weil sie einsam war und sich nach Geborgenheit sehnte? Oder weil sie wusste, dass er ihn erwidern würde und dass sie Bestätigung brauchte?

Oder lag es einfach daran, dass sie tatsächlich etwas füreinander empfanden?

Nein, dieser Gedanke war ihr im Moment zu viel. Der Stress war zurück.

Und dann noch dieser elende Claesson! Warum hatte Axel sie gebeten, sich auf das Interview einzulassen? Sie hegte den Verdacht, dass es um die Taschenlampe gegangen war. Doch wenn Axel gewusst hatte, dass Claesson sie genau danach fragen würde – oder Claesson sogar darum gebeten hatte –, dann bedeutete das, er hatte sie ausgetrickst. Ihr war bewusst, dass sie sich in Bezug auf diese Geschichte blamiert hatte. Sie hätte besser nicht so dick aufgetragen. Eine gute Lüge ist eine simple Lüge.

Der Gedanke, dass Axel sie vorsätzlich manipuliert hatte, war kaum auszuhalten. Er war ihr einziger sicherer Anker in all dem, was um sie herum geschah.

Sie stieg aus dem Bett und schlich zur Schlafzimmertür, die sie einen Spaltbreit öffnete. Niemand vom Personenschutz zu sehen.

Also schloss sie die Tür wieder und ging zurück ins Bett. Die Nummer war noch eingespeichert.

Trotz der frühen Stunde meldete sich Karolina Palm sofort und klang hellwach.

»Guten Morgen, Frau Ministerpräsidentin.«

»Nennen Sie mich Lova. Und ebenfalls guten Morgen.«

»Sind Sie in Sicherheit?«

»Ja, ich rufe aus Harpsund an.«

»Gut. Womit kann ich helfen?«

»Also. Es geht um die Liste mit den Passiervorgängen in der Tiefgarage des Reichstagsgebäudes.«

»Ja?« Karolina Palm klang abwartend.

»Ich habe den Eindruck gewonnen, dass die Zusammenarbeit mit der Säpo vielleicht nicht ganz so verläuft, wie man es sich wünschen könnte?«

Es wurde still. Für jeden, der für die Polizei arbeitete, war es heikel, auf diese Frage zu antworten. Wenn sie von der Ministerpräsidentin gestellt wurde, schwang im Subtext außerdem eine politische Dimension mit, in der das sozialdemokratische Misstrauen gegenüber der Säpo widerhallte. Dieses Misstrauen hatte in der Vergangenheit zur Gründung einer eigenen Sicherheitsorganisation geführt und war letzten Endes in der IB-Affäre eskaliert.

Nun war Lova Magnusson aber eine Grüne und keine Sozialdemokratin. Und vor allem war Karolina Palm eine kluge Polizistin, die nur wenig Zeit hatte.

»Ich kann nicht bestätigen, was Sie sagen, Frau Ministerpräsidentin. Aber dass es unzutreffend ist, sage ich genauso wenig.«

»Ich denke, wir verstehen uns.«

»Das denke ich auch.«

Lova wartete kurz und lauschte. Auf dem Landsitz war es still. Nicht einmal der Specht war noch zu hören.

»Nach meinen Informationen hat der Täter Sven-Åke Tammers Schlüsselkarte genutzt, um in die Garage zu gelangen.«

»Das ist keine einfache Angelegenheit, Lova. Nach wie vor bin ich dazu verpflichtet, über die Details der Ermittlungen zu schweigen, ich kann also nicht mit Ihnen über diese Sache reden.«

»Die nächste Bombe kann jeden Moment explodieren. Und ich bin die Ministerpräsidentin. Betrachten Sie es als Zusammenarbeit in einer absoluten Notsituation.«

Karolina Palm lachte kurz und resigniert auf.

»Okay, na gut«, gab sie sich dann geschlagen. »Er ist mit Tammers Karte hineingekommen. Selbstverständlich haben wir Tammer überprüft: Er hat ein Alibi, war Golf spielen auf Lanzarote. Der Täter ist einfach jemand, der Tammers Karte in die Hände bekommen hat.«

»Aber als er das Gebäude betreten hat, durch die Eingangstüren, da hat er Tammers Karte *nicht* benutzt?«

»Nein, dort sitzen Wachmänner. Hätte einer von ihnen gesehen, dass sich dieser Jemand mit der Karte des ehemaligen Finanzministers Zugang verschaffen will, hätten sie sofort Alarm geschlagen.«

»Aber auf irgendeine Weise muss er doch hineingelangt sein?«

»Ja. Wir wissen leider nur nicht, wie.«

Erneut wurde es still. Lova Magnusson blickte hinaus auf den See, der sich unterhalb der Rasenfläche erstreckte. Dort lag der Ruderkahn vertäut. In dem Erlander mit Nikita Chruschtschow herumgerudert war. Es fühlte sich an wie ein Bild aus einer völlig anderen Welt.

Sie überlegte, ob sie Cederström auf die Achterbank setzen und ein wenig mit ihm über den See rudern könnte. Wer den Teufel im Boot hat, muss ihn fahren. Aber es musste ja nicht jeder kleine Teufel mitkommen. Einer nach dem anderen. Das war ihr Plan. Es war an der Zeit, Lilliehorn loszuwerden.

»Lars haben Sie sicherlich verhört?«

»Lars?«

»Lilliehorn? Tammers alter Pressereferent? Er hat sich für Sven-Åke um alle organisatorischen Angelegenheiten gekümmert. Wenn jemand weiß, was mit Tammers Schlüsselkarte geschehen ist, dann er.«

Die Kommissarin schwieg.

»Karolina? Sie haben Lilliehorn doch überprüft, oder?«

*

Es ging auf neun Uhr zu. Stina wartete bereits seit Viertel vor. Wegen der Bombendrohung hatte das Amtsgericht die Verhandlung ins Amtsgericht Södertörn in Flemingsberg verlegt, das eine bedeutend weniger prominente Geschichte vorzuweisen hatte als das Svea hovrätt in der Innenstadt. Das quaderförmige Gebäude befand sich direkt neben einer Polizeistation, was das Ganze wie eine juristische Fabrik wirken ließ: An dem einen Ende wurden die Bösewichte hineingebracht, dann wurde ihnen der Prozess gemacht, und am anderen Ende kamen sie schließlich als kriminelle Elemente heraus, die nur noch in die Justizanstalten transportiert werden mussten. Alles angetrieben von den Mühlen der Justiz, die langsam, aber unaufhörlich mahlten.

Stina versuchte, ihren Unmut abzuschütteln. Doch da tauchte Fredrik auf, und alles wurde augenblicklich schlimmer.

Er kam allein, und das überraschte Stina. Während des gesamten Prozesses war Felicia Granath durchgehend an Fredriks Seite gewesen. Die beiden hatten fast schon ausgesehen, als seien sie zusammengewachsen. Heute kam alles zu einem Ende, das Urteil sollte verkündet werden. Sollte Felicia Granath dabei eigentlich nicht anwesend sein?

Als Fredrik jetzt in seinem Anzug den Hügel hinauf-
schlenderte, kam es ihr so vor, als fehle jemand an seiner
Seite. Eine ganze Weile war sie selbst es gewesen, die neben
Fredrik gegangen war.

Unwillkürlich dachte sie an ihre erste Begegnung auf einer Verlagsparty, auf der sie beide niemanden gekannt hatten.
Stina war dort gewesen, weil der Autor, ein ehemaliger Jour-
nalistenkollege, ihre Redaktion eingeladen hatte. Sie hatte als
Einzige zugesagt. Fredrik hatte an der Bar gestanden, ebenfalls allein. Er hatte sich aus dem direkt angrenzenden Hotel
in den Raum gemogelt. Sie lachten über seine Dreistigkeit,
die er damit erklärte, dass es schließlich Freigetränke gebe.
Erst sehr viel später hatte sie das als erstes Warnsignal erkannt, doch da war sie bereits schwanger gewesen.

Sie weigerte sich, ihn zu grüßen. Zehn Meter lagen zwischen ihnen. Er schaute auf seine Schuhe.

Sie schloss die Augen und dachte an all die durchwachten
Nächte. An all die Male, die sie David umarmt hatte, und
daran, wie sie ihn mit der Flasche gefüttert hatte, als es mit
dem Stillen nicht klappen wollte. Dachte an die Kämpfe mit
dem Asthmainhalator in den Wintern. Immer nur sie und
David. Die Gebärdensprache-Kurse. All die verfluchten Termine mit den Leuten aus der Beratungsstelle, die immer den
Kopf zur Seite neigten und so mitfühlend aussahen, dass sie
kotzen könnte. Nie eine klare Auskunft. Immer das gleiche
Ende: Kalender raus. *Was halten Sie von einem neuen Termin
in etwa vier bis fünf Wochen?* Dazu die Unruhe und das Gefühl der Unzulänglichkeit.

Und was zur Hölle hatte Fredrik in der Zeit getrieben?
Hatte mit Rucksacktouristen in Laos abgehangen, gekifft und
versucht, Zwanzigjährige aufzureißen. Hatte er auch nur den
geringsten Gedanken daran verschwendet, dass er Vater war?

Und jetzt standen sie beide hier. Vollkommen unglaublich. War es wirklich möglich, dass sie das Sorgerecht an diesen Idioten verlor?

Sie merkte erst, dass sie ihn angestarrt hatte, als er den Blick hob und sie ansah. Er verzog die Mundwinkel zu einer Grimasse. Nein, es war ein Lächeln.

Oder zumindest der Versuch eines Lächelns, dachte sie. Trotzdem war es ein bedrückender Anblick. Sie musste unwillkürlich an ein Schwarz-Weiß-Foto denken, das früher einmal farbig gewesen war. *Er ist ein gespenstischer Schatten seiner selbst.*

Ein neues Gefühl machte sich in Stina breit. Tat er ihr jetzt etwa schon leid?

KAPITEL 68

Ein paar Kilometer näher an der Stockholmer Innenstadt
machte sich Axel Sköld Gedanken darüber, ob er sich in der
Gefahrenzone befand oder nicht. Trotz allem lag der Liljeholmskajen vor den Toren der Stadt, südlich von Södermalm.
Bis zum Reichstag und dem Schloss waren es sicher fünf
Kilometer Luftlinie. Betrachtete man Stockholm aus einer
Machtperspektive, musste das als das Zentrum gelten. Ging
man beim Begriff »Zentrum« von Geschäften und Menschen in Bewegung aus, lag die Stadtmitte noch weiter nörd-
lich, wo die Drottninggatan auf die Kungsgatan traf und
Sergels torg mit dem Hötorget verband.

Hier zu Hause sollte er also in Sicherheit sein, dennoch
wollte er raus aus der Stadt. Stina war vermutlich gegen zehn
Uhr fertig im Amtsgericht Södertörn, wohin Skrak und
David gerade unterwegs waren. Axel würde wenig später in
Flemingsberg dazustoßen, und dann wollten sie sich gemeinsam auf den Weg nach Süden machen. Skrak lieh ihnen
sein Auto im Gegenzug dafür, dass sie ihn auf dem Weg bei
einem Bekannten absetzten, der in »einem kleinen Chateau
in der Nähe des Schlosses Stora Sundby« wohnte.

So sah ihr Plan aus. Es war das einzig Wichtige an diesem Tag, an dem eine Bombe höchstwahrscheinlich weite
Teile der Innenstadt Stockholms in Schutt und Asche legen
würde.

Trotzdem war es etwas anderes, an das Axel dachte, als er
die Augen aufschlug. Die Strömsborg.

Es passte einfach zu gut, um ein Zufall zu sein.

Er rief Skrak an.

Der Professor saß bereits im Auto.

»Ich wollte Sie gerade anrufen, Axel, aber vorher musste ich noch David abholen. Nun denn, ich verstehe, weshalb. Die Strömsborg. Gewiss, die Insel selbst gibt es natürlich seit der Geburtsstunde Stockholms. Das Gebäude allerdings ist neueren Datums. Das erste Haus wurde 1750 auf der Insel errichtet, das aktuelle Gebäude jedoch stammt aus der Zeit der Jahrhundertwende, also vom neunzehnten ins zwanzigste Jahrhundert, versteht sich. Rein geografisch ist es ein Volltreffer, das gebe ich zu. Obgleich einige der Bauwerke, die Sie gestern erwähnten, damals noch nicht existierten, reichen das Schloss, die Oper, die Riddarholmskirche und das Svea hovrätt völlig aus. Und noch etwas. Wir müssen selbstverständlich ausgehend von dem Ort denken, an dem das Gemälde hing, bevor es im Nationalmuseum ausgestellt wurde: von der Kunstakademie, also vom Sparreschen Palais. Der Palais steht ebenfalls für Kultur und liegt außerdem in der Nähe der Strömsborg, es fügt sich also perfekt ein. Und spinnen wir den Gedanken fort, dass das Gemälde an einer Wand hing, die in die gleiche Himmelsrichtung wies, wie sie es jetzt tut, würde der Pfeil exakt auf die Strömsborg deuten. Die Geografie stimmt, Axel. Und das *an sich* ist interessant. – Meine Güte, wie fahren Sie denn, Mensch?«

In Axel pulsierte das Adrenalin. Sie waren dabei, das Rätsel des Gemäldes zu lösen.

»Was haben Sie über die Geografie gesagt?«

»Es gibt eine Reihe pseudowissenschaftlicher Beobachtungen, bei denen man durch die Historie versucht hat, Zusammenhänge zwischen Geografie und Mathematik zu finden, wo in Wahrheit keine zu finden sind. Ich erwähne es trotzdem, da wir keine Ahnung haben, ob Die Achtzehn sich möglicherweise von solchen Gedanken leiten ließen. Wissen Sie, Axel, während des achtzehnten und neunzehnten Jahrhunderts war lange Zeit die Vorstellung verbreitet, dass Symbolik und Mathematik etwas Gottgegebenes seien, ebenso wie die Macht des Königs. Wenn man einen geografischen Zusammenhang mit mathematischen Formeln erklären konnte, galt das als starker Beweis dafür, dass die Macht, die man genoss, auch legitim war.«

Für einen Moment war der Professor nur schlecht zu verstehen, da er mit David sprach. Dann wandte er sich wieder an Axel.

»Natürlich kennen Sie die Legende von den Tempelrittern auf Bornholm?«

Axel seufzte. »Nein, aus mir unerfindlichen Gründen ist sie an mir vorübergegangen …«

»Vollkommen unbegreiflich! Was würden Sie nur ohne mich *tun*?«

»Ein schrecklicher Gedanke. Aber erzählen Sie schon, was ist das für eine Legende?«

»Selbstverständlich nur eine Menge Hokuspokus, aber wenn nur genügend Menschen an solche Ammenmärchen glauben, kommt ihnen eine Bedeutung im Hinblick darauf zu, wie die Leute handeln. Wie dem auch sei, der Sage zufolge soll es auf Bornholm einen Schatz geben, der von den alten Tempelrittern stammt. Angeblich soll es Salomos Schatz aus Jerusalem sein. Laut anderen sogenannten Quellen könnte es sich sogar um den Heiligen Gral handeln. Das Pfiffige hieran ist, dass die Tempelritter Kirchen an Orten errichten ließen, die nach einem komplexen geometrischen System ausgewählt waren. Wenn man die Kirche auf Christiansø mitzählt, bilden diese Kirchen die Spitzen eines Pentagramms, eines fünfzackigen Sterns. Zeichnet man nun auf die richtige Weise einen Kreis in diese Figur, erfährt man, an welcher Stelle der Heilige Gral verborgen liegt.«

»Das klingt aber wirr. Und keiner hat ihn bisher gefunden.«

»Nein, davon hätten wir mit Sicherheit gehört.« Skrak gluckste.

»Aber glauben Sie, dass so etwas in unserem Fall eine Rolle spielt? Also, geometrische Bezüge in der Architektur?«

Axel öffnete seinen Laptop und klickte auf Google Maps. Er gab Strömsborg in das Suchfeld ein. Im Infokästchen über das Gebäude las er, dass es inzwischen der Hauptsitz einer Organisation mit der Abkürzung PEAS war.

Er markierte das Schloss, das Opernhaus, die Riddarholmskirche, das Sparresche Palais sowie das Svea hovrätt. Dann zog er Linien von den Gebäuden bis zur Strömsborg. Mit ein wenig Fantasie ähnelte das Muster einem fünfzackigen Stern, bei dem die Strömsborg zwar nicht ganz im Zentrum, aber doch relativ nah der Mitte lag.

Er zweifelte. Trotzdem fühlte es sich richtig an. In ihm rangen Zweifel und Überzeugung miteinander.

Dabei fiel ihm eines seiner Lieblingszitate des Philosophen Francis Bacon ein:

Dem menschlichen Verstand haftet der eigentümliche Fehler an, sich stets mehr dem Bejahenden als dem Verneinenden zuzuneigen.

Confirmation bias. Lebensgefährlich in intellektuellen Zusammenhängen. Trotzdem konnte er nicht aufhören, auf die Karte vor seinen Augen zu blicken. Was er dort sah, passte zu dem Text auf dem Gemälde. Das war kein Zufall.

»Herr Professor, wir haben es gelöst. Es muss die Strömsborg sein.«

Skrak verstummte für einen Moment.

»Das ist gut möglich«, räumte er schließlich ein. »Selbst wenn die Strömsborg nicht den Mittelpunkt eines Pentagramms darstellt, befindet sich das Gebäude dennoch im Zentrum der Macht. Wir unterhalten uns weiter darüber, wenn wir uns sehen.«

Axel erwiderte nichts.

»Axel? Wir sehen uns bald. Oder nicht?«

»Ich muss das jetzt überprüfen.«

»Unsinn! Diese Bombe kann jeden Moment hochgehen, und die Strömsborg liegt genau in der Stadtmitte. Allein sich in diese Richtung zu bewegen wäre lebensgefährlich!«

Axels Handy piepte. Eine SMS.

Wir müssen uns treffen.
MfG Lars Lilliehorn.

Ein Schauer lief Axel über den Rücken. Was wollte er? Oder vielmehr: Was wollten DIE?

»Ich muss auflegen, Herr Professor.«

Mitten im darauffolgenden Protesthagel legte Alex auf und überlegte, was er antworten sollte. Seit er von Lilliehorns Mitgliedschaft bei den Achtzehn wusste, gab es viele Fragen, auf die er Antworten wollte. Gleichzeitig hatte er auch Angst. Sie hatten schon einmal versucht, ihn umzubringen.

Seine innere Unruhe wurde vom Klingeln des Handys unterbrochen.

»Axel.«

»Lars?«

»Ich dachte, ein Anruf ist am einfachsten. Es ist nämlich recht dringend.«

Axel hörte einen anderen Lilliehorn sprechen als den, den

er von ihrem letzten Aufeinandertreffen in Erinnerung hatte. Der Mann klang jetzt nicht mehr so selbstsicher.

»Wieso ist es dringend?«

»Die Bombe, Axel«, zischte Lilliehorn. »Sie darf unter absolut keinen Umständen explodieren.«

Er war ungeduldig. Und Axel nahm noch etwas anderes an ihm wahr.

»Das hört sich danach an, als sollten Sie die Polizei verständigen und nicht mich, oder?«

Schweigen.

»Wenn Sie hierherkommen, kann ich alles erklären, Axel.«

Jetzt begriff Axel, was er in Lilliehorns Stimme wahrnahm. Ein Flehen.

»Ich habe Mist gebaut. Richtig großen Mist. Ich bitte Sie, Axel. Sie können mir helfen, ohne dass die Polizei etwas davon erfahren muss. Gemeinsam können wir diesem ganzen Irrsinn ein Ende bereiten. Sie sind der Einzige, der das hier verstehen kann, das weiß ich. Helfen Sie mir. Dann helfe ich Ihnen.«

Axel versuchte, seine Gedanken zu ordnen. Auf eine Wendung wie diese war er nicht vorbereitet gewesen. Aber den flehenden Ton in Lilliehorns Stimme erkannte er von ihrem letzten Treffen wieder, auch wenn er damals nur wenige Sekunden zu hören gewesen war. Schon da hatte er den Verdacht gehabt, dass Lilliehorn unter Druck stand. Dass er unter Zwang agierte.

Konnte er Lilliehorn vertrauen? Selbstverständlich nicht.

Konnte er mit dem Gedanken leben, nicht alles in seiner Macht Stehende getan zu haben, um Die Achtzehn aufzuhalten und zu verhindern, dass eine Bombe explodierte? Vielleicht? Oder doch nicht?

»Okay, Lars. Ich komme. Und ja, ich weiß, wohin.«

Er legte auf.

Unterwegs schickte er eine SMS ab. Er brauchte Verstärkung.

KAPITEL 69

Obwohl sich eine Sache als vollkommen logisch erweist, kann man dennoch Erstaunen darüber empfinden. Diese Erkenntnis traf Karolina, als sie ihren Wagen an der Adresse parkte, die Lars Lilliehorn angegeben hatte. Strömsborg 1. Das war das Logische, die Adresse. Eine andere kam nicht infrage, denn das Haus war das einzige Gebäude, das auf der Insel Strömsborg Platz fand. Tatsächlich *war* das Gebäude, mit Ausnahme vereinzelter Bäume und eines kleinen Parkplatzes, die Insel.

Was Karolina so erstaunte, war, dass sie über eine Insel und ein Gebäude, die mitten in der City von Stockholm lagen, so wenig nachgedacht hatte. Dabei lagen sie in ihrer Stadt. In dem Gebiet, das sie zu schützen geschworen hatte.

Sie blickte sich um. Die Stadt war menschenleer. Ihre Leute hatten den Mannschaftswagen aus der Garage geholt und waren auf dem Weg, aber weil die Straßen komplett frei waren, war sie auch ohne Blaulicht vor ihnen angekommen.

Sie verschwendete keine Zeit damit, auf sie zu warten.

Das Messingschild am Geländer der Steintreppe gab an, dass das PEAS, das *Political and Electoral Assistance Secretariat*, seinen Sitz im Haus hatte. Dieselbe Organisation, für die auch Lilliehorn arbeitete. Trotz des protzigen Namens und der Adresse hatte Karolina noch nie von der Organisation gehört.

Sie nahm zwei Treppenstufen auf einmal und erreichte einen kleinen Absatz, umgeben von einer Steinmauer, ein Stockwerk über Straßenniveau. Das Gebäude kam ihr wie eine italienische Villa oder ein kleineres Palais vor. Hinein gelangte man durch eine Doppeltür, deren unterer Teil aus hellem und mit einer glänzenden Firnisschicht überzogenem Holz bestand, während sich der gläserne obere Teil hinter einem filigranen Schmiedegitter befand.

Sie klopfte an. Keine Reaktion.

Erst jetzt entdeckte sie den Klingelknopf aus Messing. Sie drückte ihn, und ein elektronisches Knacken verriet ihr, dass es eine Gegensprechanlage war.

Der Signalton ihres Handys ließ sie aufschrecken. Eine SMS. Von Axel Sköld.

> *Überprüfe die Strömsborg. Großes Risiko, dass die Bombe*
> *im Gebäude platziert ist. Melde mich wieder, wenn*
> *ich mehr weiß, habe es aber aus sehr sicherer Quelle.*

Sie las die Nachricht zwei Mal. Dann drückte sie das Telefonsymbol, um ihn direkt anzurufen, aber eine barsche Stimme aus der Gegensprechanlage hielt sie zurück.

»Wer spricht?«

»Die Polizei. Ich suche Lars Lilliehorn.«

Für einen Augenblick war nichts zu hören.

»Wer spricht?«

»Mein Name ist Kriminalkommissarin Karolina Palm. Bitte öffnen Sie die Tür.«

»Haben Sie einen Durchsuchungsbeschluss?«

Jetzt war es Karolina, die in Schweigen verfiel.

»Wer spricht?« war eine klassische Grußformel, die man beim Militär nutzte, um keine Informationen darüber preiszugeben, wer man war – schließlich konnte es sich um einen feindlichen Anrufer handeln. Aber diese Verschlossenheit schien ihr hier übertrieben zu sein und war nichts, was sie erwartet hätte. Einen staatsanwaltlichen Beschluss für eine Hausdurchsuchung zu bekommen würde dauern, und der Verdacht gegen Lilliehorn reichte dafür unter Umständen nicht einmal aus. Also versuchte sie es noch einmal.

»Ich habe keinen Durchsuchungsbeschluss, aber ich muss dringend mit Lars Lilliehorn sprechen, hier und jetzt.«

»Das PEAS ist eine internationale Organisation. Niemand betritt unsere Räumlichkeiten ohne offiziellen Beschluss.«

»Hören Sie gut zu. Wir befinden uns in einer nationalen Notlage. Es besteht die Gefahr, dass hier eine Bombe in die Luft geht, mitten in der Innenstadt von Stockholm. Jede Sekunde zählt. Die schwedische Polizei würde es sehr begrüßen, wenn Sie mit uns kooperieren könnten.«

»Ich fürchte, dass trotzdem ein Beschluss erforderlich ist.«

Absolut unfassbar. Aber gut, sie musste die Taktik ändern.

»Haben Sie selbst denn keine Angst? Die Bombe könnte sich in der Nähe befinden. Wenn Sie uns hineinlassen, kann ich es erklären …«

»Ich halte mich nicht im Gebäude auf. Selbstverständlich helfen wir der Polizei gern, sobald Sie einen gültigen Beschluss der Staatsanwaltschaft vorzeigen können.«

Jetzt wagte es der Mistkerl auch noch, sie zu belehren! Palm drehte sich um und schaute über das Wasser. Links von sich sah sie Blaulicht über die Fassade flackern. Ihre Einsatzgruppe war auf dem Weg. Gut. Sie wusste, was sich im Mannschaftswagen befand.

Ihr Handy vibrierte.

»Palm.«

»Skrak.«

Zum dritten Mal an diesem Tag war Karolina erstaunt. Sie hatte das Gefühl bereits satt.

»Herr Professor, das kommt unerwartet.«

»Ja, das ist nachvollziehbar, und ich will Sie auch nicht lange aufhalten. Aber ich rufe an, weil ich mir Sorgen um Axel Sköld mache.«

»Ich höre.«

»Es ist eine lange Geschichte. Aber wenn Brünnhilde singt, dann tut sie das an der Strömsborg.«

»Da kann ich nicht folgen.«

»Verzeihung, das war eine Referenz auf die Oper, in der die dicke Frau singt. Wagner. *Der Ring des Nibelungen*. Nebensächlich! Ich fürchte, ich leide unter Nervosität und drücke mich kryptisch aus.«

»Bleiben Sie ruhig. Axel Sköld und die Strömsborg. Was muss ich verstehen?«

Sie hörte, wie Skrak tief Luft holte, als führe er einen mentalen Neustart durch. Währenddessen hatte der Mannschaftswagen das »Sheraton Hotel« und die Kreuzung Tegelbacken passiert, über der die charakteristische Leuchtschrift des *Aftonbladet* prangte. Jetzt hatten sie nur noch die halbe Vasabron vor sich, bis sie die Abzweigung zur Strömsborg erreichen würden. Sie ging die Treppe nach unten, um ihre Leute in Empfang zu nehmen.

»Axel und ich haben einige Recherchen betrieben, die zur Folge hatten, dass er – dass wir! – glauben, es bei der Strömsborg mit einem zentralen Gebäude zu tun zu haben. Ich habe erst vorhin mit ihm gesprochen, und da klang es, als befände er sich auf dem Weg dorthin. Jetzt. Während der Bombendrohung.«

»Okay. Von welcher Entdeckung sprechen Sie da?«

»Axel ist überzeugt, dass die Strömsborg mit den Achtzehn in Verbindung steht.«

Karolina Palm hielt inne, schloss die Augen und fuhr sich mit der Hand über die Stirn.

»Die Achtzehn? Im Ernst?«

Skrak sagte nichts.

»Und was glauben Sie, Herr Professor? Sie kennen sich doch mit Geschichte aus. Gibt es wirklich einen Anlass für diese Verschwörungstheorien?«

Der Mannschaftswagen kam mit dem scharrenden Geräusch von blockierenden Reifen auf Kies zum Stehen.

»Was unsere Nachforschungen betrifft, so bürge ich für sie. An diesem Gebäude auf Strömsborg ist definitiv etwas Besonderes, aber ich weiß noch nicht, was es ist. Was glauben Sie selbst, Frau Kommissarin? Immerhin waren Sie in der Schatzkammer mit von der Partie. Sie wissen, dass wir in diesem Schlamassel schon früher mächtigen Interessen begegnet sind und dass man offenbar nicht davor zurückschreckt, Menschenleben auszulöschen.«

Er hatte recht. Und sie stand unter Stress.

»In Ordnung, Skrak. Was soll ich tun?«

»Na, halten Sie Axel auf! Das kann böse für ihn enden.«

»Ich verstehe. Danke für Ihren Anruf, Herr Skrak. Ich muss jetzt auflegen, aber ich befinde mich gerade auf Strömsborg. Wir kümmern uns also umgehend darum.«

»*Sie* sind auf Strömsborg …?«

Karolina drückte das Gespräch weg, steckte das Handy ein und begrüßte Niklas Öhman per Handschlag.

»Früher war ich hier oft in der Disko.« Polizeiinspektor Niklas Öhman warf einen Blick über die kleine Schäre. »Knallharte Türsteher waren das. Höllisch schwer, da reinzukommen.«

»Daran hat sich nichts geändert.«

Gemeinsam gingen sie hinauf zur Eingangstür.

Erneut drückte Karolina auf den Klingelknopf an der Sprechanlage.

»Wer spricht?«

»Die Polizei ist wieder da.«

»Haben Sie jetzt einen Beschluss?«

»Nein, aber Sie müssen die Tür sofort öffnen. Es ist nicht nur eine allgemeine Notlage, wir glauben außerdem, dass sich Lars Lilliehorn im Gebäude befindet. Er schwebt in akuter Lebensgefahr.«

Aus der Sprechanlage drang kein Ton.

Öhman und sie wechselten einen Blick. Er sah sie fragend an. Sie nickte. Öhman machte kehrt und rauschte die Treppe nach unten, während er gleichzeitig sein Funkgerät in die Hand nahm.

Es knackte in der Gegensprechanlage. Die Stimme meldete sich zurück, klang jetzt aber weniger sicher.

»Unseren Informationen zufolge ist das Gebäude leer.«

»Was heißt das, *Ihren Informationen zufolge*? Woher haben Sie die?«

»Eigentlich ist das vertraulich, aber da es sich um eine Notlage handelt … Ich kann alle Passiervorgänge unserer Schlüsselkarten einsehen. Heute ist niemand durch die Eingangstür gegangen. Die Burg ist leer.«

KAPITEL 70

Stockholm nahm die Bombendrohung ernst. Der öffentliche Nahverkehr war eingestellt. Keine Busse, keine Regionalzüge, keine U-Bahnen. Aber für Axel spielte das keine Rolle. Er fuhr mit dem Fahrrad, wie sonst auch. Das ging ohnehin immer am schnellsten.

Lars Lilliehorn. Die Achtzehn.

Mit dem linken Pedal trat er gegen den Zorn an, mit dem rechten gegen die Angst.

Er wusste, was der Hinweis auf dem Gemälde bedeutete. Wo die Burg lag.

Und wenn er wusste, wo sie zu finden waren – waren sie aufgeflogen. Entblößt. Er musste sich selbst eingestehen, dass er keine Ahnung hatte, was genau er erreichen konnte. Trotzdem hatte er den Verdacht, in der Burg möglicherweise das zu finden, was KC und sein anonymer Informant gemeinsam erschaffen hatten – also das, was auch Xenon dort vermutete: das digitale Archiv. Die Worte von Lovas Vater hallten in seinem Kopf nach: *digitale Archive und Daten, die ewig gespeichert bleiben.* Für einen Zufall stimmte alles viel zu gut mit dem überein, was die anonyme Quelle erzählt hatte. Vielleicht lüftete Axel jetzt sogar das Geheimnis, was sich in den verschlüsselten Dokumenten verbarg.

Wenn es an einem Ort Beweise gegen diese Organisation gab, dann mussten sie in der Burg zu finden sein. Ob es sich dabei dann um eine Einmischung in Waffengeschäfte, um wirtschaftliche Verbindungen zur CIA oder um weitere Informationen zur »Operation Mjolnir« handeln würde, wusste er nicht, aber sein Bauchgefühl sagte ihm, wenn es nur Material zu *einem* dieser Sachverhalte gab, würde das schon ausreichen, um Die Achtzehn zu enttarnen.

Zumindest hoffte er das. Je länger er in die Pedale trat, desto mehr verflog seine Wut. Dafür nahm die Angst zu. Was glaubte er eigentlich, allein gegen eine Organisation ausrichten zu können, die seit über zwei Jahrhunderten die Geschicke der Nation lenkte?

Trotzdem kurbelten seine Beine weiter, denn etwas in Lilliehorns Nachricht erschien ihm so ... bettelnd. Als stünde er kurz davor einzuknicken. Und wenn das zutraf, würde Lilliehorn ihm alles erzählen.

Axel schüttelte den Kopf. Jetzt kehrte seine Neugier zurück. Sie würde ihn noch umbringen, vielleicht sogar schon heute. Er begann bereits, die Bombe zu vergessen. Besser gesagt: Er versuchte ganz bewusst, den Gedanken daran zu verdrängen. Offensichtlich war er ein Idiot, denn es zog ihn auf unerbittliche Weise näher an die Gefahr. Er redete sich ein, seine SMS an Karolina würde dafür sorgen, dass er Hilfe bekam.

Axel radelte die Hornsgatan entlang durch Södermalm. Als er sich Slussen näherte, erwartete er das übliche Hupen der Fahrzeuge zu hören, die sich mit den Radfahrern an der Überführung nach Gamla stan drängten, aber die Straßen waren wie leer gefegt. Selbst hier, am Gordischen Knoten der Stockholmer Verkehrsführung.

Sein Handy klingelte, und Axel nahm den Anruf über seine Kopfhörer entgegen.

»Hallo, Axel. Ich bin es, Lars.«

»Ich bin auf dem Weg. In wenigen Minuten erreiche ich Strömsborg.«

Es verschaffte Axel eine große Genugtuung, den Ort zu

nennen. Er genoss es regelrecht, das Rätsel um die Burg gelöst zu haben.

»Deshalb rufe ich an. Mein Büro ist derzeit leider nicht verfügbar.«

Axel traf die Erkenntnis, dass Lilliehorn ihm gegenüber immer offen gewesen war, was seine Arbeitsadresse anging. Da beeindruckte es ihn wohl kaum, dass Axel von dem Gebäude auf Strömsborg wusste. Kurz erwog er, sein Wissen über Die Achtzehn und das Gemälde preiszugeben, doch irgendetwas ließ ihn vorsichtig werden.

»Ich schlage vor, wir treffen uns am Reichstagsgebäude«, ergänzte Lilliehorn. Es klang sehr bestimmt.

»Am Reichstag?«

»Sie werden es verstehen, wenn wir uns sehen.«

Das letzte Stück durch Gamla stan fuhr Axel in einem langsameren Tempo. Er wollte nicht außer Atem sein, wenn er ankam. Wenn er zu eifrig auftrat, konnte es den Eindruck erwecken, er befände sich in der unterlegenen Position.

Lilliehorn erwartete ihn bereits.

Während Axel das Fahrrad abschloss, schielte er zu dem Mann, der auf der obersten Stufe der Eingangstreppe auf ihn wartete. Er trug einen marineblauen Anzug, das blonde Haar war wie immer nach hinten gekämmt.

Nachdem sie die Sicherheitsschleuse passiert hatten, eilte Lilliehorn durch das große Foyer auf die Rolltreppen zu. Er nahm die, die nach unten führte, und warf einen Blick auf seine Armbanduhr.

Axel hatte plötzlich das Gefühl, dass Lilliehorn, seinem perfekten Äußeren zum Trotz, ein extrem gestresster Mann war.

»Haben wir es eilig?«

Lilliehorn lächelte flüchtig.

»Erzählen Sie, Axel. Was genau wissen Sie über unsere Organisation?«

»Was ich in meinem Podcast sage, ist Ihnen bereits bekannt, aber um es kurz zu machen: Die Achtzehn sind eine Organisation mit großer Macht über das, was die Bürger dieses Landes fälschlicherweise für demokratische Institutionen halten. Sie scheinen kein Vertrauen in die Fähigkeit unseres Volkes zu haben, über sich selbst zu bestimmen. Einst wurde Ihre Gesellschaft aus Protest gegen Gustav III. und seine Bestrebungen gegründet, die Macht im Land zu zentralisieren und konzentrieren. Im Lauf der Jahre scheinen Sie aber auf Irrwege geraten zu sein.«

Axel konnte nicht umhin, kurz aufzulachen.

Lilliehorn wandte sich um und sah ihn fragend an.

»Tatsächlich ist es sogar passend, dass Sie und ich uns treffen, um reinen Tisch zu machen, Lars. Wir sind beide Nachkommen der Gründer der Achtzehn, aber das wissen Sie sicher bereits.«

Sie erreichten das Geschoss direkt unterhalb des Eingangsbereichs, und Lilliehorn hielt auf die nächste Treppe zu. Diesmal konnten sie nebeneinander gehen, die Treppe ins Kellergeschoss war breiter als die Rolltreppe.

»Ja, mir ist bekannt, dass mein Vorfahr Pehr-Ulric einer der Gründer war, aber ein Sköld ist mir in diesem Zusammenhang nicht untergekommen.« Er ließ den Satz in der Luft hängen, der gleichermaßen Frage wie Feststellung war, als sei er sich seiner Sache sicher und wolle Axel dazu zwingen, seine Aussage wieder zurückzunehmen.

»Sie haben recht. Wir haben die Hälfte unseres Familiennamens vor vielen Jahren abgelegt. Aber von Henric Gyllenskiöld haben Sie wohl schon einmal gehört?«

Auf Lilliehorn hatte das denselben Effekt wie ein Peitschenhieb. Er blieb abrupt stehen.

»Der Henric Gyllenskiöld? Aus Boston?«

»Ach so, hat man Ihnen das nicht erzählt? Dann wissen Sie vielleicht gar nichts über meinen Großvater und seine Rolle? Er stieg aus. Wollte der Organisation nicht mehr angehören, weil sie ihre Ideale verraten hatte. Die Arbeit für die Sicherheit der Nation war einer Arbeit für die eigene ökonomische Sicherheit gewichen.«

Axel sah, wie Lilliehorns Schultern bei jedem Wort weiter nach unten sanken. Doch dann schüttelte sich der Mann vor Widerwillen.

»Jetzt vereinfachen Sie die Dinge.«

Lilliehorns Antwort kam schnell, klang aber hohl.

»Tue ich das? Warum dann all diese Geldflüsse auf eigenartige Konten in Panama?«

»Was denken Sie denn? Wenn man im Verborgenen agiert, kann man eben kein Kindersparbuch nutzen.«

»Wenn die Organisation so arbeitet, meinetwegen. Aber was ist mit den privaten Einnahmen? Wozu die vielen Privatkonten, die dort offensichtlich ebenfalls existieren? Und die immer fetter werden. Sehen Sie denn nicht, was mit Ihrem Geheimklub passiert? Sie bereichern sich auf Kosten des Volkes – während Sie sich einbilden, genau diese Leute zu beschützen.«

Lilliehorn erwiderte nichts, ging aber weiter. Axel bemerkte, dass sie auf dem Weg zum Tatort der ersten Bombe waren. Das Absperrband der Polizei hing noch immer an dem Loch zur Garage.

»Haben Sie die Briefe gelesen?«, fragte er schließlich.

»Welche Briefe?«

»Die ich in Boston entdeckt habe? Ich gehe davon aus,

dass Sie sie auf irgendeine Weise in Besitz nehmen konnten.«

Als Lilliehorn weiterhin schwieg, fuhr Axel mit seiner Erzählung fort. Es erschien ihm wichtig, seine Entdeckungen einer Person anzuvertrauen, mit der er gewissermaßen die gleiche Geschichte teilte.

»Aus den Briefen geht hervor, dass Henric Gyllenskiöld, Curt Cederström und Pehr-Ulric Lilliehorn die drei Gründer der Achtzehn sind. Ihr Ton untereinander ist aufrichtig besorgt. Sie haben begriffen, welche Ideen den amerikanischen Unabhängigkeitskrieg vorantreiben und wie weit davon entfernt die Gedanken des schwedischen Königs sind. Es sind wunderschön formulierte Ideen über die Freiheit der Menschen, Lars. Sie sollten sie lesen.«

»Wieso sollte ich das?«

Lilliehorns Stimme war scharf, und er blieb stehen. Sie waren ungefähr zwanzig Meter von dem Loch in der Wand entfernt.

»Weil Sie Stolz empfinden würden. Es sind großartige Briefe, in denen schöne Ideen geboren werden.«

Lilliehorn lachte verächtlich, dann trat er an das Kartenlesegerät.

Erst jetzt bemerkte Axel, vor welcher Tür sie standen. Es war die, von der Lova nicht gewusst hatte, was sich dahinter verbarg. Die Tür, die, rein logisch betrachtet, direkt in den Strömmen zu führen schien.

Aber Lars Lilliehorn holte keine Schlüsselkarte hervor. Stattdessen umfasste er den grün leuchtenden Rahmen und schob den ganzen Kartenleser zur Seite. Darunter kam ein Schlüsselloch zum Vorschein.

Axels Puls beschleunigte sich.

Aus der Innentasche seines Jacketts zog Lilliehorn eine

dünne Goldkette, an der ein kleiner Schlüssel hing. Fasziniert sah Axel zu, wie Lilliehorn den Schlüssel ins Loch steckte und ihn herumdrehte. Das Türschloss klickte, dann schwang die Tür langsam auf.

Ein Gang erschien, er war leicht abschüssig. Der Boden bestand aus einem schmalen Betonstreifen, der restliche Tunnel war aus Stein und zylinderförmig. Im Abstand von einigen Metern sorgten Wandlampen für eine schwache Beleuchtung.

»Sie finden wirklich, in diesen Briefen würden schöne Ideen geboren? Meinen Sie damit insbesondere die Briefe, in denen man sich darauf verständigt, Gustav III. auf dem Maskenball zu ermorden?«

Axel erstarrte. Also kannte Lilliehorn die Briefe doch.

»Selbstverständlich habe ich die Briefe gelesen.« Jetzt klang Lilliehorn abschätzig. »Ich bin nur nicht im gleichen Maß von der Schönheit ihres Inhalts überzeugt wie Sie. Nun denn, legen Sie einen Zahn zu, wir haben nur wenig Zeit.«

KAPITEL 71

»Mama. Da is Papa.«

Eine doppelte Gefühlswelle rollte über Stina hinweg. Einerseits war es schön, David bei sich zu haben, und sie war auch dankbar dafür, dass sie sich in gebührendem Abstand zur Innenstadt und der drohenden Bombe befanden. Andererseits schnitten ihr Davids vier kleine Worte ins Herz.

Dennoch nickte sie. Es war wichtig, ihn zu bestätigten, sonst würde er denselben Satz ständig wiederholen.

Dabei hätte sie ihren Sohn am liebsten gepackt und ihm ins Gesicht geschrien, dass dieser Idiot nicht sein Vater war. Ein Vater war man nicht einfach, sondern man wurde dazu, indem man seinem Kind nahe war und es liebte. So, wie sie es tat.

Stattdessen umarmte sie David. Über die Schulter des Jungen begegnete sie Fredriks Blick. Da stand er, jetzt zusammen mit seiner Anwältin, die inzwischen ebenfalls im Foyer des Amtsgerichts Södertörn aufgekreuzt war.

Sie hatten sich in zwei eindeutige Lager aufgeteilt. Entlang der Fensterfront standen David und sie, außerdem Vilhelm Skrak und ihr Anwalt Hans Brorsson. Vor der Backsteinwand direkt gegenüber warteten Fredrik und Felicia Granath, er in demselben Sakko und derselben Hose wie an allen anderen Verhandlungstagen. Stina fragte sich, ob das Hemd nicht auch dasselbe war.

Er wirkte verkleidet, als hätte jemand anders bestimmt, was er tragen sollte. Felicia Granath möglicherweise. Sie sah aus wie eine Person, die das meiste bestimmte, ihre eigene

Kleidung ebenso wie das Wetter. Schwarze Sonnenbrille, das Handy entweder am Ohr oder geschäftig vor sich als Notizblock. Wie es schien, tippte sie dauernd Nachrichten oder war im Gespräch über andere Fälle.

Dieser Prozess jedenfalls würde sich jetzt entscheiden. Wahrscheinlich dachte sie schon an den nächsten Mandanten. Irgendwie mussten die Rechnungen schließlich bezahlt werden.

»Wie lange wird das denn dauern? Es kommt mir vor, als wären wir Axel von Fersen, der auf einen Liebesbrief von Marie Antoinette wartet«, brummte Skrak vor sich hin und blickte verärgert auf den leeren Platz hinter dem Tresen des Gerichtsassistenten.

Hans Brorsson lachte leise.

»Ja, da lassen sich Parallelen erkennen«, pflichtete er ihm bei. »Wenn Sie nichts dagegen haben, nutze ich diese Formulierung vielleicht in einem zukünftigen Plädoyer. Bei unserer lieben Justitia weiß man nie, sie lässt sich mitunter viel Zeit. Dennoch sollte das Urteil in etwa einer halben Stunde verkündet werden.«

»Nöö, keine Halbstunde!«

David hasste es zu warten. Heute ging es Stina genauso.

Sie gab ihm sein Handy und öffnete die App des Schwedischen Rundfunks, um ihn abzulenken. Eigentlich hatte sie vorgehabt, eine Kindersendung abzuspielen, aber aus Versehen drückte sie auf den Livestream.

»… und es ist ein völlig andersartiger Tag in Stockholm. Der öffentliche Nahverkehr ruht seit Mitternacht, denn die Polizei nimmt die Bombendrohung äußerst ernst. Noch gibt es allerdings keine Verhaftungen, weder im Zusammenhang mit der aktuellen Bombendrohung noch mit den Anschlägen der letzten Wochen. Den Ausnahmezustand hat die Regierung zwar nicht ausgerufen, aber sie hat alle Arbeitgeber in der Stockholmer Innenstadt dazu aufgefordert, ihre Betriebe zu schließen, und auch generell davon abgeraten, sich in den zentralen Bezirken der Stadt aufzuhalten. Unser Reporter verfolgt die aktuelle Entwicklung von einem Hubschrauber aus, der in sicherem Abstand über der Stadt schwebt.«

»Wir sind hier in einer Höhe von etwa einhundertfünfzig Metern unterwegs, und ich muss sagen, es ist ein befremdlicher Anblick. In diesem Augenblick kreisen wir über der Hamngatan und dem Kungsträdgården. Normalerweise wimmelt es an diesem Ort von Touristen und Einheimischen, aber heute ist er wie ausgestorben. Kein einziges Auto ist zu sehen, und das, obwohl ich freie Sicht über den Kungsträdgården bis nach Gamla stan und auf Teile von Södermalm habe. Es ist gespenstisch. Wir alle warten auf eine Explosion, und wenn ich die Aussagen der Polizei richtig deute, ist die Frage nicht, *ob* die Bombe hochgeht, sondern wann …«

David riss Stina das Handy aus der Hand und drückte auf den blauen Affen, das Symbol für das Kinderprogramm.

Stina ließ ihn das Gerät behalten. Sie hatte ohnehin genug gehört.

»Wann kommt Axel?«, fragte Stina, an Skrak gewandt.

Er zögerte mit der Antwort. Das gefiel ihr nicht.

»Er muss nur noch etwas erledigen …«

»Wir sind um zehn Uhr hier verabredet, das ist das Einzige, was er zu erledigen hat!«

David blickte vom Handy auf, und sein erschrockener Blick sorgte dafür, dass Stina die Stimme senkte.

Skrak nickte düster.

»Axel hat herausgefunden, dass Die Achtzehn ihr Hauptquartier auf Strömsborg haben«, sagte er dann mit gedämpfter Stimme. »Sie wissen schon, die Insel auf halbem Weg zwischen Gamla stan und Norrmalm.«

Stina begriff, was das bedeutete.

»Nein. Nein, nein, nein. Sagen Sie nicht, dass er auf dem Weg dorthin ist? Jetzt?!«

Hans Brorsson ahnte, dass diese Informationen nicht für ihn bestimmt waren. Mit einer vagen Bemerkung über Kaffee ließ er sie allein.

Skrak sah Stina an, eine Sorgenfalte bildete sich zwischen seinen weißen Augenbrauen.

»Wie kann er nur so dumm sein?«

»Er ist sich seiner Sache sicher, und in dem Fall ist Axel … wirklich sicher.«

»Und warum ist er sich so sicher?«, hakte sie nach.

Skrak schien die Frage unangenehm zu sein.

»Kommen Sie schon, jetzt ist nicht der Zeitpunkt, mich zu schützen – oder was auch immer Sie glauben, da zu tun!«, fauchte Stina, hielt die Lautstärke aber gering. Sie wollte David nicht stören. Außerdem sollten Fredrik und seine Anwältin, die weniger als zehn Meter von ihnen entfernt standen, nicht mitbekommen, wie wütend sie war. Denn genau das war sie jetzt. Wütend. Irrsinnig wütend.

Sie stellte sich dicht neben Skrak.

»Ich weiß nicht, was zum Teufel Sie getan haben, aber ich habe durchaus kapiert, dass Axel und Sie etwas mit diesem Gemälde zu tun haben«, zischte sie ihm ins Ohr. »Und zwar, weil *ich* es zu Ihnen bringen durfte. Also, mein lieber, herzensguter, freundlicher Herr Professor Vilhelm Skrak, wenn Menschen, die mir am Herzen liegen, sich in Lebensgefahr begeben, dann müssen Sie sofort damit aufhören, mich außen vor zu lassen!«

Skrak wich langsam vor ihr zurück. Stina schätzte, dass

er – jedenfalls aus der Entfernung – aussah wie immer. Aber sie registrierte den Schweiß, vielleicht war es auch ihr Speichel, der an seiner Schläfe hinabrann.

»Sie verstehen sicher, dass ich nicht über das Gemälde sprechen kann, Stina. Ihret- und meinetwegen. Aber ich glaube, Axel liegt richtig. Strömsborg passt ins Bild. Und die Art und Weise, wie diese Organisation vorgeht, wie sie sich immer ganz knapp unter der Oberfläche hält, passt ebenfalls ins Bild.«

»Warum, um Himmels willen, sollten sie denn einen Hinweis in einem alten Gemälde verstecken?«

»Weil sie ihre Bedeutung manifestieren müssen. Ihre Sonderstellung. In einer Organisation, die sich auf Geheimnisse gründet, gilt es, gewisse Rituale zu haben, gemeinsame Routinen und Symbole, um die man sich einen kann. Je offener diese Geheimnisse verborgen sind, desto größer der Triumph. Dass alle Mitglieder der Achtzehn von dem Gemälde wissen und von dem, was es eigentlich verbirgt, zeigt, wozu diese Gesellschaft fähig ist. Es ist gleichermaßen eine Demonstration von Macht wie das Bewahren eines Geheimnisses. Rein objektiv betrachtet eine bewundernswerte Leistung.«

Auf Stina hatte Skraks Erläuterung einen alles andere als beeindruckenden Effekt.

»Aber warum muss Axel gerade jetzt in die Strömsborg? Heute? Wenn ganz in der Nähe eine Bombe hochgehen kann?«

Skrak sah sie einfach nur an.

Dann begriff sie.

»O Gott. Er glaubt, er kann sie stoppen?«

KAPITEL 72

Der Tunnel war knapp zwei Meter breit und genauso hoch. Oder niedrig. Es reichte gerade so, dass Axel aufrecht gehen konnte, aber er zog trotzdem den Kopf ein. Der Lichtschein der Lampen, die sich entlang der rechten Wand aufreihten, war gedämpft, und sie bewegten sich halb im Dunkeln. Lilliehorn ging direkt vor ihm her. Es roch muffig. Neben dem Betonstreifen, auf dem sie liefen, plätscherte Wasser in einem dünnen Rinnsal. Die Luftfeuchtigkeit um sie herum war so hoch, dass Axel kleine Tropfen im Gesicht spürte. Krampfhaft versuchte er, nicht an die Wassermassen zu denken, die von außen gegen die Tunnelwände drückten.

Obwohl sie die ganze Zeit über in dieselbe Richtung gingen, fiel es Axel schwer, sich zu orientieren. Trotzdem glaubte er zu wissen, dass sie sich nach Westen bewegten.

In Richtung Strömsborg. Unter Wasser.

»So ist er hineingekommen, richtig?«

Lilliehorn antwortete nicht.

»Und Sie haben ihm den Weg gezeigt, nicht wahr?«

Jetzt drehte sich Lars Lilliehorn um, im Gehen.

»Gut kombiniert, Sherlock. Aber jetzt beeilen Sie sich.«

Axel hatte nicht gemerkt, dass er stehen geblieben war. Er ging wieder los. Dabei griff er mit einer Hand in die Hosentasche, und es gelang ihm, die Sprachmemofunktion seines Handys zu starten. Er ließ das Handy ein kleines Stück aus der Tasche ragen.

»Sie haben den Täter also durch diesen Tunnel gelotst und ihn durch die geheime Tür ins Reichstagsgebäude geschleust?«

Ihre Schritte waren das Einzige, was man hörte.

»Sie und Ihre Leute haben Tammers Karte genutzt, um in die Tiefgarage zu gelangen. Haben Sie sie dem Finanzminister gestohlen, als er zum Rücktritt gezwungen wurde? Vielleicht ist sie in dem allgemeinen Durcheinander während des Skandals einfach verloren gegangen?«

»So in der Art.«

Lilliehorns Antworten gerieten sehr kurz. Dennoch verspürte Axel Euphorie. Alles außer Schweigen war Gold. Er schielte auf das Handy. Es zeichnete auf. Zwar in miserabler Tonqualität, dennoch war diese Aussage als Geständnis zu werten.

»Wer war der Mann? Und wieso baut er Bomben, die den Konstruktionen von Tingström gleichen?«

Lilliehorn breitete die Arme aus, als habe er keine Ahnung und als schere er sich auch nicht darum.

»Und wieso erzählen Sie mir all das?«, setzte Axel nach.

Lilliehorn blieb stehen. Eigentlich erwartete Axel, dass er sich umdrehen und ihm eine Erklärung geben würde, doch dann erkannte er, dass sie das Ende des Tunnels erreicht hatten. Erneut zog Lilliehorn den kleinen Schlüssel hervor und schloss eine weitere Tür auf, baugleich zu der, durch die sie hineingekommen waren.

Bevor Lilliehorn die Tür öffnete, sah er Axel an.

»Wieso ich Ihnen etwas erzähle? Den größten Redeanteil haben doch eindeutig Sie.«

Er drückte die Tür auf, und sie betraten einen Korridor, der auf Axel den Eindruck machte, als befände er sich in einem Kellergeschoss. Betonwände. Eine stahlgraue Tür geradeaus und eine identische rechts von ihnen.

Lilliehorn ging voran und hielt ihm die rechte Tür auf.

Axel Sköld stockte der Atem.

Er schaute auf einen unterirdischen Hafen.

Langsam stieg er eine Treppe hinab, die zu einem Betonkai führte, der von Glaswänden umgeben war.

»Wir sind unterhalb von Strömsborg, oder? Unter der Burg?«

Hinter ihm fiel die Tür ins Schloss, und er wandte sich um.

»Auch das ist korrekt.« Lilliehorn grinste. »Gut, Axel. Sogar ausgezeichnet.«

Axel spürte das Unbehagen herankriechen. Da war irgendetwas in Lilliehorns Augen. Ein Licht, das er dort noch nie gesehen hatte.

Lilliehorn folgte ihm nach unten zum Kai.

»Uns bleibt nur Zeit für einen schnellen Rundgang.« Lilliehorn schwenkte mit dem Arm über den Anleger und die Ausrüstung, die auf der gegenüberliegenden Seite stand. »Hier haben wir einen kleinen, aber komplett ausgestatteten Hafen, dem Vernehmen nach hervorragend für Mini-U-Boote geeignet. Vielleicht kennen Sie ja die Geschichte mit Wallenberg?«

Verwirrt blinzelte Axel, dann erinnerte er sich vage. Irgendetwas mit einem Entführungsversuch …

Bevor er Lilliehorn aber danach fragen konnte, setzte dieser seine Führung fort.

»Auf der anderen Seite sehen Sie unser technisches Museum. Teile dieser Ausrüstung sind noch immer höchst modern, und sämtliche Computer hier waren einmal ›topmodern‹.«

Erst jetzt entdeckte Axel den hinteren Bereich des Raums, beziehungsweise des Hafens. Überwachungsausrüstung, Bildschirme, Computer, Schreibtische und Stühle für bestimmt zehn Personen – und dahinter eine enorme Menge an Servern.

»Dort hinten in der Ecke sehen Sie unser ältestes Gerät. Es ist offenbar vor Ort montiert worden.«

Axel sah, wohin Lilliehorn deutete. Obwohl er den Rechner noch nie zu Gesicht bekommen hatte, erkannte er ihn instinktiv wieder. Diesen Computer hatte sein Informant beschrieben. Damit hatten KC und er gearbeitet. Sie mussten ihn zurückgeholt haben. Hierher. Stück für Stück.

»Ein Datasaab.«

Ein kleines Lächeln huschte über Lilliehorns Gesicht, als Axel das Gerät beim Namen nannte, aber gleichzeitig war ihm auch das Erstaunen darüber anzusehen, dass Axel den Computer kannte.

»Ja, ein modifizierter D23«, bestätigte er dann Axels Vermutung.

Axel ging näher heran. Jetzt folgte Lilliehorn ihm, plötzlich redselig.

»Zuerst war es alles, von dem ich dachte, ich hätte es mir erträumt. Sie redeten über Dinge, an die ich mich aus der letzten Zeit mit meinem Vater erinnerte. Sprachen davon, das Rückgrat des Reichs zu sein, einem höheren Zweck zu dienen, die wahren Werte zu verteidigen, die Nation selbst *ausmachen* zu dürfen. Zumindest glaubte ich das. Aber was waren das eigentlich für Erinnerungen, die ich hatte? Damals war ich schließlich nicht einmal acht Jahre alt.«

Lilliehorn redete, als wäre Axel gar nicht da.

Und Axel hörte zu, wenn auch nur mit einem Ohr. Seine Aufmerksamkeit galt dem uralten Apparat vor ihnen. Er sah aus wie drei Stahlschränke, die man zusammengeschweißt hatte, zwei weiße und ein knallgelber in der Mitte.

Axel hob eine weiße Metallklappe an, die sich am oberen Rand des knallgelben Abschnitts befand. Sie schwang nach oben und entblößte mehrere Knöpfe und Messuhren.

»An Ihrer Stelle würde ich mich in Acht nehmen.«

Mit einem Mal klang Lilliehorns Stimme scharf.

Axel drehte sich um.

»Okay, Lars. Erzählen Sie schon. Sie wollten mich hier haben, um … alles zu enthüllen? Oder damit ich Ihnen dabei helfe, eine Katastrophe zu verhindern? Sie sagten, Sie wollten eine Bombe stoppen und dass ich Ihnen helfen könne. Was tun wir hier eigentlich?«

Ein nach innen gerichtetes Lächeln legte sich auf Lilliehorns Gesicht.

»Das ist aber eine philosophische Frage. Doch ich nehme an, Sie sind auf eine konkrete Antwort aus?«

Axel nickte.

»Das hier ist die Burg. Wir sind Die Achtzehn.« Lilliehorn schaute Axel direkt in die Augen. »Und es stimmt, was Sie über die Briefe und die Gründung der Organisation sagen. Ich habe sie auch gelesen. Doch das, was wir jetzt sind … Darin findet sich nichts Gutes. Auch damit haben Sie recht. Und ja, wir sind für die Bombenanschläge verantwortlich. Warum unser *Experte* dafür eine eigentümliche Technik nutzt, wollen Sie wissen?«

Lilliehorn zuckte mit den Schultern.

»Tja, er behauptet, von Lars Tingström gelernt zu haben. Ich weiß nicht, ob sie sich kannten oder ob er einfach nur die Berichte gelesen und es sich auf diese Weise angeeignet hat. In jedem Fall hat er Höllenkonstruktionen wie die von Tingström gebaut, und bisher sind sie nach Plan explodiert.«

Lilliehorn kramte in seiner Innentasche und holte eine kleine Schachtel heraus. Er öffnete sie und nahm die Tablette, die herausrollte. Dann schluckte er sie und schaute auf seine Armbanduhr.

Axel nutzte den Moment, in dem Lilliehorn mit seinen

Medikamenten beschäftigt war, und warf einen verstohlenen Blick auf sein Handy. Die Aufnahme lief noch immer.

»Aber warum lassen Die Achtzehn Bomben mitten in Stockholm hochgehen?«

»Das verstehen Sie doch, Axel? Um den Anschein einer Terrorgefahr zu erwecken, natürlich. Wir müssen dem Gerede über eine offenere Gesellschaft ein Ende bereiten. Das Bankgeheimnis wird *nicht* abgeschafft, und die Verteidigungsarchive werden *nicht* geöffnet. Beides steht unseren Interessen im Weg. Und damit steht es auch den Interessen *der Nation* im Weg.«

Lilliehorn lachte kurz auf. Das Feuer war zurück in seinen Augen. Axel fragte sich, wie viele Tabletten er geschluckt hatte. Und wovon.

»Diese beiden Themen, die Abschaffung des Bankgeheimnisses und das Öffnen der Militärarchive, sind Fragen, die Lova Magnusson vorantreibt. Stellt die Ministerpräsidentin ein Problem für Die Achtzehn dar?«

Lilliehorn schüttelte den Kopf. Er richtete einen Finger auf Axel.

»Sie sind ein Problem. Aus diesem Grund sind wir hier. Es ist meine Aufgabe, Sie hierher zu bringen.«

Eisige Kälte legte sich auf Axels Brustkorb.

»Die dritte Bombe?«

Lilliehorn nickte.

Axels Augen weiteten sich. Er schaute zur Tür.

»Wann?«

»In ein paar Minuten.«

»Aber warum sind Sie noch hier?« Gestresst sah er zu Lilliehorn.

»Ja, das ist eine unerhört komplexe Frage …« Auf einmal wirkte Lilliehorn um dreißig Jahre gealtert.

In seinem Kopf ließ Axel ihr Gespräch und Lilliehorns Monolog noch einmal ablaufen. Was hatte er noch gesagt? Dass alles wie ein Traum gewesen sei? *Zuerst ...*

»Sie wollen doch nicht etwa aussteigen, Lars?«

Ein fahles Lächeln kräuselte Lilliehorns Lippen.

»Das tue ich wohl ...«

Axel ahnte, dass man aus einer Gesellschaft wie dieser nicht wirklich aussteigen konnte. Bedeutete das, dass Lilliehorn im Begriff stand, Selbstmord zu begehen? In diesem Fall sogar einen erweiterten Selbstmord?

Plötzlich kippte Lars Lilliehorn nach hinten und glitt an der Wand hinab, an die er sich gelehnt hatte. Grauer Betonputz blieb an dem Sakko und der Hose seines marineblauen Anzugs hängen.

Sofort eilte Axel zu ihm, doch Lilliehorn winkte nur abwehrend. Er saß mit ausgestreckten Beinen auf dem Boden, den Rücken nach wie vor gegen die Wand gepresst, sodass sein Sakko bis zum Nacken hochgerutscht war. Seine ansonsten stets perfekt nach hinten gekämmten Haare standen jetzt in alle Richtungen ab. Der Mann war ein Wrack. In Axel wuchs die Panik.

»Ich dachte nie, dass die Bombe unter dem Reichstag Menschenleben kosten würde. Meine Aufgabe bestand darin, unseren Experten an den Einsatzort zu bringen. Später, als mir klar wurde, dass sie es auf Legré abgesehen hatten, war es bereits zu spät. Anschließend habe ich versucht, mir einzureden, dass das alles war, was ich getan hatte: ihn dorthin zu bringen. Aber die Nächte ... Die Nächte sind unerträglich, Axel. Die Medikamente helfen, aber es ist eigenartig, sie helfen nur tagsüber. Um vier Uhr wache ich auf. Jede Nacht.«

Lilliehorn schlug sich die Hände vors Gesicht und krallte sie zusammen.

»Trotz allem, was ich erlebt habe, glaubte ich später, es sei ein Scherz. Aber Cederström … *Johannes Cederström scherzt nie.* Es hätte mir also klar sein müssen. Und trotzdem klingt es so absurd. So übertrieben. Sein eigenes Haus komplett in die Luft zu sprengen. Die Burg, auf die sie so stolz sind. Aber sie sind sehr diszipliniert. Die Logik, die sie anwenden, mag extrem sein, aber sie funktioniert. Das muss man ihnen lassen.«

»Sie reden von ›ihnen‹? Warum nicht von ›uns‹?«

»Wie könnte ich von ›uns‹ sprechen? Soll *ich* etwa zu den Terroristen gehören? Dieses Gebäude in die Luft sprengen, mitten in Stockholm? Direkt vor der Tür verläuft doch die Straße. Ich weiß nicht, wie viel Dynamit sie in den Wänden verbaut haben, aber ich schätze, sie haben bei der Planung keine halben Sachen gemacht. Immerhin haben sie einen König und einen Ministerpräsidenten auf dem Gewissen. Die Achtzehn scheuen sich nicht davor, zuzupacken …«

Lilliehorns Stimme versagte, und mit einem Mal wirkte er ganz klein. Ein aschfahler Mann in einem viel zu großen Anzug.

Furcht machte sich in Axel breit. Lilliehorn war krank, er stand unter Drogen. Fantasierte er bloß, oder stimmte das, was er sagte? Und wenn ja, konnte ihnen diese Wahrheit helfen?

Besorgt blickte Axel an den massiven Kellerwänden empor. Enthielten sie tatsächlich Dynamit?

»Von was für einer extremen Logik reden Sie da? Was ist logisch daran, sein eigenes Hauptquartier zu sprengen?«

Mit einem schlaffen Lächeln hielt Lilliehorn drei Finger in die Luft.

»Erstens: Panik vor der Terrorgefahr schüren, das sorgt für eine günstige Stimmung in der Politik. So kann Magnusson ihren Kampf für die Einsicht in Geschäftsvorgänge oder Militärgeheimnisse unmöglich fortsetzen.

Zweitens: Beweise vernichten. Sie haben den Code auf dem Gemälde gesehen. Sie wissen, dass die Strömsborg der Schlüssel ist. Und bereits bevor das herauskam, haben Legré und auch Sie selbst Nachforschungen zu ›Operation Mjolnir‹ angestellt. Eine äußerst heikle Sache für Cederström.«

»Inwiefern?«

»Das übersteigt meine Befugnisse. Von ›Operation Mjolnir‹ habe ich immer nur gehört, und selbst das hinter vorgehaltener Hand. Wenn ich es richtig deute, gibt es hier unten Beweise für die Existenz dieser Operation. Und die muss man jetzt zerstören.«

Lilliehorn hielt nur noch einen Finger nach oben.

»Was ist der dritte Grund?«

»Tja …« Lilliehorn richtete den Zeigefinger auf Axel. »Betrachten Sie es als Kompliment. Ich sollte Sie hierher locken. Drei Fliegen mit einer Klappe.«

KAPITEL 73

Die Uhr über dem Tresen des Gerichtsassistenten im Amtsgericht Södertörn zeigte bereits mehrere Minuten nach zehn an. Striche, keine Ziffern. Ein Klassiker, den Stina aus jedem Klassenzimmer kannte. Auch beim Zahnarzt hatte sie solche Uhren schon gesehen. Im Ärztezentrum. Als sie bei der Geburt darauf gewartet hatte, dass die Wehen stärker wurden. Es war der gleiche Typ Uhr, deren Zeiger während der Verhandlungtage im Svea hovrätt vorangekrochen waren. Ein weißes Ziffernblatt mit schwarzen Strichen. Zeit, die im Schneckentempo voranschritt. Das Leben verging, farblos und inhaltsleer.

Sie hasste diese verdammte Uhr.

»Hasse. Wann wird das Urteil verkündet?«

Hans Brorsson sah von dem Magazin auf, in dem er las. Eine Juristenzeitschrift. Warteräume sahen überall gleich aus, nur beim Inhalt der Zeitschriftenregale gab es einen Unterschied.

»Das hast du mich vor einer Viertelstunde schon gefragt. Die Antwort ist leider dieselbe. Es …«

»… dauert noch«, beendete sie seinen Satz.

Langsam begann sie zu verstehen, wie David sich fühlte. Zu warten war eine Qual. Unter der Haut kribbelte es vor Rastlosigkeit. Nur hier herumzustehen und nichts zu tun, wenn so viel auf dem Spiel stand. Für sie und David, aber auch für Axel. Dieser Idiot. Warum setzte er sie dieser zusätzlichen Belastung aus?

Sie bereute den Gedanken direkt wieder. Natürlich war

nicht sie es, die er belastete, schließlich spielte er mit seinem eigenen Leben.

Spielte? Nein, er versuchte, etwas zu unternehmen. Weil er glaubte, etwas bewirken zu können, legte er einfach los. Und sie sollte das Gleiche tun, oder nicht?

Aber sie tat nichts anderes, als eine Uhr anzuglotzen.

Sie schaute zu David, der dicht neben Skrak saß und den Professor dazu bekommen hatte, sich für die farbenfrohen Monster seines Handyspiels zu interessieren. Vilhelm Skrak, der Pokémon spielte. Jetzt hatte sie wirklich alles gesehen.

Oder vielleicht auch nicht. Eine Explosion aus nächster Nähe fehlte noch auf ihrer Liste …

»Hasse. Du schaffst den Part mit dem Urteil auch ohne mich, oder? Ich muss dafür nicht hier sein und irgendetwas unterschreiben oder so?«

»Nein, als dein Rechtsbeistand kann ich das mit dem Staat klären. Aber ich dachte, du wolltest das Urteil so schnell wie möglich sehen, sobald es gesprochen ist? Deshalb sind wir doch hier …«

»Ja, aber ich habe meine Meinung geändert. Ich muss Axel holen. Ich kann hier nicht einfach auf meinem dicken Hintern herumsitzen.«

Skrak warf ihr einen Blick zu. Er hatte das Gespräch mit angehört und zog die Augenbrauen nach oben. Lag es an ihrer Wortwahl oder daran, dass er hier derjenige mit dem dicken Hintern war? Sie wusste es nicht, aber seine Worte wärmten sie.

»Ich verstehe Sie, Stina. Und ich werde Sie nicht beleidigen, indem ich glaube, Sie wüssten nicht, welche Gefahren es birgt, sich zu diesem Zeitpunkt in die Stadt zu begeben. Sie scheinen einen Entschluss gefasst zu haben. Ich kümmere mich natürlich um David.«

Sie umarmte ihn schnell.

»Danke. Noch eine Sache, Herr Professor …«

»Ja. Sie dürfen meinen Wagen nehmen.«

Er angelte den Schlüssel aus der Tasche, und sie überraschte sie beide damit, dass sie zum Dank einen Knicks machte. Das hatte sie seit zwanzig Jahren nicht mehr getan, aber offenbar verleitete Skrak sie zu einer solchen Geste.

Auf dem Weg zum Parkplatz winkte sie David durch die Scheiben der Eingangstür zu. Der Junge schien kaum zu bemerken, dass sie ging, er war komplett in sein Handy vertieft. Es verpasste ihr einen Stich. Aber vielleicht war es am besten, wenn er gar nichts davon mitbekam, dass sie verschwand.

*

»Letzte Chance. Wenn Sie die Tür nicht öffnen, machen wir das.«

»Können Sie das wiederholen?«

Karolina stöhnte. Sie wollte das hier nicht tun. Später würde man ihr dafür die Hölle heißmachen. Außerdem war es schade um eine so schöne Eingangstür.

»Wir sind sicher, dass Lars Lilliehorn vor Ort ist. Außerdem habe ich soeben erfahren, dass sich möglicherweise eine weitere Person in Ihrem Gebäude aufhält. Wir müssen dafür sorgen, dass beide evakuiert werden.«

»Mir ist nichts dergleichen bekannt. Es wäre in unseren Protokollen zu sehen, wenn jemand das Gebäude betreten hätte.«

»Hören Sie jetzt gut zu. Vor einer knappen Woche sind Bomben im Reichstag explodiert, und wir wissen immer noch nicht, wie der Täter oder die Täterin in das Gebäude gelangt ist. Aber wir wissen, dass er oder sie dort war, richtig?

Wenn Sie uns nicht einlassen, werden wir die Tür mit einer Ramme gewaltsam öffnen. Sie können im Anschluss gern Beschwerde einreichen. Aber wenn wir jemanden im Gebäude antreffen und herauskommt, dass Sie versucht haben, uns am Betreten zu hindern, wird das für Sie … ziemlich schlecht aussehen.«

Karolina schaute fragend zu ihrem Kollegen Niklas Öhman. Er nickte ihr bestätigend zu, während er den schweren Metallzylinder mit beiden Händen umfasste und Schwung holte.

»Warten Sie.«

Sie beschloss, dem Mann höchstens zehn Sekunden zu geben. In der Zwischenzeit rief sie erneut Axels Handy an.

Sie hatte gerade bis vier gezählt, da erklang ein elektronisches Surren vom Türschloss.

»Treten Sie ein.«

Im selben Moment meldete sich Axel Skölds Mailbox.

Karolina beendete den Anruf und riss die Tür auf. Zusammen mit fünf Polizisten eilte sie in die imposante Eingangshalle der Strömsborg.

*

Zwei Etagen unterhalb von Karolina Palm und ihrer Einsatzgruppe versuchte Axel, ein wenig Abstand zu gewinnen und seine Situation einzuschätzen. Er befand sich in einem unterirdischen Raum, dessen Wände genügend Dynamit enthielten, um damit das Haus und sogar die ganze Insel in die Luft zu sprengen. Anscheinend konnte es jeden Moment so weit sein. Allerdings lagerten hier auch Beweise für die Existenz der Achtzehn und der »Operation Mjolnir«. Ein Geheimnis, das so brisant war, dass die Mitglieder der Organisation bereit waren, ihr gesamtes Hauptquartier zu opfern, damit es niemals gelüftet werden konnte.

Und offenbar hielt man ihn für fähig, genau diesen Vertuschungsversuch zu verhindern. Doch seine einzige Unterstützung bei diesem Vorhaben war ein mentales Wrack in einem schweineteuren Anzug.

Axel musterte das Häufchen maßgeschneiderten Armani-Stoff – oder welche Marke auch immer –, das Lars Lilliehorn darstellte.

»Was wissen Sie über die Sprengladungen?«

Inzwischen lag Lilliehorn mehr vor der Wand, als dass er dort saß. Er wedelte träge mit dem Arm.

»Es knallt gleich. Aber es ist kompliziert …« Seine Stimme verklang.

Axel trat vor ihn und setzte sich in die Hocke.

»Kommen Sie schon, Lars. Reißen Sie sich zusammen.«

Die Augen, die ihm entgegenblickten, waren ausdruckslos und wässrig. Alles, was darin einmal gebrannt haben mochte, war erloschen.

Axel betrachtete den Mann, den er mehrere Tage lang gehasst hatte. Den Mann, der sein Leben bedroht hatte und, was noch schlimmer war, der gedroht hatte, Stina David zu nehmen. Doch dieser Mann war nicht mehr da.

»Nur Sie und ich können diese Explosion aufhalten, oder, Lars?«

»Ja, die große Bombe aufzuhalten ist einfach. Wir kappen einfach die Stromversorgung. Josefsson hat mir sogar gezeigt, wo der Sicherungskasten hängt.«

Erneut hob Lilliehorn seine schlaffe Hand.

Axel schaute in die Richtung, in die der Zeigefinger gerichtet war. Direkt über dem Datasaab-Rechner saß ein grauer Metallkasten. Er sah aus wie die meisten Sicherungskästen und Schaltschränke, die er kannte, nur war dieses Exemplar um ein Vielfaches größer.

Er hastete auf die andere Seite des Kais und erreichte den Kasten. Er war nicht abgeschlossen.

»Eine Sache nur. Wenn Sie den Hauptschalter umlegen ...«

Lilliehorns Warnung kam zu spät. Axel hatte den Schalter bereits von eins auf null gestellt. Alles wurde pechschwarz.

»Nun, Sie sehen, dass wir nichts sehen.« Lilliehorn lachte lustlos über den Witz.

Axel fluchte. »Wissen Sie, welche Sicherung mit den Sprengladungen verbunden ist?«

»Nein.«

Axel legte den Hauptschalter wieder um und schaltete dann alle Sicherungen einzeln aus, bis nur noch die Beleuchtung des Kellerraums übrig war. Sie mussten darauf hoffen, dass der Strom für die Sprengladungen in den Wänden durch eine der anderen Sicherungen lief.

»Okay. Aber dann bleibt noch eine weitere Bombe?« Axel wischte sich den Schweiß von der Stirn.

»Ich ... also ... entschuldigen Sie bitte, ich kann nicht mehr klar denken.« Lilliehorn lachte leise und setzte erneut an. »Die Idee ist, auf den Modus Operandi der anderen Fälle zurückzugreifen ... also brauchen wir eine Sprengladung, die funktioniert wie die anderen.«

»Eine Tingströmbombe?«

»Ja, sie explodiert, und direkt danach sprengen wir das eigentliche Gebäude in die Luft. Ebenso genial wie katastrophal.« Lilliehorn begab sich in eine etwas aufrechtere Position. Er machte jetzt einen wacheren Eindruck. »Deshalb habe ich Sie hergeholt. Sie kennen sich doch mit dem Tingström-Fall aus, oder? Das habe ich in Ihrem Podcast gehört.

Sie verstehen sich auf den Mechanismus, nicht wahr? Wenn jemand eine Höllenkonstruktion à la Tingström stoppen kann, dann Axel Sköld. Ja, *das* war mein Gedanke.«

Wieder lachte er, als sei er zufrieden damit, dass er seine eigenen Gedankengänge nachvollziehen konnte.

Axel musste schlucken. Nein, offenbar war Lilliehorn nicht wacher als vorher. Eher viel wirrer, als er gedacht hatte. Er hatte Axel nicht hierher gelotst, um ihn zu töten, sondern damit er eine Bombe entschärfte. Als wäre er der verdammte Kampfmittelräumdienst!

Nicht zum ersten Mal kam ihm der Gedanke, Lilliehorn und das Gebäude einfach zu verlassen. Doch das konnte er nicht.

Aber seine einzige Expertise war, dass er den technischen Polizeibericht eines vierzig Jahre alten Falls gelesen hatte. Ob das reichte, um eine Bombe zu entschärfen? Er holte sein Smartphone aus der Hosentasche.

»Ja, ja, ja, das Handy habe ich gesehen, als wir hineingegangen sind. Es macht nichts, Axel. Sie dürfen gern alles aufnehmen, was ich sage.« Zwar klang Lilliehorns Stimme verwaschen, aber mit seinem Bewusstsein schien alles in Ordnung zu sein.

Axel suchte Karolinas Nummer und tippte darauf. Nichts geschah. Kein Empfang.

»Scheiße.«

Neues Gelächter von Lilliehorn.

»Nein, hier unten hört uns niemand schreien.«

»Okay. Wo zur Hölle *ist* der Dreck dann?«

»Der Dreck?« Wieder Lachen. »Natürlich im Computer. Der muss gesprengt werden.«

KAPITEL 74

Im Tunnel unter Södermalm packte Stina die Reue. Sie war ganz allein. Kaum ein Auto war zu sehen, dabei waren die Straßen um diese Uhrzeit normalerweise verstopft. Doch jetzt lag alles verlassen da. Alle anderen hatten genug Grips gehabt, um sich fernzuhalten. Nur sie nicht.

Wieder rief sie Skrak an.

»Ist es da?«

»Stina, sobald wir das Urteil haben, rufe ich an. Versprochen. Wir sitzen schließlich hier und warten darauf.«

»Entschuldigen Sie. Ich will gerade an zwei Orten gleichzeitig sein.«

Der Motor des Wagens fauchte auf. Stina pfiff auf die Geschwindigkeitsbeschränkungen und fuhr 100 statt der erlaubten 70. Das Ende des Tunnels kam immer näher.

In demselben Moment, in dem sie auf die Centralbron fuhr, legte sie auf. Riddarholmen erschien auf ihrer linken Seite. Zu ihrer Rechten lag Gamla stan.

Und dann sah Stina sie. Die Strömsborg. Die Insel, die eine Burg war.

Schon in wenigen Sekunden würde sie auf gleicher Höhe sein. Und erst jetzt fiel ihr auf, wie dicht die Straße daran vorbeiführte. Das bedeutete, die westliche Spitze der Insel würde sich unter ihr befinden, wenn sie vorbeifuhr.

Plötzlich spürte sie einen Schrei in sich aufsteigen. *Dreh um!* Aber sie musste Axel da rausholen.

*

Sie bewegten sich mit gezogenen Waffen durch die Räume. Unwillkürlich stellte sich das Gefühl eines Déjà-vus bei Karolina ein. Weniger als ein Jahr war es her, dass sie und ihre Einsatzgruppe die Schatzkammer des Königlichen Schlosses gestürmt hatten und sich in einer brenzligen Lage mit gezückten Maschinenpistolen wiedergefunden hatten. Damals waren Wachsoldaten und zwei falsche Polizisten ihre Widersacher gewesen. Heute erwarteten sie zwar nicht die gleichen Feinde, aber im Hintergrund agierte trotzdem derselbe Auftraggeber. Sofern sie Axel glauben durfte …

Die Huddingegruppe, wie sie die Männer zu deren großer Freude immer noch nannte, bewegte sich methodisch und nach allen Regeln der Kunst. Ein Raum nach dem anderen. Wechselweises Vorrücken.

Karolina warf einen schnellen Blick auf die Uhr. Sie waren schon beinahe zwölf Minuten im Gebäude. Bis jetzt war alles verlassen gewesen, genau wie der Pförtner gesagt hatte.

Das Erdgeschoss war gesichert. Anschließend hatten sie die Treppe ins nächste Stockwerk genommen und mit dem Korridor begonnen, der zum Reichstag wies. Alle Büroräume waren leer.

Plötzlich knackte es im Funkgerät.

»Das müsst ihr euch ansehen.«

Karolina drehte sich um. Hinter ihr deutete Niklas Öhman auf eine große Eichentür, die er gerade geöffnet hatte.

Sie folgte ihm in das Zimmer, die Pistole noch immer im Anschlag, jederzeit bereit, sie abzufeuern. Doch als sie durch die Tür trat, verlor sie für einen kurzen Moment die Konzentration und sah nichts außer dem Raum.

Sie befand sich in der Mitte der Strömsborg. Es war ein großer, lichtdurchfluteter Saal, und die Sonnenstrahlen fielen durch ein gewölbtes Glasdach. Karolina registrierte die Marmorbüsten entlang der Wände und die grünen Pflanzen, die alles wie einen Innenhof wirken ließen, aber ihre eigentliche Aufmerksamkeit galt dem langen Tisch in der Mitte.

»Achtzehn Stühle. Was ist das für ein Ort, Palm?«

Niklas Öhman klang angespannt und schien ebenso überrascht zu sein, wie sie selbst es war.

Karolina trat an das eine Kopfende. Dort stand ein Messingschild auf dem Tisch. »Directeur«. Es erinnerte sehr an eine andere Gesellschaft mit achtzehn Mitgliedern …

Erneut knackte das Funkgerät.

»Wir haben den Keller gesichert, sind aber auf ein Problem gestoßen.«

»Was für ein Problem?«, antwortete Palm.

»Hier ist eine abgeschlossene Tür. Und sie scheint aus massivem Metall zu bestehen.«

*

Aus der Nähe betrachtet war das Gerät ebenso hässlich wie undurchschaubar. Axel raufte sich die Haare. Er bekam es kaum hin, seine Mails auf dem Handy zu lesen. Wie konnte er da glauben, auch nur *ansatzweise* etwas über einen Großrechner aus den Sechzigerjahren zu verstehen?

Wieder griff er zu seinem Handy und wählte Karolinas Nummer. Kein Signal. Verdammt. Noch immer kein Empfang.

Er schaute zu Lilliehorn, der an der Wand wieder nach unten gesackt war. Aus dieser Richtung brauchte er also keine Hilfe zu erwarten. Aber was hatte sein geheimer Informant gleich noch erzählt? Irgendetwas über KC, der den Speicher modifiziert und einen »Geniestreich« hinbekommen hatte?

Axel besah sich die drei kleiderschrankähnlichen Einheiten, die gemeinsam die Front des D23-Computers bildeten. Die Metallabdeckungen auf der Vorderseite waren mit Flügelmuttern befestigt.

Wahrscheinlich mussten sie die einfach abschrauben können.

Er versuchte, die ersten Schrauben zu lösen, und geriet ins Schwitzen. Einige der Schrauben saßen wirklich fest. Am meisten setzte ihn aber das Wissen darüber unter Druck, dass hinter einem der Paneele vermutlich eine Bombe auf ihn wartete.

Als er die linke Abdeckung abnahm, kamen lediglich eine Menge Kabel und Relais zum Vorschein. Das nächste Frontpaneel, das in der Mitte, war kleiner. Es bedeckte nur das halbe Segment, darüber befanden sich Messuhren und Displayanzeigen. Hier saßen die Schrauben bedeutend lockerer, als wären sie erst vor Kurzem gelöst worden. Axel drehte sie mit langsamen und behutsamen Fingerbewegungen.

Mit äußerster Vorsicht ruckelte er an der Abdeckungsplatte. Als er sie losbekam, hob er sie vorsichtig an und legte sie hinter sich auf den Betonboden.

Da war sie nun, die Höllenkonstruktion. Axel erkannte die Bauteile sofort wieder: die Eieruhr, die Autoalarmanlage mit dem vibrationsgesteuerten Auslösemechanismus, Brennspiritus … ja, sogar die Nägel erkannte er.

»Verdammt.«

»Ja, das sind wir wohl. Zumindest ich …«

Offenbar war Lilliehorn doch noch bei Bewusstsein.

»Sie haben den Mann getroffen, der diesen Mist hier zusammengebaut hat. Hat er nichts darüber erzählt, wie man das Ganze stoppen kann?«

»Unser Bombenmann? Nein, er hat sich nur dazu geäußert, wie man sie zum Explodieren bringt. Wie man sie davon abhält, hat er nicht verraten.«

»Okay, aber wenn wir wissen, wie er sie zusammengebaut hat, können wir vielleicht die Reihenfolge umkehren und … alles demontieren.«

»Wir sprechen hier von einer Bombe, nicht von einer IKEA-Couch.«

Lilliehorn wieherte auf, was wohl als Lachen gedacht war.

Ärger stieg in Axel auf. Doch als er sich gerade umdrehte, um Lilliehorn anzuschnauzen, sah er, dass dieser auf dem Weg zu ihm war. Das war trotz allem ein gutes Gefühl. Axel benötigte jede Hilfe, die er kriegen konnte.

»Wollen mir mal sehen, unser Mann …«

»Hat er keinen Namen?«

»Keinen, den er mir verraten hätte. Unser Mann kam also hierhin, wo Sie gerade stehen. Dann hat er die Abdeckung abgeschraubt.« Lilliehorn deutete auf das Paneel, das Axel hinter sich gelegt hatte. »So genau habe ich nicht hingesehen, ich habe lieber Abstand gehalten. Aber ich weiß noch, dass er davon sprach, Strom abzuzweigen. Er hat irgendein dämliches Lied über *Strom im Stockholmer Strömmen* gesummt.«

Im selben Moment kam Axel darauf, was fehlte.

»Die Batterie! Wo, zur Hölle, ist die Batterie?«

Axel folgte den Kabeln, die von der Autoalarmanlage zur Zeitschaltuhr und von dort aus weiterführten. Doch sie liefen nicht zu einer Batterie, sondern verschwanden irgendwo hinter dem Durcheinander aus Computerkabeln.

»Jetzt erinnere ich mich …«

Mit halbem Ohr lauschte Axel dem, was Lilliehorn zu sagen hatte, während er sich gleichzeitig auf die Rückseite des Großrechners zu quetschen versuchte. Zwischen der Wand und dem Gerät war es zwar eng, dennoch erkannte Axel Spuren im Staub. Offenbar war erst kürzlich jemand hier gewesen.

»Er hat etwas über die eingebaute Stromversorgung gesagt.«

Axel öffnete die hintere Abdeckung. Zwei große Spulen waren dahinter verborgen. Magnetbänder. Darauf befanden sich die Informationen.

Die Harvard-Architektur. Die Worte hallten in seinem Kopf wider, genauso wie Xenons Gedanken: *KC war ein Experte für Speichertechnik. Ein digitales Archiv.*

Mit einem Mal begriff Axel. Plötzlich ergab alles einen Sinn. Er starrte auf die Puzzleteile, nach denen er so lange gesucht hatte.

Lilliehorn befand sich weiterhin auf der Vorderseite des Großrechners. Axel zog an den Magnetbändern, aber sie saßen fest.

»Sehen Sie auf Ihrer Seite einen Monitor oder irgendetwas, das wie eine Tastatur aussieht?«, rief er nach vorn.

»Das hier vielleicht?«

Axel kam wieder hinter dem Computer hervor.

Lilliehorn stand vor einem Apparat, der mit einem der Computerkabel verbunden war und der über eine gewölbte Glasscheibe verfügte, die an einen alten Röhrenfernseher erinnerte. Dieser Bildschirm war jedoch in ein Paneel eingelassen, das sich schräg nach oben neigte. Unterhalb des Monitors befanden sich Pfeiltasten und ein Joystick. Es musste stimmen.

Neben dem Bildschirm entdeckte Axel einen Schalter. Ohne zu überlegen, stellte er den schwarzen Drehknopf von 0 auf 1. Es erklang ein tiefes Brummen, das sich anhörte wie ein Echo. Ihm wurde klar, dass das Geräusch sowohl vom Monitor als auch von dem Computer hinter ihm kam.

Auf dem Bildschirm erschien ein Fragezeichen in viereckiger, orangefarbener Schrift vor schwarzem Hintergrund.

Axel zog sein Handy heraus und öffnete die Fotos von dem Ordner, den Lova gerettet hatte. KC Magnussons Bedienungsanleitung.

Mit den Pfeiltasten navigierte er sich durch das Alphabet. Mühsam gab er den Befehl »LOAD« ein und, nach einem kurzen Blick aufs Handy, »ORDER 1«.

Der Computer begann zu arbeiten. Hinter ihm drehten sich die Magnetbänder in eine Richtung, hielten an, drehten sich in die andere Richtung. Alles surrte. Lämpchen leuchteten in unterschiedlichen Abfolgen auf und erloschen wieder.

Inzwischen stand Lilliehorn neben ihm und betrachtete skeptisch, was geschah.

»Wie soll das die Bombe daran hindern, in die Luft zu gehen?«

»Ich glaube ganz und gar nicht, dass es das tut. Aber ich muss herausfinden, was das hier zu bedeuten hat.«

»Und ich glaube, Sie haben ein Problem, was Ihre Prioritäten betrifft, Axel.«

Eine neue Textzeile erschien auf dem Monitor. »PRINT Y/N?«

Axel entdeckte den Drucker neben dem Bildschirm, ein graues Gerät auf einem Rolltisch. Die gleiche Art dickes Kabel, das auch Monitor und Computer miteinander verband, führte vom Drucker zum Bildschirm.

Er wählte »Y«.

Plötzlich erfüllte ein unangenehmes Knattern den großen unterirdischen Raum.

Fasziniert starrte Axel die blassen blauen Buchstaben an, die der Matrizendrucker ausspuckte.

Nach und nach erschien ein englischer Text auf dem Papier. Er ähnelte einer Bestellung, fand Axel, oder einer Art Angebot. Als er es abriss und genauer las, erkannte er, dass es sich um eine offizielle Anordnung handelte.

Das Dokument erteilte dem saudi-arabischen Verteidigungsministerium die Erlaubnis, zwei Datasaab-Computer des Typs D2 zu kaufen, »*on behalf of the Swedish nation.*« Das Schreiben war auf 1979 datiert, und unter der Linie für die Unterschrift stand ein Name zu lesen.

Johannes Cederström.

Ein unterschriebenes Dokument hätte natürlich einen noch besseren Effekt gehabt, aber Axel sah ein, dass er kein Kopiergerät vor sich hatte. Schließlich stieß selbst ein modifizierter D23 irgendwann an seine Grenzen.

Er schaute zum Drucker, der ratternd eine zweite Seite ausspuckte. Bei dem neuen Ausdruck handelte es sich um eine Kopie des ersten Dokuments, die jedoch komplett aus Pixeln bestand. Die Auflösung war unterirdisch schlecht, aber wie Axel vermutete, war das dennoch eine einzigartige Leistung, wenn man sich die Beschränkungen dieser Technik vor Augen hielt. KC war tatsächlich ein Genie gewesen.

Als er das Papier herauszog, schlug sein Herz schneller. Auf diesem Ausdruck war die Unterschrift mit dabei.

Axel ballte die Hand zur Faust. *Jetzt hab ich dich, du Mistkerl.*

Sicher, es war nicht das Original. Aber auf eine bessere Kopie als diese hätte er nicht einmal zu hoffen gewagt.

Johannes Cederström, ein Mann, der aufgetreten war, als sei er ein Abgesandter des schwedischen Staats, hatte Dokumente unterzeichnet, die den Verkauf eines Großcomputers an das Militär in Saudi-Arabien bewilligten. Das hier war reines Dynamit.

Trotz des Stresses spürte Axel, wie sich die altbekannte Neugier in seinem Körper breitmachte. Wenn es »ORDER 1« gab, dann gab es sicher noch weitere, oder?

Er wiederholte die Prozedur auf dem Monitor, gab diesmal aber »LOAD ORDER 2« ein.

Ein neues Dokument ratterte aus dem Drucker. Diesmal fehlte jedes zweite Wort.

Es stimmte. Axel erinnerte sich an das Gespräch mit seinem geheimen Informanten im »Gröne Jägaren«.

Ja, genau das war unser cleveres Arrangement. KC hatte dieselben Unterlagen – nur mit den Wörtern, die auf meinen Papieren fehlen.

Axel wusste, dass die Dokumente zusammenpassen würden. Mehrfach entdeckte er das Wort »330«, und ihm war klar, dass in dem anderen Dokument an den Stellen direkt davor »Robot« stehen würde.

Es war aber ein anderes Wort, das ihn fast zu Eis erstarren ließ. »Plutonium«. Waren noch mehr Menschen vergiftet worden? Er wusste nicht mehr genau, wie das andere Dokument ausgesehen hatte, er musste sie nebeneinanderlegen und in aller Ruhe vergleichen. *(Ohne die Angst, in die Luft gesprengt zu werden. Die Bombe, du Idiot, die Bombe!)*

Aber wenigstens noch ein Dokument …

Er gab »LOAD ORDER 3« ein.

Erneut startete der alte Matrizendrucker sein beständiges Rattern.

Axel schielte auf die Zeilen, die millimeterweise zum Vorschein kamen.

Sein Mund wurde trocken, und sein Herzschlag beschleunigte sich.

SCHLUESSELCODE, D18:
ORION: JOHANNES CEDERSTRÖM
GREIF: CARL RAAB
GEMINI: OLOF POSSLER
URSA: GUSTAF CREUTZ

Die Namen erkannte er sofort wieder, die Decknamen genauso. Danach hatte Xenon schließlich gesucht. Es waren die Namen der Kontoinhaber, die mit dem Hauptkonto der Achtzehn bei »Mossack Fonseca« in Verbindung standen. Endlich kannte er die Namen der Männer hinter den Decknamen!

Behutsam riss er die dritte Seite von dem Endlospapier, das durch den Drucker lief.

In der kurzen Stille danach war ein anderes Geräusch zu hören. Ganz schwach. Ein Ticken.

»Das klingt nicht gut, Axel. Was ist das?«

Der Stress war zurück. In seinem Unterbewusstsein schrie etwas nach seiner Aufmerksamkeit.

Aber Axel musste noch einen weiteren Code testen.

»Schauen Sie, ob Sie es herausfinden können. Ich will nur ...«

Lilliehorn ging vor der Bombe in die Hocke.

»Es ist so dunkel«, murrte er. »Man erkennt rein gar nichts ...«

Axel stand wieder vor dem Monitor. Diesmal schrieb er »LOAD OPERATION MJOLNIR« ins Eingabefeld.

»Halt. Verflucht, Axel!«

In diesem Moment ging Axel auf, was sein Unterbewusstsein ihm mitzuteilen versucht hatte. Das tickende Geräusch.

»Es sieht aus, als würde sie sich bewegen ...«

Auf dem Bildschirm erschien erneut die Frage: »PRINT Y/N?«.

»Sie bewegt sich, Axel. Die Eieruhr bewegt sich!«

Lilliehorn sprang auf und packte Axel an den Armen, damit er reagierte. Im selben Augenblick, in dem er auf »Y« drückte, brachte Lilliehorns Bewegung Axel zum Stolpern. Seine Beine verfingen sich in dem Kabel zwischen dem Computer und dem Drucker, und es wurde herausgerissen.

Das Rattern erstarb.

Lilliehorn zog Axel mit zur Bombe, wo sich die Eieruhr tatsächlich bewegte.

Sie war auf drei Minuten eingestellt gewesen, jetzt verblieben nur noch zwei Minuten und dreißig Sekunden.

»Schalten Sie die letzte Sicherung aus!«

Lilliehorn tat wie ihm geheißen, und in dem gesamten hangarartigen Raum wurde es schwarz. Axel dankte seiner neurotischen Seite dafür, dass sie ihn dazu nötigte, die Maglite seines Vaters stets bei sich zu tragen, seit Lova ihre Lügengeschichte darüber erzählt hatte. Jetzt schaltete er sie ein und richtete den Lichtstrahl auf die Eieruhr. Sie tickte noch immer, also hatten die Stromleitungen im Gebäude nichts mit der Apparatur des Bombenmanns zu tun.

Axel musterte die Kabel der Bombe. Sie schienen zu einer Komponente innerhalb des Computers zu führen.

Ein weiterer Geniestreich, den KC hinbekam, war die interne Batterie. Die Computer sollten auch dann funktionieren, wenn der Feind die Stromleitungen kappte.

»Scheiße. Schalten Sie den Strom wieder ein.«

Das Licht ging wieder an.

»Wir haben zwei Minuten und fünfzehn Sekunden, bis uns dieser Mist um die Ohren fliegt, Lars. Irgendeine Idee?«

»Wir machen es so, wie es die Stockholmer seit Urzeiten mit Mist handhaben.«

»Hören Sie auf, in verdammten Rätseln zu sprechen!«

»Wir schmeißen alles ins Wasser. Im Mittelalter waren es Fäkalien, heute sind es Elektroroller, und dazwischen hat es die ein oder andere zu neugierige Journalistin erwischt.« Lilliehorn hastete zur Glaswand, wo er die Schiebetür öffnete, sodass der Weg zum Anleger frei war. »Packen Sie mit an, dann wuchten wir das Teil hinein.«

Axel schaute zum Drucker. Keine neuen Dokumente. Er hatte es nicht geschafft, sie auszudrucken. Aber die Magnetbänder! Vielleicht konnte er sie noch retten.

»Ich muss nur die Bänder losbekommen. Darauf befinden sich die Beweise für ›Operation Mjolnir‹, ich habe es selbst gesehen!«

Mit vereinten Kräften schoben sie das große Gerät in Richtung Kai. Jetzt hatte Axel mehr Platz und löste schnell die Halterungen, die die großen Bandrollen an Ort und Stelle hielten. Er nahm beide an sich. Die Eieruhr zeigte 1:54 Minuten an.

Plötzlich wurden Lilliehorn und Axel von einem neuen Geräusch überrascht. Es pochte gegen die Tür.

»Wer, zum Henker, ist das?«

Lilliehorn starrte Axel entgeistert an, doch der schüttelte nur den Kopf.

»Keine Ahnung.«

»Wir haben keine Zeit. Packen Sie an!«

Sie drückten den großen Computer weg von der Wand. Erst bewegte er sich nur langsam, dann immer schneller.

Es hämmerte erneut gegen die Tür.

Axel schaute auf den Timer der Bombe. 1:23. Wie konnte die Zeit nur so schnell laufen?

»Wir schaffen es nicht, Lars.«

»Doch, kommen Sie schon. Wenn nur Sie und ich draufgingen, wäre das etwas anderes, aber jetzt sind noch mehr Menschen hier.«

Axel stöhnte. Sie näherten sich der Kaikante, aber im Schneckentempo. 1:02.

»Okay, hier.« Lilliehorn gab ihm die Kette mit dem Schlüssel. »Rennen Sie hoch, und schaffen Sie alle Leute aus dem Haus.«

»Sie kommen mit!«

»Ja, ich muss nur noch ein wenig mehr …«

Axel verließ Lilliehorn und hastete in einem Anflug von Panik und Angst zur Tür.

Als er den Schlüssel ins Schloss steckte, warf er einen Blick zu Lilliehorn, der immer noch einen Meter vom Wasser entfernt war. Axel sah, wie der Mann rückwärts ging. Offenbar nahm er Anlauf.

Innerlich schrie Axel. Das war definitiv keine gute Idee.

Lilliehorn starrte ihn an, und Axel wurde bewusst, dass er tatsächlich laut schrie. Doch Lilliehorn lächelte nur traurig und spuckte in die Hände. Dann zog er sein Taschentuch aus der Brusttasche und trocknete sich damit die Stirn. In einer theatralischen Geste winkte er Axel zu.

»Stoppen Sie diese Verbrecher. Unsere Vorväter hätten es so gewollt.«

Dann rannte Lars Lilliehorn los. Er gab alles, wozu er und seine italienischen Schuhe in der Lage waren. Nach vier Metern traf sein Körper auf den Widerstand eines fünfundvierzig Jahre alten Großrechners.

Axel hantierte mit dem Schlüssel, Lilliehorns Plan schien aufzugehen. Der modifizierte D23 bekam einen ordentlichen

Stoß und stand nun nur noch zwanzig Zentimeter vom Wasser des Kanals entfernt.

Lilliehorn keuchte und rannte noch einmal los, um dem Computer einen letzten Schubs zu geben.

Axel wusste, was passieren würde.

»Passen Sie auf, Lars. Die Bombe hat einen …«

Ein zweites Mal prallte Lilliehorns Körper gegen den Rechner, der jetzt über die Kaikante rutschte. Nur hatte Lilliehorn ein so hohes Tempo, dass er nicht mehr anhalten konnte. Gerade als der Computer, Lilliehorn und die Bombe durch die Wasseroberfläche schlugen, geschah das, wovor Axel Lilliehorn warnen wollte.

Der Vibrationsalarm der Bombe aktivierte die Sprengladung.

Axel wurde von der Druckwelle zu Boden gerissen, als Feuer auf Wasser traf.

KAPITEL 75

Stina manövrierte das SUV auf die linke Fahrbahn, während sie das Gaspedal durchdrückte. Der Wagen schlingerte, und sie straffte ihren Griff um das Lenkrad. Als sie die Strömsborg passierte, lagen zwei Fahrspuren zwischen ihr und dem Gebäude. Sie schloss die Augen.

Nichts geschah.

Sie stieg hart auf die Bremse, um die Ausfahrt nicht zu verpassen.

In diesem Moment spürte sie eine dumpfe Vibration. Danach folgte ein lauterer Knall, als hätte in der Nähe ein Blitz eingeschlagen. Im rechten Außenspiegel sah sie, wie Rauch und Flammen aus dem Gebäude schlugen, an dem sie gerade vorbeigefahren war.

»Axel!«

*

Karolina hämmerte ein letztes Mal mit der Faust gegen die Tür. Dann nickte sie Niklas Öhman zu. Zum zweiten Mal bei diesem Einsatz machte er sich mit der Ramme bereit – und zum zweiten Mal war es vergebens.

Die Explosion ließ den Boden unter ihnen erzittern. Der dumpfe Knall setzte sich durch das Kellergewölbe fort, und der Lärm war gewaltig. In Karolinas Ohren ertönte ein Pfeifen. Putz und Mörtel rieselten von der Decke, zusammen mit faustgroßen Steinen. Sie stürzte auf die Knie und hielt sich schützend einen Arm über den Kopf. Einer der Bereitschaftspolizisten warf sich über sie und nutzte seinen Körper als Schutzschild.

Ganz plötzlich wurde es wieder ruhig um sie herum, doch das Pfeifen in Karolinas Ohren hielt an. Sie versuchte sich aufzurichten, doch der Polizist über ihr hielt sie am Boden.

»Ist jemand verletzt?«

Öhmans Stimme klang weit entfernt, aber sie wusste, dass er sich direkt neben ihr befinden musste.

Verstreut meldeten sich die anderen Mitglieder der Einsatzgruppe. Sie alle klangen, als hätte jemand die Lautstärke ihrer Stimmen zu niedrig eingestellt.

Endlich bewegte sich der Mann über ihr.

Stina spuckte Staub aus und sah, dass der Auswurf rot war. Sie fuhr sich mit der Hand über den Mund. Ihre Lippe war aufgerissen und hinterließ einen roten Streifen auf dem Handrücken.

»Öhman?«

»Ja?«

Sie drehte sich um, überrascht davon, wie nah er bei ihr stand.

»Sind alle in Ordnung?« Sie schaute in die Runde aus staubbedeckten Polizisten.

Öhman nickte.

Sie versuchte, den Staub aus ihrem Hals zu bekommen, indem sie sich räusperte.

»Wir müssen hier raus.«

»Ich dachte, wir wollten durch die Tür?« Niklas Öhman schien nicht zu verstehen. »Da drinnen könnte es doch Verletzte geben …«

Sie schüttelte den Kopf.

»Wenn es derselbe Täter wie bei den letzten Anschlägen ist, war das gerade eben die erste Bombe. Die kleine.«

Das weckte die Männer aus ihrer Erstarrung.

Die Waffen rasselten gegen die Schutzwesten, als sie auf die Treppen zu rannten, und ihre Schritte hallten von den Betonwänden wider. Der Puls dröhnte in ihren Ohren. Trotzdem brachte ein kleines metallisches Kratzen Karolina dazu, den Männern das Signal zum Anhalten zu geben.

Das Geräusch kam von dem Ort, den sie gerade erst verlassen hatten. Sie wandte sich um und ging mit langsamen Schritten zurück, während sie angestrengt lauschte. Ihr Gehör kehrte allmählich zurück, und sie nahm immer mehr Geräusche wahr.

Metall auf Metall. Leises Klappern, dann ein lauteres Klicken. Die graue Stahltür bewegte sich. Karolina entsicherte ihre Sig Sauer.

Sie hörte, wie sich die Männer der Einsatzgruppe um sie postierten und ihre Flanken in dem engen Kellerkorridor deckten.

Die Tür öffnete sich, blieb aber stecken. Ein Stein, der sich von der Decke gelöst hatte, klemmte zwischen Tür und Boden. Plötzlich sahen sie eine Hand, die das untere Türblatt umfasste.

Jemand hustete.

»Hallo?«

Zuerst erkannte sie die Stimme nicht. Sie klang rau und spitz.

»Ist da jemand?«

»Axel!«

In einer einzigen Bewegung sicherte sie ihre Waffe und steckte sie ins Holster, während sie die letzten Schritte auf den Türspalt zu machte. Gemeinsam mit Öhman packte sie die Tür und riss sie auf.

Vor ihnen lag Axel Sköld, begraben von Mörtel und Putz. Seine Haare waren grau, sein ganzer Körper war grau, nur das Gesicht weiß. Von seiner Stirn rann Blut.

Sie stellten ihn auf die Füße, und Öhman legte sich Axels Arm um die Schultern. Als Karolina das Gleiche versuchte, schüttelte Axel den Kopf. Mit seiner freien Hand hielt er irgendetwas krampfhaft umklammert. Es sah aus wie die übergroßen Tonbänder eines riesigen Abspielgeräts.

»Du blutest. Wie geht es dir, Axel?«

Karolina sprach mit ihrer ruhigsten Stimme und achtete gleichzeitig darauf, Augenkontakt zu halten.

Axel nickte und versuchte zu schlucken.

»Ich habe fürchterliche Schmerzen, aber ich komme klar.« Er spuckte Staub. »Wir müssen raus hier.«

»Die Explosion? War das die kleine?«

»Ja. Aber …« Axel fing an zu husten.

»Meinst du, die große kann jeden Moment folgen?«

Er schüttelte den Kopf und versuchte zu sprechen. Einer der Polizisten zog eine Wasserflasche aus seiner Weste und reichte sie Axel. Er nahm sie entgegen und trank gierig.

»Wir haben sie entschärft. Glaube ich. Aber das gesamte Gebäude ist vermint. Ihr müsst die Bombengruppe herschicken.«

Karolina wechselte einen besorgten Blick mit Öhman. Inzwischen waren sie an der Treppe angekommen. Karolina funkte die Leitzentrale an und forderte eine Absperrung und den nationalen Bombenentschärfungsdienst.

Auf halbem Weg nach oben ins Erdgeschoss klingelte Axels Handy. Er hatte wieder Empfang.

Allerdings waren seine Arme nicht verfügbar.

»Karolina, kannst du rangehen?«

Sie nahm das Handy aus seiner Tasche.

»Handy von Axel Sköld, hier spricht Karolina Palm.«

*

Stina legte eine Vollbremsung hin und kam direkt vor dem Mannschaftswagen der Polizei zum Stehen. Das Blaulicht war nicht eingeschaltet, was ihr Angst machte. Der Rauch, der aus dem Kellergeschoss quoll, verstärkte das Gefühl. Auf Höhe des Wasserspiegels klaffte ein Loch in der Gebäudefassade. Stina vermutete, dass die Bombe dort auf der Innenseite der Wand explodiert war.

Jetzt war ihr übel.

War Axel dort gewesen, als es passierte?

Sie fischte nach ihrem Handy. Letzte Anrufe. Fünfmal dieselbe Nummer. Aber jetzt, beim sechsten Versuch, ging ihr Anruf endlich durch.

Nur war es nicht Axels Stimme, die sich meldete.

Sie gehörte einer Polizistin.

Stina schrie ihre Verzweiflung hinaus.

*

Er taumelte die Treppe nach oben. Bei jedem Schritt verspürte er einen schmerzhaften Stich in der Seite. Er klammerte sich an die Magnetbandrollen und an Niklas Öhman. Karolina, die auf der anderen Seite neben ihm ging, hielt ihm das Handy an die Wange.

»Stina. Ich bin es.«

Er hörte nichts als Schluchzen.

»Beruhige dich. Ich lebe, Stina. Atme.«

Er hörte, wie sie stoßweise Luft in ihre Lungen sog.

»Axel. Wo seid ihr? Ich sehe euch nicht!«

Es war, als würde Axel erst durch ihre Verzweiflung begreifen, wie nah er dem Tod gewesen war. Er begann am ganzen Körper zu zittern. Öhman festigte seinen Griff um ihn, und Axel lächelte dankbar.

»Stina, wir kommen, wir sind auf dem Weg. Gleich öffnen sich die Türen, und dann stehen wir vor dir. Karolina, ich und … der hübscheste Cop von Huddinge.«

Öhman zog die Augenbrauen nach oben. Aber es war Stinas Reaktion, auf die Axel aus war und die seinem Zittern ein Ende machte.

Durch die Tränen und das Schniefen drang schließlich ein Lachen. Vielleicht lebte man dadurch nicht unbedingt länger, aber zumindest machte es das Leben lebenswert.

*

Sie trafen sich auf dem kleinen Parkplatz vor der Burg, wo Axel die unter Schock stehende Stina umarmte. Als er sein Spiegelbild in einem der Seitenfenster des Polizeimannschaftswagens sah, verstand er, warum sie so schockiert wirkte. Er war vollkommen mit Staub bedeckt, und vor all dem Grau und Weiß bildete das Blut, das von seiner Stirn rann, einen besonders starken Kontrast. Er sah wirklich zum Fürchten aus.

»Wo ist Lilliehorn?« Stina wirkte verängstigt.

Mit trauriger Miene schüttelte Axel den Kopf.

»Er hat sich geopfert … für uns alle.«

Ihm war klar, dass sich das merkwürdig anhören musste. Stina und Karolina blickten ihn mit einem nahezu identischen fragenden Gesichtsausdruck an.

»Er hat mich hierher gelockt, damit ich ihm bei der Entschärfung der Bombe helfe – und um zu gestehen, dass er selbst in die Sache verwickelt war. In letzter Sekunde hat er sein Gewissen entdeckt. Dabei haben wohl die Briefe unserer Vorfahren den Ausschlag gegeben.«

Es fiel ihm schwer, die Ereignisse zu schildern, und Axel spürte, dass er sein Publikum verlor.

»Hier, Karolina. Hör es dir selbst an.«

Er holte sein Handy hervor und schickte ihr die Audiodatei, die er aufgenommen hatte.

»Diese Aufnahme löst deinen Bombenfall. Mit Geständnis und allem. Du musst nur den Mann finden, der die Bomben gebaut hat, seinen Komplizen hast du hier drauf. Schade bloß, dass er tot ist.«

Axel schaute über das Wasser. Es tat ihm leid um Lars Lilliehorn, trotz allem, was der Mann ihm angetan hatte. Dann dachte er einen Schritt weiter – und war Lilliehorn mit einem Mal wieder weniger freundlich gesinnt. Schließlich hatte er nicht nur ihm übel mitgespielt.

»Aber Stina, was machst du eigentlich hier? Wird das Urteil nicht gerade verkündet?«

Sie breitete die Arme aus. »Ich konnte nicht einfach still sitzen bleiben und abwarten, während ich wusste, dass du im selben Moment dein Leben riskierst.«

Karolina schaute von ihrem Handy auf. Sie hatte kontrolliert, dass die Audiodatei angekommen war und sich abspielen ließ.

»Er hat also ein Geständnis abgelegt? Was war sein Motiv?«

»Es ist zu kompliziert, hör es dir besser an. Stina und ich müssen ins Amtsgericht Södertörn. Da wartet ein Urteil auf uns.« Axel zog fünf zusammengefaltete DIN-A4-Blätter aus seiner Tasche. »Nimm die hier auch mit. Das sind unterschriebene Anordnungen, in denen es um illegalen Waffenhandel geht. Diese Dokumente beweisen, dass Johannes Cederström im Auftrag Schwedens gehandelt hat, als er in den Achtzigerjahren Hightech-Computer und Marschflugkörper an Saudi-Arabien verkauft hat. Am besten sorgst du dafür, dass diese Dokumente in sicheren Händen landen, das ist politischer Sprengstoff. Immerhin hat Cederström Landesverrat begangen.«

Er bemerkte, dass es Karolina sichtlich schwerfiel, all die Informationen zu verarbeiten.

»Wir besprechen das später in Ruhe«, sagte er deshalb. »Sichert jetzt erst mal das Gebäude.«

Sie blinzelte kurz, und Axel beobachtete, wie sie wieder zu der entschlossenen Karolina wurde, die er kannte.

»Der Entschärfungsdienst ist jeden Augenblick hier.« Sie bedeutete Niklas Öhman mit einem Winken, die Absperrung noch ein Stück weiter entfernt, an der Brückenabzweigung, aufzustellen. »Aber wir bleiben in Kontakt. Ich muss dich nochmal richtig dazu vernehmen, Axel.«

Sie winkten sich zum Abschied zu, dann stiegen Stina und Axel in Skraks Wagen.

»Bist du sicher, dass du das schaffst?« Stina schaute ihn besorgt an.

»Ins Krankenhaus können wir danach noch. Jetzt geht es erst mal um dich, Stina.«

Axel sah, dass sie protestieren wollte, aber er begegnete ihr mit steinharter Miene. Sie verstand und drehte den Schlüssel um.

Gerade als sie auf der Strömsborgsbron losfuhren und Stina nach links auf die Vasabron blinkte, rief Skrak an. Stina stellte den Lautsprecher ein, sodass Skraks Stimme durch das Auto dröhnte.

»Nun, haben Sie Axel erwischen können, Stina?«

»Ja doch, ich sitze hier, Herr Professor. Wir sind auf dem Weg zu Ihnen.«

Skrak verstummte. Axel fragte sich, ob das eigenartige Geräusch, das er hörte, von einem schnarchenden Walross stammte oder ob der Geschichtsprofessor tatsächlich weinte.

»Wie läuft es denn bei Ihnen? Ist David schon gelangweilt von den Pokémon? Oder vielleicht ja Sie?«, versuchte Stina, Skrak ein wenig aufzumuntern.

Axel war verblüfft. Hatte David es etwa geschafft, den Professor dazu zu bringen, mit animierten Monstern auf einem Handy zu spielen?

»Doch, doch, es läuft gut. Aber Stina, das Urteil ist da.«

Ein Schatten huschte über Stinas Gesicht.

Sie schluckte.

»Okay. Lesen Sie es schon vor.«

Skrak reichte den Hörer weiter an Hasse Brorsson.

»Hallo, Stina. So sieht es aus, also …« Papiergeraschel war zu hören. »Das Amtsgericht entscheidet, dass die elterliche Sorge, die alleinige elterliche Sorge, auf die Kindesmutter, Stina Forss, zu übertragen ist.«

»Ha! Wir haben gewonnen!«

Axel stieß einen Jubelschrei aus und spürte erneut einen stechenden Schmerz in den Rippen.

Stina war gerade in den Söderledstunnel hineingefahren, doch jetzt griff sie nach seiner Hand und drückte sie ganz fest.

»Axel, du wirst fahren müssen. Ich sehe so schlecht, wenn ich weine.«

KAPITEL 76

Drei Tage später fuhren sie trotzdem zur Fischerhütte.

Hatten sie sich zuvor vor der Bombe in Sicherheit bringen wollen, mussten sie sich jetzt vor den Medien verstecken. Wieder einmal war Axel Sköld ein gejagter Mann, diesmal allerdings von seinen Kollegen.

Auf dem Weg hinunter nach Småland gab Axel nur ein einziges Interview. Hierfür wählte er einen Journalisten, bei dem er wusste, dass er sich auf ihn verlassen konnte.

Nach wie vor war das Wetter herrlich, und David wollte schwimmen gehen.

Die Fischerhütte im Schärengarten vor Gunnebo war der perfekte Ort, um dort ein paar Tage Urlaub zu machen.

David lachte, als er sich von dem flachen Felsen in die Wellen warf. Skrak stand bereits im Wasser und fing ihn auf.

Stina hielt ihr Tablet in der Hand und las laut aus der aktuellen Ausgabe des *Expressen*.

Axel lag auf dem Felsen und hörte zu, während er zu begreifen versuchte, dass der lange Artikel wirklich von ihm handelte.

»*Der Journalist, der die Stadt rettete und einen Spion enttarnte.* Klingt fast wie der Titel eines Thrillers, Axel.« Stina lächelte ihm zu. Ihre Augen waren hinter einer Sonnenbrille verborgen.

Axel lachte. »Ich muss mein Urteil über unseren Freund Sven Claesson wohl revidieren: Er ist ein Genie.«

Stina las weiter vor: »Dem zuvor stark in der Kritik stehenden Journalisten Axel Sköld, der seine Stelle beim Schwedischen Rundfunk unter skandalträchtigen Umständen verlor ...«

»Okay, das mit dem Genie nehme ich zurück.«

»... gelang es nicht nur, Stockholm vor einem der größten Bombenattentate der Neuzeit zu retten, sondern er sorgte außerdem dafür, dass streng geheime Dokumente sichergestellt wurden, die einen Unternehmer aus der absoluten Elite unserer Gesellschaft mit illegalen Waffengeschäften in Verbindung bringen, die dieser mit fremden Staaten betrieben haben soll. Dieser Geschäftsmann muss sich nun wegen Landesverrats vor Gericht verantworten. Der Spionageprozess, der nicht nur ungewöhnlich ist, sondern sich auch als äußerst brisant für die schwedische Außenpolitik erweist, beginnt noch in diesem Herbst.«

»Nennt er Cederström namentlich?«

»Nein, das trauen sie sich doch nicht, bevor es ein rechtskräftiges Urteil gibt, oder?«

»Nein, vermutlich nicht. Aber schade.«

Stina scrollte weiter nach unten im Artikel.

»Der Abschnitt hier gefällt mir am besten, glaube ich«, sagte sie und las weiter: »Axel Sköld gibt an, von Lars Lilliehorn einbestellt worden zu sein, nachdem dieser sein Gewissen wiederentdeckt habe. Der ehemalige Pressereferent soll Sköld dann durch einen geheimen Tunnel geführt haben, der das Reichstagsgebäude mit der Insel Strömsborg verbindet. Denselben Tunnel soll Lilliehorn dazu genutzt haben, dem mutmaßlichen Täter Zugang zum Reichstag zu verschaffen, wo dieser zwei Sprengladungen deponieren konnte. Sköld ist der Ansicht, Lilliehorn habe seine Beteiligung an dem Bombenanschlag zugeben und außerdem zeigen wollen, wie der Täter unbemerkt an den Tatort gelangen konnte. Vor allem aber habe Lilliehorn Skölds Hilfe beim Entschärfen einer weiterer Bombe benötigt. Tonaufzeichnungen auf Skölds Handy stützen diese Angaben. Was allerdings weitaus wichtiger ist: Axel Sköld hat aus freien Stücken sein Leben riskiert, und dafür werden ihm für immer Tausende und Abertausende Stockholmer, ja Schwedinnen und Schweden dankbar sein.«

Als Axel hörte, wie Stinas Stimme ins Stocken geriet, warf er einen Blick auf die Hütte hinter den Klippen und auf die niedrige Kiefer. Auch beim letzten Mal, als er für Schlagzeilen gesorgt hatte, war er hier gewesen. Damals allerdings in der alten Fischerhütte und am Boden liegend. Waren die Hütte und sein Ruf damals übel zugerichtet gewesen, so strahlten jetzt beide in vollem Glanz. Trotzdem spürte er keinen großen Unterschied.

»Eigentlich hätte Lilliehorn das Lob verdient. Immerhin hat er sich geopfert.«

Axel blickte dem blauen Horizont entgegen.

Stina legte ihm einen Arm um die Schultern.

»Ja, das hat er«, bestätigte sie. »Aber davor hat er auch viel anderes getan.«

Sie sahen dabei zu, wie David durch das glatte Seegras kraxelte, um einen weiteren Sprung ins Wasser zu wagen.

»Was haben sie im Urteil geschrieben?«, fragte Axel und drehte sich zu Stina.

»Das war auch dein Verdienst.« Wieder lächelte sie. »Das Gericht hat sich darauf berufen, wie du Torkel Levins sogenannte Forschung auseinandergenommen hast. Ich habe schon einige Gerichtsurteile gelesen, aber das hier war mit das heftigste, das ich je gesehen habe. ›Bemerkenswert dürftige Quellenlage seiner Forschung‹, stand da zum Beispiel. Das ist Juristenschwedisch für ›verdammte Quacksalberei‹.«

»Mama hat gefluch!«

»Entschuldigung, David.«

»Du musst was ins Spaaschwein weafen.«

»Auf jeden Fall.«

David strahlte und sprang wieder ins Wasser.

Axel grinste und legte sich wieder auf den warmen Stein.

»Was schreibt das Genie Claesson noch in seinem Artikel?«

»Dass man die ganze Geschichte aus deiner Perspektive in deinem Podcast zu hören bekommt, und dass ›es eventuell nötig sein wird, Skölds frühere Äußerungen über eine Geheimgesellschaft neu zu bewerten. Liegt seine Erzählung womöglich näher an der Wahrheit, als jemand zu glauben gewagt hat? Nach allem, was nun über den als Spion angeklagten Unternehmer ans Licht gekommen ist, kann man Skölds Aussagen nur schwer als reine Verschwörungstheorien abtun. Selbstverständlich muss der Umstand, dass ein zentrales Gebäude mitten in der Hauptstadt über eine geheime unterirdische Verbindung zum Reichstagsgebäude verfügte, näher beleuchtet werden, ebenso wie der Umstand, dass ebenjenes Gebäude mit einer so großen Menge an Sprengstoff präpariert war. Wäre der explodiert, hätte das katastrophale Folgen gehabt.

Es stellt sich die Frage, welche Rolle der Organisation zukommt, die ihren Sitz in dem Gebäude auf Strömsborg hat. Die Arbeit von PEAS widmet sich der globalen Unterstützung von Demokratisierungsprozessen, und nichts deutet bisher darauf hin, dass sie etwas mit den Bomben zu tun haben könnte. Allerdings lässt sich nur schwer über die Tatsache hinwegsehen, dass sich der Sprengstoff in den Wänden des Gebäudes befand. Was der Grund dafür sein könnte, dass eine Organisation ihr eigenes Gebäude inklusive sämtlicher Arbeitsdokumente auf diese Weise in die Luft sprengen will, ist eine der zentralen Fragen in dieser Geschichte.

Geheimnisse, die man mit derart heftigen Maßnahmen

zu wahren bereit ist, betreffen üblicherweise das Militär und die Sicherheit des Reichs. Vielleicht wird der Spionageprozess gegen den genannten Unternehmer weitere Erkenntnisse zutage bringen. Da die Verhandlung aber hinter verschlossenen Türen stattfinden wird, bleibt es fraglich, ob die schwedische Bevölkerung die wahren Hintergründe erfahren wird.

Die Tonaufnahme, die Axel Sköld von Lars Lilliehorn anfertigen konnte – und die man bei der Polizei als Beweismittel in der Ermittlung zu den Bombenattentaten in Stockholm nutzt –, enthält wichtige Informationen, deren Wahrheitsgehalt sich jedoch nur schwer überprüfen lässt. Das aufgezeichnete Geständnis legt allerdings nahe, dass es noch einen weiteren Täter gibt. Dabei handelt es sich um eine Person, die als Erbe des Bombenmanns oder als möglicher Nachahmer desselben gilt. Bisher konnte die Polizei jedoch noch keinen Verdächtigen festnehmen. Es bleibt also fraglich, ob es einen solchen zweiten Täter überhaupt gegeben hat.‹«

Stina hörte auf zu lesen.

»Geht der Artikel so zu Ende?«

»Nein, aber danach kommen nur noch eine Menge Bilder von dir, auf denen du als der Skandalreporter beschrieben wirst, der sich zum Helden gemausert hat, und andere Dinge, die deinem Ego nicht guttun.«

»David, wirf Seegras auf deine Mama«, rief Axel lachend.

Erstaunt schaute der Junge aus dem Wasser.

»Daaf ich?«

»Nein, David«, sagte Stina, lachte aber ebenfalls.

David wirkte verunsichert durch die widersprüchlichen Signale. Sein Gehirn war dafür nicht gemacht.

Da tauchte Skrak hinter dem Jungen auf, einem Walross ähnlicher als je zuvor, und drückte ihm einen Klumpen grünen Schlamm in die Hand.

»Vilhelm Skrak! Sie Verräter!«, schrie Stina und hielt sich schützend die Hände vors Gesicht.

David zögerte noch immer, doch dann hellte sich seine Miene auf. Er begriff.

»Iha macht Spaß!«

Er holte mit seinem ganzen dünnen Körper Schwung und schleuderte das Seegras in Stinas Richtung. Es flog zwar nicht bis in ihr Gesicht, landete aber auf Stinas Zeh.

Sie quietschte übertrieben und wechselte einen vergnügten Blick mit Skrak und Axel. Allmählich knackte David den komplexen Code, der sich hinter Gefühlen und menschlichen Reaktionen verbarg. Er machte Fortschritte, und auch wenn es langsam ging, so durfte man sich doch über jeden Schritt freuen.

Auf einmal musste Axel an Marianne von Scheele denken und daran, was sie ihm vor einer gefühlten Ewigkeit in dem Hotelzimmer in Amsterdam gesagt hatte.

Denken Sie daran, dass die Zeit uns verändert. Aber das gilt auch umgekehrt: Wir können die Zeit verändern. Jedenfalls die Zeit, in der wir leben.

Lilliehorn war tot. Cederström stand vor Gericht. Zwei weniger. Blieben noch sechzehn.

Mithilfe der offengelegten Codenamen konnte er Raab, Possler und Creutz mit dem CIA-Konto in Panama in Verbindung bringen. Aber das war nicht genug. Er brauchte Informationen zu »Operation Mjolnir«, das war der Schlüssel.

»Kommt jetzt aus dem Wasser!«, hallte Stinas Stimme über die Bucht.

Am Himmel sah er, wie sich etwas Ungewöhnliches näherte. Wolken.

Endlich kam der Regen.

EPILOG

Ein kalter Wind fegte über das Viertel Gärdet hinweg und schlug Axel wie eine Wand entgegen, als er auf den Parkplatz vor dem Museum einbog. Er fand einen freien Platz im Fahrradständer und schloss sein Rad mit beiden Schlössern ab, während er gleichzeitig die Sondersendung des *Eko-Journals* hörte.

»… berichten über das soeben gegen Johannes Ceder-ström verhängte Urteil, der wegen Spionage und Landesver-rats eine lebenslange Haftstrafe erhält.«

Der Reporter war hörbar außer Atem, so als spräche er beim Laufen.

»Es ist eng im großen Sitzungssaal, der Medienandrang ist massiv und jetzt … Entschuldigen Sie bitte, wenn ich schlecht zu verstehen bin, Cederström und seine Wachen ge-hen gerade vorbei, und die Stimmung unter meinen Kollegen ist ein wenig tumultartig.«

Axel hörte, wie mehrere Stimmen Johannes Cederström Fragen zuriefen. Vergebens.

»Johannes Cederström hat während des gesamten Ge-richtsprozesses kein einziges Wort gesprochen, und auch jetzt weicht er nicht von dieser Taktik ab. Insgesamt macht er einen merkwürdig gleichgültigen Eindruck. In diesen Se-kunden wird er also abgeführt, um den Rest seines Lebens hinter Gittern zu verbringen.«

Axel bemerkte, dass seine Verabredung auf ihn wartete, daher schaltete er die Radiosendung aus und ging ihr ent-gegen.

Viktoria Rand war durchaus eine fantastische Frau. Was Axel aber überraschte, war die Art und Weise, auf die sie es war.

Als Vilhelm Skrak diese Einschätzung über die Chefin des Technischen Museums, zu der Skrak selbstredend eine gute Bekanntschaft pflegte, abgegeben hatte, hatten Axels Vorurteile ihn an eine ältere, schicke Dame denken lassen. Doch obwohl Viktoria Rand kreideweißes Haar hatte, war sie erst um die dreißig. Sie trug eine viereckige Brille ohne Rand. Gekleidet in eine komplett schwarze Hose und einen eng anliegenden Pullover glich sie einem weiblichen Steve Jobs.

Mit Abstand am fantastischsten war jedoch, dass sie Axel direkt hineinbat, ohne Fragen zu stellen. Sie erkundigte sich lediglich nach Skraks Befinden, dann führte sie ihn in das Stockwerk, in dem sich die Großrechner des Technischen Museums befanden.

*

»Wie Sie sicherlich verstehen, trifft uns diese hinterlistige Täuschung schwer.«

Er sah ernstlich besorgt aus, so viel musste sie ihm lassen. Dennoch traute sie ihm natürlich keine Sekunde.

»Es mag wohl öfter vorgekommen sein, dass Cederström eigene Pläne verfolgt hat, aber diese Sache … ja, diese Sache sucht ihresgleichen!«

Carl Raab schüttelte ungläubig seinen dicken Kopf.

Lova ahnte, was der Schauspieler vor ihr im Sinn hatte: jegliche Verantwortung auf Johannes Cederström abwälzen und die eigenen Hände in Unschuld waschen.

Aber es war nicht der Moment, um Raab oder seine Organisation unter die Lupe zu nehmen. Denn so war es jetzt: Ab sofort lenkte Raab die Geschicke der Achtzehn.

»Nein, ich muss wirklich sagen, dass ich erstaunt bin.« Lova Magnusson warf Raab einen scharfen Blick zu. »Das Urteil ist deutlich. Cederström hat vorgegeben, im Auftrag der schwedischen Regierung zu handeln, als er Waffen nach Saudi-Arabien verkaufte. Es besteht kein Zweifel, weder im Hinblick auf den Handel noch daran, wer den Vertrag unterzeichnet hat.«

Raab nickte und schaute aus den Fenstern des Sagerschen Hauses.

»Ein verheerendes Vorgehen, für das er nun endlich seine Strafe erhält. Aber, Sie müssen wissen …« Er sah sie direkt an. »… diese Sache hat keine Auswirkungen auf unser Verhältnis. Wir setzen unsere Tätigkeiten fort, und unsere Unterstützung Ihnen gegenüber bleibt davon unbeeinflusst.«

Sie nickte.

»Das bedeutet …« Raab zog die Worte in die Länge.

Lova beugte sich vor, um ihn zum Weiterreden zu bringen.

»… wir unterstützen Sie, sofern Sie dafür sorgen, dass alle Ermittlungen, die das Bankgeheimnis und militärisch-industrielle Fragen betreffen, auf Eis gelegt werden.«

Nachdenklich schaute Lova zu dem Foto, das hinter Raab an der Wand hing.

Schließlich nickte sie erneut.

»Im Hinblick auf das Bankgeheimnis kann ich es wohl einrichten, diese Frage in einem weiteren Ausschuss zu begraben. Und was Legrés Untersuchung anbelangt, so glaube ich, dass sich unsere Nation jetzt erst einmal erholen muss. Die Wunden, die Cederström uns zugefügt hat, reichen vorerst voll und ganz.«

»Sie werden reifer, Lova.« Raab lächelte kurz. »Kurzzeitige populistische Erfolge zu erringen gelingt vielen Politikern. Aber es ist lange her, dass diese Nation eine gewandte Realpolitikerin ihr Eigen nennen konnte.«

Sie gaben sich die Hand. Erneut glitt ihr Blick von Raab zu dem Foto an der Wand. Ihre Eltern lächelten ihr zu, was alles noch schlimmer machte. Wieder redete sie sich dasselbe ein: Sie tat nur, was sie tun musste.

*

»Palm und Kopsch. Endlich zwei richtige Bullen.«

Stefan Johansson zog die Mundwinkel nach oben. Karolina winkte ihn herein, Eywind Kopsch grüßte ihn mit einer müden Handbewegung.

»Hattet ihr auch noch keinen Urlaub?«

»Meiner beginnt in …« Kopsch schaute auf seine Armbanduhr. »Zweiunddreißig Minuten.«

»Ja, was für ein Sommer. Ich wollte nur kurz nachfragen, Karolina, hattest du nicht etwas mit einem Fredrik Svensson zu tun?«

Karolina runzelte die Stirn. »Bei so einem Allerweltsnamen musst du mir schon ein wenig auf die Sprünge helfen.«

»Er war in irgendeinen Sorgerechtsstreit verwickelt, meine ich. Mit dieser Journalistin vom *Eko-Journal*, Stina Forss?«

Karolina nickte. »Ja, jetzt erinnere ich mich. Was ist mit ihm?«

»Wir haben ihn vor kurzem tot in einem Hotelzimmer aufgefunden.«

In Karolinas Nacken begann es zu kribbeln.

»Was ist eure Theorie?«

»Sieht aus wie Selbstmord. Wir haben eine Menge Tabletten sichergestellt, Dextropropoxyphen, das ist immerhin ziemlich starkes Zeug. Aber das wird die Obduktion zeigen. Wir warten immer noch auf die technische Analyse, oder was pflegst du zu sagen, Kopsch?«

»Sehr richtig.«

Das Kribbeln in Karolinas Nacken breitete sich weiter aus. Es war ein vertrautes Gefühl, das sich immer dann einstellte, wenn sie ahnte, dass etwas nicht mit rechten Dingen zuging. Johansson hingegen schien vom Gegenteil überzeugt zu sein.

»Aber alles deutet auf Selbstmord hin. Svensson hatte erwiesenermaßen eine Vergangenheit, was Substanzmissbrauch anbelangt. Möglicherweise war der Verlust des Sorgerechts der Auslöser, der ihm den Rest gegeben hat.«

Karolina seufzte und nickte Johansson stumm zu, der die Geste erwiderte und wieder ging. Er ließ Karolina mit ihren kribbelnden Zweifeln zurück.

*

»Oh, ist das alles?« Axel sah die Maschine überrascht an. Sie wirkte sehr viel kleiner als das Modell, das er im Keller der Strömsborg gesehen hatte.

Viktoria Rand jedoch war stolz auf das Exemplar des Datasaab D2, das im Technischen Museum stand.

»Ja, für seine Zeit war er unglaublich kompakt«, bestätigte sie. »Es galt als einer der Vorzüge des Geräts, dass man es auf einen Schreibtisch stellen konnte. Das und das überaus geringe Gewicht von nur zweihundert Kilogramm.«

Sie lachte über die letzte Anmerkung.

Nervosität stieg in Axel auf. Offenbar hatte KC Magnusson seinen D23 Sank umfassend modifiziert. Was, wenn die Magnetbänder nicht in dieses Modell passten?

Er musste es einfach ausprobieren. Rasch holte er die Bänder aus seiner Tasche.

»Okay, ich würde also gern sehen, was auf diesen Bändern gespeichert ist.«

Beeindruckt betrachtete Viktoria Rand die Bänder, stellte aber keine Fragen. Axel vermutete, dass Skrak sie in seine Pläne eingeweiht hatte.

»Glauben Sie, sie passen? Sie stammen aus einem größeren Computer.«

»Größer als ein Datasaab D2, meinen Sie?«

»Ja, eher einem D23.«

»Dann sollte es keine Probleme geben. Ihr Magnetbandsystem war einzigartig zu ihrer Zeit, aber einheitlich.« Viktoria Rand nahm die Bänder und befestigte sie in dem Schrank, eines nach dem anderen. »In den Sechzigern und Siebzigern war das eine fantastische Technik, vor allem die Transistoren und die Magnetbänder. Saab hat es geschafft, diese Maschinen für Kalkulationen bei großen Straßenbauarbeiten zu nutzen, um das Wetter für die Fernsehvoraussagen zu berechnen und um den Überblick über die Logistik in großen Häfen zu behalten.«

Mit einem zufriedenstellenden Schnappen klemmte sie die Bänder an ihren Platz. Dann legte Viktoria Rand den Magnetstreifen in das Lesegerät ein.

»Okay, und jetzt?«, fragte Axel.

»Jetzt fahre ich das Gerät hier hoch und lasse Sie dann allein.«

»Wollen Sie nicht sehen, ob es funktioniert?«

»Ich bin mir sicher, dass es funktioniert. Aber der Inhalt ist privat, das hat Professor Skrak ausdrücklich betont.«

Bevor Axel etwas erwidern konnte, hatte sie den schwarzen Schalter von 0 auf 1 gestellt und den Raum verlassen.

Die weißen Lämpchen erwachten zum Leben, und eine nach der anderen glühte warm und gelb auf. Als alle leuchteten, erloschen sie gleich wieder, und das Brummen des Computers erfüllte den Raum.

Noch einmal tippte Axel die Worte »LOAD OPERATION MJOLNIR« ein.

*

Josefsson hasste es zu reisen. Aber gewisse Treffen erforderten es eben, dass er seine geliebte Stadt und bisweilen sogar sein geliebtes Land verließ.

Er blickte über den Union Square. Im Grunde hätte er beim Anblick der George-Washington-Statue Stolz über seinen Hintergrund in der Organisation empfinden sollen. Aber für Geschichte hatte Josefsson noch nie sonderlich viel übriggehabt. Mochten andere sich darüber amüsieren und sich davon verzaubern lassen, Josefsson hatte mit der Gegenwart genug zu tun.

Der Mann, der ihm gegenüberstand, war vom selben Schlag. Sie arbeiteten schon lange zusammen, den Fokus stets auf den Auftrag gerichtet, der vor ihnen lag. Das erleichterte Josefssons Anliegen.

»Wir brauchen wieder deine Dienste.«

»Natürlich. Sonst wärst du nicht gekommen.« Der Mann zündete sich eine Zigarette an. Sie stank. »Ich habe von Cederström gehört. Lebenslange Haft klingt nicht besonders verlockend.«

Josefsson nickte, erklärte die Umstände aber in gleichgültigem Tonfall.

»Es war notwendig, dass er die gesamte Schuld auf sich nimmt. Natürlich werden wir ihn austauschen, sobald wir können. Die Amerikaner haben einen Terroristen in Guantánamo, den sie uns für ihn geben wollen. Er wird es gut haben hier drüben.«

»Ihr habt Tingströms Protegé angeheuert. Der Mann ist doch verrückt.«

»Man hat das Gleiche auch von dir behauptet.« Josefsson spürte, wie sich seine Laune verschlechterte. Nicht genug damit, dass er kritisiert wurde. Dass die Kritik zudem von diesem Mann kam … Aber seine persönlichen Gefühle taten jetzt nichts zur Sache, also schob er sie beiseite. »Um ihn kümmern wir uns später. Das ist aber nicht der Grund, weshalb ich dich aufsuche.« Josefsson schaute den Mann an. »Ich spreche von ›Operation Mjolnir‹. Wenn jemand über diese Angelegenheit Bescheid weiß, dann du.«

»Ich dachte, der Computer wäre explodiert?«

»Ist er, und alle Server mit ihm. Der gesamte Keller wurde vollständig zerstört, ist komplett ausgebrannt.«

Der Leiter der Technischen Abteilung trank einen Schluck aus seinem Pappbecher. Amerikaner. Kaffee kochen konnten sie wirklich nicht.

»Aber Sköld hat die Bänder mitgenommen?«

Eigentlich musste Ioan Petrescu nicht danach fragen, denn er kannte die Antwort bereits. Widerwillig stellte er fest, dass er beeindruckt war.

Josefsson hingegen schien nur Widerwillen zu empfinden und bejahte die Frage grunzend.

»Ich verstehe. Ihr braucht meine Dienste wirklich. Das passt mir gut.«

Petrescu begegnete Josefssons Blick. Beeindruckt wirkte er ganz und gar nicht mehr.

»Ich muss diese Sache zu Ende bringen. Ein für alle Mal.«

DANK

»Nicht alles ist wahr, wenn es auch der Wahrheit gleicht.« Sie haben dieses Zitat sicher nicht vergessen, oder? Es gilt in höchstem Maß für die Geschichte, die sich in der Verschwörung offenbart – sowohl derjenigen in diesem Buch als auch derjenigen, die auf einem gewissen Gemälde abgebildet ist.

Wenn Sie, die Sie dies hier lesen, die Möglichkeit dazu haben, dann empfehle ich Ihnen, den gleichen Ausflug zu machen wie Axel, David und Skrak im ersten Kapitel. Besuchen Sie das Nationalmuseum in Stockholm, und beginnen Sie Ihren Rundgang am besten im obersten Stockwerk. Dort hängt Rembrandts magisches Gemälde *Die Verschwörung des Claudius Civilis*. Wenn Sie erst einmal davorstehen, werden Sie verstehen, warum ich allen Beteiligten danken möchte, die es uns heute ermöglichen, dieses Meisterwerk zu bestaunen. Das Nationalmuseum erweist diesem Werk einen großen Dienst, indem es so prominent präsentiert wird – vielen Dank dafür.

Ebenso danke ich der Königlich Schwedischen Kunstakademie für den Anteil, den sie an der Beschaffung des Gemäldes hatte, und für die Informationen, die sie darüber bereithält. Für die Arbeit an diesem Roman waren sie von erheblichem Nutzen.

Ich möchte mich auch bei der Restauratorin Anna Bronzoni Catellani und der Kunsthistorikerin Görel Cavalli-Björkman bedanken, die meine Fragen zu Ölgemälden und Restaurierungsmethoden erduldet haben. Darüber hinaus haben sie meinen Wortschatz um die vollkommen entzückenden Worte »Lakritzblau« und »Neapelgelb« bereichert.

Natürlich kann man den Details zu der Anzahl der Schwerter auf dem Gemälde tiefer auf den Grund gehen. Laut dem Kunsthistoriker Carl Nordenfalk zeigen Röntgenuntersuchungen, trotz aller gegenteiligen Behauptungen, dass niemals irgendein Schwert im Zusammenhang mit einer Restaurierung oder Übermalung verschwunden oder hinzugekommen ist. Nordenfalk vertritt die Ansicht, diese Geschichten seien nichts als Mythen.

Machen Sie sich ruhig selbst ein Bild, und vergleichen Sie das Gemälde im Nationalmuseum mit Elias Martins Werk *Der Besuch Gustavs III. in der Kunstakademie 1780.* (Sie müssen nur nach *Gustav IIIs visit to the Royal Academy of Arts* googeln.) Dann können Sie Ihr eigenes Urteil über das Detail mit der Anzahl der Schwerter fällen.

Für all die eventuellen Fehler in *Der Eid der Mächtigen* bin ich natürlich selbst verantwortlich, und über alle richtigen Fakten, die die oben genannten Experten gewillt waren, mit mir zu teilen, froh und dankbar.

Ein großes und besonderes Dankeschön richte ich an den Reichstagsabgeordneten Rickard Nordin, der mir die vielen Gänge, unterirdischen Passagen und Winkel des Reichstagsgebäudes gezeigt hat – vielleicht sogar mehr, als ich hätte sehen dürfen. Was genau davon in meiner Geschichte mit der Realität übereinstimmt, kann ich nicht weiter ausführen, aber Rickard Nordin war mir ein fantastischer Guide.

Danke auch an den Kriminaltechniker Sonny Björk, der mir beigebracht hat, wie eine spiegelverkehrte Tingströmbombe funktionieren kann. Sonny weiß das aus eigener Erfahrung, da er selbst bei der Aufklärung von zwei Attentaten des Bombenmannes mitgearbeitet hat. Hören Sie sich diese Geschichte gern auf »P3 Dokumentär« an – sie verdient es aus vielen Gründen, gehört zu werden.

Ich möchte Kustarnik danken – meiner eigenen Geheimgesellschaft (inklusive mystischem Namen und eigenem Wappenschild). Ihr habt mir während ansonsten einsamer Schreibstunden unschätzbar wertvolle Gesellschaft geleistet und mir immer wieder mit hilfreichen und sehr willkommenen Ratschlägen zur Seite gestanden.

Meine Liebe und Dankbarkeit gilt ebenso dem Bookmark Förlag für die Unterstützung und Energie bei der Entstehung dieses Buchs. Insbesondere danke ich Claes, Stephanie und Carolina für ihre grandiose Arbeit.

Ich danke auch meinem Agenten Philip für den konstanten Support und dafür, dass Axel Sköld einer internationalen Leserschaft begegnen darf.

Zuletzt und am meisten möchte ich mich bei meiner Familie bedanken. Meine Kinder weigern sich nach wie vor, sich *Die Achtzehn* als Gutenachtgeschichte vorlesen zu lassen, selbst auf Deutsch. Ich trage die narrenhafte Hoffnung in mir, dass *Der Eid der Mächtigen* das vielleicht ändern kann. Vor allem aber freue ich mich darüber, dass sie mich an andere Dinge denken lassen als an dunkle Geheimnisse und korrupte Mächte.

Meiner Frau Anna gilt mein allergrößter Dank. Die Liebe zu dir trägt mich durchs Leben, und alle Geschichten, die ich erzählen will, beginnen und enden mit dir.